Otto von Corvin

Pfaffenspiegel

Historische Denkmale
des christlichen Fanatismus

Otto von Corvin: Pfaffenspiegel. Historische Denkmale des christlichen Fanatismus

Erstdruck Leipzig, Gebauer'sche Buchhandlung 1845 unter dem Titel »Historische Denkmale des Christlichen Fanatismus«. Seit der 2. Auflage 1868 unter dem Namen »Pfaffenspiegel« bekannt.

Neuausgabe
Herausgegeben von Karl-Maria Guth
Berlin 2016

Umschlaggestaltung von Thomas Schultz-Overhage

Gesetzt aus der Minion Pro, 11 pt

Verlag: Henricus - Edition Deutsche Klassik GmbH
Mörchinger Str. 33, 14169 Berlin, info@henricus-verlag.de
Druck: Libri Plureos GmbH, Friedensallee 273, 22763 Hamburg

ISBN 978-3-8430-8390-4

Bibliografische Information der Deutschen Nationalbibliothek

Die Deutsche Nationalbibliothek verzeichnet diese Publikation in der Deutschen Nationalbibliografie; detaillierte bibliografische Daten sind im Internet über www.dnb.de abrufbar.

Inhalt

Pio Nono!

»Sollte Dir, heiligster Vater, dieses Büchlein gefallen und Du mir solches öffentlich zu erkennen geben, so will ich mich bemühen, mit ähnlichen Geschenken aufzuwarten.«

Ulrich von Hutten

Vorreden

Aus der Vorrede zur ersten Auflage

1845

Die Welt ist schon oft mit einem Narrenhause verglichen worden. Der Vergleich ist für uns nicht schmeichelhaft, aber leider ist er passend. Schauen wir um uns! Wo wir hinsehen, finden wir die charakteristischen Kennzeichen eines Tollhauses.

Überall rennen wir gegen verschlossene Türen, überall erblicken wir vergitterte Fenster und drohend geschwungene Peitschen eines Aufsehers, wenn wir etwas zu unternehmen trachten, was gegen die Hausordnung verstößt. Doch das alles hat die Welt auch mit einem Zuchthause gemein; das Treffende des Vergleichs wird uns erst klar, wenn wir ihre Bewohner, die Menschen, in ihrem Treiben beobachten.

Dort erblicken wir hochmütige Narren, die sich für die Herren der Welt halten und steif und fest glauben, Gott habe dieselbe mit allen Menschen nur zu ihrem Privatvergnügen geschaffen; vor ihnen liegen Millionen noch größerer Narren im Staube, die ihnen glauben und demutsvoll gehorchen.

Dort sitzt ein anderer und nennt sich Vizegott. Er liebt das Geld wie ein altrömischer Statthalter, und die Menge rennt herbei und füllt ihm die Taschen mit Gold, wofür er ihr Einlaßkarten – zum Himmel gibt. Dort knien Tausende anbetend vor einer Bildsäule, dort vor einer Schlange, dort vor einem Ochsen. Jene beten die Sonne an, diese den Mond, andre das Wasser.

Seht euch diese Leute genauer an, denn von ihnen handelt dies Buch. Ihr findet unter ihnen Wahnsinnige von allen Graden, vom rasend Tollen bis zum armen Blödsinnigen, der unter Zittern und Zagen seinen Rosenkranz betet und beständig fürchtet, der Teufel möchte ihn holen. Wie mannigfach sind nicht die Äußerungen ihres Wahnsinns, oft grauenerregend, oft lächerlich, oft Abscheu und Zorn, oft Mitleid erweckend. Diese Religiontollheit verdient schon eine genauere Betrachtung, denn sie ist über die ganze Erde verbreitet und hat unsägliches Elend über die Menschen gebracht.

Und ist denn diese Krankheit unheilbar? O nein! Aber die Ärzte, die es vermöchten, sie zu heilen, meinen es nicht ehrlich, denn sie beuten diese Pest des Menschengeschlechtes zu ihrem Vorteil aus und fürchten ihre Macht zu verlieren, wenn die Welt von diesem Übel befreit wird. Andere meinen es ehrlich; aber Machthaber fesseln ihnen nicht allein die Arme, sondern versiegeln ihnen auch den Mund.

Vor etwa zweitausend Jahren wurde zum Glücke der tollen Menschheit der Welt ein Heiland geboren. Er war ein großer Arzt, und wer seine Mittel gebrauchte, der genas von der Religiontollheit, die schon von Anbeginn unter dem Menschengeschlechte wütete. Aber er fiel als ein Opfer seiner Menschenfreundlichkeit und wurde ans Kreuz gehängt. Seine Schüler schrieben die Lehren des Meisters nieder, so gut sie dieselben begriffen, aber sie taten es in der überschwenglichen Ausdrucksweise des Morgenlandes, und das war es, was das Abendland noch toller machte, als es vorher war. Hier verstand man den Geist der Sprache nicht, man hielt sich an den Wortlaut, fing an zu drehen und zu deuteln, und in die ganze Heilmethode kam grenzenlose Verwirrung. Die gute Absicht des großen Arztes, die Menschheit aus den Fesseln des Wahns zu erlösen, ging verloren, die geistige Finsternis wurde immer dichter, und die Menschen sind nach zweitausend Jahren noch verrückter, als sie es vorher waren.

Doch ich will diese Bildersprache aufgeben und sie denjenigen überlassen, welche eine Menge von der Romantik des Christentums zu faseln wissen. Ich will nun weiter kein Blatt vor den Mund nehmen, sondern gerade und deutsch meine Meinung sagen.

Es ist meine ehrliche und aufrichtige Meinung, daß das Christentum unendliches Elend über die Welt gebracht hat! Das Gute, welches es erzeugte, wäre auf anderen Wegen gewiß weit herrlicher erreicht worden, und dann steht es mit dem Bösen, dessen Ursache es war, in gar keinem Verhältnis …

Rom und Griechenland sind ohne Christentum groß geworden, und welcher christliche Staat kann so herrliche Beispiele von Bürgertugend und wahrer Mannesgröße aufweisen? Was hätte aus dem trefflich begabten deutschen Volke werden können, wenn es sich auf ähnlichem Wege wie das griechische entwickelt hätte, oder auch – wenn ihm Christi Lehre in ihrer reinen Gestalt überliefert worden wäre! Aber was hat die christliche Kirche mit Christus gemein! Er predigte die Freiheit – sie aber die Sklaverei. Was haben die Deutschen durch das von den Pfaffen verpfuschte Christentum gewonnen? – Sie, die sonst frei waren, wurden durch dasselbe Sklaven und sind es geblieben bis auf den heutigen Tag. Statt hölzerner und steinerner Götzenbilder, die keinen Schaden taten, bekamen sie lebendige Pfaffen.

Die Verteidiger des Christentums rühmen, daß es die Barbaren entwilderte. Ich will zugeben, daß dies für den Augenblick geschah, allein wie bald zerknickte nicht das Papsttum die durch die neue Lehre hervorgerufenen dürftigen Blüten der Kultur und versenkte ganz Europa in eine Barbarei, die weit finsterer war, als sie es zu heidnischer Zeit je gewesen. Die heidnischen Preußen waren so dumm nicht, als sie den »heiligen« Adalbert totschlugen, und verdienten weit eher das Denkmal, welches nun diesem gesetzt werden soll.

Papst Alexander VI. sagte: »Jede Religion ist gut, die beste aber – die dümmste.« Er sprach es aus, was alle Päpste vor und nach ihm dachten. »Rom kann nur herrschen, wenn die Welt dumm ist«, stand als unumstößlicher Grundsatz in ihrer Seele geschrieben, und deshalb schickten sie ihre Apostel aus, welche die Menschheit systematisch verdummen mußten … Völker und Fürsten lagen vor den Päpsten im Staube. Das Weltreich, das sie errichteten, und sein Bestehen bis auf den heutigen Tag ist das größte Wunder, das die Geschichte kennt. Des großen Alexander Reich zerfiel; das der alten Römer und das Napoleons ging in Trümmer; sie waren gebaut auf die Gewalt der Waffen. Aber das Reich von Neu-Rom besteht schon fast anderthalbtausend Jahre und wird wer weiß noch wie lange bestehen, denn es ruht auf dem solidesten Fundament – auf der Dummheit der Menschen.

Man schämt sich, ein Mensch zu sein, wenn man überdenkt, durch welche Mittel es den Päpsten gelang, die Geister der Menschen in das Joch zu schmieden. Der grobe Betrug, der nichtswürdigste Eigennutz lagen so klar und offen da, daß es fast unbegreiflich erscheint, wie sie nicht auf der Stelle und selbst von dem Dümmsten erkannt wurden, besonders da die Pfaffen sich nicht einmal große Mühe gaben, ihr Tun und Treiben zu verbergen. Mit der schamlosesten Frechheit wurde die dummgläubige Christenheit geplündert, denn Geld! Geld! war die Losung Roms. Scharen feister Mönche und Nonnen mästeten sich von dem sauer erworbenen Sparpfennig der Armen, die um so mehr bereit waren, die Koffer der Pfaffen zu füllen, weil es ihnen hier auf Erden so schlecht ging und sie sich doch wenigstens nach dem Tode ein bequemes Plätzchen sichern wollten.

Von allen Seiten erhoben sich zwar Stimmen gegen das tolle Pfaffenwesen; sie wurden in Flammen erstickt, und borniete Fürsten halfen getreulich die Ketzer vertilgen. Aber jeder vergossene Blutstropfen schien dem Pfaffentum einen neuen Feind zu gebären, und nun begann der Kampf Roms mit der Vernunft, welche es schon längst erstickt zu haben meinte.

Wie ein Riese hieb der deutsche Grobian *Luther* die italienischen Finten durch; »aber ach«, sagt sein Zeitgenosse Caspar von Schwenkfeld, »Luther hat uns aus Ägypten geführt und durch das Rote Meer, aber in der Wüste sitzenlassen und Israel nicht ins gelobte Land gebracht.« Und heute, nach dreihundert Jahren, ist der Josua noch nicht erschienen.

Auch Luther ging erst allmählich ein Licht auf; er war Mönch gewesen und zu Rom die Treppe zur Peterskirche auf den Knien andächtig hinauf- und hinuntergerutscht. Bis zum Ende seines Lebens konnte er seinen Geist nicht ganz von der Mönchskutte befreien.

An seinen Schülern war es, auf dem von Luther gelegten Fundament zeitgemäß fortzubauen; aber es ging ihnen wie den Christen der ersten Jahrhunderte; sie klebten an den Worten ihres Meisters und blieben Lutheraner. Luther selbst klagt schon: »Ich wollte Lust machen zur Heiligen Schrift, nun hängen sie bloß an meinen Büchern; ich wollte, daß sie alle zu Pulver verbrannt wären.« Dieses starre Festhalten am Wort hat uns unendlich geschadet.

Leipzig im Februar 1845

Vorrede zur zweiten Auflage

1868

»Welchen nun die Bienen werden stechen, der mag schreien
und sich rechen, so werden sie in noch mehr stechen.«
Philipp von Marnix, Herr von St. Aldegonde

Er sind nun mehr als zwanzig Jahre verflossen, seit die erste Auflage
dieses Buches in Leipzig erschien. Es begann damals sich überall zu regen.
Der sich mündig fühlende Geist der Menschheit empörte sich gegen die
ihm von dem Despotismus vergangener Jahrhunderte aufgezwängten
Formen, und die Regierungen wandten die schon oft erprobten Mittel
an, ihn zur Unterwürfigkeit zu bringen. Die Zensur übte ihr Amt mit
bornierter Strenge; Zeitungen wurden widerrechtlich unterdrückt und
Schriftsteller gemaßregelt und eingesperrt, denn durch sie sprach der
Geist der Zeit zum Volk, welches nicht wissen sollte, daß es der Kinderstube entwachsen war.

Die Kirche blieb nicht zurück. Die alten und bereits beiseite gestellten
Dogmen und Reliquien wurden aus der römischen Rumpelkammer wieder
vorgesucht, und mit mitleidsvollem Zorn sah der Genius des neunzehnten
Jahrhunderts die gläubige Herde zu Hunderttausenden nach Trier wall-
fahrten, einen von dem dortigen Bischof ausgestellten, angeblichen Rock
Christi anzubeten.

Leipzig war zu jener Zeit noch die ziemlich unbestrittene Metropole
des deutschen Buchhandels, und in ihr vereinigte sich ein Kreis tüchtiger,
strebsamer Männer, deren Namen zum Teil schon damals ruhmvoll bekannt waren oder es seitdem geworden sind. In dem neu erstandenen
deutschen Schriftsteller-Verein fanden sie einen Vereinigungspunkt, wo
mancher Gedanke geboren wurde, der später zur Tat reifte.

Ich war einer der vierzehn Stifter dieses Vereins und kein untätiges
Mitglied. Wir erlebten das Jahr 1848. Ich hatte den fünften Band meiner
Geschichte der großen niederländischen Revolution vollendet und mit
Held die illustrierte Weltgeschichte begonnen. Zu meiner geistigen Erfri-
schung diente mir die Teilnahme an Helds Wochenschrift »Die Lokomo-
tive«, deren scharfer Pfiff dem verschlafenen Volk verkündete, daß die
Zeit der geistigen Hauderer und Landkutscher vorüber sei, daß der Genius

der Freiheit mit neuer Kraft durch die Welt brause und die abgetriebenen Mähren des geistlichen und weltlichen Despotismus dem Abdecker verfallen seien.

Die Rockfahrt nach Trier empörte selbst die gebildete katholische Welt. In den von *Robert Blum* inspirierten sächsischen Vaterlandsblättern erschien der bekannte Absagebrief von *Johannes Ronge*. Es entstand eine große Bewegung, von der man sich viel versprach und die auch bedeutendere Folgen gehabt haben würde, wenn die Leiter derselben ihrer Aufgabe mehr gewachsen gewesen wären. Sie hatten guten Willen, aber zu wenig Talent.

Ich teilte die Hoffnungen vieler und beschloß mein Teil zur Erfüllung derselben beizutragen. Meine historischen Quellenstudien, namentlich die für meine Geschichte der niederländischen Revolution gegen Philipp II. von Spanien, in welcher das religiöse Element eine Hauptrolle spielte, hatten mich mit Dingen näher bekannt gemacht, welche dem Volk von den seine Erziehung eifersüchtig bewachenden Priestern sorgfältig verhehlt oder nur verstümmelt oder kirchlich zurechtgemacht mitgeteilt wurden. Ich hatte die Schriften der »Kirchenväter« und die der geachtetsten Kirchenschriftsteller zu lesen, und je mehr ich las und forschte, desto mehr wurde mir die Nichtswürdigkeit des entsetzlichen Verbrechens klar, welches die römische Kirche an der Menschheit verübt hatte, desto mehr erstaunte ich über die unerhörte Dreistigkeit und Perfidie, mit welcher es begangen wurde und noch immer begangen wird. Ich sah immer mehr ein, daß die Knechtschaft, unter welcher das Menschengeschlecht seufzt, in der Kirche wurzelte und daß all unsere Bestrebungen zur Freiheit ohnmächtig sein würden, wenn wir uns nicht zuerst von den Fesseln befreiten, in welche die Kirche den Geist der Menschen geschlagen hatte. Dieser Erkenntnis entsprach der Entschluß, ein Buch zu schreiben, welches dem von den Priestern betörten Volk die Decke von den Augen nahm und ihm gestatten sollte, einen Blick in die Werkstatt zu tun, in welcher seine Fesseln geschmiedet wurden.

Der religiösem Glauben entspringende Fanatismus zeigte sich überall als der entsetzlichste Feind der Freiheit, und um ihn zu bekämpfen und zu vernichten, schien es mir nötig, dem Volke nicht allein die gräßlichen Folgen des Fanatismus durch historische Beispiele vorzuführen, sondern auch zugleich die trüben Quellen des Glaubens selbst nachzuweisen, dessen Folge er ist. Da nun dieser Glauben auf angeblichen Tatsachen beruht, an deren Wahrheit das Volk deshalb nicht zweifelt, selbst wenn sie der Erfahrung und der Vernunft widersprechen, weil sie von Priestern erzählt werden, an deren größeren Verstand, Wahrheitsliebe, Uneigennützigkeit und sittlichen Charakter das Volk glaubt: so habe ich zur Bekämpfung dieses Autoritätenglaubens ebenfalls für nötig gehalten, die Natur dieser Autoritäten, das heißt der Päpste und Priester, *historisch* zu beleuchten und nachzuweisen, daß das gläubige Volk in dieser Hinsicht von durchaus falschen Voraussetzungen ausgeht.

Um diese verschiedenen Zwecke zu erreichen, beschloß ich, in einer Einleitung darzulegen, wie sich die Macht der Päpste und Priester im Laufe der Zeit entwickelte, welche Mittel sie dazu benutzten und welche Wirkung diese Mittel auf die Gesellschaft im allgemeinen und auf die Priester selbst hatten. Dann sollte die Geschichte der Geißler, der Albigenser und Waldenser, der Wiedertäufer, der Inquisition, der Juden-Verfolgungen usw. nachfolgen.

Die Einleitung bot sehr große Schwierigkeiten, denn ein seit Jahrhunderten angesammeltes Material sollte in den engen Rahmen eines mäßigen Bandes gezwängt werden. Ferner geboten die Umstände ganz besondere Sorgfalt und Vorsicht in der Auswahl dieses Materials. Die Zensur existierte noch, und abgesehen von dieser Beschränkung durfte ich nur solche Tatsachen benutzen und anführen, deren Wahrheit nicht allein mir als unzweifelhaft schien, sondern die auch von den römischen Priestern selbst nicht angefochten werden konnten.

Der damalige Zensor in Leipzig war ein Professor Hardenstern. Er sandte mir häufig mein Manuskript mit dicken Strichen versehen zurück, allein er hatte die mißliebigen Stellen meistens wieder freigegeben, wenn ich ihm bewies, daß sie dem von der römischen Kirche approbierten Buche eines Heiligen oder andern großen Kirchenlichtes entnommen waren.

So erschien also die Einleitung zu meinem Werk gewissermaßen bestätigt durch die sächsische Regierung, an deren Spitze ein römisch-katholischer König stand. Das Buch wurde auch, außer in Österreich, nirgends konfisziert, und die Wahrheit nicht einer einzigen der darin angegebenen Tatsachen ist selbst von der römischen Geistlichkeit, obwohl sie das Buch wie begreiflich höchlich verdammte, angefochten oder gar widerlegt worden.

Von der Kritik wurde mein Buch durchweg äußerst günstig aufgenommen und meinem Fleiß und Bestreben die vollste Anerkennung zuteil.

Einige wohlmeinende Freunde sprachen gegen mich die Meinung aus, daß mein Buch eine noch bessere Wirkung hervorgebracht haben würde, wenn ich die empörendsten Tatsachen weggelassen und bei Beurteilung der mitgeteilten mehr Mäßigung beobachtet hätte.

Gegen diese Ansicht muß ich mich entschieden erklären. Wollte ich handeln, wie diese Wohlmeinenden es verlangen, so handelte ich jesuitisch. Eine Linie, die nicht gerade ist, ist krumm, und entstellte Wahrheit ist Lüge.

Es ist allerdings möglich, daß einigen Katholiken die von mir mitgeteilten Tatsachen so unglaublich scheinen, daß sie dieselben für böswillige Erfindungen halten, worin sie natürlich von ihren Geistlichen bestärkt werden; allein sollte ich aus diesem Grunde mich gerade der wirksamsten Waffen berauben? Wer mich der Lüge beschuldigt, der mag offen auftreten; ich will ihm beweisen, daß, was er als Lüge bezeichnet, den Schriften eines verehrten Heiligen, Bischofs oder Prälaten wörtlich entnommen ist.

Was nun meine Urteile anbetrifft, so sind sie allerdings oft in herben und derben Worten ausgedrückt, allein ich frage, welche Ansprüche hat denn die römische Kirche auf eine rücksichtsvolle und zarte Behandlung? Die Wahrheit sagen ist in der Tat nicht so grob als jemand verbrennen, weil er an eine handgreifliche Lüge nicht glauben kann! Nein! was ich für schlecht halte, das werde ich schlecht nennen. Der Ausdruck meiner Entrüstung über diese oder jene römische Niederträchtigkeit muß dieser Entrüstung angemessen sein, und ist dies absichtlich nicht der Fall, dann lüge ich und bin ebenso verächtlich wie diejenigen, welche ich tadle.

Die römische Kirche ist kein Freund der Menschheit, dessen Schwächen und Gebrechen aufzudecken und zu verhöhnen mir Schande bringen könnte. Torheit und Schwäche wäre es, im offenen und ehrlichen Kampfe mit dem Todfeinde dieser Freiheit die Blößen nicht zu benutzen, die er bietet: ich stoße hinein mit aller Kraft, und wenn ich kann, nach dem Herzen.

Das Buch ist nicht für den Gelehrten, auch nicht für den Salon bestimmt, es ist für das *Volk* geschrieben, und damit dasselbe es lese, ist es geschrieben wie es geschrieben ist. Sind darin vorkommende Tatsachen und Worte nicht immer anständig, dann halte man sich deshalb an diejenigen Heiligen, Päpste oder Priester, welche solche unanständige Handlungen begingen oder unanständige Worte gebrauchten; – auf die zarten Nerven parfümierter Dandys kann man nicht Rücksicht nehmen, wenn man gegen einen frechen, unverschämten Feind und für die Wahrheit kämpft.

Der zweite Band, »Die Geißler«, folgte bald dem ersten; allein ehe der dritte noch erscheinen konnte, brach der Sturm von 1848 los, der mich in Paris fand, wo ich Zeuge der Februar-Revolution wurde. Die Zeit des Schreibens war nun vorläufig vorüber, und mit Tausenden Gleichgesinnter griff ich zum Schwert. Ich focht in erster Reihe und bis zuletzt. Die fürstliche Gewalt hatte bereits überall in Deutschland gesiegt, als wir die Festung Rastatt übergaben, deren Verteidigung ich als Chef des General-stabes geleitet hatte.

Ich wurde zum Tode verurteilt, aber nicht einstimmig. Die eine dissen-tierende Stimme, die Anwendung eines in bezug darauf erlassenen Geset-zes und ein Zusammentreffen anderer glücklicher Umstände erretteten mich vom Tode; allein ich ward volle sechs Jahre in der einsamen Zelle eines pennsylvanischen Gefängnisses lebendig begraben.

Wen die Einsamkeit eines solchen Gefängnisses nicht geistig zertrüm-mert, den läutert und kräftigt sie. Manche meiner Leidensgefährten star-ben, manche kehrten mit zerstörtem Körper und Geist hilflos in die Welt zurück. Es war im Herbst 1855, als ich mein Grab verließ. Weder mein Geist noch meine Gesundheit hatten gelitten; im Gegenteil, was andere zerstörte, hatte mich gekräftigt. Von der regierenden Gewalt verfolgt und von Ort zu Ort getrieben, hatte ich nach England zu fliehen, »to eat the bitter bread of banishment«, das bittere Brot der Verbannung zu essen.

Der große Bürgerkrieg in Amerika brach aus, und im Herbst 1861 schiffte ich hinüber als Spezial-Korrespondent der Augsburger Allgemeinen Zeitung und Korrespondent der London Times.

Ich sah dort viel und lernte viel. In der sechsjährigen Einsamkeit des Gefängnisses machte ich innere Entdeckungen und Erfahrungen, und durch den sechsjährigen Aufenthalt mitten in dem jugendkräftigen Leben und Treiben der großen Republik wurde mir reichliche Gelegenheit gege-ben, die praktischen Resultate der Prinzipien zu beobachten und zu prüfen, für deren Verwirklichung wir in Europa Gut und Blut darangesetzt hatten.

In Amerika wird man häufig von Amerikanern und Deutschen hören, »um Amerika und die Amerikaner zu verstehen, muß man wenigstens fünf Jahre im Lande gelebt haben«, und ich kann das zur Beherzigung für die Leute hier bestätigen, welche so schnell und absprechend über amerikanische Zustände urteilen.

Vertrieben aus meinem Vaterlande, wurde ich zwar ein Bürger der großen Republik, in welcher meine Ansichten und Überzeugungen mich nicht zum Verbrecher stempelten; allein wenn auch dem erweiterten Verstände die ganze Welt als Vaterland nicht zu klein ist, so hängt doch das Herz jedes Menschen mehr oder weniger an dem Lande, in welchem seine Wiege stand und in dem er seine Jugend verlebte. Das Herz des Deutschen bleibt überall deutsch, wenn auch seine Zunge englisch redet, und jeder sehnt sich danach, Deutschland wiederzusehen.

Die Sehnsucht erfaßte auch mich, und es verlangte mich, an Ort und Stelle zu sehen, wie die Saat stände, welche wir vor zwanzig Jahren mit Blut und Tränen eingesät hatten. Ich kehrte daher im vorigen Jahre als Korrespondent der New Yorker »Times« für »Deutschland und angrenzende Länder« in mein Geburtsland zurück.

»Der aus dem Jahr 1848 bekannte Corvin ist aus Amerika zurückgekehrt«, berichtete eine befreundete Zeitung, und die anderen druckten es nach. Als ich diese brillante Anerkennung für ein der Freiheit und dem Volke gewidmetes Leben las, lachte ich hellauf; nicht bitter, sondern mit dem glücklichen, heitern Sinn, der mich in den Stand setzte, ruhigen Auges den standrechtlichen Kugeln entgegenzusehen, in der wehedurchzitterten, brotsuppendurchdufteten Einsamkeit der entsetzlichen Zuchthauszelle geistig und körperlich gesund zu bleiben; die großen und kleinen Miseren des Flüchtlingslebens mit Humor zu tragen; in des »Schiffbruchs Knirschen«, wo die Gläubigen zittern, ruhig zu schlafen und mitten im »Schlachtendonnerwetter« meinen Zeitungsbericht zu schreiben.

Wer kümmert sich heute noch um die Leute, welche die Bäume pflanzten, die uns Schatten und Nutzen gewähren! – Ich war mit dem zufrieden, was ich in Deutschland sah. Das Blut der Märtyrer von 1848 und 49 und die Tränen ihrer Weiber und Kinder sind nicht umsonst geflossen. Die Veränderungen in der menschlichen Gesellschaft entwickeln sich eben in ähnlicher Weise wie die in der Natur, – allmählich und langsam, und es ist unvernünftig von denen, die doch sonst die Wunder leugnen, Wunder zu verlangen.

Von den politischen Folgen der Jahre 1848 und 49 will ich indessen hier nicht reden; ich habe mit ihnen hier nichts zu tun, ich will nur den geistigen Fortschritt in Betracht ziehen. Der unvernünftige Glauben hat in diesen zwanzig Jahren viel Terrain verloren, und die Hauptstütze desselben, das Papsttum, hängt noch an einem schwachen Lebensfaden. Die Macht der Pfaffen ist unterwühlt selbst in Österreich, Italien und

Spanien, und die ungeheuren Anstrengungen, die gemacht werden, sie aufrechtzuerhalten, sind nutzlos. Die Presse ist frei, und sogar die dem Papsttum treuesten Regierungen sind von der öffentlichen Meinung gezwungen worden, die Wissenschaft gewähren zu lassen, und selbst in die Notwendigkeit versetzt, die Anmaßung der Pfaffen zu bekämpfen.

Unsere Aufgabe ist es, die errungenen Vorteile zu benützen, und der zweckmäßigste Weg dazu, das Wissen unter dem Volke zu verbreiten und vor allem danach zu streben, den Pfaffen mit und ohne Tonsur die Erziehung der Jugend aus den Händen zu winden.

Wohl weiß ich, daß die protestantischen orthodoxen Pfarrherrn ebenso fanatisch sind wie die dummgläubigen Mönche und daß sie, wenn sie die Macht hätten, ihre despotischen Gelüste zu befriedigen, dies mit ähnlichen Mitteln tun würden, wie sie die römische Kirche gebrauchte; allein wir können Herrn Knaak und ähnliche Stillstandshelden ruhig ihre Glaubensdummheiten zu Markte bringen lassen, das protestantische Volk lacht darüber, und die paar alten Weiber, die ihnen glauben, tun wenig Schaden. Ich lasse daher die innerhalb der protestantischen Kirche auftauchenden Dummheiten unberücksichtigt, wenigstens sind sie nicht der Hauptgegenstand dieses Buches. Ich habe es hier speziell mit den von Rom ausgehenden Dummheiten und Nichtswürdigkeiten zu tun und zeige dem Volk das Gesicht der römischen Pfaffheit, wie es in dem Spiegel der Geschichte erscheint.

Die erste Auflage dieses Buches war bald vergriffen, und meine lange Abwesenheit von Deutschland hinderte mich daran, eine zweite zu veranstalten. Als ich jedoch im vorigen Jahr von Amerika zurückkehrte, wurde ich von sehr verschiedenen Seiten dringend dazu aufgefordert. Im Buchhändler-Börsenblatt wurde das Buch fast wöchentlich gesucht, und es war selbst antiquarisch nirgends zu haben. Ich selbst konnte kein Exemplar auftreiben und hatte es mir von einem Privatmanne zu borgen, welcher es jemand verliehen, der es wiederum einem Freunde in einer anderen Stadt mitgeteilt hatte!

Obwohl mit mancherlei Arbeiten überhäuft, entschloß ich mich nun zu einer zweiten Auflage. Die Veränderungen, die während dieser zwanzig Jahre in Deutschland stattgefunden hatten, machten eine teilweise Umarbeitung notwendig. Die ganze Einleitung paßte nicht mehr, und ich schrieb eine andere. Zeitanspielungen durchzogen das ganze Buch, und ich hatte es durchaus zu revidieren und vermehrte dasselbe durch ein Kapitel, welches ich hauptsächlich dem zweiten Bande entnahm. Ich veränderte auch den Titel, da mir christlicher Fanatismus eine contradictio in adjecto schien.

Wenn ich an den mitgeteilten Tatsachen nichts änderte, höchstens einige hinzufügte, und ebensowenig an dem Stil und Ton des Buches, so tat ich das mit voller Überlegung. »Narren muß man mit dem Kolben lausen«, heißt das derbe deutsche Sprichwort, und wie ein Anatom, der zum Besten der Menschheit in faulen Körpern wühlt, keine Handschuhe anziehen kann, so kann auch ich den faulen Pfaffenkörper nicht mit Glacéhandschuhen anfassen. Daß ich mir aber bei dem ekelhaften Geschäft eine humoristische Zigarre anstecke, kann mir kein Mensch übelnehmen, und sie kommt ja auch dem Leser zugut. Ebensowenig halte ich es für angemessen, es aufzugeben, die Dinge beim rechten Namen zu nennen. Wenn ich einen für unanständig gehaltenen Gegenstand überhaupt so bezeichnen muß, daß man versteht, was ich meine, so wird der Gegenstand dadurch nicht anständiger, daß ich umschreibe, was ich mit einem deutschen Wort bezeichnen kann.

Hoffentlich wird mein Buch noch zur Kirchenversammlung fertig, von der sich der Papst die Wiederherstellung der römischen Herrlichkeit verspricht; mein Buch mag den Herren zum Nachschlagen dienen, wenn sie vielleicht vergessen haben sollten, was die römische Kirche vorschreibt und glaubt.

1868, im Oktober

Vorrede zur dritten Auflage

1869

Ich war freilich vollständig davon überzeugt, daß mein Pfaffenspiegel ein zeitgemäßes Buch sei; allein dennoch überraschte es mich sehr angenehm, daß bereits nach einigen Wochen eine dritte Auflage nötig wurde, welche hoffentlich nicht die letzte sein wird.

Ein günstiges Geschick unterstützte die in dem Buche vertretene gute Sache dadurch, daß es gerade um die Zeit seines Erscheinens Dinge an das Tageslicht brachte, welche die in demselben aufgestellte Behauptung bewahrheiteten, daß die in früheren Zeiten innerhalb der römischen Kirche, namentlich in den Klöstern, verübten Ruchlosigkeiten und himmelschreienden Verbrechen keineswegs allein barbarischen Zeitaltern angehörten, sondern daß sie eine natürliche Folge des in der römischen Kirche herrschenden, unwandelbaren Prinzips sind und heute noch ebenso vorkommen wie vor tausend Jahren, nur in vielleicht noch schrecklicherer und mehr raffinierter Nichtswürdigkeit.

Als die römische Kirche noch über Kaiser, König und Volk unumschränkt gebot, hielten es die Pfaffen kaum für der Mühe wert, ihre Gewalttätigkeiten zu verbergen, da die Kirche selten den Willen und das weltliche Gesetz nicht die Macht hatte, die unter dem Deckmantel der Religion verübten Scheußlichkeiten zu verhindern oder zu bestrafen. Das hat sich indessen seit der Reformation und den aus derselben sich entwickelnden Revolutionen geändert. Selbst solche Kaiser und Könige, welche noch sehr geneigt wären, die römische Kirche gewähren zu lassen, weil die durch dieselbe geförderte Verdummung der Despotie günstig ist, sind von der öffentlichen Meinung, welche durch den Arm des Volkes manchmal Throne zertrümmert und Kronen – samt den Köpfen – herunterschlägt, gezwungen worden, ihrer unumschränkten Gewalt feierlich zu entsagen und ihre despotischen Gelüste hinter sogenannten Konstitutionen zu verbergen, über welche sie lachen mögen, die aber das Volk sicher zur Wahrheit machen wird, wenn es sich erst von der geistigen Knechtschaft der Kirche befreit und damit unehrlichen Fürsten alle Hoffnung auf die Rückkehr zur alten despotischen Herrlichkeit abgeschnitten hat. Die Fürsten, die sich jetzt selbst dem Gesetz fügen müssen, können die Pfaffen nicht länger schützen, welche verfassungsmäßige Gesetze verletzen, denn die öffentliche Meinung verlangt gleiches Recht für alle und will Privilegien der Kirche und ihrer Diener nicht länger dulden.

Die römische Kirche hält jedoch ihre Grundsätze und Gesetze für vollkommen und erklärt, daß der Zeitgeist auf Abwegen sei und durch ein Konzil wieder in das althergebrachte Geleise gebracht werden müsse. Daß bei einem solchen Zustande die Opfer kirchlicher Tyrannei nicht besser wegkommen als im Mittelalter, liegt auf der Hand.

Nach den Enthüllungen, welche innerhalb der letzten zwanzig Jahre gemacht worden sind, läßt es sich mit Bestimmtheit annehmen, daß alle Verbrechen, welche in meinem »Pfaffenspiegel« nach authentischen Quellen berichtet sind, auch noch heutzutage innerhalb der römischen Kirche und namentlich in den Klöstern begangen, aber nur sorgfältiger geheimgehalten werden und daß es daher eine von der Menschlichkeit gebotene Pflicht ist, die Regierungen auf dem gesetzlichen Wege zu veranlassen, die strengsten Untersuchungen anzuordnen und ferner alle

Ausnahmegesetze für Priester, oder die Kirche im allgemeinen, aufzuheben und die Gleichheit vor dem Gesetz eine Wahrheit werden zu lassen.

Schließlich ersuche ich nochmals alle Leser, welche es mit der Menschheit wohlmeinen, mir unter der Adresse der Verlagshandlung Mitteilungen über pfäffische Nichtswürdigkeiten zu machen, die zu ihrer Kenntnis kommen und deren Untersuchung an geeigneter Stelle angeregt werden soll, ohne den Namen der Mitteiler zu nennen. Unzweifelhafte Fälle sollen dann in folgenden Auflagen und auch durch Zeitungen zur Kenntnis des Publikums gebracht werden.

Rorschach am Bodensee, August 1869

Vorrede zur vierten Auflage

1870

Die Notwendigkeit einer vierten Auflage des »Pfaffenspiegel« in so kurzer Zeit ist der beste praktische Beweis, daß dies Buch den Zweck erfüllt, den ich mir vorsetzte, als ich es schrieb. Aus verschiedenen streng katholischen Ländern der Welt, wie Spanien, Italien, Südamerika, erhielt ich zustimmende und ermutigende Briefe und hatte auch die Freude, ein eigenhändiges Schreiben von dem alten Helden Garibaldi zu empfangen, in welchem er sich freudig anerkennend über die Tendenz meines Buches ausspricht.

Der Gedanke der Verlagsbuchhandlung, eine wohlfeile Volksausgabe des Pfaffenspiegels zu veranstalten, ist ein sehr glücklicher und mit meinen Ansichten durchaus übereinstimmender.

Für die gebildeten Klassen der Gesellschaft ist überall die Macht des Papstes, sofern sie ihren Glauben betrifft, ein toter Buchstabe; allein diese Macht hat noch immer eine fühlbare praktische Bedeutung, solange das Fundament einigermaßen zusammenhält, auf dem sie erbaut wurde, das ist die Dummheit des Volkes – oder, um es milder auszudrücken, der »blinde Glaube« des Volkes an ihre Berechtigung.

Der offene Zweck dieses Buches ist es, auf offene und ehrliche Weise dieses Fundament zu stürzen, indem auf authentischem, historischem Wege nachgewiesen wird, daß dieser Glaube, den die römische Kirche als erste Bedingung verlangt, auf handgreiflichen Lügen und Fälschungen beruht, die von bewußten und unbewußten Betrügern dem vertrauenden

Volke als Wahrheiten und Tatsachen aufgetischt wurden, und daß eigennützige Pfaffen diesen »frommen Glauben« des Volkes stets zu ihrem eigenen Nutzen und zum Schaden der Menschheit ausbeuteten.

Die alten Heiden pflegten zu sagen: »Wen die Götter verderben wollen, schlagen sie zuerst mit Blindheit.« Es scheint in der Tat, als ob eine höhere Macht die geistigen Augen des gegenwärtigen Papstes geblendet und ihn unfähig gemacht hätte zu sehen, was das gegenwärtige Zeitalter erfordert.

Jesuiten, die nichts weniger als blind für ihre speziellen Interessen sind und im Trüben zu fischen hoffen, umgarnen den altersschwachen Mann, nähren seine krankhafte Neigung zu mystischer Schwärmerei und zugleich seinen geistlichen Hochmut und veranlassen ihn, dem in Rom versammelten Konzil Beschlüsse aufzuzwingen, gegen welche sich der gesunde Menschenverstand und praktische Sinn der würdigsten Bischöfe empört, und welche, wenn sie zur Ausführung kommen sollten, die geistliche Macht unfehlbar stürzen müssen, welche länger als ein Jahrtausend den Geist der Menschen knechtete und den Fortschritt aufhielt.

Ich halte es für ein verdienstliches Werk, zur Beschleunigung dieses Umsturzes nach Kräften beizutragen, indem ich dem gläubig vertrauenden Volke die Gestalt der römischen Kirche zeige, wie sie erscheint, wenn sie von dem sie verhüllenden Plunder der Lüge und Falschheit befreit ist.

London, im Februar 1870

Vorrede zur fünften Auflage

1885

Zur Zeit der bedrückendsten Reaktion (1846) schrieb ich zur Unterstützung der deutsch-katholischen Bewegung unter dem Titel: »*Historische Denkmale des christlichen Fanatismus*« ein Buch, welches in der Gebauerschen Buchhandlung in einer Auflage von 3.000 Exemplaren erschien. Damals bestand noch die Zensur in aller Strenge, und der damalige Leipziger Zensor, ein Professor namens *Hardenstern*, durchforschte mein Manuskript mit ganz besonderer Sorgfalt, und sein Rotstift strich manche Stellen weg. Dieses Schicksal betraf besonders lange Passagen aus den Schriften römisch-katholischer Heiliger und Kirchenväter, die der Herr Professor nicht kannte. Er ersuchte mich, die Quellen stets mit Bleistift am Rande zu bemerken, da er imstande sei, sich selbst zu überzeugen.

Da das Buch nur historische Tatsachen enthielt, welche entweder direkt nur römisch-katholischen Schriftstellern oder Werken entnommen waren, die seit Jahren in Deutschland bestanden, *so erteilte der strenge Zensor dem Buche das Imprimatur.*

Das Werk wurde vom Publikum sowohl als der Presse ganz außerordentlich günstig aufgenommen, wenn auch einige zartbesaitete Kritiker meine Sprache hin und wieder zu offen und derb fanden. Ich habe aber für jedes meiner Bücher einen besonderen Stil, wie ich ihn für den behandelten Gegenstand und für die Klasse des Publikums, für welche das Buch bestimmt ist, für zweckmäßig halte. Der Erfolg hat bewiesen, daß ich, was die »Historischen Denkmale usw.« betrifft, das Richtige getroffen hatte. Die 3.000 Exemplare waren bald abgesetzt.

Es kamen nun die Jahre 1848 und 1849, an deren politischen Ereignissen ich einen sehr regen Anteil nahm, infolgedessen ich zum Tode verurteilt, allein zu Zellengefängnisstrafe begnadigt wurde, die ich sechs volle Jahre, die höchste vom Gesetz gestattete Zeit, in Bruchsal in Baden erduldete.

Als ich im Jahre 1855 frei wurde, zwang mich die fortgesetzte Verfolgung des Preußischen Polizeipräsidenten von Hinkeldey, nach England zu flüchten, wo ich sechs Jahre in London lebte. Als der große Sezessionskrieg in Amerika ausbrach, ging ich dorthin als Spezialkorrespondent der Augsburger Allgemeinen Zeitung und der Londoner Times. Ich trat in amerikanischen Staatsdienst und wurde Bürger der großen Republik.

Im Jahre 1867 ging ich als Spezialkorrespondent der New-York-Times nach Berlin, von wo ich nach der Schweiz und später nach Wertheim in Baden zog.

Schon gleich nachdem meine Rückkehr nach Deutschland bekannt wurde, erhielt ich von den verschiedensten Seiten die allerdringendsten Aufforderungen, eine neue Auflage meiner historischen Denkmale herauszugeben. Diese zweite Auflage erschien bei *Vogler & Beinhauer* in Stuttgart (5000 Exemplare) unverändert unter dem Titel »*Pfaffenspiegel,* Historische Denkmale des Fanatismus in der römisch-katholischen Kirche«. Die Auflage wurde bald abgesetzt, und es erschien die gleichfalls 5.000 Exemplare starke dritte Auflage, die in sechs Wochen vergriffen war. Dieser günstige Erfolg veranlaßte die Verlagshandlung, eine *wohlfeile Volksausgabe* von 8.000 Exemplaren zu veranstalten, und sie hatte – ohne meinen Rat einzuholen – den unglücklichen Gedanken, diese Auflage *illustrieren* zu lassen. Diese Illustrationen lieferten der damaligen württembergischen Regierung den Vorwand, das mit königlich sächsischer Zensur erschienene Buch mit Beschlag zu belegen und seinen Verkauf bei Strafe zu verbieten.

Während die drei ersten Auflagen erschienen, war von keiner deutschen Behörde eine Klage gegen den Inhalt des Buches erhoben worden, ja nicht einmal von Seiten der römischen Geistlichkeit ein Versuch gemacht worden, eine der darin enthaltenen historischen Tatsachen zu bestreiten, obwohl ich dringend darum ersucht hatte, mir etwaige Irrtümer nachzuweisen. – Die Umstände verhinderten die Veranstaltung neuer Auflagen. Ein Buchhändler, welcher einen großen Teil der verbotenen *illustrierten* Auflage erworben hatte, behauptete fälschlicherweise, von den früheren Verlegern das *Verlagsrecht* erkauft zu haben, welches diese aber nie besessen hatten, wie aus Verträgen und Briefen dieser Verleger bewiesen ist.

Der Verlagsbuchhändler Herr A. Bock in Rudolstadt, welcher durch Verkaufskontrakt Eigentümer des Verlagsrechtes geworden ist, hat beschlossen, nachdem die entgegenstehenden Hindernisse beseitigt sind, eine fünfte Auflage des sehr gesuchten Buches (es erschien auch französisch unter dem Titel La Prêtraille Romaine) herauszugeben. Ich freue mich darüber und hoffe, daß es jetzt noch beifälliger aufgenommen werden wird als 1846, weil die Reaktion im gegenwärtigen Augenblick noch drückender wirkt als damals und die Pfaffheit mit erneuter Dreistigkeit die alten Künste, das Volk in der Dummheit zu erhalten, anwendet, welche sich in früheren Zeiten als so wirksame Stütze des fürstlichen Absolutismus bewährt haben.

Bad Elgersburg, im Juli 1885

Einleitung

»Je erhabener göttliche Dinge sind, je ferner sie von der Sinnenwelt abliegen, desto mehr muß sich das Streben unserer Vernunft nach ihnen richten; der Mensch wird wegen der ihn auszeichnenden Vernunft mit dem Bilde Gottes verglichen; daher soll der Mensch sie auf nichts lieber richten als auf den, dessen Bild er durch sie vorstellt.«

Abélard

Wenn der schwache Mensch sich unter den Schlägen des Unglücks erliegen fühlt und weder in sich selbst noch in andern, noch überhaupt irgendwo auf Erden Trost und Hilfe für seine Leiden findet, dann treibt ihn ein natürlicher Hang dazu, sich mit der in Gefühlen, Gedanken oder Worten ausgedrückten Bitte an die von jedem geahnte, wenn auch nicht begriffene Macht zu wenden, welcher er den Ursprung und die Erhaltung alles Bestehenden, der Welt, zuschreibt und die wir mit dem allgemeinen Namen Gott bezeichnen.

Es kann nur *eine* Welturache, *einen* Gott geben, aber das Wesen – die Beschaffenheit und Art dieser schaffenden und erhaltenden Kraft ist das große Weltgeheimnis, welches nie ergründet wurde, nie ergründet werden wird und nie ergründet werden kann.

Jeder Mensch, der überhaupt eines Gedankens fähig ist, macht sich indessen von diesem Wesen eine Vorstellung, welche dem Grade der Ausbildung der ihm mit der Geburt gegebenen Vernunft angemessen ist. Diese *Vorstellung ist sein Gott* und somit jeder Mensch der Schöpfer seines Gottes.

Die Vernunft entwickelt sich infolge sehr mannigfaltiger Einflüsse sehr verschieden, und wie es kaum zwei Menschen gibt, die durchaus körperlich gleich sind, so gibt es auch nicht zwei, deren geistige Ausbildung oder Entwicklung genau dieselbe ist. Daraus folgt, daß es, streng genommen, ebenso viele Götter als Menschen gibt – das heißt *Vorstellungen von Gott*.

Was verschiedene Menschen für eine Ansicht über die Natur der Sonne haben, ändert die Sonne nicht, und Gott bleibt derselbe, wie verschieden sich auch die Vorstellung der Menschen gestalten mag. Der Neger, der vor dem von ihm selbst geschnitzten Fetisch kniet, welcher der verkörperte Ausdruck seiner Gott-Vorstellung ist, wie der Inder, der Feueranbeter, der Mohammedaner, Jude oder Christ – alle beten zu demselben Gott, und die sogenannten Materialisten und Atheisten, die nicht beten, haben nur eine von der mehr allgemeinen abweichende Ansicht. Die sogenannten Gottesverleugner verneinen nicht eigentlich das Vorhandensein Gottes, was eine absolute Dummheit wäre, sondern erklären sich nur gegen die Vorstellung von einem *persönlichen* Gott.

Alle Gottvorstellungen sind zwar aus ein und derselben Urquelle geschöpft; allein je nach den Einfluß übenden verschiedenen Verhältnissen bildeten sie sich verschieden und oft zu so seltsam und wunderlich erscheinenden Formen aus, daß es selbst dem kundigen, denkenden Forscher schwer wird, den gemeinschaftlichen Ursprung nachzuweisen.

Da nun die Gottvorstellung die Grundlage jeder Religion ist, so erklärt sich einerseits das Vorhandensein so vieler verschiedener Religionen und andrerseits wieder der Umstand, daß Völker, die sich unter denselben oder ähnlichen Verhältnissen entwickelten, dieselbe Religion haben.

Das Nachweisen des gemeinschaftlichen Ursprunges der verschiedenen Religionen würde ein eigenes Werk erfordern, und da es für den mir vorliegenden Zweck genügt, so beschränke ich mich darauf, eine Skizze von dem allgemeinen Entwicklungsgange aller Religionen zu geben.

Als die Erde in ihrer Entwicklung auf dem dazu geeigneten Punkte angelangt war, entstanden Menschen. Diese empfanden die angenehmen und unangenehmen Wirkungen der verschiedenen Naturerscheinungen zum erstenmal, und da sie mit Vernunft begabt waren, so forschten sie bald, oder vielmehr machten sich Gedanken über deren Ursprung.

Die unmittelbarsten Eindrücke empfanden sie von der Witterung, und Regen, Wind, Gewitter, Hitze und Kälte waren um so mehr geeignet, ihre Neugierde zu erregen, als deren Urheber ihren Augen verborgen waren.

Die Veränderungen, welche vor Regen und Gewitter am Himmel vorgingen, konnten sie indessen sehen, und da der Regen und der Blitz aus den Wolken kamen, so lag es sehr nahe, die verborgenen Urheber »im Himmel«, das heißt in den Wolken zu suchen.

Die Sonne, von welcher Tag und Nacht, Hitze und Kälte mit ihren Wirkungen abhängen, mußte natürlich ebenfalls ein hauptsächlicher Gegenstand ihrer verwunderten Betrachtung werden.

Auch der Wechsel der Jahreszeiten mit seinen Annehmlichkeiten und Unannehmlichkeiten mußte die Frage nach dessen Ursache erzeugen.

Da die *Erfahrung*, die Mutter aller *Wissenschaft*, noch in der Kindheit war, so bewegte sich die Phantasie, das ungeregelte Spiel der Vernunft, nur in dem sehr beschränkten Kreise des Sichtbaren und knüpfte daran ihre Schlüsse in bezug auf das Verborgene. Als handelnde Wesen kannte man nur Tiere und Menschen, und die Geschöpfe der Phantasie, die man als die Urheber der genannten Naturerscheinungen dachte, konnten nur tier- oder menschenähnliche Wesen sein.

In manchen Menschen ist die Phantasie reger als in andern, und sie teilten mit, was sie über die Handlungen und Verhältnisse dieser Wesen zueinander *dachten* und aus den Äußerungen der ihnen zugeschriebenen Tätigkeit erfanden. So entstanden *Märchen* und *Sagen*, welche durch die mit besonders lebhafter Phantasie begabten Menschen, *Dichter*, immer weiter ausgesponnen, in mehr oder minder vernünftigen Zusammenhang gebracht und mit *Personen* bevölkert wurden.

Solche in der Kinderstube des Menschengeschlechts entstandene Märchen pflanzten sich als wirklich geschehen von Geschlecht zu Geschlecht fort, und ihre Spuren sind noch nach Jahrtausenden selbst unter den am weitesten entwickelten Völkern nachzuweisen und üben noch heute einen gewissen Einfluß. Das wird einem jeden begreiflich sein, der sich über seine eigenen Gefühle und Empfindungen Rechenschaft gibt. Selbst der aufgeklärteste und gebildetste Mann wird noch am Ende seines Lebens Anklänge der Eindrücke entdecken, die er in seiner Kinderstube empfing; es wird keinem gelingen, sich absolut von dem Ammenmärchen loszumachen.

Da sich die Urmenschen die in den Wolken oder an andern ihnen unzulänglichen Orten vermuteten Urheber der Naturerscheinungen – »Götter« – nur als mächtigere Tiere oder Menschen dachten, so schrieb man ihnen natürlich auch dieser Vorstellung angemessene Empfindungen zu, wie Zorn, Haß, Rache, Wohlwollen, Güte usw. Da sich nun der Zorn von Menschen besänftigen und dessen Äußerung abwenden läßt, so lag der Gedanke nahe, dies auch mit den Göttern zu versuchen, und so entstanden die *Opfer*.

Diese Opfer bestanden in Gegenständen, die Menschen angenehm waren, und da die Götter im Himmel wohnten und diese Opfer nicht abholten, so mußte man sie ihnen in den Himmel senden, was in keiner andern Weise geschehen konnte als dadurch, daß man sie verbrannte, da doch wenigstens der Geruch und Rauch zum Himmel aufstiegen.

Die geschäftige Phantasie bildete sich bald eine Theorie über die Wirkung dieser Opfer, und da man dabei nie den menschlichen oder rein sinnlichen Standpunkt verließ, so kam man natürlich zu dem Schluß, daß das, was Menschen ganz besonders angenehm, was selten und daher schwer zu verschaffen, was ihnen vorzüglich lieb war, den Göttern das angenehmste Opfer sein müsse.

Da nun aber auch der Zorn der Götter schwer zu besänftigen war, das heißt da unangenehme Naturerscheinungen oft lange dauerten und man viele Opfer gebrauchte, bis sie mit ihren Wirkungen aufhörten, solche seltene den Göttern besonders angenehme Opfer aber schwer zu verschaffen waren und dem einzelnen oft fehlten, so vereinigten sich viele, den Bedarf für die Götter herbeizuschaffen, da alle den Wunsch haben mußten, sie zu versöhnen. So bildeten sich *Opfervereine*, die wohl als der Anfang der Religion bezeichnet werden können.

Die herbeigeschafften Opfervorräte mußten aufbewahrt und endlich den Göttern dargebracht werden, und es wurden bald besondere Personen mit diesem Geschäft beauftragt. So entstanden *Priester*.

Da diese Priester diejenigen Personen waren, welche den Göttern, die man sich stets als mehr oder weniger idealisierte Menschen dachte, die Opfer darbrachten, also mit ihnen in unmittelbare Verbindung traten, so lag der Gedanke nahe, daß die Götter ihnen als den wirklichen Spendern besonders günstig seien und ihnen zunächst ihre Wünsche mitteilten. Daraus folgte wieder, daß man ihnen einen gewissen Einfluß auf die Entschlüsse der Götter zuschrieb und sich um ihre Gunst bemühte, damit sie diesen vorausgesetzten Einfluß für diejenigen anwendeten, welche sich ihre Zuneigung zu erwerben verstanden.

Herrschsucht liegt aber in der Natur jedes Menschen, und es ist begreiflich, daß den Priestern der von ihnen erlangte Einfluß angenehm war und sie denselben zu erhalten und zu vermehren trachteten. Sie wußten freilich, daß die in bezug auf ihr Verhältnis zu den Göttern gehegten Voraussetzungen irrtümliche waren; allein der Irrtum hatte dieselbe Wirkung wie ihn die Wahrheit gehabt haben würde, und es lag in ihrem Interesse, denselben zu erhalten und zu vermehren.

Die Priester in dieser Kinderperiode der Menschheit glaubten übrigens selbst an die Götter und hatten von ihrer Natur im Hauptsächlichen dieselbe Vorstellung wie die übrigen Menschen; sie hielten daher eine unmittelbare Verbindung mit denselben für keineswegs unerhört oder unmöglich, und Träume und Visionen, über deren Ursprung und Natur die Erfahrungen noch gering waren, mochten sie darin bestärken, daß ein solcher Verkehr mit den Göttern nicht nur möglich sei, sondern auch wirklich stattfinde.

So entstand denn allmählich infolge unabsichtlicher und absichtlicher Täuschung über die Beziehung zwischen Göttern, Priestern und den anderen Menschen ein System, welches auf dem Glauben beruhte, den das Volk den Aussagen der Priester schenkte. Diese, die vertraut mit den Göttern waren, wußten, was diesen angenehm und unangenehm war, und sie verstanden es, die Sprache zu deuten, durch welche sie sich den Erdenkindern mitteilten. Die Priester ordneten die Art und Weise an, wie die Opfer gebracht werden sollten, und daß sie bei all diesen Anordnungen sich selbst nicht vergaßen, versteht sich wohl von selbst. So wuchs das Ansehen der Priester von einem Menschenalter zum andern immer mehr, und sie waren die eigentlichen Herrscher des Volkes.

Außer den im Himmel, das heißt in den Wolken, wohnenden Göttern gab es aber auch auf der Erde dem Menschen mehr oder weniger furchtbare Gewalten; zunächst starke und reißende Tiere und endlich Menschen, die ihre größere körperliche Kraft zum Nachteil anderer anwandten. Gegen diese mußte man sich schützen, und es ist begreiflich, daß diejenigen, welche vermöge größerer Kraft, größeren Mutes und Geschicklichkeit sich bei der Jagd und im Kriege auszeichneten, Einfluß und Macht unter ihren Mitmenschen erwarben. Sie wurden Häuptlinge, – Fürsten.

Verstand und Körperkraft sind nur selten in gleichem Maße in denselben Menschen vereinigt, und als im Laufe der Zeit die Verhältnisse der Gesellschaft verwickelter wurden, ward auch das Herrschen schwieriger, und Fürsten und Priester fanden es zweckmäßig, sich gegenseitig zu unterstützen, wobei je nach den Umständen bald die Gewalt der Fürsten, bald die der Priester überwog.

Die Religion wurde daher die Stütze der Despotie und umgekehrt.

Viele sind stärker als Einer, und da sich die Interessen des Einen nicht immer mit denen der Vielen vertragen, so würde es noch häufiger vorkommen, als es der Fall war und ist, daß die Vielen den Einen zwingen, nach ihrem Willen zu regieren, wenn nicht die Religion, die auf die Furcht vor den verborgenen, mächtigen Göttern gegründet war, ein solches Auflehnen durch den Mund ihrer anerkannten Vertreter, der Priester, als ein Verbrechen gegen diese Macht schon deshalb gestempelt hätte, weil durch die Verminderung der Macht der Despoten die der Priester gefährdet wurde, indem diese sie dazu gebrauchten, den gefährlichsten Feind der von ihnen erfundenen Religion zu bekämpfen.

Dieser Feind ist die *Vernunft*, das *Denken* und die daraus folgende Erkenntnis, die *Wissenschaft*.

Die Macht der Priester und alle Religion beruhte auf der Phantasie, welche in der Kinderperiode der Menschheit die Götter erschuf. Die Spekulation der Priester bildete diesen traditionellen Glauben zu einem komplizierten System aus, welches aus Täuschungen und Erdichtungen zusammengesetzt und von vornherein auf Einbildungen erbaut war.

Je mehr sich in den Menschen die Vernunft entwickelte und sie anfingen zu beobachten und zu denken, das heißt aus *Erfahrungen* Schlüsse zu ziehen, desto häufiger entdeckten sie, daß manche von den Priestern als positive Wahrheiten ausgegebene Dinge gerade das Gegenteil waren, was natürlich Mißtrauen gegen andere Behauptungen erzeugte, auf denen die Priestergewalt hauptsächlich gestützt war. Jeder Schritt, den die Wissenschaft vorwärts tat, trat irgendeiner Priesterlüge auf den Kopf.

Es war daher eine Lebensfrage für das Ansehen der Priester, oder was sie mit sich selbst zu identifizieren verstanden, der Religion, die Entwicklung der Vernunft nach Kräften zu hemmen und die Verbreitung der unvertilgbaren Resultate der Wissenschaft zu verhindern, was zunächst durch die despotische Macht geschehen konnte.

Da nun aber häufig Konflikte zwischen der Herrschsucht der Priester und derjenigen der Fürsten entstanden, so waren die ersteren darauf bedacht, für ihre Macht eine noch festere Begründung zu schaffen, als sie das sie mit den Despoten verbindende gemeinschaftliche Interesse darbot, welches nur *bis zu einer gewissen Grenze gemeinschaftlich war*. Das Verfahren der Priester, um diesen selbstsüchtigen Zweck zu erreichen, war ebenso praktisch als für die Menschheit und deren geistige Entwicklung verderblich; der menschliche Geist mußte der Aufklärung möglichst unzugänglich und schon von Kindheit an in eine Form gezwängt werden, welche ihn nötigte, sich in der gewünschten Weise zu entwickeln. *Zu diesem Ende bemächtigten sie sich der Erziehung der Jugend.*

Das genügte indessen ihrer Vorsicht noch nicht. Dieses Lehrerverhältnis mußte für das ganze Leben beibehalten und die Herrschaft der Priester über die Seele der Menschen in solcher Weise ausgedehnt werden, daß diese von der Wiege bis zum Tode keinen Gedanken denken konnten, von dem die Priester nicht Kenntnis erhielten.

Das Mittel, dies vollkommen zu erreichen, war, in den Menschen die Furcht zu pflanzen vor entsetzlichen Gefahren (die einzig in dem Gehirn der Priester ihren Ursprung fanden) und gegen welche allein die Priester die Mittel zu vergeben hatten.

Es ist hier keineswegs gesagt, daß alle Priester bewußte Betrüger waren. Das wohlersonnene und konsequent durchgeführte System verfehlte seine Wirkung auf die Priester selbst nicht, welche aus dem Volke hervorgingen und nach der als zweckmäßig und notwendig erkannten Art erzogen worden waren. Ein großer Teil der Priester glaubte wirklich, was sie lehrten, und diejenigen, die nicht glaubten, begriffen bald den Vorteil, den es ihnen brachte, den Glauben im Volke zu erhalten.

Der *Glaube* war der Hauptpfeiler des ganzen von den Priestern erbauten Religionsgebäudes, und da mit seiner Zerstörung dasselbe durchaus fallen mußte, so war es die Hauptsorge aller Priester, diesen Glauben als das Heiligste und Unantastbarste hinzustellen und schon den bloßen Zweifel, welcher der Vernunft den Weg bahnte, als ein *Verbrechen* darzustellen, welches die Götter als das schrecklichste von allen bestraften.

Dieser Gedanke, welcher schon seit Jahrtausenden von Priestern aller Religionen den Kindern eingeprägt wurde und sich von Generation zu Generation forterbte, behauptete sich unter den Menschen mit solcher Gewalt, daß noch heute, nachdem die Vernunft und die trotz aller Hemmnisse unaufhaltsam fortschreitende Wissenschaft die Abgeschmacktheit aller auf den Glauben gegründeten Religionen erkannt hatte, selbst Nichtgläubige es nicht wagen dürfen zu sagen: ich glaube nicht an Gott, ohne unter Millionen Entsetzen zu erregen, obwohl mit diesen Worten doch weiter nichts ausgedrückt ist als: die Vorstellung, welche ich, ein Kind des neunzehnten Jahrhunderts, von der Welturssache, von Gott habe, ist eine durchaus andere als diejenige, welche die Mehrzahl der Menschen vor Jahrtausenden hatte und welche noch die Basis der heutigen herrschenden Religion bildet.

Da nun der *Glaube* sich als der Hauptfeind des menschlichen Fortschritts erwies und noch erweist und es Zweck dieses Buches ist, zu der Wegräumung dieses mächtigen Hindernisses beizutragen, so wird es nötig sein, die Natur desselben zu untersuchen.

Was ich aus eigener Erfahrung kenne, brauche ich nicht zu glauben, das *weiß* ich; ich kann nur *glauben* oder nicht glauben, was ich aus dieser Erfahrung schließe oder was mir andere als ihre Erfahrung, oder als Schlüsse, die aus derselben gezogen sind, mitteilen.

Es gibt zwei Arten von Glauben: der vernünftige und der unvernünftige, und ihre Erklärung liegt schon im Beiwort. Was meine Vernunft als *möglich* annimmt, kann ich glauben ohne unvernünftig zu sein, selbst wenn das mir als Faktum Mitgeteilte nicht wahr sein sollte; glaube ich aber an das Geschehensein einer Handlung, welche meine Vernunft als unmöglich erkennen muß, so ist mein Glaube ein unvernünftiger.

Der Maßstab, den die Vernunft für die Möglichkeit einer Sache hat, ist ursprünglich einzig und allein die Erfahrung. Beispiele werden meine Ansicht klarer machen als Definitionen.

Erzählt mir jemand, er habe im Oktober einen Kastanienbaum blühen gesehen, und ich glaube ihm, so ist mein Glaube ein vernünftiger, selbst wenn derjenige, der mir die Sache erzählt, eine Unwahrheit sagen sollte. Ich selbst habe Kastanienbäume oder andere Pflanzen um diese Zeit blühen gesehen, welche sonst nur im Frühjahr zu blühen pflegen, und dasselbe ist mir von vielen Personen bekannt, von denen ich keinen Grund habe anzunehmen, daß sie eine Unwahrheit sagen.

Man sagt, die Sonne sei einundzwanzig Millionen Meilen entfernt. Ich glaube es, und mein Glaube ist kein unvernünftiger, obwohl ich die Entfernung nicht gemessen habe, da mir dazu die Mittel, das heißt die nötigen Kenntnisse fehlen. Ich habe aber Kenntnisse genug, um durch Berechnung die Entfernung von mir zu Punkten zu messen, zu denen ich nicht mit dem Maßstab gelangen kann, und habe die Richtigkeit meiner Rechnung durch Abschreiten oder mit dem Maßstab nicht selten geprüft, wenn das Hindernis, welches mich von dem Gegenstand trennte, vielleicht später hinweggeräumt wurde. Ich weiß daher, daß die Wissenschaft Mittel bietet, die Entfernung von Punkten zu messen, zu denen man nicht gelangen kann. Mein Glaube ist daher auf Erfahrung begründet, also vernünftig.

Es teilt mir jemand mit, ein Mensch sei von Liverpool nach New York durch die Luft geflogen. Wenn ich es glaube, so mag man mich leichtgläubig nennen, allein mein Glaube ist kein absolut unvernünftiger, denn ich weiß aus Erfahrung, daß der Unterschied zwischen der Schwere des Körpers und der Luft durch verschiedene Mittel ausgeglichen werden kann, und sehe Vögel fliegen mit Hilfe einer mechanischen Vorrichtung, der Flügel.

Sagt man mir aber, es habe ein Mensch durch sein Wort einen Körper geschaffen, das heißt ohne andere vorhandene Stoffe zur Hilfe zu nehmen, aus dem Nichts hervorgerufen, und ich glaube es, so ist mein Glaube ein unvernünftiger, denn ich selbst kann durch meinen Willen nicht einmal ein Staubkorn schaffen, noch ist es jemals bewiesen worden, daß es von einem Menschen geschehen ist.

Glaubt man, daß ein Gemälde oder ein Steinbild geredet oder eine willkürliche Bewegung gemacht habe, so ist dieser Glaube ein unvernünftiger, da eine solche Tat allen Erfahrungen widerspricht. Trotzdem mögen Personen, welche behaupten, Ähnliches erlebt zu haben, nicht absolut Lügner zu nennen sein, da die Erfahrung lehrt, daß es Seelenzustände gibt, in denen sich Menschen so fest einbilden, Dinge zu sehen oder zu hören, daß sie dieselben für Wahrheit halten, während sie in der Tat nur auf Sinnestäuschung beruhen.

Der Kreis unserer persönlichen Erfahrung kann wegen der Kürze unseres Lebens selbst bei dem Gebildetsten nur beschränkt sein, und wir würden uns gewissermaßen in die hilflose Lage der ersten Menschen versetzen, wenn wir allein das als wahr annehmen oder glauben wollten, was wir von unsern eigenen Erfahrungen und den daraus gefolgerten Möglichkeiten auf dem Wege des vernünftigen Denkens ableiten. Die wirklich festgestellten Erfahrungen vor uns lebender Beobachter sind das kostbarste, nie wieder zu verlierende Erbteil des lebenden Geschlechts.

Die Vernünftigkeit des Glaubens an diese die Erfahrung begründenden Tatsachen hängt von den Gründen ab, welche wir haben, an die Wahrhaftigkeit der Personen zu glauben, von welchen sie uns mitgeteilt wurden, wie auch von dem Grad ihrer geistigen Ausbildung, ihrem Charakter und ob sie fähig sind, eine absichtliche Unwahrheit zu sagen, wenn es ihrem Interesse dienen kann; ferner, ob die berichtete Tatsache isoliert dasteht, ob gleichartige von andern beobachtet wurden, ob sie ganz bekannten Naturgesetzen in bestimmter Weise zuwider sind und von vielen andern Gründen. Die Glaubwürdigkeit einer mitgeteilten Tatsache beruht daher *zunächst* auf der Autorität der Person, von welcher sie berichtet wird, und ob sie wirklich als selbst gesehen oder erfahren, oder als geglaubt, von Hörensagen angegeben wird.

Auf Erfahrung beruht die *Wissenschaft*; die Tatsachen sind die Sprossen der Leiter, welche unsere Vernunft zur Erkenntnis der Wahrheit führen, und daher ist die Wissenschaft der Todfeind des unvernünftigen Glaubens, da sie ihn als solchen erkennen lehrt und mit dieser Erkenntnis vernichtet.

Unvernünftigen Glauben nennt man gewöhnlich *Aberglauben*, und nach der Erklärung, die ich von der Entstehung der Religion gegeben habe, kann ich ohne alles Bedenken den religiösen Glauben als unvernünftigen oder Aberglauben bezeichnen. Dies gilt nicht nur von den Religionen der ersten Menschen, sondern von allen noch jetzt auf der Erde bestehenden Religionen, von denen sich ohne Schwierigkeit nachweisen läßt, daß sie nur eine in der Form veränderte Erweiterung der »vom Himmel«, das heißt aus den Wolken gekommenen Urreligion sind.

»Das Wunder ist des Glaubens liebstes Kind.«

Wenn wir die vergangenen und bestehenden Religionen untersuchen, so finden wir, daß sie *alle*, ohne Ausnahme, auf *Wunder* gegründet sind, welche der Dichter sehr richtig als das Kind des (religiösen) Glaubens bezeichnet.

Im allgemeinen nennt man Wunder jede Erscheinung, Handlung oder Tatsache, deren Ursprung die Wissenschaft nicht angeben und nachweisen kann; ja, wir dehnen den Begriff dieses Wortes auch auf solche Erscheinungen aus, deren Ursachen wir wohl kennen, die uns aber als ungewöhnlich oder besonders merkwürdig auffallen, und in diesem Sinne reden wir zum Beispiel von *Naturwundern*.

Obwohl nun auch die Religion, das heißt die Priester, solche natürliche Wunder zu ihren Zwecken benutzte, als deren Ursachen dem Volk noch unbekannt waren, so ist doch das *eigentlich religiöse* Wunder ganz anderer Art und charakterisiert sich dadurch, daß es *gegen* die Natur ist, das heißt eine Aufhebung der bekannten Naturgesetze voraussetzt.

Den Völkern früherer Zeiten erschien eine Sonnen- oder Mondfinsternis oder ein Komet als ein Wunder, und derselbe Fall war es mit einer Menge von Erscheinungen, deren Ursprung die jetzige Wissenschaft nicht nur ganz klar nachweist, sondern auch ganz genau im voraus berechnet. – Manchen wilden Völkern ist ein Streichhölzchen noch ein Wunder, und selbst unsern eigenen niedern Volksklassen erscheint manches als Wunder, was dem Gebildeten eine alltägliche Erscheinung ist.

Die Priester, welche hauptsächlich mit den Göttern zu verkehren und ihren Willen zu erforschen hatten, der sich, wie wir gesehen haben, für sie in Naturerscheinungen äußerte, mußten durch Beobachtung wohl zunächst mit der Tatsache bekannt werden, daß es bestimmte Naturgesetze gebe. Indem sie ihre Erfahrungen von Priestergeschlecht zu Priestergeschlecht fortpflanzten, kamen sie auf dem Wege der Wissenschaft allmählich zur Kenntnis von Dingen, die sie für sich behielten, da sie diese Kenntnis zur Erhöhung ihres Ansehens im Volke äußerst brauchbar fanden. Einen Beweis dafür finden wir in dem Verhalten der alten ägyptischen Priester, die in der Erkenntnis der Natur und der Eigenschaft vorhandener Dinge sehr weit vorgeschritten waren und Erfindungen und Entdeckungen machten, die erst nach sehr vielen Jahrhunderten auf anderen Wegen ebenfalls entdeckt und allgemein bekannt wurden. Man fand z.B. in ägyptischen Gräbern metallene Gegenstände, deren Hervorbringung man sich gar nicht erklären konnte, bis man erst in diesem Jahrhundert durch die Erfindung der Galvanoplastik in den Stand gesetzt wurde, zu erkennen, daß sie auf galvanoplastischem Wege gemacht waren. Diese Kunst setzt aber schon bedeutende andere Erfahrungen und Entdeckungen in bezug auf die Eigenschaften natürlicher Substanzen voraus.

Daß die ägyptischen Priester die Wissenschaft zu dem eben angeführten Zwecke benutzten, wissen wir mit Bestimmtheit. Sie verrichteten Handlungen, welche die übrigen Menschen als Wunder betrachteten, und viele Schriftsteller der alten Zeit berichten von ägyptischen Künsten und ägyptischer Wissenschaft.

Ich erwähne diese ägyptische Wissenschaft insbesondere deshalb, weil sie die Mutter der in der Bibel erzählten Wunder ist, die wieder die Veranlassung zu den Wundern der römisch-katholischen Kirche wurden, welche jedoch meistens keineswegs mit Hilfe der Wissenschaften hervorgebracht, sondern von den Priestern erfunden wurden. Wunder, wie sie die Ägypter taten, setzten Kenntnisse voraus, die schwer zu erlangen waren; allein die römischen Priester fanden, daß sich noch wunderbarere Dinge *erfinden* ließen, die mit Rücksicht auf ihren Zweck ganz dieselbe Wirkung hervorbrachten, da sie *geglaubt* wurden; geglaubt, weil sie als Tatsachen von Männern erzählt wurden, an deren Autorität man nicht zweifelte und die zum Teil selbst glaubten.

Eigentliche Wunder, das heißt Dinge, welche gegen die Naturgesetze sind, *kann* es nicht geben; was geschieht, geschieht auf natürliche Weise und entspringt aus natürlichen Ursachen, und wenn wir diese Ursachen nicht erkennen können, da unsere Kenntnis von den Eigenschaften und Kräften der Natur noch beschränkt ist, so ist die Annahme doch eine durchaus vernünftige, wie aus den folgenden Auseinandersetzungen hervorgehen wird.

Viele gebildete Leser werden sich darüber wundern, daß ich mich bei den Wundern so lange aufhalte, da dies, um eine Modephrase zu gebrauchen, »ein längst überwundener Standpunkt« ist; allein wenn dies auch in bezug auf den Gebildeten der Fall sein mag, so hat doch das Volk im allgemeinen diesen Standpunkt noch keineswegs überwunden, und selbst der größte Teil derer, die sich zu den Gebildeten zählen, werden aus den folgenden Beweisen erkennen, daß sie an Wunder glauben.

Die Verteidiger des Wunderglaubens sagen zum Beispiel: Gott ist allmächtig, aus *Nichts* hat Gott die Welt gemacht; und Millionen nehmen das als eine so unumstößliche Wahrheit an, daß sie es mit Abscheu als ein Verbrechen betrachten, wenn jemand sagt: »Gott ist *nicht* allmächtig, Gott hat *nicht* die Welt aus Nichts gemacht, denn ein solcher Glaube ist *unvernünftig.*«

Daß das Weltall, welches aus getrennten Körpern besteht, die nach bestimmten Gesetzen zusammengesetzt und vermöge der jedem Körper innewohnenden Eigenschaften miteinander zu dem großen Ganzen vereinigt sind, einen Ursprung, eine Ursache haben muß, muß jeder mit Vernunft begabte Mensch zugeben. Die Ursache oder Macht, welche *das, was* ist, bewegt und erhält, ist Gott; und was ich in dem hier Folgenden sage, bezieht sich durchaus auf *diesen* Begriff und auf keine subjektive Vorstellung der Welturursache, wie sie irgendeiner der bestehenden oder vergangenen Religionen zugrunde liegt.

Ich rede auch nicht von der Vorstellung, die ich mir selbst von Gott mache, denn diese, so vernünftig sie auch sein oder erscheinen mag, hat doch immer nur einen subjektiven Wert wie jede andere Gottvorstellung; ich untersuchte mit meiner Vernunft einfach, inwieweit sich die Idee der Allmacht und einer Erschaffung aus dem Nichts mit dem von mir oben definierten Begriff Gott verträgt. Ein Streben, das Wesen Gottes zu erkennen, ist gewiß der erhabenste Gebrauch, den der Mensch von dieser ihm von Gott gegebenen Vernunft machen kann.

Wir erkennen die Beschaffenheit einer Ursache einzig aus ihrer Wirkung, und zunächst erscheint uns als eine solche das Weltall mit den Gesetzen, die es erhalten und bewegen. Wir haben keinen anderen Anhaltspunkt für die Beurteilung dieser Kraft, welche den Stoff zu organischen Körpern vereinigt, als unsern eigenen Gedanken, kraft dessen wir imstande sind, aus *vorhandenem* Material, dessen Eigenschaften wir aus Erfahrung kennen, Zusammensetzungen herzustellen, durch deren Aufeinanderwirken ein bestimmter Zweck erreicht wird, wie es durch eine Maschine oder durch ein chemisches Präparat geschieht.

Vergleichen wir eine Sperlingsfalle, die sich ein Kind aus Ziegelsteinen erbaut, mit einer Dampfmaschine, die ein Schiff bewegt, so ist es klar, daß ein bedeutend mehr ausgebildeter Geist dazu gehörte, diese letztere zu erdenken, allein die Tätigkeit oder Kraft, durch die beide hervorgebracht wurden, die Ursache aber, ist *gleichartig*.

Vergleichen wir indessen den gewöhnlichsten Organismus, der einen Teil des großen Ganzen, der Welt, bildet, zum Beispiel eine Blume oder einen Baum, mit der allervollkommensten Maschine, welche der menschliche Gedanke hervorbrachte, so sieht auch der oberflächliche Beobachter, daß beide in bezug auf Vollkommenheit noch unendlich verschiedener sind als die Falle des Kindes und die Dampfmaschine; allein trotzdem ist der Schluß vernünftig, daß der Organismus, den wir bewundern, seinen Ursprung einer geistigen Tätigkeit verdankt, die derjenigen *ähnlich* ist, welche die Sperlingsfalle und die Dampfmaschine zusammensetzte.

Wenn wir aber den wunderbaren Organismus der ganzen Welt betrachten, soweit wir denselben erkennen können, so schließen wir aus der Vollkommenheit, die wir überall entdecken, daß der Geist, welchem dieser Organismus seinen Ursprung verdankt, die höchste Potenz geistiger Vollkommenheit sein müsse.

Manches in der Welt erscheint dem Beobachter allerdings unzweckmäßig und unvernünftig, also unvollkommen; allein die Erfahrung lehrt uns, daß eine unendliche Menge von Einrichtungen und Dingen, die früher den Menschen so erschienen, später als bewunderungswürdig und vollkommen erkannt wurden, nachdem man den Zweck entdeckt hatte. Diese Erfahrung ist so häufig gemacht, und die Menschen sind so oft von ihrem Irrtum überführt worden, daß es vollkommen vernünftig ist anzunehmen, daß der Weltorganismus vollkommen, daß er der angewandte Gedanke der höchsten Vernunft und daß alles, was ist, vernünftig ist.

Wir sind zu dem Schluß gekommen, daß die geistige Ursache der Weltorganisation, von der wir selbst einen Teil bilden, also Gott, dem menschlichen Geiste ähnlich sei, und sind daher vernunftgemäß berechtigt, von diesem Anhaltspunkt weiterzuschließen.

Der menschliche Geist kann vorhandenen Stoff zu bestimmten Zwecken zusammensetzen, allein er kann durch seinen Gedanken oder Willen keinen Körper aus dem Nichts hervorrufen oder schaffen, auch nicht einmal das kleinste Sandkörnchen. Da nun unser Geist der einzige Anhaltspunkt für das Verständnis geistiger Kraft ist und wir aus der erkannten *Gleichartigkeit* des menschlichen Geistes mit Gott auf die Eigenschaften Gottes nur von denen schließen, die wir selbst besitzen, so kommen wir zu dem logischen Schluß, daß Gott die Welt, das heißt den *Stoff*, nicht *geschaffen* haben kann.

Da wir aber wissen, daß alles, was innerlich dieser Welt – von einem darüber Hinausliegenden können wir überhaupt gar keinen Begriff haben – geschieht und ist, eine Ursache hat, so fragen wir natürlich: welches ist die Ursache des Stoffes? – und um sie zu lösen, sind wir wieder auf unsere Erfahrung und Vernunft angewiesen, die jedes Urteil überhaupt begründen.

Kein Mensch kann einen Körper aus dem Nichts *schaffen*, allein ebensowenig vermag er es, den Stoff zu *vernichten*. Die *Form*, in welcher sich der Stoff zeitweilig darstellt, sehen wir täglich zerstören, und wir vermögen das ebenfalls; allein von dem Stoff selbst, aus dem irgendein Körper zusammengesetzt ist, geht auch nicht das kleinste Teilchen verloren, wie jeder Chemiker am besten weiß, der sich täglich damit beschäftigt, Körper in ihre verschiedenen Bestandteile zu zersetzen.

Unser eigener Körper kehrt nach dem Tode »zur Erde zurück«. Das heißt, die Bestandteile, aus denen er besteht, zersetzen sich und werden wieder Bestandteile anderer Körper. Legen wir Silber in Salpetersäure, so löst dieselbe das Metall auf und verwandelt dasselbe in eine Flüssigkeit, in der das Silber durch das Auge nicht zu erkennen ist; allein wir wissen, daß es darin steckt, und haben Mittel, es wieder in seiner Gestalt als Metall herzustellen. – Verbrennen wir einen Körper; das heißt zerstören wir seine Form durch Feuer, so zersetzt er sich in Asche, Rauch und Gase, in andere Körper; denn wenn auch das Gas unsichtbar ist, so ist es doch anderen Sinnen wahrnehmbar, zum Beispiel dem Geruch, und wir können es messen und wiegen und aus der Verbindung von Gasen sogar wieder sichtbare Körper herstellen, wovon das Wasser das bekannteste Beispiel ist.

Da unsere Erfahrung keinen aus dem Nichts entstandenen Körper kennt und ebensowenig von der absoluten Vernichtung eines solchen weiß, so kommen wir zu dem Schluß, daß der Stoff, das Körperliche, die Materie, weder geschaffen wurde noch vernichtet werden kann, also vorwärts und rückwärts *ewig* ist.

Der Begriff Ewigkeit ist für uns unfaßbar, weil wir zu ihrer Beurteilung nur die Zeit haben, welche ein endlicher Begriff ist. Ob wir zu der Ewigkeit eine Minute oder eine Million Jahrhunderte hinzutun oder davon hinwegtun, ist gleichgültig, denn es bleibt immer Ewigkeit.

Noch unfaßbarer, weil wir dafür auch nicht den Schein eines Anhaltspunktes haben, ist für uns ein *absoluter* Geist oder absolute geistige Kraft; denn jeder Geist und jede geistige Äußerung, die wir kennen, steht in Verbindung mit der Körperwelt, und ebenso ist uns ein Körper undenkbar ohne geistige Beeinflussung, denn selbst der Stein ist gewissen Gesetzen unterworfen.

Wir kommen daher zu dem Schluß, daß der Stoff und der ihn belebende Geist ewig verbunden waren und daß ein von der Welt abgesonderter Gott undenkbar und unmöglich ist.

Da Gott die höchste Potenz der Vernunft und der zur Welt zusammengesetzte Stoff das Werk derselben ist, so ist alles, was ist, vernünftig, vollkommen und keiner Verbesserung fähig, wie auch keiner Änderung, die nicht nach den ewigen, absolut vollkommenen Gesetzen vor sich geht. Da nun ein *Wunder* nach der früher gegebenen Erklärung eine Handlung oder ein Ereignis ist, welches den Naturgesetzen widerspricht, so ist ein solches selbst Gott unmöglich, denn die höchste Vernunft *kann* nicht irren.

Gott kann also kein Wunder tun und kann keinen Stoff aus dem Nichts erschaffen, ist also nicht allmächtig, und die Vorstellung von einem wundertuenden, allmächtigen Gott ist eine in sich selbst zerfallende. Diejenigen, welche damit ihrer Verehrung vor dem höchsten Wesen den höchstmöglichen Ausdruck gegeben zu haben meinen, sind im Irrtum, da, wie eben gezeigt wurde, diese Vorstellung von Gott eine zu geringe ist.

Sie würde für die Welt im allgemeinen keine größere Bedeutung haben wie irgendwelche andere, wenn sie nicht einer Religion zugrunde läge, welche als Hauptstütze des Despotismus gilt und seit Jahrhunderten zu diesem Zwecke benutzt wurde.

Die Regierungen selbst der als aufgeklärt geltenden Staaten gehen noch immer von der Idee aus, welche ursprünglich Priester und Despoten verband, daß nur *Furcht* vor der unsichtbaren Macht, welche doch der Hauptfaktor der Religion der Religiösen ist, imstande sei, die Achtung vor dem Gesetz und dem Fürsten zu erhalten. Aus diesem Grunde wird die Erziehung der Jugend auf das strengste vom Staat überwacht und der Kontrolle der Priester überlassen, damit diese die Kinderseele bereits mit dem *Glauben* vergiften, welcher zur Erhaltung der Religion absolut nötig ist.

Den Grund dieser Religionspflege, dieser Sorge für den religiösen Sinn von seiten der Regierungen ist eine mehr oder weniger bewußte Maßregel despotischer Gelüste und Tendenzen, und das Vorgeben, daß der religiöse Sinn zum individuellen Wohl der Untertanen mit solcher Strenge aufrechterhalten werde, eine offenbare Heuchelei und handgreifliche Lüge.

Königin Christine von Schweden, die Tochter Gustav Adolfs, war katholisch geworden und hielt sich viel in Rom auf. Als sie den alten Oxenstierna einlud, dorthin zu kommen, entsetzte sich der orthodoxe Protestant bei dem Gedanken, daß der Papst es auf seine Seele abgesehen habe. Christine, die den Papst und seine Absichten besser kannte, antwortete lachend: »Glaubt mir, der Papst gibt nicht vier Taler für Eure Seele.« Ich glaube kaum, daß irgendeine Regierung aus bloßer väterlicher Teilnahme für das Schicksal einer Seele, nachdem deren Inhaber durch den Tod aus dem Untertanenverband ausgeschieden ist, vier Silbergroschen geben würde.

Ich habe nicht nötig, über diesen Vorwand für den ausgeübten Religionszwang noch ein Wort zu sagen, und darf dreist behaupten: je sorgfältiger eine Regierung die Religion durch Zwangsmaßregeln unterstützt, je ängstlicher sie darauf bedacht ist, die Erziehung in der Hand der Priester zu lassen, desto despotischer sind ihre Neigungen.

Die Behauptung, daß der Religionszwang zur Erreichung des vernünftigen Staatszwecks noch immer notwendig sei, daß ohne denselben die Gesetze nicht hinreichen würden, Verbrechen zu verhindern, ist eine falsche, welche durch die Erfahrung widerlegt wird. Diese lehrt, daß in denjenigen Ländern, in welchen durch die Reformation ein Teil des religiösen Glaubenswulstes hinweggeräumt und der durch die Wissenschaft verbreiteten Aufklärung mehr Spielraum gewährt wurde, weit weniger Verbrechen begangen werden als in den katholischen. Wilberforce beweist uns, daß bereits dreißig Jahre nach der Reformation die Zahl der in England hingerichteten Verbrecher sich von 2.000 auf 200 jährlich verminderte.

Seit die Reformation der »Freiheit eine Gasse« bahnte, sind aber über drei Jahrhunderte vergangen, und wenn auch die reformierten Fürsten und Priester über die Nützlichkeit des Religionszwanges ganz dieselben Ansichten haben wie die katholischen, so ist die Organisation der reformierten Kirche doch nicht so geeignet wie die der katholischen, der Entwicklung der Wissenschaft hindernd in den Weg zu treten, obwohl es an dem aufrichtigen Willen hierzu besonders bei den Geistlichen wahrhaftig nicht fehlte. Die Wissenschaft hat der Tat nach den Aberglauben vollständig überwunden, und trotz aller Bemühungen der Finsterlinge, trotz aller Hausmittel der Despoten, wie Zensur, Lehrzwang usw., gewinnt sie täglich mehr und mehr Einfluß im Volk, und dasselbe sieht täglich klarer, daß es seit Jahrhunderten das Opfer des grandiosesten Schwindels war, den die Geschichte kennt; und daß der Eigennutz der Priester und Despoten an der Menschheit ein Verbrechen beging, welches an Schlechtigkeit und Gemeinschädlichkeit jedes andere übertrifft.

Wäre die Ansicht richtig, daß der kirchliche Glaube nötig sei, die Achtung vor dem Gesetz zu erhalten, dann müßte die größte Zahl der Verbrecher aus den gebildeten Ständen kommen, die, wenn sie sich aufrichtig prüfen, gestehen müssen, daß sie von dem, was im Katechismus gelehrt wird, sehr wenig oder gar nichts so glauben, wie es die Kirche verlangt.

Der wirkliche Gebildete verletzt nicht das Gesetz, weil er sich vor irgendwelcher Strafe fürchtet, die ihn hier oder nach dem Tode treffen könne, sondern einfach, weil das Gefühl für Recht und Unrecht in ihm Fleisch und Blut geworden ist. Je ausgebildeter der Verstand eines Menschen ist, desto weniger wird er selbst der Versuchung ausgesetzt sein, ein Verbrechen zu begehen, und durch ein Befördern der Mittel, welche die Bildung erzeugen, würde die Regierung am besten dazu gelangen, in bezug auf die zur Erreichung des vernünftigen Staatszweckes nötigen Gesetze einen Zustand herzustellen, wie er bereits faktisch in bezug auf die Anstandsgesetze besteht. Selbst wenn die Polizei es gestattete, würde es doch unter tausend Menschen kaum einem einfallen, entblößt durch die Straßen zu gehen, und wenn es jemand tut, so bedarf es meistens nicht der gesetzlichen Gewalt, ihn daran zu verhindern oder dafür zu bestrafen, denn es geschieht durch die Gesellschaft selbst.

Mag die Religion auch in früheren Jahrhunderten einen guten Einfluß geübt und nicht allein zur Unterdrückung der Despotie, sondern überhaupt der gesellschaftlichen Ordnung gedient haben; im gegenwärtigen Jahrhundert ist sie für den Staatszweck nicht nur durchaus unnütz, sondern geradezu schädlich, da sie der Entwicklung der Wissenschaft und der durch sie erzeugten Bildung hinderlich ist.

Die tägliche Erfahrung lehrt, daß heutzutage die Menschen, selbst der ungebildeten Klassen, nicht durch religiöse Furcht von Verbrechen abgehalten werden. Man frage nur einen Polizei- oder Kriminalbeamten auf sein Gewissen, und jeder wird gestehen müssen, daß – mit äußerst selte-

nen Ausnahmen – selbst der dümmste Bauer einen Gendarmen, also das
Gesetz und die durch dasselbe diktierte Strafe mehr fürchtet als Gott oder
den Teufel. Alles, was die Regierungen durch ihre Zwangsmaßregeln in
bezug auf Religion erzeugen, ist einerseits *Gleichgültigkeit* dagegen, wenn
nicht Haß und Verachtung gegen die borniert oder despotische Zwecke
verfolgende Regierung, oder eine zur Gewohnheit gewordene, alle
Schichten der Gesellschaft durchdringende und sie demoralisierende
Heuchelei.

Was wir von unseren Regierungen verlangen, ist, daß sie als solche
von der Religion gar keine Notiz nehmen und sie nicht, wie es jetzt fast
noch überall der Fall ist, den Aberglauben aussäen und sein Wachstum
befördern zu können glauben. Wer das Bedürfnis der Religion fühlt, mag
dieselbe ausüben und sich mit andern zu diesem Zwecke vereinigen; das
Gesetz wird ihn in dieser Ausübung beschützen und sich erst dann hindernd einmischen, wenn durch diese Ausübung die gesetzlichen Rechte
anderer beeinträchtigt werden. Ist die Religion durch sie selbst stark, so
braucht sie keine Unterstützung und Begünstigung von seiten der Regierung; hat sie aber Grund, die Wissenschaft zu fürchten, so beruht sie auf
Aberglauben, und je eher sie dem Feinde desselben unterliegt, desto
besser ist es für die Menschheit.

Wie wir allmählich die Fürsten gezwungen haben, den Despotismus
aufzugeben oder wenigstens seine Unberechtigung dadurch anzuerkennen,
daß sie ihn unter konstitutionellen und andern Masken verstecken, so
werden sie auch durch die Macht der öffentlichen Meinung gezwungen
werden, ihre schützende Hand von dem Aberglauben abzuziehen und
seine Ausrottung der Wissenschaft zu überlassen. Wir wissen sehr wohl,
daß die Trennung von Kirche und Staat nicht ohne Schwierigkeiten
vonstatten geht, und können die Natur derselben nach denen beurteilen,
mit welchen in diesem Augenblick die österreichische Regierung nur
deshalb zu kämpfen hat, weil sie die zu anmaßend gewordene Dienstmagd
in ihre Schranken zurückzuweisen gezwungen wurde. Der Widerstand
geht nicht allein von den Pfaffen aus, sondern er wird durch das von
ihnen im Aberglauben erzogene und erhaltene Volk teilweise unterstützt.
Nun rächt sich »der Fluch der bösen Tat« an der Regierung, welche, als
sie es noch wagen durfte, despotisch zu sein, mit allem Eifer den Pfaffen
die Waffen schmieden half, welche dieselben nun gegen sie anwenden.

Der Kampf gegen die Anmaßungen der in ihren Ansprüchen durchaus
logischen römischen Kirche würde ohne besondere Schwierigkeiten zu

Ende geführt werden können, wenn die Regierungen sich entschließen könnten, ehrlich mit dem Aberglauben zu brechen; allein sie wünschen von demselben zu behalten, was den despotischen Tendenzen ihrer Leiter nützt, welche freiere Institutionen meistens nicht deshalb bewilligen, weil sie von der Berechtigung des Volkes zur Freiheit und Selbstregierung überzeugt, sondern einfach, weil sie zu Konzessionen und Aufgabe eines Teils ihrer Macht gezwungen sind, um nicht alles zu verlieren. Sie fühlen, daß der religiöse und politische Aberglaube Zweige desselben Stammes sind, deshalb hüten sie sorgfältig die Wurzel.

Die Erfahrung lehrt, daß das Wissen den Aberglauben jeder Art zerstört und daß es unmöglich ist, seiner Verbreitung gänzlich Einhalt zu tun, denn wie Luft und Licht dringt das Wissen durch kaum wahrnehmbare Poren in den geistigen Körper des Volks und entwickelt in ihm die latenten, natürlichen Kräfte, welche den Aberglauben zersetzen und ausscheiden.

Es hat Zeiten gegeben, wo der dem Eindringen des Wissens entgegengesetzte Widerstand bedeutend stärker war, als es jetzt der Fall ist, und wo die Männer, die sich seine Verbreitung zur Lebensaufgabe stellten, ihr Streben mit Leben und Freiheit zu bezahlen hatten; dennoch ließen sie nicht ab, und das Wissen schritt fort. Es wäre törichte Feigheit, den Kampf nicht kräftiger fortzuführen, da der endliche Sieg des Wissens über den Aberglauben von keinem mit gesundem Sinne begabten Menschen mehr bezweifelt werden kann.

Obwohl jeder allgemein für die Verbreitung des Wissens wirken kann, so ist es doch zweckmäßig, wenn die Kämpfer ihre Wirksamkeit auf besondere Punkte in der Schlachtlinie richten, welche andere Situationen beherrschen.

Einer der Schlüsselpunkte der feindlichen Stellung ist der persönliche Einfluß der römischen Priester auf das Volk, denn der Aberglaube desselben wurzelt ursprünglich in Autoritätenglauben. Das Volk glaubt, daß die Männer, welche ihm die Lehre der römischen Kirche erklären, achtungswerte Männer sind, die nicht allein selbst glauben was sie sagen, sondern auch einzig und allein das Wohl der Menschen im Auge haben, wenn sie von ihnen unbedingten Glauben und ein Befolgen der von der römischen Kirche verlangten Handlungen fordern. Es wird daher ein verdienstliches Werk sein, dem Volke zu beweisen, soweit dies durch die Geschichte möglich ist, daß die ehrlichen Priester, das heißt diejenigen, die selbst glauben, von unehrlichen Priestern betrogen wurden; daß

Aussagen und Fakta, die als wirklich geschehene berichtet werden, zu diesem oder jenem selbstsüchtigen Zwecke erfunden wurden, und daß das ganze Gebäude der Kirche auf einem Fundament von greifbaren Lügen erbaut wurde. Es wird daher verdienstlich sein, historisch nachzuweisen, daß die größte Zahl der Päpste und ihrer Priester bewußte Betrüger waren, welche nicht entfernt das Wohl des Menschen, sondern einzig und allein ihren eigenen Vorteil im Auge hatten und zur Erreichung dieses nichtswürdigen Zweckes die allernichtswürdigsten Mittel anwendeten.

Dieses historisch nachzuweisen, ist der spezielle Zweck des nachfolgenden Buches. Mich treibt dazu kein eigennütziger Zweck, denn welcher persönliche Vorteil ließe sich dadurch erzielen? Mich treibt einzig die Liebe zur Wahrheit und der Wunsch, vielleicht einige Menschen, die sich von den Fesseln des Aberglaubens bedrückt fühlen, davon zu befreien, indem ich ihnen zeige, daß diese Fesseln Einbildungen sind; mit dieser Erkenntnis wird der Geist frei.

Da ich nun keine eigennützigen Zwecke mit der Verbreitung der Wahrheit verbinden kann, so dürfte ich gewiß ebensoviel Anspruch auf Glaubwürdigkeit machen wie irgendein Priester, der, so ehrlich er auch sein mag, doch immer zu derjenigen Klasse gehört, welche von dem, was ich als Lüge bloßlege, Nutzen zieht; allein ich verlange gar keinen Glauben; es stehen ja jedem dieselben Quellen zu Gebot, aus denen ich diejenigen Tatsachen schöpfte, die mir als Beweise dienen und denen ich Glauben schenke, weil ich keinen vernünftigen Grund habe, ihnen zu mißtrauen; wer meint, daß ich imstande sei, irgendwelche Aussagen einem Heiligen oder hochgeachteten katholischen Kirchenlehrer unterzuschieben, kann sich ja leicht davon überzeugen, indem er die von der Kirche selbst anerkannten und veröffentlichten Werke dieser Männer nachliest.

Katholische Priester, welche von Leuten befragt werden, die dieses Buch lesen, werden höchstwahrscheinlich alle oder viele von mir gemachten Angaben als Lügen bezeichnen, und viele werden ihnen glauben, wie sie ihnen andere Dinge glauben. Viele Priester werden meine Angaben wirklich für Lügen halten, weil sie eben unwissend sind. Wenn sie imstande sind, ihre Faulheit zu überwinden und ihnen an der Wahrheit liegt, so mögen sie sich belehren. Dies Buch, welches unendliche Mühe und großen Fleiß erforderte, ist ebensowohl für ehrlich strebende unwissende Priester wie für diejenigen geschrieben, welche von ihnen ebenso betrogen werden, wie sie selbst es von Unwissenden oder von bewußten Lügnern wurden.

Das in Rom sich vorbereitende Konzil könnte den Glauben erwecken, als sei es die Absicht des Papstes, die römisch-katholische Religion den Erfordernissen der Gegenwart anzupassen.

Es wird sich diese Ansicht jedoch sehr bald als eine irrtümliche herausstellen. Die ganze Handlungsweise sowohl des vorigen wie des jetzigen Papstes liefert den klaren Beweis, daß beide im Gegenteil danach streben, die Glaubensherrlichkeit des Mittelalters wiederherzustellen, und daß sogar die Hoffnung gehegt wird, sämtliche Protestanten in den Schoß der »alleinseligmachenden« Kirche zurückzuführen. Es liegt dieser Zuversicht eine wunderbare Verblendung, ein gänzliches Verkennen des Zeitgeistes zugrunde, und wir hegen die wohlbegründete Erwartung, daß diese Kirchenversammlung, welche die Aufmerksamkeit selbst der Gleichgültigen auf religiöse Gegenstände lenken muß, durch die von ihr zutage geförderten Glaubensdummheiten der römisch-katholischen Kirche einen härteren Stoß versetzen wird, als es in den letzten hundert Jahren selbst durch die Wissenschaft geschehen ist.

Wie die Pfaffen entstanden sind

> Hüte dich vor dem Hinterteil des Maultiers, vor dem Vorderteil des Weibes, vor den Seiten des Wagens und vor allen Seiten eines Pfaffen.
>
> *Altes Sprichwort*

Zur Zeit, als Augustus sich zum römischen Kaiser gemacht hatte, schmachtete die ganze damals bekannte Welt unter dem Joch der Römerherrschaft. Geldgierige und gewalttätige Statthalter des Kaisers sogen die Länder des Orients aus und nahmen den Bewohnern noch das wenige, was ihnen von ihren einheimischen Fürsten gelassen wurde, welche die Römer aus Gründen einer klugen Politik nicht überall abschafften. Freiheit, Leben und Eigentum der Menschen waren der Willkür der Herrschenden preisgegeben: ihr Zustand war ein trostloser, und der unterdrückte Orient seufzte nach Erlösung von dem harten Joch.

Alle unterdrückten Völker hoffen auf einen Helden, welcher sie aus der Knechtschaft erlösen wird, und die Dichter schaffen eine Sage und werden Propheten. Die aus dem Gefühl und Bedürfnis des Volkes hervorgegangene Prophezeiung wird häufig Ursache ihrer Erfüllung.

Die geknechteten Völker des Orients hofften auf einen solchen Befreiungshelden, den Messias, unter welchem sie sich eine Art von Washington oder Garibaldi dachten, der sie von dem verhaßten Römerjoche befreien sollte.

An diese Messiashoffnung klammerten sich die Menschen jener Zeit um so fester und inbrünstiger, als sie sonst keine Hoffnung und keinen Trost nach irgendeiner Richtung hin hatten und von ihrer eigenen Ohnmacht, sich selbst zu helfen, vollständig überzeugt waren. Sogar außerhalb der Erde fanden ihre trostlosen Herzen keinen Stützpunkt. Die Götter hatten ihren Kredit verloren, und der Glaube an ihre Hilfe und unparteiische Gerechtigkeit war niemals besonders groß gewesen. Der Olymp verkehrte wenig mit dem Plebs, sondern hielt sich zur Aristokratie. Die von Homer und Hesiod erfundenen Götter, denen die Griechen und ihre Geistesvasallen Tempel erbauten, waren der gebildeteren Klasse ein Spott geworden. Der Glaube des Volkes an ihre Hilfe erstreckte sich vielleicht ungefähr so weit als der norddeutscher Katholiken an die der Heiligen.

Die Hoffnung auf den Messias war unter den Juden noch lebhafter und ungeduldiger, weil ihnen die Herrschaft der Römer noch verhaßter war als anderen Völkern. Sie hatten eine Vergangenheit, auf welche sie mit Stolz zurückblickten; sie glaubten das auserwählte Volk Jehovas zu sein, welcher als ihr unsichtbarer König galt, der stets seit Moses durch die Propheten mit ihnen verkehrte. Die Knechtschaft, in welche sie verfielen, betrachteten sie als eine für ihren Ungehorsam von Jehova über sie verhängte Strafe, und da diese schon lange dauerte und hart empfunden wurde, so war es natürlich, daß ihre Dichter, die Stimmen des Volksherzens, an Prophezeiungen reich waren. Die Römer waren den Juden als Heiden ein besonderer Greuel; sie meinten, ihre Not und Demütigung könne keinen höhern Grad erreichen und die Zeit des Erscheinens des Messias müsse nahe sein. David und sein Sohn waren ihre größten Könige gewesen, und die Propheten hatten verkündet, daß der Messias aus dem Geschlechte Davids entstehen solle. Die Religion der Juden, die schon von Anbeginn hauptsächlich in der Beobachtung von bestimmten Vorschriften bestand, die Moses mit klugem Sinn für die Regenerierung des jüdischen Volkes gab und als unmittelbare Gebote Jehovas darzustellen für zweckmäßig fand, war im Laufe der Jahrhunderte zu einem leeren Zeremoniendienst ausgeartet. Die Zeit war reif für das Erscheinen des Messias. Der Erlöser erschien; allein er erschien in einer andern Gestalt, als ihn das Volk träumte; das Volk erkannte ihn nicht an, und die Aristokratie verachtete, verfolgte und kreuzigte ihn; denn kamen seine Grundsätze zur Geltung, so zerstörten sie nicht sowohl die Herrschaft der Römer, sondern machten der ihrigen ein Ende. Jesus war ein Revolutionär, der auch in unserer Zeit, wenn nicht gekreuzigt, doch standrechtlich erschossen oder in ein Zuchthaus gesperrt werden würde.

Der als der von den Propheten verheißene Messias auftretende Jesus, der Sohn eines kleinen Handwerkers aus einem Landflecken, lehrte: »Es gibt nur einen Gott, er ist ein Gott der Liebe und kein zorniges, rachedurstiges Wesen, sondern ein gütiger Vater aller Menschen. Das Leben auf dieser Erde ist nur eine Vorbereitung für ein ewiges Leben mit Gott, und es ist in die Hand eines jeden gegeben, dasselbe zu einem freudenreichen zu machen. Könige und Sklaven sind vor Gott gleich, und er richtet und belohnt die Menschen nicht nach ihrem Ansehen auf Erden, sondern nach ihren Handlungen und Absichten. Die Letzten und Geringsten, die ihre Leiden und Entbehrungen am geduldigsten tragen und tugendhaft bleiben, werden im ewigen Leben die Ersten, die Glücklichsten sein.«

Diese Lehre war Balsam für die verzweifelnden Herzen der Armen; wer an sie glaubte, fest und innig glaubte, dem gab sie Kraft, alle und selbst die herbsten Leiden nicht nur zu ertragen, sondern selbst mit Freuden zu tragen und dem Tod ohne Furcht entgegenzugehen, denn derselbe war eine Erlösung, die Pforte zu einem ewigen Leben voll Glück. Der Glaube an diese Lehre raubte in der Tat »dem Tod den Stachel«, er erlöste die Menschheit.

So trostreich diese Verheißung auch klang, so wenig ließ sich ihre Wahrheit beweisen; denn vor der prüfenden Vernunft besteht sie ebensowenig wie irgendeine andere, die über den Tod hinausreicht. Jesus substituierte nur eine Behauptung durch eine andere; da aber der Glaube an seine Behauptung die Menschheit glücklicher machte als jeder andere, da er sie von den Leiden der Erde und der Furcht vor dem Tode erlöste, so war es ein sehr verdienstliches Werk, denselben zu erzeugen. Der in der Lehre enthaltene Trost machte die Menschheit diesem Glauben sehr geneigt; allein der alte Glaube der Juden beruhte auf der Autorität von Männern, die als Propheten galten, mit Gott in direktem Verkehr zu stehen vorgegeben und dieses Vorgeben durch wunderbare Handlungen unterstützt hatten.

Aller Glaube ist Autoritätenglaube; wollte der Sohn des Zimmermanns aus Nazareth, dessen Eltern und Geschwister man kannte, Glauben an seine Autorität gewinnen und als Prophet, als der Messias anerkannt werden, so mußte er Handlungen verrichten, wie sie die Propheten verrichtet hatten. Alle Propheten von Moses an hatten »Wunder« getan; also mußte Jesus Wunder verrichten und verrichtete sie.

Selbst eine auf dem Wege vernünftiger Untersuchung gefundene Wahrheit kommt noch heutigen Tages nicht zur Geltung, wenn sie nicht durch äußere Umstände unterstützt wird und nicht in zeitgemäßem Gewände auftritt, besonders wenn sie viele Interessen verletzt, und selbst Aberglauben hat weit größere Aussicht auf augenblicklichen Erfolg, wenn er diesen Interessen schmeichelt. Der Glaube, den Jesus erzeugen wollte, obwohl dem Armen und Unterdrückten Heil verheißend, verletzte die Interessen der herrschenden Klasse. Auf ihre Mithilfe konnte Jesus nicht rechnen, und durch Wunder waren sie nicht zum Glauben zu bringen; denn die Wissenden und Eingeweihten wußten, was sie von Wundern zu halten hatten. Die Heilsamkeit des Glaubens für das Volk, den Jesus predigte, konnte sie nicht bewegen, ihn zu unterstützen, selbst wenn sie ihn einsahen; ihr Egoismus veranlaßte sie vielmehr, diesen Glauben womöglich im Keim zu unterdrücken und dessen Urheber zu vernichten. Die heutigen Hohenpriester und Pharisäer handeln ebenso wie die unter den Juden in jener Zeit.

Jesus mußte sich also gänzlich auf das Volk stützen. Er verfuhr dabei auf durchaus praktische, ich möchte sagen mathematische Weise, die zwar keinen augenblicklichen, aber einen sichern Erfolg haben mußte. Er wählte sich als »Jünger« zwölf schlichte, ungebildete Leute aus dem Volk, welchen er durch Beobachtung seines Handelns und seines reinen Wandelns persönliche Liebe und Anhänglichkeit und unbegrenztes Vertrauen einzuflößen verstand, woraus der feste Glaube an alles, was er sagte und verhieß, in ihnen erzeugt wurde. Wenn jeder von diesen Jüngern auf ähnliche Weise verfuhr und dieses System fortgesetzt wurde, so mußte sich die Zahl der Gläubigen nach einer bestimmten Progression vermehren.

Diese Jünger sahen die Wunder Jesu; sie glaubten an ihn und deshalb an seine Verheißung und lebten nach seiner Vorschrift. Seine Lehre war so einfach, daß Jesus es nicht für nötig hielt, sie niederzuschreiben; er vertraute dem lebendigen Worte der Jünger, in deren Herzen er diese Lehre niederlegte.

Derselbe Weg, den Jesus zur Ausbreitung seiner Lehre einschlug, hatte sich schon sechs Jahrhunderte vor dem Auftreten Jesu als praktisch bewährt; Buddha, der Reformator der indischen Religion, hatte ihn angewandt. Der Erfolg war derselbe und, wie wir jetzt beurteilen können, sogar in seinen Ausartungen und deren Folgen. Europäer, welche zum erstenmal in einen modernen buddhistischen Tempel in China treten, sind erstaunt über die Ähnlichkeit, die sie überall in den Gebräuchen mit denen der römischen Kirche finden. Die Buddhisten haben ihre Rosenkränze, Reliquien und Klöster so gut wie die römischen Katholiken.

Buddha war jedoch der Sohn eines Königs, Jesus der Sohn eines Handwerkers, und diese Verschiedenheit bedingte schon eine Verschiedenheit der Handlungsweise. Während dem Prinzen ein tugendhaftes Leben genügte, den Brahminen gegenüber seine revolutionären, den Kastenunterschied aufhebenden Lehre Erfolg zu sichern, mußte der unter den Juden als Prophet auftretende Handwerkerssohn außerdem »Wunder« tun und, damit »die Prophezeiungen der Propheten erfüllt würden«, für seine Lehre sterben.

Dieser Opfertod erschien Jesus als eine Notwendigkeit; er war eine reiflicher Überlegung entsprungene Handlung. Daß dieses Opfer ein sehr schweres war und Jesus unter Herzensangst darüber nachdachte, ob sich nicht ein anderer Weg finden lasse, geht aus den Evangelien ganz klar hervor. Am Ölberg betete er: »Vater, willst du, so nimm diesen Kelch von mir; doch nicht mein, sondern dein Wille geschehe.«

Wir sind es gewohnt, wenn wir an Jesus denken, ihn uns mit der Glorie vorzustellen, mit der ihn der Erfolg und neunzehn Jahrhunderte bekleideten; allein wenn er auch die Aufmerksamkeit seiner Zeitgenossen, das heißt der Juden und der in ihrem Lande befindlichen Römer, erregte, so war er doch vom Volke sehr bald vergessen, und sein Andenken lebte nur in dem sehr beschränkten Kreise seiner Jünger und deren Anhänger. Philo, der ungefähr zwanzig Jahre nach dem Tode Jesu starb, erwähnt ihn gar nicht. Josephus, der einige Jahre später geboren wurde und sein Geschichtswerk in den letzten Jahren des ersten Jahrhunderts schrieb, erwähnt ganz beiläufig mit wenigen Worten seine Hinrichtung; allein die Zahl der Anhänger seiner Lehre war noch so gering und unbedeutend, daß dieser Geschichtsschreiber, der alle Sekten aufzählt, die zu seiner Zeit bestanden, die Christen gar nicht mitnennt. Erst in den Schriften späterer Jahrhunderte wird Jesus als der Stifter der christlichen Religion genannt.

Alles, was wir von Jesus wissen, wissen wir durch die Schriften seiner Jünger, die aus der Erinnerung aufzeichneten, was sich das Volk von der Jugend Jesu erzählte und was sie mit ihm erlebt und er bei dieser oder jener Gelegenheit gesagt hatte. Diese Jünger waren Leute aus dem Volk, ohne besondere Bildung und Talent, die Jesus liebten und an ihn glaubten, ihn aber nur sehr unvollkommen verstanden und von seiner Seelengröße keinen Begriff hatten. Die Evangelien wurden viele Jahre nach dem Tode Jesu niedergeschrieben, und selbst das des Matthäus, welches das älteste ist, entstand erst etwa vierzehn Jahre danach. Es ist daher sehr begreiflich, daß die Reden Christi nicht so wiederholt werden konnten, wie er sie sprach, sondern meist in der Weise wiedergegeben wurden, wie sie von den Jüngern verstanden wurden. Die natürliche Folge davon ist, daß die verschiedenen Erzählungen nicht nur voneinander abweichen, sondern auch Irrtümer und Widersinnigkeiten enthalten, welche späterhin zu den wahnwitzigsten Auslegungen und Folgerungen Veranlassung gaben, wovon wir im Verlaufe dieses Werkes zahlreiche Beispiele finden werden.

Hier wollen wir nur zwei Hauptmomente in Betracht ziehen, auf welche die römische Kirche den allergrößten Wert legt, indem sie weit mehr auf diese als auf die Lehre Jesu selbst basiert ist. Es sind dies die ihm zugeschriebene *Göttlichkeit* und die von ihm verrichteten *Wunder*.

In der Einleitung haben wir uns über die Wunder ausgesprochen. Sind die dort ausgeführten Folgerungen richtig, so konnte Jesu keine Wunder verrichten, und die ihm zugeschriebenen wunderbaren Handlungen geschahen auf natürliche Weise. Die Jünger, welche darüber als Augenzeugen berichten, sprachen die Wahrheit, das heißt, sie erzählten, was sie sahen, wie sie es verstanden. Sie kannten die Mittel nicht, durch welche diese Handlungen bewirkt wurden, denn wäre dies der Fall gewesen, so würden die Wunder ihnen nicht als solche erschienen sein und gerade die damit bezweckte Absicht, *Glauben* an Jesus zu erwecken, verfehlt haben. Was nun die Art der Erzählung der Jünger von dem Geschehenen selbst anbetrifft, so wird man sie leicht begreifen und beurteilen können, wenn man die Erzählung eines ungebildeten Mannes, zum Beispiel eines in sein Dorf zurückgekehrten Bauern, anhört, der in der Residenz den Vorstellungen eines »Zauberers« beiwohnte, welcher sein Publikum durch geschickte und sinnreiche Anwendung von mehr oder weniger bekannten natürlichen Kräften in Erstaunen versetzt.

Die Hinweisung auf sogenannte Taschenspielerkünste in Verbindung mit den von Jesus verrichteten Wundern hat für Christen etwas Widerwärtiges und Abstoßendes; allein das liegt mehr in der besonderen Ansicht, die sich in bezug auf die Person Jesu Geltung verschafft hat, und in der verhältnismäßig geringen Achtung, in welcher moderne Zauberer in einer Zeit stehen, in welcher die Wissenschaft schon so weit vorgeschritten ist, daß ihre Resultate zu Spielereien und zur bloßen Unterhaltung des Publikums benutzt werden können, ohne dasselbe wirklich zu täuschen.

Was den Enkeln kindisch und trivial erscheint, wurde aber oft von unseren Großeltern mit dem größten und furchtbarsten Ernst behandelt, wovon zum Beispiel das Hexenwesen einen betrübenden Beweis liefert, da diesem Aberglauben Hunderttausende unschuldiger Menschen zum Opfer fielen.

Wenn wir als wahr annehmen, daß Jesus wunderbare Handlungen verrichtete, und zu dem vernünftigen Schluß gekommen sind, daß sie keine Wunder waren, so müssen wir auch erstlich zugeben, daß sie zu einem bestimmten Zweck verrichtet wurden, und andererseits, daß sie »mit natürlichen Dingen« zugingen.

Der Zweck war offenbar der, die Jünger und andere zu überzeugen, daß Jesus mit höheren Kräften begabt sei als die gewöhnlichen Menschen, was durchaus nötig war, um ihn als Propheten, als den verheißenen Messias zu legitimieren und Glauben an seine göttliche Sendung zu erwecken, ohne welchen das große, die Menschheit erlösende Werk absolut nicht zu vollbringen war und zu welchem erhabenen Zweck Jesus selbst sein Leben opferte.

Gingen die Wunder aber mit »natürlichen Dingen« zu, so mußte Jesus eine Kenntnis dieser natürlichen Dinge und diese auf irgendeine natürliche Weise erworben haben, da es auf eine wunderbare, das heißt naturwidrige Weise, nicht geschehen sein konnte. Diese Kenntnisse verborgener natürlicher Kräfte sind Resultate der forschenden Wissenschaft, und es drängt sich uns natürlich die Frage auf: wo erwarb der Sohn eines Handwerkers diese Kenntnisse, welche selbst den Gebildetsten unter den Juden verborgen waren?

Ein römischer Schriftsteller, welcher beiläufig sagt, daß in Judäa ein Mann namens Jesu hingerichtet worden sei, welcher wunderbare Handlungen verrichtete, die er in Ägypten erlernte, gibt uns einen Anhaltspunkt, da die Evangelien über die Erziehungsperiode Jesu gänzlich schweigen und uns über sein Leben von seinem zwölften bis zu seinem dreißigsten Jahr gänzlich im Dunklen lassen.

Schon in der Einleitung haben wir erwähnt, daß die ägyptischen Priester in den Naturwissenschaften weit vorgeschritten waren und ihre Kenntnisse für sich behielten, da die Wissenschaft ihnen die Herrschaft über das Volk sicherte. Diese Wissenschaft gab ihnen natürlich auch andere Anschauungen über das Wesen Gottes und die Religion, und diejenige, welche sie selbst hatten, war sehr verschieden von derjenigen, welche sie für das Volk für zweckmäßig hielten und demselben lehrten.

Ägyptische Künste waren in der damaligen Welt weit und breit berühmt, und man belegte mit diesem Namen fast alle wunderbaren Handlungen, die man sich auf natürliche Weise nicht erklären konnte. Wenn daher der römische Schriftsteller sagt, daß Jesus die wunderbaren Handlungen, die er verrichtete, in Ägypten erlernte, so ist das wohl noch nicht gerade als ein Beweis zu betrachten, daß Jesus in Ägypten erzogen wurde; allein die Wahrscheinlichkeit dieser Behauptung wird durch andere Umstände bedeutend vermehrt, – und am Ende mußte doch Jesus irgendwo zu dem Manne erzogen sein, der er war, was in Nazareth, wo seine Eltern lebten, ganz sicher nicht möglich war.

Die Ähnlichkeit der Wunder, welche Moses und nach ihm die Propheten verrichteten, mit denen Jesu macht es wahrscheinlich, daß sie aus derselben Quelle, Ägypten, stammten.

Moses war von der Tochter Pharaos gerettet und durch ihre Vermittlung mit der Erlaubnis des Königs von den Priestern so gut erzogen worden, wie es nur der Sohn des Königs selbst hätte wünschen können. Wie uns der jüdische Schriftsteller Josephus erzählt, offenbarte der Knabe einen sehr kräftigen Sinn, und es ist wahrscheinlich, daß man ihn mit großer Sorgfalt und Liebe in die Geheimnisse ägyptischer Wissenschaft einweihte und daß er in den erlernten Künsten selbst die ägyptischen Priester übertraf, welche ihm der König entgegenstellte, als er seine Wissenschaft zur Befreiung der Juden aus der ägyptischen Knechtschaft anwandte.

Seit jener Zeit vererbte sich die Wissenschaft unter den Juden, allein nur an einzelne, an Propheten, da sie sonst ihren Zweck verfehlt haben würde. Als die Könige der Juden gegen das Volk tyrannisch wurden und sahen, daß ihnen die Propheten widerstrebten, verfolgten sie dieselben, rotteten sie aus, wo sie konnten, und zerstörten ihre Schulen. Die geheimen Wissenschaften kamen in Verfall durch diese Verfolgungen und die an Unmöglichkeit grenzende Schwierigkeit, sie zu lehren. Waren doch sogar die Gesetzbücher des Moses gänzlich verlorengegangen, und selbst unter den Königen und Priestern hatten sie sich einzig auf dem Wege der Tradition nur unvollkommen erhalten. Der Priester Hilkia, unter der Regierung des Königs Josias, fand endlich eine Abschrift der Bücher Mosis durch Zufall im Tempel. Die Geburt Jesu erregte ein vorübergehendes Aufsehen durch die damit verknüpften Umstände, welche den mißtrauischen und tyrannischen Herodes veranlaßten, alle in Bethlehem innerhalb zwei Jahren geborenen Kinder ermorden zu lassen. Joseph, der Vater Jesu, heißt es, floh mit seiner Frau und dem Kinde nach Ägypten, ein Land, welches seit den ältesten Zeiten von hebräischen Handelsleuten besucht wurde und in dem eine Menge Juden wohnten, von denen viele stets zum Osterfeste nach Jerusalem kamen.

Joseph soll in Ägypten ungefähr zwei Jahre, nämlich bis zum Tode des Herodes, geblieben sein, und es ist natürlich, daß unter den Freunden, die ihm zur Flucht halfen und in Ägypten unterstützten, der Grund dieser Flucht viel besprochen wurde und daß man für das Kind stets ein besonderes Interesse behielt.

Als Jesus zwölf Jahre alt war, finden wir den Knaben im Tempel, wo er durch seine klugen Fragen und Antworten die Priester und Schriftgelehrten in Erstaunen setzt. Der aufgeweckte Geist des Knaben mochte einige der vornehmen Leute interessieren und Nachfragen nach seiner Herkunft veranlassen, wobei die bei seiner Geburt stattgehabten Vorfälle gewiß wieder zur Sprache kamen. Es ist nicht unwahrscheinlich, daß sich irgend jemand unter diesen Vornehmen veranlaßt fühlte, für die Erziehung Jesu Sorge zu tragen, und daß dies infolge der bei der Flucht nach Ägypten angeknüpften Bekanntschaften in Ägypten geschah.

Die Talente, die Jesus zeigte, mochten Veranlassung werden, daß er zu einer besonderen Rolle ausersehen wurde, welche die Befreiung der Juden vom römischen Joche bezweckte, wie einst Moses dieselben vom Joche der Ägypter befreit hatte.

Die eigentümliche Weise, in welcher sich der Charakter Jesu entwickelte, mochte anderen, oder wahrscheinlich ihm selbst, den weit höheren Gedanken eingeben, diese Erlösung von der Knechtschaft geistiger aufzufassen und durch Schöpfung eines neuen Glaubens die Menschen von der Last des Lebens und der Furcht vor dem Tode zu befreien.

Um diesen Zweck zu erreichen, hielt er es für unumgänglich notwendig, sein Leben zu opfern und große Leiden zu erdulden. Er fand die Kraft dazu in seiner Liebe zu der Menschheit; allein begreiflich ist es, daß die Versuchung ihm nahe trat, die ihm innewohnende geistige Kraft und die erlangte Wissenschaft auf eine andere weniger aufopfernde Weise anzuwenden, indem er als Held und Befreier des Volkes von der Römerherrschaft auftrat. Die Erzählung von der Versuchung durch den Teufel, der ihn auf einen hohen Berg führte und alle Reiche der Erde zeigte, kann schwerlich einen anderen Sinn haben.

Die Wunder des Moses, der Propheten und Jesu aus den in der Bibel enthaltenen Erzählungen erklären zu wollen, wäre ein ganz nutzloses Unternehmen.

Die römische Kirche und andere Wundergläubige werden eine solche Erklärung auch ganz überflüssig finden; sie sagen, Jesus war Gottessohn, Gott selbst, und Gott ist allmächtig. Darauf haben wir schon früher geantwortet; allein es wird nötig sein, auf diese Göttlichkeit etwas näher einzugehen, ehe wir diese Abschweifung von dem eigentlichen, historischen Zweck dieses Kapitels schließen.

Als Jesus auftrat, war der Glaube an die Götter der Griechen unter den in der Nähe der Juden und unter ihnen vorhandenen Fremden noch nicht gänzlich erloschen, und es war von jeher geglaubt, daß sich die Götter unter die Menschen mischten. Der Sohn eines Gottes war den Heiden keine so fremde Erscheinung. Große Könige und Helden wurden durch ihren Glauben zu Göttersöhnen gemacht.

Selbst unter den Juden war dieser Gedanke nicht so unerhört, denn wenn Moses auch für zweckmäßig gefunden hatte, dem Volke die Vorstellung von einem unsichtbaren Gott zu geben, so war der Jehova der alten Juden doch eine sehr verschiedene Vorstellung von dem Gott der heutigen aufgeklärten Juden. Nach den Erzählungen der Bibel sah Adam Gott, und Moses erschien er unter verschiedenen Gestalten; er war also ein persönliches, gewissermaßen körperliches Wesen. Da nun die Juden viel mit den Heiden in Berührung kamen und der Götzendienst selbst unter ihnen eine bedeutende Ausdehnung gehabt hatte, wie wir aus der Bibel sehen, so war es sehr begreiflich, daß viele unter dem Volk einen Mann, der so wunderbare Handlungen wie Jesus verrichtete, für einen Sohn Gottes hielten.

Obwohl Jesus sich Sohn Gottes nannte, so bezeichnete er doch auch alle Menschen als Kinder Gottes, und selbst das Gebet, welches er für alle gab, nennt ihn Vater. – Die Mehrheit der ersten Anhänger Jesu hielt ihn für einen bloßen Menschen, und als einige Schwärmer unter ihnen die Ansicht aussprachen, daß er nur die Gestalt eines Menschen angenommen habe, wurden sie deshalb von seinem Freunde und Schüler Johannes getadelt.

Die Göttlichkeit Jesu ist jedoch der Grundstein der römischen Kirche, und die ganze theologische sogenannte Wissenschaft beruht auf dieser Abgeschmacktheit, die sich übrigens auch in vielen anderen Religionen, namentlich in der indischen, findet und weiter nichts ist als eine Allegorie der Naturreligion.

Es würde mich zu weit von meinem Ziele führen, wenn ich mich auf einen Nachweis darüber einlassen wollte; das haben tiefere Forscher und Geschichtskundige zur Genüge getan. Ich will nur mit wenigen Worten nachweisen, daß die Lehre von der Göttlichkeit Jesu, die ihn in den Augen der Menschen erhöhen soll, abgesehen davon, daß sie eine Dummheit in sich selbst ist, das Verdienst des Erlösers zunichte macht.

Die Kirchenlehrer sind bei der Erklärung dieser Lehre noch weit unklarer als gewöhnlich und hüllen sich in einen Schwall von Worten, die dem nichtdenkenden Volke imponieren, weil es sie nicht versteht, was es in diesem Falle nicht nur mit den Denkern, sondern sogar mit den Erklärern selbst gemein hat, »denn eben wo Gedanken fehlen, da stellt ein Wort zu rechter Zeit sich ein«. So vornehm und entrüstet sich diese Erklärer auch gebärden, wenn man sie über diesen Glaubensartikel befragt, so ist es mir doch noch nie gelungen, irgendeinen klaren, rein vernünftigen Gedanken auf dem Grund ihrer Erklärungen zu finden. Die aufgeklärtesten protestantischen Geistlichen, die ich hörte, suchen den Frager damit abzufertigen, daß sie Jesus einen »Gottmenschen« nennen; was aber keine besondere Menschenrasse oder Klasse, sondern nur ein Mensch ist, dessen Geist sich zu der höchsten Vollkommenheit ausgebildet hat, die eben ein Mensch erreichen kann.

Eine solche Erklärung ist aber eine Ketzerei in den Augen der Kirche, denn diese will, wir sollen glauben, daß Jesus ein nicht von einem menschlichen Geiste, sondern von Gott, der höchsten Potenz geistiger Vollkommenheit, belebter und regierter menschlicher Körper war.

Vor und nach Jesus gab es tugendhafte Menschen, die ebenso rein und tadellos lebten, wie es seine Schüler, die ihn drei Jahre lang täglich beobachteten, von ihm erzählen, und andere, welche noch weit größere Leiden, als sie Jesus erduldete, noch standhafter als er für eine von ihnen für groß und gut gehaltene Sache ertrugen. Ihre Tugend und ihre Kraft waren ihr Verdienst, jedenfalls das Resultat der höheren Ausbildung ihres unvollkommenen menschlichen Geistes. Der Geist aber, der den Körper

Jesu belebte, war nach der Kirchenlehre Gott, die höchste Potenz der geistigen Vollkommenheit, also keiner Vervollkommnung bedürftig oder fähig. Ein solcher Geist in einen menschlichen Körper gedacht, hat gar keinen Kampf zu bestehen, da er nicht einmal den Gedanken der Versuchung zuläßt. Tugend und Seelenkraft im Leiden und davon hergeleitetes Verdienst existieren nur für den Menschen, das heißt für einen ursprünglich unvollkommenen menschlichen Geist, der einen menschlichen Körper belebt. Der Gedanke an einen in Versuchung zu führenden oder leidenden Gott setzt eine so niedrige Gottvorstellung voraus, daß sie jedem selbst an einen persönlichen Gott glaubenden Menschen als eine Gotteslästerung erscheinen muß. Ein Gott, der am Kreuze verzweifelt, ist geradezu abgeschmackt und lächerlich.

Wie anders dagegen erscheint uns Jesus, wenn wir ihn als einen Menschen betrachten, dessen zarter Körper von einem rein menschlichen Geiste belebt war! Das reine Leben eines solchen Jesus können wir bewundern und mit der Hoffnung nachahmen, das hohe Muster zu erreichen, da Jesus ein Mensch war; für seine Leiden haben wir Mitgefühl und Tränen, da er ein Mensch war, und für das Opfer, welches er mit seinem Leben der ganzen Menschheit brachte, fühlen wir die innigste Liebe, da es der höchsten, reinsten und uneigennützigsten Liebe entsprungen war.

Die Versuchungen und die Zeichen der Schwäche, sozusagen die Kennzeichen seiner Menschheit, die wir an ihm entdecken, machen ihn uns noch liebenswerter. Welcher fühlende Mensch kann sich der Tränen enthalten, wenn er sich im Geist in die Lage Jesu am Ölberg versetzt. Die Stunde der Erfüllung des großen Opfers naht heran, und der rein menschliche Trieb der Lebenslust macht sich mit aller Kraft und Verlockung geltend. Alle Schrecken des Todes, dem er entgegengeht, stehen vor seinem Geiste, und noch einmal sucht er mit inbrünstiger Hoffnung nach einem anderen Wege, seinen großen Zweck zu erreichen. Er ringt mit dem Tode, und »ein Engel steigt vom Himmel herab, ihn zu stärken«; der Gedanke an die durch seinen Tod vollbrachte Erlösung der Menschen, an die Größe dieses Zweckes ist der stärkende Engel, der ihm den Tod besiegen hilft.

Wie rührend *menschlich* ist die Handlung Christi bei der Einsetzung des Abendmahls! Wenn seine Jünger das Brot beim Essen zerbrechen und Wein trinken, sollen sie seiner und seines großen Liebesopfers mit Liebe gedenken. Er weiß, daß seine Todesstunde herannaht, und er kennt den bösen Menschen, der als Werkzeug dienen wird, ihn den Henkern zu überliefern; der Gedanke macht ihn traurig.

Die Geschichte seines Leidens ergreift uns nur, weil wir ihn als einen Menschen betrachten, denn Gott ist über den Spott der Kriegsknechte so erhaben, daß er ihn nicht empfindet, und was die körperlichen Mißhandlungen anbetrifft, so überwanden diese ja selbst die gemeinen, mit Jesus gekreuzigten Verbrecher so weit, daß sie ihn verspotten konnten; ein Gott mußte sicher so viel Seelenkraft haben, solche körperliche Schmerzen gar nicht zu empfinden. Er empfand sie aber sehr schmerzlich, und als ihn in seiner Todespein die Kraft verläßt und ihn vielleicht der verzweiflungsvolle Gedanke überfällt, daß sein großes Opfer für die Erlösung der Menschheit nutzlos gebracht sein möchte, ruft er aus: »Mein Gott, mein Gott, warum hast du mich verlassen!« – Welches menschliche Herz erzittert hier nicht in seinen tiefsten Tiefen, und wer ehrt und liebt nicht das Andenken an diesen erhabenen Menschen, der mit vollem Bewußtsein dessen, was ihm bevorstand, aus Liebe für die Menschen sich ein so schweres Opfer auferlegte!

Die Kirche verfehlt nicht, unser Mitgefühl für diese Leiden in Anspruch zu nehmen, und betrachtet dann Jesus ganz als Mensch. Den Pfaffen ist Jesus bald Gott, bald Mensch, wie sie es eben für ihren Hokuspokus brauchen. –

Jesu trostreiche Lehre verbreitete sich mit großer Schnelligkeit. Die Apostel und deren Schüler verbreiteten sie nicht allein in Judäa und den benachbarten Ländern, sondern machten zu diesem Zwecke weitere Reisen und trugen die »frohe Botschaft« (Evangelium) von dem Erlöser der Welt in ferne Länder. Die Zahl der Anhänger, die sie gewannen, war außerordentlich groß, besonders aus der ärmeren Volksklasse, aus der Jesus und die Apostel selbst hervorgegangen waren.

Nachdem Jerusalem siebenzig Jahre nach Jesu Geburt von dem nachherigen römischen Kaiser Titus zerstört worden war, wurden die stets zum Aufruhr geneigten Juden über das ganze römische Reich zerstreut und mit ihnen die *Christianer* – so nannte man die Anhänger Jesu –, welche als eine jüdische Sekte betrachtet wurden, wie es deren mehrere gab. Dies trug sehr viel zur Ausbreitung des Christentums bei, und gewiß nicht wenig wirkten dafür die zahlreichen Christen unter den römischen Legionen, die der Krieg bald in dieses, bald in jenes Land führte. Zu der Zeit der Apostel und kurz nach derselben führten die Christen ein Leben, wie es den Lehren ihres Meisters würdig war; aber bald artete die Begeisterung, die sie beseelte und ohne welche keine gute Sache gedeihen kann, in religiöse Schwärmerei aus und nahm allmählich den Charakter einer Geisteskrankheit an. Man wollte sich gleichsam in Frömmigkeit überbieten und kam auf die wunderlichste Auslegung der verschiedenen, durch die Apostel aufbewahrten Aussprüche Jesu. Wo er weise Mäßigung empfahl, da glaubte man in seinem Sinne zu handeln, wenn man gänzlich entsagte, und so entstand allmählich die verkehrte Ansicht, daß die Freuden des Lebens verwerflich und eines Christen unwürdig seien. Indem man alle Genüsse mied und sich freiwillig Leiden auferlegte und quälte, glaubte man die Sündhaftigkeit der menschlichen Natur zu überwinden und sich größere Freuden im Leben nach dem Tode zu sichern.

Mit dieser Ansicht verband sich bald eine Art von Hochmut, die sich unter äußerer Demut versteckte. Der roheste Christ hielt den gebildetsten und tugendhaftesten Nichtbekenner Jesu für einen Verworfenen; ja er glaubte sich durch jede nähere Gemeinschaft mit den Heiden zu verunreinigen. Aus diesem Grunde sonderten sich die Christen bald ganz und gar von diesen ab, zerrissen die zwischen ihnen bestehenden Verwandtschafts- und Freundschaftsverhältnisse und flohen alle Lustbarkeiten und Feste gleich Verbrechen. Mit einem Wort, trotz aller Tugendhaftigkeit und Rechtschaffenheit ihres Lebens fingen sie an, kopfhängerische, trübselige Narren zu werden.

Die mit Schnelligkeit anwachsende Menge der Christen, ihr menschenfeindliches, abgesondertes Wesen, ihre geheimnisvollen Zusammenkünfte, denen die Verleumdungen der jüdischen und heidnischen Priester bald politische und verbrecherische Zwecke unterlegten, ihr feindseliges Benehmen gegen die Heiden, – alles dies erregte die Aufmerksamkeit der römischen Regierung; allein sie befolgte die sehr vernünftige Politik, sich nicht um die Religion ihrer Untertanen zu bekümmern, wenn diese nicht die Veranlassung wurde zu Feindseligkeiten gegen die Einrichtungen des Staates und seine Gesetze. Die Christen hätten also ungestört unter der römischen Herrschaft leben und sich entwickeln können, wenn sie sich von solchen Vergehungen ferngehalten hätten, die kein Staat ungestraft lassen kann. Dies taten sie aber nicht, sondern in ihrem fanatischen Eifer forderten sie gleichsam die Regierung heraus. Sie verweigerten auf Grund ihrer Religion die allgemeinen Bürgerpflichten, wollten weder in den Krieg ziehen noch öffentliche Ämter annehmen und bewiesen den Kaisern Verachtung anstatt ihnen die herkömmlichen Ehren zu erzeigen. Es war daher ganz natürlich, daß diese die Sekte der Christen für staatsgefährlich erkannten und beschlossen, sie zu zwingen, sich den Gesetzen des Staates zu unterwerfen und sie für die Verletzung derselben zu bestrafen. Darin waren die Kaiser in ihrem vollsten Recht, und wir finden, daß gerade die besten und weisesten unter ihnen gegen die widerspenstigen Christen am strengsten verfuhren.

Sie erreichten indessen ihren Zweck nicht, sondern bewirkten gerade das Gegenteil von dem, was sie bewirken wollten. Die Verachtung des Lebens und aller Leiden war bei den schwärmerischen Christen so hoch gestiegen, daß sie den Tod als höchst wünschenswert betrachteten, sich scharenweise den Händen ihrer Verfolger überlieferten und diese durch ihren herausfordernden Trotz zur größten Grausamkeit anregten. Je größere Leiden die Christen um Jesu willen erduldeten, desto größer fiel ihrer Meinung nach die Belohnung aus, die sie im verheißenen ewigen Leben erwartete.

Die Standhaftigkeit, mit welcher die Geopferten den qualvollsten Tod ertrugen, und die religiösen Ehren, welche die Gemeinde dem Andenken der Märtyrer widmete, fachten die Schwärmerei der Christen zum Fanatismus an. Der Märtyrertod erschien als das höchste Glück, weil man glaubte, daß er alle Sünden tilge und sogleich zu Jesus in das Paradies führe. Diese Märtyrerschwärmerei nahm so überhand, daß die Besonnenen unter den Christen, welche das Unmoralische einer solchen Lebensverachtung einsahen, vergeblich dagegen ankämpften.

Die Heiden, welche Zeugen von der Standhaftigkeit und Freudigkeit waren, mit welcher die Christen die ärgsten Qualen und den Tod erduldeten, wurden mit Bewunderung erfüllt für eine Religion, die solche Kraft gab, und bekannten sich in Menge zu derselben. Die Zahl der Christen nahm täglich zu, gewann immer mehr Eingang auch unter den höheren Ständen und selbst am Hofe der Kaiser. Endlich kam es dahin, daß Kaiser Konstantin, der 324 bis 337 regierte, es aus politischen Gründen für gut hielt, die christliche Religion zur Staatsreligion zu machen. –

Die Christen zur Zeit der Apostel hatten sich von der Gemeinschaft der Juden nicht getrennt, denn sie betrachteten sich vielmehr als die wahren Israeliten und Jesum als den längst erwarteten Messias. Endlich zwang sie aber die Feindseligkeit der Juden, eine eigene Gemeinde zu bilden.

Die Verfassung dieser ersten christlichen Gemeinde war wie die einer jeden Gesellschaft, die aus gleichstehenden Mitgliedern besteht, denn alle

Christen nannten sich Brüder. Keiner hatte vor dem andern einen Vorrang, und sowohl ihre Pflichten als ihre Rechte waren vollkommen gleich.

Zu ihren Vorstehern wählte die Gemeinde einige in allgemeiner Achtung stehende Männer, welche Presbyteren (Älteste) oder auch Bischöfe (episcopi, Aufseher) genannt wurden. Ihr Amt war es, Ruhe, Eintracht und Ordnung in der Gemeinde zu erhalten, ohne daß sie deshalb einen höheren Rang eingenommen hätten als den, welchen ihnen die Achtung der übrigen Brüder freiwillig einräumte. Den Presbyteren standen Diakonen (Helfer) zur Seite, welche die reichlich beigesteuerten Almosen an die ärmeren Gemeindemitglieder austeilten und andere kleine Geschäfte übernahmen, die nicht schon von den Ältesten verrichtet wurden.

Die Gemeinden der ersten Christen waren vollkommene Republiken, und selbst die Apostel, welche mehrere derselben stifteten und eine Art Oberaufsicht über sie führten, maßten es sich nicht an, eigenmächtig über die Gesellschaft betreffende Einrichtungen zu bestimmen, sondern begnügten sich damit, den Gemeinden mit Rat und Tat an die Hand zu gehen. Der Apostel Petrus machte es den Ältesten ausdrücklich zur Pflicht, daß sie über die Gemeinden nicht herrschen, sondern sie durch ihr musterhaftes Beispiel leiten sollten. Das taten auch die Presbyteren der alten Zeit; sie betrachteten sich als die Diener der Gemeinde, welche sie für ihre Dienste durch freiwillige Geschenke belohnte.

Einen äußerlichen Gottesdienst kannte man nicht; die religiösen Versammlungen der apostolischen Christen fanden statt ohne alle Zeremonien und auf die Sinne berechnete Gebräuche. Man kam zusammen in irgendeinem geräumigen Saale, ohne denselben weder zu diesem Zwecke auszuschmücken, noch ihm eine besondere Weihe und Heiligkeit beizumessen, denn dergleichen erschien den Christen als heidnische Torheit.

Die Versammlungen waren einzig und allein der Belehrung und Erbauung gewidmet. Man las in ihnen die Briefe der umherreisenden Apostel vor oder Stellen aus den heiligen Büchern der Juden. Dann folgte ein belehrender Vortrag, den wohl meistens einer der Presbyteren hielt oder auch irgendein anderes Mitglied der Gemeinde, welches sich dazu geeignet und berufen fühlte. Das Gehörte wurde dann besprochen und den Unwissenden das erklärt, was sie etwa nicht verstanden hatten. So waren diese Versammlungen der Christen der apostolischen Zeit die ersten Volksschulen. Nach der Besprechung setzte man sich zu einem gemeinsamen Mahle nieder – welches Liebesmahl hieß –, und am Schluß oder auch am Anfange wurde Brot und Wein herumgereicht und beim Genuß desselben mit Rührung und Dankbarkeit des für die Menschheit gestorbenen Jesus gedacht, wobei auch wohl die Worte wiederholt wurden, die er bei der Einführung dieses schönen Gebrauchs sprach. Den Schluß der Versammlung machte eine Beisteuer für die Armen.

Leider änderte sich aber dieser würdige und einfache Zustand der christlichen Gemeinden sehr bald und ging endlich in die Form der heutigen katholischen Kirche über. Es wird für unseren Zweck genügen, nur in leichten Umrissen anzugeben, wie eine so auffallende Veränderung, die dem christlichen Geiste so sehr widerspricht, bewerkstelligt werden konnte.

Wir haben oben gesagt, daß die Presbyteren mit der Leitung der Gemeindeangelegenheiten beauftragt waren. Bei ihren Beratungen führte anfangs der Älteste den Vorsitz, aber dieser war oft eben wegen seines Alters dazu nicht immer der Tauglichste, und so zogen es denn die Presbyteren vor, den geeignetsten aus ihrer Mitte zum Vorsitzenden zu wählen, welcher, da er über alles die Aufsicht führte, zur Unterscheidung von seinen, ihm sonst übrigens durchaus gleichgestellten Kollegen vorzugsweise der Bischof genannt wurde.

Diese Bischöfe maßten sich bald einen höheren Rang an, und wir erblicken sie in den Versammlungen auf einem erhabenen Sessel, während die anderen Presbyteren auf niedrigeren Stühlen um sie her sitzen, hinter denen die Diakonen, gleich den dienenden Brüdern in den Synagogen, stehen. Die Gemeinden gewöhnten sich bald daran, in dem von ihren Vorstehern so ausgezeichneten Bischof ihren geistlichen Oberherrn zu sehen.

Besondere Umstände trugen dazu bei, das Ansehen dieser Bischöfe zu vermehren.

Die Christen auf dem Lande hatten sich anfangs den Gemeinden in den Städten angeschlossen; als ihre Zahl sich aber vermehrte, wünschten sie eigene Gemeinden zu bilden, wenn sie auch die Gemeinschaft mit den Gemeinden in den Städten nicht aufgeben wollten, da ihnen dieselbe besonders zur Zeit der Verfolgung und überhaupt von Nutzen war. Sie baten daher die Stadtbischöfe, sie mit Lehrern und Vorstehern zu versehen, und ein solcher sandte ihnen gewöhnlich einen seiner Presbyteren.

Dieser Landbischof hatte nun zwar dieselbe Gewalt über seine Gemeinde wie der Stadtbischof über die seinige; aber aus der ganzen Natur der Sache erklärt es sich, daß er in vielen Beziehungen von dem letzteren gewissermaßen abhängig wurde. Dadurch bekam der Stadtbischof einen

Kirchensprengel oder, wie es damals hieß, eine Diözese (Bezirk) oder Parochie.

So wurde also schon in der ersten Hälfte des zweiten Jahrhunderts nach Jesu Geburt der Grund zur kirchlichen Aristokratie gelegt.

Nachdem man nun einmal den Anfang damit gemacht hatte, jüdische Einrichtungen auf das Christentum anzuwenden, so griff dieser Unfug um so schneller um sich, als er der Eitelkeit und Herrschsucht ehrgeiziger Bischöfe nützte, die sich bald der Leitung aller christlichen Gemeindeangelegenheiten zu bemächtigen wußten.

Am Anfange des dritten Jahrhunderts war es schon so weit gekommen, daß man die Gewalt der Bischöfe aus dem Priesterrechte des Alten Testaments herleitete und alles, was Moses über Priesterverhältnisse festsetzte, ohne weiteres auf die Bischöfe und Presbyteren anwendete. Bis dahin waren sie noch immer als das, was sie auch in der Tat waren, als Diener der Gemeinde, betrachtet worden; aber ihr Stolz lehnte sich dagegen auf, und im Laufe des dritten Jahrhunderts hatten sie schon so geschickt den Glauben verbreitet, daß sie nicht von der Gemeinde, sondern *von Gott selbst eingesetzt* wären zu Lehrern und Aufsehern derselben; daß sie also nicht Diener der Gemeinde, sondern Diener Gottes wären und daher sowohl das Lehramt wie auch der Dienst der neuen Religion nur von ihnen allein versehen werden könne, weshalb sie einen von der Gemeinde *abgesonderten, vorzüglicheren* Stand bilden müßten.

Um die noch immer Zweifelnden vollends zu berücken, denen ein solches Verhältnis nicht den Lehren Jesu gemäß erschien, griffen die Bischöfe zu einem anderen Mittel, ihnen das, was sie durchsetzen wollten, begreiflicher und annehmbarer zu machen.

Wenn nämlich die Apostel einen Lehrer oder Presbyter bestellten, legten sie ihm die Hand auf das Haupt und riefen Gott an, daß er ihm zu seinem Amte auch den Verstand verleihen möge. Diese Sitte war dem jüdischen Ritus entnommen, ohne daß die Apostel daran dachten, welchen Mißbrauch ihre dereinstigen Nachfolger damit treiben würden. Die Bischöfe behaupteten nämlich, daß durch dieses Handauflegen der den Aposteln innewohnende heilige Geist auch auf die Geweihten übergegangen sei und daß diese auch die Kraft hätten, ihn auf dieselbe Weise an andere zu übertragen. Es gelang ihnen vortrefflich, diese Ansicht unter den Christen populär zu machen, und am Ende des dritten Jahrhunderts glaubte man allgemein daran und sah in den Bischöfen, Presbyteren und

Diakonen Wesen ganz anderer Art und fand es ganz natürlich und selbstverständlich, daß sie einen Stand für sich bildeten.

So bedeutend nun auch der Einfluß der Bischöfe auf die Gemeinden schon war, so hatte die demokratische Verfassung derselben doch noch keineswegs aufgehört. Die Bischöfe konnten in den religiösen Angelegenheiten durchaus nicht nach Gefallen schalten und walten, sondern waren an die Einwilligung der Presbyteren und der ganzen Gemeinde gebunden. Dies war ihnen sehr unbequem, da sie nach unumschränkter Gewalt strebten, und zur Erlangung derselben benutzten sie die Provinzialsynoden.

Wir haben schon früher beiläufig bemerkt, wie falsch die Aussprüche und Lehren Jesu häufig von den Christen verstanden wurden. Es entspannen sich über deren Auslegung bald Streitigkeiten, und schon im zweiten Jahrhundert finden wir, daß sich mehrere Gemeinden vereinigten, um dieselben durch gemeinschaftliche Besprechungen auszugleichen. Als diese Streitigkeiten sich mit der Zeit vermehrten, fühlte man die Zweckmäßigkeit und Notwendigkeit solcher schiedsrichterlichen Versammlungen und ordnete sie für die Gemeinden eines bestimmten Bezirkes oder Landes regelmäßig und wenigstens einmal im Jahre an. So entstanden die Provinzial-Kirchenversammlungen. Die Gemeinden wurden auf denselben durch Abgeordnete vertreten, welche aus den Bischöfen, Presbyteren, Diakonen und einigen anderen Gemeindemitgliedern bestanden.

So bedeutend nun auch der Einfluß der Bischöfe auf die Beschlüsse dieser Kirchenversammlungen war, so standen ihnen noch immer die große Anzahl der anderen Abgeordneten der Gemeinde entgegen, und es wurde vorerst die Aufgabe der Bischöfe, diese von den Kirchenversammlungen zu entfernen. Zuerst gelang es ihnen mit den nicht priesterlichen Mitgliedern der Gemeinde, dann mit den Diakonen und endlich auch mit den Presbyteren, so daß die Gesamtheit der christlichen Gemeinden auf den Synoden einzig und allein durch die Bischöfe vertreten wurde.

Dies war zwar ein bedeutender Gewinn, denn nun konnten diese beschließen, was sie in ihrem Interesse für nötig hielten; aber noch immer bedurften die gefaßten Beschlüsse der Zustimmung der Gemeinde. Um diesen lästigen Zwang zu entfernen, erfand man ein eigentümliches Mittel, welches wir einen plumpen und ungeschickten Betrug nennen würden, wenn er – nicht gelungen wäre.

Es war nämlich bei den Christen Gebrauch geworden, jede Versammlung mit der Bitte an Gott zu eröffnen, daß er die Anwesenden durch seinen Geist erleuchten und bei ihren Beratungen leiten möge. Diese Sitte wurde auch bei der Eröffnung von Kirchenversammlungen beobachtet, und nun erzeugten die Bischöfe bei den nur zu gläubigen Christen den Wahn, daß durch dieses Gebet der Heilige Geist auch stets veranlaßt werde, bei der Synode gleichsam den Vorsitz zu führen, so daß alle ihre Beschlüsse als Aussprüche des Heiligen Geistes, also Gottes selbst, zu betrachten wären, die der Bestätigung nicht bedürften! Durch diese List waren die christlichen Gemeinden um den letzten Rest ihrer Freiheit gebracht und der eigennützigen Willkür der Bischöfe preisgegeben.

Nachdem diese einmal so weit gekommen waren, gingen sie in ihren Anmaßungen immer weiter, und es kam bald eine Zeit, wo die vor kurzem noch so ehrwürdigen Vorsteher der christlichen Gemeinden größtenteils die eigennützigsten, schamlosesten und verworfensten Menschen waren. »Aus den hölzernen Kirchengefäßen wurden goldene, aber aus den goldenen Bischöfen wurden hölzerne.«

Als Kaiser Konstantin die christliche Religion zur Staatsreligion machte, erlitten alle Verhältnisse der christlichen Kirche eine bedeutende Veränderung. Die Kaiser betrachteten sich selbst als Oberhäupter derselben; sie beriefen nicht nur nach ihrem Gefallen Kirchenversammlungen, leiteten die Wahlen der Bischöfe oder ernannten diese geradezu, sondern entschieden auch theologische Streitigkeiten nach ihrem Gutdünken. Dadurch gingen freilich viele der angemaßten Rechte der Bischöfe für den Augenblick verloren; aber die Vorteile, welche sie auf der anderen Seite gewannen, waren so groß, daß sie sich ganz außerordentlich demütig und fügsam zeigten, und so geschah es, daß alles in der Kirche nach dem Winke der Kaiser ging. Der Kaiser war der Gnadenborn, aus dem auf seine Günstlinge Ehren und Reichtümer strömten, und die Bischöfe und Geistlichen wetteiferten in niedriger Schmeichelei, um deren möglichst viel zu erschnappen. Die Armut der Kirche und ihrer Diener hatte ein Ende. Schon Kaiser Konstantin bestimmte einen Teil der Staatseinkünfte zum Unterhalte der Geistlichen und begnadigte sie mit wichtigen Vorrechten. Das allereinträglichste war aber das Gesetz, durch welches er sie für berechtigt erklärte, Schenkungen anzunehmen, welche ihnen durch testamentarische Verfügungen gemacht wurden, was nach dem Gesetze des Kaisers Diokletian keinem Verein gestattet war.

Nun war der Habgier der Geistlichkeit ein weites Feld geöffnet. Die niedrigsten und verächtlichsten Mittel wurden angewandt, um die bereits in Aberglauben aller Art versunkenen Christen zu reichen Schenkungen zu bewegen, und bereits nach zehn Jahren wagte niemand mehr zu sterben, ohne der Geistlichkeit ein Legat zu vermachen. Diese betrieb ihr Geschäft auf so schamlose Weise, daß nicht sehr lange darauf die Kaiser Gratian und Valentinian sich gezwungen sahen, durch Gesetze der Erbschleicherei der Geistlichen Einhalt zu tun.

Hieronymus, der Geheimschreiber des römischen Bischofs Damasus, der Zeuge war von dem nichtswürdigen Treiben der Pfaffen, rief bei der Bekanntmachung des Gesetzes: »Ich bedaure nicht des Kaisers Verbot, sondern mehr das, daß meine Mitbrüder es notwendig gemacht haben!« Diese Mitbrüder schildert er auf wenig schmeichelhafte Weise, indem er sagt: »Sie halten kinderlosen Greisen und alten Matronen den Nachttopf hin, stets geschäftig um ihr Lager; mit eigenen Händen fangen sie ihren Auswurf auf, und Witwen heiraten nicht mehr; sie sind weit freier, und *Priester dienen ihnen um Geld.*« Selbst der Bischof des Hieronymus, Damasus, hatte sich den Beinamen *Ohrenkrabbler der Damen* erworben.

Als Julianus (361 n. Chr.) zur Regierung kam, geriet der ganze Pfaffenschwarm in große Bestürzung, denn dem gebildeten, mit der Philosophie seiner Zeit bekannten und darin aufgezogenen Kaiser erschien das bereits durch Aberglauben und Fabeln aller Art entstellte Christentum abgeschmackt und lächerlich. Er »fiel daher vom Glauben ab«, wie die Kirchenphrase heißt, und erwarb dafür von den christlichen Geschichtsschreibern den Beinamen *Apostata* (Abtrünniger).

Die reine und einfache Lehre Jesu hatte in der Tat bereits eine traurige Veränderung erlitten und war durch Wundermärchen und läppische Fabeln verunstaltet worden. Vor der ersten allgemeinen Kirchenversammlung zu Nizäa (335 n. Chr.) gab es gegen *fünfzig* Evangelien, von denen nur die noch in der Bibel enthaltenen beibehalten wurden, weil die andern den Heiden doch gar zuviel zu spotten und zu lachen gaben. Sie enthielten die abgeschmacktesten Erzählungen und trivialsten Geschichten, und wenn auch ihre Verfasser mit der Mutter Jesu nicht so vertraut waren wie jener Portugiese, der ein »Leben Jesu im Bauche der Maria« schrieb, so berichten sie uns doch unter anderm, daß dem frechen Menschen, der Maria unzüchtig anzufassen wagte, augenblicklich die Hand verdorrte. Auch von Wundern erzählen sie, die Jesus als Kind verrichtete. Einst habe derselbe mit andern Kindern gespielt und mit ihnen aus Ton Vögel geformt; die von ihm gemachten seien sogleich fortgeflogen. Als er größer geworden, habe er einst einen Tisch gefertigt, und als er von seinem

Vater gescholten worden sei, weil er zu kurz war, habe er an dem Tisch gezogen und ihn so lang gemacht, wie Meister Joseph wollte.

Kaiser Julianus versuchte es, das Christentum zu stürzen, obwohl er die Christen nicht verfolgte, und als er schon nach zweijähriger Regierung im Kriege gegen die Perser fiel, verursachte sein Tod große Freude.

Sein Liebling, der Philosoph Libanius, fragte einst spöttisch einen christlichen Lehrer zu Antiochien: »Was macht des Zimmermanns Sohn?« Er erhielt zur Antwort: »Einen Sarg für deinen Schüler.« Bald darauf starb der Kaiser, und Libanius vermutete, eben vielleicht wegen dieser Antwort, daß er durch irgendeinen fanatischen Christen seinen Tod fand. Sterbend unterhielt sich der Kaiser über die Erhabenheit der menschlichen Seele, aber die Christen erzählten, er habe eine Handvoll Blut gen Himmel gespritzt und ausgerufen: »Du hast gesiegt, Galiläer!«

Mit Julian starb der letzte heidnische Kaiser; unter seinen Nachkommen breitete sich die Macht der Pfaffen immer mehr aus.

Die lieben, guten Heiligen

Zu alten Zeiten hieß heilig,
Wenn *der* Fliegen, *der* Heuschrecken fraß,
Und *jener* gar mit seinem heil'gen Hintern
In einem Ameis'nhaufen saß,
Um voller Andacht drin zu überwintern.

Butlers Hubibras

Es ist ein durch die Wissenschaft noch nicht vollständig gelöstes Problem, wodurch Epidemien entstehen, wie Pest, Cholera und dergleichen gräßliche Übel, durch welche das Menschengeschlecht von Zeit zu Zeit heimgesucht wird. Noch unerklärlicher sind Epidemien des Geistes, deren Vorkommen so alltäglich ist, daß wir gar nicht mehr darauf achten und sie am allerwenigsten für eine geistige Störung halten.

Woher kommt es, daß irgendein dummes Lied die Runde über den Erdball macht, daß man ihm nirgends entfliehen kann, selbst nicht, wenn man allein ist, da man es dann selbst summt? Dasselbe ist der Fall mit einem schlechten Witz oder einer abgeschmackten Redensart oder einer Mode, über deren Möglichkeit man später selbst erstaunt ist. Es ist nicht nötig, daß wir Beispiele anführen, denn jeder Mensch wird irgendein Lied, Redensart oder Mode anführen können, die epidemisch auftrat.

Das Merkwürdige bei solchen geistigen Epidemien ist, daß Absperrung dagegen kein unfehlbares Mittel ist, denn wir kennen Gewohnheiten, die sich zum Beispiel in Klöstern ganzer Länder verbreiteten, die doch unter sich in gar keiner Verbindung standen. In einem der folgenden Kapitel werden wir davon merkwürdige Beispiel anführen.

Die Keime der in ihren Folgen gräßlichsten geistigen Epidemien enthält die Religion und keine mehr als die mißverstandene christliche. Sie hat Europa Jahrhunderte hindurch in ein trübseliges Narrenhaus verwandelt, und Millionen von Schlachtopfern sind der durch sie erzeugten Tollheit gefallen.

Dieses Kapitel handelt von den Heiligen der römischen Kirche, denn die protestantische hat sie abgeschafft und nur die Scheinheiligen behalten. All diese Heiligen, einige Ausnahmen abgerechnet, waren durch die Religion wahnsinnig gemachte Menschen und würden, wenn sie heutzutage lebten, in Narrenhäuser gesperrt werden. Jeder Leser, der nicht von derselben Narrheit ergriffen ist, wird am Ende dieses Kapitels von der Wahrheit meiner Behauptung überzeugt sein.

Die Lehre Jesu, daß dies Leben nur eine Vorbereitung für ein künftiges sei und daß jeder, welcher die ihm hier auferlegten Leiden gottergeben trage, dafür im ewigen Leben belohnt werden würde, war darauf berechnet, die leidende und bedrückte Menschheit durch die Hoffnung zu trösten. Je größer die unverschuldeten Leiden waren, die einen Gläubigen trafen, desto größere Hoffnung hatte er, durch geduldiges Ertragen ein freudenreiches ewiges Leben zu gewinnen, und es ist begreiflich, daß es Menschen gab, welche sie betreffende Unglücksfälle als ein Glück ansahen, da sie ihnen Gelegenheit gaben, den Himmel zu verdienen.

Der Übergang zu dem Gedanken, daß Leiden überhaupt verdienstlich sei, war nicht eben schwierig, besonders da er durch mehrere von den Aposteln berichtete Aussprüche Jesu unterstützt wurde, und so kam es, daß man sich endlich selbst Leiden und Qualen erschuf, nur um sie zu ertragen und weil man damit meinte, für sein Seelenheil zu sorgen. Das Egoistische und Unmoralische einer solchen Handlungsweise wurde gar nicht erkannt.

Die Idee von der Verdienstlichkeit, körperliche Martern mit Freudigkeit zu ertragen und sich selbst zu schaffen, kam erst recht zur Geltung, als die während der Verfolgungen unter den Kaisern Diokletian und Decius hingerichteten Christen durch ihre Standhaftigkeit so hohen Ruhm einernteten. Mögen sich auch die Kirchenschriftsteller nicht immer von Übertreibungen ferngehalten haben, wenn sie die Leidensgeschichten der Märtyrer erzählen, so verdienen sie doch im allgemeinen Glauben, denn es ist eine bekannte Erfahrung, daß Menschen in hoher geistiger Aufregung Schmerz oft gar nicht empfinden, wie manche alte Soldaten bezeugen, die es in der Hitze des Kampfes oft gar nicht bemerkten, daß sie verwundet wurden.

Diese Schwärmerei nahm besonders im vierten Jahrhundert überhand, und was Zeno, Bischof von Verona (um d. J. 360) sagte, war ziemlich der allgemeine Glaube: »Der größte Ruhm der christlichen Tugend ist es, *die Natur mit Füßen zu treten*.« Diese düstere Ansicht verbreitete über die ganze christliche Welt eine Trübseligkeit, welche die Erde in der Tat zu einem Jammertal machte. Die frommen Christen hielten sich nicht für wert, daß die Sonne sie bescheine; jeder Genuß erschien ihnen ein Schritt zur Hölle und jede Qual ein Schritt zum Himmel.

Später gestaltete sich freilich alles weit lustiger in der christlichen Kirche, so lustig, daß es ein Skandal und Greuel und die Reformation dadurch erzeugt wurde; aber Luther machte die Leute wieder mit der Bibel bekannt, die ihnen von der römischen Kirche entzogen war, und das Lesen derselben brachte ähnliche Wirkungen hervor wie das Lesen der Evangelien unter den Christen der ersten Jahrhunderte.

Beweise dafür finden wir genug in der Geschichte, wie auch in den Predigten und andern geistlichen Schriften aus der Zeit nach der Reformation. Besonders reich daran sind die Gesangbücher, in denen sich hin und wieder noch jetzt nicht minder seltsame Verse finden wie der folgende, der wörtlich einem noch nicht sehr alten Breslauer Gesangbuch entnommen ist:

Ich bin ein altes Raben-Aas,
Ein rechter Sünden-Knüppel,
Der seine Sünden in sich fraß
Als wie den Rost der Zwibbel.
O Jesus, nimm mich Hund am Ohr,
Wirf mir den Gnadenknochen vor
Und schmeiß mich Sündenlümmel
In deinen Gnadenhimmel.

Weil Jesus es für nötig hielt, vierzig Tage in die Wüste zu gehen – zu welchem Zweck hat er niemand gesagt –, so meinten die Schwärmer, auch in die Wüste laufen und ihren Leib durch Fasten und allerlei Qualen kasteien zu müssen, denn Jesus hatte gesagt: »Will mir jemand nachfolgen, der verleugne sich selbst, nehme sein Kreuz auf sich und folge mir«, und ferner: »Es sind etliche verschnitten aus Mutterleibe von Menschen, etliche aber, die sich selbst verschnitten haben um des Himmels willen. Willst du vollkommen sein, so gehe hin und verkaufe alles, was du hast, und gib es den Armen, so wirst du einen Schatz im Himmel haben – komm und folge mir nach.«

Mancher, der schon aus Mutterleibe – am Gehirn – verschnitten und von Natur ein Narr war, mag durch Zufall mit unter die Heiligen geraten sein; aber der größte Teil der Heiligen wurde erst durch solche ähnliche Stellen der Bibel zu Narren.

Die Wüsteneien Syriens und Ägyptens bevölkerten sich mit frommen Christen, welche »Jesum nachfolgen« wollten, und weil dieser gelitten hatte, es für verdienstlich hielten, sich noch weit größere Qualen freiwillig aufzulegen. Jeder dieser Frommen strebte danach, die Natur mit Füßen zu treten, und es gelang manchem so vortrefflich, daß uns dabei die Haut schaudert. Diese Schwärmerei wurde epidemisch, und die sonst einsamen Wüsten bevölkerten sich wie Städte.

Das anschaulichste Bild von dem Leben dieser »Väter der Wüste« gibt uns folgende Schilderung eines Mannes, der ihr Leben und Treiben einen ganzen Monat lang als Augenzeuge beobachtet hat: »Einige flehen mit gen Himmel gerichteten Augen, mit Seufzen und Winseln Barmherzigkeit; andere, mit auf den Rücken gebundenen Händen, halten sich in der Angst ihres Gewissens nicht für würdig, den Himmel anzuschauen; andere sitzen auf der Erde, auf Asche, verbergen ihr Gesicht zwischen die Knie und schlagen ihren Kopf gegen den Boden; andere heulen laut wie beim Tode geliebter Personen; andere machen sich Vorwürfe, nicht Tränen genug vergießen zu können. Ihr Körper ist, wie David sagt, voll Geschwüre und Eiter; sie mischen ihr Wasser mit Tränen und ihr Brot mit Asche; ihre Haut hängt an den Knochen, vertrocknet wie Gras. Man hört nichts als Wehe! Wehe! Vergebung! Barmherzigkeit! Einige wagen kaum, ihre brennende Zunge mit ein paar Tropfen Wasser zu erfrischen, und kaum haben sie einige Bissen Brot genossen, so werfen sie das übrige von sich, im Gefühl ihrer Unwürdigkeit. Sie denken nichts als Tod, Ewigkeit und Gericht! Sie haben verhärtete Knie, hohle Augen und Wangen, eine durch

Schläge verwundete Brust und speien oft Blut; sie tragen schmutzige Lumpen voll Ungeziefer, gleich Verbrechern in Gefängnissen oder wie Besessene. Einige beten, sie ja nicht zu beerdigen, sondern hinzuwerfen und verwesen zu lassen wie das Vieh!« –

Wer von diesen Wüsteneinsiedlern noch nicht verrückt war, mußte es bei der oben geschilderten Lebensweise notwendig werden. Das Beispiel reizte die Eitelkeit auf, und einer suchte den andern an Strenge und Selbstquälerei zu übertreffen.

Einer dieser armen Verirrten und Verwirrten – Heiligen! – lebte fünfzig Jahre lang in einer unterirdischen Höhle, ohne jemals das freundliche Licht der Sonne wiederzusehen! Andere ließen sich bei der größten Hitze bis an den Hals in den glühenden Sand graben; noch andere in Pelze einnähen, so daß nur ein Loch zum Atmen frei blieb; bei afrikanischer Sonnenhitze eine treffliche Sommerkleidung, allein doch noch erträglicher als der Paletot, den ein anderer sich aus einem Felsen aushieb und beständig mit sich herumschleppte wie die Schnecke ihr Haus.

Sehr viele behängten sich mit schweren eisernen Ketten und Gewichten. Der heilige Eusebius trug beständig *zweihundertundsechzig Pfund* Eisen an seinem Körper. Einer dieser Narren, namens Thaleläus, klemmte sich in den Reifen eines Wagenrades und brachte in dieser angenehmen Stellung zehn Jahre zu, worauf er sich, zur Belohnung für seine Ausdauer, in einen engen Käfig zurückzog. Wahrlich ein rarer Vogel!

Einige taten das Gelübde – Frauen taten das, glaub' ich, nicht –, jahrelang kein Wort zu reden, niemand anzusehen oder auf einem Bein herumzuhinken oder nur Gras zu fressen, und was des Unsinns mehr ist. St. Barnabas hatte sich einen scharfen Stein in den Fuß getreten; er litt die entsetzlichsten Schmerzen, aber er ließ sich den Stein nicht herausziehen. Wieder andere schliefen auf Dornen, ja manche versuchten gar nicht zu schlafen, und hungern konnten sie wie deutsche Schullehrer und Dichter; nur hatten sie den Vorteil voraus, daß sie verrückte Heilige waren und es eine bekannte Erfahrung ist, daß Wahnsinnige sehr lange ohne Nahrung leben können. *Simeon*, der Sohn eines ägyptischen Hirten, aß nur alle Sonntage und hatte seinen Leib mit einem Stricke so fest zusammengeschnürt, daß überall Geschwüre hervorbrachen, die so entsetzlich stanken, daß es niemand in seiner Nähe aushalten konnte.

Dieser Simeon glaubte immer, daß er sich noch nicht genug quäle, und erfand daher etwas ganz Neues, oder was wenigstens von den Christen noch nicht angewandt wurde, da Anbeter der großen Göttermutter, der Kybele, in Syrien Ähnliches getan hatten. Simeon stellte sich nämlich auf die Spitze einer Säule und blieb hier jahrelang stehen. Die erste Säule, die er zu diesem Zwecke benützte, war nur vier Ellen hoch, aber je höher sein Wahnsinn stieg, desto höher wurden auch seine Säulen. Als seine Tollheit den Gipfelpunkt erreicht hatte, war seine Säule vierzig Ellen hoch; auf dieser stand er *dreißig Jahre!*

Wie er es eigentlich anfing, nicht herunterzufallen, wenn ihn der Schlaf überkam, ist schwer zu begreifen; allein wahrscheinlich gewöhnte er sich stehend zu schlafen wie Pferde und Esel. Eine seiner Lieblingsunterhaltungen war es, sich beim Gebet bis auf die Füße zu bücken. Er muß noch einen geschmeidigeren Rücken gehabt haben als irgendwelche Kammerherrn, denn ein Augenzeuge berichtet, daß er bis 1244 solcher Bücklinge gezählt habe, der Heilige aber noch unendlich lange in seiner frommen Turnübung fortgefahren sei.

Simeon brachte es dahin, daß er *vierzig* Tage hungern konnte! Als seinem ausgemergelten Körper endlich die Kraft zum Stehen fehlte, ließ er auf seiner Säule einen Pfahl errichten und sich an denselben mit Ketten in aufrechtstehender Stellung befestigen.

Diese Säulentollheit fand viele Nachahmer, besonders im warmen Morgenlande. Im Abendlande ist nur ein Säulenheiliger bekannt, und die fromme Stadt Trier hat den Ruhm, daß er einer ihrer Söhne war. Der damalige Bischof war aber noch nicht so tief in den Geist der römischen Kirche eingedrungen wie Herr Bischof Arnoldi, der vor etwa zwanzig Jahren den angeblichen ungenähten Rock Jesu für Geld zeigte, denn sonst würde er nicht die Säule haben umstürzen und den Narren – ich meine den Heiligen – zur Stadt hinausjagen lassen.

Da es das höchste Ziel all dieser für ihre Seligkeit sich quälenden Toren war, »die Natur mit Füßen zu treten« und jede »vom Fleische« stammende Regung zu unterdrücken, so wurde denn natürlich auch der Geschlechtstrieb als höchst unchristlich verdammt und bekämpft. Der Kampf mit diesem mächtigsten der Triebe kostete aber die allergrößte Mühe und hatte, wie wir noch in der Folge sehen werden, die allerverderblichsten Folgen für die sich Christen nennende Menschheit.

St. Hieronymus (geb. 330 und gest. 422) erzählt ganz kalt, daß dieser Kampf mit der Natur Jünglingen und Mädchen Gehirnentzündungen und oft Wahnsinn zugezogen habe. Die armen Narren, die ihren Leib kasteiten, um den Unzuchtsteufel in sich zu demütigen, wußten ja nicht, daß sie dadurch das Übel nur ärger machten, denn der Teufel – der bekanntlich überall seine Hand im Spiele hat – führte ihnen die üppigsten Bilder vor die Phantasie.

Einige bestrichen, um sich den Kampf zu erleichtern, ihre rebellischen Glieder mit Schierlingssaft, und andere machten der Sache völlig ein Ende, indem sie die Wurzel des Übels ausrotteten. Dann hörte freilich alles auf, auch die Versuchung, und wenn ein Verdienst im Überwinden liegt, auch das Verdienst. Der sonst so vernünftige Kirchenvater Origenes tat dies ebenfalls; aber seine Tat war keineswegs originell, da heidnische Priester der Kybele diese unangenehme Operation ziemlich häufig mit sich vornahmen. Leontius, ein Priester zu Antiochien, Jakobus, ein syrischer Mönch, und noch viele andere unter den Priestern und Laien folgten diesem Beispiel, was daraus hervorgeht, daß ein Gesetz gegen diese Kapaunirwut gegeben werden mußte. Nun, Gott sei Dank, vor der Rückkehr *dieses* Fanatismus sind wir sicher!

Andere, welche sich zu einer solchen Radikalkur nicht entschließen konnten oder auch durch ihre Frömmigkeit davon abgehalten wurden, litten Höllenqualen. Den heiligen *Pachomius* trieb das innerliche Feuer in die Wüste, weil er es hier leichter zu ersticken meinte als in der Welt, wo so viel zweibeiniger Zündstoff umherläuft. Er kämpfte oft mit sich, ob er seinen entsetzlichen Qualen nicht durch den Tod ein Ende machen solle. Einst legte er sich nackt in eine Höhle, welche von Hyänen bewohnt wurde. Diese Bestien beschnupperten ihn, ließen ihn aber ungefressen liegen, wahrscheinlich weil sie es ihm anrochen, daß er ein Heiliger war.

Einige Tage gesellte sich zu dem geplagten Manne ein schönes äthiopisches Mädchen, setzte sich auf seinen Schoß und reizte ihn so sehr, daß er wirklich glaubte zu tun, was jeder nicht so heilige Mann in seiner Lage unfehlbar getan haben würde. Als das Entsetzliche geschehen war, ging es ihm wie manchem andern nach ähnlichen Vorfällen; er erkannte jetzt, wer seine Hand dabei im Spiel hatte, und gab dem schönen Mädchen als Dank eine ungeheure Maulschelle. Und seine Vermutung war richtig; das Mädchen war der Teufel in eigener Person, denn Pachomius' Hand stank von der Berührung ein ganzes Jahr lang so entsetzlich, daß er fast ohnmächtig wurde, wenn er sie der Nase zu nahe brachte. Ärgerlich darüber, daß ihn der Teufel so erwischt hatte, rannte er in der Wüste umher. Er fand eine Aspis oder kleine Brillenschlange und setzte sie in seiner Wut gleich einem Blutegel an das Glied, welches Origenes sich abschnitt. Aber die Schlange war ebenso ekel wie die Hyäne und wollte nicht anbeißen. Pachom hielt dies für ein Wunder, und eine innere

Stimme sagte ihm, daß er nun Ruhe haben sollte, und somit scheint ihn das Teufelsmädel kuriert zu haben.

Mit Mystizismus vereinigte Dummheit und daraus entstehende Schwärmerei stecken an und verbreiten sich wie Pest und Cholera. Die ganze Christenheit wurde von dieser asketischen Schwärmerei ergriffen. Ganze Scharen rannten in die Wüste, so daß sich die Heiligen auf die Füße traten und genötigt wurden, ungeheure Gemeinschaften – Klöster zu bilden.

St. Pachomius, der eigentliche Stifter derselben, hatte in dem seinigen vierzehnhundert Mönche und führte noch über siebentausend andere die Aufsicht. Im vierten Jahrhundert gab es in Ägypten wenigstens hunderttausend Mönche und Nonnen, denn daß die leicht erregbaren und verrückt zu machenden Weiber von dieser Tollheit nicht frei blieben, kann man sich leicht denken. In den gut gelegenen Wüsten fing es an, an Platz zu fehlen, und man schaffte sich künstliche Wüsteneien, das heißt Klöster in den Städten. Die Stadt Oxyrrhinchus hatte mehr Klöster als Wohnhäuser, und in ihnen beteten und arbeiteten nicht dreißigtausend Mönche und Nonnen.

Die Heiden mochten spotten soviel sie wollten, um dieses heilige Feuer auszulöschen; es gelang ihnen nicht, denn die geachtetsten Kirchenlehrer priesen das Mönchs- und Einsiedlerleben über alles und nannten es den geraden Weg in das Paradies. Die heiligsten Bande der Natur wurden zerrissen. Jünglinge verließen ihre Bräute, wie der heilige Alexius, der in der Brautnacht in die Wüste rannte. Ammo las seiner Braut die Briefe des Paulus an die Korinther vor! Die Braut wurde dadurch so begeistert, daß sie mit Ammo in die Wüste lief und hier gemeinschaftlich mit ihm eine elende Hütte bezog, wo sie lebte keusch wie eine Henne, die mit einem Hunde zusammenwohnt.

Johannes Colybita, der Sohn angesehener Eltern, wurde ebenfalls in der Brautnacht von dem frommen Kanonenfieber gepackt; er floh die Versuchung und ging in die Wüste. Das unüberwindliche Heimweh trieb ihn in die Vaterstadt zurück. Hier lebte er siebenzehn Jahre als elender Bettler in einer Hundehütte, die er neben die Wohnung seiner um ihn trauernden Eltern gestellt hatte, denen er sich erst in seiner Todesstunde zu erkennen gab.

Dies waren die Früchte der Lehren solcher Männer wie St. Hieronymus, der sagte: »Und wenn sich deine jungen Geschwister an deinen Hals werfen, deine Mutter mit Tränen und zerstreuten Haaren und zerrissenen

Kleidern den Busen zeigt, der dich ernährt hat, dein Vater sich auf die Türschwelle legt, *stoße sie mit Füßen von dir und eile mit trockenen Augen zur Fahne des Kreuzes.*«

Sehr viele trieben auch die Eitelkeit und der Ehrgeiz zum asketischen Leben, denn die Einsiedler und Mönche standen im höchsten Ansehen. Kamen sie in eine Stadt, so wurden sie im Triumph empfangen, und zogen sie bei einer solchen vorbei, dann strömten Tausende zu ihnen heraus, um sich ihren Rat und ihren Segen zu erbitten.

Die ganze Gegend, in welcher ein besonders toller Einsiedler sein Wesen trieb, hielt sich für beglückt, und man hat Beispiele, daß diese Heiligen von den Bewohnern anderer Landschaften gleichsam wie die wilden Affen in Pechstiefeln eingefangen wurden.

Salamanius aus Kapersana, einem Dorfe am Euphrat, hatte sich in ein Haus sperren lassen, welches weder Fenster noch Türen hatte. Einmal im Jahr öffnete er diesen Käfig, um die Lebensmittel in Empfang zu nehmen, welche ihm herbeigeschleppt wurden, wobei der heilige Mann aber mit niemandem redete. Die Bewohner seines Geburtsortes glaubten ein Recht auf diese Blume der Heiligkeit zu haben und entführten den Narren; aber kaum hatten sie ihn einige Tage, als er ihnen wieder von den Bewohnern eines benachbarten Dorfes gestohlen wurde. Alle diese gewaltsamen Veränderungen waren nicht imstande, dem Heiligen ein Wort zu entlocken.

Die Verehrung gegen diese Wüstennarren ging so weit, daß Kaiser Theodosius ihnen sogar seine Söhne Honorius und Arkadius zur Erziehung anvertraute. Es wurde freilich nichts Gescheites aus ihnen, denn Honorius war förmlich blödsinnig geworden und fand sein größtes Vergnügen daran, das *Federvieh* zu füttern. Eine recht unschuldige Liebhaberei für einen Kaiser, die auch moderne Imperatoren haben, wenn das Federvieh nur aus der rechten Tonart kräht.

Theodosius war überhaupt ein großer Freund der Mönche, und sowohl er wie andere Kaiser nahmen zu ihnen wie zu Orakeln ihre Zuflucht. Er ahmte den großen Alexander nach, indem er sagte: »Wenn ich nicht Theodosius wäre, so möchte ich ein Mönch sein.« Sein Volk hatte Ursache genug, zu bedauern, daß er Theodosius war.

Unter den »Vätern der Wüste« haben manche einen ganz besonderen Ruf der Heiligkeit erworben, teils durch die unerhörten Qualen, welche sie sich selbst auferlegten, teils durch die Wunder, welche ihnen zugeschrieben wurden. Unter den schrecklichen Operationen, die sie mit ihrem

Körper vornahmen, litt auch der Geist, und so darf es uns nicht befremden, wenn diese Leute allerlei Erscheinungen und Visionen hatten, die sie für Wirklichkeit nahmen und die nur dazu dienten, ihren zerrütteten Verstand noch mehr zu verwirren. Die Kirchenschriftsteller, welche diese Wunder nacherzählen, waren ernsthafte Männer und tun dies im *festen Glauben* an die Wahrheit dessen, was sie berichten. Erst die spätern mag hin und wieder Eigennutz zum absichtlichen Betruge verleitet haben.

Ich würde alle diese Wunder als abgeschmackt übergehen, wenn man sie nur allein in jener finstern Zeit geglaubt hätte, allein noch heute gelten sie Tausenden von römischen Katholiken als Wahrheit.

Der gemeine Katholik in den echt katholischen Ländern weiß von Gott sehr wenig; er versteht die philosophische Dreieinigkeitsgeschichte nicht und zerbricht sich auch nicht den Kopf darüber; er kennt nur seine wundertätigen Heiligen und den Teufel.

Lange wollen wir uns übrigens in dieser halb bemitleidenswerten, halb lächerlich tollen, heiligen Gesellschaft nicht aufhalten. Wer den ganzen Unsinn der Wunder kennenlernen will, braucht nur eines der Heiligenbücher zu lesen, welche von der Geistlichkeit in den römisch-katholischen Ländern empfohlen und verbreitet werden.

Den größten Ruf unter den Wüstenheiligen erlangten: St. Paulus, St. Pachomius, St. Antonius, St. Hilarion und St. Macarius Nr. 1 und Nr. 2. Die Schlachten, welche diese Himmelsstürmer mit dem Teufel lieferten, waren unzählig, und die ungeheure Tätigkeit des »Erzfeindes« kann nicht in Erstaunen setzen, da diese religiösen Don Quichote in jedem Affen, in jedem andern Tier und namentlich in jedem Weibe, welche ihnen unvermutet begegneten, nicht nur höllische Windmühlen, sondern den höllischen Windmüller selber sahen.

Alle Übel, welche ihr kranker Körper- und Seelenzustand mit sich brachte, wurden für Wirkungen des Teufels gehalten. Antonius schlief auf der bloßen Erde und in feuchten Gräbern und zog sich dadurch sehr begreiflicherweise die Gicht zu, wie das auch jedem Nichtheiligen begegnet wäre; er aber bildete sich ein, daß die Schmerzen, die er empfand, von einem Faustkampf mit dem Teufel herrührten, – weil er vielleicht wirklich häufig Kämpfe mit den starken Affen zu bestehen hatte, die sich im südlichen Ägypten aufhielten und die wahrscheinlich die Erzväter der Waldteufel sind. Schöne Weiber, die ihm im Traume erschienen, hielt er erst recht für Teufel, da sie ihn am stärksten versuchten, und eine derartige »Versuchung des heiligen Antonius« sieht man häufig gemalt, weil sie die Phantasie der Maler lebhaft anregte.

Manche der Einsiedler mag auch die Eitelkeit verführt haben, Erscheinungen vorzugeben, um ihr Verdienst in den Augen der Menschen zu erhöhen. Wer vermag es, hier die Grenze zwischen wirklichen Äußerungen des Wahnsinns und Erdichtungen anzugeben? Wie lange ist es her, daß die Hexenprozesse aufgehört haben? Mag bei diesen letzteren manche absichtliche Nichtswürdigkeit vorgegangen sein, so kann man doch für gewiß annehmen, daß noch vor hundert Jahren viele der geachtetsten Theologen und Juristen an die Möglichkeit der Teufelserscheinungen und des fleischlichen Umganges mit dem Teufel und andern bösen Geistern *glaubten*; denn wäre dies nicht der Fall, so müßte man die Richter, welche hunderttausende von Hexen verbrennen ließen, für *absichtliche Mörder* halten. Hexenprozesse fanden noch im vorigen Jahrhundert statt, und der gemeine Mann in vielen, nicht nur römisch-katholischen Ländern, glaubt noch heute steif und fest an Hexen.

Dem heiligen Antonius werden viele Wunder zugeschrieben. Die Kirchenschriftsteller erzählen, daß ihm die Tiere der Wüste gehorchen wie dressierte Pudel. Gar häufig umgaben sie zudringlich seine Höhle, warteten aber stets, bis er sein Gebet vollendet hatte, dann empfingen sie seinen Segen und zogen mit den christlichen Gedanken auf Raub aus. Als er den in seinem hundertunddreizehnten Jahr gestorbenen heiligen Paulus aus dem ägyptischen Theben begrub, halfen ihm zwei fromme Löwen das Grab machen. Als sie fertig waren, empfingen sie seinen Segen und zogen, christlich mit dem Schwanze wedelnd, vergnügt und mit erleichtertem Gewissen tiefer in die Wüste.

St. Macarius, der sich zur Unterdrückung des ihm arg zusetzenden Wollustteufels mit bloßem Hintern in einen Ameisenhaufen setzte, genoß ebenfalls das Vertrauen der wilden Bestien. Einst kam eine Hyäne an seine Tür und pochte bescheiden an. Als der Heilige öffnete, legte ihm die gläubige Mutter ein blindes Junges zu Füßen, zugleich aber ein Lammfell als Honorar für die Kur. »Du hast es geraubt, ich mag es nicht!« schnob der Heilige die fromme Hyäne an, welche so bestürzt wurde, daß ihren Augen Tränen entrollten. Dies rührte den Heiligen, und er sprach freundlicher zu der bußfertigen Bestie: »Willst du kein Lamm mehr rauben, so nehme ich das Fell und heile.« Die Hyäne nickte zu, der Heilige heilt. Dieser geht in seine Zelle, jene trollt vergnügt in die Wüste und raubte von nun an keine Lämmer mehr, sondern wahrscheinlich – Schafe.

Das erste Wunder, welches der heilige *Hilarion* tat, klingt nicht so unglaublich. Eine junge Frau, die von ihrem Manne verachtet wurde, weil sie ihm keine Kinder gebar, holte sich Rat bei dem zweiundzwanzigjährigen Heiligen. Er betete allein mit ihr, und nach neun Monaten kam sie wirklich mit einem durch tätiges Gebet bewirkten kleinen Heiligen nieder.

Doch wozu noch mehr dieser Wunder anführen? – Hier reitet ein Heiliger auf einem Krokodil durch den Nil, dort führt ein anderer einen grimmigen Drachen an einem Bindfaden; hier läßt ein anderer Schnee anbrennen, Eisen schwimmen und Früchte auf Weidenbäumen wachsen; dort benutzt ein Heiliger einen lebendigen Adler als Regenschirm oder hat den Teufel vor seinen Pflug gespannt; – kurz, diese Heiligen machten nicht allein die Menschen, sondern auch die Natur konfuse. Und all dieser Unsinn wurde geglaubt, denn daran zweifelte kein Mensch, daß so heilige Leute die ewigen Naturgesetze ganz nach Willkür verändern und unterbrechen konnten!

Die im Orient entstandene Schwärmerei fand auch in Europa den lebhaftesten Anklang, und besonders wirkte dafür *St. Ambrosius*, Bischof von Mailand, dem wir den Ambrosianischen Lobgesang, das Te deum laudamus verdanken, und *St. Hieronymus*, von dem wir schon früher geredet haben. Beide wirkten sowohl durch eigenes Beispiel als durch Schriften. Hieronymus lebte selbst längere Zeit in der syrischen Wüste und schrieb ein Werk, betitelt »Lob des einsamen Lebens«, welches für ein Meisterstück der Beredsamkeit gilt. Ich werde später noch manchmal Stellen aus seinen Schriften anführen müssen. Er war 330 in Strydon in Dalmatien geboren, hielt sich lange Zeit in Rom auf und starb 422 in seinem Kloster in Bethlehem.

Der Hang zum asketischen Leben nahm nun schnell in Europa überhand, und Heilige und Klöster schossen überall wie Pilze auf. Der heilige *Martin* war der erste, welcher Klöster in Frankreich anlegte. Er war 316 in Panonien geboren und hatte das Kriegshandwerk ergriffen. Als er einst einem Armen die Hälfte seines Mantels gab, bildete er sich ein, Jesu Stimme zu hören, welche ihm zurief: »Was du andern getan hast, hast du mir getan.« Dies bewog ihn, sein Regiment zu verlassen und unter die Heiligen zu gehen. Sein Ruf verbreitete sich bald; er wurde Erzbischof von Tours und ein sehr stolzer Heiliger. Als er vor Kaiser Valentinian erschien, wollte dieser sich nicht von seinem Throne erheben, um St. Martin zu begrüßen. Diesen verdroß solcher Hochmut, er betete, und – so erzählt die »Geschichte« – feurige Flammen schlugen aus dem Thronsessel empor, so daß seine kaiserliche Majestät schnell in die Höhe fahren mußte, wollte sie nicht ihren allerhöchsten allerdurchlauchtigsten Allerwertesten verbrennen.

Die Zahl der europäischen Heiligen ist sehr groß, und ich möchte gern ihr ganzes heiliges Leben und all ihre Wunder erzählen; allein leider habe ich weder Zeit noch Raum zu einem so umfassenden, interessanten Werk und will mich daher damit begnügen, nur von denjenigen zu reden, die für die Welt als Stifter von Mönchsorden oder als sogenannte Apostel wichtig wurden, und auch dann noch ist ihre Zahl so groß, daß ich eine Auswahl treffen muß.

Ehe ich aber dazu schreite, will ich die gläubigen Christen darüber belehren, was denn eigentlich solch ein Heiliger bedeutet und wozu er noch heute gut ist. Es versteht sich von selbst – so lehrt natürlich die römische Kirche –, daß ein Heiliger nicht nur selig ist, sondern daß er auch im Himmel einen besonders hohen Platz einnimmt, gewissermaßen zu der Familie des lieben Gottes gehört und beständig mit Jesus, der Jungfrau Maria, deren neuerdings unbefleckt empfangenen Frau Mutter, dem Heiligen Geist, den vornehmsten Engeln und den Aposteln verkehrt. Man kann sich also wohl denken, daß solch ein Heiliger direkten oder indirekten Einfluß bei dem lieben Gott hat und nicht leicht vergebens bittet. Die Heiligen haben ganz außerordentlich viel zu tun, denn sie haben nicht allein diejenigen auf Erden lebenden Menschen zu beschützen und zu behüten, deren spezielle Schutzpatrone sie sind, sondern auch noch spezielle Zweige der Heiligenwissenschaft zu vertreten. Die angeseheneren Heiligen sind außerdem Vorsteher ganzer Nationen oder besonderer Stände, und somit sieht jeder ein, daß ihr Amt im Himmel keine Sinekure ist. Damit nun jeder, den irgendeine religiöse Blähung oder ein körperliches Gebrechen quält, welches er wohlfeiler kuriert haben will, als es von einem irdischen unheiligen Doktor geschehen kann, weiß, was er zu tun hat, so will ich einige Hauptheilige nebst ihren Funktionen anführen.

Der Adel steht unter der besonderen Protektion der drei großen Heiligen St. Georg, St. Moritz und St. Michael; der Patron der Theologen ist höchst seltsamerweise der zweifelsüchtige »ungläubige« St. Thomas, und der Schutzheilige der Schweine ist St. Antonius. Die Jurisdiktion über die

Juristen hat St. Ivo, über die Ärzte St. Cosmus und St. Damian, über die Jäger St. Hubertus, und die Trinker stehen unter dem Schutze St. Martins. So hat auch jedes Gewerbe seinen besonderen Heiligen, denen die römisch-katholischen Handwerker wahrscheinlich ihr Geschäft anvertrauen, wenn die vielen Festtage oder die Wallfahrten zur heiligen Garderobe sie abhalten, selbst dafür zu sorgen.

Auch jede Nation hat ihren besonderen Schutzheiligen. Die Portugiesen haben St. Antonius, der neben den Schweinen auch sie behütet; die Spanier St. Jakob, welcher sich kürzlich als der wahre Jakob erwiesen hat; die Franzosen St. Denis, die Engländer St. Georg, die Venezianer St. Markus, und die Deutschen werden einen eigenen Schutzheiligen bekommen, wenn sie eine Nation sind; einstweilen besorgen die Schutzheiligen anderer Nationen ihre diplomatischen Geschäfte im Himmel.

Auch haben einige Heilige, die mit der Leitung von Nationen und besonderen Ständen nicht zu sehr beschäftigt sind, ihre Muße im Himmel benutzt, einige Übel der armen Erdenwürmer besonders gründlich zu studieren, und der liebe Gott, der doch nicht alles selbst tun kann, hat ihnen nach dem Glauben vieler frommen Katholiken erlaubt, ihm hier und da auszuhelfen.

St. Aja hat die Rechtswissenschaft studiert und hilft in Prozessen; St. Cyprian beim Zipperlein; St. Florian bei Feuersgefahr; St. Nepomuk gegen Wasserflut und in Verleumdung; St. Benedikt gegen Gift; St. Hubertus gegen die Hundswut; St. Petronella im Fieber; St. Rochus gegen die Pest; St. Ulrich gegen die Ratten und Mäuse; St. Apollonia gegen Zahnweh, wenn es nicht von Schwangerschaft kommt, denn in diesem schmerzlichen Fall muß man sich an St. Margaretha wenden, welche auch bei schweren Geburten hilft. St. Blasius bläst das Halsweh weg, und St. Valentin hilft gegen die fallende Sucht; St. Lucia gegen Augenübel, und Vieharzt im Himmel ist St. Leonhard.

St. Benedikt ist der Vater der zahlreichen Benediktinermönche. Er wurde 480 in Nursia in Umbrien geboren und starb 543. Die Legende erzählt von ihm merkwürdige Dinge. Schon im Mutterleibe sang er Psalmen, und wenn er als Kind weinte, dann brachten ihm die Engel Bischofsstäbe, Bischofsmützen und Breviere zum Spielen und machten Musik auf Instrumenten, die erst viele Jahrhunderte später unter den Menschen erfunden wurden. Sein erstes Wunder war, daß er einen zerbrochenen Topf wieder ganz betete!

Im Beten besaßen diese Heiligen, wenn wir den Kirchenschriftstellern glauben wollen, eine ordentlich schauerliche Innigkeit und Ausdauer. Einige erhoben sich vor lauter Inbrunst einige Fuß über die Erde und blieben so in der Luft hängen. Ein irländischer Heiliger, namens Kewten, betete so hartnäckig und lange, daß *eine Schwalbe in seine gefalteten Hände Eier legen und ausbrüten konnte*!

Es versteht sich von selbst, daß St. Benedikt vom Teufel heftig verfolgt wurde, der ihn, als der fromme Mann sich in eine Einöde vergraben hatte, beständig in Gestalt einer Amsel umschwärmte. Als er, nämlich der Heilige und nicht der Teufel, Abt eines Klosters wurde, verführte der Teufel einen Pfaffen, sieben schöne Mädchen in der Naturuniform im Klostergarten laufen zu lassen, so daß fast alle Mönche des Teufels wurden. Nahe daran waren sie, denn sie machten Versuche, ihren strengen Abt zu vergiften, die natürlich alle mißlangen, denn bald betete er den Giftbecher entzwei, bald kam ein Rabe, der das vergiftete Brot sofort in die Wüste trug.

Benedikt stiftete eine große Menge von Klöstern, darunter das berühmte von Monte Cassino, und gab seinen Mönchen eine Regel, die für einen Heiligen und sein Zeitalter sehr vernünftig ist. Seine Mönche sollten arbeiten; allein von Selbstquälerei und dergleichen ist darin nichts vorgeschrieben. Seine Klosterregel wurde bald die Grundlage aller anderen, und die Benediktinerklöster waren die Zufluchtsorte für Künste und Wissenschaften, welche ohne sie vielleicht ganz und gar im rohen Mittelalter von dem Christentum verschlungen sein würden. Wir mögen daher immerhin St. Benedikt als einen der achtungswertesten Heiligen verehren und ihm die dummen Wunder nicht zur Last legen, welche ihm spätere Verehrer andichteten.

Von seiner Klosterregel weicht die des irdischen Mönches *Columbanus* merklich ab; in seinem Zuchtbuche regnet es für das geringste Vergehen Dutzende von Hieben. Wer einem Bruder widersprach, ohne hinzuzufügen: »Wenn du dich recht erinnerst, Bruder«, erhielt fünfzig Hiebe, und wer gar allein mit einem Frauenzimmer redete – zweihundert, wohlgezählt.

Der englische Mönch Winfried, der nachher *St. Bonifazius* hieß, wird gewöhnlich der Apostel der Deutschen genannt. Er führte die Klöster in Deutschland ein und mit ihnen allen Segen Roms. Die Friesen erwarben sich das Verdienst, ihn nebst dreiundfünfzig Pfaffen totzuschlagen (am 5. Juni 759). Hätten sie es früher getan, dann wüßten wir vielleicht nichts von Ehelosigkeit der Priester, Wallfahrten, Bilderdienst, Reliquien und dergleichen Dingen, die er in Deutschland heimisch machte.

St. Adalbert, der sogenannte Apostel der Preußen, war Bischof von Prag und ein ganz guter Mann, dem es nur an Verstand fehlte. Was er eigentlich für ein Landsmann war, weiß ich nicht; aber ich vermute ein *Deutscher*, denn er war so demütig, daß er am Hofe seines Freundes Kaiser Ottos II. den Hofleuten heimlich die Stiefel putzte.

Ihn gelüstete sehr nach der Märtyrerkrone, und er schlug allerdings, obwohl aus heiliger Einfalt, den allerkürzesten Weg dazu ein, sie auf das schleunigste zu erlangen. Er zog mit zwei Gefährten Psalmen singend durch das Land der wilden heidnischen Preußen. Dies wilde Volk hielt ihn anfangs gar nicht für einen Heiligen, sondern für einen Verrückten, und wurde in diesem Glauben noch bestärkt, als Adalbert auf ihre Götterbilder schimpfte, ja, sie wohl gar verunehrte und ihnen dafür Kreuz, Hostie, Marienbilder und anderen römisch-christlichen Hausbedarf anbot. Als die Preußen ihn auslachten, schimpfte er auf die Verstockten und wurde zornig, und ehe er sich dessen versah, steckten ihm sieben heidnische Wurfspieße im heiligen Leibe, die ihn zum Märtyrer machten.

Bruno, einem Benediktiner aus Magdeburg, ging es einige Jahre später nicht besser; die Preußen schlugen ihn nebst achtzehn seiner Gefährten ebenfalls tot.

Ebenso wichtig als Beförderer des Klosterwesens und als Heiliger, aber bei weitem wichtiger und bedeutender als Mensch ist der heilige *Bernhard*. Luther sagt von ihm: »War je ein wahrer, gottesfürchtiger Mönch, so war es Bernhard; seinesgleichen ich niemals weder gehört noch gelesen habe und den ich höher halte, denn alle Mönche und Pfaffen des ganzen Erdbodens.«

Bernhard stammte aus einer altadeligen burgundischen Familie und wurde 1091 zu Fontaines bei Dijon geboren. Er war ein Schwärmer, aber ein durchaus edler Mensch, dem es wahrer Ernst war, die verdorbenen Geistlichen und die Menschen überhaupt zu bessern. Er quälte seinen Körper auf grauenhafte Weise, indem er mit seinen Mönchen oft nur von Buchenblättern und dem elendsten Gerstenbrot lebte. Genoß er einmal zur Stärkung seines geschwächten Magens etwas Mehlbrei mit Öl und Honig, dann weinte er bitterlich über diese Schwachheit.

Seine Frömmigkeit und sein scharfer Verstand erwarben ihm bald einen bedeutenden Ruf. Als er einst in Mailand einzog, waren ihm Hände und Arme geschwollen von den Küssen, mit denen ihn die zudringlichen

Gläubigen überdeckten. Er hätte Erzbischof, ja Papst werden können, er schlug alle Würden aus; aber als einfacher Bruder von Citeaux übte er den bedeutendsten Einfluß aus. Er schlichtete Streitigkeiten zwischen Päpsten und Königen, zwischen Fürsten und ihren trotzigen Vasallen, und der wildeste Kriegsmann zitterte vor dem gewaltigen Mönch. Weder Kaiser noch Papst wagten es, in Bernhards Kloster Citeaux einzureiten, sie gingen demütig zu Fuß.

Er war die Seele des zweiten der Kreuzzüge – dieser großartigen Narrheit, die sieben Millionen Menschen das Leben kostete, die aber aus religiösem Eifer von Bernhard gefördert wurde. Selbst über die hartnäckigsten Widersacher siegte seine Beredsamkeit, wie zum Beispiel über Kaiser Konrad III., der in Speyer seinen Kaisermantel ablegte und den Heiligen auf seinen Schultern durch das Gedränge trug. Seine verführerische Zunge entvölkerte die Städte von Männern, so daß in manchen kaum einer für sieben Weiber zurückblieb, denn »alles was die Wand bepißt« nahm das Kreuz.

Der heilige Bernhard verdiente ein eigenes Buch, und ich werde später noch hier und da manches zu erwähnen haben, was seine Verdienste besser ins Licht setzt. Hier will ich nur noch einige Wunder anführen, welche ihm die Legende zuschreibt und ohne welche er schwerlich in den Heiligenkalender gekommen wäre, trotz all seiner Verdienste.

Die Erzählungen von den Siegen über den Teufel, welche er durch die Kraft seines Gebetes errang, sind unzählbar. Sein Gebet war aber auch so innig, daß es Steine erbarmte. Einst machte sich ein steinerner Christus vom Kreuze los und stieg herab, um den frommen Beter zu umarmen. Ein steinernes Marienbild ging noch weiter. Es reichte dem Heiligen die Brust, und dieser trank aus dem Stein die süßeste Frauenmilch! Es ist diese Güte der heiligen Mutter Gottes um so mehr zu bewundern, als St. Bernhard sie eigentlich immer schlecht behandelte und nicht einmal an ihre Jungfrauschaft glauben wollte! Als er einst in den Dom zu Speyer trat, grüßte er das dort befindliche Marienbild: »Sei gegrüßt, o Königin!« Wie erstaunten die Anwesenden, als die geschmeichelte und angenehm überraschte steinerne Mutter Gottes die steinernen Lippen öffnete und ausrief: »Wir danken dir schön, unser lieber Bernhard«; aber noch mehr verwunderte man sich, als der verdrießliche Heilige die Worte des Apostels zurückbrummte: »Weiber schweigen in der Versammlung.«

Bernhard starb 1153. Er erschien seinen Mönchen mehrmals verklärt im Himmelsglanz, aber – und Spötter sollten sich das ad notam nehmen

– in der Mitte seines Leibes war ein unangenehmer Makel, eben weil er an die makellose Jungfrauschaft der Mutter des Jesukindleins nicht hatte glauben wollen.

St. Bernhard selbst hatte 160 Klöster angelegt, die eine zahlreiche Nachkommenschaft hatten, denn schon zehn Jahre nach des Heiligen Tode gab es 500, und hundert Jahre später gegen 2.000 Bernhardiner- oder Zisterzienserklöster. Die Mönche dieses Ordens zeichneten sich lange Zeit vor allen andern durch Arbeitsamkeit und Sittenreinheit aus, so daß Könige und Fürsten in die Gemeinschaft desselben traten.

Den Segen, den diese Mönche und die Benediktiner dem rohen Mittelalter hätten bringen können, vernichteten die nun bald entstehenden Bettelorden, welche knechtische Unterwerfung der Vernunft unter den blindesten Glauben lehrten und damit die zügelloseste Sittenlosigkeit zu verbinden wußten. Sie verbreiteten eine dicke geistige Finsternis über die Erde, welche die Päpste und ihre Verbündeten so sehr zu schätzen wußten, daß sie auf das sorgfältigste bemüht waren, dieselbe bis auf den heutigen Tag zu erhalten.

Die Idee der Bettelorden entsprang in dem Gehirn *Johannes Bernardoni*, eines verdorbenen Kaufmannssohnes aus Assisi in Umbrien. Er ist bekannt unter dem Namen des heiligen *Franz von Assisi* oder des *seraphischen* Vaters. – Da der junge Mann zum Kaufmann nichts taugte, so wurde er Soldat, geriet in Gefangenschaft und verfiel in eine schwere Krankheit. Als er genas, war er – ein Heiliger! Das heißt vorläufig nur ein simpler Narr, der sich unter Bettlern und Aussätzigen umhertrieb, ihre Geschwüre küßte, sich mit ihren Lumpen bekleidete und seinen Vater bestahl, um das Gestohlene zum Ausbau einer verfallenen Kirche zu verwenden. Der Bischof von Assisi nahm den Dümmling in Schutz, und bald zog er im Lande umher, bettelnd für den Bau der eben erwähnten Kirche. Die Kollekte fiel so reichlich aus, daß er auf den Gedanken geriet, einen Bettelorden zu stiften. Papst Honorius sagte zwar von ihm: »Ihr seid ein Einfaltspinsel«, aber Papst Innozenz III., dazu durch einen Traum veranlaßt, bestätigte die von Franz aufgesetzte Mönchsregel, die er doch anfangs eine Regel für Schweine, aber nicht für Menschen genannt hatte.

Anfangs wurde Franz verspottet und verhöhnt, aber in der Zeit von drei bis vier Jahren stieg der Ruf seiner Heiligkeit so sehr, daß ihm, wenn er einer Stadt nahte, Geistlichkeit und Volk feierlich entgegenkamen und mit allen Glocken geläutet wurde (1211).

Seine Regel verbot es strenge, ein Eigentum zu haben, und die äußerste Demut war den Mönchen Gesetz. »Die Almosen«, sagte Franz, »sind unser Erbe, Almosen unsere Gerechtigkeit, das Betteln unser Zweck und unsere Königswürde! Die Schmach und Verachtung unsere Ehre und unser Ruhm am Tage des Gerichts.«

Er ging selbst mit dem Beispiel voran, denn er war demütig wie ein Hund. Je mehr ihn die Gassenjungen verhöhnten, desto lieber war es ihm, und ganz vergnügt war er, wenn sie ihn gar mit Schmutz warfen. Aus lauter Demut ließ er sich oft mit Füßen treten. Wenn er in Assisi umherging und bettelte, so steckte er alles Eßbare, das er erhielt, in einen Topf, und wenn ihn hungerte, so langte er zu und aß von dem ekelhaften Gemisch. Einst wurde Franz von einem Kardinal zu Tische geladen; er ließ jedoch alle Gerichte unberührt und aß zum Ekel der delikaten Gäste den Schweinefraß, den er gesammelt hatte.

Die Tiere hatte er sehr lieb und nannte sie seine Brüder und Schwestern. Gar oft predigte er den Gänsen, Enten und Hühnern, und als ihn einst die Schwalben und Sperlinge durch ihr Gezwitscher störten, bat er die »lieben Schwestern« um Ruhe. Einen Bauer, der zwei Lämmer zu Markte trug, fragte er: »Weshalb quälst du so meine Brüder?« – Eine Laus, die sich auf seine Kutte verirrt hatte, nahm er sorgfältig zwischen die Finger, küßte sie und sagte: »Liebe Schwester Laus, lobe mit mir den Herrn!« Dann setzte er sie auf seinen Kopf, woher sie gekommen war.

Seinen Körper nannte er »Bruder Esel«, und wenn diesen Esel der Hafer stach, dann plagte er ihn wacker. Er wälzte sich, wie es auch St. Benedikt tat, nackt auf Dornen, stieg bis an den Hals in gefrorene Teiche oder legte sich in den Schnee, bis jede wollüstige, eselhafte Regung verschwunden war. Einst machte er sich in spaßhafter Laune Weib und Kinder von Schnee und umarmte sie so lange inbrünstig, bis sie zerschmolzen waren. Sein Orden mehrte sich außerordentlich schnell, denn schon im Jahre 1216, als er ein Generalkapitel desselben nach Assisi ausschrieb, kamen hier 5.000 Franziskaner zusammen, obgleich ein großer Teil davon nur Abgeordnete von Klöstern waren. Ihre Zahl wuchs aber bald wie Sand am Meer. Der Franziskanergeneral bot einst dem Papst Pius III. 40.000 Franziskaner zum Türkenkriege an und versicherte, daß die geistlichen Verrichtungen darunter nicht leiden sollten. Während der Pest 1348 starben allein in Deutschland 6.000 Franziskaner, und man merkte die Verminderung nicht.

Die Reformation zerstörte unendlich viele ihrer Klöster, allein noch im Anfang des vorigen Jahrhunderts rechnete man die Zahl derselben auf 7.000 Mönchs- und 900 Nonnenklöster! Franz starb 1226, und da er ein Heiliger war, so tat er denn selbstverständlich auch eine Menge von Wundern. Jesu Wunder verschwinden vor denen, welche seine Mönche von ihm berichten.

Einst zog er sich in die Apenninen zurück und hungerte hier vierzig Tage lang. Da erschien ihm ein Seraph, der ihm die fünf Wundenmale Jesu aufdrückte, so daß sie bluteten. Von daher hieß Franz auch der seraphische Vater und sein Orden der Seraphienorden. Die Verehrer dieses Heiligen gingen so weit, ihn wirklich weit über Jesus zu setzen und ihm die tollsten und verrücktesten Wunder zuzuschreiben.

Franzens Nachfolger als Ordensgeneral war der Bruder Elias, ein schlauer, durchtriebener Patron, der sich die Einfalt Franzens trefflich zunutze zu machen wußte. Er und seine Nachfolger verstanden es herrlich, Franzens Ordensregeln *auszulegen*, und dabei wurden ihre Klöster so reich wie keine anderen.

Die geschworenen Feinde und Widersacher der Franziskaner waren die ungefähr um dieselbe Zeit entstehenden Dominikaner, so benannt nach ihrem Stifter, dem heiligen *Dominikus*. Er hieß Dominikus Guzman und war 1170 in Altkastilien geboren. Er ward zur Bekehrung der *Waldenser* nach Frankreich geschickt und bekam hier den Gedanken, einen Mönchsorden zu stiften, dessen Wirksamkeit besonders auf das Volk berechnet sein und der sich mit Predigen und Unterrichtgeben und zu seinem Unterhalt mit dem einträglichen Betteln abgeben sollte. Er erhielt vom Papste die Bestätigung, und dieser scheußliche Orden trat ins Leben, um die Welt mit der *Inquisition* und der *Zensur* der Bücher zu beglücken. Dominikus selbst war der erste, welcher förmliche Ketzerjagden anstellte.

Er wollte seinen Orden mit dem des heiligen Franz vereinigen; aber dieser hatte keine Lust dazu. Beide Orden standen sich indessen anfangs bei; aber bald gerieten sie aus Handwerksneid in die bitterste Feindschaft; auch wollten die gebildeteren Dominikaner stets etwas Besseres sein als die Franziskaner, von denen durchaus keine Gelehrsamkeit gefordert wurde. Der Dominikanerorden wuchs ebenfalls schnell, und 1494 gab es 4.143 Klöster desselben.

St. Dominikus verdankt die Klosterwelt eine große Erfindung, nämlich neunerlei Stellungen beim Gebet, mit denen man zur Unterhaltung abwechseln konnte, damit die Sache nicht zu langweilig wurde. Man konnte beten: stehend, kniend, auf dem Rücken, dem Bauch, den Seiten liegend, die Arme ins Kreuz ausgestreckt, gekrümmt stehend, bald kniend, bald aufspringend. Er selbst betete so inbrünstig, daß er von der Erde verzückt wurde, das heißt einige Fuß hoch vom Boden in der Luft schwebte. Er starb 1221 zu Bologna. Von seinen überirdischen Taten, nämlich seinen Wundern, wollen wir schweigen, wir haben genug an seinen irdischen. Fliehen wir aus der Gesellschaft dieses bleichen Henkersknechtes! Und wessen Christentum es erlaubt, der mag dem Vater der Inquisition aus vollem Herzen einen Fluch nachrufen, ich stimme von ganzer Seele ein!

Ich hoffe, die Leser werden bereits genug haben an dem Unsinn, den ich ihnen nach den Berichten der Kirchenschriftsteller von den achtungswertesten der Heiligen erzählte, und ich will ihre Geduld jetzt nicht weiter auf die Probe stellen, da ich ohnehin später noch diesen oder jenen Heiligen erwähnen muß. Wäre ich nur darauf ausgegangen, die Heiligen und ihre Wunder lächerlich zu machen, dann hätte ich eine ganz andere Auswahl getroffen, dann hätte ich St. Antonius von Padua, welchen der heilige Franz selbst »ein Rindvieh« nannte, und Konsorten gewiß nicht ausgelassen.

Schließlich will ich nur noch einige heilige Frauen erwähnen; ihre Zahl ist nicht weniger groß als die der männlichen Heiligen, und ihre Schwärmereien und Wunder sind noch bei weitem wunderbarer. Es ist hier nicht der Ort, die Ursachen auseinanderzusetzen, warum das weibliche Geschlecht weit mehr zur Schwärmerei geneigt ist als das männliche und der Verstand der Weiber leichter überschnappt. Die Erfahrung lehrt es uns täglich. Von somnambulen Männern habe ich noch nichts gehört, aber dergleichen Mädchen – nicht Frauen – gibt es in Menge. Viele der heiligen Mädchen waren ganz sicher Somnambulen.

Eine der ältesten Heiligen ist St. *Afra*. Ihre Mutter hielt ein Bordell in Augsburg, und sie war darin eine der fungierenden Priesterinnen. Der Zufall, natürlich, führte einst den spanischen Bischof Narzissus in dies Haus. Er bekehrte die Priesterinnen der Venus zum Christentum, und Afra, mit der er sich am meisten beschäftigte, machte er zur Heiligen. Sie wurde später als Märtyrerin verbrannt.

Die heilige Therese war eine Spanierin aus adeliger Familie, geboren 1515 und gestorben 1582. Ihre Verehrer gaben ihr die seltsamsten Titel: Arche der Weisheit, himmlische Amazone, Balsamgarten, Orgel und Kabinettssekretär des Heiligen Geistes usw. Schon als Kind wurde sie von der Schwärmerei ergriffen und wollte nach Afrika gehen, um dort den Märtyrertod zu finden. Endlich, als sie siebzehn Jahre alt war, hielten es die Eltern nicht mehr mit ihr aus und brachten sie in das Karmeliterkloster zu Avila. Sie hatte nun bald Erscheinungen aller Art, und als ihr gar einst eine Hostie aus der Hand des Bischofs von selbst in den Mund flog, da war die Heilige fertig. Sie ward endlich Äbtissin eines eigenen Klosters zu Pastrana, und nun konnte sie ihrer Heiligkeit freien Lauf lassen.

Jesus war von ihrer Heiligkeit so entzückt, daß er ihr einst die Hand reichte und sie zu seiner Braut weihte, indem er sagte: »Von nun an bin ich ganz dein und du ganz mein.« Einst erschien ihr ein Seraph, der sie mit einem »glühenden Pfeil« einigemal tupfte; aber der Schmerz war so süß, daß sie wünschte, ewig so getupft zu werden. Die Spanier feiern noch heute dies Fest der Bepfeilung am 27. August.

Die Nonnen der heiligen Therese mußten barfuß gehen und sich die strengste Zucht gefallen lassen. Der blindeste Gehorsam war ihnen Gesetz, und die geringste Abweichung davon wurde furchtbar bestraft. Eine Nonne, die über schlechtes Brot eine verdrießliche Miene machte, wurde nackend an die Eselskrippe gebunden und mußte hier zehn Tage lang Hafer und Heu fressen! Solche barbarische Strenge hatte denn auch zur Folge, daß jeder ihrer Befehle auf das pünktlichste befolgt wurde. Eine Nonne fragte sie einst, wer heute die Abendmette singen solle. Die Heilige war verdrießlich und antwortete: »Die Katze.« Die Nonne nahm also die Katze, ging damit an den Altar und zwickte sie in den Schwanz, so daß das arme Tier in den erbärmlichsten Liedern das Christentum anklagte. Selbstquälerei war in diesem Kloster an der Tagesordnung. Theresens Nonnen verbrauchten eine Unmasse von Ruten. Sie schliefen auf Dornen oder im Schnee, tranken aus Spucknäpfen, nahmen tote Mäuse und anderes ekelhaftes Zeug in den Mund, tranken Blut, tauchten ihr Brot in faule Eier und durchstachen sich die Zunge mit Nadeln, wenn sie das Schweigen gebrochen hatten.

Eine höchst merkwürdige Antipathie hatte die heilige Therese gegen behoste Männer, und hätte sie die Macht gehabt, so hätte sie allen die Hosen abgezogen. Soweit sie Gewalt hatte, tat sie es auch. Die unter ihr stehenden Karmelitermönche mußten die Hosen ablegen und dafür ein kleines Schürzchen von brauner Wolle tragen. Sie hielt indessen nur Männerhosen für unchristlich, denn ihre Nonnen mußten Hosen tragen; ob sie es selbst tat, darüber haben uns die gelehrten Karmelitermönche keine Nachricht hinterlassen.

St. Therese war auch Schriftstellerin und schrieb Bücher, die manchem armen Mädchen den Kopf verrückten. Nach ihrem Tode erschien sie einer vertrauten Nonne und gestand ihr, daß sie mehr aus Inbrunst der Liebe als an der Heftigkeit der Krankheit gestorben sei. Von der Liebe scheint diese heilige Hosenfeindin überhaupt mehr verstanden zu haben, als man einer Äbtissin sonst zutraut, denn irgendwo schreibt sie: »Der Teufel ist ein Unglücklicher, der nichts liebt, und die Hölle ein Ort, wo man auch nicht liebt«; ein Gedanke, der eines Dichters würdig ist.

Ungefähr, um dieselbe Zeit wie Therese lebte die Italienerin Katharina von Cardone. Sie war aus Liebe verrückt, wohnte in einer Höhle und trug ein Kleid von Ginster, mit Dornen und Eisendraht durchflochten. Sie fraß Gras wie ein Tier, ohne sich der Hände zu bedienen, und einmal fastete sie gar vierzig Tage lang. So lebte sie drei Jahre.

Die heilige Katharina von Genua war in Liebe, zu Jesus natürlich, dermaßen entbrannt, daß sie darüber toll wurde. Sie glühte wie ein Ofen, und oft wälzte sie sich an der Erde und schrie: »O Liebe! Liebe! Ich halte es nicht mehr aus!«

Die heilige Passidea, eine Zisterziensernonne aus Siena, quälte sich, noch ehe sie ins Kloster ging, ärger als die Väter der Wüste. Sie geißelte sich mit Dornen und wusch dann die Wunden mit Essig, Salz und Pfeffer; sie schlief auf Kirschkernen und Erbsen, trug ein Panzerhemd von sechzig Pfund Schwere und stieg in gefrierende Teiche, um sich mit einfrieren zu lassen. Ja, sie trieb den Unsinn so weit, daß sie sich, mit dem Kopf nach unten, lange Zeit in den rauchenden Schornstein hängte! Als sie Nonne war, erschien ihr einst Jesus und drückte ihr seine fünf Wundenmale ein. Zwei Nonnen sahen durch das Schlüsselloch, wie Jesus sie drückte und verschwand und wie die Wunden bluteten!

Die heilige Klara war aus Assisi und schwärmte mit dem heiligen Franz. Sie lief zu ihm und bat, daß er sie zur Nonne machen und Söhne und Töchter mit ihr zeugen möchte – natürlich geistlicherweise. Ihre Schwester Agnes wurde bald darauf von derselben Schwärmerei ergriffen, und die armen Eltern waren ganz unglücklich. Die Verwandten wollten die beiden Närrinnen mit Gewalt aus dem Kloster holen, aber da wurde so erzählt die Legende – Agnes plötzlich so schwer, daß zwölf Männer sie nicht von der Stelle bringen konnten, und der Oheim, der sein Schwert gezogen hatte, blieb stehen, als höre er Hüons Zauberhorn.

Die heilige Klara lebte sehr streng. Als Hemd trug sie eine Schweinshaut oder auch ein Gewebe aus Roßhaaren, und aus Demut, küßte sie der schmutzigsten Viehmagd die Füße, welche sie dann erst wusch, als wären sie durch ihren Kuß verunreinigt worden. Als sie starb, fanden sie in ihrem Herzen im kleinen alle Passionsinstrumente wie in einem Hechtskopf und in ihrer Blase drei geheimnisvolle Steinchen, sämtlich von gleichem Gewicht, aber wovon eines so schwer als alle drei, zwei nicht schwerer als eins und das kleinste davon so schwer als alle drei waren! – St. Klara war die Mutter der weiblichen Franziskaner, und ihr verdanken wohl 900 Klarissenkloster ihr Entstehen.

Die heilige Katharina von Siena war auch mit Jesus verlobt worden, der ihr einen kostbaren Diamantring an den Finger steckte, welchen aber niemand sah als sie allein. Sie pflegte die ekelhaftesten Kranken, wofür sie mit dem rosinfarbenen Blute aus seiner Seitenwunde getränkt wurde. Seitdem nahm sie von Aschermittwoch bis Himmelfahrt weiter keine Nahrung, sondern lebte bloß vom Abendmahl. Jesus drückte ihr auch seine fünf Wunden ein, was der Orden pour le mérite Religionsklasse der Heiligen zu sein scheint, über diese Auszeichnung kamen die Dominikaner mit den Franziskanern in einen Streit, der vierzig Jahre dauerte und welchen Papst Urban VIII. dahin entschied, daß Katharinas Wundmale nicht geblutet hätten wie die des heiligen Franz. Auch wurde den Malern befohlen, die Heilige nur mit *fünf* Strahlen vorzustellen.

Die heilige *Agnes* ließ der Stadtrichter, weil sie seinen Sohn nicht heiraten wollte, nackt in ein Bordell bringen; aber plötzlich bekam sie so lange Haare, daß sie sich darin einwickeln konnte wie in einen Mantel, und das ganze liederliche Haus verwandelte sie in ein Bethaus.

Die heilige *Paula*, die einst ein unheiliger Jüngling notzüchtigen wollte, erhielt auf ihr Gebet einen garstigen langen Bart, vor dem sich der Liebhaber entsetzte und floh.

Die heilige *Brigitte* befreite einst ein neapolitanisches Mädchen von einem in Gestalt eines Jünglings auf ihr liegenden Teufel.

Wir wollen die Reihe der Heiligen schließen mit der heiligen *Rosa von Lima*, einer Dominikanerin, die auf knotigem Holz und auf Glasscherben schlief und als Nachttrunk einen Schoppen *Galle* trank. Jesus war von ihrer Heiligkeit so entzückt, daß er an einem Palmsonntag als Steinmetzgeselle zu ihr kam und sich mit ihr verlobte, indem er sprach: »Rosa, Schatz meines Lebens, du sollst meine Braut sein.« Maria war mit dabei und gratulierte ihr, indem sie sagte: »Siehe, was für eine große Ehre dir mein Sohn antut.« Las die Heilige, so erschien Jesus auf dem Blatte und lächelte sie an; nähte sie, so setzte er sich auf ihr Nähkissen und scherzte mit ihr. Besuchte Jesus eine andere Nonne – denn er hatte gar zu viele Bräute –, so war Rosa vor Eifersucht außer sich, bis er wiederkam.

Ihre heilige Schwiegermutter, die Jungfrau Maria, diente ihr einundzwanzig Jahre lang als Kammerjungfer, und wenn die Frühmette kam, rief sie: »Stehe auf, liebe Tochter, es ist Zeit.« Das Kloster wimmelte von Flöhen, aber keiner von diesen freigeisterischen Springern hatte die Dreistigkeit, die Braut Jesu zu stechen. – So steht es in der päpstlichen Bulle, welche die Heiligsprechung enthält!

Außer den in diesem Kapitel genannten Heiligen und noch vielen hundert anderen, die ich nicht nannte, beten die römischen Katholiken noch zu einigen, die niemals lebten und die einer lächerlichen Fabel ihren Ursprung verdanken, wie St. Christophorus, St. Georgius, St. Mauritius mit 6.600 Gesellen, die sieben Schläfer, Ursula mit ihren 11.000 Jungfrauen und St. Guinefort, der ein vierbeiniger *Hund* war!

Jeder gute Katholik, der das Vergnügen haben will, nach seinem Tode unter die Heiligen versetzt zu werden, konnte dies unter Gregor XVI. (†1846) noch haben – von seinen Nachfolgern weiß ich es nicht –, der den Toten für 100.000 Gulden kanonisierte. Wunder fanden sich, da eben niemand ohne Wunder Heiliger werden kann.

Die Christen der ersten Jahrhunderte wußten von Heiligen nichts. Sie verehrten allerdings die Märtyrer oder Blutzeugen, welche ihres Glaubens wegen hingerichtet wurden, sie erwähnten dieselben in ihren Versammlungen und stellten sie der Gemeinde als Muster hin; und das war sehr natürlich und durchaus zu billigen. Erst als Konstantin zum Christentum übertrat und viele der heidnischen Gebräuche in die christliche Kirche übergingen, kam auch der Heiligendienst in Aufnahme. Die Heiden waren gewohnt, ihren Heroen zu opfern; die christlichen Priester trugen diesen Gebrauch auf ihre Glaubensheroen über.

Solange jeder Mensch Gott gleich nahezustehen glaubte, mußte der Heiligendienst als Unsinn betrachtet werden; als jedoch die Pfaffen sich als Mäkler zwischen Gott und den übrigen Menschen hinstellten, war der Schritt zu dem unsinnigen Glauben nicht weit, daß die Heiligen im Himmel gleichsam wie Minister und Kammerherren den Hofstaat Gottes bildeten und daß, wer bei Sr. himmlischen Majestät etwas durchsetzen wollte, nur diese durch Gebete und Opfer zu bestechen brauchte!

Ärger konnten die Pfaffen die christliche Religion nicht verhöhnen als durch diesen Heiligendienst, der dadurch noch unwürdiger wird, als es schon seiner inneren Natur nach der Fall ist, daß viele dieser Heiligen, wie uns die Geschichte lehrt, die verworfensten, lasterhaftesten Menschen, ja geradezu Schufte waren. Selbst die besten waren nicht ganz richtig im Kopf und entweder Schwärmer oder Wahnsinnige. Es gibt noch heute eine Menge solcher Heiliger unter Protestanten und Katholiken, nur daß man sie nicht mehr anbetet, sondern in Narrenhäuser sperrt.

Carl Julius Weber, einer unserer geistreichsten Schriftsteller, charakterisiert diese Heiligen derb, aber richtig. Er sagt: »Bei weiblichen Mystikern sitzt der Jammer gewöhnlich auf dem Fleckchen, das man nicht gerne nennt, und bei den männlichen hat den Fleck Hudribas getroffen.

> So wie ein Wind in Darm gepreßt
> Ein – wird, wenn er niederbläst,
> Sobald er aber aufwärts steigt,
> Neu Licht und Offenbarung zeugt.«

Reliquienverehrung

> Die Welt hat es erfahren,
> Daß einst der Glaub' in Priesterhand
> Mehr Böses tat in tausend Jahren
> Als in sechstausend der Verstand.

»Geld ist Macht.« Das erkennt niemand besser als die römische Kirche, die nach beiden und durch das eine zum anderen strebte.

Als die einträglichsten Betrügereien derselben erwiesen sich der Handel mit Reliquien und mit »Ablaß«, ein Handel, welcher Jahrhunderte durch mit großem Erfolge betrieben wurde und der noch heutzutage keineswegs aufgehört hat. Um ihn aufrechtzuerhalten, wurde der krasseste Aberglaube geflissentlich auf die gewissenloseste Weise in die Herzen des Volkes gepflanzt und auf die unverschämteste Weise ausgebeutet.

Ein Geschichte des Handels zu schreiben, den die römische Kirche trieb und noch treibt, würde eine Riesenarbeit sein, welche die Grenzen, die ich mir notwendig setzen muß, weit überschreiten würde; ich kann nur eine flüchtige Skizze desselben geben, die indessen vollkommen hinreichend sein wird, um den ungeheuren Umfang des Betruges und die Frechheit desselben erkennen zu lassen.

Auf menschliche Schwächen und Neigungen verstehen sich die Pfaffen vortrefflich, und dieser Kenntnis verdanken sie ihren Reichtum und ihre Macht. Ihnen konnte es nicht entgehen, daß alle Menschen mehr oder weniger Reliquiennarren sind, und sie machten diese Narrheit zu einer Goldgrube, die noch heute nicht erschöpft ist.

Ich bin überzeugt, daß jeder Mensch irgendeine Reliquie wert hält, sei es die Locke einer Geliebten, eine gestickte Brieftasche oder eine trockene Blume oder ein Band, woran sich angenehme und liebe Erinnerungen knüpfen. Ebenso kann man sich eines gewissen Interesses nicht erwehren, wenn man Gegenstände sieht, welche von bedeutenden historischen Personen einst gebraucht wurden. Sowohl die Griechen als die alten Römer hatten ihre wert gehaltenen Reliquien, und einige davon waren fast römisch-katholisch, wie zum Beispiel das Ei der Leda! Das Paladion war ja auch eine Reliquie, und noch dazu eine wundertätige, wie auch der vom Himmel gefallene heilige Schild und viele andere.

Die Inder führten um einen übermenschlich großen Zahn von Buddha blutige Kriege, und die Mohammedaner bewahren Fahne, Waffen, Kleider, den Bart und zwei Zähne ihres Propheten, und so finden wir Reliquien bei jedem Kultus und bei jedem Volke.

Wir entdecken in der Geschichte der christlichen Kirche keine Spur von Reliquienkultus, ehe Konstantin Christ wurde. Von diesem wird erzählt, daß er während der Schlacht an der milvischen Brücke am Himmel ein glänzendes Kreuz sah mit der griechischen Überschrift, welche in deutscher Übersetzung »In diesem siege« heißt. Er ließ nun eine Kreuzfahne machen, der seine meistens christlichen Soldaten mit Enthusiasmus folgten.

Seitdem wurde das Kreuz Mode, und bald fand die Mutter des Kaisers, Helena, das wahre Kreuz auf, an welchem Jesus vor länger als dreihundert Jahren gekreuzigt worden war, wie auch das Grab, in welchem sein Körper bis zur Auferstehung gelegen hatte. Die gleichzeitigen Schriftsteller melden zwar von dieser Entdeckung nichts; sogar der Fabelhans Eusebius, welcher die Reise der Kaiserin Helena nach Palästina beschreibt, sagt kein Wort von diesem merkwürdigen Funde; aber die Geschichte ist einmal als wahr angenommen, und die römische Kirche feiert ein eigenes »Kreuzerfindungsfest«. Erfunden ist es in der Tat.

Der Segen, den Helena entdeckte, war aber zu groß; sie fand nicht allein das Kreuz Christi, sondern auch das der beiden »Schächer«. Die Inschrift, die Pilatus zur Verhöhnung der Juden hatte anheften lassen, fand sich nicht mit vor; wie sollte man nun das heilige Kreuz von den beiden anderen unterscheiden? Pfaffen sind aber erfinderisch, und so war man denn auch nicht um eine Auskunft verlegen. Man legte einen Kranken auf eins der Kreuze, und er wurde weit kränker. Man vermutete daher, daß dies wohl das Kreuz des gottlosen Schachers sein müsse, der Jesus verspottete, und legte den Kranken auf ein anderes. Ihm ward um vieles besser, und endlich, als er von diesem Kreuze des frommen Schachers auf das dritte gelegt wurde, stand er sogleich frisch und gesund auf. Das Kreuz Jesu war gefunden!

Man fand nun auch bald die Gräber der Apostel, und ihre Körper sind, glaub' ich, sämtlich vorhanden. Wußte man nicht, wo sie gestorben oder begraben waren, so hatte man göttliche Offenbarungen. Auf diese Weise gelangte man zu den Überresten von allen möglichen Märtyrern und Heiligen; die natürlich sämtlich Wunder taten. Solcher Offenbarungen wurden, wie sich von selbst versteht, nur Mönche und Geistliche gewürdigt; aber recht frommen Leuten gelang es mit Hilfe der letzteren auch, mit den Heiligen in direkten Verkehr zu treten.

Eine fromme Frau zu St. Maurin hatte Johannes den Täufer zu ihrem Lieblingsheiligen ausersehen. Drei Jahre lang bat sie täglich den Heiligen nur um irgendwelches Teilchen von seinem Leibe, den er ja doch nicht mehr brauchte, sei es auch was es sei; der hartherzige Johannes wollte sich nicht erbarmen! Nun wurde die Frau trotzig und schwur, nichts mehr zu essen, bis der Heilige ihre Bitte erhört habe. Sieben Tage hatte sie schon gehungert, da endlich! fand sich auf dem Altar – ein Daumen des Täufers. Drei Bischöfe legten mit großer Andacht diese kostbare Reliquie in Leinwand, und drei Blutstropfen fielen aus dem Daumen heraus, – so daß doch für jeden der drei Bischöfe auch noch etwas abfiel.

Wie unendlich schwer ist es uns geworden, die Überreste Schillers und Webers aufzufinden! Und beide starben doch als geachtete und hochverehrte Männer, in ruhiger Zeit und in Staaten, wo jeder Neugeborene und jeder Gestorbene in ein besonders darüber geführtes Register eingetragen wird; um so mehr ist es zu bewundern, daß man in jener Zeit noch nach Jahrhunderten nicht allein die Gebeine, sondern auch die Kleidungsstücke von Heiligen vorfand, die als Verbrecher hingerichtet und deren Leichen irgendwo eingescharrt wurden. Ja, was noch wunderbarer ist, man fand von manchem Heiligen so viele Körperteile, daß man daraus sechs und mehr vollständige Skelette hätte machen können! Der heilige Dionisius existiert zum Beispiel in zwei vollständigen Exemplaren zu St. Denis und zu St. Emmeran, und außerdem werden noch in Prag und in Bamberg Köpfe von ihm gezeigt und in München eine Hand. Der Heilige hatte also zwei vollständige Leiber, fünf Hände und vier Köpfe!

Die Christen der ersten Jahrhunderte wußten nichts von einer Anbetung der Jungfrau Maria oder der Heiligen, sondern verspotteten vielmehr die Heiden wegen ihrer vielen Untergötter, die gleichsam Jupiters Hofstaat bildeten, und wegen der göttlichen Verehrung der Kaiser, mit der es übrigens gar nicht so arg war. Man gab ihnen den Beinamen »der Göttliche«, setzte ihre Namen in den Kalender und errichtete ihnen Bildsäulen. Mit Ludwig XIV. und anderen Fürsten haben Christen weit ärgeren Götzendienst getrieben.

Die ersten Heiligen waren meistens unbekannte Menschen, und wunderbar ist es, daß man auf die Anbetung der Maria erst weit später verfiel, denn eine Jungfrau, die Gott sich unter den Millionen Mädchen der Erde vorzugsweise zum »Gefäß der Gnade« ersah, war doch auf jeden Fall mehr der Anbetung würdig als ein hirnverbrannter schmieriger Einsiedler, der ein Sitzbad in einem Ameisenhaufen nimmt.

Noch im vierten Jahrhundert dachte man nicht daran, die Jungfrau Maria göttlich zu verehren, ja, man war auf dem besten Wege, sie zu verketzern. Man sagte ihr Dinge nach, welche die Christen der damaligen Zeit sehr gottlos fanden. Der berühmte Kirchenvater Tertullian warf ihr vor, daß sie an Jesum nicht geglaubt habe! Origenes und Basilius beschuldigen sie unheiliger Zweifel bei den Leiden ihres Sohnes, und Chrysostomus hält sie des Selbstmordes für fähig, indem er erzählt, daß der Engel ihr die Empfängnis Jesu früher verkündet, als sie ihre Schwangerschaft bemerkte, weil sie sonst bei der plötzlichen Entdeckung leicht aus Scham ihrem Leben hätte ein Ende machen können.

Die Verehrung der Maria beginnt erst im fünften Jahrhundert, und bald hatte sie nicht allein alle Heiligen, sondern selbst Gott und Jesus überflügelt. »Wer Maria nicht verehrt, dem wird keine Vergebung«, sagten die Priester.

Die Liebe verfällt schon auf wunderbare Beinamen, und mein Täubchen, mein Mäuschen, mein Hämmelchen, mein Puttchen usw. usw. sagt noch heute gar mancher Jüngling zu seiner Geliebten, aber die der Jungfrau Maria beigelegten zärtlichen Namen sind oft so seltsam und komisch, daß es nicht zu begreifen ist, wie Katholiken die marianische Litanei ohne Lachen herplappern können. Sie wird unter anderen genannt: du geistliches Gefäß, ehrwürdiges Gefäß, fürtreffliches Gefäß der Andacht, geistliche

Rose, Turm Davids, elfenbeinerner Turm, goldenes Haus, Arche des Bundes, Thron Salomons, brennender Dornbusch, Honigfladen Simsons, Tempel der Dreieinigkeit, geweihete Erde, Seehafen, Sonnenuhr, Himmelsfenster usw.

Der Name »Mutter Gottes«, der jetzt ganz gewöhnlich geworden ist, erregte im fünften Jahrhundert großes Ärgernis; der fromme Kirchenvater Nestorius fand ihn lächerlich und unschicklich und den »Mutter Christi« vernünftiger. Die Kirchenversammlung von Ephesus entschied aber für Mutter Gottes. Natürlich war es, daß man nun auch auf die Verehrung der »Großmutter Gottes« verfiel; aber Papst Clemens XI. gebot Halt, und ohne ihn würden die Katholiken vielleicht heute zu allen Onkeln und Tanten Gottes beten.

Jesus ist Gottes Sohn nach der Lehre der christlichen Kirche, und doch ist er wieder Mensch; aber er ist eins mit Gott dem Vater und Gott dem Heiligen Geist, über diese Menschwerdung Gottes und über das Wesen der Dreifaltigkeit ist mancher schon einfältig geworden. Die Menschwerdung Gottes erklärt der heilige Bernhard ebenso einfach als elegant, indem er sagt: »Aus Gott und Mensch wurde eine Heilsalbe für alle; diese beiden Spezies wurden im Leibe der Jungfrau Maria wie in einer Reibschale gemischt, und der Heilige Geist war die Mörserkeule.«

Minder geistreich, wenn auch ebenso einfach ist jenes Franziskaners Erklärung der Dreieinigkeit, die er vergleicht mit Hosen, die zwar drei Öffnungen hätten, aber doch nur ein Stück wären.

Maria wurde Veranlassung zu unendlich vielen Zänkereien zwischen den Gelehrten und Pfaffen. Besonders heftig war der Streit über »die befleckte oder unbefleckte Empfängnis der Jungfrau«; das heißt nicht darüber, ob Maria Jesus ohne Verlust ihrer physischen Jungfrauschaft empfangen habe – denn darüber war man ziemlich einig –, sondern ob sie selbst von ihrer Mutter auch »ohne Erbsünde« empfangen sei oder nicht. Die Dominikaner sagten mit, die Franziskaner ohne Erbsünde und stritten jahrhundertelang darüber mit Waffen aller Art. Noch im Jahre 1740 machten gelehrte Männer diese Dummheit zum Gegenstand ihrer ernsthaften Untersuchung, und der Papst Pius VII. hat sie zu einem Dogma der Kirche erhoben!

Die heilige Jungfrau ist sehr empfindlich in dieser Hinsicht und rächte sich an denjenigen, welche an ihrer unnatürlichen Entstehung zweifelten. Ein Fall solcher Rache wird von den Franziskanern mit Triumph erzählt. Ein Dominikaner predigte mit größter Heftigkeit gegen die unbefleckte

Empfängnis und forderte gleichsam die »Himmelskönigin« heraus, ein Zeichen zu geben, wenn es nicht wahr sei, was er geredet. Kaum hatte er diese Lästerung ausgesprochen, als der Boden der Kanzel brach und der dicke Pater bis zur Mitte des Leibes hindurchfiel. Der Oberkörper mit der Kutte blieb oben, so daß die hosenlose Vorder- und Hinterfront der unteren Etage des geistlichen alten Hauses der Betrachtung und dem Gelächter seiner Gemeinde preisgegeben war.

Die Art und Weise, wie Maria Jesus empfangen habe, war auch ein Gegenstand großen Kopfzerbrechens. Einige meinten, es sei durch das *Ohr* geschehen, andere meinten, durch die *Seite*. Dann zankte man sich auch sehr darüber, ob Maria noch nach der Geburt Jesu Jungfrau geblieben sei. *St. Ambrosius* verteidigt diese Meinung sehr hartnäckig und bringt für dieselbe höchst wunderliche Dinge vor. Er sagt unter anderm: »Da er (nämlich Jesus) gesagt hat: *ich mache alles neu*, so ist er auch von einer Jungfrau auf *unbefleckte Weise* geboren worden, damit man ihn desto mehr für den ansehe, der da ist Gott *mit uns*. Sie sagen: als Jungfrau hat sie *empfangen*, aber nicht als Jungfrau *geboren*. Ist das eine möglich, so ist auch das andere möglich. Denn die Empfängnis geht ja vorher, und die Geburt folgt nach. Man sollte doch den Worten Jesu, man sollte doch den Worten des Engels glauben, daß bei Gott kein Ding unmöglich sei (Luk. 1, 37). Man sollte dem apostolischen Symbolum glauben. Sagt ja der Prophet, eine Jungfrau werde nicht nur empfangen, sondern auch gebären (Jes. 7, 14). Jene Pforte des Heiligtums, welche verschlossen bleibt, durch welche niemand gehen wird als allein der Gott Israels (Ezech. 44, 1.2), was ist sie anders als Maria, durch welche der Erlöser in diese Welt eingegangen ist? Sind doch so viele Wunder gegen die Gesetze der Natur geschehen, was ist's denn Wunder, wenn eine Jungfrau wider den Lauf der Natur einen Menschen geboren hat?« usw.

Maria wurde von allen Kirchenlehrern, welche die Unterdrückung des Geschlechtstriebes predigten, als das höchste unerreichbare Muster des jungfräulichen Lebens aufgestellt und bald von den Mädchen und Weibern weit mehr als Gott verehrt. Dieser Götzendienst war natürlich denen, welche die Lehre Jesu rein bewahren wollten, ein Greuel, und – daher die Opposition gegen Maria.

Helvidius schrieb (383) zur Verteidigung des Christentums ein Buch, in welchem er beiläufig behauptete, daß Maria nach Jesu Geburt noch mit Joseph einige Kinder hatte, wobei er sich sowohl auf Matth. 1, 25 berief, wo es heißt: »Joseph wohnte der Maria nicht bei, *bis sie ihren ersten*

Sohn geboren«, wie auch auf andere Bibelstellen, wo oftmals von *Brüdern* und *Schwestern* Jesu die Rede ist.

Der heilige *Hieronymus* geriet außer sich über diese Frechheit. Er schrieb gegen Helvidius und rief den Heiligen Geist an, »*daß er das Quartier des heiligen Leibes, in dem er zehn Monate gewohnt habe, gegen allen Argwohn eines Beischlafes schütze*«, und Gott Vater, »*daß er die Jungfräulichkeit der Mutter seines Sohnes kundtun möge*«.

Ähnliche Lehren wie Helvidius trug ein römischer Mönch, Jovinian, vor, und nun entspann sich um die Jungfrauschaft der Maria ein heftiger Kampf, der damit endete, daß Jovinian und seine Anhänger aus der Gemeinschaft der christlichen Kirche ausgeschlossen und seine Lehren als Ketzerei verdammt wurden!

Es ist nicht möglich, ernsthaft zu bleiben, wenn man liest, über welche seltsamen Dummheiten die Geistlichen schrieben und disputierten! Pater Suarez handelt sehr gelehrt die Frage ab, »ob Maria mit oder ohne Nachgeburt geboren habe«, und erzählt, daß Fromme verschiedene Speisen in Form der Nachgeburt genossen hätten! – übrigens ist er ein Antinachgeburtianer, da der Prophet Ezechiel prophezeit habe: »Diese Tür wird verschlossen sein und nicht aufgemacht werden.«

Man glaube indessen nicht, daß dieser ekelhafte Unsinn der größte ist, über welchen Pfaffen stritten, und verhöhne nicht die jüdischen Rabbiner, welche ernstlich untersuchten, ob Adam schon mit Stahl und Stein Feuer geschlagen habe? Ob das Ei, welches eine Henne am Festtag gelegt habe, gegessen werden dürfe? Ich kann eine ganze Galerie solcher christlichen Streitfragen anführen, die den erwähnten an Abgeschmacktheit durchaus nichts nachgeben, die mit der größten Erbitterung abgehandelt wurden und wobei es gar häufig zu Schlägereien und selbst Blutvergießen kam.

Die Pfaffen stritten darüber: ob Adam einen Nabel gehabt habe? Zu welcher Klasse von Schwalben die gehörte, welche Tobias ins Auge machte? Ob Pilatus sich mit Seife gewaschen, als er Jesum das Urteil sprach? Ob ein Kind bei widernatürlicher Lage auf den Hintern getauft werden dürfte? Was das für ein Baum gewesen, auf den der kleine Zachäus stieg, als er Jesus sehen wollte? Mit welcher Salbe Maria Magdalena den Herrn gesalbt? Ob der ungenähte Rock, über den die Kriegsknechte das Los warfen, Jesu ganze Garderobe gewesen sei? Wieviel Wein auf der Hochzeit zu Kana getrunken worden sei? Was wohl Jesus geschrieben, als er mit dem Finger in den Sand schrieb? Wie Jesus das Erlösungswerk habe vollbringen können, wenn er als Kürbis zur Welt gekommen wäre? Ob Gott wie ein Hund bellen könne? Ob nicht schon ein einziger Blutstropfen hingereicht habe für die Sünde der Welt? Ob Gott der Vater sitze oder stehe? Ob er einen Berg ohne Tal, ein Kind ohne Vater hervorbringen und eine Entjungferte wieder zur Jungfrau machen könne? Ob die Engel Menuett oder Walzer tanzten? Ob sie lauter Diskant- oder auch Baßstimmen hätten? Was man wohl in der Hölle treibe und zu welchem Thermometergrad die Hitze dort wohl steige? Eine Menge Fragen muß ich ihrer Unflätigkeit wegen weglassen und will nur zwei als Probe in lateinischer Sprache anführen: An Christus cum genetalibus in coelum ascenderit, et S. Virgo semen emiserit in commercio cum Spiritu sancto?

Die Lehren vom Abendmahl und von der Taufe boten gleichfalls Gelegenheit genug zu Streitigkeiten. Man zankte sich darüber, ob der Teufel rechtmäßig taufen könne? Ob man im Notfall auch mit Wein, Bier, Sand usw. taufen könne? Oder ob auch bloßes Anspucken genüge? Ob eine Maus, die vom Taufwasser gesoffen, für getauft zu halten sei? Was zu tun, wenn ein Kind das Taufwasser verunreinige? Das tat der nachherige Kaiser Wenzel, und deshalb wurde ihm auch alles mögliche Unheil prophezeit.

Doch die Untersuchung der Jungfrauschaft der Mutter Gottes hat mich auf Abwege geführt; kehren wir wieder zu ihr zurück.

Albertus Magnus (Albrecht von Lauingen), Bischof von Regensburg, der 1280 zu Köln starb, hat sich sehr gründlich mit der Jungfrau Maria beschäftigt und untersucht, ob sie blond oder brünett, ob sie schwarzäugig oder blauäugig, ob sie schlank oder dick, groß oder klein gewesen sei. Was er eigentlich herausuntersucht hat, finde ich nirgends und habe keine Lust, die einundzwanzig Foliobände deshalb durchzulesen, die uns von seinen 800 Büchern erhalten worden sind. Nach den Überresten von ihrem Haar zu urteilen, ist es scheckig gewesen, denn man zeigt braune, blonde, schwarze und rote. Diejenigen Haare, mit welchem sie an einem Marientage höchst eigenhändig das Hemd des Erzbischofs St. Thomas flickte, waren übrigens malitiös blond.

Schön war Maria indes auf jeden Fall, denn wenn sich auch kein authentisches Porträt von ihr vorgefunden hat, so stimmen doch alle heiligen Kirchenväter darin überein, und als Heilige erschien ihnen natürlich die »Himmelskönigin« häufig.

St. Damiani, der 1059 starb, erzählt, »daß Gott selbst durch die Schönheit der heiligen Jungfrau in heftiger Liebe zu ihr entbrannt sei. In einem hierauf berufenen himmlischen Konvent habe er den verwunderten

Engeln von der Erlösung des Menschengeschlechtes und der Erneuerung aller Dinge erzählt und ihnen von Maria Kunde gegeben. Der Engel Gabriel erhielt sogleich einen Brief, in dem ein Gruß an die Jungfrau, die Fleischwerdung des Erlösers, die Art der Erlösung, die Fülle der Gnade, die Größe der Herrlichkeit und die Größe der Freuden enthalten waren. Gabriel kam zu Maria, und sobald er mit ihr gesprochen hatte, fühlte sie den in ihre Eingeweide hineingefallenen Gott und dessen in der Enge des jungfräulichen Bauches eingeschlossene Majestät.«

Im Koran ist erzählt, daß Maria an einem Palmenbaum stand, als der Engel zu ihr trat und sagte: »Ich will dir einen reinen Knaben schenken.«

Die Zahl der Wunder, welche der heiligen Jungfrau zugeschrieben werden, ist sehr groß, und es fällt mir schwer, eine Auswahl zu treffen. Später findet sich vielleicht eine Gelegenheit, eines oder das andere zu erzählen.

Die Legende erzählt, daß Engel das ganze Haus der Maria aus Bethlehem nach Italien getragen hätten. Anfangs ließen sie es bei Tersatto in der Nähe von Fiume stehen; aber im Jahre 1294 trugen sie es nach Loretto.

Als das heilige Haus vorbeigetragen wurde, bogen sich die Balken, damals noch in ihrer Jugend als Bäume, vor demselben! Höchst merkwürdig ist es aber, daß zwei Jahrhunderte lang kein Schriftsteller von diesem höchst wunderbaren Transport erzählt! Die Inschrift des heiligen Hauses heißt: »Der Gottesgebärerin Haus, worin das Wort Fleisch geworden.« über dem unscheinbaren Haus, welches neuern Forschungen zufolge sich im Baumaterial und Form von den andern Bauernhütten – um Loretto gar nicht unterscheiden soll, erhebt sich eine prachtvolle Kirche, und Tausende von Wallfahrern strömten hierher, um ihre Rosenkränze in dem Breinäpfchen Jesu umzurühren und, was für die Kirche die Hauptsache war, ein mehr oder minder beträchtliches Sümmchen zu opfern. So wurde denn durch einen, jedem vernünftigen Menschen offenbaren Betrug ein unermeßlicher Schatz zusammengestohlen!

Doch die guten Katholiken waren von ihren Pfaffen so gut gezogen, daß sie lieber ihren eigenen Augen als einem Pater mißtrauten. Der Mönch Eiselin zog 1500 zu Aldingen in Württemberg umher mit einer Schwungfeder aus dem Flügel des Engels Gabriel. Wer diese küßte, sagte er, dem sollte die Pest nichts anhaben. Ein solcher Kuß wurde natürlich nicht umsonst gestattet. Diese kostbare Feder wurde dem Pfaffen gestohlen! Eiselin war indessen gar nicht verlegen. Im Beisein der Wirtin füllte er sein leeres Kästchen mit Heu, welches wahrscheinlich auf ihrer eigenen Wiese gewachsen war, und gab es aus für Heu aus der Krippe, in welcher Jesus in Bethlehem gelegen hatte; wer es küßte, sollte pestfrei sein. Alles drängte sich zum Kuß herzu, und selbst die Wirtin küßte, so daß Eiselin erstaunt flüsterte: »Und auch du, Schatz?«

Die frommen Herren Geistlichen und Mönche trieben mit den Reliquien den abscheulichsten Betrug. Jeder christliche Altar mußte seine Reliquie haben, und je heiliger diese war, desto größer war der Nutzen, den sie davon zogen; denn die Reliquien waren weder umsonst zu sehen, noch wurden sie verschenkt. Der Reliquienhandel wurde bald sehr einträglich. Natürlich, alte Knochen, Lumpen und dergleichen fand man überall, man brauchte kein Anlagekapital, und der Preis, den man sich bezahlen ließ, war hoch!

Als die Bischöfe von Rom Päpste wurden, da steuerten sie etwas diesem Handel, aber nur, um selbst davon größeren Vorteil zu ziehen. Die Reliquien mußten in Rom geprüft werden und wurden nur für echt befunden, – wenn die Besitzer die echt römischen, klingenden Beweise beizubringen wußten. Eine gute Reliquie war ein wahrer Schatz für ein Kloster, und nicht alle Äbtissinnen gingen damit so leichtsinnig um wie die der Nonnen zu Macon. Das dortige Kloster besaß die Haut des heiligen Dorotheus, der geschunden wurde; Simon, der Gerber, hatte das heilige Fell gegerbt, und die kostbare Reliquie war durch mancherlei Hände endlich in den Besitz der Nonnen zu Macon gekommen. Diese stopften die Haut mit Baumwolle aus und stellten den Heiligen her, als ob er lebe. Sie gerieten aber aus übergroßer Verehrung auf ganz kuriose Spielereien und Abwege, so daß es die Äbtissin für ratsam hielt, die Reliquie, deren Wert sie nicht kannte, den Jesuiten zu schenken.

Diese entdeckten bald die Kostbarkeit und stifteten eine Brüderschaft zum heiligen Leder, wodurch sie sehr viel Geld verdienten. Nun ging den Nonnen plötzlich ein Licht auf! Sie klagten beim Papst, reklamierten von den Jesuiten ihr Heiligtum, und es wurde ihnen auch zugesprochen. Der Jubel der Nonnen war groß, aber, o Schreck! die malitiösen Jesuiten hatten den frommen Jungfrauen die ganze Freude verdorben, indem sie den lieben Heiligen verstümmelt hatten, und zwar auf unverantwortliche Weise! Er sah nun aus wie der heilige Bernhard, als er seinen Mönchen verklärt erschien, Die indignierten Jungfrauen wandten sich abermals an den Papst mit der Bitte, daß er den Jesuiten befehlen möge, ihnen das Fehlende herauszugeben. Der Papst hielt jedoch diesen Mangel, besonders für ein Nonnenkloster, nicht für erheblich und sandte den Bittenden als Ersatz – zwei geweihte Muskatnüsse! Man denke sich die Beschämung und den Zorn der guten Nönnchen!

Zur Zeit der Kreuzzüge wurde Europa erst recht mit Reliquien überschwemmt. Man brachte aus dem Heiligen Lande Heiligtümer aller Art mit. Eroberte man eine Stadt, so suchte man vor allen Dingen erst nach Reliquien, denn sie waren weit kostbarer als Gold und Edelsteine. Ludwig der Heilige, König von Frankreich, machte zwei unglückliche Kreuzzüge; aber er tröstete sich über sein Unglück, denn es war ihm gelungen, einige Splitter vom Kreuze, einige Nägel, den Schwamm, den Purpurrock Jesu und die Dornenkrone – um eine ungeheure Summe zu erkaufen. Als diese Heiligtümer ankamen, ging er mit seinem ganzen Hofe denselben barfuß bis Vincennes entgegen!

Heinrich der Löwe brachte eine große Menge Reliquien mit nach Braunschweig. Die Krone derselben aber war ein Daumen des heiligen Markus, für welchen die Venezianer vergebens 100.000 Dukaten boten.

Der Glaube an diese Reliquien war ebenso unerhört wie der Preis, der dafür bezahlt wurde. Die Pfaffen hätten Engel sein müssen, wenn sie die Dummheit der Menschen nicht benutzt hätten.

Die ganze Garderobe Jesu, der Jungfrau Maria, des heiligen Joseph und vieler anderer Heiligen kam zum Vorschein. Man fand die heilige Lanze, mit welcher der römische Ritter Longinus Jesus in die Seite stach; das Schweißtuch, mit welchem die heilige Veronika Jesus den Schweiß abtrocknete, als er nach Golgatha ging, und in welches er zum Andenken sein Gesicht abdrückte! Von diesem Tuch gab es so viele Stücke, daß sie zusammen wohl fünfzig Ellen lang sein mochten. Ein sehr respektables Taschentuch!

Man fand auch die Schüssel von Smaragd, welche Salomon der Königin von Saba schenkte und aus der Jesus sein Osterlamm verspeiste. Die Weinkrüge von der Hochzeit von Kana entdeckte man auch, und in ihnen war noch Wein enthalten, der nie abnahm. Ursprünglich waren es nur sechs, aber sie vermehrten sich, und man zeigte sie zu Köln und zu Magdeburg. – Splitter vom Kreuz gab es so viel, daß man aus dem dazu verwendeten Holz hätte ein Kriegsschiff bauen können, und Nägel vom Kreuz viele Zentner. Dornen aus der Dornenkrone fanden sich (an jeder Hecke); einige bluteten an jedem Karfreitag.

Der Kelch, aus welchem Jesus trank, als er das Abendmahl einsetzte, fand sich auch vor, nebst Brot, welches von dieser Mahlzeit übriggeblieben war. Ferner die Würfel, mit welchen die Soldaten um Jesu Rock spielten. An ungenähten Röcken zeigte man eine ganze Menge, unter anderm zu Trier, Argenteuil, St. Jago, Rom und Friaul usw. Die größte Wahrscheinlichkeit der Echtheit hat ein zu Moskau aufbewahrter, der durch den Soldaten, der ihn gewann, einen Georgier, mit nach Hause gebracht worden sein soll. Die Ausstellung des alten Kleidungsstückes in Trier im Jahre 1845, welche die ganze gebildete Welt empörte, veranlaßte eine Menge Untersuchungen über diese heiligen Röcke, und es erschienen mehrere darauf bezügliche Broschüren, die noch im Buchhandel zu haben und zum Teil sehr interessant sind. Alle diese heiligen Röcke haben eine wohlbezahlte päpstliche Bulle für sich, in denen ihre Echtheit bezeugt ist. Da nur einer echt sein kann, so ist die Bestätigung der Echtheit mehrerer durch den Papst ein geflissentlicher Betrug.

Man fand Hemden der Maria, die so groß sind, daß sie einem dicken Mann als Paletot dienen können; einen sehr kostbaren Trauring der Maria, der zu Perusa gezeigt wurde; sehr niedliche Pantöffelchen und ein Paar ungeheuer große rote, welche sie trug, als sie der heiligen Elisabeth ihren Besuch machte. Ja, man fand Haare der Heiligen Jungfrau von allen möglichen Farben nebst ihren Kämmen. Eine Zahnbürste ist aber nicht entdeckt worden. Dagegen fand sich so viel Milch von ihr vor, als schwerlich zwanzig Altenburger Ammen in einem ganzen Jahre produzieren könnten. Blut Jesu fand sich bald tropfenweise, bald auf Flaschen gezogen. Etwas davon, so erzählt die Legende, hatte Nikodemus, als er Jesus vom Kreuze nahm, gesammelt und damit viele Wunder verrichtet. Aber die Juden verfolgten ihn, und er sah sich genötigt, das heilige Blut in einen Vogelschnabel (!) zu verbergen und nebst schriftlicher Nachricht ins Meer zu werfen. An der Küste der Normandie, man kann denken, nach welchen Irrfahrten, schwamm dieser Schnabel ans Land. Eine in der Nähe jagende Gesellschaft vermißte plötzlich Hunde und Hirsch. Man forschte nach und fand sie – sämtlich kniend vor dem wundervollen Schnabel. Der Herzog von der Normandie ließ sogleich auf der Stelle ein Kloster bauen, welches Bec (Schnabel) genannt wurde und welchem das heilige Blut Millionen eintrug.

Windeln Jesu fanden sich in großer Menge; auch die jammervoll kleinen Höschen des heiligen Joseph entdeckte man nebst seinem Zimmermanns-Handwerkszeug. Einer der dreißig Silberlinge fand sich vor, nebst dem ungeheuer dicken, zwölf Schuh langen Strick, an welchem sich der Verräter Judas erhängte; sein sehr kleiner, leerer Geldbeutel tauchte ebenfalls auf, nebst der Laterne, mit welcher er leuchtete, als er Jesus verriet.

Sogar die Stange kam zum Vorschein, auf welcher der Hahn saß, als er Petri Gewissen wachkrähte, nebst einigen Federn dieses Vogels; ferner der Stein, mit welchem der Teufel Jesus in der Wüste versuchte; das Waschbecken, in welchem sich Pilatus die Hände wusch; die Knochen des Esels, der Jesus am Palmsonntag getragen, wie auch einige der an diesem Tage gebrauchten Palmzweige. Ferner fand man die Steine, mit denen St. Stephanus gesteinigt wurde – herrliche Achate! –; die fabelhaft große Gurgel des fabelhaften St. Georg; eine Unmasse Knochen der zu Bethlehem umgebrachten Kinder; die Ketten des Petrus und auch einen eingetrockneten Arm des heiligen Antonius, der sich aber als die Brunstrute eines Hirsches auswies!

Sogar aus dem Alten Testament fanden sich Reliquien vor! Manche hatten demnach wohlerhalten Jahrtausende auf die fromme Entdeckung gewartet. Man fand den Stab, mit welchem Moses das Rote Meer zerteilte, Manna aus der Wüste, Noahs Bart, die eherne Schlange, ein Stückchen von dem Felsen, aus welchem Moses Wasser schlug, mit vier erbsengroßen Löchern; Dornen von dem feurigen Busch; den Schemel, von dem Eli herunterfiel und den Hals brach; das Schermesser, mit dem Delila den Simson schor; den Stimmhammer Davids, der zu Erfurt gezeigt wurde, usw.

Eine Reliquie von großem Rufe war das Gewand des heiligen Martin (capa oder capella), welches in den Feldzügen als Fahne vorgetragen wurde. Die Geistlichen, welche dieses Heiligtum trugen, hießen Capellani, und die Kirche, in welcher es verwahrt wurde, Capella. Dieser Name erhielt bald eine weitere Ausdehnung, und daher die Kapellen und die Kapellane.

Der Glaube des Volkes an diese Reliquien war so stark, daß die Pfaffen es wagen konnten, Dinge als solche zu zeigen, die unsinnig und unmöglich waren, und wenn ich einige derselben anführe, so werden die Leser glauben, ich scherze! Allein dies ist nicht der Fall; man zeigte sie einst wirklich und zeigt sie in echt katholischen Ländern wohl heute noch.

Da sah man eine Feder aus dem Flügel des *Engels Gabriel*, den Dolch und den Schild des *Erzengels Michael*, deren er sich bediente, als er mit dem Teufel kämpfte; etwas von *Christi Hauch* in einer Schachtel; eine Flasche voll *ägyptischer Finsternis*, etwas von dem *Schall der Glocken*, die geläutet wurden, als Christus in Jerusalem einzog; einen *Strahl von dem*

Sterne, welcher den Weisen aus dem Morgenlande leuchtete; etwas von dem *Fleisch gewordenen Wort*; einige *Seufzer, die Joseph ausstieß*, wenn er knotiges Holz zu hobeln hatte; den *Pfahl im Fleische*, der dem heiligen Paulus so viel zu schaffen machte, und noch unendlich viel andern Unsinn.

Die Unverschämtheit der Pfaffen kannte keine Grenzen, denn die Dummheit der Menschen war unbegrenzt. Oben habe ich ein Pröbchen sowohl von der Unverschämtheit als von der Dummheit in der Geschichte mit dem Mönch Eiselin gegeben; hier mag noch eine Probe folgen, welche *Poggio Braciolini* erzählt, der beinahe vierzig Jahre lang päpstlicher Geheimschreiber war und 1459 als Kanzler der Republik Florenz starb.

Ein Mönch hatte sich in eine hübsche Frau verliebt und versuchte es auf alle Weise, sie zu verführen. Es gelang ihm auch. Sie stellte sich sehr krank und verlangte nun den Mönch als Beichtvater. Dieser kam, blieb mit ihr der Sitte gemäß allein, um ihr die Beichte abzunehmen, und wurde erhört. Am andern Tag kam er wieder und legte, um es sich bequemer zu machen, seine Hosen auf das Bette der Frau. Dem Manne schien die Beichte etwas lange zu dauern; er wurde neugierig und trat unvermutet in das Zimmer. Der Mönch absolvierte so schnell als möglich und floh, aber – *vergaß, seine Hosen mitzunehmen.*

Diese fielen nun dem racheschnaubenden Ehemann in die Hände. Er stürzte damit auf die Gasse und zeigte diese Verräter seinen Nachbarn, entflammte sie zur Wut und brach mit ihnen ins Kloster ein. Der Mönch sollte sterben! Ein alter besonnener Pater versuchte es vergebens, den Hitzkopf zu beruhigen, der übrigens jetzt die Sache gern vertuscht hätte, wenn es angegangen wäre. Das merkte der alte Pater und sagte ihm: er brauche wegen dieser Hosen nichts übles zu denken, *denn dieses wären die Beinkleider des heiligen Franziskus*, welche Krankheiten, wie die, woran seine Frau litte, gründlich heilten. Zu seiner Beruhigung wolle er die Hosen feierlich abholen. Alsbald zogen Mönche mit *Kreuz und Fahne* nach dem Hause des ehrlichen Dummkopfes, legten die heilige Reliquie auf ein seidenes Kissen, stellten sie zur Verehrung aus und reichten die heiligen Hosen des *liederlichen Mönches den Gläubigen zum Kusse herum.* Dann trug man sie in feierlichem Bittgange nach dem Kloster zurück und *legte sie hier zu den übrigen heiligen Reliquien*[1].

1   Es ist dies keine erfundene Anekdote oder ein Scherz des genannten Autors. Die Erzählung findet sich in einem ganz ernsten Werke, in welchem Poggio mit großer Entrüstung von der *Verderbtheit der Geistlichkeit* redet. Über-

In dieses Kapitel von den Reliquien gehören auch die wundertätigen Heiligenbilder und ihre Verehrung. Die Pfaffen hatten mit den heiligen Knochen und Lumpen noch nicht genug. Bald fanden sich Bilder von Jesus und der Jungfrau Maria, welche der Evangelist *Lukas* gemalt haben sollte. Sie zeugten weder von der Kunst des Malers noch von der Schönheit der Personen, welche sie vorstellen sollten, denn sie waren ganz schauderhaft! Andere, nicht bessere Bilder *fielen vom Himmel*, und endlich ließ man sie ganz ungescheut von Malern malen.

Diese Bilder verehrte man wie Reliquien, und die Verehrung ging bald in förmliche Anbetung über, über den *Bilderdienst* entstanden die blutigsten Kämpfe, und endlich wurde er der Grund zur Trennung der Kirche in die griechische und lateinische. Dieser *Bilderstreit* dauerte zwei Jahrhunderte lang. Kaiser *Konstantin V.*, welcher 741 starb, erklärte alle Bilder für *Götzenbilder* und fegte das ganze Land von Bildern und Reliquien rein. Er verwandelte die Klöster zu Konstantinopel in *Kasernen*, und Mönche und Nonnen machte er lächerlich, indem er sie zum Beispiel paarweise einen Umzug im Zirkus halten ließ.

Im Westen fand dieser Bilder- und Reliquiendienst anfangs auch viele Widersacher. Der Bischof *Claudius von Turin* meinte: »*Wenn man das Kreuz anbetet, an dem Jesus gestorben, so muß man auch den Esel anbeten, auf dem er geritten ist*«, was denn auch in der Folge wirklich geschah! Andere aber hielten diesen Bilderdienst für sehr wichtig. Ein Mönch hatte, um den Unzuchtsteufel zu besänftigen, diesem das Gelübde getan, das tägliche Gebet vor den Bildern in seiner Zelle zu unterlassen. Im Zweifel darüber, ob er eine Sünde damit begangen, beichtete er dies dem Abt, und dieser sagte zu ihm: »*Ehe du das Gebet vor den heiligen Bildern unterlassest, gehe lieber in jedes Bordell der Stadt.*« – So behielten wir denn in Europa die Bilderanbetung, und die griechische Kirche erhielt sie gar bald auch wieder. –

Sobald das Heilige Grab aufgefunden war, strömten die frommen Christen dorthin; die *Wallfahrten* nach dem Heiligen Lande kamen auf, und nach allen Stellen desselben, welche durch die Bibel eine besondere Bedeutung erlangt hatten. Man wallfahrte sogar zu dem *Misthaufen, auf welchem Hiob gesessen!*

haupt verschmähe ich es durchaus, auf *Kosten der historischen Wahrheit* zu scherzen, und alle in diesem Werke gemachten Angaben kann ich historisch nachweisen, so seltsam sie auch manchmal klingen mögen.

Den Pfaffen gefiel es indessen nicht im allergeringsten, daß das schöne Geld so weit hinweggetragen wurde, und ihre Heiligenbilder und Reliquien taten Wunder über Wunder, um die frommen Scharen anzulocken. Schrecklich waren die Erzählungen von den Strafen, welche die Ungläubigen und Spötter getroffen. Die Heiligen wußten ihre Ehre zu schützen, wie zum Beispiel der heilige *Gangulf*. Dieser wurde von einem Priester, dem Liebhaber seiner Frau, totgeschlagen und fing plötzlich an, im Grabe Wunder zu tun. Das liederliche Weib, welches am besten wußte, daß ihr Alter durchaus kein Wunder tun konnte, lachte, als sie es hörte, und rief: »*Der tut ebensowenig Wunder, als mein Hintern singt*« und – o Graus! – *dieser fing an zu singen!*

Die Wallfahrten kamen aber erst recht in Gang, als damit der *Ablaß* verbunden wurde. Der übergroße Mißbrauch dieses Mißbrauches wurde die Veranlassung zur Reformation, und wir müssen denselben etwas genauer betrachten. Der Ablaß ist ein Kind des *Fegefeuers* und der *Ohrenbeichte*.

In der ersten Zeit der christlichen Kirche mußten diejenigen, welche wegen grober Vergehungen aus der Gemeinde ausgestoßen waren, wenn sie in dieselbe wieder aufgenommen sein wollten, alle ihre Sünden und Verbrechen *öffentlich vor der Gemeinde* bekennen; diese Buße nannte man die *Beichte*. Als die Pfaffen mächtig wurden, verwandelten sie dieses *öffentliche* Bekenntnis gar bald in ein *geheimes*, um ihre Macht zu erhöhen. Papst *Innozenz III.* ordnete aber (1215) an, daß *ein jeder* jährlich wenigstens einmal einem Priester seine Sünden *insgeheim* bekennen und die ihm auferlegte Buße tragen solle. Wer die Beichte unterließ, wurde von der Kirche ausgeschlossen und erhielt kein christliches Begräbnis.

Jeder begreift, welche ungeheure Gewalt die Priester durch diese Einrichtung erlangten, denn abgesehen davon, daß sie von den Gläubigen die geheimsten Dinge erfuhren, die sie zu ihren Zwecken benutzen konnten, lag es auch ganz in ihrer Hand, den Beichtenden freizusprechen oder nicht, und sie wußten diese Gewalt trefflich zu benutzen, indem sie ihn freisprachen – absolvierten –, je nachdem der Sünder zahlte.

Das Fegefeuer war eine Erfindung des römischen Bischofs *Gregor des Großen* (590-604). Fegefeuer hieß der Ort, wo seiner Erklärung nach die menschlichen Seelen geläutert wurden, damit sie rein in den Himmel kamen; also eine Art himmlischer Seelenwaschanstalt. Wer so halb zwischen Himmel und Hölle balancierte, der konnte darauf rechnen, daß er gehörig lange im Fegefeuer – denn Feuer war das Reinigungsmittel –

schwitzen mußte, wenn nicht die Pfaffen, die sich mit den Waschteufeln auf du und du standen, ihn für Geld durch gute Worte früher in den Himmel spedierten. Das Reglement im Fegefeuer war nur den Pfaffen bekannt, und daher konnten sie allein beurteilen, wie viele Messen dazugehörten, um die Seele aus dem Fegefeuer loszubeten; – aber diese Messen wurden keineswegs umsonst gelesen.

Friedrich der Große kam einst in ein Kloster im Klevischen, welches von den alten Herzögen gestiftet war, damit darin Messen zu ihrer Befreiung aus dem Fegefeuer gelesen werden könnten. »Nun, wann werden denn endlich meine Herren Vettern aus dem Fegefeuer losgebetet sein?« fragte er ziemlich ernsthaft den Pater Guardian. Dieser machte eine tiefe Verbeugung und antwortete, »*daß man dies so eigentlich nicht wissen könne, er es aber Sr. Majestät sogleich melden lassen wolle, sobald er die Nachricht aus dem Himmel bekäme*«.

Die Kreuzzüge waren anfangs eigentlich weiter nichts als bewaffnete Wallfahrten. Die Päpste begünstigten sie sehr, da sie hofften, dadurch ihre Macht auf Asien ausdehnen zu können, wo sie durch den Mohammedanismus verlorengegangen war. Sie wandten daher alle nur möglichen Mittel an, die Leute zu bewegen, »das Kreuz zu nehmen«; das hauptsächlichste und wirksamste war der Ablaß. Der Papst ließ nämlich predigen, daß *alle Sünden, die ein Mensch begangen, sie möchten auch noch so groß sein, vergeben wären, sobald derselbe sich das Kreuz auf seinen Rock geheftet habe.* Diese Erfindung des Ablasses wurde nun von den Pfaffen auf alle Arten benutzt, und sie wurde für sie eine Goldgrube, unerschöpflich wie die Dummheit der Menschen.

Manche wollten nicht recht an die Macht des Papstes, die Sünden zu vergeben, glauben; aber *Clemens VI.* gab über sein Recht dazu und über das Wesen des Ablasses durch seine Bulle von 1342 die nötige und genügendste Erklärung. »Das ganze Menschengeschlecht «, sagt er in der Bulle, »hätte eigentlich schon durch *einen einzigen Blutstropfen Jesu* erlöst werden können«; er habe aber so viel vergossen, daß dieses Blut, welches doch gewiß nicht umsonst vergossen sei, *einen unermeßlichen Kirchenschatz ausmache*, vermehrt durch die gleichfalls nicht überflüssigen Verdienste der Märtyrer und Heiligen. *Der Papst habe nun zu diesem Schatz den Schlüssel und könne zur Entsündigung der Menschen ablassen, soviel er wolle, ohne Furcht, solchen jemals zu erschöpfen.*

Ich werde später auf diese Ablaßtheorie zurückkommen und zeigen, wie herrlich sich dieselbe entwickelte, jetzt aber zu den Wallfahrten zurückkehren. Als, wie gesagt, der Ablaß mit ihnen verbunden wurde, kamen sie erst recht in Aufnahme. Wer zu diesem oder jenem *Gnadenorte* wallfahrte und – nota bene – *das bestimmte Geld auf dem Altar opferte*, der erhielt *Ablaß* nicht allein für schon begangene Sünden, sondern sogar für einige Jahre im voraus!

In Deutschland gab es wohl hundert *Marienbilder*, zu denen gewallfahrtet wurde, und in andern Ländern noch mehr. Ein einziger Schriftsteller zählt 1200 wundertätige Marienbilder auf! Das berühmteste ist aber wohl das zu *Loretto*, in dem Hause der Maria, welches von St. Lukas aus Zedernholz abscheulich geschnitzt worden sein soll. Der Dampf der Millionen Wachskerzen hat das Bild allmählich schwarz geräuchert wie eine Kohle, aber das tut seiner Wunderkraft keinen Abbruch, die hauptsächlich darin besteht, den Leuten das Geld aus der Tasche zu locken. Der Marmor rings um das Häuschen ist von den Wallfahrten so verrutscht, daß sich darin eine förmliche Rinne gebildet hat. Sonst kamen jährlich gegen 200.000 fromme Christen nach Loretto, allein in neuerer Zeit ist diese Zahl auf weniger als ihr Zehntel zusammengeschrumpft.

Als die Franzosen nach Loretto kamen, eigneten sie sich von dem Schatze zu, was die Pfaffen nicht beiseite gebracht hatten. Ob ihnen die Heilige Jungfrau den Schatz schenkte, das weiß ich nicht, aber *unmöglich* ist so etwas nicht, wie folgende Geschichte beweist.

Als Friedrich der Große in Schlesien war, verschwanden von einem Muttergottesbilde nach und nach allerlei Kostbarkeiten, und die Pfaffen entdeckten endlich den Dieb in einem Soldaten, der deshalb beim König verklagt wurde. Der Soldat entschuldigte sich und behauptete, er sei kein Dieb, *denn die Mutter Gottes habe ihm alle die Sachen geschenkt*, die man vermißte. Friedrich der Große fragte nun die geistlichen Herren, ob so etwas wohl möglich sei. – »Allerdings, möglich ist es«, erwiderten die verwirrten Pfaffen, »aber durchaus nicht wahrscheinlich.« Der Dieb kam ohne Strafe davon, aber nun verbot Friedrich seinen Soldaten bei Todesstrafe, *dergleichen Geschenke von der Heiligen Jungfrau anzunehmen*.

Nach Loretto war wohl *St. Jago de Compostella* der berühmteste Gnadenort, und an hohen Festtagen sah man hier noch in neuerer Zeit mehr als 30.000 Wallfahrer.

In der Schweiz ist Einsiedeln sehr berühmt. Das dortige Gnadenbild ist ein ebenso elendes hölzernes Machwerk wie das zu Loretto, aber ebenso wie dieses ist es geschmückt mit den kostbarsten Juwelen.

In Deutschland gibt es unendlich viele Gnadenorte, aber ich will nur einige nennen. *Waldthüren* im badischen Main- und Tauberkreise ist berühmt wegen des *wundertätigen Korporals*. Es ist dies aber kein altösterreichischer Korporal mit seinem Wundertäter an der Seite, welchen man im österreichischen als Haßling weniger verehrte als fürchtete; auch kein preußischer Korporal aus dem Wuppertal, sondern ein Tuch, das zum Daraufstellen des Kelches und Hostientellers dient und Korporale genannt wird. Im Jahre 1330 vergoß ein Priester etwas von dem Wein auf dieses Korporale. Der Wein verwandelte sich sogleich in Blut, und die einzelnen Tropfen auf dem Tuche in so viele mit Dornen gekrönte Christusköpfe. Dieses Korporale tut nach der Erzählung der Geistlichen entsetzlich viel Wunder, und vor und nach dem Fronleichnamsfest wallfahrten die Scharen der Gläubigen nach Waldthüren, um sich hier am *Korporale gestrichene rote Seidenfäden zu holen*, welche die *Pest*, vorzüglich aber den *Rotlauf* heilen, – wenn man nämlich ein *reines Gewissen* und vor allen Dingen den rechten Glauben hat. Die Zahl der Wallfahrer belief sich jährlich auf zirka 40.000.

Ähnliche Wallfahrtsorte wie Waldthüren gibt es in allen katholischen Distrikten Deutschlands, und ich will mich nicht bei ihnen aufhalten.

Noch einträglicher für die Geistlichen sind diejenigen Wallfahrten, welche zu solchen sehr heiligen Reliquien stattfinden, die nur alle sieben Jahre ausgestellt werden. Diese ökonomische Einrichtung hat nicht etwa ihren Grund darin, daß sich die Reliquien von dem Wundertum in der Ausstellungszeit erholen müssen, sondern einzig und allein in der Schlauheit der Pfaffen. Wären die »Heiligtümer« beständig zu sehen, so würde das Interesse an ihnen gar bald erkalten. Durch die Seltenheit ihrer Erscheinung locken sie an und den Leuten das Geld aus der Tasche, – das einzige Wunder, welches überhaupt irgendeine Reliquie jemals vollbracht hat.

Der allerkostbarste Schatz dieser Art wird zu Aachen aufbewahrt. Die höchsten Kleinodien desselben sind der *riesenmäßige Rock der Maria, die Windeln Jesu von braungelbem Filz und das Tuch, auf welchem das abgeschlagene Haupt Johannes des Täufers gelegen hat.*

Im Jahre 1496 strömten 142.000 Andächtige nach Aachen, um die heiligen Lumpen zu sehen, und die Ernte war vortrefflich. 1818, als die Reliquien nach langer Pause wieder einmal vierzehn Tage lang gezeigt wurden, fanden sich nur 40.000 Wallfahrer ein. Die Reformation, die

Revolution und die verdammte Aufklärung hatten ein großes Loch in den Glauben gerissen.

Seitdem ist aber viel an diesem Loch geflickt worden, und dieser geflickte Glaube zeigte sich fast stärker als selbst im dunkelsten Mittelalter, dank der von den Regierungen beliebten Maßregel, die Schulen unter der Kontrolle der Pfaffen zu lassen. Mit Erstaunen erlebten wir es, daß noch im Jahre 1844 eine *Million* Wallfahrer nach Trier zogen, um hier einen alten Kittel zu küssen, der für den Leibrock Jesu ausgegeben wird, um welchen die Soldaten neben dem Kreuze würfelten.

Zu jener Zeit verursachte diese heilige Rockfahrt nach Trier großes Ärgernis unter der ganzen gebildeten Welt, und sehr gelehrte und verständige Männer gaben sich die eigentlich überflüssige Mühe, nachzuweisen, daß dieser »heilige Rock« nichts vor den noch existierenden *zwanzig* anderen voraus habe, sondern durchaus unecht und ein plumper Betrug sei. Die schlagendsten Beweise dafür brachten die Herren Professoren Gildemeister und von Sybel herbei, und ich halte es nicht für nötig, darüber auch nur noch ein Wort zu verlieren.

Daß die Päpste die christlichen Schafe scheren, weiß jedermann, aber nicht so bekannt möchte es sein, daß der Heilige Vater ganz ohne Allegorie – sich mit der *Schafzucht* beschäftigt und einen Preis für die gewonnene Wolle erlangt, wie er keinem veredelten Schafsjunker auf der Wollmesse jemals bezahlt wurde. Der Papst unterhält nämlich eine kleine Anzahl Lämmer, die er über den Gräbern der Apostel geweiht hat und aus deren Wolle die *Pallien* gewebt werden.

Das *Pallium* ist ursprünglich ein römischer Mantel. Die Kaiser *schenkten* ein solches Kleidungsstück, welches von Purpur und köstlich mit Gold gestickt war, den Patriarchen und ausgezeichneten Bischöfen, um ihnen ihre Zufriedenheit und Gnade zu bezeugen, wie heutzutage die Geistlichen in manchen Staaten Orden erhalten, wenn sie in den Geist der Regierungen einzugehen verstehen.

Papst Gregor I. erlaubte sich zuerst, ohne Anfrage beim Kaiser, ein solches Pallium den Bischöfen zuzusenden, bald als Zeichen der *Zufriedenheit*, bald als Zeichen der *Bestätigung*. In dem Usurpieren von Rechten sind die Päpste groß, ja ihre ganze Macht ist darauf gegründet, und so kam es denn bald dahin, daß sie sich nicht nur ausschließlich das Recht anmaßten, dergleichen Pallien zu erteilen, sondern bald so weit gingen, einen jeden Erzbischof wie auch einige größere Bischöfe zu zwingen, sich das Pallium von Rom zu holen, – denn die *Gnadensache* hatte sich in eine Abgabe verwandelt. Ein solches Pallium kostete 30.000 Gulden, und diese Einnahme behagte den Päpsten so wohl, daß *Johann VIII.* unverschämt genug war, bekanntzumachen, daß jeder Erzbischof als abgesetzt zu betrachten sei, der sein Pallium nicht innerhalb drei Monaten von Rom habe.

Die Päpste waren so geizig und so gewohnt, aus nichts Geld zu machen, daß ihnen trotz des hohen Preises der *Mantel* zu kostbar war. Dieser schrumpfte gar bald zu einer Art von Hosenträger zusammen, zu vier Finger breiten, wollenen, mit rotem Kreuz versehenen Bändern, die über Rücken und Brust herabhängen. Diese Bänder sind aus der *geweihten Wolle von Nonnenhänden* gearbeitet und mögen vielleicht sechs Lot wiegen. Die Päpste verkauften demnach den Stein ihrer Wolle für nicht weniger als *vierthalb Millionen Gulden*!

Diese Palliengelder brachten den Päpsten ungeheure Summen, denn die Erzbischöfe sind meistens alte Herren und lösen einander schnell ab, und jeder neue Erzbischof *muß ein neues Pallium* kaufen; er mußte dies sogar tun, wenn er versetzt wurde. Wie einige Geheimräte die Exzellenz haben, so hatten auch einige deutsche Bischöfe, wie die von Würzburg, Bamberg und Passau, das kostbare Pallienrecht.

Salzburg zahlte innerhalb neun Jahren 97.000 Skudi (etwa 5 Mark) Palliengelder! Der Erzbischof *Markulf von Mainz* mußte *das linke Bein eines goldenen Jesus* verkaufen, um sein Pallium zu bezahlen. Er bekam also wahrscheinlich mehr für dieses *Bein* als der Verräter Judas für den ganzen Jesus!

Der Erzbischof *Arnold von Trier* geriet in nicht geringe Verlegenheit, als ihm von zwei Gegenpäpsten zwei Pallien zugeschickt wurden, natürlich mit doppelter Rechnung. Wie er sich aus der Verlegenheit zog, weiß ich nicht, vielleicht durch den heiligen Rock. Sein Nachfolger, Bischof *Arnoldi*, der 1844 diesen alten Kittel ausstellte, wäre sicherlich nicht um lumpige 60.000 Gulden in Verlegenheit gewesen. Eine Million Wallfahrer, jeder taxiert zu fünf Silberlingen, macht 166.666 Taler preußisch Kurant oder 300.000 Gulden.

Da nun die Erzbischöfe vom Papste so gebrandschatzt wurden, ist es ganz natürlich, daß sie wieder ihre Untertanen oder Angehörigen ihres Sprengels brandschatzten, denn das Volk ist ja das Schaf mit dem Goldenen Vlies, dem ein Stück nach dem andern von seinem Fell abgeschunden wird, um die Bedürfnisse der großen Herren zu befriedigen, heißen sie nun Erzbischöfe oder Fürsten.

Die Päpste hatten Geld wie Heu, aber die meisten von ihnen verstanden es auch lustig durchzubringen. *Sixtus VI.* (1471-84) verschwendete schon als Kardinal in zwei Jahren 200.000 Dukaten (zu fast 10 Mark), was nach dem jetzigen Goldwert weit über das Doppelte mehr ist. Eine seiner Mahlzeiten kostete manchmal 20.000 Florenen; aber was tat das, er verspeiste ja nur die Sünden der Christenheit, und dann verstand er es auch, sich Extraeinnahmen zu schaffen. So erlaubte er zum Beispiel einigen *Kardinälen* für eine bedeutende Abgabe während der Monate Juni, Juli und August – *Sodomiterei!* Auch legte er in Rom öffentliche *Bordelle* an, welche ihm jährlich an *sogenanntem Milchzins 40.000 Dukaten einbrachten.* – Nun, wir werden später noch heiligere Päpste kennenlernen.

Eine wahrhaft goldene Idee hatte Papst *Bonifaz VIII.*; er erfand das *Jubeljahr!* Die Römer feierten den Anfang eines neuen Jahrhunderts durch große Festlichkeiten und auch die Juden ihr *Jubel- oder Versöhnungsjahr.* Dies brachte den genannten Papst höchstwahrscheinlich auf den Gedanken, solche Jubeljahre in der Christenheit einzuführen. Wer in dem Jubeljahre nach Rom wallfahrte und hier sein Scherflein auf dem Altar niederlegte, der erhielt vollkommenen Ablaß für alle Sünden, die er in seinem Leben begangen hatte, und war wieder unschuldig wie ein neugeborenes Kind oder noch unschuldiger, denn in diesem steckt doch *nach der Kirchenlehre noch der Teufel*, welcher erst durch die *Taufe* ausgetrieben wird. –

Wer wäre nicht gern seiner Sünden ledig. Ein ganz kurzer Mord kann einem ehrlichen Menschen das ganze lange Leben verbittern! Wer erhielte nicht gern die Versicherung, daß dieser fatalen Kleinigkeit am Tage des Gerichts nicht weiter gedacht werden soll? Kurz, von allen Seiten strömten die Sünder nach Rom. Im Jahre 1300 brachten 200.000 Fremde das Jahr in dieser Stadt zu, und der Gewinn, den sowohl die Einwohner als auch der Schatz des Papstes davon hatten, war unermeßlich.

Was von den reichen Leuten an Gold und Silber geopfert wurde, hat die päpstliche Schatzkammer nicht für gut befunden, laut werden zu lassen; allein *nur* an *Kupfergeld* kamen in diesem goldenen Jahre 50.000 Goldgulden ein. Nach einer ungefähren Schätzung belief sich der ganze Ertrag des Jubeljahres auf 15 Millionen. Für die damalige Zeit war das eine ganz außerordentliche, unerhörte Summe.

Die ganz unerwartet reiche Ernte machte den Päpsten natürlich Lust zu einer baldigen Wiederholung. Hundert Jahre sind gar zu lang, und Papst *Clemens VI.* hatte die beispiellose Güte, zu bestimmen, daß das

Jubeljahr alle 50 Jahre gefeiert werden solle, denn ihm war ein ehrwürdiger Greis mit zwei Schlüsseln – also wahrscheinlich St. Peter – erschienen, der ihm mit drohender Gebärde zugerufen hatte: »*Öffne die Pforte!*« Da mußte er natürlich gehorchen.

Urban VI. verkürzte diese Zeit noch bis auf 33 Jahre, *zum Andenken an die Lebensjahre Jesu!* An einem anständigen Vorwande hat es den Päpsten nie gefehlt. *Sixtus IV.* war »*wegen der Kürze des Menschenlebens*« noch gnädiger und setzte diese Zeit auf 25 Jahre herab.

Das zweite Jubeljahr unter Clemens VI. (1350) fiel noch reichlicher aus als das erste. In der Jubelbulle »befiehlt er den Engeln des Paradieses auch die vom Fegefeuer erlösten Seelen derjenigen, die auf der Reise nach Rom gestorben sind, in die Freuden des Paradieses einzuführen«.

Solche überschwengliche Gnade war natürlich für die dummgläubige Menge höchst anlockend. Rom wurde so mit Fremden überschwemmt, daß die Gastwirte, die sich doch sonst auf das Geldnehmen vortrefflich verstehen, damit nicht fertig werden konnten.

Am Altar St. Pauls lösten sich Tag und Nacht zwei Priester mit Croupiersrechen in der Hand ab, die unaufhörlich das geopferte Geld einstrichen und fast unter der Last ihrer Arbeit erlagen. Das Gedränge in der Kirche war so groß, daß viele der Gläubigen erdrückt wurden. *Zehntausend* der Wallfahrer erhielten gleich Gelegenheit, die Nützlichkeit des Ablasses zu erproben, denn sie starben an der Pest; aber man merkte ihren Abgang gar nicht, denn ihre Zahl gibt man auf *eine Million und einige Hunderttausende* an und den Ertrag dieser Jubelernte auf mehr als *zweiundzwanzig Millionen!*

Es ist ordentlich spaßhaft zu sehen, wie nun jeder Papst auf ein neues Mittel sann, die Erfindung seines Vorgängers Bonifazius noch einträglicher zu machen, denn – preti, frati e polli non son mai satolli (Priester, Mönche und Hühner werden nie satt).

Bonifazius IX. berechnete, daß viele Christen nicht nach Rom kämen, weil die Reise zuviel kostete und weil sie vielleicht auch wegen ihrer Geschäfte nicht abkommen konnten. Diesen schickte er die Gnade ins Haus, indem er Leute aussandte, welchen er die Macht beilegte, *für den dritten Teil der Reisekosten nach Rom* vollgültigen Ablaß zu erteilen! – Trotz dieser Erleichterung strömten die Fremden doch noch nach Rom, und in dem Jubeljahr unter *Nikolaus V.* konnte die *Tiberbrücke* die Menge der Menschen nicht tragen; sie brach zusammen, und zweihundert verloren dabei das Leben.

Papst *Alexander VI.* machte eine noch nützlichere Erfindung. Von ihm rührt nämlich die sogenannte *Goldene Pforte* der Peterskirche her. Beim Beginn des Jubeljahres tat der Papst mit goldenem Hammer drei Schläge an diese Tür; dann wurde sie geöffnet und am Ende des Jahres wieder vermauert. *Wer durch diese Pforte einging, war seiner Sünden ledig; ja, für eine bestimmte Summe konnte man auch im Auftrag eines Entfernten hindurchgehen und diesen von seinen Sünden befreien. Diese Maßregel brachte viel Geld ein.*

Die Päpste wurden durch diese Erfolge immer geldgieriger gemacht. Sie konnten oft die 25 Jahre nicht abwarten, und bei besonderen Veranlassungen, um die man nie verlegen war, wurde ein *Extra-Jubiläum* angesetzt, oder Reisende, die in Ablaß »machten«, wurden in der Welt umhergeschickt. Sie waren noch zudringlicher wie Weinhandlungsreisende, so daß sie von manchen Gemeinden, den Pfarrer an der Spitze, zum Dorfe hinausgeprügelt wurden. Die Reformation machte diesem Jubiläumsschwindel so ziemlich ein Ende, denn mit der Einnahme der späteren Jubeljahre wollte es nicht mehr recht »flecken«. Sogar das Jahr 1825 wurde noch zu einem Jubeljahr erhoben; allein es kamen wenig mehr Fremde als gewöhnlich nach Rom, meistens nur italienisches Lumpengesindel, von dem nichts zu holen war. Auch trafen die *Fürsten* Anstalten, die Wallfahrten nach Rom zu erschweren, da sie das Geld ihrer Untertanen im Lande selbst brauchten. Sogar die damalige österreichische Regierung verbot ihren italienischen Untertanen, *ohne in Wien ausgestellte Pässe* nach Rom zu wallfahrten. Wer da nicht beizeiten um einen Paß einkam, konnte leicht das Jubeljahr verpassen.

Nach einer wahrscheinlich viel zu geringen Berechnung haben die Jubeljahre den Päpsten gegen 150 Millionen eingetragen.

Der *Ablaßschwindel* wurde von Leo X. auf die höchste Spitze getrieben. Die ungeheuren Einnahmen, die aus ganz Europa in den päpstlichen Schatz flossen, genügten diesem üppigen und prachtliebenden Papste noch immer nicht, und doch waren sie fast unermeßlich! Mehrere der Goldquellen, welche sich die Päpste zu öffnen verstanden, habe ich bereits genannt; alle anzuführen, würde zu weitläufig sein, doch einige will ich noch angeben.

Eine nicht unbedeutende Einnahme für die Päpste sind die *Annaten*. So nennt man nämlich die erste Jahreseinnahme eines neuen Bischofs, *welche an den Papst gezahlt werden muß.* Man kann dieselbe durchschnittlich immer auf 12.000 Taler annehmen, und wenn man gering rechnet, daß wenigstens 2.000 Bischöfe ihre Annaten an den Päpstlichen Stuhl zahlten, so macht dies schon 30 Millionen Taler.

Die *Dispensationsgelder* der Priester wegen ermangelnden Alters *zu sechs Dukaten*; die Dispensation von Fasten und die Erlaubnis zu *Ehen zwischen Blutsverwandten* brachten große Summen. Die letztern mußten natürlich sehr häufig vorkommen, dafür hatten die Päpste gesorgt, indem sie die Ehen zwischen Blutsverwandten bis zum vierzehnten Grade verboten. Es hat sich jemand die Mühe genommen, auszurechnen, wieviel jeder Mensch durchschnittlich solche Blutsverwandte als lebend annehmen kann, und – sechzehntausend gefunden. Werden alle Arten der Verwandtschaft berechnet, so steigt ihre Zahl auf wenigstens 1.048.576. Da konnte es natürlich an Dispensgeldern nicht fehlen. – Außerdem wurde noch für *Kreuzzugs-* und *Türkensteuer* und unter unzähligen andern Namen den Gläubigen Geld aus dem Beutel gelockt.

Ganz vortrefflich verstand sich auf dieses Wunder Papst *Johann XXII.* Er ist der Erfinder der schändlichen Liste der für *Dispensationen und Absolutionen zu entrichtenden Taxen*, von welchen ich später reden werde. Dieser Papst scharrte so viel zusammen, daß er, der arme Schuhflickerssohn, – *sechzehn Millionen gemünztes Gold und siebzehn Millionen in Barren* hinterließ!

Doch, wie gesagt, alle diese reichen Einkünfte reichten nicht hin, die »Bedürfnisse« des Papstes Leo X. zu befriedigen. Seine *Kinder, Verwandten, Possenreißer, Komödianten, Musiker, wie seine Liebhaberei für die Künste* verschlangen unermeßliche Summen, und der üppige Heilige Vater geriet in große Verlegenheit.

Um sich derselben zu entziehen, beschloß er, den Ablaß systematisch zur Erpressung von Gold zu benutzen. Eine *Beisteuer zur Führung eines Krieges gegen die Türken* und zur Fortsetzung des schon von seinem Vorgänger begonnenen *Baues der Peterskirche* gab den Vorwand. Die sehr verbrauchte *Türkensteuer* wollte nirgends mehr recht ziehen, und Kardinal *Ximenes*, der weise spanische Minister, verbot sogar, dafür zu sammeln, »weil er ganz sichere Nachrichten habe, *daß jetzt von den Türken durchaus nichts zu befürchten sei*«. Der Papst erließ also eine Bulle, worin allen, welche durch *Geldbeiträge den Bau der Peterskirche befördern würden*, Ablaß verkündigt wurde.

Die ganze christliche Erde wurde nun in verschiedene Bezirke eingeteilt und Reisende des großen römischen Handelshauses dorthin geschickt, unter dem Titel päpstlicher Legaten oder Kommissarien. Die Ablaßbriefe, welche diese commis voyageurs des Statthalters Gottes verkauften, lauteten wie folgt:

»Im Namen unseres allerheiligsten Vaters, des Stellvertreters Jesu Christi, spreche ich dich zuerst von aller Kirchenzensur los, die du verschuldet haben könntest, hiernächst auch von allen Missetaten und Verbrechen, die du bisher begangen, *so groß und schwer dieselben auch sein mögen*; auch von denen, welche sonst allein der Papst vergeben kann, soweit sich die Schlüssel der heiligen Mutterkirche erstrecken. Ich erlasse dir vollkommen alle Strafen, die du um dieser Sünden willen billig im Fegefeuer erleiden solltest. Ich mache dich wieder der Kirchensakramente und der Gemeinschaft der Gläubigen teilhaftig und *setze* dich von neuem in den reinen und unschuldigen Zustand zurück, worin du gleich nach der Taufe warst, so daß, wenn du stirbst, die Pforten der Hölle, wodurch man zur Qual und Strafe einzieht, verschlossen sein sollen, damit du geraden Weges in das Paradies gelangen mögest. Solltest du aber jetzt noch nicht sterben, so bleibt dir diese Gnade ungekränkt.«

In der päpstlichen Kanzleitaxe war der Preis festgesetzt, für welchen die aller scheußlichsten Sünden vergeben wurden. Eltern- und Geschwistermord, Blutschande, Kindermord, Fruchtabtreibung, Ehebruch aller Art, die unnatürlichste Wollust, Meineid – kurz alles, was man nur Sünde oder Verbrechen heißt, fand hier seinen Preis. Ich würde dies empörende Dokument für eine Erfindung der Feinde des Papstes halten, wenn die Echtheit desselben nicht unzweifelhaft bewiesen wäre.

Die schamloseste und frechste Nichtswürdigkeit enthält aber der Schluß dieser Taxe; er lautet: »Dergleichen Gnaden können Arme nicht teilhaftig werden, denn sie haben kein Geld, also müssen sie des Trostes entbehren!«

Für die Bezahlung von zwölf Dukaten war es sogar den Geistlichen erlaubt, ganz nach Gefallen Hurerei, Ehebruch, Blutschande und Sodomiterei mit Tieren zu treiben!

Des Papstes Spekulation glückte; unermeßliche Summen wanderten nach Rom; sie lassen sich gar nicht berechnen. Ein päpstlicher Legat zog allein aus dem kleinen Dänemark mehr als zwei Millionen durch Ablaßverkauf.

Leo X. fand es vorteilhaft, den Ablaß in einigen Bezirken an große Unternehmer für bestimmte Summen zu verpachten. Die Generalpächter hatten wieder ihre Unterpächter, damit die Länder ja recht gründlich ausgesogen wurden.

Einer dieser Generalpächter war der Markgraf Albrecht von Brandenburg, Bischof von Halberstadt, Erzbischof von Magdeburg und endlich auch Erzbischof von Mainz und Kardinal! Er war dem Papst 30.000 Dukaten Palliengelder schuldig und übernahm den Ablaßkram in einigen Ländern, in der Hoffnung, diese Summe dabei zu gewinnen, welche ihm auch gegen Verpfändung des Ablaßerlöses von dem Grafen Fugger in Augsburg vorgeschossen wurde.

Der edle Kurfürst, Kardinal und Erzbischof betrieb diese Sache mit großem Eifer und kaufmännischem Geschick, und sehr interessant ist die von ihm den Ablaßkrämern gegebene Instruktion, weshalb ich ihren Inhalt hier mitteilen will. Zuerst sollen die Ablaßprediger dem Kurfürsten schwören, daß sie ihn nicht *betrügen*. Dann gibt er ihnen Gewalt, nach aufgerichtetem Kreuz und aufgehängtem Wappen des Papstes, in den Kirchen den Ablaß zu verkündigen und ihn denjenigen Personen zu erteilen, welche von ihren ordentlichen Geistlichen in den Kirchenbann getan oder mit sonstigen Kirchenstrafen belegt sind.

Dann wird dem Ablaßprediger befohlen, in jeder Ablaßpredigt dem Volk drei bis vier Stücke aus der Ablaßbulle des Papstes nach Möglichkeit zu erklären und anzupreisen, *damit die päpstliche Gnade nicht in Verachtung gerate und die Leute nicht einen Ekel vor dem Ablaß bekommen mögen.*

Ferner will der Kurfürst, daß dem Volke gesagt werden solle, es gelte außer dem seinigen in den nächsten acht Jahren kein anderer Ablaß, den man bereits erhalten habe oder noch erhielte; aber durch *diesen* erlange nicht nur jeder völlige Vergebung der Sünden, sondern er komme nach dem Tode auch gar nicht in das Fegefeuer.

Den Kranken, welche nicht in die Kirche kommen könnten, solle der Ablaß auch zu Hause, aber für *eine größere Summe*, erteilt werden. Wenn die Prediger die Größe des Ablasses jemanden hinlänglich erklärt haben und es dazu kommt, zu bestimmen, was er wohl zu zahlen habe, so sollen sie ihn fragen, *wieviel Geld er wohl für den völligen Ablaß um Vergebung seiner Sünden aufopfern werde*? Dies sollen sie vorausschicken, um die Leute desto leichter zum Kaufen des Ablasses zu bewegen.

Wenn nun auch die Ablaßprediger stets den *Nutzen der Peterskirche* vor Augen haben und den Beichtenden vorreden müssen, daß eine so hohe Gnade *niemals zu teuer bezahlt sei*, um sie zu einer möglichst hohen Abgabe zu bewegen, so spricht sich dennoch der Kurfürst wie folgt aus: »Weil die Beschaffenheit der Menschen zu sehr verschieden und Wir demnach gewisse Taxen zu bestimmen nicht vermögen, so vermeinen Wir doch, daß in der Regel die Taxen also könnten gesetzt werden: Große Fürsten geben 25 rheinische Goldgulden. Äbte, höhere Prälaten, Grafen, Freiherren und ihre Frauen zahlen für jede Person 10 rheinische Goldgulden. Andere Leute, die jährlich 500 Goldgulden einzunehmen haben, zahlen 6 Goldgulden; Frauen und Handwerker einen, noch Geringere einen halben Gulden.«

Obwohl eine Frau von des Mannes Gütern nichts geben kann, so kann sie doch von ihren Dotal- und Parapharnalgütern, in diesem Falle *auch wider des Mannes Willen*, beitragen. Wenn arme Weiber und Töchter die Taxen von andern *erbetteln* können, sollen sie solche ebenfalls in den Ablaßkasten liefern.

Wenn jemand für eine Seele im Fegefeuer so viel beiträgt, als er etwa für sich zu bezahlen hätte, so ist nicht nötig, daß er *im Herzen bußfertig* sei oder mit dem Munde beichte! Denn dieser Ablaß gründet sich auf die Liebe, mit welcher der, so im Fegefeuer sitzt, abgeschieden ist, und auf die Beiträge *der Lebendigen*.

Wer einen Beichtbrief von den Ablaßpredigern kauft, wird teilhaftig aller Almosen, Fasten, Wallfahrten nach dem Heiligen Grabe, Messen, Reinigung und guten Werke, *die in der ganzen christlichen Kirche verrichtet werden, ob er gleich weder bußfertig ist noch gebeichtet hat.*

Daß auf einen gewandten, guten Reisenden sehr viel ankommt, weiß jeder Kaufmann, und der Erzbischof war bemüht, einen solchen zur Verbreitung seiner Ware aufzufinden. Er fand ihn in dem Dominikanermönch *Johann Tetzel aus Pirna*. In der Jugend hatte sich derselbe etwas mit dem Studieren abgegeben, und sein Religionseifer erwarb ihm die Würde eines Doktors der Theologie. In *Innsbruck* wurde er einst darüber erwischt, als er – wie die Chronik sagt – *seinen geistlichen Samen in fremden Acker streute*. Kaiser Maximilian I. hatte Befehle gegeben, die Brunst des verliebten Paters *im Wasser zu kühlen*, das heißt, ihn in einem *Sacke zu ersäufen*. Nur auf dringende Fürbitte des Kurfürsten Friedrich kam er mit dem Leben davon.

Dieser unverschämte, feiste Schlingel, dessen Porträt in einem sehr guten Kupferstiche vor mir liegt, *ist das wahre Ideal eines Pfaffen*. Der Spitzbube sieht so durchtrieben und humoristisch aus, daß ich beinahe glaube, ich ließe mir selbst von ihm einen Ablaßzettel anschwatzen. Welch ein Glück mußte er nun erst bei den Gläubigen machen!

Er führte einen eisernen, mit dem Wappen des Papstes verzierten Kasten mit sich herum und zog von Markt zu Markt, indem er sang: *»Sowie das Geld im Kasten klingt, die Seele aus dem Fegefeuer springt!«* überall versammelte er eine große Menge um sich, und seine Anpreisungen des Ablasses waren wahrhaft sehr ergötzlich, wenn auch fromme Christen sie gotteslästerlich nannten. Er rühmte von sich, daß er durch den Ablaß mehr Seelen aus der Hölle errettet habe, als von dem Apostel Petrus durch die Predigt des Evangeliums Heiden bekehrt worden wären. Er könne nicht allein begangene Sünden vergeben, sondern auch solche, die man erst begehen wolle, und die Kraft seines Ablasses sei so groß, daß es keine Sünde gebe, welche durch denselben nicht gesühnt werden könne; ja, wenn jemand, was doch unmöglich sei, »die Mutter Gottes genotzüchtigt und geschwängert habe« – durch seinen Ablaß könne derselbe von der dadurch verwirkten Strafe befreit werden.

Dieser Tetzel trieb die Frechheit so weit, daß der damalige Johann von Meißen vorhersagte, dieser Mönch würde der letzte Ablaßkrämer sein.

Man erzählt von ihm eine Menge Stückchen, die Zeugnis ablegen von seiner grenzenlosen Unverschämtheit. In Annaberg, wo damals reiche Silberbergwerke waren, machte er den Leuten weis, daß alle Berge ringsumher gediegenes Silber werden würden, wenn sie nur brav zahlten. In dieser Stadt scheint es ihm gefallen zu haben, denn er blieb hier zwei Jahre. – In Freiberg sammelte er binnen zwei Tagen zweitausend Gulden; aber als er wieder dorthin kam, hatte Luther den Leuten den Star gestochen, und die Bergleute waren so wütend, daß Tetzel es für geraten hielt, sich schleunigst davonzumachen.

In Zwickau wollte er sich einst bei dem dortigen Küster zu Gaste bitten; allein dieser entschuldigte sich mit seiner Armut. Darauf befahl er diesem, im Kalender nachzusehen, ob auf den andern Tag der Name eines Heiligen zu finden wäre. Der Küster fand aber nur den heidnischen Namen Juvenal.

»Das tut nichts«, sagte Tetzel, »wir wollen diesen Heiligen schon zu Ehren bringen; beruft nur morgen das Volk durch alle Glocken zur Kirche, wie ihr es sonst an den höchsten Festtagen zu tun pflegt.«

Der Küster tat, wie ihm befohlen, und die Einwohner der Stadt strömten in Menge in die Kirche. Tetzel predigte. »Die alten Heiligen«, sagte er, »sind alt und müde, uns zu helfen; aber dieser heilige Juvenal, dessen Gedächtnis wir heute feiern, ist noch ziemlich unbekannt; wenn ihr ihn anfleht und ihm opfert, so wird er sich gewiß beeilen, euch zu helfen.« Darauf riet er zur Freigebigkeit und ermahnte besonders die Vornehmen, mit gutem Beispiel voranzugehen.

Er blieb bei dem »Gotteskasten« stehen und sah zu, was jeder hineinlegte, und die guten Zwickauer steuerten reichlich zu Ehren des heiligen Juvenal! Tetzel flüsterte dem Küster ins Ohr: »Es ist genug geopfert, nun wollen wir weidlich davon schmausen.«

In der Schweiz absolvierte Tetzel einen reichen Bauern wegen eines Totschlages, und als dieser ihm gestand, daß er noch einen Feind habe, den er gern ermorden wolle, erlaubte es ihm der elende Pfaffe gegen eine kleine Summe!

Trotz aller Pfiffigkeit wurde Tetzel aber doch einmal angeführt. – In Magdeburg kam ein Herr von Schenk zu ihm und bot ihm eine nicht unbedeutende Summe, wenn er ihn für eine große Sünde absolvieren wolle, die er noch zu begehen gedenke. Schmunzelnd strich der Pfaff das Geld ein und gab den verlangten Ablaßbrief.

Als nun einige Tage darauf Tetzel von Magdeburg nach Braunschweig zog, beladen mit einigen tausend Gulden, überfiel ihn in einem Walde bei Helmstedt der Herr von Schenk und nahm ihm seine ganze Barschaft ab. Der Pfaff schrie Zetermordio und klagte über Gewalt; allein Schenk zeigte seinen Ablaßbrief vor und sagte: »Entweder hat mein Verfahren nichts zu bedeuten, oder deine Ware ist Betrug.« Schenk behielt das Geld, und Tetzel hatte das Nachsehen.

Dieser nichtswürdige Mönch hatte die rechte Art, den Leuten das Geld aus dem Beutel zu schwatzen, und er nahm mehr ein als alle anderen Ablaßkrämer, die sich damit begnügten, folgende stehende Redensarten herzuplappern:

»Seht doch, der Himmel steht euch überall offen. Wollt ihr jetzt nicht hineingehen, wann werdet ihr denn hineinkommen? O ihr unsinnigen und verstockten Menschen, die ihr fast den wilden Tieren gleich seid und die große Verschwendung und Ausgießung der päpstlichen Gnade nicht zu würdigen versteht. Sehet! so viel Seelen könnt ihr aus dem Fegefeuer erlösen! O ihr Hartnäckigen und Saumseligen! Ihr könnt mit zwölf Groschen euren Vater aus dem Fegefeuer reißen und seid doch so undankbar, daß ihr euren Eltern in so großer Not nicht beistehet. Ich will am Jüngsten Gericht die Schuld davon nicht auf mich nehmen« usw.

Tetzel wußte die Sache den Leuten viel plausibler zu machen, und da war keine Dirne, die ihm nicht einige Groschen für irgendeine kleine Sünde, die sie begehen wollte, gezahlt hätte. Wie schnell er Geld zusammenzubringen wußte, beweist folgendes: In Görlitz war die Peterskirche gebaut worden, und es fehlte nur noch das kupferne Dach, wozu 1800 Zentner Kupfer erforderlich waren, die damals 48.600 Taler kosteten. Man wandte sich an Tetzel, und in drei Wochen hatte er die Summe gesammelt.

Luthers 95 Thesen gegen den Ablaß ruinierten dem Pater den ganzen Handel. Vielleicht war es der Ärger darüber, der ihn in Leipzig auf das Krankenlager warf, von dem er nicht wieder aufstand. Er starb und liegt in dieser Stadt im Paulino begraben, wo sein Monument wahrscheinlich noch zu sehen ist. –

Die Ablaßrechnung ist eine ganz kuriose Rechnung, und es ist schwer, sich hineinzufinden. Manche Leute kauften Ablaß für mehrere hundert Jahre, während sie doch höchstens auf hundert zählen konnten. Aber die Jahre im Fegefeuer zählten mit, und das änderte die Rechnung! Für diese Sünde hatte man, nach Angabe der Pfaffen, zwanzig Jahre zu braten, für jene gar dreißig, und so kamen bei einem geübten Sünder leicht schon einige hundert Jährchen zusammen. Wollte er nun dennoch direkt in den Himmel spazieren, so mußte er schon für so viele Jahre Ablaß kaufen, als ihm kraft seiner Sünden im Fegefeuer zukamen.

Das war übrigens noch nicht so schwer, denn wer eine Reliquie küßte und besonders wer dafür bezahlte, erhielt auf drei oder mehr Jahre Ablaß, je nach der Heiligkeit der Reliquie. Erzbischof Albrecht besaß einen solchen Schatz von Reliquien, daß damit Ablaß zu gewinnen war auf neununddreißig Mal tausend, zweihundert Mal tausend, fünfundvierzigtausend, hundert und zwanzig Jahre, zweihundert und zwanzig Tage.«

Unter den Reliquien, die er von Halle nach Mainz schaffen ließ, befanden sich aber auch sehr rare und heilige Stücke! Achtmal vom Haare der Jungfrau Maria, fünfmal von ihrer Milch; dann das Hemd, in welchem sie Jesus geboren, ein halber Kinnbacken von St. Paulus nebst vier Zähnen usw.

Man glaube ja nicht, daß diese Ablaßrechnungen der vergangenen Zeit angehören und mit dem Mittelalter abgetan sind; sie werden noch heutzutage von römischen Priestern angestellt und den Gläubigen vorgetragen. In den »geistlichen Neujahrsgeschenken« der Diözese Mans in Frankreich, welche vor etwa zwanzig Jahren erschienen, wird folgende Berechnung über den Ablaß gegeben: Wenn man einen geweihten Rosenkranz hat, sagt die heilige Brigitte, so erlangt man hundert Tage Ablaß, sooft man das Credo, das Gloria Patri, das Paternoster und das Ave betet. Wenn man also den gewöhnlichen Rosenkranz betet, der aus 53 Ave, 6 Paternoster, 6 Gloria Patri und einem Credo besteht, so erlangt man 6.600 Tage Ablaß, den man den Seelen im Fegefeuer zuwenden kann. Sagt man den Rosenkranz von 150 Gebeten her, so erhält man 19.000 Tage Ablaß und überdies 7 Jahre und 7 vierzigtägige Fristen! – Für »eine Viertelstunde frommer Betrachtung« erhält man 7 Jahre und 289 Tage Ablaß; für Begleitung des Sanktissimum, wenn es zu Kranken getragen wird, 5 Jahre und 200 Tage; wenn man es aber mit einer Kerze begleitet, erlangt man 2 Jahre und 83 Tage mehr.

Die Summen, welche die Geistlichkeit durch ihren Handel gewann, sind unberechenbar und lassen sich aus einzelnen Angaben nur annäherungsweise schätzen. Liest man solche Angaben, so kann man gar nicht begreifen, wie es nur möglich war, bei dem früheren hohen Werte des Geldes soviel zusammenzuscharren.

Als in der französischen Revolution die Klöster aufgehoben und die geistlichen Güter eingezogen werden sollten, bot die Geistlichkeit der Nationalversammlung vierhundert Millionen Franken bar Geld! – Die Venezianer schätzten das Vermögen ihrer Geistlichkeit auf 206 Millionen Dukaten.

Von der Einnahme der Geistlichkeit, die herrlich und in Freuden leben wollte und viel verbrauchte, ging nur ein kleiner Teil in die päpstliche Schatzkammer; und deshalb wird die Angabe dieser Summe den allerbesten Maßstab dafür abgeben, was dem schon ohnehin genug geplagten Volke von den Pfaffen abgeschwindelt wurde.

Aus dem Gebiete von Venedig, welches nur zweiundeinehalbe Million Einwohner zählte, gingen innerhalb zehn Jahren 2.760.164 Skudi nach Rom, und aus Österreich unter Maria Theresia binnen vierzig Jahren 110.414.560 Skudi! Sind diese Angaben richtig – und sie sind zuverlässigen Quellen entnommen –, so erscheint die Berechnung viel zu gering, nach welcher innerhalb 600 Jahren aus der katholischen Christenheit nur 1.019.690.000 Gulden nach Rom gezahlt wurden.

Und wofür wurde dies Geld bezahlt? Für Dinge, welche zum Elend und zur Demoralisation des Volkes mehr beitrugen als irgend etwas in der Welt, und an wen gingen die 1019 Millionen? – An einen italienischen Bischof, der uns so wenig angeht wie der Mikado von Japan und der sich mit demselben Recht Statthalter Christi nennt, wie ich es tun könnte, und der unter diesem Titel zu seiner Zeit behauptete, Herr der ganzen Erde zu sein, von welcher derjenige, dessen Statthalter er zu sein vorgibt, nicht einmal so viel besaß, um sein Haupt daraufzulegen! – Was aber diese »Statthalter Christi in Rom« für Menschen waren und wie wenig sie die Verehrung verdienen, welche ihnen die Christen zollten, werden wir im nächsten Kapitel mit Abscheu und Ekel erfahren.

Die Statthalterei Gottes in Rom

»Als die Leute schliefen und stockdumm waren, hat der böse Feind, der *Teufel, das Papsttum gestiftet.*«

Mit konsequenter Unverschämtheit kann in der Welt alles durchgesetzt werden, es mag auf den ersten Anblick noch so abgeschmackt und verrückt erscheinen. Beweise davon liefert die *Geschichte* in Menge; aber den *schlagendsten* und *demütigendsten* die des *Papsttums*.

Eine Geschichte des Papsttums würde die Grenzen überschreiten, die ich mir notwendig setzen muß; ich beabsichtige nur, in der bisher befolgten skizzenhaften Weise zu zeigen, daß das Papsttum auf den gröbsten *Betrug* gegründet ist, welche *nichtswürdigen* Wege die Päpste einschlugen, welche *verbrecherischen* Mittel sie anwendeten, sich die Welt tributpflichtig zu machen, und welchen *moralischen* Wert die Menschen hatten, welche von der römischen Kirche als »Statthalter Gottes« an ihre Spitze gestellt wurden.

Ich schreibe mit der unverhüllt ausgesprochenen Absicht, den als Aberglauben früher charakterisierten religiösen Glauben zu vernichten, und da derselbe auf die Autorität der Päpste und der römischen Priester gestützt ist, so trachte ich zunächst danach, diese Autorität dadurch zu vernichten, daß ich auf geschichtlichem Wege die unreinen Quellen der Glaubenssätze nachweise und durch Erzählungen der Handlungen der Päpste den Gläubigen beweise, daß sie auf die Aussagen von Menschen vertrauten, die ihres Vertrauens in jeder Beziehung unwürdig sind.

Dieser offen ausgesprochene Zweck macht mir die äußerste Vorsicht in Angabe von Tatsachen zur Pflicht und erlaubt mir nur, solche zu berichten, welche historisch so klar bewiesen sind, daß eine Widerlegung unmöglich ist. Aus dem Folgenden wird es dem Leser verständlich werden, warum ich es für nötig hielt, diese Bemerkung voranzuschicken. – In dem ersten Kapitel habe ich in der Kürze nachgewiesen, wie die Pfaffen entstanden sind und wie die Bischöfe eine geistliche Obergewalt über ihre Gemeinden *usurpierten*.

Die Bischöfe begnügten sich mit der erlangten Macht nicht, und je besser es ihnen glückte, ihre Brüder zu knechten, desto ausschweifender wurden sie in ihren Ansprüchen. Die Macht der jüdischen Hohenpriester, ihrer Vorbilder, war es, nach welcher sie trachteten. Das Bild des Priesters *Samuel* schwebte ihnen beständig vor Augen.

Ein Betrüger schmiedete falsche Schriften, welche er den Aposteln zuschrieb und welche unter dem Namen der *apostolischen Konstitutionen* bekannt sind. Ihr Zweck war es, das Ansehen und die Gewalt der Bischöfe zu erhöhen, und sie enthielten das Verrückteste, was man bisher zur Ehre der Bischöfe gesagt hatte. Diese wurden darin *irdische Götter, Väter der Gläubigen, Richter an Christi Statt und Mittler zwischen Gott und den Menschen* genannt. In demselben Sinn sprachen von den Bischöfen viele angesehene Kirchenväter.

Als die römischen Kaiser zum Christentum übertraten, behaupteten sie zwar selbst ihre Würde als Oberpriester (Pontifices maximi), aber sie beförderten das Ansehen der Bischöfe ihren Gemeinden gegenüber. Ja, manche Kaiser waren so verblendet und unklug, ihre Kinder diesen Bischöfen zur *Erziehung* anzuvertrauen, was dann die ganz natürliche Folge hatte, daß diese »*in der Furcht Gottes*«, das heißt in der *Demut gegen die Pfaffen* erzogen wurden und, als sie selbst Kaiser wurden, ihre Knie vor denselben beugten und ihnen die Hände küßten. Daß diese dadurch nur immer aufgeblasener und anmaßender wurden, liegt in der menschlichen Natur, und wir dürfen uns nicht darüber wundern, wenn schon Bischof *Leontius von Tripolis* verlangte, daß die Kaiserin *Eusebia*, Gemahlin des Kaisers *Konstans*, vor ihm aufstehen und sich verneigen sollte, um seinen Segen zu empfangen.

Die protestantischen Bischöfe der neueren Zeit hätten es gern auch so weit gebracht. Als *Friedrich Wilhelm III.* von Preußen einst in Magdeburg aus dem Wagen stieg und sich dabei bückte, erhob schon der Bischof Dräseke seine Hände und seine Stimme, *um ihm den Segen zu erteilen.* Zum großen Verdruß des Bischofs schob ihn der sonst so fromme König beiseite und sagte ärgerlich in seiner kurzen Weise: »*Dumm Zeug! – so was nicht leiden!*« Das Hauptstreben der Bischöfe war darauf gerichtet, die Einmischung der »weltlichen« Macht in die Kirchenangelegenheiten zu beseitigen, ja, womöglich die Kaiser sich *unterzuordnen.* Der Bischof von Mailand, *Ambrosius*, machte damit gleich auf sehr freche Weise den

Anfang. Er nahm es sich heraus, den Kaiser *Theodosius* zu *exkommunizieren*, das heißt von der Kirchengemeinschaft auszuschließen.

Manche Kaiser, denen die Pfaffen mit der Hölle zusetzten, waren schwach genug, zu den pfäffischen Anmaßungen zu schweigen, und wenn nun das Volk sah, wie ihre gefürchteten Oberherren sich so demütig gegen die Bischöfe betrugen, mußte es natürlich auf den Gedanken kommen, daß diese übermenschliche Wesen seien. In einigen Orten wurden denn auch die Bischöfe von den Christen mit dem evangelischen *Hosianna* empfangen.

So stieg der Hochmut der Pfaffen von Jahr zu Jahr. Schon 341 n. Chr., auf der Synode von Antiochien, wurde es den Geistlichen verboten, sich in kirchlichen Angelegenheiten ohne Erlaubnis der Bischöfe an den Kaiser zu wenden. Die niedere Geistlichkeit wurde überhaupt immer mehr unterdrückt, und die *Landbischöfe*, welche über ihre Gemeinden ganz dasselbe Recht gehabt hatten wie die Stadtbischöfe, wurden 360 durch Beschluß der Synode von Laodicäa ganz *abgeschafft*.

Das gewöhnliche Sprichwort sagt: »Eine Krähe hackt der andern nicht die Augen aus«; aber die Pfaffen machten es zunichte, denn sie hackten sich nicht nur die Augen aus, sondern die Köpfe ab, wenn sie konnten und es ihnen paßte. Wegen der lächerlichsten theologischen Streitigkeiten lagen sie sich fortwährend in den Haaren und erfüllten deshalb die Welt mit Unruhe und Mord.

Einen bedeutenden Anteil an den theologischen Streitigkeiten hatten die zahllosen Mönche, welche ihre Ansichten nicht allein mit geistlichen Waffen, sondern weit wirksamer mit höchst irdischen Knütteln verfochten. Sie bildeten förmliche Freikorps, welche von den fanatischen Bischöfen benutzt wurden und oft die greulichsten Exzesse begingen. Ein römischer Feldherr, *Vitalianus*, mußte 314 in Konstantinopel einrücken, um die Stadt vor den wütenden Mönchen zu schützen.

Die zweite Kirchenversammlung zu *Ephesus* 449 n. Chr. erhielt den Namen *Mörderversammlung*, weil hier die tollen Mönche mit dem Schwert in der Hand die Annahme der *Glaubenssätze* erzwangen, welche sie für gut hielten.

Einer der größten Fanatiker war der Bischof *Cyrillus* von Alexandrien. Sein Haß traf die in dieser Stadt seit siebenhundert Jahren wohnenden *Juden*. Er hetzte die Mönche und den Pöbel gegen sie auf, ließ ihre Synagogen niederreißen und jeden Juden niederhauen, der in ihre Hände fiel. So verlor Alexandrien *vierzigtausend* seiner Bürger!

Der römische Präfekt *Orestes* wollte der Verfolgung Einhalt tun, allein er verlor darüber beinahe sein Leben, indem er von einem wütenden Mönche mit einem Stein am Kopfe schwer verwundet wurde. Die römische Regierung schwieg, da sie die Schuldigen nicht zu strafen wagte. So hoch war die Macht der Pfaffen bereits gestiegen.

Die schändlichste Grausamkeit verübten diese christlichen Mönche aber gegen die Geliebte dieses Präfekten, die Tochter des Mathematikers *Theon*, die liebenswürdige Philosophin *Hypatia*. Zur Fastenzeit rissen die Mönche dies herrliche Weib aus ihrem Wagen, zogen sie nackend aus und schleppten sie wie ein Opferlamm in die Kirche. Hier ermordete man sie auf die grausamste Weise: *Kannibalische Pfaffen kratzten ihr mit Muscheln das Fleisch von den Knochen* und warfen die noch zuckenden Glieder ins Feuer.

Stolz, Herrschsucht und *Geldgier* hatten in den Herzen der christlichen Priester die Stelle der christlichen Liebe eingenommen, und die demokratische christliche Gleichheit war schon längst als unchristlich gebrandmarkt worden. Jeder Bischof trachtete nur danach, sich über die andern Bischöfe emporzuschwingen, und so entstanden unter ihnen allerlei Rangabstufungen.

Die Bischöfe in den *Hauptstädten* und Provinzen der Länder erlangten bald eine Art von Oberhoheit über die der anderen Städte und nannten sich *Metropoliten*. Auch unter diesen maßten sich einige wieder einen höheren Rang an und wußten die Bischöfe mehrerer Länder unter ihre Oberhoheit zu bringen. Sie nannten sich zuerst *Exarchen*, dann aber *Patriarchen*.

Zur Zeit des Kaisers *Theodosius II.* gab es *fünf solcher Patriarchen: zu Konstantinopel, Antiochien, Jerusalem, Alexandrien* und *Rom*. Sie waren voneinander vollkommen unabhängig und in ihrem Range wie in ihren Vorrechten *vollkommen gleich*.

Rom war die Hauptstadt der damaligen Welt; von hier gingen alle Befehle aus, durch welche sie regiert wurde. Die Pfarrer der römischen Gemeinde, welche sahen, wie trefflich es sich von Rom aus regieren ließ, wurden lüstern danach, die kirchliche Welt in ähnlicher Weise zu regieren wie die Kaiser die politische.

Die übrigen Gemeindevorsteher, die Bischöfe, fanden das mit Recht sehr anmaßend und empörten sich über die Lügen, durch welche ihre Kollegen in Rom ihre Prätensionen zu Rechten zu erheben trachteten. Wenn wir diese Lügen untersuchen, so wissen wir in der Tat nicht, ob wir mehr über die Dummheit und Unverschämtheit derselben oder über die Dummheit der Menschen erstaunen sollen, die sich auf solche handgreifliche Weise übertölpeln ließen.

Die Bischöfe zu Rom sagten: »*Jesus machte Petrus zum Obersten der Apostel; diese waren ihm untergeordnet. Petrus war 24 Jahre, 5 Monate und 10 Tage Bischof in Rom; wir sind seine Nachfolger, folglich – stehen alle Bischöfe und Fürsten der Christenheit unter unserer Oberhoheit!*«

Selbst wenn Jesus so *unchristlich* gehandelt und Petrus einen Vorrang vor den andern Jüngern gegeben hätte; selbst wenn Petrus Bischof in Rom gewesen wäre, so ist es doch immer eine seltsame Behauptung, daß deshalb seine Nachfolger *Statthalter Gottes auf Erden seien!* Doch diese Behauptung und Anmaßung wird erst dadurch zur frechsten Unverschämtheit, daß es Jesus nie einfiel, Petrus einen Vorrang zu geben, und endlich *Petrus niemals in Rom und daher nicht Bischof dort war!*

Das erste bedarf kaum eines Beweises. Jesus spricht es oft genug gegen seine Jünger aus, daß keiner vor dem andern einen Vorrang habe, und es ist Petrus auch niemals eingefallen, sich einen solchen anzumaßen, wie aus seinen Briefen klar hervorgeht. In einem derselben sagt er: »Die Ältesten, so unter euch sind, ermahne ich als *Mitältester*« usw. (1. Petr. 5, 1). Auch Paulus sagt kein Wort von dem Avancement des Petrus und hält sich selbst den andern Aposteln gleich (2. Kor. 11-12, 5).

Außerdem verdiente es auch nächst Judas Petrus von den Jüngern wohl am wenigsten, gleichsam als Oberhaupt an ihrer Spitze zu stehen. Er zeigte sich schwächer wie jeder andere, indem er Jesus dreimal verleugnete und nicht einmal eine Stunde für Jesus wachen konnte, nachdem er doch vorher ruhmredig versichert hatte, daß er sein Leben für ihn lassen wolle.

Petrus war ein unüberlegter Hitzkopf, der mancherlei Übereilungen beging, wozu der gegen Malchus geführte Streich – den ich ihm übrigens keineswegs übelnehme – und die Ermordung des Ananias und seines Weibes gehören. Nebenbei war er ein Duckmäuser, den Paulus wegen seiner Heuchelei schilt (Gal. 2, 11-13), ja, der sogar einmal den sanften Jesus so in Eifer brachte, daß er ihn einen *Satan* nannte (Matth. 16, 23).

Daß Petrus die christliche Gemeinde in Rom gegründet habe, ja, daß er hier nahe an 25 Jahre Bischof gewesen sei, ist eine noch frechere Lüge, die sich gewissermaßen mathematisch aus der Bibel nachweisen läßt, weshalb es die Päpste auch nicht dulden wollen, daß dieselbe von den Katholiken gelesen wird.

Die *Apostelgeschichte* geht bis in das Jahr 61 nach Christi Geburt. Nach der Erzählung der *päpstlichen* Geschichtsschreiber ist Petrus schon *über 20 Jahre früher* nach Rom gekommen; aber die Apostelgeschichte, die doch am Anfange so viel und so weitläufig von Petrus spricht – *sagt von dieser so wichtigen Reise kein Wort!*

Ganz sicher ist bewiesen, daß *Paulus* in Rom war und hier unter dem Kaiser Nero zwischen den Jahren 66-68 den Märtyrertod erlitt, *zugleich mit Petrus* lügen die päpstlichen Geschichtenschreiber hinzu. Paulus war zwei Jahre in Rom und schrieb von dort Briefe an verschiedene christliche Gemeinden, in denen er mehrere seiner Freunde und Anhänger nennt; *aber von Petrus schreibt er kein Wort!*

Wäre dieser Bischof in Rom gewesen, so hätte es Paulus gar nicht umgehen können, von ihm zu reden, sei es auch nur, um sich über ihn zu beschweren, daß er ihn nicht in seinem Werk unterstützte, denn er sagt ausdrücklich, diejenigen, die er nennt, »*sind allein meine Gehilfen am Reiche Gottes, die mir ein Trost geworden sind*« (Kolosser 4, 7-14). Also Paulus schreibt davon nichts, daß Petrus jemals in Rom war.

Doch wenn dieser auch, ganz gegen seinen Beruf als Apostel, 25 Jahre Pfarrer einer Anzahl armer, verfolgter Christen in Rom gewesen wäre, folgt denn daraus, daß die nachherigen Bischöfe von Rom ein Recht hatten, mit Völkern, Kaisern und Königen wie mit Lumpengesindel umzuspringen? – Möchten sich die Päpste immerhin *Nachfolger Petri oder Pauli* nennen, allein auch nicht mehr Ansprüche machen als diese!

Wo Petrus gestorben ist, weiß man zum Glück für die Päpste nicht, und so konnten diese eine schöne, rührende Geschichte erfinden, die gar keine historische Begründung hat. Nach ihrer Erzählung wurde *Paulus* als römischer Bürger nur enthauptet; allein der Jude *Petrus* wurde gegeißelt und dann gekreuzigt, *den Kopf nach unten*, wie er es – nach der Legende – aus Demut und zum Unterschiede mit Christus verlangte. In dieser Demut sind die Päpste nicht seine Nachfolger!

Aller Wahrscheinlichkeit nach war die Gemeinde der Christen zu Rom zur Zeit, als Paulus dort war, noch nicht so groß, daß sie eines eigenen Aufsehers bedurfte, und von einem *Bischof* im späteren Sinn kann vollends nicht die Rede sein. Das Verdienst, die christliche Gemeinde zu Rom gestiftet zu haben, gebührt also unbedingt dem *Paulus; dem Petrus aber auf keinen Fall!*

Alle Ansprüche also, welche die sich Päpste nennenden römischen Bischöfe darauf gründeten, daß sie Nachfolger Petri wären, zerfallen demnach in *nichts*. – Ursprünglich waren diese Peterlügen von ihnen nur deshalb erfunden worden, weil sie dadurch bewirken wollten, daß ihre Stimme *bei Kirchenstreitigkeiten* als die entscheidende gelten sollte. Als sie dies erst durchgesetzt hatten, griffen sie weiter, denn l'appetit vient en mangeant.

Konsequenterweise beginnen die Päpste ihre Reihe mit Petrus. Nach ihm nennt man eine Menge zum Teil völlig erdichteter Namen, um nur die Lücken auszufüllen; denn die frühere Geschichte der römischen Bischöfe ist noch dunkler wie die der römischen Könige. Es ist zwecklos, diese Herren *Stadtpfarrer*, denn anderes waren sie nichts, namentlich aufzuführen; ich will mich damit begnügen, nur diejenigen näher zu *beleuchten,* welche die größten Schritte taten, dem Gipfelpunkt näherzukommen, nach welchem alle strebten. Die Reihen der römischen Kaiser, die der asiatischen Despoten, kurz keine Fürstenreihe der Welt – ja, nicht einmal die Schreckenskammer der Madame Toussaut in London – bietet solche moralischen Ungeheuer dar als die Reihe der Päpste, die sich die *Statthalter Gottes* nennen. – Aber sie mochten es noch so arg treiben, den verdummten Menschen gingen die blöden Augen nicht auf. Fürsten und Völker ließen sich von diesen ekelhaften Bösewichtern das Fell über die Ohren ziehen und küßten dafür den Tyrannen noch demütig den Pantoffel.

Fuhr einmal ein vernünftiger *Fürst* dem hochmütigen Priester zu Rom über die Glatze, dann schrie das dumme Volk Zetermordio, und war einmal das *Volk* vernünftig genug, den römischen Anmaßungen entgegenzutreten, – dann kam gewiß ein dummer Fürst mit geweihtem Schwert und Hut und wetterte hernieder auf die verfluchten Ketzer.

So kam es denn, daß die Päpste bis auf den heutigen Tag ein Recht ausüben, das ihnen niemand gegeben. Durch eine unerhörte Dreistigkeit, durch die klügste Benutzung der Dummheit der Menschen haben sie sich Schritt für Schritt in den Besitz desselben gesetzt; denn die Christen der ersten Jahrhunderte waren weit entfernt, ihnen dasselbe einzuräumen. Ein *Unrecht* kann aber nie ein *Recht* werden, mag es auch Jahrtausende faktisch bestanden haben und selbst von dem Gesetz anerkannt sein; diejenigen, welche darunter leiden, haben vollkommen recht, sich von dem aufgezwungenen Joche loszumachen, sobald sie können. Dies kann aber ein jeder, sobald er aufhört zu *glauben*; tut er das, so ist er schon frei ohne weitere Anstrengung.

Wie schon oben gesagt, hatte vor Ende des ersten Jahrhunderts die römische Gemeinde wahrscheinlich weder einen besonderen Bischof noch eine besondere Kirche. Die armen Christen mußten sich herumdrücken, wie sie konnten, und ihre Ältesten waren gewiß Männer von unbescholtenen Sitten, denen es mit der Lehre Jesu ernst war. Das Märtyrertum war ihnen unter den Verfolgungen so ziemlich gewiß, und daraus geht schon ganz sicher hervor, daß sie andere Leute waren wie ihre Nachfolger, die keineswegs nach der Märtyrerkrone verlangten.

Der erste römische Bischof, der schon mehr gelten wollte als seine Kollegen, hieß *Viktor* (192-201). Er verlangte sehr ungestüm, daß alle übrigen Christen das Osterlamm zu der Zeit essen sollten, wenn es in Rom geschah, nämlich am Auferstehungstage Jesu, und nicht, wie es die anderen Christen beibehalten hatten, am jüdischen Passahfest, zu welcher Zeit es auch Christus aß.

Die anderen Bischöfe meinten, es rapple dem Herrn Kollegen in Rom unter der Mütze, und von seiner Berufung auf *Petrus*, der diesen Gebrauch in Rom eingeführt haben sollte, nahmen sie nur so viel Notiz, daß ihm der Bischof *Polykrates von Ephesus* antwortete, »*daß nicht Petrus, sondern Johannes an der Brust Jesu gelegen wäre*«. Von einer Oberhoheit des Petrus über die anderen Apostel schien man damals, so nahe der Quelle, noch nichts zu wissen, aber tausend Jahre später hatte sich die beharrliche Lüge allgemeinen Glauben verschafft.

Als die Christen in Rom einst zur Bischofswahl versammelt waren, setzte sich zufällig eine *Taube* auf den Kopf eines Mannes namens Fabianus, und mit echt heidnischem, altrömischem Wunderglauben riefen die Christen: »*Der soll Bischof sein!*« Seitdem nahm man an, daß der Heilige Geist bei jeder Bischofswahl gegenwärtig sei und sie leite. Das war bequem, denn nun konnte jede dumme Wahl ihm zur Last gelegt werden. *Stephanus*, welcher 253 Bischof wurde, war der erste, welcher behauptete, »*er sei mehr als die andern Bischöfe, denn er sei der Nachfolger des heiligen Apostels Petrus*«. Ja, dieses Papstwickelkind ging schon so weit, daß es den asiatischen Bischöfen die Kirchengemeinschaft aufkündigte, weil sie seinen Vorschriften nicht gehorchen wollten.

Diese waren höchlich erstaunt über die Frechheit ihres Herrn Bruders in Christo, und der Bischof *Firmilian von Kappadokien* äußerte sich in einem den Bischöfen zugeschickten Zirkular wie folgt: »*Mit Recht muß ich mich in diesem Punkt über eine so offenbare als unverkennbare Torheit des Stephanus ärgern, welcher sich seines Bischofssitzes rühmt und sich für einen Nachfolger des Apostels Petrus ausgibt.«*

Als Kaiser Konstantin die christliche Religion zur Staatsreligion machte, wurde dieser Umstand sogleich von den römischen Bischöfen zur Erhöhung ihrer Macht benutzt. Durch niedrige Schmeichelei und Kriecherei gelang es ihnen, denen stets das Ohr des Kaisers zu Gebote stand, diesen zu bewegen, daß ihnen immer mehr Vorrechte eingeräumt wurden. Dabei waren sie nicht blöde; sie nahmen, wo sie etwas bekommen konnten, wie schon im ersten Kapitel erzählt ist. So wurden sie reich und mit dem Reichtum von Jahr zu Jahr hochmütiger.

Die Stelle des römischen Bischofs wurde nun eine sehr begehrte und beneidete. Der heidnische Statthalter zu Rom, *Prätextatus*, sagte: »Macht mich zum Bischof von Rom, dann will ich sogleich Christ werden.« Die Bewerber um diese Stelle lieferten sich die blutigsten Gefechte, in denen Hunderte von Menschen ihr Leben einbüßten.

Mit der Frömmigkeit und Heiligkeit der römischen Bischöfe war es längst vorbei, und wir sehen auf dem Bischofsstuhl schon *Mörder* und *Ehebrecher*. Doch bei solchen *Kleinigkeiten* dürfen wir uns nicht aufhalten und ebensowenig bei den ehrgeizigen Kämpfen zwischen den Bischöfen von Rom und denen der anderen Städte.

Obwohl es interessant ist, zu beobachten, wie durch konsequente Anwendung der Lüge, Unverschämtheit, List und Gewalt die Macht der römischen Bischöfe immer weiter um sich griff, so würde doch eine solche Auseinandersetzung hier zu weit führen, und ich will mich damit begnügen, die Stellung der römischen Bischöfe in den verschiedenen Jahrhunderten, sowohl ihren Mitbischöfen als der weltlichen Macht gegenüber, zu charakterisieren und nur einzelne dieser Ehrenmänner als Beispiel anführen. Schon im *vierten* Jahrhundert hatten die römischen Bischöfe es verlangt, daß ihnen der erste Rang unter den Patriarchen, also auch unter allen Bischöfen, zuerkannt würde. Dies geschah jedoch nicht, weil sie sich für Nachfolger Petri ausgaben, sondern weil sie ihren Sitz in der damaligen Hauptstadt der Welt hatten. Aber man dachte noch nicht daran, ihnen eine *höhere Würde* als den andern Patriarchen einzuräumen.

Mehr erlangten sie auch nicht im *fünften, sechsten* und *siebenten* Jahrhundert, wenn sie selbst auch schon anfingen, sich eine höhere Stellung anzumaßen und zu behaupten, daß sie vermöge der ihnen von Petrus anvertrauten Gewalt mit der *Vorsorge für die allgemeine Kirche beauftragt wären.*

Diese Anmaßungen wurden indessen noch von niemand anerkannt. In diesen Jahrhunderten hielt man noch die allgemeinen Kirchenversammlungen für die einzige rechtmäßige kirchliche Behörde, welche für die Erhaltung der Einheit der Kirche Sorge tragen mußte, über die Beobachtung der allgemeinen Kirchengesetze hatte jeder Bischof in seiner Diözese und vorzüglich jeder Patriarch in seinem Bezirk zu sorgen.

Die von den *Aposteln* gestifteten Gemeinden waren allerdings und begreiflicherweise die Richtschnur für die übrigen, und da Rom im Abendlande die einzige der Art war (da sie von *Paulus* gestiftet wurde), so war es denn ganz natürlich, daß sich die abendländischen Bischöfe hin und wieder in streitigen Fällen *kollegialisch* an die Bischöfe von Rom wandten und um *Rat* baten. In solchen Fällen waren diese stets bedacht, ihren Rat in die Form eines Befehls zu kleiden und wohl gar hinzuzufügen: *»So beliebt es dem Apostolischen Stuhl.«* Wenn auch einzelne Bischöfe zu solchen Anmaßungen schwiegen, worauf die römischen sogleich ein Recht gründeten, so protestierte man doch von allen Seiten dagegen, und an ein *Primat* des römischen Stuhls dachte vollends noch niemand als höchstens die römischen Bischöfe selbst. – Kaiser *Justinian* erklärte sogar durch ein eigenes Gesetz, die Kirche zu Konstantinopel sei das Haupt aller christlichen Kirchen, und andere legten dem dortigen Patriarchen, zum größten Ärger des römischen, den Titel und Charakter *eines allgemeinen Bischofs* bei.

Selbst im Abendlande, wo doch der römische Bischof noch im höchsten Ansehen stand, räumte man ihnen zu dieser Zeit nicht einmal einen besonderen Titel ein. *Alle* Bischöfe nannten sich *Papst* (von papa, Vater), auch Oberpriester, auch sogar Stellvertreter Jesu, und gaben sich untereinander diese Titel, also auch dem Bischof vom Rom, der bald Papst der Stadt Rom, bald schlechtweg Papst genannt wurde.

Sogar der Titel *Patriarch* wurde im Abendlande nicht einmal allein dem Bischöfe von Rom gegeben; es nannten sich die meisten Metropoliten so, und noch im Jahr 883 wurde der Bischof von *Lyon*, der auf der zweiten Synode zu *Macon* den Vorsitz führte, *Patriarch* genannt. Hierin liegt der Beweis, daß man selbst im Abendlande gar nicht daran dachte, dem Bischof von Rom einen höheren Rang einzuräumen.

Über das Verhältnis der römischen Bischöfe gegenüber den Kaisern habe ich bereits im ersten Kapitel gesprochen. Es blieb dasselbe im *fünften, sechsten und siebenten* Jahrhundert. Zeigten sich einzelne Kaiser nachgiebiger gegen die Bischöfe, so lag das in ihrer Persönlichkeit. Der römische

Bischof stand wie jeder andere Staatsbeamte unter dem Kaiser, und dieser und sein Statthalter waren seine Richter. Die Reichssynoden wurden von den Kaisern berufen, und diese präsidierten hier durch einen Kommissarius, und wenn auf der Synode zu *Chalcedon* der Legat des römischen Bischofs Leo den Vorsitz führte, so geschah es, weil dieser es sich vom Kaiser als eine besondere Gnade erbeten hatte. Die Beschlüsse dieser Synoden wurden nicht vom Bischof in Rom, sondern von den Kaisern bestätigt, und selbst wenn eine solche Kirchenversammlung *gegen* den Willen des römischen Bischofs gehalten wurde, so verlor sie dadurch nichts von ihrer allgemeinen Gültigkeit.

Bei streitigen Bischofswahlen entschied immer der Kaiser, und kein Bischof durfte seine Würde antreten ohne die kaiserliche Bestätigung. Machte auch der Hochmut hin und wieder einen der Bischöfe verrückt, so wagten sie es doch nicht, sich über den Kaiser zu erheben.

Selbst *Gregor I.* (590-604), in dem schon der Geist der späteren Päpste spukte, war *demütig wie ein Hund* vor den Kaisern. In seinen Briefen an den Kaiser *Mauritius* gebrauchte er die kriechendsten Ausdrücke und schreibt zum Beispiel: »*Wer bin ich, der ich zu meinem Herrn rede, als Staub und Wurm.*« Er nennt den Kaiser seinen »*frommen Herrn, dem die Gewalt über alle Menschen vom Himmel herab erteilt worden sei*«, und sich selbst nennt er seinen »*unwürdigen Diener*«. – Dies war er in der Tat, denn er war durch und durch ein lasterhafter, heuchlerischer Schurke. Sein Benehmen gegen den Tyrannen *Phokas* beweist das schon zur Genüge.

Der Kaiser *Mauritius*, einer der edelsten Menschen, die jemals auf einem Thron saßen, wurde durch diesen *Phokas*, einen seiner Hauptleute, entthront. Selbst Nero ist gegen dieses blutdürstige Ungeheuer ein guter, liebreicher Mensch. Phokas ließ *fünf Kinder* des Mauritius vor dessen Augen grausam hinrichten und dann ihn selbst. Er rottete die ganze kaiserliche Familie aus und mordete auf die scheußlichste Weise bis an das Ende seines Lebens.

Gregor hatte von Mauritius nur Gutes erfahren; er nannte ihn selbst seinen *Wohltäter*, und dennoch verleumdete er aus Kriecherei gegen Phokas den edlen Kaiser. An den blutdürstigen Tyrannen schrieb er: »Bisher sind wir hart geprüft gewesen; der allmächtige Gott aber hat Eure Majestät erwählt und auf den kaiserlichen Thron gesetzt, um durch Eurer Majestät barmherzige Gesinnung und Einrichtung aller unserer Not und Traurigkeit ein Ende zu machen. Der Himmel freue sich daher, und die Erde sei fröhlich, und das ganze Volk müsse wegen einer so glücklichen Veränderung Dank sagen.«

Und so warf sich *Gregor* weg, um *Phokas* und sein gleich nichtswürdiges Weib auf seine Seite zu ziehen, damit er ihn vor dem Bischof von Konstantinopel bevorzuge, welcher zum größten Mißvergnügen Gregors den Titel »*allgemeiner Bischof*« angenommen hatte. Doch ich muß die Äußerungen der Verachtung gegen diesen elenden Pfaffen unterdrücken, denn wo soll ich sonst Worte finden, die noch nichtswürdigeren Handlungen seiner noch verruchteren Nachfolger zu bezeichnen?

Dieser Gregor I. steht in der römischen Kirche in ganz besonders hoher Achtung, denn ihm verdankt sie die Einführung einer Menge sinnloser oder vielmehr dummer Zeremonien, die noch bis zum heutigen Tag Geltung haben. Er war es, welcher aus der römischen Kirche die letzten Spuren wahren Christentums, wie es Jesus und allenfalls seine Apostel verstanden, austilgte. *Er ist der Erfinder des Fegefeuers,* dieser päpstlichen Prellanstalt, die besser rentierte wie irgendein Schwindelgeschäft, welches je ein beschnittener und unbeschnittener Jude machte. Gregor ist auch der eifrigste Beförderer des Mönchswesens. Er hinterließ einen Wust selbstverfaßter Schriften, die von dem wundervollsten Unsinn strotzen. In ihnen sind auch Regeln für Geistliche enthalten, aus denen ich eine Probe anführe, damit die der römischen Kirche angehörigen Leser untersuchen können, ob ihr Bischof derselben entspricht. Es handelt sich nämlich darum, wie die Nase eines Bischofs beschaffen sein müsse. »Ein Bischof darf *keine kleine Nase haben,* – denn er muß Gutes und Böses zu unterscheiden wissen wie die Nase Gestank und Wohlgeruch, daher auch das hohe Lied sagt: ›Deine Nase ist gleich dem Turm auf dem Libanon.‹ Ein Bischof darf aber auch keine *allzugroße oder gekrümmte* Nase haben, um nicht *spitzfindig* oder *niedergedrückt* von Sorgen zu sein; – er darf nicht *triefäugig* sein, denn er muß helle sehen; noch weniger *krätzig* oder beherrscht vom Fleische.«

Im *siebenten* Jahrhundert trug sich eine Veränderung zu, welche zwar dem Christentum einen harten Stoß gab, aber für das Ansehen der römischen Bischöfe in der Folge höchst vorteilhaft wirkte. *Mohammed* trat als der Stifter einer neuen Religion auf.

Mohammed lehrte: »Es ist nur ein einziger Gott, welcher die ganze Welt beherrscht; er will von den Menschen treu verehrt sein durch Tugend. Tugend besteht in Ergebung in den göttlichen Willen, andächtigem Gebete, Wohltätigkeit gegen die Armen und Fremden, Redlichkeit,

Keuschheit, Nüchternheit, Reinlichkeit, tapferer Verteidigung der Sache Gottes bis in den Tod. Wer diese Pflichten erfüllt, ist ein Gläubiger und empfängt den Lohn des ewigen Lebens.«

Diese Lehre mußte in der damaligen Zeit großen Anklang finden, denn sie war einfach und verständlich, während die der Christen sich von der Jesu so weit entfernt hatte, daß sie unverständlich, unklarer, mystischer und unvernünftiger geworden war als die der Heiden jemals gewesen. Dazu kam noch ein zwar auf sehr sinnliche Vorstellungen gegründeter, aber deshalb sehr praktisch und verlockend erfundener Himmel, während ein Mensch mit gesunden Sinnen dem von den *Mönchen* geschilderten Christenhimmel weder eine faßliche Vorstellung, noch den allergeringsten Geschmack abgewinnen kann.

Der praktische Wert des *Islam* im Vergleich mit der zu jener Zeit als Christentum geltenden Religion war besonders bei den Völkern des Orients überwiegend, und die Lehre Mohammeds verbreitete sich mit großer Schnelligkeit über ganz Asien und Nordafrika und vernichtete die christliche Kirche in diesen Ländern. Dadurch verschwanden die Patriarchen von *Antiochien, Jerusalem* und *Alexandrien* und mit ihnen die gefährlichsten Gegner der römischen Anmaßungen. Mohammed und die Kalifen arbeiteten für die römischen Päpste.

Diese waren aber bis zum Ende des siebenten Jahrhunderts noch gar weit von ihrem Ziele entfernt. Die Kaiser küßten ihnen noch nicht den Pantoffel, wie sie es später taten, sondern gingen mit ihnen ebenso um, wie die preußische Regierung es mit den evangelischen Bischöfen tut, das heißt, sie betrachteten sie einfach als *Staatsbeamte*.

Der Bischof *Liberius*, welcher sich in Glaubenssachen nicht fügen wollte, wurde vom Kaiser *Konstantin abgesetzt* und *verwiesen*. Der stolze Bischof *Leo* »der Große« (452) mußte sich vom Kaiser *Valentinian* als Gesandter an den Hunnenkönig schicken lassen, und der Bischof *Agapet* wurde in derselben Eigenschaft von dem Ostgotenkönig *Theodat* an Kaiser *Justinian* abgesendet.

Wie demütig Gregor war, haben wir gesehen, und das war wenigstens klug von ihm, denn die Kaiser ließen nicht immer mit sich scherzen, wie es *Konstans* dem Bischof *Martin* (649-655) bewies. Martinus wagte, den Befehlen des Kaisers entgegenzuhandeln, ja, er ließ sich in hochverräterische Pläne ein. Das bewog den Kaiser, den römischen Bischof durch seinen Statthalter in Rom gefangennehmen und nach der Insel *Naxos* bringen zu lassen, die durch *Ariadne* bekannter geworden ist als durch Martinus, der hier ein ganzes Jahr lang im Gefängnis saß.

Von hier brachte man den Heiligen Vater nach Konstantinopel, sperrte ihn 39 Tage lang ein und stellte ihn dann vor ein Gericht, welchem der Großschatzmeister präsidierte. Der römische Papst hatte das päpstliche Übel, das Podagra, in den Beinen – seine Nachfolger hatten es häufig im Kopf – und erschien sitzend in einem Sessel. Der Richter befahl ihm jedoch, das Verhör stehend abzuwarten, und da er dies nicht konnte, so wurde er von zwei Männern aufrecht gehalten. Die Schuld war offenbar, und so ward ihm denn bald das Urteil gesprochen: »*Du hast gegen den Kaiser verräterisch gehandelt*«, sagte der Großschatzmeister, »*du hast Gott verlassen, und Gott hat dich wieder verlassen und in unsere Hände gegeben.*« Darauf übergab er den Bischof von Rom dem Gouverneur von Konstantinopel mit der Weisung, ihn *ohne Bedenken in Stücke zerhauen zu lassen,* wenn er wolle.

Dem hochverräterischen römischen Papst wurde nun ein Halseisen umgelegt, und an Ketten wurde er durch die Stadt geschleppt. Vor ihm her ging der Scharfrichter mit entblößtem Schwert, zum Zeichen, daß der Verbrecher zum Tode verurteilt war. Darauf wurde Martin ins Gefängnis gebracht, mit Ketten auf eine Bank geschlossen und unter freien Himmel gestellt, wie es mit allen Verbrechern den Tag vor ihrer Hinrichtung geschah.

Über den armen deutschen König *Heinrich* erbarmte sich niemand, als er halbnackt im Schloßhof von Canossa im Schnee stand, aber Martin fand mitleidige Seelen. Die Gefängniswärter legten ihn ins Bett, und der Kämmerling des Kaisers ließ ihm zu essen bringen. Ja, der sterbende Patriarch *Paulus* von Konstantinopel, ein frommer Mann, den *Martin* feierlich als Ketzer verflucht hatte, bat auf seinem Sterbebette den Kaiser um seines Feindes Leben. Es wurde ihm bewilligt. Martin wurde aus dem Lande verwiesen. Wo bat jemals ein römischer Papst um das Leben seines Feindes? Ich konnte in der Geschichte keinen Fall auffinden und würde jedem dankbar sein, der mir einen solchen nachweisen könnte. –

Der Nachfolger des abgesetzten Martinus zeichnete sich durch nichts aus als dadurch, daß er diesen *verhungern* ließ.

Im achten Jahrhundert taten die Päpste einen mächtigen Sprung vorwärts, wozu sie im Anfang desselben nicht die allergeringste Hoffnung hatten. Als die *Langobarden* Herren Italiens waren, beschränkte sich die Macht der römischen Bischöfe nur auf ihre Diözese, denn die barbarischen

Könige derselben erkannten sie nicht einmal als Patriarchen von Italien an, und die andern Bischöfe dieses Landes behaupteten ihre Unabhängigkeit.

Das änderte sich aber bald, als das langobardische Reich unter die Herrschaft der Franken kam. Durch sie wurden die Bischöfe von Rom die *größten Landbesitzer* in Italien, und dies, wie die Unterstützung der Frankenkönige, half ihnen zu dem Primat in Italien.

Sie verloren zwar in dieser Periode allen Einfluß auf Spanien, dafür traten sie aber wieder in nähere Berührung mit Gallien und legten den Grund zu ihrer Herrschaft in Deutschland. In England hatten sie schon zu Ende des sechsten Jahrhunderts festen Fuß gefaßt, indem die dortigen christlichen Kirchen auf ihre Veranlassung gestiftet wurden.

Von 715 bis 735 saß Gregor II. auf dem bischöflichen Stuhle zu Rom. Unter ihm brach der große Bilderstreit aus, von dem ich schon früher gesprochen habe und der das ohnedies schon durch Thronstreitigkeiten zerrüttete oströmische Reich noch mehr schwächte. Eigentlich hatte man sich schon seit den ersten Jahrhunderten des Christentums wegen der Verehrung der Bilder gezankt, und die angesehensten und frömmsten Kirchenlehrer hatten den Bilderdienst als abscheulichsten *Götzendienst* verdammt. Um von den vielen Beispielen nur eins anzuführen, setze ich den Ausspruch *Tertullians* her: »*Ein jedes Bild ist nach dem Gesetz Gottes ein Götze, und ein jeder Dienst, der demselben erwiesen wird, eine Abgötterei.*«

So wie dieser verdammen *Eusebius von Cäsarea, Clemens von Alexandrien, Origenes, Chrysostomus* und viele andere der geachtetsten Kirchenväter die Verehrung der Bilder als eine der *christlichen Lehre durchaus hohnsprechende Abgötterei.* Aber die römischen Bischöfe und die Mönche, welche ihren Vorteil kannten, den ihre Kasse aus diesem Götzendienst ziehen mußte, verteidigten die Bilder mit Leib und Leben.

Gregor II. war ein großer Bildernarr, und als der oströmische Kaiser *Leo,* der Isaurier, die Bilder mit Gewalt aus den Kirchen Italiens entfernen lassen wollte, da kam es zu den blutigsten Streitigkeiten, welche der Langobardenkönig *Luitprand* dazu benutzte, die Herrschaft in diesem Lande immer weiter auszudehnen.

Gregor hetzte alles gegeneinander und wiegelte das Volk gegen den Kaiser auf. An diesen schrieb er einen unverschämten Brief, in welchem er ihn einen »*Ignoranten, einen Tölpel, einen dummen und verrückten Menschen, einen gottlosen Ketzer*« nannte. Der rechtschaffene Kaiser, anstatt diesen hochmütigen Pfaffen nach dem Gesetz strafen zu lassen, antwortete ihm mit größter Mäßigung, aber nun stieg erst recht die Frechheit Gregors, und in einem seiner Briefe schrieb er an seinen Kaiser und Herrn: »*Jesus Christus schicke dir den Teufel in den Leib, damit dein Geist zum Heil gelange.*«

Leo griff nun den rebellischen Bischof am richtigen Flecke an; er entzog ihm sein ganzes Patrimonium in Sizilien und Kalabrien und unterwarf es dem Patriarchen von Konstantinopel. Dadurch verlor Gregor alljährlich 224.000 Livres Einkünfte. Dafür verehrt denn aber auch die römische Kirche diesen Gregor II. *als einen Heiligen.*

Sein Nachfolger, Gregor III., fuhr ganz in demselben Geiste fort und wiegelte das Volk zu offener Empörung gegen den Kaiser auf. Als er aber auch den Langobardenkönig beleidigte, rückte dieser vor Rom. Der geängstigte Bischof, den nun alle heiligen Knochen nicht schützen konnten und der für seine eigenen fürchtete, bat *Karl Martell*, den fränkischen Majordomus, um Hilfe und wand sich vor ihm wie ein Wurm. Endlich ließ sich der Franke bewegen, ihn zu schützen, als er versprach, sich vom Kaiser loszusagen und Rom ihm zu unterwerfen.

Nach *Gregors* und *Martells* Tode wurde der folgende Bischof von Rom, *Zacharias*, wieder arg von den Langobarden bedrängt und sah nirgends Trost und Hilfe als bei den Franken. Hier führte der Sohn Karl Martells, *Pipin*, das Schwert des Reichs und hatte große Lust, den schwachen König *Childerich III.* zu entthronen. Zacharias wußte es nun so zu lenken, daß die fränkischen Stände an ihn die Frage richteten: »Ob nicht ein feiger und untüchtiger König des Thrones beraubt und ein würdigerer an seine Stelle gesetzt werden dürfe?« Der römische Bischof antwortete: »Ja«, und machte sich dadurch den nun zum Frankenkönig erwählten Pipin zum Freunde.

Zacharias erlebte aber die Früchte seiner Politik nicht. Von ihm verdient noch bemerkt zu werden, daß er einen Bischof, namens *Virgilius*, in den Bann tat und als Ketzer verdammte, weil derselbe behauptet hatte, »*daß die Erde eine Kugel sei und daß auf der andern Seite derselben Menschen wohnten, die uns die Fußsohlen zukehrten*«.

Bischof *Stephanus II.* (752-757) erntete, was seine Vorgänger gesät. Bedrängt von den Langobarden, begab er sich in Person zu Pipin. Dieser schickte ihm seinen Sohn *Karl* dreißig Meilen weit entgegen und ritt selbst eine Meile, ihn zu begrüßen. Er litt nicht, daß der Bischof vom

Pferde stieg, sondern begleitete ihn selbst zu Fuß, gleich einem Stallknechte. So erzählen die *päpstlichen* Geschichtsschreiber.

Pipin ließ sich in Paris von Stephan salben, und dieser entband ihn feierlich des Eides, den er seinem Könige geleistet, und tat die Franken, wenn sie Pipin und seine Nachfolger nicht als Könige anerkennen würden, in den *Bann*. Das tapfere Volk war bereits so sehr von päpstlichem Aberglauben umgarnt, daß die Dreistigkeit des Stephanus sie nicht empörte, sondern vielmehr die Macht Pipins befestigte. Dieser zeigte sich dankbar; er schenkte dem römischen Bischof das Exarchat, nämlich die heutige Romagna und Ankona, *ein Land, welches Pipin gar nicht zu verschenken hatte, da es ihm nicht gehörte!*

Als Stephan nach Rom zurückgekehrt war und die Franken zu lange zögerten, ihn von den Langobarden zu befreien, schrieb er einen Brief nach dem andern an Pipin, und als derselbe immer noch nicht kam, griff er zu einem ebenso dummen als schamlosen Betrug, der aber trotzdem gescheit war, da er bei den abergläubischen Franken Erfolg hatte. Stephan schickte nämlich einen Brief des Apostels *Paulus* an Pipin, seinen Sohn und die fränkische Nation, in welchem der Apostel auf die Langobarden schimpft, dringend um Hilfe bittet, aber dem Frankenkönig mitteilt, »*daß, wenn er nicht hellen wolle, er vom Reich Gottes ausgeschlossen sei*«.

Es mit dem »Himmelspförtner« zu verderben, war eine ernste Sache, und die Franken entschlossen sich, in Italien einzurücken. Die Langobarden waren gezwungen, das Exarchat zu räumen, und Bischof Stephan in den Besitz eines Landes gesetzt, *welches dem oströmischen Kaiser gehörte, dessen Untertan Stephanus war!*

Während die römischen Bischöfe selbst dafür besorgt waren, in Italien ihr Schäfchen ins Trockne zu bringen, arbeitete für sie in Deutschland *Bonifazius*, welcher seiner Beschützer ganz würdig war. Ich habe schon früher von diesem *Unglücksapostel* gesprochen, dem Deutschland all das Unheil verdankt, welches die römische Kirche über dasselbe gebracht hat. Dieser Bonifazius kam nach Rom und leistete Gregor II. über dem erlogenen Grabe der Apostel einen *Huldigungseid*, durch welchen er sich dem Papsttum, nicht dem *Christentum*, mit Leib und Seele unterwarf.

Mit heiligen Knochen aller Art ausgerüstet, ging er nun nach Deutschland und wandte alle von seinem Meister in Rom erlernten. Mittel an, die deutschen Bischöfe dem *Römischen Stuhl* zu unterwerfen.

Das Christentum hatte in Deutschland längst Wurzel gefaßt; allein Bonifazius rottete es als Ketzerei aus und gab ihm dafür das moderne

Heidentum, welches man schon damals in Rom christliche Religion nannte. Er stiftete als Legat des römischen Bischofs eine Menge Kirchen in Deutschland, die er alle demselben unterwarf, und seinen Bemühungen gelang es, zustande zu bringen, daß im Jahre 744 *sämtliche* deutsche Bischöfe dem Römischen Stuhle beständigen Gehorsam gelobten.

Auch über die fränkischen Bischöfe erlangte der zu Rom eine Art von Oberhoheit; allein sowohl hier als in Deutschland hatte dieselbe noch ziemlich enge Grenzen, und man war weit davon entfernt, ihm die gesetzgebende Gewalt über die ganze Kirche einzuräumen. Aber es war schon genug, daß man ihm eine gewisse Autorität einräumte; mit *Lug und Trug* kamen, wie wir sehen werden, die Päpste bald weiter.

Wenn auch Pipin sich sehr demütig zeigte, so fiel es doch seinem Sohn, Karl dem Großen, obwohl er sich in Rom vom Papste zum Kaiser krönen ließ, nicht im *allerentferntesten* ein, sich diesem *unterzuordnen*; er betrachtete ihn als den ersten Reichsbischof, denn er selbst trat in alle Rechte, die sonst der römische Kaiser ausgeübt hatte. Aber dieser sonst so vernünftige Mann, welcher die Geistlichkeit wegen ihrer *Habsucht, Prachtliebe und Sittenlosigkeit* sehr derb zurechtwies, beging den dummen Streich, den Pfaffen ein wichtiges Recht zu gewähren, das nur dazu diente, die Macht zu stärken, von der Karls Nachfolger mißhandelt wurden; *er bestätigte das Recht des Zehnten.*

Als die christlichen Priester sich ganz nach dem Muster der jüdischen bildeten, verlangten sie auch wie diese den zehnten Teil der Ernte usw. für sich. Bisher hatten sie die gläubigen Christen zur Zahlung dieser Abgabe zu überreden gewußt, und wenn auch schon am Ende des siebenten Jahrhunderts eine fränkische Synode den Zehnten für eine *göttliche Satzung* erklärte und jeden mit dem Bann bedrohte, der ihn nicht bezahlen wollte, so war dies doch eben weiter nichts als ein Beweis pfäffischer Unverschämtheit, die wir deren so viele haben.

Karl der Große machte den Zehnten erst *gesetzlich*, und bald dehnten ihn die Pfaffen auf *alles mögliche* aus. Sie verlangten nicht nur den Zehnten von den Feldfrüchten, Schafen, Ziegen, Kälbern, Hühnern und dem *Erwerb*, sondern sie wollten ihn sogar von Dingen erheben, die sich für Geistliche sehr schlecht schickten. Als Beweis mag folgender Fall dienen:

Zu *Bresci*a belehrte ein Pfarrer die Frauen im Beichtstuhl, daß sie ihm auch den Zehnten von – den ehelichen Umarmungen entrichten müßten. Eine der Frauen, welche sich von der Rechtmäßigkeit der geistlichen

Ansprüche hatte überzeugen lassen, wurde von ihrem Manne wegen ihrer langen Abwesenheit zur Rede gestellt; von ihm gedrängt, beichtete sie das saubere Beichtstuhlgeheimnis. Der beleidigte Ehemann sann auf eine herbe Züchtigung. Er veranstaltete ein großes Gastmahl, zu welchem auch der zehntlustige Pfarrer geladen wurde. Als man in der besten Unterhaltung war, erzählte der Wirt der Gesellschaft die Nichtswürdigkeit des Pfaffen und wandte sich dann plötzlich an diesen, indem er ihm sagte: »*Da du nun von meiner Frau den Zehnten von allen Dingen verlangst, so empfange nun auch den hier*!« Dabei überreichte er dem Pfaffen ein Glas voll Urin usw. und zwang den halbtoten Pfarrer, dasselbe vor den Augen der ganzen Gesellschaft zu leeren. Seitdem wird ihm wohl der Appetit nach dem Zehnten etwas vergangen sein.

Karls des Großen unwürdige Nachfolger begingen die Torheit, sich gleichfalls von den Päpsten krönen zu lassen, und so wurde in dem Volke bald die Idee erweckt, daß der Papst die Krone zu vergeben habe, da er den Kaiser erst durch die Krönung zum Kaiser mache. Die *Einwilligung*, welche aber die Päpste zu ihrer Wahl vom Kaiser bedurften, *wurde stets in aller Stille und ohne Sang und Klang eingeholt, damit das Volk davon nichts merke.*

Papst *Eugenius* entwarf selbst den Eid, welchen er »*seinen Herren, den Kaisern Ludwig und Lothar*« leistete und den auch seine Nachfolger den Kaisern schwören mußten. Dieser Eid, den ich nicht ausführlich hersetzen will, steht auch in den Diplomen, die von den Kaisern *Otto I.* und *Heinrich I.* in der Engelsburg in Rom aufgefunden wurden. Es ist also klar bewiesen, daß die Päpste selbst sich damals durchaus als *Untergebene* der Kaiser betrachteten.

Man erstarrt förmlich über die *grenzenlose Unverschämtheit*, mit welcher die Päpste dies *abzuleugnen* suchen! Wahrhaft groß darin war *Nikolaus I.* (858 bis 868). Er behauptete, »daß die Kaiser, wenn sie Synoden für nötig hielten, stets nach Rom geschrieben und nicht befohlen, sondern nur gebeten hätten, eine Synode zusammenzurufen, und dann gutgeheißen oder verdammt hätten, was man in Rom für nötig fand«. Dieser Nikolaus war sogar dreist genug, zu behaupten, »*daß die Untertanen den Königen, die den Willen Gottes (d. h. des Papstes) nicht täten, keinen Gehorsam schuldig wären*«. Seinen Namen setzte er in allen Schriften vor den der Könige, ja, er wagte es, Lothar zu exkommunizieren, und dieser – bat wirklich demütig um Absolution!

Die Erzbischöfe *Teutgaud* von *Trier* und *Günther* von *Köln* traten kühn dem frechen Nickel entgegen. »Du bist ein Wolf unter Schafen«, sagten sie zu ihm, »du handelst gegen deine Mitbischöfe nicht wie ein Vater, sondern wie ein *Jupiter*; du nennest dich einen Knecht der Knechte und spielst den *Herrn der Herren*, – du bist eine Wespe – aber glaubst du, daß du alles tun dürftest, was dir gefällt? Wir kennen dich nicht und deine Stimme und fürchten nicht deinen Donner, – die Stadt Gottes, von der wir Bürger sind, ist größer als Babylon, das sich rühmt, ewig zu sein, und das sich brüstet, als ob es nie irren könne!« Doch was halfen solche vereinzelte Anstrengungen? Die starke Kreuzspinne zu Rom spann ihre Lügengewebe über ganz Europa und bestrickte damit endlich Könige, Bischöfe und Volk! Es ging aber damit den Päpsten noch immer zu langsam, sie ersannen einen *Betrug*, der ihnen schneller zum Ziele helfen sollte und, Dank der Dummheit der Menschen, leider auch half!

Niemand wollte noch an die *Rechtmäßigkeit* all der Rechte glauben, welche die Päpste nach und nach usurpiert hatten. Dies war ihnen in vielen Fällen fatal, und sie mußten sehr wünschen, nachweisen zu können, daß schon die ersten römischen Bischöfe solche Machtvollkommenheit gehabt hätten, wie sie dieselben in Anspruch nahmen.

Zu diesem Ende wurden zu Anfang des neunten Jahrhunderts die in der Geschichte unter dem Namen der *Pseudo-Isidorischen Dekretalen* bekannten falschen Urkunden von einem päpstlichen Betrüger zusammengestellt. Sie wurden unter dem Namen des höchst geachteten Bischofs *Isidor von Sevilla*, der 636 starb, verbreitet und begannen mit sechzig *Briefen der allerersten Bischöfe Roms*, denen eine Menge bischöflicher Dekretalen (Beschlüsse), echte und falsche durcheinander, folgten.

Der Hauptzweck dieser Fälschung war es, die ganze Kirchenzucht über den Haufen zu werfen, den römischen Bischof zum *unumschränkten Kirchenmonarchen* zu machen, ihm mit Vernichtung aller Metropolitan- und Synodalgewalt die Bischöfe *unmittelbar* zu unterwerfen; die Kirche von aller weltlichen *Gerichtsbarkeit* unabhängig zu machen und allen Einfluß des Staates auf kirchliche Angelegenheiten und Verhältnisse zu zerstören. In dem sauberen Spitzbubenwerk ist auch eine Schenkungsurkunde enthalten, durch die *Konstantin* dem *Apostel Petrus das ganze abendländische Reich und dessen Hauptstadt Rom zusichert*!

Das Betrügerische dieser Briefe und Urkunden liegt so klar am Tage, daß man kaum begreift, wie selbst Bischöfe ihnen damals Glauben schenken konnten. Aber die meisten derselben waren ungelehrte Leute, welche nicht einmal die Geschichte ihrer Kirche kannten. Fragte ein Gescheiter einmal nach den Originalen dieser Dekretalen, die doch in Rom aufbewahrt sein mußten und von denen man die Abschriften gemacht hatte, dann wußte man sehr schlau und ausweichend zu antworten, und die meisten Bischöfe ließen fünf gerade sein, da sie lieber von dem entfernten Bischof von Rom als von ihrem Metropolitan abhängig sein wollten, der ihnen zu nah auf die Finger sehen konnte. In diesen Briefen, die angeblich von den römischen Bischöfen der ersten Jahrhunderte geschrieben sein sollten, kommen Bezeichnungen von Dingen vor, die man zu ihrer Zeit noch gar nicht kannte. Ja, der betrügerische, unwissende Fälscher, welcher dies Buch verfaßte, läßt diese Bischöfe Stellen aus der Bibel nach der Übersetzung des *viel später lebenden heiligen Hieronymus*, selbst aus Büchern zitieren, die erst im *siebenten* Jahrhundert geschrieben waren! Noch mehr, es sind sogar Stellen aus den Beschlüssen einer Synode zu Paris im Jahre 829 in diesem ungeschickten Machwerke aufgenommen!

Doch wie lächerlich es auch klingen mag, diese Pseudo-Isidorischen Dekretalen, diese anerkannte Fälschung, sind die *Grundlage des Papsttums*. Durch sie wurden die Päpste unumschränkte Gesetzgeber in geistlichen und weltlichen Dingen, durch sie erhoben sie sich über Fürsten und Völker, ließen sich als Halbgötter anbeten, verfügten willkürlich über große Reiche, ja, verschenkten ganze Weltteile.

Der Titel also, *den ein meuchelmörderischer Schurke Phokas erteilte*; die Schenkung *ihm nicht gehörigen Gutes*, welche ein Usurpator, Pipin, machte, und eine ganz gemeine Fälschung, diese *Pseudo-Isidorischen Dekretalen*, – bilden die unheilige Dreieinigkeit, auf welcher die päpstliche Macht gegründet ist. *Mord, Diebstahl, Fälschung*! Ein sauberes Fundament!

Das Gebäude, welches darauf erbaut wurde, hielt bis auf den heutigen Tag, denn es war gemörtelt mit der Dummheit der Menschen, und die Risse, welche die *Vernunft* zu manchen Zeiten darin machte, *wurden zugeleimt mit dem Blute von Millionen*!

Die Pseudo-Isidorischen Dekretalen äußerten schon ihre Kraft unter dem obengenannten Papst Nikolaus I. und noch mehr unter *Johannes VIII.*, der 872 den Römischen Stuhl bestieg. Er gebärdete sich schon wie ein rechter Papst und sprach von Kaiser *Karl dem Kahlen*: »*Da er von Uns zum Kaiser gekrönt sein will, so muß er auch zuerst von Uns gerufen und erwählt sein.*« Er war der erste, welcher den Kronkandidaten eine förmliche Kapitulation vorlegte, ehe sie zur Krönung nach Rom kommen durften.

Karl dem Dicken, der einige Klostergüter verschenkt hatte, schrieb er: *»Wenn du solche binnen sechzig Tagen nicht wieder schaffst, sollst du gebannt sein, und wenn auch dies nicht hilft, durch derbere Schläge klug werden.«*

Er sprach in einem Schreiben an die deutschen Bischöfe mit dürren Worten aus, wohin das Streben aller Päpste zielte: »Was schaffen wir denn in der Kirche an Jesu Statt, wenn wir nicht für Jesus gegen der Fürsten Übermut kämpfen? Wir haben, sagt der Apostel, nicht mit Fleisch und Blut, sondern wider die Fürsten und Gewaltigen zu kämpfen.« –

Stephan V. (885-891) war schon nicht mehr damit zufrieden, ein Mensch zu sein, denn er sagte: »Die Päpste werden, wie Jesus, von ihren Müttern durch die Überschattung des Heiligen Geistes empfangen«; alle Päpste seien so eine gewisse Art von Gott-Menschen, um das Mittleramt zwischen Gott und den Menschen desto besser betreiben zu können; ihnen sei auch alle Gewalt im Himmel und auf Erden verliehen worden.

Doch nicht nur die Päpste der alten Zeit beanspruchten solche Gottmenscherei; alle römischen Priester tun es bis in die neueste Zeit, und als Beweis dafür will ich eine Stelle aus einer Predigt anführen, welche am 16. August 1868 in der Pfarrkirche zu Ebersberg von dem Kooperator in Oberdorfen, Anton Häring, gehalten wurde. Dieser Gott-Häring sagt: »Mit der Absolutionsgewalt hat Jesus dem Priestertum eine Macht verliehen, die selbst der Hölle furchtbar ist, der selbst Luzifer nicht zu widerstehen vermag; eine Macht, die sogar hinüberreicht in die unermeßliche Ewigkeit, wo sonst jede irdische Macht ihre Grenze und ihr Ende findet; eine Macht, sage ich, die Fesseln zu brechen vermag, welche für eine Ewigkeit geschmiedet waren durch die begangene schwere Sünde. Ja, fürwahr! diese Macht der Sündenvergebung macht den Priester gewissermaßen zu einem zweiten Gott, denn – Sünden vergeben kann naturgemäß eigentlich nur Gott. Und doch ist das noch nicht die höchste Spitze der priesterlichen Macht, seine Gewalt reicht noch höher; Gott selbst nämlich vermag er sich dienstbar zu machen! Wieso? Wenn der Priester zum Altar schreitet, um das heilige Meßopfer darzubringen, da erhebt sich gleichsam Jesus Christus, der da sitzt zur Rechten des Vaters, von seinem Thron, um bereit zu sein auf den Wink seines Priesters auf Erden. Und kaum beginnt der Priester die Konsekration, da schwebt auch schon Jesus, umgeben von himmlischen Scharen, vom Himmel zur Erde und auf den Opferaltar nieder und verwandelt auf die Worte des Priesters hier Brot und Wein in sein seliges Fleisch und Blut und läßt sich dann von den

Händen des Priesters heben und legen, und wenn er auch der sündhaftigste und unwürdigste Priester ist. Fürwahr, eine solche Macht übertrifft selbst die Macht der höchsten Himmelsfürsten, ja, sogar die Macht der Himmelsköniginnen. Darum pflegte der heilige Franziskus von Assisi mit Recht zu sagen: ›Wenn mir ein Priester und ein Engel zugleich begegnen würde, so würde ich zuerst den Priester begrüßen, dann erst den Engel, weil der Priester eine viel höhere Macht und Hoheit besitzt als die Engel.‹«

Ich führe diese Stelle aus einer erst wenige Jahre alten Predigt nur deshalb an, um zu beweisen, daß der dumme Glauben unter den römisch-katholischen Christen noch *kein* überwundener Standpunkt ist, wie viele Leute im Norden von Deutschland glauben. – Doch kehren wir zu den Päpsten zurück.

Der Strom der päpstlichen Nichtswürdigkeit und Unflätterei wird nun immer breiter und stinkender. Mit dem zehnten Jahrhundert beginnt die Zeit, welche in der Geschichte als das »*römische Hurenregiment*« berüchtigt ist. *Gemeine Huren* regieren die Christenheit und schalten und walten nach Gefallen über den sogenannten Apostolischen Stuhl.

Ich könnte leicht parteiisch erscheinen, wenn ich diese schmachvolle Periode der Wahrheit getreu charakterisierte, deshalb mag für mich ein durchaus *päpstlicher* Schriftsteller reden, nämlich *Kardinal Baronius*. Er sagt: »In diesem Jahrhundert war der Greuel der Verwüstung im Tempel und Heiligtum des Herrn zu sehen, und auf Petri Stuhl saßen die *gottlosesten Menschen, nicht Päpste, sondern Ungeheuer*. Wie häßlich sah die Gestalt der römischen Kirche aus, als *geile und unverschämte Huren* zu Rom alles regierten, mit den bischöflichen Stühlen nach Willkür schalteten und *ihre Galane und Beischläfer auf Petri Stuhl setzten*.«

Doch man darf ja nicht glauben, daß nur die Päpste ein so unwürdiges Leben führten, nein, verdorben wie das Haupt, so waren auch die Glieder. König *Edgard* sagte in einer Rede von der englischen Geistlichkeit: »Man findet unter der Klerisei nichts anderes als Üppigkeiten, liederliches Leben, Völlerei und Hurerei. *Ihre Häuser haben sie ganz infam gemacht und sie in Hurenherbergen verwandelt. Tag und Nacht wird darin gesoffen, getanzt und gespielt.* Ihr Bösewichte, müsset ihr die Vermächtnisse der Könige und die Almosen der Fürsten so anwenden?« – Ich werde später hinlängliche Beweise anführen, daß König Edgard die Wahrheit sprach und daß seine Strafrede nicht allein die Geistlichkeit Englands, sondern aller Länder anging.

Nicht der *Heilige Geist*, sondern die Mätresse des mächtigen Markgrafen Adalbert von Toskana, *Marozia*, erhob *Sergius III.* auf den Päpstlichen Stuhl und zeugte mit ihm hier ein Söhnlein, welches später ebenfalls Papst wurde. Als Sergius starb, gab ihm Marozia und ihre Schwester Theodora ihren Liebhaber Anastasius II. zum Nachfolger. Diesem folgte in kurzer Zeit, weil das Schwesternpaar viel Päpste konsumierte, Johannes X., der es aber mit Marozia verdarb, die ihn gefangensetzen und ersticken ließ. Leo VI., der ihm folgte, wurde ebenfalls nach einigen Monaten ermordet.

Endlich machte Marozia ihren mit Sergius III. erzeugten Sohn Johannes XI., der noch fast ein Kind war, zum Papst. Mord und Totschlag erfüllte Rom. Einer der Feinde des Papstes bemächtigte sich desselben und ließ ihn im Gefängnis vergiften.

Die tolle Wirtschaft, die in Rom und überhaupt in Italien zu dieser Zeit herrschte, ist zu bunt und verwirrt, als daß ich mich auf Einzelheiten einlassen könnte.

Im Jahre 956 gelang es einem Enkel der Marozia, namens Oktavian, den Päpstlichen Stuhl zu erobern, obwohl er erst neunzehn Jahre alt und niemals Geistlicher gewesen war. Er nannte sich Johannes XII. und ist ein wahres Juwel von einem Papst, der es noch toller trieb als sein gleichzeitiger Kollege, der griechische Patriarch Theophylaktus, ein Junge von sechzehn Jahren!

Johannes verkaufte Bistümer und Kirchenämter an den Meistbietenden und verwandte ungeheure Summen auf Pferde und Hunde. Von den ersteren hielt er nicht weniger als 2.000, und diese fütterte er aus bloßer Verschwendungssucht mit Pistazien, Rosinen, Mandeln und Feigen, die vorher in gutem Wein eingeweicht waren. Guter Hafer und Heu wäre ihnen wahrscheinlich lieber gewesen.

Unter seiner Regierung ging es recht lustig zu, man lachte und tanzte in der Kirche und sang dazu liederliche Lieder. Der päpstliche Palast wurde von Johannes XII. in einen Harem verwandelt. »Kein Weib war so keck, sich sehen zu lassen, denn Johannes notzüchtigte alles, Mädchen, Frauen und Witwen, selbst über den Gräbern der heiligen Apostel.« So erzählt von ihm der Bischof von Cremona, Luitprand.

Diese Wirtschaft wurde endlich Kaiser Otto I. zu toll. Er berief ein Konzil, und hier erfuhr er von dem »Heiligen Vater« höchst unheilige Dinge. Die achtungswertesten Bischöfe traten gegen ihn als Ankläger auf. Einer sagte, daß er gesehen, wie der Papst einen im Pferdestalle zum Bischof ordinierte. Andere bewiesen, daß er Bischofstellen für Geld verkaufte und daß er einen *zehnjährigen Knaben zum Bischof von Lodi machte*. Die Unzucht will ich hier übergehen, da sie zuviel Platz wegnehmen würde. Man beschuldigte ihn ferner, daß er den Kardinal-Subdiakonus *kastriert*, mehrere Häuser in Brand gesteckt, beim Wein auf des *Teufels Gesundheit getrunken* und beim Würfelspiel oftmals *Venus* und *Jupiter* angerufen habe.

Nachdem die Synode feierlichst die Wahrheit dieser Aussagen beschworen hatte, bat sie den Kaiser, den Papst trotz aller Beweise nicht ungehört zu verdammen. St. Johannes wurde daherzitiert, aber statt seiner kam ein Brief, in welchem er schrieb: »Wir hören, daß ihr einen anderen Papst wählen wollt. Ist das eure Absicht, *so exkommuniziere ich euch alle im Namen des allmächtigen Gottes*, damit ihr außer Stand gesetzt werdet, weder einen Papst zu verdammen noch eine Messe zu halten.«

Nun machte *Otto I.* nicht viel Umstände mit dem liederlichen Hans, setzte ihn ab und den von Volk, Adel und Geistlichkeit erwählten Leo VIII. an seine Stelle. Hänschen hatte sich mit den Schätzen der Peterskirche davongemacht.

Als Kaiser *Otto* mit seinen schwerfälligen Deutschen abmarschiert war, da verlangten die römischen *Damen* nach ihrem Liebling Johannes und wußten es durch ihren Anhang dahin zu bringen, daß er wieder im Triumph in Rom eingeholt wurde. Leo gelang es zu entkommen, aber mehrere seiner Freunde fielen Johannes in die Hände, der sie schändlich verstümmeln ließ. *Otgar*, Bischof von Speyer, einer dieser Freunde, der noch in Rom war, *wurde so lange gepeitscht, bis er tot war!*

Der Heilige Vater, Johannes XII., genoß aber die neue Herrlichkeit nicht lange. Er entführte eine schöne Frau, wurde von dem Manne derselben auf der Tat ertappt und auf der Bresche der erstürmten Zitadelle totgeschlagen. Ein seltsames Sterbekissen für einen heiligen Papst!

Ich habe die Taten dieses Johannes etwas ausführlicher erzählt, um die Leser vorzubereiten auf die späteren Päpste, die noch heiliger waren als er. Die andern »Heiligkeiten« dieses Jahrhunderts will ich kürzer abhandeln.

Leo VIII. und *Benedikt V.* wurden bald abgetan, und es bestieg den Päpstlichen Stuhl Johann XIII. (965-972), den die Römer wegjagten, weil er zu stolz und gewalttätig war, und an dessen Stelle *Benedikt VI.* zum Papst gemacht wurde. Dieser wurde aber auch bald von einem Sohn der Marozia und des Papstes Johann X. ins Gefängnis geworfen und erdrosselt.

Johann XIV. wurde ebenfalls von einem seiner Gegenpäpste, Bonifazius VII., eingesperrt und vergiftet; aber dieser Giftmischer starb bald darauf, und seine Leiche wurde von den erbitterten Römern durch alle Pfützen geschleift und dann auf offener Straße liegengelassen wie ein Aas. Einige Geistliche holten sie hinweg und begruben sie heimlich.

Johann XV. (985-996) maßte sich das ausschließliche Recht der Seligsprechung und Heiligsprechung an, welches bisher jeder Bischof nach Gefallen ausgeübt hatte.

Johann XVI. wurde von seinem Gegner Gregor V. (996-998) gefangengenommen und hatte ein klägliches Ende. Gregor ließ ihn an Augen, Ohren und Nase schrecklich verstümmeln, in einem beschmutzten priesterlichen Gewände rücklings auf einem Esel, den Schwanz in der Hand, durch die Straßen führen und dann in einem Kerker elend verhungern.

Ich darf nicht vergessen, hier eine Sage einzuschieben, welche von den Feinden des Papsttums immer mit großer Schadenfreude erwähnt wurde, wenn auch neuere Schriftsteller sie als eine Erdichtung behandeln. Es ist die berüchtigte Geschichte von der Päpstin Johanna.

Man erzählt nämlich, daß zwischen Leo III. und Benedikt IV. ein Frauenzimmer unter dem Namen Johann VIII. auf dem Päpstlichen Stuhle gesessen habe. Bald machte man diese Päpstin zu einem englischen, bald zu einem deutschen Mädchen und nennt sie Johanna, Guta, Dorothea, Gilberta, Margaretha oder Isabella. Sie soll mit ihrem Liebhaber, als Jüngling verkleidet, nach Paris gegangen sein, dort studiert und sich solche Gelehrsamkeit erworben haben, daß man sie, als sie später nach Rom kam, zum Papste wählte.

Dieser Papst war aber, so erzählt die Sage weiter, vertrauter mit dem Kämmerer als mit dem Heiligen Geist, und der Heilige Vater fühlte, daß er eine Heilige Mutter werden wollte. Es erschien ihr ein Engel – die Engel flogen damals noch wie die Sperlinge herum –, der ihr die Wahl ließ, ob sie ewig verdammt oder vor der Welt öffentlich beschimpft sein wolle. Sie wählte das letztere und kam in öffentlicher Prozession zwischen dem Kolosseum und der Kirche St. Clemens mit einem jungen Päpstlein nieder.

Jeder Hof hat seine geheime Geschichte, und die vorgefallenen Schändlichkeiten werden meistens so gut vertuscht, daß der spätere gewissenhafte Geschichtsschreiber die sich hier und da davon vorfindenden, sich oft widersprechenden Erzählungen als nicht hinlänglich begründet verwerfen muß. Ich habe Büchertitel gelesen, auf denen versprochen ist, die Echtheit der Päpstin Johanna aus mehr als hundert päpstlichen Schriftstellern nachzuweisen; aber andere Titel, die ebenso gründlich und zuversichtlich klingen, versprechen gerade das Gegenteil. Die Sache ist an und für sich nicht so wichtig, deshalb habe ich meine Zeit nicht damit verloren, sie historisch zu untersuchen, was eine sehr mühsame Arbeit sein möchte, und ich muß sie dem Glauben oder Unglauben der Leser überlassen.

Seit dieser ärgerlichen Geschichte, fährt die Sage fort, mußte sich der neuerwählte Papst auf einen durchlöcherten Stuhl setzen vor versammelter Geistlichkeit und Volk. Dann mußte ein Diakonus unter den Stuhl greifen und sich handgreiflich davon überzeugen, ob der Papst das habe, was der Johanna fehlte und was ein Papst jener Zeit durchaus zur Regierung der Christenheit nicht entbehren konnte. Fand er alles in Ordnung, dann rief er mit feierlicher Stimme: Er hat, er hat, er hat! (habet, habet, habet!) Und das Volk jubelte! Gott sei gelobt! – Dieser Stuhl hieß der Untersuchungsstuhl oder auch sella stercoraria. Erst Leo X. soll diesen Gebrauch abgeschafft haben.

Gregor V., der letzte Papst im zehnten Jahrhundert, war der erste, welcher das Interdikt auf ein Land schleuderte, und zwar auf Frankreich. »Das Interdikt war die furchtbarste und wirksamste Taktik der Kirchendespoten und der recht eigentliche Hebel der geistlichen Universalmonarchie.«

Jetzt mag der Papst bannen und interdizieren soviel er will, es kräht kein Hahn darnach; allein in jener finstern Zeit konnte ein Land kein größeres Unglück treffen als das Interdikt. Trauer und Verzweiflung waren über dasselbe ausgebreitet, als wüte die Pest. Der Landmann ließ seine Arbeit liegen, denn er glaubte, daß der verfluchte Boden nur Unkraut statt Früchte trüge; der Kaufmann wagte es nicht, Schiffe auf die See zu schicken, weil er befürchtete, Blitze möchten sie zertrümmern; der Soldat wurde ein Feigling, denn er meinte, Gott sei gegen ihn.

Keine Wallfahrt, keine Taufe, keine Trauung, kein Gottesdienst, kein Begräbnis mehr! Alle Kirchen waren geschlossen, Altäre und Kanzeln entkleidet, die Bilder und Kreuze lagen auf der Erde; keine Glocke tönte mehr, kein Sakrament wurde ausgeteilt: die Toten wurden ohne Sang und Klang verscharrt wie Vieh, in ungeweihter Erde! – Ehen wurden nur eingesegnet auf den Gräbern, nicht vor dem Altare, – alles sollte verkünden, daß der Fluch des Heiligen Vaters auf dem Lande laste. Kurz, die ganze Pfaffheit mit allem, was daran und darum hängt, war suspendiert.

Es war ein Zustand, wie ich ihn – die Dummheit des Volks abgerechnet – dem deutschen Volke von ganzem Herzen wünsche.

Der Bann oder die Exkommunikation kommt schon weit früher in der christlichen Kirche vor; aber dann war er immer nur gegen einen einzelnen gerichtet, und dieser hatte daran schwer zu tragen, wenn er sich auch persönlich gar nichts daraus machte. Das Volk betrachtete ihn als dem Teufel verfallen und floh seine Gemeinschaft, als ob er ein Pestkranker sei. Die Überbleibsel seiner Tafel, und wenn es die einer kaiserlichen waren, rührte selbst der Ärmste nicht an; sie wurden verbrannt.

Mit der Exkommunikation wurde der Gebannte auch zugleich für *bürgerlich tot* erklärt. Er konnte keine Rechtssache vor Gericht führen, nicht Zeuge sein, kein Gut zu Lehen oder in Pacht geben usw. Vor die Tür eines Gebannten stellte man eine Totenbahre, und seine Leiche durfte nicht in geweihter Erde begraben werden. Hieraus wird man es erklärlich finden, daß selbst Könige vor dem Banne zitterten.

Sylvester II., der Nachfolger Gregors V., ist der einzige Papst, von welchem die päpstlichen Geschichtsschreiber mit Bestimmtheit melden, daß ihn der Teufel geholt habe. Er war nämlich ausnahmsweise gescheit, trieb viel Mathematik, begünstigte die Wissenschaften und dergleichen Teufeleien. Ihm verdanken wir auch die arabischen, das heißt unsere gewöhnlichen Zahlen.

Diesem gescheiten Papst hatte, so erzählt man, der Teufel die Papstwürde verheißen und versprochen, ihn nicht eher zu holen, als bis er in Jerusalem Messe lesen würde. Dazu war wenig Hoffnung, denn diese Stadt war von den Sarazenen besetzt, und Sylvester glaubte, die Bedingung eingehen zu können. Wie der Teufel mit dem Heiligen Geist fertig wurde, der sonst die Papstwahlen leiten soll, weiß ich nicht; genug, Sylvester ward gewählt und hatte nicht die geringste Lust, in Jerusalem Messe zu lesen. – Aber der Teufel ist ein Schalk. Es gab in Rom eine Kapelle, welche den Namen Jerusalem führte; hier las der Papst Messe, ohne an den Namen zu denken, und der Teufel holte ihn gewissenhafterweise. Sylvesters Grab hat lange geschwitzt, und seine Gebeine rasselten. Schrecklich!

Die Pseudo-Isidorischen Dekretalen hatten im zehnten Jahrhundert schon ihre Blüten entfaltet; aber im elften fingen sie an, ausgiebig Frucht zu tragen. In demselben sahen wir das Papsttum in seiner höchsten Macht, und Gregor VII. auf dem Gipfelpunkt derselben.

Ehe ich noch von dem gewaltigen Papst rede, muß ich erwähnen, daß schon vor seiner Zeit das Kollegium der *Kardinäle* zu sehr hoher Bedeutung gelangte. Ursprünglich gab es nur sieben *Kardinales* (von cardo, *Türangel*), und es waren dies die vornehmsten Geistlichen Roms. Da nun der Einfluß dieser Herren sehr stieg und alle Geistlichen nach dieser Würde trachteten, so sahen sich die Päpste genötigt, die Zahl der »*Türangeln der Kirche*« unter allerlei Abstufungen zu vermehren, bis sie endlich, *weil Jesus siebenzig Jünger hatte*, auf diese Zahl stieg.

Allmählich wurde der Geistlichkeit und dem Volke das Recht der Papstwahl »entzogen«, was man in nicht diplomatischem Deutsch *gestohlen* nennt, und die Kardinäle maßten sich das ausschließliche Recht derselben an. Dieses Kollegium, aus und von welchem der Papst nun gewählt wurde, hatte ein *direktes* Interesse daran, das Ansehen des Päpstlichen Stuhles auf jede Weise zu fördern, denn es konnte ja jedes Mitglied desselben selbst Papst werden.

Die Kardinäle wußten sich bald die größten Vorrechte zu verschaffen. Sie machten Anspruch auf einen Rang unmittelbar nach den Königen und verlangten den Vorrang vor allen Kurfürsten, Herzogen und Prinzen. Sie, *die eigentlichen Privatdiener* des Papstes, standen weit höher als Erzbischöfe und Bischöfe, welche doch sämtlich ebensoviel wie der Papst selbst waren. Doch haben ja auch in manchen unserer deutschen Staaten die *Kammerherren*, die dem Fürsten den Operngucker nachtragen müssen, *Oberstenrang*.

Die Kardinäle trugen *Purpur*. Begegneten sie einem Verbrecher auf seinem Wege zum Galgen, so konnten sie ihn befreien. Sie selbst verdienten, wie wir sehen werden, diesen Galgen sehr häufig; allein ich glaube nicht, daß jemals ein Kardinal durch *rechtskräftigen* Urteilsspruch zum Tode verurteilt worden ist; denn es war beinahe unmöglich, ihn eines Verbrechens zu überführen, da nicht weniger als *zweiundsiebzig Zeugen* dazu nötig waren. Kardinäle durften jede Königin oder Fürstin *auf den Mund* küssen, und keiner durfte ein Einkommen unter 4.000 Skudi haben. Der Posten eines Kardinals ist einer der bequemsten in der ganzen Christenheit. *Gregor VII.* (1073-85) war der Sohn eines Handwerkers und heißt eigentlich *Hildebrand*. Er war nur klein von Körper, aber der größte und kräftigste Geist, der je auf dem Päpstlichen Stuhl gesessen. Sein Zeitgenosse, der Kardinal *Damiani*, nannte ihn einen *heiligen Satan*, und die später reformierten Schriftsteller titulierten ihn nie anders als *Höllenbrand*.

Schon als Kardinal beherrschte er unter den ihm vorhergehenden Päpsten den »Apostolischen Stuhl« und wußte es durch Intrigen und

Heuchelei dahin zu bringen, daß man ihn selbst auf denselben erhob und daß Kaiser *Heinrich IV.*, trotz aller Warnungen gutgesinnter Bischöfe, ihn bestätigte.

Dieser Grobschmiedssohn Hildebrand schmiedete die Kette, unter welcher die Welt seit achthundert Jahren seufzt. Er ist der *eigentliche Begründer des Papsttums*. Unablässig trachtete er danach, seine Idee von einer *Universalmonarchie* zu verwirklichen, und seinem echt pfäffischen Genie, welches kein Mittel verschmähte, *gelang es auch*.

Kaum war er Papst, so behauptete er, *die ganze Welt sei ein Lehen des Päpstlichen Stuhls*. Mehrere Fürsten waren so töricht, dieser Ansicht beizupflichten und ihre Reiche von ihm zu Lehen zu nehmen. Diejenigen Fürsten, bei denen all seine nichtswürdigen Künste und Lügen nichts fruchteten, tat er in den *Bann,* und ich habe oben gezeigt, was ein solcher Bann damals zu bedeuten hatte. Ein exkommunizierter König war nach Gregors Grundsatz *seiner Macht und Würde entsetzt,* und alle Untertanen waren ihres *Eides und Gehorsams entbunden.* Da man sich bereits daran gewöhnt hatte, den Papst als den *Statthalter Gottes* zu betrachten, so wurde es ihm nicht schwer, bei der verdummten Menschheit seinen Anmaßungen Geltung zu verschaffen.

Zur Ausführung seiner ehrgeizigen Pläne hielt es Gregor für nötig, die Geistlichkeit von allen Banden zu trennen, durch welche sie mit der bürgerlichen Gesellschaft und mit dem Staate verbunden war; sie sollte kein anderes Interesse als das der Kirche haben und dieser mit Leib und Seele angehören. Da *Familienbande* die fesselndsten und einflußreichsten Bande von allen sind, so unternahm er es, um jeden Preis *die Ehe bei Geistlichen auszurotten.*

Gregor VII. ist der Urheber der *erzwungenen Ehelosigkeit* der *Priester* oder des *Zölibats.*

Wer die Süßigkeit und den Segen des Familienlebens kennt, kann sich wohl vorstellen, daß die Geistlichen dem Papste hierin den größten Widerstand leisteten. Der Kampf der Priester um ihre Weiber dauerte *zwei Jahrhunderte*; endlich unterlagen sie. In der Folge werde ich mich weitläufiger über diesen Kampf auslassen, bei welchem der dumme Fanatismus der Völker die Päpste mächtig unterstützte, wie auch über die verderblichen Folgen, welche das Zölibat für die menschliche Gesellschaft hatte.

Ein anderer Schritt, den Gregor zur Erreichung seines Zweckes tat, war die Vernichtung des *Investiturrechtes.*

Die höhere Geistlichkeit war von den Fürsten mit Reichtümern überschüttet, mit Land und Leuten begabt und mit fürstlichen Ehren und Rechten versehen worden; allein Erzbischöfe, Bischöfe und Äbte waren *Vasallen des Reichs*. Als solche übergaben ihnen die Fürsten bei der Belehnung einen *Ring* zum Zeichen der Vermählung des Bischofs mit der Kirche und einen *Hirtenstab* als Zeichen des geistlichen Hirtenamts. Der Geistliche wurde nicht eher in den Genuß seiner Würde eingesetzt, bis diese Zeremonie stattgefunden hatte, welche die *Investitur* genannt wurde. Sie war das Band, durch welches die Bischöfe mit dem Landesfürsten zusammenhingen.

Dieses Band wollte Gregor lösen, um der weltlichen Macht alle Gewalt über die Kirche und deren Diener zu entziehen. Auf einer Synode (1075) erließ er ein Dekret, welches allen Geistlichen *bei Strafe des Verlustes ihrer Ämter* verbot, die *Investitur* aus der Hand eines Laien, das heißt Nichtgeistlichen, zu empfangen und welches den Laien untersagt, dieselbe bei Strafe des Bannes zu erteilen.

Die Fürsten waren erstaunt über die neue Anmaßung des hochmütigen Pfaffen und kehrten sich nicht an seine Befehle. Gregor wußte jedoch sehr wohl, was er wagen konnte, er mühte sich nicht mit den kleineren Fürsten ab; er wollte ihnen seine Macht zeigen, indem er sie gegen den angesehensten unter ihnen, gegen den Kaiser, seinen Herrn, richtete.

Heinrich IV. hatte in Deutschland unter den Mächtigen viele Gegner. Gregor schürte die Streitigkeiten mit denselben und machte die Sache der Feinde des Kaisers zu der seinigen. Endlich hatte er die Frechheit, den Kaiser nach Rom zu zitieren, *damit er sich vor ihm verantworte!*

Heinrich, dessen Vater noch drei Päpste abgesetzt hatte, war empört über diese Unverschämtheit und berief eine Synode nach Worms, von welcher Gregor *einstimmig in den Bann* getan und *abgesetzt* wurde. Während dies in Worms geschah, sprang auch in Rom eine Mine gegen Gregor. Eine Menge *Gebannter* vereinigte sich, überfiel ihn in der Kirche, als er gerade Hochamt hielt, und schleppte ihn bei den Haaren ins Gefängnis; der verblendete Pöbel in Rom setzte ihn wieder in Freiheit.

Gregor lechzte nach Rache. Die Absetzungsdekrete beantwortete er damit, daß er *Heinrich IV. und alle seine Anhänger in den Bann tat*, die Untertanen ihres Eides entband und den *Kaiser absetzte!* Zugleich überschwemmten Mönche, die bereitwilligen Handlanger der Päpste, ganz Deutschland und bearbeiteten das Volk.

Zuerst schrie man hier fast einstimmig gegen den verwegenen Papst, denn im *Schreien* waren die Deutschen schon damals groß, aber Heinrichs Gegner *handelten*. Durch Hildebrands Intrigen verführt, fielen allmählich die Anhänger des Kaisers von demselben ab, nur Herzog *Gottfried von Lothringen* blieb ihm treu; Gregor schaffte ihn durch *Meuchelmord* aus dem Wege.

Die erbärmlichen deutschen Fürsten versammelten sich zu *Tibur* und erklärten hier dem Kaiser, »*daß sein Reich zu Ende sei, wenn er sich nicht innerhalb eines Jahres vom Banne befreie!*«

Niedergedrückt von dem finsteren Geist seiner Zeit, von aller Welt verlassen – nur wenige Soldaten waren noch bei ihm – entschloß sich der deutsche Kaiser, nach Rom zu gehen und den durch die Dummheit der Menschen so furchtbar gewordenen Gegner zu versöhnen. – In der strengen Kälte, in einem armseligen Aufzuge ging er über die Alpen. Die Italiener strömten ihm zu und verlangten, er solle an der Spitze eines Heeres den rebellischen Großpfaffen zur Rede stellen; aber die *Niederträchtigkeit* der Deutschen hatte den Mut und das Herz des ohnehin schwachen Kaisers gebrochen. Er wollte demütig von Gregor Gnade erflehen.

Dieser ließ sich nichts weniger träumen als das. Er war auf einer Reise nach Augsburg begriffen und bereits nach der Lombardei gekommen. Als er die Ankunft des Kaisers vernahm, floh er eiligst nach dem festen Schlosse *Canossa*, welches seiner Buhlerin, der reichen Markgräfin *Mathilde von Toskana*, gehörte.

Hier erschien der deutsche Kaiser. *In einem wollenen Büßerhemde, bloßen Hauptes, barfuß*, stand er in dem Raum vor der inneren Ringmauer des Schlosses – *drei Tage und drei Nächte lang, mitten im Januar, zitternd vor Frost und matt vor Hunger und Durst!*

Aus den Fenstern des Schlosses schaute Gregor an der Seite seiner Buhlerin auf seinen gedemütigten Feind herab und hätte ihn gern so sterben sehen. Des Papstes unmenschliche Härte brachte alle Hausgenossen zum Murren, und endlich gab er den Bitten der Markgräfin nach, die zwar Heinrichs Feindin, aber barmherziger war, und führte den Kaiser an den Altar. Hier durchbrach Gregor eine Hostie. »*Bin ich der Verbrechen schuldig, deren du mich in Worms bezichtigt hast*«, redete er ihn an, »*so mag Gott der Herr meine Unschuld bewähren oder mich durch einen plötzlichen Tod strafen!*« – Dann nahm er die Hälfte der Hostie. Gregor war nicht abergläubisch und nicht nervenschwach. Er blieb am Leben.

Der Bann wurde nun von Heinrich genommen, aber unter den entehrendsten Bedingungen. »Wirst du dich«, sagte Gregor, »auf dem zusammenzurufenden Reichstage rechtfertigen und die Krone wieder erhalten, *so sollst du mir gehorsam und untertänig sein.*«

Nach Deutschland zurückgekehrt, richtete der von Kummer aller Art betroffene Kaiser sein Auge auf den von ihm selbst erbauten Dom zu *Speyer* und sagte zu seinem *alten Freunde*, dem Bischof: »Siehe, ich habe Reich und Hoffnung verloren, gib mir eine Pfründe, ich kann lesen und singen.« Der Bischof antwortete: »Bei der Mutter Gottes! das tue ich nicht.«

Die lombardischen Städte und Fürsten waren empört über die Demütigung Heinrichs und sagten ihm unverhohlen ihre Meinung. Da ermannte sich der niedergedrückte Kaiser und stellte sich an die Spitze der bald um ihn versammelten Armee. Die pflicht- und ehrvergessenen deutschen Fürsten aber erwählten in dem Herzog *Rudolph von Schwaben* einen neuen Kaiser.

Gregor verhielt sich ruhig, solange nichts Entscheidendes geschehen war; als aber Heinrich in einer Schlacht geschlagen wurde, sandte er dem Gegenkaiser eine Krone zu mit der stolzen Inschrift: *Der Fels* (der Kirche) *gab Petrus, Petrus gab Rudolph die Krone.* Über Heinrich wurde aufs neue der gräßlichste Bannfluch ausgesprochen.

Der Kaiser hatte jedoch seine Mannheit wiedergefunden. Eine Synode setzte Gregor abermals ab, und *Guibert*, Erzbischof von *Ravenna*, wurde als *Clemens III.* zum Papst erwählt. Gregor versuchte seine alten Künste. Er gab den Rebellen die Versicherung, daß noch in demselben Jahre vor dem Petersfeste ein *falscher König sterben werde*. Um seine Prophezeiung an *Heinrich* zu erfüllen, sandte er einige Meuchelmörder aus; aber des Papstes böse Absicht wurde zum Segen für Heinrich. Am 15. Juni 1080 schlug er Rudolph, und dieser starb infolge einer in der Schlacht erhaltenen Wunde.

Nun rückte Heinrich gegen Rom, vernichtete das Heer der Papsthure Mathilde, eroberte die Stadt und belagerte den rasenden Hildebrand in der Engelsburg. Die von diesem zur Hilfe gerufenen Normannen, welche damals in Unteritalien herrschten, befreiten ihn zwar; aber Gregor mußte vor der Wut der Römer fliehen. Er ging nach Salerno zu den Normannen und endete hier sein fluchbeladenes Leben.

Gregor war der erste wirkliche Papst. Er befahl auf einer Synode, daß von nun an nur einer Papst heißen solle in der Christenheit, denn bisher nannten sich alle Bischöfe so. Ein Schriftsteller aus jener Zeit sagt schon: Das Wort Papst in der Mehrzahl ist ebenso gotteslästerlich als den Namen Gottes in der Mehrzahl zu gebrauchen.

Gregor wollte Kaiser und Könige zu seinen Untergebenen machen und keine andere Herrschaft als die seinige auf der Erde dulden. Darum schrieb er an *Heriman*, Bischof von Metz: »Der Teufel hat die Monarchie erfunden.«

Um die christliche Kirche leichter zu regieren, ordnete Gregor an, daß beim Gottesdienst überall die römischen Gebräuche befolgt und die lateinische Sprache gebraucht werden sollten. In den meisten deutschen Kirchen hatte das schon der Römerknecht Bonifazius eingeführt.

In einem seiner hinterlassenen Briefe hat Gregor seine Grundsätze niedergelegt[1]. Es sind 27, aber ich will nur einige anführen:

Der Papst allein kann den kaiserlichen Schmuck tragen. – Alle Fürsten müssen dem Papst den Fuß küssen und dürfen dieses Zeichen der Ehre außer ihm keinem anderen erweisen. – Es ist dem Papst erlaubt, Kaiser abzusetzen. – Sein Urteil kann von keinem Menschen umgestoßen werden, er aber kann aller Menschen Urteil umstoßen. – Die römische Kirche hat nie geirrt und wird auch nach der Schrift niemals irren. – Derjenige ist kein Katholik, der es nicht mit der römischen Kirche hält. – Der Papst kann die Untertanen vom Eide der Treue lossprechen, den sie einem bösen Fürsten geleistet haben. –

Es scheint mir nicht nötig, noch einige Bemerkungen über Gregor hinzuzufügen. Bischof *Thierry* von *Verdun* sagt von ihm: »Sein Leben klagt ihn an, seine Verkehrtheit verdammt, seine hartnäckige Bosheit verflucht ihn.«

Ich habe nun das Papsttum bis zum Gipfel seiner Macht begleitet. Der Raum gestattet mir nicht, in derselben Weise fortzufahren, und ich muß mich darauf beschränken, aus jedem Jahrhundert einige Päpste biographisch zu skizzieren und an ihnen zu zeigen, wie sie alle danach strebten, Gregor nachzueifern und das von ihnen aufgestellte System der Universalmonarchie zur Ausführung zu bringen und fest zu begründen. Alle gefielen sich in der Vorstellung, »sich als Jesus, die weltlichen Regenten als die Eselin, die er ritt, und das Volk als das Eselsfüllen zu betrachten.«

---

1   Man hat hin und wieder an der Echtheit dieses Briefes gezweifelt, doch wie mir scheint, ohne besonders gute Gründe.

– Die Eselin ist unterdessen gestorben; aber das Eselsfüllen ist seitdem ein *alter* Esel geworden, der geduldig auf sich reiten läßt.

Im elften Jahrhundert trennte sich die *griechische* Kirche vollends von der *abendländischen*, indem die griechische behauptete, daß weder die Lehren noch die Disziplin der letzteren mit der Heiligen Schrift und den heiligen Überlieferungen übereinstimmten, also ketzerisch seien. Die Oberherrschaft des Päpstlichen Stuhles verwarf sie als eine antichristliche Einrichtung.

Unter *Hadrian IV.*, der 1153 den »Apostolischen Stuhl« bestieg, begann der Kampf der Päpste mit den deutschen Kaisern aus dem Geschlechte der Hohenstaufen. *Friedrich I.*, der Rotbart, trat den Anmaßungen des Papstes kräftig entgegen, und die Ehrenbezeugungen, welche derselbe von ihm verlangte, machte er lächerlich, selbst indem er sie gewährte. *Friedrich hielt dem* Papste den *Steigbügel* – so weit war es bereits mit den Kaisern gekommen –, aber er hielt ihn auf der *rechten* Seite, auf welcher der Schinder zu Pferde steigt, und antwortete auf die Bemerkung Hadrians darüber: »Ich war nie Stallknecht, Ew. Heiligkeit werden verzeihen.«

Den schwersten Stand hatte Friedrich mit Alexander III. (1159 bis 1181). Es war dies einer der mutigsten und klügsten Päpste, der niemals im Unglück verzagte oder im Glück übermütig wurde, aber stets darauf bedacht war, die Errungenschaften seiner Vorgänger zu behaupten. Der große Kaiser Friedrich kam 1177 zum erstenmal mit ihm in Venedig zusammen und – *küßte ihm den Pantoffel*.

Die Pfaffenlegende erzählt, daß der Papst bei diesem Kuß den Fuß auf des Kaisers Nacken gesetzt und gesagt habe: »*Auf Schlangen und Ottern mögest du gehen, und treten auf junge Löwen und Drachen.*« Aber Alexander war gewiß viel zu klug, um den ihm an Geist ebenbürtigen Kaiser durch solche unnütze Worte zu reizen, und Friedrich viel zu stolz, um sich dergleichen gefallen zu lassen. Glaublicher ist die Version, daß der Kaiser bei dem Pantoffelkusse sagte: »*Nicht dir gilt es, sondern Petrus*«, und Alexander antwortete: »*Mir und Petrus.*«

Auch der kräftige Heinrich II. von England mußte sich vor dem Worte des mächtigen Papstes beugen. Heinrich hatte seinen Liebling, *Thomas Becket*, mit Gnaden überschüttet und endlich zum Erzbischof von Canterbury gemacht. Nun war der Schurke am Ziel. Er verband sich mit dem Papste gegen seinen Herrn und Wohltäter, dem er durch pfäffische Niederträchtigkeiten aller Art das Leben verbitterte. Im Unmute rief einst der geplagte König aus: »Wie unglücklich bin ich, daß ich in meinem

Königreiche vor einem einzigen Priester nicht Frieden haben kann! *Ist denn niemand zu finden, der mich von dieser Plage befreit?*«

Diese Worte hörten vier Ritter, welche dem Könige treu ergeben waren; sie eilten sogleich hinweg, fanden den Erzbischof vor dem von ihm geschändeten Altar, spalteten ihm den Kopf und machten ihn dadurch zum *Heiligen*, denn Wunder fanden sich. Einige Stalleute des Königs hatten einst dem Pferde des Erzbischofs den Schwanz abgehauen, und für diesen Frevel zeugten sie forthin lauter Kinder – mit Schwänzen!

Die Pfaffen schnoben wegen dieses Mordes nach Rache. *Alexander* drohte mit dem *Interdikt*, und *Heinrich*, der sein Volk nicht leiden sehen wollte, unterwarf sich allen Strafen, die der Papst über ihn verhängte. Der König schwur feierlich, daß er den Mord des Erzbischofs nicht gewollt habe; es half ihm nichts. Er mußte barfuß zum Grabe des neuen Heiligen wallen, sich hier andächtig niederwerfen und – von *achtzig* Geistlichen *geißeln* lassen! Jeder gab ihm *drei* Hiebe – macht *zweihundertundvierzig*.

Mit Kaisern und Königen gingen jetzt die Päpste oft wie mit Hunden um. Als *Cölestin III.* (1191-1198) den Sohn des in Palästina gestorbenen *Friedrichs I., Heinrich VI.*, gekrönt hatte und dieser ihm den Pantoffel küßte, *stieß er dem Kaiser mit dem Fuße die Krone vom Kopfe*, zum Zeichen, daß er sie ihm geben und nehmen könne.

Der mächtigste Papst alle Päpste war *Innozenz III.* (1198-1215). Alle Rechte, die *Gregor VII.* zu haben behauptete, übte dieser mächtige Papst wirklich aus. Als er den Päpstlichen Stuhl bestieg, war er in seiner vollen Manneskraft, denn er war erst 37 Jahre alt. Die Könige zitterten vor ihm wie Schulknaben vor dem strengen Schulmeister. Allen gab er seine Rute zu fühlen. *Johann von England* rief einst beim Anblick eines sehr feisten Hirsches aus: »Welches dicke und feiste Tier, und doch hat es nie Messen gelesen!« Aber auch dieser Spötter über das Pfaffentum kroch demütig zum Kreuz, als ihm das heilige Raubtier zu Rom die apostolischen Zähne wies.

Innozenz III. ist der Erfinder der wahnsinnigen Lehre von der *Transsubstantiation*, das heißt von der Lehre, daß sich durch die Weihung des Priesters das Brot und der Wein beim Abendmahl wirklich in *Fleisch und Blut* Jesu verwandeln.

Hierbei fällt mir die Antwort eines Indianers ein, welchen der Missionar, nachdem er ihm das Abendmahl gereicht hatte, fragte: »Wie viele Götter gibt es?« – »Gar *keine*«, antwortete der Indianer, »*denn du hast ihn mir ja soeben zu essen gegeben.*«

Ebenso materielle Vorstellung vom Abendmahl hatte ein lutherischer Bauer. Der Herr Pastor war ein großer Whistspieler, und durch Zufall war eine weiße, runde elfenbeinerne Whistmarke mit unter die runden Oblaten auf den Hostienteller geraten. »Nehmet und esset, denn dies ist mein Leib«, sagte der Geistliche und steckte dem Bauer die unglückliche Marke in den Mund. Der Bauer biß herzhaft zu; als er aber das Ding gar nicht klein bekommen konnte, rief er: »*Wies der Dübel, Herr Paster, ick mut 'nen Knoken derwischt hebben!*«

Innozenz III. führte auch die *Ohrenbeichte* ein, von der ich schon früher geredet habe und im letzten Kapitel dieses Buches noch weitläufiger reden werde; ferner das scheußlichste Tribunal, welches jemals die Menschheit schändete, – *die Inquisition.*

Der gefährlichste Feind des Papsttums kam mit dem großen Hohenstaufen *Friedrich II.* auf den deutschen Kaiserthron. Er hatte in der Jugend unter der Vormundschaft von Innozenz gestanden, aber dennoch wurde er nichts weniger als ein Pfaffenknecht, vielmehr ein Mann, dessen religiöse Ansichten seiner Zeit bedeutend vorangeeilt waren. Hätte ihn das Volk unterstützt, dann wären vielleicht damals schon dem Papsttum die Flügel gestutzt worden. Sein Wahlspruch war: »Laß lärmen und dräuen und die Esel schreien.« Sein Kanzler *Petrus de Vineo* unterstützte ihn wacker und schrieb unter anderem 1240 gegen die Jurisdiktion des Papstes.

Den heftigsten Kampf hatte Kaiser Friedrich II. mit Gregor IX. (1227-1241). Dieser tat ihn einmal über das andere in den Bann und legte ihm Verbrechen zur Last, die ihn als den verruchtesten Ketzer brandmarken sollten. Friedrich wurde angeklagt, gesagt zu haben, *die Welt sei von drei Betrügern getäuscht worden, wovon zwei in Ehren gestorben, der dritte aber am Galgen: Moses, Mohammed und Christus.* – Ferner habe er darüber gelacht, daß der allmächtige Herr des Himmels und der Erde von einer *Jungfrau* geboren sein sollte, und geäußert, *daß man nichts glauben solle, was nicht durch Natur und Vernunft bewiesen werden könne.* Freilich eine ebenso schändliche als schädliche Lehre, da sie dem ganzen Pfaffenschwindel den Hals brechen würde, wenn sie zur Geltung käme.

Diese letzte Äußerung sah übrigens dem Kaiser sehr ähnlich, der aus dem Morgenlande, wohin er einen Kreuzzug unternehmen mußte, sehr freie Ansichten über die Religion mitgebracht hatte. Einst äußerte er: »Wenn der Gott der Juden Neapel gesehen hätte, würde er gewiß nicht Palästina auserwählt haben«; und beim Anblick einer Hostie rief er: »*Wie lange wird dieser Betrug noch dauern!?*« Als er einst an ein Weizenfeld kam, hielt er sein Gefolge vor demselben zurück und sagte: »*Achtung, hier wachsen unsere Götter.*« Die Hostie wird nämlich aus Weizenmehl gebacken.

Gregor hatte den *deutschen Ritterorden* sehr liebgewonnen, und da ihm ja die ganze Erde gehörte, *so schenkte* er demselben *Preußen*. Die Ritter zeigten sich aber nicht besonders dankbar gegen den Päpstlichen Stuhl und gegen die Pfaffheit. Einer ihrer Großmeister, *Reuß von Plauen*, sagte: »Man muß den Geistlichen keine Güter geben, sondern nur Besoldung wie anderen Staatsdienern auch; sie sollen sich an den schlichten Text des Evangeliums halten.« Der Hochmeister *Wallenrode* äußerte: »*Ein Pfaff in jedem Land ist genug, und den muß man einsperren und nur herauslassen, wenn er sein Amt verrichten soll.*«

Innozenz IV. (1243-1255) setzte den Kampf mit Friedrich II. fort. Er war ein Graf *Fiesko* und genauer Freund des Kaisers gewesen. Als man diesen wegen der Wahl seines Freundes zum Papst beglückwünschte, antwortete Friedrich: »*Fiesko* war mein *Freund, Innozenz IV.* wird mein *Feind sein*; kein Papst ist *Ghibelline*« (nämlich *liberal*).

Es war so, wie der Kaiser sagte, der bald in den Bann getan wurde, den Friedrich anfing, als seinen natürlichen Zustand zu betrachten. Er war keineswegs zerknirscht, sondern rückte dem Papst zuleibe, und der Heilige Vater machte, als Soldat verkleidet, einen Angstritt von 54 italienischen Meilen in einer kurzen Sommernacht, um der Gefangenschaft zu entgehen.

Der Papst floh nach *Lyon*, wo er 1245 eine Synode zusammenberief, auf der Friedrich abermals *gebannt* und *abgesetzt* wurde. Friedrich kämpfte wie ein Mann; aber die Menschen waren noch dumm, und man band ihm überall die Hände. Besonders die deutschen Fürsten zeigten sich dem edeln, großen Kaiser gegenüber so niedrig, so unendlich klein! Elende Pfaffenknechte. Nur in der *Schweiz* schlugen ihm treue Herzen trotz Bann und Interdikt. Mehrere Kantone sandten ihm Hilfstruppen, und *Luzern* und *Zürich* hielten zu ihm bis zum letzten Augenblick.

Kaiser Friedrich starb an päpstlichem Gift. Innozenz jubelte; nun stand ihm der Weg nach Rom wieder offen. Er zog ab und bedankte sich bei den Lyonesern für die gute Aufnahme. Diese hatten aber keine Ursache, sich beim Papste zu bedanken, denn *Kardinal* Hugo sagt in seinem Abschiedsschreiben mit echt pfäffischer, zynischer Unverschämtheit: »Wir haben euch, Freunde, seit unserer Anwesenheit in dieser Stadt einen wohltätigen Beitrag gestiftet. Bei unserer Ankunft trafen wir kaum drei bis vier Huren; bei unserem Abzug hingegen überlassen wir euch ein einziges Hurenhaus, welches sich vom östlichen bis zum westlichen Tore durch die ganze Stadt verbreitet.« Lyon hatte demnach Ähnlichkeit mit einer deutschen, katholischen Hauptstadt, von welcher ihr König dasselbe sagte und welche Papst Pius VI. »Deutsch-Rom« nannte. Gemeint ist München.

Innozenz IV. verlieh den Kardinälen als Auszeichnung *rote* Hüte. Auf ihn folgt eine Reihe unbedeutender Päpste. Urban IV., der Sohn eines Schuhflickers, stiftete das *Fronleichnamsfest* zu Ehren der Hostie oder vielmehr des Abendmahls. Eine verrückte Nonne hatte *ein Loch im Monde gesehen*, und das flickte der päpstliche Schuhflicker mit einem neuen Kirchenfeste aus. *Martin V.*, ein Franzose, war ein erbitterter Feind der Deutschen. Er wünschte, »daß Deutschland ein großer Teich, die Deutschen lauter Fische und er ein Hecht sein möchte, der sie auffresse wie der Storch die Frösche.« Die Hohenstaufen erlagen im Kampfe mit dem Papsttum. Die Habsburger nahmen sich ein warnendes Exempel daran; sie spielten daher lieber mit ihm unter einer Decke und zogen nun dem armen Volke vereinigt das Fell über die Ohren. Aus diesem Grunde werden auch beide *gleiche Dauer* haben.

Innozenz V. war der erste Papst, der im *Konklave* gewählt wurde. Sein Vorgänger Gregor X. hatte nämlich befohlen, daß nach seinem Tode sämtliche Kardinäle in ein Zimmer geschlossen werden sollten, welches für jeden eine besondere Zelle und keinen anderen Ausgang hatte als zum Abtritt. Jeder Kardinal hatte nur einen Diener bei sich. Das Zimmer durfte nicht verlassen werden, bis ein neuer Papst gewählt war. War dies nach drei Tagen nicht geschehen, so erhielt jeder der Kardinäle in den folgenden vierzehn Tagen nur *ein Gericht* und nach dieser Zeit nur *Brot, Wein und Wasser*. Diese Hungerkur beförderte merklich den Verkehr mit dem Heiligen Geist!

Unter der Kirchenherrschaft von *Nikolaus IV.* (1288-1292) regierte über *Tirol* der wackere Graf *Meinhard*. Dieser hielt die liederlichen Pfaffen gehörig im Zaum und zog sich dadurch den Zorn des Papstes zu, der ihn in den Bann tat. *Meinhard* verteidigte sich wacker; er sagte: »Ich bin nicht der Angreifer, sondern meine Bischöfe, *die keine Hirten, sondern Wölfe sind. Statt zu lehren, suchen sie sich nur zu bereichern, Bastarde in die Welt zu setzen, zu tafeln und zu zechen. Weidet man so die Schafe Jesu? Sie nehmen gerade umgekehrt das Wort:* ›Gebet ihnen den Rock‹;

sie nehmen auch noch den Mantel und *sind schlimmer als Juden, Türken und Tartaren. Sie blenden das Volk durch Zeremonien, und es genügt ihnen nicht, die Schafe zu melken und zu scheren; sie schlachten sie.«*

Cölestin V. wurde aus einem einfältigen Eremiten ein noch einfältigerer Papst, und als Kardinal *Cajetan* eines Nachts durch ein versteckt angebrachtes Sprachrohr in sein Schlafzimmer schrie: »*Cölestin, Cölestin, Cölestin! – lege dein Amt nieder, denn diese Last ist dir zu schwer*«, glaubte der Dummkopf, der liebe Gott würdige ihn einer persönlichen Unterredung, und dankte ab.

Kardinal *Cajetan* trat als *Bonifaz VIII.* (1295-1303) an seine Stelle. Auf einem kostbar aufgezäumten Schimmel, der von den Königen von *Apulien* und von *Ungarn* geführt wurde, ritt er zur Krönung. Nach der Rückkehr aus der Kirche, bei welcher Gelegenheit vierzig Menschen im Gedränge seliggedrückt wurden, tafelte er öffentlich, und *die beiden Könige standen als Bediente hinter seinem Stuhle und warteten ihm auf.*

Den neuen Papst verdroß es sehr, daß viele die Abdankung *Cölestins* als ungültig betrachteten, der überall als Heiliger angestaunt wurde. Um der Sache ein Ende zu machen, ließ ihn Bonifaz einfangen. Der arme heilige Waldesel bat fußfällig, ihn wieder in seine Höhle zurückkehren zu lassen; aber all sein Flehen war umsonst. Er wurde auf dem festen Schloß *Fumone* in ein enges Behältnis eingesperrt, wo er so wenig zu essen bekam, wie er nur immer wollte, *so daß er kläglich verhungerte.*

Dieser *Bonifazius* war ebenso stolz wie Gregor VII. und Innozenz III. In einer Bulle von 1294 sagt er: »Wir erklären, sagen, bestimmen und entscheiden hiermit, daß alle menschliche Kreatur dem Papst unterworfen sei und daß man nicht selig werden könne, ohne dies zu glauben.«

Dieser ungemessene Stolz mußte ihn sehr bald in feindselige Berührung mit stolzen weltlichen Monarchen bringen. *Philipp IV.*, der Schöne, von Frankreich geriet mit Bonifaz auf das heftigste zusammen. Aber der König war kein Heinrich IV., seine Großen keine *Deutschen* und der Papst kein *Hildebrand.* Er schrieb zwar an *Philipp*: »Bischof Bonifaz an Philipp, König von Frankreich. Fürchte Gott und halte seine Gebote! Du sollst hiermit wissen, daß du uns im Geistlichen und Weltlichen unterworfen bist. – Wer anders glaubt, den halten wir für einen Ketzer.«

Hierauf antwortete ihm der von seinem Parlament wacker unterstützte Philipp: »*Philipp*, von Gottes Gnaden, König von Frankreich, an Bonifaz, der sich für den Papst ausgibt, wenig oder gar keinen Gruß! Du sollst wissen, *Erzpinsel* (maxima Tua Fatuitas), daß wir in weltlichen Dingen *niemandem* unterworfen sind. Andersdenkende halten wir für Pinsel und Wahnwitzige.«

Wie jämmerlich erscheint dagegen König Erich von Dänemark, welcher, mit Bann und Interdikt bedroht, schreibt: »Erbarmen, Erbarmen! Was haben meine Schafe getan? Alles, was Ew. Heiligkeit mir auferlegen, will ich tragen. – Rede, dein Knecht höret.«

Der stolze »Erzpinsel« wurde aber bitter gedemütigt. *Philipps* Abgesandter, *Nogaret*, verbunden mit *Sciarra Colonna*, gegen dessen Familie der Papst die unerhörtesten Grausamkeiten begangen hatte, überfielen ihn in seinem Schlosse *Anagni* und nahmen ihn gefangen. »Willst du die Tiara abtreten, die du gestohlen hast?« schnob ihn der wütende Colonna an. Bonifaz antwortete hochmütig. Da loderte der Zorn des schwer mißhandelten römischen Edelmannes hoch auf, er *schlug den Papst ins Gesicht* und schrie: »Willst du das Maul halten, Höllensohn! alter Sünder!« Mit Mühe hielt Nogaret den Wütenden zurück, daß er seine Rache nicht vollends befriedigte an dem sechsundachtzigjährigen Bösewicht, der Seelenstärke genug hatte, Colonna zuzurufen: »Hier ist der Hals, und hier ist das Haupt!«

Darauf setzt man den Vizegott auf ein Pferd ohne Sattel und Zaum, das Gesicht dem Schwanze zugekehrt, und brachte ihn in ein elendes Gefängnis, wo er, aus Furcht, vergiftet zu werden, drei Tage und drei Nächte lang nichts genoß als ein wenig Brot und drei Eier, welche ihm ein altes Mütterchen zusteckte. – Man möchte Mitleid haben mit dem alten Manne; aber er war ein alter Bösewicht, und man denke an den armen Cölestin, den er verhungern ließ.

Das Volk zu Anagni befreite Bonifaz und brachte ihn im Triumph nach Rom. Aber die erlittene Demütigung hatte den stolzen alten Mann wahnsinnig gemacht. Er befahl seinen Dienern, sich zu entfernen, und schloß sich in seinem Zimmer ein. Am Morgen fand man ihn tot. Sein weißes Haar war mit Blut befleckt; vor seinem Munde stand Schaum, und der Stock, den er in der Hand hielt, war von seinen Zähnen zernagt. So endete Bonifaz VIII., wie man vorhergesagt hatte: »Er wird sich einschleichen wie ein Fuchs, regieren wie ein Löwe und sterben wie ein Hund.«

Er starb wie ein Hund und lebte wie ein Schwein. Er erklärte öffentlich, daß Hurerei, Ehebruch und Unzucht gar keine Sünde sei, weil Gott Weiber und Männer dazu gemacht habe. Er lebte mit einer verheirateten Frau und mit ihrer Tochter zu gleicher Zeit und mißbrauchte seine Pagen zu unnatürlicher Wollust, so daß sich diese untereinander die »Huren des Papstes« nannten.

Was von seinem Glauben zu halten ist, ergibt sich aus folgenden Äußerungen, deren ihn Philipp gegen Clemens V. beschuldigt: Gott lasse es mir wohlgehen auf dieser Welt, nach der anderen frage ich nicht so viel als nach einer Bohne. – Die Tiere haben so gut Seelen als die Menschen. – *Es ist abgeschmackt, an einen und an einen dreifachen Gott zu glauben. An Maria glaube ich so wenig als an eine Eselin und an den Sohn so wenig als an ein Eselsfüllen. Maria war eine Jungfrau, wie meine Mutter eine war. – Sakramente sind Possen usw.* Philosophen und andere Freigeister haben dergleichen Gedanken wohl schon öfters ausgesprochen; allein im Munde eines Papstes klingen sie um so seltsamer, als die Inquisition Tausende wegen weit unbedeutenderer Ausdrücke verbrennen ließ. – Clemens V. erklärte Bonifaz jedoch für einen frommen, katholischen Christen, und nun wissen wir doch, wie ein solcher beschaffen sein muß, um den Päpsten zu gefallen. *Bonifaz VIII.* ist derjenige Papst, welcher das Jubeljahr erfand. Er war auch der erste Papst, der ein Wappen führte und der auf die *Tiara* oder päpstliche *Mütze eine zweite Krone* setzte. Früher trugen die römischen Bischöfe die sogenannte *phrygische Mütze* der Priester der Cybele, *Mitra* genannt. Ein Bischof, *Hormidas*, setzte die von König Clodwig erhaltene Krone hinzu. Die *dritte* Krone kam erst mit Johann XXII. oder mit Benedikt XII. auf die päpstliche Narrenkappe.

Mit *Clemens V.* begann die sogenannte *babylonische Gefangenschaft der Päpste* (1305-1374). König Philipp der Schöne fand es nämlich vorteilhaft, die Päpste für seine Zwecke bei der Hand zu haben, und verleitete sie durch allerlei Lockungen, ihren Sitz in *Avignon* zu nehmen, wo sie siebzig Jahre lang residierten. Sie waren hier völlig abhängig von den französischen Königen, lebten aber unter dem Schutz derselben dafür auch weit sicherer als in Rom. Sie beschäftigten sich in ihrem Exil damit, neue Geldprellereien zu ersinnen und das umliegende Land durch ihre eigene und die Sittenlosigkeit ihres Hofes zu demoralisieren.

Nach dem Zeugnis der geachtetsten Geschichtsschreiber stammt die spätere große Sittenlosigkeit in Frankreich hauptsächlich von dem siebzigjährigen Aufenthalte der Päpste in Avignon her.

Clemens V. trat ebenso fest wie Bonifazius, nur nicht so heftig und deshalb klüger auf, wodurch er auch mehr gewann. In dem deutschen Kaiser Heinrich VII., dem Luxemburger, würde wahrscheinlich ein Feind des Papsttums gleich Friedrich II. erwachsen sein, wenn er nicht, wie man es in Rußland nennt, *gestorben worden wäre.* Der Dominikaner Bernard von *Montepulciano,* so erzählt man, reichte ihm eine *vergiftete Hostie,* und der Kaiser war zu religiös, um dem Rate seines Arztes zu folgen und ein Brechmittel zu nehmen. So starb er denn an seiner Frömmigkeit.

Das größte Schanddenkmal hat sich *Clemens V.* durch den nichtswürdigen Prozeß gegen den Ritterorden der *Tempelherren* und den Justizmord der unglücklichen Ritter gesetzt. Er war freilich nur die Katze, welche ihre heiligen Pfoten Philipp dem Schönen lieh, um für ihn die Kastanien aus dem Feuer zu langen. Die Sittenverderbnis unter den Tempelherren war allerdings groß; allein waren etwa die anderen geistlichen Herren und die Päpste selbst reiner?

übrigens würde ihre Sittenlosigkeit den Tempelherren schwerlich den Hals gebrochen haben; ihr Verbrechen war es, vernünftigere und freiere Religionsansichten zu haben als der andere Kuttenpöbel, und dann – waren sie ungeheuer reich. Indem man ihnen den Prozeß machte, schlug man, wie man zu sagen pflegt, »zwei Fliegen mit einer Klappe«.

Johann XXII., eines Schuhflickers Sohn, war schon ein Schuft und Betrüger, ehe er den Päpstlichen Stuhl bestieg, und auf demselben vervollkommnete er sich noch in seinen Spitzbubentugenden. Ich habe schon im vorigen Kapitel Erbauliches von ihm berichtet und füge nur noch weniges hinzu.

Er lag in beständigem Streit mit dem deutschen Kaiser *Ludwig dem Bayern* und dem Könige von Frankreich. Ersterer wehrte sich zwar tüchtig, »kuschte« aber doch zuletzt, denn »*er hatte zwei Seelen, eine kaiserliche und eine bayerische*«.

Philipp der Schöne aber ließ dem übermütigen Papst sagen, »*er werde ihn als Ketzer verbrennen lassen*«. Leider ist das nicht geschehen; er starb 90 Jahre alt. Er hinterließ außer seinen 33 Millionen, welche die Kirche verdaute, die bekannte schöne Hymne: »Stabat mater dolorosa«.

Sein Nachfolger *Benedikt XII.* war ein herzensguter Mann, und man kann ihm weiter nichts zur Last legen, als daß er Papst war. Aber selbst diesen Fehler suchte er nach besten Kräften zu mildern, indem er wenigstens erklärte, »*ein Papst habe keine Verwandte*«, wodurch er seine Vorgänger und Nachfolger beschämte, welche ihre »Neffen« usw. nicht reich genug beschenken konnten. Hohe Personen hielten um seine Nichte an; aber er sagte; »Für ein solches Roß schickt sich nicht solch ein Sattel«, und gab sie einem Kaufmann aus Toulouse.

Clemens VI., der Benedikt XII. folgte, war nach dem Ausdruck eines gleichzeitigen Geschichtsschreibers »höchst ritterlich und nicht sehr fromm«, welches letztere man wohl von mehreren »Heiligen Vätern« sagen konnte. Er benahm sich sehr hochmütig gegen Kaiser Ludwig und hatte leichtes Spiel mit dessen Gegner, dem »Pfaffenkönig« Karl IV. Obwohl er selber sehr locker lebte, so hielt er es doch für nötig, die höhere Geistlichkeit wegen ihres liederlichen Lebenswandels abzukanzeln, und sagte den Herren unter anderem in seiner Strafpredigt: *»Ihr wütet wie eine Herde Stiere gegen die Kühe des Volkes!«*

Clemens war sehr prachtliebend, und mit unerhörtem Pomp krönte er *Don Sanchez*, den zweiten Sohn des Königs von Kastilien, zum König der *glücklichen Inseln*, wie damals die kanarischen hießen. Beim Krönungszug kam als üble Vorbedeutung ein Platzregen, welcher Papst und König bis auf die Haut durchnäßte; und in der Tat wurde auch das Königreich zu Wasser, denn die kühnen Normannen hatten es in Besitz genommen und hielten es fest. Mit diesem Sanchez hatte Clemens große Absichten. Er versprach, ihn an die Spitze eines Kreuzzugs zu stellen und ihm den Titel »König von Ägypten« zu geben. Der Prinz war außer sich vor Dankbarkeit und rief: »Nun, so mache ich Ew. Heiligkeit zum *Kalifen von Bagdad!«* – So erzählt uns der berühmte Dichter *Petrarca*.

Philipps des Schönen Beispiel hatte den Päpsten böse Früchte getragen, denn die Kraft des Bannes fing an zu erlahmen. Das fühlte *Urban V.* Ein Erzbischof weigerte sich, einen Mönch zu ordinieren, der ihm von seinem Landesherrn, *Barnabo Viskonti von Mailand*, empfohlen war. Dieser gottlose Mensch ließ den Erzbischof zitieren und sagte zu ihm: »Weißt du nicht, du alter Hurer, daß ich König, Papst und Kaiser in meinem eigenen Reiche bin!« Für dieses ungeheure Verbrechen tat ihn Urban in den Bann und belegte sein Land mit dem Interdikt!

Als die Legaten des Papstes die Bannbulle nach Mailand brachten, führte sie Viskonti samt ihrem Wisch auf die Navigliobrücke und fragte sie sehr ernsthaft: *»Wollt ihr essen oder trinken?«* Die Legaten sahen mit sehr langen Gesichtern auf den Fluß und verlangten höchst kleinmütig zu essen. *»Nun, so freßt den Wisch da!«* – Die Herren Legaten fraßen.

Gregor XI. verlegte die Statthalterei Gottes wieder nach Rom. Ich habe schon früher bemerkt, welche demoralisierenden Folgen die Residenz der Päpste für Avignon und Frankreich überhaupt hatte. Geschichtsschreiber jener Zeit können von der dort herrschenden Unzucht nicht genug erzählen, und die meisten Dinge verschweigen sie aus Schamgefühl.

Ein schönes Papstexemplar war *Urban VI. (1378-1389)*, doch war er mehr Tiger als Affe. Seine Grausamkeit war empörend. Fünf Kardinäle, die nicht für ihn gestimmt hatten, und mehrere Prälaten ließ er fürchterlich foltern und dann teils in Säcke stecken und ins Meer werfen, teils lebendig verbrennen, erdrosseln oder enthaupten. Einen sechsten Kardinal, der von der Tortur so elend war, daß er nicht fort konnte, ließ er unterwegs erwürgen. Als die Kardinäle zur Tortur abgeführt wurden, sagte der Statthalter Gottes zum Henker: »*Martere so, daß ich Geschrei höre.*« Dabei ging er in seinem Garten spazieren und las in seinem Brevier.

Die Leichen von zwei Kardinälen ließ dieser Henkerpapst in Öfen austrocknen und dann zu Staub zerstoßen. Dieser Staub wurde auf seinen Befehl in Säcke getan und nebst den roten Hüten der Kardinäle auf seinen Reisen auf Maulesel vor ihm hergeführt, anderen als schreckliches Exempel!

Zu Ende des 14. und am Anfange des 15. Jahrhunderts finden wir immer wenigstens *zwei*, meistens *drei* Päpste *zugleich*, die jeder von den verschiedenen Parteien als die echten Statthalter Gottes betrachtet wurden.

Ich habe es herzlich satt, die scheußlichen Handlungen der Menschen zu berichten, welche den Namen »Statthalter Gottes« zum schändlichsten Hohn machten; allein ich müßte vollends ermüden, wenn ich die Schandtaten und Verbrechen dieser verschiedenen Gegenpäpste berichten sollte. Man durchwandere einen Bagno oder irgendein Zuchthaus und lasse sich von jedem der Sträflinge erzählen, welche Verbrechen er begangen hat, so wird man doch ein nur *unvollkommenes* Verzeichnis der Verbrechen haben, welche von den Päpsten dieser Periode begangen wurden.

Das böse Beispiel der Päpste und überhaupt der Geistlichkeit hatte die übelsten Folgen. Von der Zügellosigkeit, welche damals unter dem Volke, namentlich aber unter den höheren Ständen herrschte, hat man heutzutage kaum einen Begriff, so sehr man auch über die Sittenverderbnis der jetzigen Zeit klagt. Alle Gesetze der Moral und der Sitte waren durch die Liederlichkeit der Pfaffen aufgelöst. Die Notwendigkeit einer Beendigung dieses Zustandes wurde von allen gefühlt, in denen noch das Gefühl für das Gute lebte, und man kam dahin überein, auf einem großen Konzil vorerst die Ordnung in der Kirche wiederherzustellen.

Dies Konzil wurde 1414 zu *Konstanz* gehalten und ist eines der glänzendsten, die jemals stattgefunden haben. Man sah auf demselben nächst einem Papste und dem Kaiser alle Kurfürsten, 153 Fürsten, 132 Grafen, über 700 Freiherrn und Ritter, 4 Patriarchen, 29 Kardinäle, 47 Erzbischöfe, 160 Bischöfe, über 200 Äbte, ein Heer von Mönchen, Geistlichen jeder Art und Rechtsgelehrten und – die gewöhnliche Begleitung des päpstlichen Hofes, gegen 1.000 öffentliche Dirnen, die privatim unterhaltenen und heimlichen gar nicht mitgerechnet.

Drei Päpste stritten sich um die Tiara: *Johann XXIII.*, ein *Gregor* und ein *Benedikt*. Johann war dreist genug, auf dem Konzil zu erscheinen, allein als man ernstlich daran ging, seinen Lebenslauf zu mustern, hielt der Heilige Vater es für geratener, als *Postknecht* verkleidet, mit Hilfe des Herzogs *Friedrich von Tirol* zu entfliehen.

Man hatte seine Verbrechen in 70 Artikeln zusammengefaßt und gab sie dem Heiligen Vater zur Durchsicht. Er äußerte aber kein Verlangen, sein Sündenregister zu lesen, und versuchte lieber das Konzil durch seine Flucht zu sprengen, was aber mißlang. Johanns Taten wurden öffentlich verlesen, das heißt nur 54 Artikel davon, da man sich schämte, die anderen vor aller Welt auszusprechen. 37 Zeugen bewiesen, daß Johann nicht nur Hurerei, Ehebruch, Blutschande, Sodomiterei, Simonie, Freigeisterei, Räuberei und Mord verschuldet, sondern auch 300 Nonnen verführt oder genotzüchtigt und sie dann zum Lohn zu Äbtissinnen und Priorinnen gemacht habe.

Sein eigener Sekretär, *Niem*, erzählt, daß der Papst zu Bologna einen Harem von 200 Mädchen unterhalten habe. Auch beschuldigte man Johann, seinen Vorgänger Clemens V. vergiftet zu haben.

Johann wurde abgesetzt. *Gregor* dankte freiwillig ab; aber der alte *Benedikt* spielte in einem Winkel Spaniens, wohin er geflohen war, den Vizegott; allein niemand kehrte sich an seine Bannflüche. Endlich ließ der neuerwählte Papst, *Martin V.*, den neunzigjährigen Benedikt vermittels Gift aus dem Wege räumen.

Unbegreiflich ist es, wie dieser in Wollust aller Art sich wälzende Heilige Vater ein so hohes Alter erreichen konnte. Berühmte Kanzelprediger predigten öffentlich gegen sein abscheuliches Leben, und einer derselben sagte: »J'aime mieux baiser le derrière d'une vieille maquerelle, qui aurait les hemmoroïdes, que la bouche de ce Pape là!«

Das Konzil von Konstanz verurteilte *Johann Hus* und *Hieronymus von Prag* als Ketzer zum Feuertode und verursachte dadurch blutige Kriege; aber der Zweck des Konzils, eine *Reformation an Haupt und Gliedern der Kirche*, wurde nicht erreicht.

Im Jahre 1418 gingen die Herren Reformatoren auseinander. Die Stadt Konstanz hatte vier Jahre lang einen schönen Verdienst durch die 100.000 Fremden mit 40.000 Pferden, die sie so lange beherbergen mußte. Für ihr gutes Verhalten erhielt die Bürgerschaft vom Kaiser unschätzbare Belohnungen, die ihn nichts kosteten, nämlich das Recht, eine *vierzehntägige Messe* zu halten, mit rotem Wachs zu siegeln, im Felde *eigene Trompeter* zu halten und auf ihr Banner – einen *roten Schwanz* zu setzen, der sie vielleicht an die vielen Kardinäle erinnern sollte; ich bin nicht bewandert genug in der Heraldik, um die Bedeutung dieses seltsamen Wappenvogels zu erklären. Der Bürgermeister wurde zum Ritter geschlagen, da das kleine Geld der Fürstengunst, die Orden, noch nicht gebräuchlich waren.

Von *Eugen VI., Calixt III. und Pius II.* der sich *schminkte* und eine Krone trug, die 200.000 Dukaten wert war, ebenso von dem schändlichen Meuchelmörder *Sixtus IV.,* der in Rom die ersten öffentlichen Bordelle anlegte und jeden seiner Kardinäle auf die Erwerbnisse von 20-30 Huren anwies, der für Geld die Erlaubnis erteilte, bei der Frau eines Abwesenden die Stelle des Mannes zu vertreten, der mit seiner Schwester einen Sohn erzeugte, seine beiden Söhne zu unnatürlicher Wollust mißbrauchte und unendlich viele andere Schandtaten beging: von allen diesen Päpsten schweige ich, obgleich ihre Geschichte gewiß sehr lehrreich und erbaulich sein würde.

Innozenz VIII. (1484-1492) sorgte mit väterlicher Zärtlichkeit für seine Kinder und scharrte unendlich viel Geld zusammen. Doch das taten alle Päpste. Er zeichnete sich nur noch durch seine *Sündentaxordnung* aus, die in 42 Kapiteln 500 Taxansätze enthielt. Ich habe schon früher davon gesprochen; hier nur noch einige Beispiele aus diesem Schanddokument: Begeht ein Geistlicher vorsätzlich einen Mord, so zahlt er nach Reichswährung *zwei Goldgulden, acht Groschen. Vater-, Mutter-, Bruder- und Schwestermord* ist taxiert zu *ein Gulden, zwölf Groschen!* Wollte aber ein Ketzer absolviert werden, so hatte er *vierzehn Gulden, acht Groschen* zu bezahlen. Eine Hausmesse in einer exkommunizierten Stadt kostete vierzig Gulden.

Dieser Papst *Innozenz VIII.* widmete dem *Hexenwesen* ganz besondere Aufmerksamkeit und kann als der Begründer der *Hexenprozesse* betrachtet werden, welche so vielen armen alten und jungen Weibern das Leben kosteten. In der abgeschmackten Bulle, die er hierüber erließ, faselt er von bösen Geistern, die sich auf den Menschen, und solchen, die sich unter ihn legen!

Alexander VI. (1492-1502) war der Nachfolger von Innozenz, und obwohl er nicht schlechter und lasterhafter war als viele seiner Vorgänger, so sind doch seine Handlungen mehr bekanntgeworden als die anderer Päpste, und er gilt gewöhnlich als die Quintessenz päpstlicher Schlechtigkeit.

Er war in *Valencia* geboren und hieß ursprünglich *Roderich Langolo*; aber sein Vater veränderte seinen Namen in Borgia. Roderich studierte, wurde dann aber Soldat und verführte eine Witwe namens Vanozza und ihre beiden Töchter. Von einer derselben hatte er vier Söhne – *Franz, Cäsar, Ludwig und Gottfried* – und eine Tochter *Lukretia*.

Sein Oheim *Alfons Borgia* wurde unter dem Namen *Calixtus III.* Papst, und Roderich begab sich schleunigst nach Rom. Der Papst überschüttete seinen Neffen mit Würden und Geschenken und machte ihn endlich zum Kardinal. Nun richtete derselbe seine Augen auf die päpstliche Krone. Als *Innozenz VIII.* starb, bestach er von 27 Kardinälen 22 durch Versprechungen und wurde Papst. Als er sein Ziel erreicht hatte, ermahnte er die bestechlichen Kardinäle zur Besserung und räumte sie als ihm unbequem allmählich durch päpstliche Hausmittelchen aus dem Wege.

Für das Schicksal seiner Kinder war Alexander VI. auf das zärtlichste bedacht. Er verheiratete sie alle vortrefflich und sorgte für ihr Fortkommen. *Cäsar Borgia* wurde zum Kardinal gemacht und hatte die Freude, seinen Bruder *Gottfried mit Sanzia*, der Tochter des Königs *Karl VIII.* von Frankreich, zu verheiraten, der noch weit größere Opfer bringen mußte, um den Papst zu bewegen, seine Absichten auf das Königreich Neapel zu unterstützen. Karl mußte unendlich viele Dukaten opfern, denn Geld war bei Alexander VI. die Losung.

Um Geld zu erlangen, verschmähte dieser Papst kein Mittel. Einen Beweis für seine Handlungsweise liefert sein Betragen gegen den unglücklichen Prinzen *Dschem*. Dieser hatte sich gegen seinen Bruder, den Sultan *Bajazet*, empört, war gefangen und dem Papst Innozenz gegen ein Jahrgeld von 40.000 Dukaten zur Aufbewahrung anvertraut worden. Um Geld zu gewinnen, ließ Alexander VI. dem Sultan weismachen, daß Karl VIII., wenn er Neapel erobert habe, gegen *ihn* ziehen wolle und sich bereits seinen Bruder *Dschem* erbeten habe, um ihn an die Spitze des Unternehmens zu stellen. Zugleich erbat sich Alexander die fälligen 40.000 Dukaten.

Der wirklich besorgte Sultan schickte gleich 50.000 und schrieb an den »*ehrwürdigen Vater aller Christen*«, so nannte er Alexander, einen sehr freundschaftlichen Brief, in welchem er ihn aufmuntert, »*seinen Bruder sobald als möglich von dem Elende dieser Welt zu befreien und ihm zu einem glücklichen Leben zu verhelfen*«. Wenn der Papst diese seine Bitte erfüllen wolle, so verspreche er ihm feierlich und eidlich 300.000 Dukaten, die kostbare Reliquie des *Leibrocks Jesu* und ewige Freundschaft.

Alexander wollte aber noch mehr Nutzen aus dem Heiden ziehen, der in seinem Gewahrsam war; er lieferte ihn Karl VIII. für 20.000 Dukaten aus, aber bereits mit einem Trank im Leibe, der ihn in Mohammeds Paradies beförderte. Einer der Geschichtsschreiber sagt: »Er starb an einer Speise oder einem Trank, *die ihm nicht gut bekam.*« – Bajazet war ebenso ehrlich wie der Papst und zahlte mit Freuden das Blutgeld.

Alexander erhob seinen ältesten Sohn *Franz, Herzog von Gandia*, den er am liebsten hatte, zum Herzog von *Benevent*. Dies war sein Tod, denn sein eifersüchtiger Bruder *Cäsar* ließ ihn ermorden. Man zog den von neun Dolchstichen durchbohrten Leichnam aus dem Tiber, und die Römer sagten spottend: »Alexander ist der würdigste Nachfolger Petri, denn er fischt aus dem Tiber sogar Kinder.« – Alexander war über den Tod seines Lieblings außer sich; aber er vergab *Cäsar* den kleinen Mord sehr bald und übertrug auf diesen würdigsten Sprößling all seine väterliche Zärtlichkeit.

Um nicht daran gehindert zu sein, durch Heirat zur Macht zu gelangen, *verließ der Kardinal Cäsar Borgia den geistlichen Stand* – ein bis dahin nie vorgekommener Fall –, wurde von dem Könige von Frankreich zum *Herzog von Valence* in der Dauphine ernannt und heiratete bald darauf eine Tochter der Königin von *Navarra*. Seine anderen Kinder vergaß der zärtliche Vater aber auch nicht. *Lukretia* hatte schon viel herumgeheiratet, als sie an *Alfons*, Herzog von Bisceglia, gelangte, der aber ermordet wurde und einem Prinzen von Ferrara Platz machen mußte.

Die päpstliche Familie führte ein äußerst gemütliches Familienstilleben. Die Brüder und der Vater schliefen abwechselnd bei der schönen *Lukretia*, und der letztere hatte die Freude, ihr einen Sohn zu erzeugen, der *Roderich* genannt wurde und welcher demnach der Bruder seiner Mutter und der Sohn und Enkel seines glücklichen Vaters war, der das Wunderkind zum *Herzog von Sermonata* machte.

Die italienischen Fürsten, welche von dem Heiligen Vater und seinem Sohn *Cäsar* auf das schamloseste geplündert wurden, vereinigten sich gegen diese Ungerechtigkeiten, allein sie wurden fast sämtlich gegen ihre bessere Überzeugung zur Seligkeit befördert. Ein halbes Dutzend von ihnen besorgte Cäsar zur Ruhe und einen andern der Herr Papa. *Cäsar* würde sich wahrscheinlich unter dem Schutze seines Heiligen Vaters ein ganz artiges Reich zusammengeraubt haben, wenn dieser Musterpapst nicht aus Versehen gestorben wäre. Alexander hatte die Gewohnheit, solche reiche Leute, die er gern beerben wollte, in die bessere Welt zu befördern, und eins seiner Lieblingsmittel dazu war *Gift*, welches er höchst gemütlich »Requiescat in pace« nannte. – Der Kardinal *Corneto*, ein unchristlich reicher Mann, sollte so beruhigt werden und wurde zu diesem Zweck vom Papst zum Abendessen geladen. Durch ein Versehen reichte ein Diener *dem Papst* den »in der Hölle gewürzten«, für den Kardinal bestimmten Wein, und dieser endete am anderen Tage sein heiliges Leben im 72. Lebensjahre. Cäsar, der auch von dem vergifteten Wein getrunken, hatte ein volles Jahr daran zu verdauen.

Mit den Schandtaten dieses Papstes könnte man ein ganzes Buch füllen; aber ich will den Lesern nur einige mitteilen.

Von der Macht und der Stellung der Päpste hatte Alexander die höchsten Begriffe, denn er sagte: »*Der Papst steht so hoch über dem König als der Mensch über dem Vieh*«, und mit der Religion, welche damals die christliche hieß, war er vollkommen zufrieden, denn er äußerte: »*Jede Religion ist gut, die beste aber – die dümmste*«, und es würde schwer geworden sein, etwas Dümmeres als das Christentum der römischen Kirche jener Zeit aufzufinden. Alexander selbst hatte gar keine Religion.

Höchst originell ist eine Unterredung, welche der gelehrte Prinz *Piko di Mirandola* mit dem Papste nach der Niederkunft der Lukretia mit Roderich hatte. Alexander fragte ihn:

»Kleiner Piko, wen hältst du für den Vater meines Enkels?«

»Nun, Ihren Schwiegersohn!«, nämlich den für impotent bekannten Alfons.

»Wie kannst du das glauben?«

»Der Glaube, Ew. Heiligkeit, besteht ja darin, Unmögliches zu glauben«, und nun kramte der Prinz eine solche Menge geglaubter Unmöglichkeiten aus, daß der Heilige Vater sich beinahe vor Lachen ausschüttete.

»Ja, ja«, sagte der Papst, »ich fühle wohl, daß ich nur durch Glauben, nicht aber durch *meine Werke* selig werden kann.«

»Ew. Heiligkeit«, antwortete der Prinz, »haben ja die Schlüssel des Himmelreichs; aber ich, – wie ginge es mir dort, wenn ich bei meiner

Tochter geschlafen, mich des Dolches und der Cantarella (Gift) so oft bedient hätte!«

»Ernsthaft, sage mir«, fuhr der Papst fort, »wie kann Gott am Glauben Vergnügen finden? Nennen wir nicht den, der da sagt, er glaube, was er unmöglich glauben kann, einen Lügner?«

»Großer Gott!« rief der Prinz und schlug ein Kreuz, »ich glaube, Ew. Heiligkeit sind kein Christ!«

»Nun, ehrlich gesprochen, ich bin's auch nicht.«

»Dacht' ich's doch!« sagte der Prinz, und damit endete die seltsamste Unterredung, die wohl je zwischen einem Papst und einem Laien stattgefunden hat.

Die Liederlichkeit Alexanders läßt sich in unserer keuschen Sprache nicht wohl beschreiben; sie kommt nur der Cäsar Borgias und seiner Schwester Lukretia gleich. Alle Abarten der Wollust, welche wir Deutsche meistens nicht einmal dem Namen nach kennen und welche von den früheren Päpsten einzeln getrieben wurden, dienten diesem Papst gewordenen Priap zur Unterhaltung.

Burkard, der Zeremonienmeister Alexanders VI., hat in seinem Diarium das Leben am päpstlichen Hofe geschildert, und die üppigste Phantasie kann nichts erdenken, was hier nicht getrieben wurde. Burkard sagt: »Aus dem apostolischen Palast wurde ein Bordell, und ein weit schandvolleres Bordell, als je ein öffentliches Haus sein kann.«

»Einst wurde«, so erzählt Burkard, »auf dem Zimmer des Herzogs von Valence (Cäsar Borgia) im apostolischen Palast eine Abendmahlzeit gegeben, bei welcher auch fünfzig vornehme Kurtisanen gegenwärtig waren, die nach Tische mit den Dienern und anderen Anwesenden tanzen mußten, zuerst in ihren Kleidern, dann nackend. Darauf wurden Leuchter mit brennenden Lichtern auf die Erde gesetzt und zwischen denselben Kastanien hingeworfen, welche die nackten Weibsbilder, auf allen Vieren zwischen den Leuchtern durchkriechend, auflasen, während Seine Heiligkeit, Cäsar und Lukretia zusahen. Endlich wurden viele Kleidungsstücke für diejenigen hingelegt, die mit mehreren dieser Lustdirnen ohne Scheu Unzucht treiben würden, und sodann diese Preise ausgeteilt. Diese schöne Szene fiel vor an der Allerheiligen-Viglie 1501.«

Einst ließ Alexander rossige Stuten und Hengste vor sein Fenster führen und ergötzte sich mit Lukretia an dem Schauspiel. – Dieses Weib war über alle Beschreibung liederlich, ob sie aber nach dem Papstrecht das Prädikat Hure verdient, weiß ich nicht, denn einige Glossatoren desselben haben aufgestellt, daß man nur diejenige eine wahre Hure nennen könne, die 23.000 mal gesündigt habe!

Lukretia genoß das unbeschränkte Vertrauen ihres Vaters; in dessen Abwesenheit erbrach sie alle Briefe, beantwortete sie nötigenfalls und versammelte die Kardinäle nach Gefallen. Man schrieb ihr folgende Grabschrift: »Hier liegt, die Lukretia hieß und eine Thais war, Alexanders Weib, Tochter und Schwiegertochter«; letzteres, weil einer ihrer vielen Männer ein anderer Sohn des Papstes, also ihr Halbbruder war.

Die zu jener Zeit auflebenden Wissenschaften und die immer weiter um sich greifende Anwendung der höllischen Erfindung der Buchdrucker-kunst machte den Papst sehr besorgt. Er fürchtete, daß eine freie Presse dem Schandleben der Päpste ein Ende machen möchte, und hatte daher nicht unrecht zu fürchten. Er führte daher die *Bücherzensur* ein, die bis auf die neueste Zeit geblieben ist und wo sie endlich vor der öffentlichen Meinung weichen mußte und in die fast noch schlimmere Phase der Preßprozesse übergegangen ist, die sehr häufig im Sinne Richelieus geführt werden, der behauptete, kein Schriftsteller könne fünf Worte schreiben, ohne sich eines Verbrechens schuldig zu machen, welches ihn in die Ba-stille bringe. Derjenige, zu dem er dies sagte, schrieb: »*Zwei und eins macht drei!*« – »Unglücklicher!« rief der Kardinal, »Sie leugnen die Dreieinigkeit!« Seitenstücke dazu liefern manche moderne Preßprozesse.

Julius II. (1502-1513) gelangte ebenfalls durch List und Bestechung auf den Päpstlichen Stuhl. Er war ein *tüchtiger* Soldat, das ist das einzige, seltsame Lob, welches man diesem Statthalter Gottes geben kann. Er hetzte alle Fürsten gegeneinander, ließ Armeen marschieren, komman-dierte sie selbst und belagerte und eroberte Städte.

Seine Gegner beriefen eine Synode nach Pisa, um dem martialischen Sohn der Kirche sein unberufenes Handwerk zu legen. Von dieser Kir-chenversammlung wurde er »als Störer des öffentlichen Friedens, als ein Stifter der Zwietracht unter dem Volke Gottes, als ein Rebell und blutdür-stiger Tyrann und als ein in seiner Bosheit verhärteter Mensch« aller geistlichen und weltlichen Verwaltung entsetzt.

Julius kehrte sich natürlich nicht an dieses Urteil; es erbitterte ihn nur noch mehr gegen seine Feinde und besonders gegen den vortrefflichen König von Frankreich, *Ludwig XII.*, den er absetzte. Ganz Frankreich wurde ebenfalls mit dem Interdikt belegt; aber die aus dem Vatikan ge-schleuderten Blitze zündeten nicht mehr.

Julius II. handelte nach dem Ausdrucke des berühmten Geschichts-schreibers Mezeray »wie ein türkischer Sultan und nicht wie ein Statthalter des Friedensfürsten und wie ein Vater aller Christen«. In den Kriegen, die er aus Rachbegierde und Blutdurst führte, verloren zweimalhundert-tausend Menschen ihr Leben. Er starb mitten unter Vorbereitungen zu neuen Kriegen.

Er war so liederlich wie Alexander VI., und vor diesem hatte er noch voraus, daß er ein *Trunkenbold* war. *Kaiser Maximilian I.* sagte einst: »Ewiger Gott, wie würde es der Welt gehen, wenn du nicht eine beson-dere Aufsicht über sie hättest, unter einem Kaiser wie ich, der ich nur ein elender Jäger bin, und unter einem *so lasterhaften und versoffenen Papst*, als *Julius* ist!«

Der Zeremonienmeister dieses Papstes, *de Grassis*, erzählt, daß der Heilige Vater einmal so heftig von der Krankheit angesteckt war, welche der Ritter *Bayard* le mal de celui qui l'a nennt, daß er am Karfreitag niemand zum Fußkuß lassen konnte.

Ein ebenso liederlicher Mensch war sein Nachfolger *Leo X.* (1513-1521), welcher seine Erhebung zum Papste derselben Krankheit verdankte, die Julius am Fußkusse verhinderte. Als er zur neuen Papstwahl ins Konklave kam, litt er an einem venerischen Geschwür am Hintern, welches einen pestilenzialischen Geruch verbreitete. Die anderen Kardinäle, welche an-gesteckt zu werden fürchteten, befragten die Ärzte des Konklaves, und diese erklärten einstimmig, daß *Leo* gewiß bald sterben würde. Um nur baldigst von dem Gestank befreit zu werden, erwählten ihn die Kardinäle zum Papst.

Leo X., ein Sprößling der berühmten Fürstenfamilie der *Medicis*, war ein gescheiter Mann, welcher Künste und Wissenschaften liebte und manch andere Eigenschaft hatte, die wir an einem weltlichen Fürsten recht hoch schätzen würden. Er lebte »vergnügt wie ein Papst« und kümmerte sich ebensowenig um die Christenheit als um Geschäfte, wenn er nicht durch seine ungeheuren Geldbedürfnisse dazu gezwungen war.

Er soll während der acht Jahre seiner Herrschaft 14 Millionen Dukaten verbraucht haben, was sehr glaublich ist, da er das so leicht erworbene Geld ebenso leicht ausgab. Bei seiner Krönung verschenkte er 100.000 Dukaten. Dichter und Maler erhielten von ihm sehr bedeutende Summen; aber die guten Christen deckten das alles. Einst sagte *Leo* zum Kardinal *Bambus*: »*Wie viel uns und den unsrigen die Fabel von Christo eingebracht hat, ist aller Weltbekannt.*«

Sein Hof war der prächtigste, den es gab, und das Geld wurde mit vollen Händen weggeworfen wie an denen der altrömischen Kaiser. So war es denn kein Wunder, daß er trotz seines Ablaßkrams noch bedeutende Schulden hinterließ.

Leo verkaufte alles, was nur Käufer fand, und sein Finanzminister *Armellino* war der unverschämteste Blutsauger. Einst sagte Colonna von letzterem: »Man ziehe diesem Schinder das Fell über die Ohren und lasse ihn für Geld sehen, was mehr einbringen wird als wir brauchen.«

Leo wurde durch einen plötzlichen Tod aus seinem üppigen Leben hinweggerissen und hatte nicht einmal Zeit, die kirchlichen Sakramente zu empfangen. Dieses gab einem Dichter Veranlassung zu einem Epigramm, das in der Übersetzung lautet: »Ihr fragt, warum *Leo* in der Sterbestunde die Sakramente nicht nehmen konnte? – *Er hatte sie verkauft.*«

Leos Ablaßkram, von dem ich bereits geredet habe, gab die nächste Veranlassung zur *Reformation*. Die Geschichte derselben ist unendlich oft geschrieben worden und befindet sich in den Händen des Volkes; ich darf sie also als bekannt voraussetzen.

Die gefährliche Lage des Päpstlichen Stuhles hätte einen recht kräftigen Papst erfordert; aber Leos Nachfolger, *Hadrian VI.* (1521-1523), war dies durchaus nicht. Er war ein borniert Gelehrter, mehr geeignet, »sich und die Jungens zu ennuyieren«, als das lecke Schifflein Petri über Wasser zu erhalten, obwohl sein Vater Schiffszimmermann in Utrecht war.

Seiner Gelehrsamkeit wegen hatte man ihn zum Lehrer *Karls V.* gewählt, und als sein Zögling Kaiser war, machte man ihn zum Rektor der Universität Löwen. Luther sagt von ihm: »Der Papst ist ein Magister noster aus Löwen, da krönt man solche Esel.« Man möchte geneigt sein, dies summarische Urteil zu bestätigen, wenn man liest, daß Hadrian bei den herrlichsten Kunstwerken Roms, wie Laokoon, Apoll von Belvedere usw., mit einem flüchtigen Seitenblick vorüberging, indem er sagte: »*Es sind alte Götzenbilder.*«

Als dieser »*deutsche Barbar*« zu Fuß nach Rom kam und zu seinem Unterhalt täglich nicht mehr als zwölf Taler verbrauchte und – horrible dictu – Bier dem Wein vorzog, da machten die Kardinäle sehr lange Gesichter und kamen zu der Einsicht, »*daß der Heilige Geist keinen als einen Italiener verstehe*«.

Hadrian war ein hölzerner Pedant und viel zu ehrlich, als daß man ihn lange auf dem Päpstlichen Stuhl hätte dulden können. Die Satiriker nahmen ihn scharf mit. Der Dichter *Berni* charakterisiert dieses Papstes Regierung sehr ergötzlich. Die bezügliche Stelle heißt in der Übersetzung: »Eine Regierung voll Bedacht, Rücksicht und Gerede, voll Wenn und Aber, Jedennoch und Vielleicht, und Worten in Menge ohne Saft und Kraft, voll Glauben, Liebe, Hoffnung, das heißt voll Einfalt, – wird Hadrian allgemach zum Heiligen machen.«

Hadrian beging ein in den Augen aller Kardinäle und Geistlichen gräßliches Verbrechen; er gestand nämlich ein, daß *Luther* mit seinem Verlangen nach einer Reformation gar nicht so unrecht habe, indem er ehrlich genug war zu schreiben: »Gott gestattete die Verfolgung um der Sünde willen; *die Sünde des Volkes stammt von den Priestern,* die daher Jesus auch zuerst im Tempel aufsuchte, und dann erst in die Stadt ging. *Selbst von diesem unserem Heiligen Stuhl ist so viel Unheiliges ausgegangen, daß es kein Wunder ist, wenn sich die Krankheit vom Haupt in die Glieder, von Päpsten in die Prälaten gezogen hat. Wir wollen allen Fleiß anwenden, damit zuerst dieser Hof, von dem vielleicht alles Unheil ausging, reformiert werde, je begieriger die Welt solche Reformen erwartet.*«

So etwas war unerträglich, und Hadrian »wurde gestorben«. Der Jubel der Römer bei seinem Tode war sehr groß, und sie begingen die Unschicklichkeit, die Tür seines *Leibarztes* zu bekränzen und mit der Inschrift zu versehen: Liberatori Patriae S. P. Q. R. (Der Senat und das Volk Roms dem Befreier des Vaterlandes.)

Damit man nicht in Versuchung kommt, das Schicksal dieses ehrlichen gelehrten Dummkopfes gar zu sehr zu beklagen, bemerke ich, daß er fünf Jahre lang *Großinquisitor* in Spanien war und dort 1020 Menschen *lebendig* und 560 im Bildnis *verbrennen* ließ und 21.845 andere zu *Vermögenskonfiskation, Ehrlosigkeit* usw. verurteilte.

Clemens VII. (1523-1534), wieder ein Medici, folgte dem »Magister noster Esel« und verstand es besser als dieser, den Kirchenmonarchen zu spielen; aber die Reformation konnte er ebensowenig unterdrücken. Er hatte große Not auszustehen, denn der Konnetable *Karl von Bourbon* stürmte mit seinem unbezahlten Heer Rom. Der Feldherr wurde zwar bei dem Sturm erschossen, allein dies diente nur dazu, die Wut der beutelustigen Soldaten mehr anzufachen. Unter ihnen befanden sich 14.000 Deutsche unter *Georg von Frondsberg,* der es besonders auf den Papst abgesehen hatte und einen goldenen Strick bei sich trug, um Se. Heiligkeit damit eigenhändig in den Himmel zu befördern.

Der Papst floh in die Engelsburg, und mit Rom wurde unbarmherzig umgegangen. Die Kardinäle hatten schlimme Zeit, denn selbst die katholischen Spanier gingen hart mit ihnen um. Die Damen nahmen die Sache von der besten Seite; sie waren neugierig auf die stämmigen deutschen Landsknechte, und Geschichtsschreiber erzählen boshafterweise, daß sie es gar nicht erwarten konnten, bis das Notzüchtigen losging.

Die Soldaten raubten, wo sie etwas fanden; denn wenn die Krieger der damaligen Zeit Geld witterten, dann suspendierten sie alle Religion, stahlen und mordeten nach Herzenslust und ließen sich dann *absolvieren*. Die Beute belief sich an Gold, Silber und Edelsteinen auf mehr als zehn Millionen Gold und an barem Gelde, womit sich die Vornehmen ranzionieren mußten, auf eine noch größere Summe.

Ich habe da ein altes Buch von 1569 vor mir, in welchem *Adam Reißner*, der in Diensten Frondsbergs mit in Rom war, die tolle Wirtschaft, welche die Soldaten dort *neun Monate lang* trieben, sehr einfach und treuherzig beschreibt. Ich will eine Stelle daraus wörtlich hersetzen:

»Die Landsknecht haben die Cardinäls Hüt auffgesetzt, die roten langen Rock angetan vnd sind auff den Eseln in der Statt vmbgeritten, haben also jr Kurzweil vnd Affenspiel gehalten. Wilhelm von Sandizell ist oftermals mit seiner Rott, als ein römischer Bapst, mit dreyen Kronen für die Engelburg kommen, da haben die andern Knecht in den Cardinäls Röcken irem Bapst Reverentz gethan, jre lange Röck vornen mit den Händen auffgehebt, den hindern Schwantz hinden auff der Erd lassen nachschleyffen, sich mit Haubt vnd Schultern tief gebogen, niederkniet, Fuß vnd Händ geküßt. Alsdann hat der vermeynt Bapst Clementen einen Trunk gebracht, die angelegte Cardinäl sind auff jren Knien gelegen, haben ein jeder ein Glaßvoll Wein außtrunken vnd dem Bapst bescheyd gethan, darbey geschrien, Sie wollen jetzt recht fromme Bäpst vnd Cardinal machen, die dem Keyser gehorsam, vnd nicht wie die vorige widerspenstig, Krieg vnd Blutvergiessen anrichten.

Zuletzt haben sie laut vor der Engelburg geschrien: Wir wollen den Luther zum Bapst machen! welchen solchs gefallen, der soll ein Hand aufheben, haben darauff all jre Händ auffgehebt vnd geschrien, Luther Bapst, vnd viel dergleichen schimpffliche lächerliche Spottreden gethan.

Grünewald, ein Landsknecht schrey vor der Engelsburg mit lauter stimm, Er hett lust, daß er den Bapst ein stück auß seinem Leib solt reissen, weil er Gottes, deß Keysers vnd aller Weld Feind sey« usw.

Nachdem Papst Clemens an die Truppen noch gegen 400.000 Dukaten bezahlt hatte, ließ man ihn, als Diener verkleidet, aus der Engelsburg entwischen.

Clemens hatte kein Glück, aber auch kein Geschick. So viel hätte er mit seinem Verstande erkennen können, daß die Zeit der Innozenze vorüber war; allein er war unpolitisch genug, es mit dem despotischen *Heinrich VIII. von England* zu verderben, den er exkommunizierte und der sich dafür mit seinem ganzen Lande von Rom lossagte. Dadurch verlor der Päpstliche Stuhl den *Petersgroschen*, eine Abgabe, welche seit 740 von jedem englischen Hause nach Rom bezahlt wurde und die bis dahin gegen 38 Millionen Gulden eingebracht hatte.

Die Reformation machte unter diesen beiden letzten Päpsten immer weitere Fortschritte, und die 1522 auf dem Reichstage zu *Nürnberg* versammelten Reichsstände erklärten, »daß sie die päpstlichen und kaiserlichen Verordnungen nicht vollstrecken lassen könnten, weil das Volk, welches den Lehren Luthers in großer Menge zugetan sei, dadurch leicht auf den Argwohn geraten könnte, als wolle man die evangelische Wahrheit unterdrücken und die bisherigen Mißbräuche unterstützen, und dies könnte leicht zu Aufruhr und Empörung Anlaß geben.«

Die deutschen Fürsten auf dem Reichstage nahmen diesmal kein Blatt vor den Mund, und in den »*hundert Beschwerden der deutschen Nation*« sprachen sie geradezu von den *Betrügereien* der Päpste, was sie nicht einmal heutzutage wagen würden, überhaupt sagten die Verteidiger der Reformation damals vieles sogar mit dem Beifall der Fürsten, was selbst heute in anständiger Sprache nicht gewagt werden dürfte, aus Furcht vor endlosen Preßprozessen. Man ließ Luthers »*Satyren*« ungehindert passieren, obwohl sie eigentlich nichts als unflätige Schimpfereien waren.

Der »Gottesmann Lutherus« zeigte wenig Respekt vor Päpsten oder Fürsten, wenn es die Verteidigung seiner Sache galt. Er ging mit ihnen um, als ob sie Bettelbuben gewesen wären, und sagte sowohl dem Könige von England als dem Herzog Georg von Sachsen auf das allerderbste Bescheid. Den Herzog von Braunschweig nannte er nur den »*Hanswort*«; aber am schlimmsten kam der Papst weg.

In seinem Buche »*Das Papsttum vom Teufel gestiftet*« nennt er die Kirche »*die Lerche*« und den Papst »*den Kuckuck,* der die Eier fresse und dafür Kardinäle hineinscheiße«. Er nennt Se. Heiligkeit »einen Gaukler, das Leckerlein von Rom, päpstliche Höllischkeit und Spitzbube, ein epikurisch Schwein, das vom Teufel hintenaus geboren und will, daß man ihm den Hintern küsse, – einen beschissenen und furzenden Papstesel, vor dessen Fürzen sich der Kaiser fürchtet und der alle Fürze der Esel binden und die selbsteigenen angebetet haben will und daß man ihm dabei noch den Hintern lecke.«

Wenn es heutzutage ein Schriftsteller wagen würde, so gegen den Papst zu schreiben oder gegen einen Fürsten, dann fiele halb Europa in Ohnmacht und dem Verfasser winkte ein Preßprozeß mit darauffolgendem Gefängnis, so lang wie das Fegefeuer.

Seine Gegner blieben Luther indes nichts schuldig, und Dr. Eck, den der Reformator stets Dreck nannte, zahlte ihm mit gleicher Münze. Die gewöhnlichen Titel, die man ihm gab, waren Doktor *Dreck-Märten*, Doktor *Sauhund von Wittenberg* und dergleichen. Der Jesuit Weislinger sagt von ihm in bezug auf die Tischreden: »Luther ist Zeremonienmeister bei Hofe, wo man Mist ladet, Advokat zu Sauheim, wo nicht gar Stadtrichter zu Schweinfurt; gäbe es ein Mistingen, Schmeisau oder Dreckberg, so gehörte der Sauluther dahin.« Das war, wie bemerkt, im sechzehnten Jahrhundert »Satyre«.

Clemens VII. war ein großer Freund der Mönche. Unter ihm entstanden die *Kapuziner*, eine Abart der *Franziskaner*, welche sich von den letzteren nur durch ihre größere Dummheit und Schweinerei auszeichneten. Die spitzen Kapuzen, die sie tragen und einem Lichtauslöscher sehr ähnlich sehen, können zugleich als ihr Feldzeichen dienen, denn Clemens hoffte durch sie das Licht auszulöschen, welches durch Luther angezündet war.

Paul III. (1539-1549), der nach Clemens Papst wurde, war schon im 26. Jahre Kardinal geworden, und zwar, weil er seine schöne Schwester *Julia Farnese* an Alexander VI. verkuppelt hatte. Er war einer der liederlichsten Päpste. Blutschande, Mord und ähnliche Verbrechen waren ihm geläufig. Er vergiftete sowohl seine eigene Mutter wie seine Schwester!

Doch das sind eigentlich Familienangelegenheiten, die uns weniger angehen. Weit wichtiger war es für die Welt, daß Paul am 27. September 1540 den *Orden der Jesuiten* bestätigte. Wir werden diese Fledermäuse noch näher kennenlernen und wollen ihnen dann sagen, was sie waren und was sie sind; denn sie selbst wollten und konnten darüber keine Auskunft geben und sagten, sie wären tales quales; das heißt: *Diejenigen, welche* –

Julius III. war ein Papst, der noch weniger taugte wie seine Vorgänger. Er hielt sich mit dem Kardinal Creszentius gemeinschaftlich Beischläferinnen, und die Kinder, welche dieselben bekamen, erzogen sie gemein-

schaftlich, da keiner von beiden wußte, wer der Vater sei. Seinen Affen-
wärter, einen häßlichen Jungen von sechzehn Jahren, machte er zum
Kardinal, und als ihm die andern Kardinäle deshalb Vorwürfe machten,
rief er: »Potta di Dio! was habt ihr denn an mir gefunden, daß ihr mich
zum Papst machtet?«

Der Heilige Vater ließ einst in Rom Musterung über alle Freudenmäd-
chen halten, und es fanden sich nicht weniger als 40.000 in der Stadt.
Unter einem so liederlichen Papst wie Julius mußte ihr Handwerk natürlich gedeihen. Sein Nuntius *Johann a Casa, Erzbischof von Benevent*,
schrieb ein Buch über die *Sodomiterei*, worin er diese lebhaft in Schutz
nimmt. Dies Buch ist 1552 in Venedig gedruckt und – dem *Papst dedi-
ziert!*

Paul IV. war ein vor Stolz halb wahnsinniger, achtzigjähriger Narr und
nebenbei ein mordlustiger Pfaffe. Unter ihm konnte die Inquisition nicht
genug Opfer erwürgen. Hören wir, was *Pasquino* über ihn sagte. Aber
vorher noch einige Worte über Pasquino.

Nach der Sage war dieser ein lustiger Schneider in Rom, dessen
Schwanke viele Leute nach seiner Bude lockten. Dieser gegenüber stand
eine verstümmelte Statue, an welcher man häufig Satiren angeklebt fand,
die man dem Schneider Pasquino zuschrieb. Daher das Wort *Pasquil*. Es
gibt indessen noch andere Traditionen darüber. Bald wurde nun eine
andere Statue am Kapitol dazu ausersehen, Antworten auf die Fragen
aufzunehmen, die man an der ersten Statue fand, und so entstand ein
Frage- und Antwortspiel, welches nicht nur sehr ergötzlich, sondern auch
von großem Nutzen war. Es war der römische *Kladderadatsch* in primi-
tiver Gestalt.

Als *Paul IV.* 1559 gestorben war, schlug Pasquino folgende Grabschrift
vor: »Hier liegt Caraffa (aus dieser Familie stammte der Papst), verflucht
im Himmel und auf Erden, dessen Seele in der Hölle, dessen Aas im
Boden ist. Der Erde mißgönnte er den Frieden, dem Himmel Gebet und
Gelübde; ruchlos richtete er Klerus und Volk zugrunde; vor den Feinden
kroch er, gegen Freunde war er treulos; wollt ihr alles auf einmal wissen?
– *er war Papst!*«

Der Name Papst war damals in Rom zum Schimpfwort herabgesunken.
Pasquino erwiderte einem Fragenden: »Warum jammerst du?« – »Ach,
der Schimpf bricht mir das Herz!« – »Nun, was ist's?« – »Du errätst es
nicht? – sie haben mich«, ruft er unter Schluchzen, »sie haben mich –
einen Papst genannt.« Paul war Kaiser Karls V. erbitterter Feind gewesen

und wollte nach dessen Abdankung Kaiser *Ferdinands* Wahl nicht anerkennen, weil dessen Sohn und Thronfolger, Maximilian, meist unter Lu-
theranern aufgewachsen sei.

Der Kaiser kehrte sich wenig an den Papst, dazu angeregt durch den
Reichs-Vizekanzler Dr. *Feld*, den *Beust* Ferdinands I. Dieser Minister
sagte in einem Gutachten: »Man lacht jetzt über den Bann, vor dem man
sonst zitterte; man hielt sonst alles, was von Rom kam, für heilig und
göttlich, *jetzt speiet männiglich, er sei alter oder neuer Religion, darüber
aus.* Die alten Kaiser haben die Päpste beim Kopfe genommen, gestöcket,
gepflöcket und abgesetzt; wir haben selbst erlebt, wie Karl mit Clemens
umgegangen; solchen Ernstes sind Ew. Majestät nicht einmal benötigt,
übrigens weiß man, daß Se. Heiligkeit die Kardinäle, welche Wahrheiten
sagen, *Bestien und Narren* gescholten, solche mit Stecken geschlagen,
woraus anzunehmen, daß *dieselben Alters oder anderer Zufälle wegen
nicht wohl bei Vernunft und Sinnen seien.*«

Unter Pius IV. wurde das berühmte *Trientiner Konzil* geschlossen (im
Dezember 1563), welches achtzehn Jahre versammelt gewesen war, um
die schon längst als notwendig erkannte Reformation der Kirche an
»Haupt und Gliedern« vorzunehmen.

Das Konzilium stand unter der unmittelbaren Beaufsichtigung des
Papstes. Kardinal del *Monte* stand mit ihm durch eine ununterbrochene
Kurierlinie zwischen Trient und Rom in fortwährender Verbindung, und
des Papstes Instruktionen hatten auf alle Beschlüsse den entschiedensten
Einfluß. Alle Welt schrie, das Konzil sei nicht bei Trost, aber niemand
konnte das ändern.

Der Bischof *Dudith* von *Tina* in *Dalmatien* und mehrere andere sagten:
»*Der Heilige Geist, der die versammelten Väter in Trient belehrte, kam
im römischen Felleisen.*« Die Heiligen Väter strengten sich nicht übermäßig
an. Alle Monate einmal eine Sitzung, wenn nicht Ferien oder Festlichkeiten die Zeit wegnahmen, und hielt man einmal eine Sitzung, so verging
dieselbe meistens mit unnützen Redereien.

Man disputierte mit allem Ernst, der so wichtigen Dingen gebührt,
über den Rang der Abgeordneten, über Kleidung, Siegel und dergleichen.
Dann fragte man, ob man vom *Glauben* oder von der *Reformation* anfan-
gen wolle? Endlich entschied man sich dann für den *Glauben*, da einige
Vorwitzige unverschämt genug waren, die Meinung zu äußern, daß die
Reformation bei den Häuptern beginnen müsse!

Die Franzosen und selbst die so geduldigen Deutschen verloren die Geduld. Ein kaiserlicher Gesandter behauptet gar, der Papst und seine Legaten »*hätten die Hufeisen verkehrt aufgeschlagen, um sich den Schein zu geben, vorwärts zu gehen, während sie doch rückwärts gingen.*«

Wenn das Volk, welches sich nach all den schönen Versprechungen auf die Konziliumsbeschlüsse wie Kinder auf den Heiligen Christ freute, durch seine Vertreter deshalb anfragen ließ, dann erhielt es immer zur Antwort, »*daß der Bericht noch nicht fertig sei*«.

Als aber der Bericht endlich fertig war, da machte alle Welt ein langes Gesicht und »entsatzete« sich. Beim Schluß der Synode stand der Kardinal von *Guise* auf und rief: »*Verflucht seien alle Ketzer!*« – »*Verflucht! verflucht! verflucht!*« brüllten die Herren Gesandten im Chorus, und der »Heilige Geist« in Rom lachte ins Fäustchen. Dies war freilich nicht der Weg, *die Protestanten in den Schoß der Kirche zurückzuführen*, welches eigentlich der Hauptzweck der langen Synode war.

Es bedarf in der Tat keiner großen Prophetengabe, um vorhersagen zu können, daß das in diesem Jahr abzuhaltende Konzil (1868) ganz denselben römischen Stuhlgang haben wird wie das Trienter. Der alte Mann, der jetzt die wurmstichige Tiara trägt (Pius IX.), leidet an der Einbildung, daß wir 1368 schreiben, und handelt demgemäß. Es ist ein Glück, daß es ziemlich gleichgültig ist, was das Konzil beschließt, da sich niemand daran kehren wird, und daß die Tage des Landvogtes Gottes gezählt sind:

Mach deine Rechnung mit dem Himmel, Landvogt,
Fort mußt du, deine Uhr ist abgelaufen.

Das Trienter Konzil war das letzte, welches gehalten wurde, und seine Beschlüsse sind bis auf den heutigen Tag das Gesetz für die römische Kirche. *Hume* sagte bei der Geschichte der Königin Elisabeth von England: »Das Trienter Konzil ist das einzige, das in einem Jahrhundert beginnender Aufklärung und Forschung gehalten wurde; die Wissenschaften müßten tief sinken, wenn das Menschengeschlecht aufs neue zu einem *solchen groben Betruge* geschickt würde.«

Der protestantische Schriftsteller *Haidegger* verglich das *Papsttum mit einer Hure, die immer unverschämter wird, je länger sie mitmacht*. Dieser Vergleich ist zwar nicht sehr höflich; aber wenn man die Beschlüsse des Trientiner Konzils durchliest, muß man ihm beistimmen. Aller Unsinn, welcher sich allmählich in die christliche Kirche eingeschlichen hatte, wurde dadurch feierlich sanktioniert, und was von der Trientinischen Glaubensformel abwich, hatte »*den Verlust der Seligkeit zu erwarten*«.

Daß aus der Synode nicht viel werden konnte, lag auf der Hand, denn die *Jesuiten* nahmen sich ihrer an und souffilierten dem Heiligen Geist.

Dieses Konzil hatte große Folgen, und die allerschlimmste war wohl die, daß die Päpste, welche bisher beständig gegen die weltliche Macht Opposition gebildet hatten, von nun an *gemeinschaftliche Sache* mit ihr machten, um das sichtbare Streben nach einem besseren Zustande und nach politischer Freiheit zu lähmen.

Pius IV. »gab seine Seele durch den Teil des Leibes von sich, durch welchen er sie empfangen hatte«. Ihm folgte *Pius V.*, ein ehemaliger *Großinquisitor*. Bei seiner Wahl soll er geäußert haben: »Als Mönch hoffe ich selig zu werden; als Kardinal zweifle ich daran, und als Papst halte ich die Sache für unmöglich.«

Dieser Pius V., der als Großinquisitor eine geeignete Vorschule gehabt hatte, war der grausamste unter allen Päpsten. Ihn belebte nur eine Idee: *Ausrottung der Ketzer*. Er ist der Urheber der *Pariser Bluthochzeit*, der schrecklichen Verfolgungen in den Niederlanden unter Herzog Alba, der sich rühmte, daß er in sechs Jahren 18.000 Personen hinrichten ließ, und aller Verschwörungen in Schottland und England.

Das Motiv der Grausamkeit dieses Papstes war nicht allein religiöser Fanatismus. Er ließ zum Beispiel *Nik. Franko* wegen eines unschuldigen Distichons hängen, welches er auf den im Lateran (päpstlichen Palast) neuerbauten *Abtritt* machte!

Papst Pius V., der beladenen Bäuche sich erbarmend,
Errichtete diesen Abtritt, ein edles Werk.

Das ist die Übersetzung der Zeilen, die den Poeten an den Galgen brachte. Der arme Mensch rief mit Recht: »Das ist zu arg«, und noch auf der Leiter wollte er nicht glauben, daß die Sache ernst sei, und fragte: »Wie, Nikolaus an den Galgen?«

Als Pius unter gräßlichen Steinschmerzen seine Henkerseele ausgehaucht hatte, herrschte allgemeine Freude. Die während seiner Regierung beinahe in den Ruhestand versetzten öffentlichen Mädchen versammelten sich jubelnd um seine Leiche, und sogar der türkische Sultan ließ Freudenfeste wegen dieses Todes anstellen.

Doch ich darf nicht das Gute unerwähnt lassen, was von diesem Papst zu melden ist, und um so weniger, als es auf dem »Apostolischen Stuhl« eine Seltenheit ist. Er führte ein sehr strenges Leben, wie ein Einsiedler, trug einen handbreiten, stachligen Drahtgürtel (Zilizium genannt) auf dem bloßen Leibe und kein Hemde. Seine Speise bestand aus Gemüse und sein Getränk aus Wasser.

Gregor XIII. war seinem Vorgänger an fanatischem Ketzerhaß gleich, wenn auch nicht an Sittenstrenge. Er eröffnete dem spitzbübischen Jesuitengeneral *Aquaviva*, daß es Protestanten, *besonders Gelehrten, Fürsten, höheren Beamten und anderen einflußreichen Personen, wenn sie zur römischen Kirche übergingen, aus besonderer päpstlicher Gnade gestattet sein sollte, ihren neuangenommenen Glauben verleugnen und noch alle protestantischen Kirchengebräuche mitmachen, kurz, nach wie vor sich als Protestanten benehmen zu dürfen.*

Nach Gregor kam *Sixtus V.* (1585-1590) auf den Päpstlichen Stuhl. Sein Vater war Weingärtner, seine Mutter eine Magd, und er selbst hütete in seiner Jugend die Schweine. Deshalb scherzte er oftmals: »Ich bin aus einem durchlauchtigen Hause; Sonne, Wind und Regen hatten freien Zugang in die Hütte meiner Eltern.«

Sein Name war *Felice Peretti*, und er wurde 1521 zu Grotta a Mare, nicht weit von Montalto in der Mark Ankona, geboren. Ein Franziskaner, dem der Junge gefiel, nahm ihn von den Schweinen weg und brachte ihn in ein Kloster und somit auf die Leiter, die ihn zum Apostolischen Stuhl führte. – Er stieg schnell. Papst Pius V. war ihm gewogen und machte ihn zum Kardinal *Montalto*; aber Gregor konnte ihn nicht leiden, und so hielt er es denn für zweckmäßig, sich ganz zurückzuziehen und dem Anscheine nach ein völliger Franziskaner zu werden. Er spielte seine Rolle so gut, daß sämtliche Kardinäle angeführt wurden. Er stellte sich äußerst demütig, einfältig und körperlich hinfällig, ließ sich geduldig »*der Esel aus der Mark*« nennen und dachte, wer zuletzt lacht, lacht am besten.

Die Kardinäle waren bei der Papstwahl in sechs Parteien geteilt, und da keine der andern den Willen tun wollte, rief die größte Zahl der Kardinäle, »daß der Esel aus der Mark Papst sein solle«. Kaum wurde der an seiner Krücke einherschleichende Montalto gewahr, daß er die meisten Stimmen für sich habe, als er sogleich seine Krücke wegwarf, sich kerzengerade in die Höhe richtete, bis an die Decke der Kapelle spuckte und mit einer Stentorstimme ein Tedeum anstimmte, daß die Fenster zitterten.

Man kann sich den Schrecken der überlisteten Kardinäle denken. Als der Zeremonienmeister den neuen Papst dem Gebrauch gemäß fragte, ob er die Würde annehme, antwortete er: »*Ich hätte noch Kraft zu einer zweiten*«, und als einer der stolzesten Kardinäle wegen seines guten Aussehens Komplimente machte, sagte er lachend: »*Ja, ja, als Kardinal suchten wir gebückt die Schlüssel des Himmelreiches; wir fanden sie und sehen nun aufrecht gen Himmel, da wir auf Erden nichts mehr zu suchen haben.*«

Einer der Kardinäle, der sich immer für ihn interessiert hatte, wollte seine verschobene Kapuze in Ordnung bringen; aber Montalto wies ihn zurück und sagte: »*Tut nicht so vertraut mit dem Papste.*«

Kardinal *Farnese*, der dem nunmehrigen Papst niemals recht getraut und ihn stets den *Paternosterfresser* genannt hatte, äußerte nun zu seinen Kollegen: »Ihr meintet, einen Gimpel zum Papst zu machen; ihr habt einen dazu gemacht, der mit uns allen wie mit Gimpeln umgehen wird!« – *Pasquino* erschien mit einem Teller voll *Zahnstocher*.

Sixtus V. blieb auch als Papst ein strenger Mönch und griff nun mit Energie in die bisher so jämmerlich schlaff gehandhabten Zügel der Regierung. Zuerst war er darauf bedacht, das Land von den unzähligen Räuberbanden zu reinigen, die unter Gregor XIII. so überhand genommen hatten, daß kein Mensch seines Lebens sicher war. Fünfhundert Verbrecher erwarteten, wie es bei einem Regierungsantritt gewöhnlich war, ihre Befreiung; allein Sixtus ließ ihnen den Prozeß machen, und die Galgen wurden nicht leer. »*Ich sehe lieber die Galgen voll als die Gefängnisse*«, pflegte er zu sagen.

Ganz Rom geriet in Entsetzen, denn seine Strenge traf Reiche und Arme, was man bisher gar nicht gewohnt gewesen war. Graf *Pepoli*, welcher die Banditen beschützte, wurde zu *Bologna* enthauptet, und die Villa des Prälaten *Cesarino* ließ der Papst niederreißen, weil sie ein bekannter Banditenschlupfwinkel war.

»Ich verzeihe«, sagte er, »was unter Montalto geschehen ist; aber als Sixtus muß ich das Haus niederreißen und einen Galgen an die Stelle setzen.« Cesarino wurde vor Angst Kartäuser.

Einer der Bargellos (Landhäscher), die nur zu oft mit den Banditen gemeinschaftliche Sache machten, wollte sich verbergen, als er Sixtus gewahr wurde. Dieser ließ ihn in Ketten legen und gab ihn nur unter der Bedingung frei, daß er ihm innerhalb acht Tagen eine bestimmte Anzahl Banditenköpfe einliefere.

Ja, der Papst ging in seiner grausamen Gerechtigkeitsliebe so weit, daß er, um Verbrecher zu entdecken, die alten Kriminalakten durchstöbern ließ. Einen gewissen *Blaschi*, der schon vor 36 Jahren wegen Mordes nach Florenz entwischt war, ließ er requirieren und enthaupten.

Diese Strenge gab Pasquino hinlänglichen Stoff. Einst sah man an der Bildsäule die Engelsbrücke abgebildet, mit den sich gegenüberstehenden Statuen der Apostel Petrus und Paulus. Petrus war in Stiefeln und Reisemantel. Paulus äußerte sein Erstaunen und fragte nach der Ursache des Reisekostüms, und Petrus antwortet: »*Ich will mich fortmachen, denn ich habe vor 1500 Jahren Malchus das Ohr abgehauen.*«

Sixtus trieb seine Justiz mit förmlicher Leidenschaft, und einst nach einer großen Hinrichtung äußerte er bei Tische: »Mir schmeckt es nie besser als nach einem solchen Akt der Gerechtigkeit.« – Pasquino erschien wieder mit einem Becken voll kleiner Galgen, Räder, Beile usw. und sagte: »Diese Brühe wird dem Heiligen Vater Eßlust geben.«

Die Mütter schreckten jetzt ihre Kinder mit dem Papst, und wenn dieser sich auf der Straße blicken ließ, so drückte sich jeder beiseite. Ein Zeichen, daß es in Rom viele Spitzbuben und andere Leute gab, welche die Strenge des Papstes zu fürchten hatten. Er verfolgte nicht allein Banditen, sondern auch die Menschenfleischhändler oder die Kuppler, die den Kardinälen und liederlichen Reichen ihre Weiber und Töchter zu verhandeln pflegten. Eine berühmte Buhlerin, Pignaccia, welche man nur die Prinzessin nannte, ließ er hinrichten und von ihrem Vermögen ein schönes Hospital erbauen.

Für die Armen sorgte er in bedrängter Zeit väterlich und ließ nicht allein Lebensmittel austeilen oder die Preise derselben herabsetzen, sondern auch Seiden- und Tuchfabriken anlegen; den Adel nötigte er, seine Schulden zu bezahlen, was demselben hart genug ankam.

Ein schöner Zug von Sixtus war es, daß er sich früher erhaltener Wohltaten erinnerte. Einem Schuster hatte er einst für ein Paar Schuhe nur sechs Paoli bezahlt und gesagt: »Das übrige werde ich bezahlen, wenn ich Papst bin.« Nun bezahlte er seine Schuld mit Interessen und gab dem Sohne des Schusters – ein Bistum. Ebenso belohnte er einen Prior, der ihm vor vierzig Jahren vier Skudi geborgt hatte. Seine Verwandten vergaß er übrigens auch nicht; aber trotz dieser Ausgaben und der nun bedeutend geringer gewordenen Einnahmen des Päpstlichen Stuhles legte er doch drei Millionen Skudi im päpstlichen Schatz nieder, während andere Päpste Schulden machten.

Sixtus besaß Verstand und selbst Witz; aber gegen den anderer war er sehr empfindlich. *Pasquino* trocknete einst sein Hemd am Sonntag. – »Warum wartest du nicht bis Montag?« – »Ich trockne es, bevor die Sonne verkauft wird«, und sein *ungewaschenes Hemd* entschuldigte er: »*Der Papst hat mir meine Wäscherin* (seine Schwester Camilla) *zur Prinzessin gemacht.*«

Dieser Spott beleidigte Sixtus sehr. Er versprach dem Entdecker des Verfassers tausend Dukaten, indem er dem letzteren das Leben zusicherte. Der Spötter dachte die Belohnung selbst zu verdienen und war dumm genug, sich zu melden. Sixtus ließ ihn am Leben, wie er versprochen, allein *er ließ ihm die Zunge ausreißen und die Hände abhauen*, dann tausend Dukaten auszahlen.

Trotz seiner mancherlei guten Eigenschaften und seines Hasses gegen die *Jesuiten* und gegen den spanischen Tyrannen Philipp II. blieb er doch immer ein fanatischer Mönch und fand es ganz in der Ordnung, *daß die Ketzer brennen müßten*. Die Ermordung Heinrichs III. von Frankreich billigte er, und als die rachsüchtige *Elisabeth* von England Maria Stuart hatte hinrichten lassen, rief er aus: »Glückliche Königin! Ein gekröntes Haupt zu ihren Füßen!«

König *Heinrich IV.* und *Elisabeth* wußte er übrigens zu würdigen und äußerte einst: »Ich kenne nur einen Mann und nur eine Frau, würdig der Krone.« Elisabeth erfuhr es und scherzte: »Wenn ich je heirate, muß es Sixtus sein.« Dieser rief, als man ihm die Äußerung hinterbrachte: »Wir brächten einen Alexander zustande!« Die Jesuiten wollten Sixtus überreden, daß er einen Jesuiten als Beichtvater annehmen solle wie die andern Großen; er aber meinte, »*es würde besser für die Kirche sein, wenn die Jesuiten dem Papste beichten wollten.*«

Er tat außerordentlich viel für die Verschönerung Roms und legte mehrere nützliche Anstalten an. Unter ihm wurde auch der große ägyptische Obelisk auf dem Piazza del Popolo wieder aufgerichtet, der zwei höchst merkwürdige Inschriften hat: »Cäsar Augustus Pontifex Maximus unterwarf sich Ägypten und weihete ihn der Sonne« auf der einen Seite, und auf der anderen: »Sixtus V. Pontifex Maximus weihet diesen Obelisken, nach dessen Reinigung, dem Kreuze.«

Sixtus V. war den Kardinälen und den Römern zu strenge, und so ist es denn nicht zu verwundern, daß er bald anfing zu kränkeln. Sein Leibarzt fühlte an des Patienten Nase, aber dieser fuhr zornig in die Höhe und rief: »Wie! Du wagst es, einem Papst an die Nase zu greifen?« Der arme Doktor ward krank vor Schrecken.

Im Jahre 1590 starb dieser letzte gefürchtete Papst. Er hätte immer noch länger leben können, wahrscheinlich zum Heil der Menschheit, denn er ging damit um, die meisten Mönchsorden aufzulösen. Vielleicht starb er an diesem Vorsatz.

Die Römer waren froh, daß sie diesen Zuchtmeister los waren, und gaben ihre Freude dadurch zu erkennen, daß sie die auf dem Kapital stehende Bildsäule dieses Papstes in Stücke schlugen. Pasquino sagte: »Mache ich je wieder einen Mönch zum Papste, so soll mir ewig der Rettig am Hintern bleiben.«

Der erste Papst im 17. Jahrhundert war *Paul V.*, der nach den verwickeltsten und seltsamsten Intrigen im Konklave gewählt wurde. Er hätte gern Sixtus V. nachgeahmt; aber die Reformation hatte das Ansehen der Päpste mächtig erschüttert. Paul wollte Venedig seine Macht fühlen lassen, aber der Senat dieser Republik kehrte sich wenig an den Bannstrahl des Papstes, der bereits zum Theaterblitz herabgesunken war.

Der Papst tobte und verlangte durchaus *Gehorsam*; allein der savoyische Gesandte klärte ihn über seinen Standpunkt in bezug auf Regierungen und Fürsten auf und sagte ihm geradezu: »*Das Wort Gehorsam ist unschicklich*, wenn von einem Fürsten die Rede ist. Alle Welt würde es für vernünftig halten, wenn Ew. Heiligkeit Mäßigung gebrauchten.«

Die *Jesuiten* versuchten es vergebens, das venezianische Volk zur Empörung zu verleiten, und endlich verließen sie mit einer Menge anderer Mönche die Stadt. Das Volk schickte ihnen Verwünschungen nach. Der Senat benahm sich überhaupt gegen die geistlichen Anmaßungen mit großer Energie; alle Geistlichen gehorchten ihm und kehrten sich nicht an das Interdikt. Nur der Großvikar des Bischofs von Padua ließ dem Senat auf sein Verbot des Interdikts antworten, daß er tun werde, was Gott ihm eingebe; als man ihm aber antwortete, Gott habe dem Senat eingegeben, *einen jeden Ungehorsamen hängen zu lassen*, da kroch der Kuttenheld zu Kreuze. Im Kampf zwischen Venedig und der päpstlichen Gewalt zeichnete sich der Servite *Paul Sarpi*, auch *Fra Paolo* genannt, aus, indem er mit seiner gewandten Feder die Anmaßungen des Papstes mit großer Geschicklichkeit bekämpfte. Die Kardinäle *Bellarmin* und *Baronius* strengten vergebens ihren Geist an, um Sarpi zu schlagen, trotzdem daß sie die ganze päpstliche Rüstkammer von Lügen zu Hilfe nahmen.

Um den gefährlichen Feind loszuwerden, beschloß man, *Sarpi* zu ermorden. Eines Abends (1607) überfielen ihn Banditen und versetzten ihm fünfzehn Dolchstiche. Als er sie erhielt, rief der Märtyrer der Wahrheit: »*Ich kenne den Griffel der römischen Kurie!*«

Sarpi starb indessen nicht an seinen Wunden, und der Anteil, welchen alle Venezianer an seinem Schicksal nahmen, belohnte den wackeren Schriftsteller für das, was er gelitten hatte. Da man den »*römischen Kurialstil*« kannte, so mußte eine Sicherheitswache Sarpi begleiten, wenn er ausging, und der Arzt, der ihn geheilt hatte, wurde zum St. Markusritter ernannt.

Urban VII., der 1644 starb, war ein *kleiner* Tyrann, da es ihm an Macht fehlte, ein *großer* zu sein. Die Ketzer aller Art haßte er gründlich und war eifrig bemüht, überall das Feuer des Fanatismus gegen sie anzuschüren. Er publizierte die wahnsinnige Bulle, die In coena Domini beginnt und in welcher alle Spielarten der Ketzer bis in den allertiefsten Abgrund der Hölle »im Namen des allmächtigen Gottes, des Vaters, des Sohnes und des Heiligen Geistes« verflucht werden. Diese Bulle wird bis auf den heutigen Tag alljährlich am Gründonnerstage zur Erbauung der Gläubigen in allen römischen Kirchen öffentlich vorgelesen.

Nebenbei war auch dieser liebenswürdige Papst, was man beim Militär einen »Gamaschenfuchser« nennt. Er bekümmerte sich um die geringsten Kleinigkeiten und behandelte sie mit der größten Wichtigkeit. So verbot er bei strenger Strafe, in der Kirche *Tabak zu kauen, zu schnupfen oder zu rauchen*. Aber der spätere *Innozenz XII.* ging noch weiter, indem er jeden *exkommunizierte*, welcher in der Peterskirche schnupfen würde!

Urban befahl auch, daß sich die Chorherren von St. Anton nicht mehr im Scherze – *kitzeln* sollten und daß man am Feste des heiligen Markus keine – *Ochsen* mehr in die Kirche lasse. An anderen Festtagen gehen seitdem desto mehr hinein, denn er ordnete auch an, daß neben den 52 Sonntagen noch 34 Feiertage bei *Todsünde* gefeiert werden sollten.

Er scharrte 20 Millionen Skudi zusammen, die er aber meistenteils für seine Familie verwandte, und hinterließ noch eine Schuldenlast von 8 Millionen.

Innozenz X. war ein elender Papst, der sich ganz und gar von *Donna Olympia*, der Witwe seines Bruders, seiner Mätresse, leiten ließ. Dieses unverschämte Weib regierte die christliche Kirche und verhandelte ohne Scheu Ämter und Pfründen. Um nur Geld zu bekommen, *säkularisierte sie zweitausend Klöster*, das heißt, sie hob sie auf und zog deren Güter ein. Noch in den letzten zehn Tagen vor dem Tode des Papstes soll sie eine halbe Million Skudi beiseite geschafft haben.

Als sie einst beim Spiel eine sehr bedeutende Summe verlor, sagte sie lachend: *»Ach, es sind ja nur die Sünden der Deutschen.«* Eine ähnliche Äußerung erzählt man sich von *Alexander VI.*

Der Papst protestierte gegen den Westfälischen Frieden, welcher der Welt nach dreißigjährigem Kriege den Frieden wiedergab, weil *durch ihn zehn Stifte säkularisiert werden sollten.* Selbst Österreich war empört über solche Niederträchtigkeit, und die Bulle, welche der päpstliche Nuntius an allen österreichischen Kirchen hatte anschlagen lassen, wurde abgerissen und der Drucker derselben eingesperrt und um 1.000 Taler gestraft.

Selbst *Kaiser Ferdinand,* so bigott er war, sagte zum Nuntius *Melzi:* »Der Papst hat gut reden; im Reiche geht es bunt zu, während er sich von Olympia krabbeln läßt.«

Der letzte Papst im siebzehnten Jahrhundert war *Innozenz XII.,* ein Mann, der im Vergleich zu den anderen Päpsten ziemlich vernünftig genannt zu werden verdient. Er erlebte die Freude, daß der Fürst, in dessen Lande die Reformation entstanden war, wieder in den Schoß der »allein seligmachenden« römischen Kirche zurückkehrte, nämlich *Friedrich August, Kurfürst von Sachsen,* der diesen Schritt tun mußte, wenn er König von Polen werden wollte, und der wie Heinrich IV. von Frankreich dachte, »daß eine Königskrone schon eine Messe wert sei«.

Im Innern dachte *Friedrich August* gar nicht römisch-katholisch, das heißt, er war ein in Religionssachen freidenkender Mann. Als Prinz hatte er in Wien genauen Umgang mit dem nachherigen Kaiser *Joseph I.* Dieser klagte, daß ihm in der Burg ein Gespenst erschienen sei, welches ihn vor Irrlehren gewarnt und gedroht habe, in drei Tagen wiederzukommen, wenn er sich nicht bessere.

Der sächsische Prinz bat Joseph, in seinem Zimmer schlafen zu dürfen, denn er hatte große Lust, die nähere Bekanntschaft dieses Gespenstes zu machen. Es kam auch wirklich wieder, aber Friedrich August packte es so kräftig, daß das arme Vieh von einem Gespenst in seiner Angst: Jesus, Maria, Joseph! stöhnte. Der Prinz warf das Gespenst zum Fenster hinaus und siehe! *es war Se. Hochwürden der Beichtvater!*

Von den Päpsten im achtzehnten Jahrhundert ist nicht viel mehr zu sagen, als daß sie meistens nach der Pfeife der Jesuiten tanzten und es versuchten, ihre so ziemlich gestürzte öffentliche Macht auf Schleichwegen wiederzuerlangen, indem sie das Fundament des Staates durch die Jesuiten, ihre Hofmaulwürfe, unterminieren ließen, welche aber nur so weit für das Interesse des Papstes arbeiteten, als es mit dem ihrigen übereinstimmte.

Im allgemeinen fingen jetzt selbst die Heiligen Väter an, menschlicher zu werden; das heißt die viehischen Unflätereien, mit denen sich der päpstliche Hof bisher beschmutzt hatte, wurden mehr im geheimen betrieben, da man nunmehr Ursache hatte, öffentlichen Skandal zu fürchten. In alten Zeiten setzte man sich in Rom über die öffentliche Meinung hinweg; allein die Reformation hatte gelehrt, daß man dies nicht ungestraft tun dürfe und daß es selbst den Vizegöttern nicht mehr gestattet war, wie die Schweine zu leben.

Benedikt XIV. (1740-1758) war der gelehrteste und humoristischste Papst, der bisher auf dem angeblichen Stuhl Petri gesessen hatte. Er war natürlich durch seine Stellung dazu gezwungen, die althergebrachten Anmaßungen der Päpste, besonders solche, die Geld eintrugen, zu unterstützen und zu verteidigen; allein soviel er konnte, suchte er doch zu mildern und zu versöhnen. Ich will nur zwei Anekdoten von ihm erzählen, die ihn als Mensch ziemlich charakterisieren.

Nachdem er einst dem *Herzoge von York*, also einem *Ketzer*, alle Merkwürdigkeiten des Vatikans gezeigt hatte, umarmte er ihn und sagte: »Um Absolution kümmern Sie sich nicht, aber der Segen eines alten Mannes wird Ihnen nichts schaden.«

Ein alter Seekapitän, namens Mirabeau, stellte sich mit seinen jungen Offizieren dem Papste vor. Die jungen Herren konnten sich nicht enthalten, über die Etikette zu lachen. Der Kapitän stammelte einige Entschuldigungen; aber Benedikt unterbrach ihn: »Seien Sie ruhig; ich bin zwar Papst, aber ich habe keine Macht, Franzosen am Lachen zu verhindern.«

Clemens XIII. (1758-1768) war wieder ein Fanatiker. Er konnte die Zeit nicht aus dem Sinn bekommen, wo Kaiser vor den Päpsten auf den Knien herumgerutscht waren und wo sich die Völker ohne Murren das Fell über die christlichen Ohren ziehen ließen. Alle päpstlichen Anmaßungen, selbst diejenigen, welche man allgemein als solche verdammt hatte, waren ihm *geheiligte Anstalten* zur Erhaltung der Kirche; sie waren ihm *Religion* und *Sache Gottes*.

Er erwartete alles Heil von den Jesuiten und sammelte diese um seinen Thron. Dies gab Pasquino genug Veranlassung zum Spott. Einst äußerte sich dieser steinerne römische Kladderadatsch: »Ich hatte einen Weinberg gepflanzt und wartete, daß er Trauben brächte, und er brachte *Herlinge*.«

Clemens setzte einen Preis auf die Entdeckung des Spötters; am anderen Morgen antwortete Pasquino: »*Es ist der Prophet Jeremias!*«

Der Papst erlebte indessen den Jammer, daß das fromme Portugal, ja auch Frankreich, die Jesuiten zu ihrem Vater, dem Teufel jagten, und letzteres sie »*für Feinde aller weltlichen Macht, aller Souveräne und der öffentlichen Ruhe*« erklärte.

Clemens nahm indessen nicht Vernunft an; er bestätigte die Jesuiten aufs neue, hatte aber kein Glück damit. Seine deshalb erlassene Bulle wurde in Frankreich *durch Henkershand* verbrannt und ihre Bekanntmachung in Portugal bei *Lebensstrafe* verboten. Das bigotte Spanien entschloß sich sogar zu einem kräftigen Schritt. Alle Jesuiten in diesem Lande wurden an einem schönen Frühlingsmorgen aufgepackt und – nach dem Kirchenstaate geschickt. Kurz, von allen Seiten wurde Jagd auf dieses gefährliche Ungeziefer gemacht. Der von ihm nun halb aufgefressene Papst – er sollte all die schwarzen Blutsauger ernähren! – trieb es so weit, daß Frankreich große Lust bekam, den Starrkopf zu Rom selbst beim Kragen zu nehmen; aber der Tod errettete ihn von diesem Schicksal. Sein Nachfolger *Clemens XIV.* mußte endlich der allgemeinen Stimme Gehör schenken. Am 21. Juli 1773 wurde der Orden der Jesuiten aufgehoben. Dieser Akt verursachte in ganz Europa den ungeheuersten Jubel. Als Clemens die Aufhebungsbulle unterzeichnete, sagte er: »*Diese Aufhebung wird mich das Leben kosten.*« Er kannte seine Leute. Clemens starb an Jesuitengift. Ein Großer in Wien fragte ganz naiv einen Ex-Jesuiten: »Clemens ist tot, nicht wahr, *ihr habt ihm vergeben?*« – »*Ja, wie wir allen Schuldigen vergeben!*« antwortete mit der sanftesten Miene der würdige Schüler Loyolas.

Clemens XIV. war unter 200 Päpsten der beste. Er saß von 1768 bis 1774 auf dem »Stuhl Petri«, und wenn es denn doch einmal Päpste geben muß, so wollte ich, er säße noch heute darauf. Mit Vergnügen liest man die Lebensgeschichte dieses Mannes, und ich bedaure nur, daß ich hier nicht länger bei derselben verweilen kann.

Sein eigentlicher Name war *Ganganelli*. Er stieg durch seine Talente allmählich zu den höchsten Kirchenwürden, und als er, ohne daß er es suchte, Papst wurde, blieb er ebenso einfach, wie er als Mönch gewesen war. Seine Mittagsmahlzeit war ganz bürgerlich einfach, und als die Hofköche über diese Einfachheit jammerten, sagte er: »Behaltet euern Gehalt, aber verlangt nicht, daß ich über eure Kunst meine Gesundheit verliere.«

Alle anderen Päpste waren darauf bedacht, ihre *Nepoten* – d. h. Vettern – zu bereichern, er aber sorgte väterlich für das Wohl seiner Untertanen. Als man ihn fragte, »ob man seiner Familie nicht durch einen *Kurier* von seiner Erhebung Nachricht geben solle?« erwiderte er: »*Meine Familie sind die Armen, und diese pflegen die Neuigkeiten nicht durch Kuriere zu erhalten.*«

Ganganelli war ein vortrefflicher Mensch in jeder Beziehung und machte eine der wenigen Ausnahmen von dem alten Erfahrungssatz, »daß sich jeder ganz und gar ändere, sobald er Papst werde«. Von seiner päpstlichen Gewalt machte er, wo er konnte, den wohltätigsten Gebrauch, und seine Menschenfreundlichkeit und Mildtätigkeit waren unbegrenzt.

Zwei Soldaten wurden zum Tode verurteilt und endlich einer von ihnen begnadigt. Sie sollten nun um ihr Leben *würfeln*; aber der Papst duldete dies nicht, sondern begnadigte beide, indem er sagte: »Ich habe ja selbst die Hasardspiele verboten.« – Ein englischer Lord war von dem Papst so entzückt, daß er ausrief: »Dürfte der Papst heiraten, ich gäbe ihm meine Tochter.« Nachdem Clemens die Sache der Jesuiten *drei Jahre lang* selbst auf das sorgfältigste geprüft hatte, unterschrieb er die berühmte Bulle: Dominus ac redemptor – die Bullen werden stets nach den Anfangsworten bezeichnet –, wodurch die Jesuiten aufgehoben wurden und damit, wie er wohl wußte, sein Todesurteil. – Schon in der Karwoche 1774 wirkte das Jesuitengift in den Eingeweiden des trefflichen Mannes. Alle Gegenmittel waren wirkungslos; er starb am 22. September. Der Körper war durch das Gift so zerstört worden, daß selbst das Einbalsamieren nichts half. Die Haare fielen aus, und selbst die Haut löste sich vom Kopfe, so daß bei der Ausstellung der Leiche das Gesicht mit einer Maske bedeckt werden mußte.

Schließlich muß ich von diesem Papste noch bemerken, daß er es für unschicklich hielt, die Ketzer an jedem Gründonnerstage zu verfluchen, und daß er daher die früher erwähnte berüchtigte Bulle In coena Domini aufhob. Er schützte alle Männer von Verdienst, mochten sie nun Katholiken oder Protestanten sein. Die Inquisition war ihm ein Greuel, und schon ehe er Papst war, befreite er manche aus ihren Krallen.

Der dankbare Kammerpächter des Papstes, Giorgi, setzte ihm ein von dem berühmten Bildhauer *Canova* verfertigtes Denkmal; aber ein weit schöneres und unvergänglicheres errichtete Clemens XIV. sich selbst in der Geschichte.

Nach langem, heftigem Kampfe im Konklave setzten es die Jesuiten durch, daß abermals einer ihrer Freunde, namens *Braschi*, als *Pius VI.* Papst wurde (1775-1799). Er war unwissend, listig, intolerant, stolz, hochmütig, ausschweifend, starrsinnig, habsüchtig, herrschsüchtig, jähzornig, diebisch, selbstgefällig und eitel. – Eine schöne Galerie von schlechten Eigenschaften; aber dafür ist die Reihe der guten desto kürzer, so daß es sich kaum der Mühe lohnt, sie zu nennen. Er war ein guter Komödiant und ein hübscher alter Mann; das sind alle seine Verdienste.

Ein solcher Mensch war allerdings nicht geeignet, das wankende Papsttum aufrechtzuerhalten. Ein Stückchen nach dem anderen bröckelte davon los, und eine tüchtige Bresche in demselben verursachte *das Werk eines Deutschen, des Weihbischofs von Trier, J. R. von Hontheim.* Es handelte »über den Zustand der Kirche und von der rechtmäßigen Gewalt des Papstes«, und in ihm war bewiesen, *daß der Zustand der Kirche erbärmlich und die Gewalt der Päpste usurpiert sei.*

Dieses vortreffliche Buch, das Resultat eines dreiundzwanzigjährigen Fleißes, wurde in verschiedene Sprachen übersetzt, tat dem Papsttum unendlichen Schaden und rief eine Menge ähnlicher Schriften hervor. Der achtzigjährige Hontheim wurde indessen durch allerlei Quälereien dahin gebracht, zu *widerrufen*; er tat es, um in seinem hohen Alter Ruhe zu haben; allein die in seinem Buche enthaltenen Beweise konnten dadurch ihre Bedeutung nicht verlieren; widerlegt hat sie niemand.

Kaiser *Joseph II.* machte mit dem Papst und den Pfaffen wenig Umstände. Er hob sehr viele Klöster auf und hielt es für besser, das Geld seines Volkes im Lande zu behalten, als es nach Rom zu senden. Die Wechsel aus Wien blieben aus, und da *Pius VI.* dieselben nicht entbehren konnte, so entschloß er sich, dorthin zu reisen, um womöglich die Verstopfung zu heben. Der Kaiser ließ ihm zwar sagen, »*er werde nächstens selbst nach Rom kommen, um sich von Sr. Heiligkeit Rat zu erbitten*«, – allein *Pius* wollte den Wink nicht verstehen.

Die Wiener gerieten ganz außer sich über die Anwesenheit des Papstes in ihrer Stadt. Seit dem Konstanzer Konzil war kein Papst in Deutschland gewesen, und nun kam gar einer nach Wien! Und dazu einer, der es verstand, prächtige Komödie zu spielen. Die Damen waren rein närrisch vor Vergnügen, und alles drängte sich herzu, um den im Vorzimmer ausgestellten Pantoffel Sr. Heiligkeit zu küssen.

Kaiser Joseph zuckte die Achseln zu dem Enthusiasmus seiner Wiener, erwies dem Papst alle Ehre, allein machte dessen Reisezweck vollständig zunichte. Als Pius nämlich auf die Hauptsache kommen wollte, bat ihn Joseph, *alles schriftlich zu machen, er verstehe nichts von Theologie* und verwies ihn an den Staatskanzler *Kaunitz.*

Der Papst erwartete nun wenigstens den Besuch dieses Ministers; allein er wartete vergebens, und der Heilige Vater mußte sich entschließen, selbst zu ihm zu gehen, unter dem Vorwande, *seine Gemälde zu besehen.* Pius reichte dem Kanzler *die Hand zum Kusse, aber dieser begnügte sich damit, sie recht herzlich zu schütteln,* und der Heilige Vater war ganz verblüfft. Er wurde es noch mehr, als ihn *Kaunitz* ohne Umstände vor seinen schönsten Gemälden hin und her schob, *damit er den richtigen Standpunkt finde.* Dies wollte aber Pius in Wien nicht gelingen, und die Million Skudi, welche die Reise kostete, war weggeworfen.

Der Kaiser schenkte dem Papst einen schönen Wiener Reisewagen – wahrscheinlich auch ein diplomatischer Wink! – und ein Diamantkreuz, 200.000 Gulden an Wert, als Pflaster auf die Wunde, die dem päpstlichen Ansehen geschlagen war.

Auf der Rückreise passierte Pius *München* und vergaß hier die erlittene Demütigungen. Er nannte diese Stadt *das deutsche Rom,* ein Name, um den es andere deutsche Städte nicht beneiden.

»*Ich hoffe mein Volk noch zu überzeugen, daß es katholisch bleiben kann, ohne römisch zu sein*«, sagte der beste deutsche Kaiser einst zu Azara. Armer Kaiser I Es ging ihm wie seinem Vorgänger Friedrich II. von Hohenstaufen; das dumme Volk ließ ihn im Stich.

Pius erlebte aber nicht nur einen abtrünnigen Kaiser von Österreich, er erlebte sogar die *große Revolution,* welche mit den Pfaffen den Kehraus tanzte. 1798 rückte *Berthier* in Rom ein, und die neurömischen Republikaner sangen:

Non abbiamo Pazienza,
non vogliamo Eminenza,
non vogliamo Santita,
ma – Egualianza e Liberta.

(Wir haben keine Geduld, wir wollen keine Eminenz, keine Heiligkeit, sondern *Freiheit* und *Gleichheit.*)

Man hatte gehofft, der nun schon sehr alte Heilige Vater werde vor Alteration gen Himmel fahren; als er aber dazu noch keine Anstalten machte, sannen die Republikaner darauf, ihn wenigstens aus Rom fortzuschaffen. Der General Ceroni ging zu ihm und sagte: »*Oberpriester! die Regierung hat ein Ende; das Volk hat die Souveränität selbst übernommen.*«

Darauf nahm man dem Papst seine Kostbarkeiten und selbst seinen Ring ab und verlangte, daß er die dreifarbige Kokarde aufstecken sollte. Der alte Pius weigerte sich jedoch und sagte: »Meine Uniform ist die Uniform der Kirche.« Da nun nichts mit dem alten Manne anzufangen war, so packte man ihn in einen Wagen, brachte ihn unter sicherer Eskorte nach Siena und endlich nach Florenz in die dortige *Kartause*.

Die frommen Katholiken unterstützten ihn reichlich, und der gedemütigte alte Mann würde hier gern sein Leben beschlossen haben; allein so gut wurde es ihm nicht. Nachdem ihm sein *Nepote* noch den Schmerz bereitet hatte, mit dem Rest seiner Reichtümer durchzugehen, zwangen ihn die Republikaner, bei der Annäherung des Feindes nach Frankreich zu reisen.

Pius war krank und zeigte den Ärzten seine geschwollenen Füße und Beulen mit den Worten des Pilatus: Ecce homo! Aber das, was das Volk so lange von Päpsten und Fürsten erdulden mußte, hatte die Herzen der Republikaner für die Leiden eines alten Papstes unempfindlich gemacht. Sie hatten die Bedrückung von Jahrhunderten und das Blut von Millionen zu rächen, welches die Päpste »für den Glauben« vergossen hatten. Pius mußte fort über die Alpen durch Eis und Schnee, meistenteils bei Nacht, um Aufläufe der Katholiken zu verhindern, bis er nach *Valence* an der Rhone kam.

Wir Deutsche sind weichmütige Narren, und die Leiden eines alten, kranken, gedemütigten, wenn selbst bösartigen Feindes gehen uns ans Herz. Mir geht es ebenso, und damit ich nicht sentimental werde, rufe ich mir den *deutschen* Kaiser Heinrich IV. ins Gedächtnis, wie er, körperlich und geistig krank, *zu Fuß* im strengsten Winter durch Schnee und Eis die Alpen übersteigt, um im Schloßhof zu Canossa barfuß und fast nackt sich vor einem Papst zu demütigen; ich sehe die Opfer der Inquisition sich am Marterpfahle winden – und freue mich nur, daß die Rachsucht der Republikaner nicht zufällig einen guten Papst, sondern einen lasterhaften traf.

Pius benahm sich, indessen in seinen Leiden wie ein Mann, und es wäre eine Ungerechtigkeit, das nicht anzuerkennen. Man wollte ihn von *Valence* abermals weiter nach *Dijon* bringen, als er am 29. August 1799 starb. Er hinterließ nichts als seine kleine Garderobe, 50 Livres an Wert, welche der Maire für Nationaleigentum erklärte. – Die Revolutionen tun oft einzelnen weh; aber noch häufiger tun sie der Gesamtheit der Menschen gut. – Wo wären wir ohne 1848?

Pius hatte versucht, sich durch viele geschmacklose Bauwerke zu verewigen, auf welche er stets seinen Namen und sein Wappen setzen ließ, und unternahm es auch, die berüchtigten Pontinischen Sümpfe auszutrocknen, obwohl ohne Erfolg. Er verlor dadurch ungeheure Summen und erwarb damit nichts als den Spottnamen Il Seccatore, welches der *Austrockner* heißt, aber zugleich auch einen überlästigen Menschen bedeutet.

Bei Pius' Tode hatte Pasquino viel zu tun. Er antwortete auf die Frage: »Wie fand man den Leichnam des Heiligen Vaters?« – »*Im Kopf waren seine Nepoten, im Magen Josephs Kirchenordnung und in den Füßen die Pontinischen Sümpfe.*«

Wer hätte es jemals gedacht, daß Frankreich, welches vor tausend Jahren die Macht des Papstes schuf, einst den *Vizegott* auf Pension setzen würde. Aber die Zeit der Wunder war wiedergekehrt, nur daß der Wundertäter kein gläubiger Heiliger, sondern *Napoleon I.* war.

Der große *Bonaparte verriet* die Freiheit und war klein genug, Kaiser werden zu wollen, und das konnte er nur, wenn er die Dummheit der Menschen beförderte, und dazu brauchte er wieder einen Papst; denn Pfaffen und Despotie gehören zusammen wie Stiel und Hammer.

Der neue Papst Pius VII. salbte Napoleon. Pasquino konnte sein Maul nicht halten; er antwortete auf die Frage: »Warum ist das Öl so teuer?« – »*Weil so viel Könige gesalbt und so viele Republiken gebacken sind.*«

Mit Zittern und Zagen ging Pius nach Frankreich; aber die wilden Löwen der Republik waren bereits wieder sanfte Schafe der Kirche geworden, und der Papst äußerte selbst: »Ich rechne darauf, als ehrlicher Mann empfangen zu werden, aber nicht als Papst.«

Die Pariser waren indessen – durch das Revolutionssieb filtrierte *Pariser.* Der Krönungszug war für sie kein heiliges Schauspiel, sondern eine Farce, und als Pius VII. seinen Segen erteilte, riefen die Gamins: bis! bis!

Der Esel, auf welchem der *Kreuzträger* vor dem päpstlichen Wagen herritt, erregte ihre ganz besondere Heiterkeit: »Ach, seht da, die päpstliche Kavallerie! Ach, der apostolische Esel, der heilige Esel, der Esel der Jungfrau!« Und schallendes Gelächter erschallte vor Notre-Dame.

Der Kaiser ließ den Papst eine Stunde in der Kirche warten und setzte sich dann mit seiner Gemahlin *selbst* die Krone auf. Pius der VII. spielte eine untergeordnete Figurantenrolle.

Zorn im Herzen kehrte der heilige Vater nach Rom zurück. Der Spott der Pariser hatte ihn vielleicht etwas verrückt gemacht. Er wurde im Kalender irre und meinte wahrscheinlich acht Jahrhunderte früher zu leben, denn er dachte ernsthaft daran, alle Fürsten und alle Kirchen wieder von sich abhängig zu machen. Er hatte das *Papstfieber*.

Napoleon hatte indessen erreicht, was er wollte, und schonte den toll gewordenen Papst nicht länger. Am 2. Februar 1808 rückte General *Miollis* in Rom ein. Pius trat ihm entgegen und fragte: »Sind Sie Katholik?« – »Ja, Heiliger Vater«, stammelte der General ganz verlegen. Pius gab ihm schweigend den Segen und ging in sein Kabinett. Lachen wir auch über die Anmaßungen des Papstes, so müssen wir doch gestehen, daß er seine Rolle dem allmächtigen Kaiser gegenüber gut spielte. Das römische Volk war durch die harte Behandlung, die man den Kardinälen und selbst dem Papst zuteil werden ließ, gegen die Franzosen so erbittert, daß es diesem nicht schwer gewesen wäre, ein Seitenstück zur Sizilianischen Vesper hervorzurufen. Daß er dazu Lust hatte, läßt sich vermuten; allein, die Sache war doch zu gewagt, und Pius beschloß, gute Miene zum bösen Spiel zu machen.

Napoleon wollte ihn jedoch in Frankreich unter seiner speziellen Aufsicht haben. Eines Nachts drangen Soldaten in den Vatikan, und der Heilige Vater wurde in einem Lehnstuhl durch das Fenster hinabgelassen und nach Frankreich gebracht. Hier lebte der Vizegott nicht »wie der liebe Gott in Frankreich«, sondern zurückgezogen und einfach und begnügte sich damit, gegen die ihm angetane Gewalt zu protestieren. Er gab dem Kaiser nicht einen Zollbreit nach, und das war männlich. In einer Privatunterhaltung, die zufällig belauscht wurde, nannte er Napoleon verächtlicherweise »Komödiant!«, was den Kaiser so wütend machte, daß er, um seinem Zorn Luft zu machen, ein kostbares Porzellangefäß auf dem Boden zertrümmerte.

Als Napoleon nach Elba verbannt wurde, zog Pius VII. (im Mai 1814) nach Rom und gebärdete sich als echter Papst. Er hatte es erfahren, daß *die Macht* aus den geistlichen Händen wieder in die weltlichen übergegangen war. Mit *Gewalt* war sie nicht wiederzuerlangen, dazu fühlte er sich zu unmächtig; aber es gab andere Wege, heimliche, verborgene, und die Menschen waren noch immer dumm.

Sein erstes Werk war es, die *Jesuiten* wiederherzustellen (7. August 1814). Die Erweckung der anderen Mönchsorden folgte nach, wie auch die der Bulle In coena Domini, die alle Ketzer verflucht. Ja, die *Inquisition*, selbst die Folter trat wieder ins Leben und wurde gegen mehrere unglückliche *Carbonari* angewendet. All der Unsinn der früheren Jahrhunderte kam wieder zutage. Pius öffnete die seit Jahren geschlossene Rumpelkammer des päpstlichen Zeughauses, und heraus flatterten mittelalterliche Eulen und Fledermäuse. – Prozessionen, Wallfahrten, Heiligenbilder und wie der Gaukelapparat heißen mag, kamen aufs neue zur Geltung; das neue Licht sollte mit Gewalt ausgelöscht werden.-

Pius VII. fiel auf dem Marmorboden seines Zimmers, brach einen Schenkel und starb am 20. August 1823 in einem Alter von 81 Jahren.

Sein Andenken muß jedem Freunde fast noch verhaßter sein als irgendeines anderen Papstes aus der Zeit des früheren Mittelalters, weil Pius im *neunzehnten* Jahrhunderte lebte und aus Herrschsucht und Habgier das römische Ungeziefer über die Erde losließ, unbekümmert über das Unglück, welches dadurch angerichtet wurde; gleich jenem Jungen, von dem die Zeitungen berichteten, der Scheunen in Brand steckte, – um dadurch zu den *Nägeln zu gelangen*, wovon er den Erlös vernaschte.

Leo XII., der nun folgte, war ein munterer Lebemann, von dem manche deutsche Dame zu erzählen wußte. Dabei war er *Jagdliebhaber*, kurz ein ganz flotter Bursche. Pasquino meinte: »Wenn der Papst ein Jäger ist, so sind die Kardinäle die Hunde, die Provinzen die Forste und die Untertanen das Wild.« – Ach, guter Pasquino, Wild waren die Untertanen immer, und das wird sich nur ändern, wenn sie ernstlich wild werden!

Als Leo Papst wurde – wurde er eben wieder ein Papst! Er verkündete 1825 ein Jubiläum und lud die Gläubigen ein, »*die Milch des Glaubens aus den Brüsten der römischen Kirche unmittelbar zu saugen.*« Bon appetit!

Dieser Leo war ein solcher – Papst, daß er die *Kuhpockenimpfung als gottlos* verbot, weil der Eiter eines Tieres mit dem Blute eines Menschen vermischt werde! – Unter früheren Päpsten wurde für Geld selbst Sodomiterei mit den Tieren erlaubt, und doch machen die Päpste Anspruch auf *Unfehlbarkeit*.

Leo trat ganz in die Fußtapfen seines Vorgängers, und die Kirche, von den Regierungen, besonders aber von der österreichischen, mit despotischer Liebe unterstützt, erholte sich immer mehr von dem Schlage, den ihr die Revolution versetzt hatte. Im Jahre 1827 bestand der päpstliche Generalstab aus 55 Kardinälen, 10 Nuntien, 118 Erzbischöfen und 642 Bischöfen. Die Armee der Weltgeistlichen, Mönche und Jesuiten vermag ich nicht zu taxieren.

Leo starb 1829, und ihm folgte Pius VIII., der bereits am 30. November 1830 ebenfalls starb, nachdem er den Obskurantismus nach besten Kräften befördert hatte. Wer daran zweifelt, der lese sein *Generaledikt des heiligen Offiziums* vom 14. Mai 1829, worin in Gemäßheit eines heiligen Gehorsams und unter Strafe der Ausschließung und des Verbanntseins, außer den anderen Strafen, welche schon durch die heiligen Kanone, Dekrete, Konstitutionen und Bullen der Päpste ausgesprochen werden, allen und jeden, die der Gerichtsbarkeit des Generalinquisitors untergeben sind, geboten wird, »binnen Monatsfrist alles, was sie wissen und erfahren werden, gerichtlich anzugeben, in betreff alles oder eines jeden von denen, welche Ketzer oder der Ketzerei verdächtig und von ihr angesteckt oder ihre Gönner und Anhänger sind – die vom katholischen Glauben abgefallen sind –, welche sich den Beschlüssen der heiligen Inquisition widersetzt haben oder sich widersetzen, die entweder in eigener Person oder durch andere, auf welche Art es auch geschehen mag, einen Diener, Ankläger, einen Zeugen bei dem heiligen Gerichte in ihrer Person, ihrer Ehre und ihren Vorrechten beleidigt haben oder beleidigen, zu beleidigen gedroht haben oder zu beleidigen drohen, – welche in eigener Wohnung oder bei andren Bücher von ketzerischen Verfassern, Schriften, die Ketzereien enthalten oder religiöse Gegenstände ohne Bevollmächtigung des Heiligen Stuhles behandeln, ehedem besessen haben oder jetzt besitzen« usw. usw.

Am 2. Februar 1831 bestieg der Kardinal Mauro Capellari unter dem Namen Gregor XVI. den Päpstlichen Stuhl. Er hieß eigentlich Bartolommeo Alberti Capellari und wurde 1765 in Belluno im Venitianischen geboren. Im Jahre 1783 trat er unter dem Namen Mauro in den Kamaldulenserorden, und nachdem er 1801 Abt, 1823 General seines Ordens geworden war, machte man ihn 1826 zum Kardinal.

Die Unzufriedenheit im Kirchenstaate war groß, und bald nach seiner Besteigung des Päpstlichen Stuhles brachen Aufstände aus, welche jedoch mit Hilfe österreichischer und französischer Truppen unterdrückt wurden. Anstatt, wie er verheißen, das Los seiner unglücklichen Untertanen zu erleichtern, zog er auf den Rat einiger Kardinäle die Zügel der Regierung noch schärfer an, und jede freie Äußerung wurde im Kirchenstaate noch härter bestraft wie zu jener Zeit selbst in Österreich oder Preußen.

Schon unter Pius VIII. war Gregor XVI. zu politischen Unterhandlungen gebraucht worden, und namentlich leitete er diejenigen, welche mit Preußen wegen der gemischten Ehen gepflogen wurden. Als Papst geriet er mit allen Regierungen in Streit, denn er trachtete danach, seine geistliche Gewalt in ihrer alten Herrlichkeit wiederherzustellen. Alle Anmaßungen der Päpste und der Hierarchie wurden von ihm mit Starrsinn aufrechterhalten, alles, was dem entgegenstand, bekämpft und Anstalten und Einrichtungen begünstigt, die seit Jahrhunderten zur Unterstützung dieses Strebens gedient hatten. Die Wissenschaften wurden unterdrückt, die Jesuiten begünstigt und Klöster errichtet oder neu aufgeführt.

Mit Spanien und Portugal kam er in Streit, ebenso mit Preußen wegen der Erzbischöfe Droste von Vischering und Dunin; mit Rußland gleichfalls und auch mit der Schweiz wegen Aufhebung der Klöster im Aargau.

Er starb am 1. Juni 1846, und die Welt freute sich, einen Mann los zu sein, dessen ganzes Trachten es gewesen war, die Weltuhr zurückzustellen, während es überall gärte und das Volk zum Fortschritt drängte.

Zu seinem Nachfolger wurde Pius IX. erwählt, von dem man hoffte, daß er der letzte eigentliche Papst sein würde. Sein Name war *Giovanni Maria Graf Mastai-Ferretti*. Er wurde am 13. Mai 1792 in Sinigaglia geboren. Er war ein von den Damen sehr wohlgelittener junger Mann geworden, als er 1815 in die päpstliche Garde treten wollte; allein leider konnte er nicht angenommen werden, da er an der fallenden Sucht oder Epilepsie litt. Er beschloß daher, die geistliche Laufbahn einzuschlagen, und fing an, die unnütze Wissenschaft zu studieren, welche man Theologie nennt, die aber den relativen Nutzen hat, daß sie zu hohen Ehren und Stellen führen kann.

Ein römisch-katholischer Priester darf aber an keinem körperlichen Gebrechen leiden, und die Kirche hat sehr triftige Gründe dafür; der junge Graf Ferretti würde daher mit seinen epileptischen Anfällen gleichfalls von ihr zurückgewiesen worden sein, wenn sich nicht der Himmel mit einem Wunder hineingemischt hätte. Ein Geistlicher in Loretto, namens Strambi, heilte ihn von dem gräßlichen Übel durch Magnetismus, das heißt durch Handauflegen – eine Kraft, welche übrigens auch viele Ketzer haben und ausüben.

Da nun nichts seiner Weihe als Priester im Wege stand, so wurde er in Rom als Priester ordiniert und 1823 mit der Mission nach Chile in Südamerika geschickt. Von dort kehrte er nach zwei Jahren zurück, wurde 1827 Erzbischof von Spoleto, 1833 Bischof von Imola und 1840 Kardinal. Am 16. Juni 1846 wurde er zum Papst gewählt und als Pius IX. am 21. Juni gekrönt.

Selten trat ein Papst seine Regierung unter so günstigen Umständen an, denn die Härte seines Vorgängers ließ jede versöhnliche Maßregel, jede Verbesserung doppelt wertvoll erscheinen. Da Pius IX. ein milder und für einen Papst freisinniger Mann war, so trugen ihm die Italiener eine an Enthusiasmus grenzende Liebe entgegen. Man erwartete indessen mehr von ihm, als er in seiner Stellung als Papst leisten konnte und wollte, und die von der revolutionären Partei ihm zugemuteten Schritte überschritten diese Grenze.

Das Jahr 1848 brach an; auch der Papst mußte dem Sturme folgen und die Verfassung vom März 1848 bewilligen, obwohl mit Widerstreben. Das konstitutionelle Regieren war aber einem Papste ein ungewohntes Ding, und um den heraufbeschworenen Geist in seine Schranken zu bannen, wurde von ihm Graf Pelegrino *de Rossi* zum Minister ernannt, welcher das Volk durch strenge Maßregeln in Furcht halten wollte. Das ging nicht im Jahre 1848, und die Folge waren Aufstände in Rom und die Ermordung des mißliebigen Ministers. Die Aufregung stieg, und das von dem Volksverein dirigierte Volk zog vor den Quirinal, seine Wünsche darzulegen. Der Papst wollte »sich nicht imponieren lassen«, allein als man das kanonische Recht – das heißt wirklich metallische Kanonen – gegen ihn anwandte, hatte er nachzugeben und ein demokratisches Ministerium zu ernennen, an dessen Spitze Graf Mamiani della Rovere stand. Da sich Pius aber aller Mittel beraubt sah, so hielt er es für zweckmäßig, am 24. November 1848 unter dem Schutze des bayerischen Gesandten Graf Spaur und in einer Verkleidung als Abbate aus Rom zu fliehen und sich in Gaeta unter den Schutz des Königs von Neapel zu stellen. Die Folge davon war, daß Rom zur Republik erklärt wurde.

Eine politische Geschichte Roms liegt außer dem Bereiche dieser Schrift, die weniger mit dem Fürsten des Kirchenstaates als mit dem Oberhaupt der römisch-katholischen Christenheit zu tun hat. Daß dieser zugleich weltlicher Fürst und als solcher in politische Händel verwickelt war, war ein Umstand, der selbst von vielen Katholiken beklagt ward, da er dem Oberhaupt der Kirche die Würde raubte. Wie derselbe in seiner Eigenschaft als Fürst durch französische Bajonette noch immer künstlich erhalten wurde, ist bekannt, wie auch die erfüllte Hoffnung, daß mit dem Aufhören dieses Schutzes der Papst von seinen weltlichen Regierungssorgen erlöst wurde.

So bewegt und trübe die Laufbahn des Papstes Pius IX. als Fürst war, so waren doch seine Erfolge als Oberhaupt der Kirche für ihn sehr günstig.

Er trat genau in die Fußtapfen seines Vorgängers, allein er tat es in weniger schroffer Weise als dieser. Es gelang ihm, mit fast allen Mächten *Konkordate* abzuschließen, durch welche die Macht und das Ansehen der römischen Kirche wiederhergestellt wurde. Besonders erfolgreich war er in dieser Beziehung in Frankreich und Österreich, wo die Kirche ihren ganz verderblichen Einfluß auf die Schulen wiedergewann.

Die Fürsten, durch das Jahr 1848 erschreckt, hielten es für notwendig, den verdummenden und knechtenden Einfluß der Kirche auf das Volk wieder zur Unterstützung ihrer eigenen despotischen Gelüste zu Hilfe zu rufen, während andererseits die römische Kirche, besonders in Deutschland, danach strebte, sich von dem Einfluß der weltlichen Regierungen möglichst frei zu machen. Zu dem letzteren Zwecke wurden die *Piusvereine* gestiftet, deren erster 1848 im April in Mainz gegründet wurde und deren Zahl bald so sehr wuchs, daß bereits im Oktober desselben Jahres eine Generalversammlung von 83 solcher Vereine beschickte wurde. Von diesen Vereinen gingen nun unter verschiedenen Namen wieder andere Vereine hervor, die sämtlich für die Wiederherstellung der römischen Herrlichkeit in der umfassendsten und praktischsten Weise wirkten.

Der ausgesprochene Zweck dieser Vereine ist es, mit allen gesetzlichen Mitteln zu wirken für die Freiheit des römischen Glaubens und Kultus, für das göttliche Recht der Kirche zu lehren und zu erziehen; für unbeschränkten Verkehr zwischen Bischöfen und Gemeinden und zwischen beiden und dem Papste; für Heilung der Notstände und für freie Verwaltung und Verwendung des Kirchenvermögens. In politischer Beziehung wollten die Vereine nur zur Unterstützung der obrigkeitlichen Gewalt und zur Förderung der staatlichen Zwecke indirekt beitragen; allein sie beschränkten sich keineswegs darauf, sondern griffen, wo immer möglich, direkt in die Politik ein.

Pius IX. war weit entfernt, das Unzeitgemäße der Lehren der römisch-katholischen Kirche zuzugeben, sondern im Gegenteil eifrig bemüht, den Glauben an alle im Mittelalter zur Geltung gebrachten Dogmen wieder zu erwecken, und die Welt erlebte von ihm die wunderbare Tatsache, daß er die wahnsinnige Lehre von der unbefleckten Empfängnis der Jungfrau Maria am 8. Dezember 1854 in der Peterskirche durch feierlichen Akt zum Dogma erhob.

Während die Tätigkeit der römischen Kirche in Deutschland solche Erfolge errang, verlor sie immer mehr und mehr in Rom und in ganz Italien und besonders in Sardinien und im jetzigen Königreich Italien, dessen konstitutionelle Regierung den Anmaßungen der Kirche entschieden entgegentrat.

Den härtesten Schlag erhielt jedoch die römische Kirche oder vielmehr die päpstliche Gewalt durch den im Jahre 1866 stattgehabten Umschwung der Dinge. Die von dem österreichischen Reichstag ausgesprochene teilweise Aufhebung des Konkordats beraubte sie der Leitung des Schulwesens und der Kontrolle über die Ehe und damit zweier der mächtigsten Hebel ihrer Macht.

Die große Tätigkeit, welche die römische Kirche durch ihre Vereine und andere ihr zu Gebote stehenden Mittel entwickelt, und das immer dreistere Auftreten derselben machten nicht nur manche Regierungen stutzig, sondern veranlaßten auch die Männer der Wissenschaft und selbst diejenigen, welche sich nie um Religion kümmerten, sich gegen die verfinsternden und die Entwicklung des freien Volksfortschrittes hemmenden Bestrebungen der Kirche mit aller Kraft zu erheben. Was immer auch Papst Pius IV. von dem im Jahre 1869 von ihm zusammenberufenen Konzil für sanguinische Hoffnungen hegen mochte, wer die Lage der Dinge mit vorurteilsfreiem Auge betrachtet, sieht mit sonnenheller Klarheit, daß ein für das Mittelalter berechnetes Institut wie die römisch-katholische Kirche bald zu den gewesenen Dingen gehören würde, wenn es nicht im Interesse der nach Rückkehr der Despotie strebenden Fürsten wäre, sie trotz mancher aus der Schein-Konstitution entstehenden Unbequemlichkeiten in Schutz zu nehmen. Aufhören wird ihr verdammender Einfluß erst mit Erreichung *ehrlicher* Konstitutionen, mit denen sich eine Stellung nicht verträgt, wie sie die Kirche jetzt einnimmt und die Trennung von Kirche und Staat absolut nötig macht. –

Papst Pius IX. starb am 7. Februar 1878, wie er der Welt glauben machen wollte, als armer Gefangener im Vatikan. Ihm folgte in derselben Eigenschaft Leo XIII. (Pecci), dessen Regierung und Kirchenpolitik wir unerörtert lassen wollen, da wir das Ende noch nicht kennen und in bezug auf lebende Personen Ursache haben, unser Urteil zurückzuhalten. Nur so viel können wir wohl sagen, daß auch Leo XIII. niemals im Ernst nachgeben wird, denn jede Konzession, die ein Papst macht, ist das Herausnehmen eines Steines aus dem künstlich gefügten Gebäude der römisch-katholischen Kirche, daher gewissermaßen eine selbstmörderische Handlung.

Sodom und Gomorrha

»Es ist kein feyner Leben auf erden, denn gewisse zinß haben von seinem Lehen, eyn Hürlein daneben und unserem Herre Gott gedienet.«

Die Reformation wurde recht eigentlich durch das Schandleben der römisch-katholischen Geistlichen hervorgerufen, denn der Ablaßunfug war nur die nächste Veranlassung. Es verlohnt sich daher schon der Mühe, einen Blick in diese geistliche Kloake zu tun und zu prüfen, woher es kommt, daß gerade diejenigen, welche durch ihre Stellung vorzugsweise dazu berufen waren, den Menschen als Muster der Sitte voranzugehen, sich durch die zügellosesten sinnlichen Ausschweifungen so sehr befleckten, daß sie dadurch den allgemeinen Abscheu gegen sich hervorriefen.

Die schaffende und erhaltende Kraft oder Macht, die wir Gott nennen, hat allen lebenden Geschöpfen den Geschlechtstrieb gegeben. Sie machte ihn zu dem mächtigsten Triebe, weil sie damit die Fortpflanzung verband, worauf sie bei allen organischen Geschöpfen besonders vorsorglich bedacht war, – ja, sie stellte es nicht in den freien Willen, dem Geschlechtstriebe zu folgen, sondern zwang dazu, ihm zu folgen, indem sie die unnatürliche Unterdrückung desselben empfindlich strafte. Der gewaltsam unterdrückte Geschlechtstrieb macht Tiere toll und Menschen zu Narren, wie wir an einigen Beispielen im Kapitel von den Heiligen gesehen haben.

Die Befriedigung des Geschlechtstriebes ist also eine Naturpflicht und an und für sich ebenso erlaubt und unschuldig wie die Befriedigung des Durstes. Vom sittlichen Standpunkt aus beurteilt, verdienen der Fresser und der Säufer in nicht geringerem Grade unsern Tadel als der in der sinnlichen Liebe ausschweifende Wollüstling, und die seltsame und verkehrte Ansicht, wodurch wir selbst die naturgemäße Befriedigung des Geschlechtstriebes gleichsam zu einem Verbrechen oder doch zu einer Handlung stempeln, deren man sich schämen muß, verdanken wir einzig und allein der mißverstandenen, verunstalteten, christlichen Religion.

Das gesellschaftliche Zusammenleben macht es durchaus notwendig, daß die Leidenschaften der Menschen geregelt werden, sei es nun durch die sogenannte Sitte oder durch Gesetze. Wollte ein jeder seinen Leidenschaften die Zügel schießen lassen, so würden sich Staat und Gesellschaft bald in wilde Anarchie auflösen. Damit ein jeder Bürger, auch der schwächste, im Genuß seines Lebens und Eigentums selbst gegen den stärksten geschützt sei, muß jeder seinen natürlichen Leidenschaften eine vom Gesetz bestimmte Grenze setzen, welche von den Vollziehern dieser Gesetze, hinter denen die Gesamtkraft des Volkes steht, sorgfältig bewacht und geschützt wird.

Die Erfahrung lehrt, daß der Geschlechtstrieb gar oft die gewaltigsten und verderblichsten Wirkungen hervorbringt, und so mußte er denn natürlich auch die ganz besondere Aufmerksamkeit der Gesetzgeber in Anspruch nehmen. Sie fanden in der Ehe das geeignetste Mittel, den Folgen geschlechtlicher Ausschweifungen vorzubeugen, und alle zivilisierten Völker alter und neuerer Zeit betrachten die Ehe als die festeste Grundlage des Staatslebens und in jeder Hinsicht als ein höchst segensreiches und die Menschen veredelndes Institut.

Die christliche Kirche verkannte die Wichtigkeit der Ehe durchaus nicht, und da sie unablässig bemüht war, den größtmöglichsten Einfluß auf die Menschen zu erlangen, so bemächtigte sie sich auch vorzugsweise der Ehe, obwohl dieselbe die Kirche nicht mehr berührt wie jede andere gesellschaftliche Einrichtung, und behauptete, daß zur Schließung derselben die priesterliche Einsegnung durchaus nötig sei; ja, sie ging so weit, daß sie diese rein gesellschaftliche Übereinkunft, über welche höchstens dem Staat eine Kontrolle zusteht, für ein sogenanntes Sakrament erklärte.

Wir haben im vorigen Kapitel gesehen, daß die Päpste selbst die schamlosesten Betrügereien nicht scheuten, wenn es die Vergrößerung ihrer Macht galt, und so kann es uns nicht mehr besonders auffallen, wenn wir nachweisen, daß sie auch in bezug auf die Ehe wahrhaft lächerliche Inkonsequenzen begingen.

Die Ehe, dieses heilige Sakrament, wurde den Geistlichen verboten, weil es sie verunreinige! – Den wahren Grund dieses Verbotes habe ich bei Erwähnung Gregors VII. im vorigen Kapitel erwähnt, und der angegebene Zweck wurde damit erreicht, obwohl dadurch Folgen erzeugt wurden, welche der römischen Kirche fast ebenso großen Nachteil brachten wie den Menschen im allgemeinen.

Die Geistlichen wurden durch das Zölibat – so nennt man die erzwungene Ehelosigkeit römischer Priester – völlig isoliert und ihre Verbindung mit den übrigen Menschen und dem Staat zerrissen, dafür aber desto fester an die Kirche, das heißt an den Papst, gefesselt; denn dieser ist es ja, von dem jeder römisch-katholische Geistliche in höchster Instanz sein zeitliches Heil zu erwarten hat. Der alte Vizegott im Rom ist ihm Familie und Vaterland. Ein echt römisch-katholischer Geistlicher kann gar kein guter Patriot oder Staatsbürger sein.

Was kümmern sich die Päpste um die abscheulichen Folgen des Zölibats. Sie wollen unumschränkt herrschen um jeden Preis, wenn auch durch ihren schändlichen Egoismus die Moralität der ganzen Welt samt dem Christentum zugrunde geht. Die Heiligen Väter in Rom werden durch nichts anderes bewegt als durch ihren Eigennutz, welche erhabenen Gründe sie auch mit salbungsvollen Worten zur Bemäntelung desselben vorbringen mögen.

Weder Tonsur noch Weihen vermögen es, den Geistlichen die »menschlichen Schwächen«, wie man dummerweise die Regungen des Naturtriebes häufig nennt, abzustreifen. Die Natur respektiert einen geweihten Pfaffenleib ebensowenig wie den irgendeines anderen tierischen Organismus und kämpft mit ihm um ihr Recht. Diese Kämpfe endeten bei gewissenhaften Geistlichen, denen es mit ihrem Keuschheitsgelübde ernst war, gar häufig mit Selbstmord oder Wahnsinn oder mit unnatürlicher Befriedigung des Geschlechtstriebes oder mit freiwilliger Verstümmelung. Der schlechtere Teil der Geistlichen, die ich hauptsächlich mit »Pfaffen« meine, betrachtet dagegen die Ehe als eine Fessel, von der sie der gute Gregor befreit hat, und tut wie jener Mönch, der nach langen Kämpfen endlich dem Rate eines alten Praktikus folgte: »Wenn mich der Teufel reizt, so tue ich was er will, und dann hört der Kampf auf.« Sie wissen sich, was die Befriedigung des Geschlechtstriebes anbetrifft, für die Ehe schadlos zu halten, indem sie nach Clemens VI. Ausdruck »wie eine Herde Stiere gegen die Kühe des Volkes wüten«.

Diese Pfaffen nennt der heilige Bernhard »Füchse«, die den Weinberg des Herrn verderben und die Enthaltsamkeit nur zum Deckel der Schande und Wollust brauchen, vor denen schon der Apostel Petrus gewarnt habe. »Man müsse«, fährt er fort, »ein Vieh sein, um nicht zu merken, daß man allen Lastern Tür und Tor öffne, wenn man rechtmäßige Ehen verdamme«.

Jesus war selbst nicht verheiratet; aber bei vielen Gelegenheiten äußerte er sich über die Ehe und erkannte sie als eine durch göttliche Anordnung geheiligte Anstalt an[1]; ja, wir wissen, daß er mit seiner Mutter und seinen

---

1   Matth. 5, 31, 32; 19, 3-7, 9.

Jüngern einer Hochzeitsfeier in Kana in Galiläa beiwohnte[2], was er nicht getan haben würde, wenn er die Ehe überhaupt als eine unsittliche Verbindung erkannt hätte.

Die Apostel hatten darüber ganz dieselben Ansichten. Paulus nennt die Ehe einen in allen Betrachtungen ehrwürdigen Stand[3] und erklärt sogar die Untersagung derselben für eine Teufelslehre[4]. Kurz, nach allen in der Bibel enthaltenen Lehren des Christentums ist das Band, welches die Ehe um Mann und Weib schlingt, ein höchst ehrwürdiges.

Die Christen der ersten Zeit waren auch weit davon entfernt, die Ehe der Geistlichen als etwas Unerlaubtes zu betrachten, ja, sie setzten dieselbe bei ihnen sogar voraus. Petrus selbst, dessen Nachfolger die Päpste sein wollen, und die meisten der Apostel waren verheiratet. Paulus verlangt von den Bischöfen und Diakonen, daß sie im ehelichen Stande leben sollten. Er schreibt an Thimotheus: »Ein wahres Wort: wer ein Bischofsamt sucht, der strebt nach einem edeln Geschäft. Ein Bischof muß deswegen tadellos sein, eines Weibes Mann, nüchtern, ernst, wohlgesittet, zum Lehrer tüchtig; kein Trunkenbold, nicht streitsüchtig (nicht schmutziger Habgier ergeben), sondern sanft, friedliebend, frei von Geiz; der seinem Hause gut vorstehe, der seine Kinder im Gehorsam erhalte mit allem Ernst: denn wer seinem eigenen Hause nicht vorzustehen weiß, wie kann er die Gemeinde Gottes regieren[5]? Die Diakonen seien eines Weibes Männer, wohl vorstehend ihren Kindern und ihren Häusern[6].«

An Titus schreibt er: »Deswegen habe ich Dich in Kreta zurückgelassen, damit Du das, was noch fehlt, vollends in Ordnung brächtest und in jeder Stadt Priester (Älteste) ansetzest, wie ich Dir aufgetragen habe; wenn nämlich jemand unbescholtenen Rufes ist, eines Weibes Mann, der gläubige Kinder hat[7].«

Diese Stellen, welche noch durch zahlreiche andere vermehrt werden könnten, sprechen so deutlich, daß es kaum begreiflich erscheint, wie die Päpste es wagen konnten, die Rechtmäßigkeit des Zölibats der Geistlichen

2   Joh. 2, 2.

3   Hebr. 13,4.

4   1. Tim. 4, 3.

5   1. Tim. 3, 1-5.

6   Tim. 1, 3 u. 12.

7   Tit. 1, 5-6.

aus der Bibel beweisen zu wollen. Sie würden auch mit diesem Gesetz nie durchgedrungen sein, wenn nicht schon seit früherer Zeit in der christlichen Kirche die Idee von der Verdienstlichkeit des ehelosen Lebens gespukt hätte.

Wie diese dem Christentum so durchaus fremde Ansicht von der Ehe in demselben allmählich Wurzel faßte, auseinanderzusetzen, würde sehr weitläufig sein, und da ich hier mich darauf nicht einlassen kann, so will ich mich bemühen, den Gang der Sache in flüchtigen Umrissen zu skizzieren.

Zur Zeit als Jesus auftrat, hatte der Glauben an die alten Götter eigentlich längst aufgehört. Der öffentliche Gottesdienst bestand in leeren Zeremonien, und an die Stelle der Religion war die Philosophie getreten. Selbst das Volk nahm teil an den philosophischen Streitigkeiten wie heutzutage an den religiösen und hing teils diesen, teils jenen der unendlich vielen aufgestellten Systeme an.

Als nun das Christentum entstand und die Zahl der Anhänger desselben sich vermehrte, wurden auch die alten philosophischen Ansichten, deren man sich nicht so schnell entäußern konnte, in dasselbe mit hinübergenommen, und man versuchte es, so gut es anging, dieselben mit den christlichen Lehren zu vereinigen.

Die *reine* Philosophie – Vernunftwissenschaft, Erkenntnislehre – kann nie Schwärmerei erzeugen, welche eine entschiedene Feindin der Vernunft ist; werden ihr aber *religiöse* Bestandteile beigemischt, so kann sie gar leicht nicht allein zur Schwärmerei, sondern selbst zum wütendsten *Fanatismus* führen. Aber fast alle philosophischen Systeme jener Zeit hatten religiöse Bestandteile in sich aufgenommen, teils griechischen, altorientalischen, ägyptischen oder jüdischen Ursprungs, und ihre Anhänger und Bekenner waren meistens *Gnostiker*, das heißt Geheimwisser oder *Offenbarungskundige*. In diese Systeme kam nun noch das christliche Element, und das Resultat dieser Vereinigung waren oft sehr erhabene, aber noch häufiger höchst abgeschmackte Lehrbegriffe über Gott, Weltschöpfung, die Person Jesu, den Ursprung des Übels, das Wesen des Menschen usw. Wir haben es hier nur mit ihren Ansichten über die Ehe zu tun.

Vorherrschend unter den Offenbarungs-Philosophen war die Ansicht, daß die Materie – das Körperliche – die Quelle alles Bösen und daß die Welt nicht durch den höchsten Gott, sondern durch ein ihm untergeordnetes, unvollkommeneres Wesen – Demiurg (Werkmeister) – geschaffen sei. Der Körper des Menschen stehe unter der Herrschaft der Materie und der bald mehr oder minder bösartig gedachte Demiurgos, und das Heil des menschlichen Geistes bestehe darin, daß es sich von den Fesseln der Materie und des Demiurgos losmache und zu dem höchsten Gott zurückkehre. Mit anderen Worten heißt das: der Mensch soll ein rein geistiges Leben führen und alle vom Körper ausgehenden sinnlichen Regungen wie einen Feind bekämpfen.

Hieraus geht schon deutlich hervor, daß die Ansichten dieser Schwärmer der geschlechtlichen Vereinigung und der Ehe nicht günstig sein konnten. Ehe ich einige dieser Ansichten namhaft mache, muß ich noch vom Briefe des Paulus an die Korinther reden, welcher auf diese »Philosophie« von bedeutendem Einfluß war.

Die Christen in Korinth konnten sich über ihre Meinung von der Ehe nicht einigen und baten den Apostel Paulus um Belehrung. Dieser erfüllte ihr Begehr, und was er ihnen antwortete, kann jeder in der Bibel nachlesen (1. Korinth. Kap. 7). Aus diesem Schreiben geht hervor, *daß es Paulus für besser hielt, unverheiratet zu bleiben*; aber er erklärt ausdrücklich, daß er mit diesem Rate den Christen keine Schlinge werfen wollte, und daß derjenige, der es für besser halte zu heiraten, damit durchaus keine Sünde begehe. (1. Korinth. 7, 32).

Vergleichen wir die in diesem Briefe enthaltenen Ratschläge mit seinen an andern Stellen stehenden Aussprüchen über die Ehe, so möchte man mit dem römischen Statthalter Festus ausrufen: »Paule, dein vieles Wissen macht dich rasen!« Allein in dem Briefe selbst ist der Schlüssel zu seiner Handlungsweise enthalten: »*Ich wollte euch aber vor Sorgen bewahren.*«

Die Christen erwartete damals eine stürmische Zeit der Verfolgungen und Trübsal, dann auch die baldige Wiederkehr Jesu zum Weltgericht, und dieser Glauben hatte auf die Antwort des Paulus unverkennbaren Einfluß. Ein Unverheirateter wird die Leiden des Lebens meistens leichter ertragen als ein Familienvater; das wird jeder fühlen, der eine Familie hat.

Dieser Brief des Paulus diente den Verteidigern des *Zölibats der Geistlichen* als Hauptstütze; sie vergaßen dabei aber außer den besonderen Umständen, unter denen er geschrieben wurde, *daß er an alle Christen zu Korinth und nicht allein an die Geistlichen geschrieben war*; und hätte man die in ihm in bezug auf die Ehe enthaltenen Ratschläge allgemein als Befehl anerkennen wollen, so würde das Christentum bald ein Ende gehabt haben, indem seine Anhänger ausgestorben wären. – Denn, wenn Paulus sagt: wer heiratet, tut wohl; wer nicht heiratet, tut besser, so sagt er doch auch: *Es ist dem Menschen gut, daß er kein Weib berühre.* Das hätten sich die Geistlichen, welche das Zölibat verteidigen, nur ebenfalls merken und als einen Befehl erachten sollen. Ehe ist besser als Hurerei, und was Paulus darüber dachte, geht aus folgendem hervor:

Durch die Ratschläge des Apostels, vielleicht auch dadurch verführt, daß die Frauen, welche Ehelosigkeit gelobten, von der christlichen Gemeinde erhalten und oft zu untergeordneten Kirchenämtern – zu Diakonissinnen – gewählt wurden, versprachen mehrere Witwen in Korinth, sich nicht wieder zu verheiraten. Die jungen Weiber hatten sich jedoch zuviel Kraft zugetraut. Die Ehelosigkeit wurde ihnen höchst unbequem, und viele von ihnen hätten gern wieder geheiratet, wenn sie es wegen ihres Gelübdes gedurft hätten. Aber der »*Fleischesteufel*« – um auch einmal diesen beliebten pfäffischen Ausdruck zu gebrauchen – kehrt sich an kein Gelübde und plagte die armen, verliebten Weiberchen so sehr, daß sie es endlich machten wie der oben erwähnte Mönch und ihm den Willen taten, damit sie nur Ruhe gewannen. – Sie waren aber sehr schwer zu beruhigen, und ihr unzüchtiges Leben fing an, Aufsehen zu machen. Paulus fand sich dadurch veranlaßt, zu verordnen, daß diese Frauen, wenn sie Neigungen dazu bekämen, trotz ihres Gelübdes lieber heiraten als ein unzüchtiges Leben führen sollten, »damit nicht den Gegnern des Christentums dadurch eine willkommene und gerechte Veranlassung gegeben werde, dasselbe zu verlästern«.

Die Päpste handelten jedoch ganz anders wie der Apostel. Ihnen war es nur um Ausrottung der Ehe unter den Priestern zu tun, und sie gestatteten sogar gegen eine *Geldabgabe* außereheliche, geistlich-fleischliche Ausschweifungen, unbekümmert um das Ärgernis, welches dadurch gegeben wurde: ja, sie gingen selbst mit dem schändlichsten Beispiel voran!

Von ihnen gilt, was Paulus ahnungsvoll vorhersah: »Bestimmt aber sagt der Geist, daß in den letzten Zeiten einige vom Glauben abfallen werden, achtend auf Irrgeister und Teufelslehren, die mit Scheinheiligkeit Lügen verbreiten, gebrandmarkt am eigenen Gewissen, die verbieten zu heiraten und gewisse Speisen zu genießen, welche Gott geschaffen, daß sie dankbar genossen werden von den Gläubigen und von denen, welche die Wahrheit erkannt.« Doch ich will wieder zu unseren Offenbarungsnarren zurückkehren und anführen, was einige Sekten derselben von der Ehe hielten.

Julius Cassianus, ein Hauptnarr, erklärte die Ehe für Unzucht, und die ganze zahlreiche Sekte der *Enkratiten* floh die Berührung der Weiber überhaupt als eine Sünde. Zu ihnen gehörten die *Abeloniten* in der Gegend von *Hippo* in Afrika, die sich durchaus des geschlechtlichen Umgangs enthielten. Um aber die Vorschrift des Paulus (1. Korinth. 7, 29), daß *»diejenigen, die Weiber haben, seien als hätten sie keine«*, buchstäblich zu erfüllen, nahmen die Männer ein Mädchen und die Weiber einen Knaben zur beständigen Gesellschaft zu sich, um in Verbindung mit dem andern Geschlecht, aber doch außer der Ehe zu leben.

Ein gewisser *Marzion*, der von dem Heidentum zum Christentum übertrat, trieb es mit der Entsagung besonders weit und litt wahrscheinlich am Unterleibe, denn dafür sprechen seine hypochondrischen Lebensansichten. Seine Genossen redete er gewöhnlich an: *Mitgehaßte und Mitleidende!* – Dieser trübselige Narr erklärte jedes Vergnügen für eine Sünde; er verlangte, daß jeder von den schlechtesten Nahrungsmitteln leben sollte, und von der Ehe wollte er vollends nichts wissen, denn diese erschien ihm als eine privilegierte Unzucht. Er verlangte von seinen Anhängern, wenn sie verheiratet waren, daß sie sich von ihren Weibern trennten oder doch das Gelübde leisteten, sie nicht als ihre Weiber zu betrachten. – Diese Sekte bestand bis zur Mitte des vierten Jahrhunderts unter besonderen Bischöfen.

Manche Lehren dieser philosophischen Christensekten führten zur Auflösung aller sichtlichen Ordnung. *Kapokrates*, der wahrscheinlich zur Zeit des Kaisers *Hadrian in Alexandrien* lebte, lehrte, *daß die Befriedigung des Naturtriebes nie unerlaubt sein könne und daß die Weiber von der Natur zum gemeinschaftlichen Genusse bestimmt wären.* Wer sich der sittlichen Ordnung unterwerfe, der bleibe unter der Macht des Erdgeistes; sich aber allen Lüsten *ohne Leidenschaft* hingeben, heiße gegen ihn kämpfen und ihm Trotz bieten.

Ein anderer Schwärmer namens *Marzius* führte geheimnisvolle Zeremonien ein und machte besonders die Weiber damit bekannt, wodurch bei ihnen alle Schamhaftigkeit vernichtet wurde. Von den Anhängern des *Kapokrates* erzählt man, daß sie bei ihren Versammlungen die Lichter verlöschten und untereinander das taten, wobei sich übrigens niemand gern leuchten läßt. Die *Adamiten* trieben es ähnlich. Vor ihrem Tempel, den sie das *Paradies* nannten, war eine bedeckte Halle. Unter dieser entkleideten sie sich und marschierten dann nackt und paarweise in die Versammlung. Hier ergriff jedes Männlein ein Fräulein – und das nannte man die *mystische Vereinigung*. Ganz so wie bei unsern gut protestantischen *Muckerversammlungen*. Die *Seelenbräute* sind eine uralte Erfindung.

Andere *Häretiker* – so hieß die ganze Klasse dieser seltsamen Philosophen – gestatteten zwar die Ehe, *verhinderten aber die Schwangerschaft,* indem sie es machten wie Onan, der Erzvater der *Onanie.*

Montanus, der in der Mitte des zweiten Jahrhunderts in Phrygien lebte, sagte, daß Jesus und die Apostel der menschlichen Schwäche viel zu viel nachgesehen hätten. Er verachtete alles Irdische und legte auf die Ehelosigkeit sehr großen Wert.

Die *Valesier,* eine Sekte des dritten Jahrhunderts, zwangen ihre Anhänger zur Kastration, ja, sie trieben dieselbe so leidenschaftlich, daß sie gar häufig Fremde durch List in ihre Häuser lockten und diese unangenehme Operation mit ihnen vornahmen.

Die Lehren dieser Schwärmer, besonders über das Verdienst der Ehelosigkeit, fanden in der christlichen Kirche sehr großen Beifall, und besonders waren es die des *Montanus,* welche sowohl unter den Geistlichen als Laien großen Anhang fanden. Wenn nun auch die römische Kirche schon frühzeitig jede kirchliche Gemeinschaft mit den Montanisten abbrach, so behielt sie doch ihre Lehre über die Fasten und das Verdienstliche der Ehelosigkeit.

Daß alles Irdische verachtet werden müßte, wurde bald der allgemeine, unter den orthodoxen Christen geltende Grundsatz. Wie den Anhängern des Montanus war ihnen Jesus und seine Jünger viel zu milde und nachsichtig, und auf welche Abwege sie durch ihre asketische Schwärmerei gerieten, haben wir im ersten Kapitel gesehen.

Je mächtiger der Geschlechtstrieb war und je mehr sinnliches Vergnügen seine Befriedigung gewährte, desto verdienstlicher erschien es, ihn zu bekämpfen, und diejenigen, denen es vollkommen gelang, standen im höchsten Ansehen und waren Gegenstand der allgemeinen Bewunderung.

Die Kirchenväter in den ersten Jahrhunderten waren meistens der Ansicht, daß die Seelen gefallener Geister zur Strafe in einen Körper gebannt wären und daß die *sittliche Freiheit des Menschen in der Fähigkeit bestände, sich durch Besiegung »des Fleisches« aus der niederen Ordnung emporzuschwingen.* – Der Irrtum lag in der Übertreibung; setzt man statt »Besiegung« und Abtötung *Herrschaft,* so wird wohl jeder Vernünftige mit der Lehre einverstanden sein.

Die Ehe hielt man zwar nicht eigentlich für böse; allein man betrachtete sie als ein *notwendiges Übel* zur Fortpflanzung des Menschengeschlechts und zur Verhinderung der Ausschweifungen, von dem man so wenig als nur möglich Gebrauch machen müsse; man würdigte das schönste Verhältnis zu einer bloßen Kinderbesorgungsanstalt herab.

Die Vorliebe für den ehelosen Stand wurde immer allgemeiner und stieg zum Fanatismus, so daß einer der ältesten Kirchenlehrer, *Ignatius*, sich zu der Erklärung gezwungen sah, daß *es sündlich sei, sich der Ehe aus Haß zu entziehen.*

Der Philosoph *Justinus*, welcher den Märtyrertod erduldete, hielt es für sehr verdienstlich, wenn man den Geschlechtstrieb ganz und gar unterdrücke, indem man sich dadurch dem Zustande der Auferstandenen annähere. Er verwarf daher auch die Ehe ganz und gar und verwies auf Jesus, der nur deshalb von einer Jungfrau geboren sei, um zu zeigen, daß Gott auch Menschen hervorbringen könne ohne geschlechtliche Vermischung. Einen Jüngling, der sich selbst kastrierte, lobte er sehr.

Athenagoras und andere, die nicht so strenge waren, gaben die Ehe nur wegen der Kindererzeugung zu. *Clemens von Alexandrien* verteidigte zwar die Ehe und wies auf das Beispiel der Apostel hin; allein er gestand doch zu, daß derjenige vollkommener sei, welcher sich der Ehe enthalte.

Origenes, der sich selbst entmannte, sein Schüler *Hierax* und *Methodius* verdammten die Ehe, und ihre Lehren fanden unter den Mönchen Ägyptens großen Beifall.

Einer der heftigsten Eiferer gegen die Ehe war Quintus Septimus Florenz *Tertullian*, Priester zu Karthago. Er erklärte die Ehe zwar nicht für böse, aber doch für *unrein*, so daß sich der Mensch derselben schämen müsse. Die zweite Ehe nannte er geradezu Ehebruch. Auf die Frage, was aber aus dem Menschengeschlecht werden solle, wenn die Ehe aufhöre, antwortete er, »*es kümmere ihn wenig, ob das Menschengeschlecht ausstürbe; man müsse wünschen, daß die Kinder bald stürben, da das Ende der Welt bevorstände.*« – Und Tertullian war selbst verheiratet.

Die Lehren dieses sehr geachteten Kirchenvaters waren von sehr großem Einfluß. Die Geistlichen, welche diese Ansichten von der Verdienstlichkeit der Enthaltsamkeit verbreiteten und anpriesen, mußten natürlich mit dem Beispiel vorangehen, und sie hatten in jener Zeit auch noch die besten praktischen Gründe, sich der Ehe zu enthalten, da sie es ja hauptsächlich waren, welche den Verfolgungen zum Opfer fielen.

So kam es denn allmählich, daß die verheirateten Kirchenlehrer in eine Art von Verachtung gerieten, und dieser Umstand war ein Beweggrund mehr für die Geistlichen, sich der Ehe zu enthalten. Fanatische Bischöfe wußten es bei den ihnen untergebenen Geistlichen mit Gewalt durchzusetzen, daß sie sich nicht verheirateten, und das Volk sah immer mehr in dem ledigen Stand einen höheren Grad der Heiligkeit.

Diese Ansicht war schon im fünften Jahrhundert ziemlich allgemein, und diejenigen Geistlichen, welche nicht aus Überzeugung unverheiratet blieben, taten es aus Scheinheiligkeit, und die verheiratet waren, wußten den Glauben zu erwecken, als lebten sie mit ihren Frauen wie mit Schwestern. Fälle von Selbstentmannung kamen häufig vor; aber dessenungeachtet war um diese Zeit die Ehelosigkeit der Geistlichen weder allgemein, *noch wurde sie von der Kirche geboten.*

Der erste Versuch hierzu geschah im vierten Jahrhundert auf der in Spanien von neunzehn Bischöfen abgehaltenen Synode zu *Elvira* (zwischen 305-309). Hier wurde es nicht nur verboten, Verheiratete als Priester anzustellen, sondern man untersagte auch denen, die bereits im Ehestand lebten, den geschlechtlichen Umgang mit ihren Weibern.

Andere Synoden folgten dem Beispiel, und da man nun sehr häufig den unverheirateten Geistlichen den Vorzug gab, so bewog dies viele zum ehelosen Leben, und der Scheinheiligkeit und Heuchelei waren Tür und Tor geöffnet.

Auf der *ersten allgemeinen* Kirchenversammlung zu *Nizäa* (325) stellte ein spanischer Bischof den Antrag, die Ehe der Priester allgemein zu untersagen; allein da erhob sich *Paphnutius*, Bischof von Ober-Thebais, ein achtzigjähriger, in der höchsten Achtung stehender, unverheirateter Mann, und verteidigte die Ehe mit solcher Wärme und so überzeugend, daß sich die Versammlung damit begnügte, den Geistlichen die *Beischläferinnen* zu verbieten. – Doch selbst die Erlaubnis, sich zu verheiraten, brachte den dazu geneigten Priestern wenig Nutzen, denn der Zeitgeist erklärte sich nun einmal gegen die Ehe.

Einen bedeutenden Einfluß auf diese Zölibatsschwärmerei hatte das Mönchswesen. Den fanatischen Mönchen war die Ehe und jede geschlechtliche Berührung ein Greuel; ja, sie gingen in ihrem verkehrten Eifer so weit, daß sie sogar die *Frauen verfluchten* und behaupteten, daß man sie gleich einer *ansteckenden Seuche* oder gleich *giftigen Schlangen* fliehen müsse. Sie riefen sich, wenn sie einander begegneten, Sentenzen zu, welche sie immer daran erinnern sollten, daß das Weib zu verachten sei, wie z. B. »*Das Weib ist die Torheit, welche die vernünftigen Seelen zur Unzucht reizt*«, und dergleichen.

Was die allgemein auf das höchste verehrten Mönche als verwerflich bezeichneten, erschien nun auch den Laien so, und wenn sich auch nicht jeder zum Mönchsleben stark genug fühlte, so suchte man doch, selbst in der Welt lebend, soviel als möglich Ansprüche auf asketische Heiligkeit zu erwerben.

Dies Streben nach Heiligkeit erzeugte heldenmütige Entschlüsse, die zwar subjektiv immer zu bewundern sind, aber doch mit Bedauern darüber erfüllen, daß soviel moralisches Pulver ins Blaue hinein verschossen wurde.

Jünglinge und Jungfrauen schwärmten für die Keuschheit.

Pelagius, später Bischof von Laodicea, bewog noch im Brautbett seine Braut zu einem enthaltsamen Leben; andere wurden in derselben kritischen Lage von ihren Bräuten dazu beredet. Einige Beispiele habe ich schon früher angeführt.

Einzelne Sekten, wie die *Eustathianer* und *Armenier*, erklärten jetzt geradezu, daß kein Verheirateter selig werden könne, und wollten von verehelichten Priestern weder das Abendmahl annehmen noch sonst mit ihnen irgendeine Gemeinschaft haben. Da sie aber auch das Fleischessen für sündlich erklärten und behaupteten, daß die Reichen, wenn sie nicht ihrem ganzen Vermögen entsagten, nicht selig werden könnten, so wurden ihre Lehren auf einem Konzil als irrtümlich verdammt.

Das weitere Umsichgreifen des Mönchswesens erzeugte ein immer allgemeineres Vorurteil gegen die Ehe, und die verheirateten Priester bekamen einen immer schwierigeren Stand.

Viele der Kirchenväter, deren Schriften allgemeine Verbreitung fanden, waren mit asketischen Ansichten aufgewachsen und eiferten heftig gegen die Ehe. Dies taten *Eusebius* und *Zeno*, Bischof von Verona, derselbe, der erklärte, daß es der größte Ruhm der christlichen Tugend sei, die Natur mit Füßen zu treten.

Ambrosius, römischer Statthalter der Provinz Ligurien und Aemilien, trat zum Christentum über und wurde acht Tage nach seiner Taufe zum Bischof von Mailand gemacht. Er kannte kaum die christlichen Lehren, und da er nicht hoffen konnte, sich durch Gelehrsamkeit auszuzeichnen, so versuchte er es durch ein asketisches Leben. – Da es bis dahin noch für Ketzerei galt, die Ehe zu verdammen – die Apostel waren ja verheiratet gewesen –, so gestand er ihr immer noch einiges Gute zu; aber er konnte in den Anpreisungen des ehelosen Lebens kein Ende finden und hatte es besonders darauf abgesehen, den Jungfrauen ihre Jungfrauschaft zu erhalten. Maria stellte er ihnen beständig als Muster auf und erzählte die seltsamsten Wunder, die stattgefunden haben sollten, um die Jungfrauschaft dieses oder jenes Mädchens zu retten. Ja, er ging so weit, die Kinder zum Ungehorsam gegen die Eltern zu verführen, indem er in einem Aufrufe an die Jungfrauen sagte: »überwinde erst die Ehrfurcht gegen deine Eltern! Wenn du dein Haus überwindest, so überwindest du auch die Welt.«

Er erzeugte in Mailand durch seine Predigten einen solchen Keuschheitsfanatismus unter den Mädchen, daß die jungen Männer in Verzweiflung gerieten und vernünftige Eltern ihren Töchtern verbieten mußten, seine Predigten zu besuchen. Sein Ruf war so weit verbreitet, daß man ihm aus Afrika Jungfrauen zusandte, damit er sie zur Keuschheit verführe.

Augustin, der nach einem wilden Leben zum Christentum übertrat und endlich auch Bischof von Hippo wurde, verdammte zwar die Ehe ebenfalls nicht geradezu, trug aber durch seine Schriften sehr viel zur Zölibatsschwärmerei bei. Er lehrte, daß der unverheiratete Sohn und die unverheiratete Tochter weit besser seien als die verehelichten Eltern, und sagte: »Die ehelose Tochter wird im Himmel eine weit höhere Stufe einnehmen als ihre verehelichte Mutter: ihr Verhältnis wird zueinander sein wie das eines leuchtenden und eines finstern Sterns.«

Die Ehe zwischen Joseph und Maria stellte er als Muster einer Ehe auf, denn sie lebten im ehelichen Verhältnis, hatten sich aber gegenseitig Enthaltsamkeit gelobt. Früher sei die Ehe notwendig gewesen, um das Volk Gottes fortzupflanzen, jetzt aber, da das Christentum bereits verbreitet sei, müsse man auch diejenigen, welche sich Kinder zeugen wollten, zur Enthaltsamkeit ermahnen. Man müsse wünschen, daß alles ehelos bleibe, damit die Stadt Gottes eher voll und das Ende der Welt beschleunigt würde. – übrigens forderte Augustin von den Geistlichen nicht durchaus Ehelosigkeit.

Von dem allergrößten Einfluß auf das Zölibat und auf das Mönchsleben war der uns schon bekannte Hieronymus. Er hatte selbst aus Erfahrung die Macht des Geschlechtstriebes kennengelernt und schildert seine Kämpfe so lebhaft, daß es Grauen erregt.

»Ich«, schrieb er an Eustochium, »der ich mich aus Furcht vor der Hölle zu solchem Gefängnis verdammte, der ich mich nur in der Gesellschaft von Skorpionen und wilden Tieren befand, befand mich doch oft in den Chören von Mädchen. Das Gesicht war blaß vom Fasten, und doch glühte der Geist von Begierden im kalten Körper, und in dem vor dem Menschen schon erstorbenen Fleische loderte das Feuer der Wollust. Von aller Hilfe entblößt, warf ich mich zu den Füßen Jesu, benetzte sie mit meinen Tränen, trocknete sie mit meinen Haaren, und das widerspenstige Fleisch unterjochte ich durch wochenlanges Hungern.«

Besonders eifrig bemüht war auch Hieronymus, die Frauen für das enthaltsame Leben zu gewinnen. Dies gelang ihm vortrefflich, denn durch seinen Umgang mit den vornehmen Römerinnen hatte er sich eine sehr genaue Kenntnis des weiblichen Herzens und seiner schwachen Seiten erworben.

Eine Stelle in seinen Briefen zeigt dies schon deutlich und beweist, daß die Weiber vor tausend Jahren nicht anders waren als sie es heutzutage sind. Er schreibt nämlich an ein junges Mädchen, welchem der Aufenthalt im Hause der Mutter zu enge wird:

»Was willst du, ein Mädchen von gesundem Körper, zart, wohlbeleibt, rotwangig, vom Genusse des Fleisches und Weins und vom Gebrauch der Bäder aufgeregt, bei Ehemännern und Jünglingen machen? Tust du auch das nicht, was man von dir verlangt, so ist es doch schon ein schimpfliches Zeugnis für dich, wenn solche Dinge von dir verlangt werden. Ein wollüstiges Gemüt verlangt unanständige Dinge desto brennender, und von dem, was nicht erlaubt ist, macht man sich desto lockendere Vorstellungen.

Selbst dein schlechtes und braunes Kleid gibt ein Kennzeichen deiner verborgenen Gemütsart ab, wenn es keine Falten hat, wenn es auf der Erde fortgeschleppt wird, damit du größer zu sein scheinst; wenn es mit Fleiß irgendwo aufgetrennt ist, damit zugleich das Garstige bedeckt werde und das Schöne in die Augen falle. Auch ziehen deine schwärzlichen und glänzenden Hosen, wenn du gehst, durch ihr Rauschen die Jünglinge an sich.

Deine Brüste werden durch Binden zusammengepreßt, und der verengte Busen wird durch die Gürtel in die Höhe getrieben. Die Haare senken sich sanft entweder auf die Stirn oder auf die Ohren herab. Das Mäntelchen fällt zuweilen nieder, um die weißen Schultern zu entblößen, und dann bedeckt es wieder eilends, als wenn es nicht gesehen werden sollte, dasjenige, was es mit Willen aufgedeckt hatte.«

Um die Mädchen zu verführen, Jesum zum Bräutigam zu erwählen, gebrauchte er oft sehr seltsame Mittel, indem er dieses zarte Verhältnis höchst üppig und unzart schilderte. So schreibt er zum Beispiel an Eustochium: »Es ist der menschlichen Seele schwer, gar nichts zu lieben; etwas muß geliebt werden. Die fleischliche Liebe wird durch die geistliche überwunden. Seufze daher und sprich in deinem Bette: des Nachts suche ich denjenigen, den meine Seele liebt. Dein Bräutigam muß in deinem Schlafgemach nur mit dir scherzen. Bitte, sprich zu deinem Bräutigam, und er wird mit dir sprechen. Und hat dich der Schlaf überfallen, so wird er durch die Wand kommen, seine Hand durch das Loch stecken und deinen Bauch berühren.«

Die keusche Ehelosigkeit erschien Hieronymus als das Höchste, und von der Ehe weiß er nur das zu rühmen, – daß aus ihr Mönche und Nonnen erzeugt würden!

In sehr heftigen Streit geriet er mit Jovian, welcher die Ehe verteidigte. Er bekämpfte die Lehren desselben mit großer Gewandtheit, wenn uns auch die beigebrachten Argumente sehr häufig ein Lächeln ablocken.

In einer seiner Streitschriften führt er den Jovian redend ein. Er läßt ihn fragen, wozu Gott die Zeugungsglieder geschaffen und warum er die Sehnsucht nach Vereinigung in den Menschen gelegt habe? – Darauf antwortet Hieronymus, daß diese Körperteile geschaffen wären, um den Flüssigkeiten, mit denen die Gefäße des Körpers bewässert sind, Abgang zu verschaffen!

»Auf das Aber«, fährt er fort, »daß die Geschlechtsorgane selbst, der Bau der Zeugungsteile, die Verschiedenheit zwischen Mann und Weib, und die Gebärmutter, welche geeignet ist zur Empfängnis und der Ernährung der Frucht, einen Geschlechtsunterschied zeigen, will ich in Kürze antworten.

Wir sollen wohl deshalb nie aufhören, der Wollust zu frönen, damit wir nie vergebens diese Glieder mit uns herumtragen? Warum soll wohl da die Witwe ehelos bleiben, wenn wir bloß dazu geboren sind, nach Weise des Viehes zu leben? Was brächte es mir denn für Schaden, wenn ein anderer meine Frau beschläft? – Was will da der Apostel, daß er zur Keuschheit auffordert, wenn sie gegen die Natur ist? Gewiß verdient es der Apostel, der uns zu seiner Keuschheit auffordert, zu hören: warum trägst du dein Schamglied mit dir herum? Warum unterscheidest du dich von dem Geschlecht der Weiber durch Bart, Haare und durch andere Beschaffenheit der Glieder? usw. Laßt uns Jesum nachahmen, der sich der Zeugungsglieder nicht bediente und sie doch hatte.«

Die Art und Weise, wie der heilige Hieronymus die Ehe bekämpfte, fand indessen wenig Beifall, wenn auch sehr viele mit ihm in der Hauptsache übereinstimmten, und er sah sich genötigt, sich zu verteidigen.

»In Streitschriften«, sagte er, »hat man mehr Freiheit als im Lehrvortrag und kann sich in ihnen selbst einer Art von Verstellung bedienen, um seinen Feind desto besser zu Boden zu stürzen.«

So schreibt er gegen einen Mönch, der ihn in Verdacht bringen wollte, daß er die Ehe überhaupt verdamme, ganz in der alten Art und schließt: »Weg mit dem Epikur, weg mit dem Aristippus! Sind die Sauhirten nicht mehr da, dann wird auch die trächtige Sau nicht mehr grunzen. Will er nicht gegen mich schreiben, so vernehme er mein Geschrei über so viele Länder, Meere und Völker hinweg: Ich verdamme nicht das Heiraten! Ich will, daß jeder, welcher etwa wegen nächtlicher Besorgnisse nicht allein liegen kann, sich ein Weib nehme.«

Im ersten Kapitel habe ich angegeben, wie sich die Republik der christlichen Gemeinde allmählich in eine Despotie verwandelte. Diese Veränderung, in Verbindung mit dem mächtigen Einfluß des Mönchswesens, wirkte für die Priesterehe sehr nachteilig. Ihre Gegner traten immer entschiedener auf, und von der öffentlichen Meinung unterstützt, folgten immer mehr Konzilien dem Beispiele des von Elvira.

Ein allgemeines Verbot der Priesterehe war indessen bis zum Ende des vierten Jahrhunderts noch nicht gegeben worden; aber dessenungeachtet verdankte sie ihr Fortbestehen weniger der Anerkennung ihrer Rechtmäßigkeit, als vielmehr einer teils auf besonderen Ansichten, teils auf dem Gefühl der Unausführbarkeit der strengen Grundsätze begründeten Nachsicht von Seiten der Bischöfe, während fortdauernd das Bestreben dahin gerichtet war, ihr völlig ein Ende zu machen.

Einen sehr bedeutenden Anteil an der Unterdrückung der Priesterehen von Seiten der Machthaber der Kirche hatten der Geiz und die Geldgier derselben. War es den Priestern erlaubt zu heiraten, so fiel auch ihr Nachlaß an ihre rechtmäßigen Kinder, und alles, was mit List und Betrug zusammengescharrt war, ging der Kirche verloren.

Da ich keine Geschichte der Kämpfe um die Priesterehe schreiben, sondern mehr das Verderbliche des Zölibats zeigen will und auch dargetan habe, wie die Idee von der Verdienstlichkeit der Ehelosigkeit unter den Christen Eingang gewann, so kann ich mich in bezug auf den ersten Punkt um so kürzer fassen, als ich im Verfolg des zweiten noch genötigt sein werde, auf jene Kämpfe zurückzukommen.

Die griechische Kirche hatte die Überzeugung gewonnen, daß ein so unnatürliches Gesetz wie das Zölibat ohne die größten Nachteile nicht durchführbar sei, und auf einer unter Justinian II. im kaiserlichen Palast

Trullus gehaltenen Synode (692) wurde beschlossen, daß die Geistlichen nach wie vor heiraten und mit ihren Weibern leben könnten. Dieser vernünftige Beschluß behielt in der griechischen Kirche bis auf den heutigen Tag seine Geltung.

Die Trullische Synode begnügte sich aber nicht allein damit, die Priesterehe stillschweigend zu gestatten, wie es die von Nizäa tat, denn dies würde am Ende wenig geholfen haben, sondern sie verordnete: daß ein jeder, der es wagte, den Priestern und Diakonen nach ihrer Ordination die eheliche Gemeinschaft mit ihren Weibern zu untersagen, abgesetzt werden sollte. Ferner, daß diejenigen, welche ordiniert werden und unter dem Vorwande der Frömmigkeit nun ihre Weiber fortschickten, exkommuniziert werden sollten.

Die Päpste Konstantin und Hadrian I. waren vernünftig genug, die Beschlüsse der Trullischen Synode zu billigen, und Papst Hadrian II. (867-873) war selbst verheiratet. Noch am Anfang des elften Jahrhunderts kann man es als Regel annehmen, daß überall der bessere Teil der Geistlichen in einer rechtmäßigen Ehe oder doch wenigstens in einem Verhältnis lebte, welches der Ehe gleichgeachtet wurde. Die Päpste Viktor II., Stephan IX. und Nikolaus II. setzten jedoch die Versuche fort, die Priesterehe abzuschaffen; aber der Hauptfeind derselben war Gregor VII.; er verbot sie geradezu und zwang die schon verheirateten Priester, ihre Weiber zu verlassen.

Der Kampf der Geistlichen um ihre Rechte als Menschen dauerte zwei Jahrhunderte. Endlich unterlagen sie; aber dieser Sieg brachte der römischen Kirche keinen Segen. Die traurigen Folgen des Zölibats riefen, wie ich schon im Eingange bemerkte, die Reformation hervor. Aber selbst diese vermochte es nicht, den Starrsinn der Päpste zu brechen. Die Fürsten drangen bei der Trientiner Kirchenversammlung auf Abschaffung des Zölibats, welches als die Wurzel alles Übels betrachtet wurde; aber vergebens; das Zölibat wurde von diesem Konzil bestätigt, und seine Beschlüsse gelten noch bis heute.

Das Vorurteil von der Verdienstlichkeit der Selbstquälerei und der Vorzug, welchen fanatische Bischöfe den unbeweibten Geistlichen gaben, bewogen viele von diesen zum ehelosen Leben, wenn auch ihre Neigungen damit durchaus nicht übereinstimmten. Sie wußten es indessen schon anzustellen, daß sie den Schein der Heiligkeit bewahrten, dabei aber doch dem brüllenden Fleischesteufel im geheimen opferten. Sehr günstig war dafür die seltsame Sitte, daß unverheiratete Geistliche oder auch Laien

Jungfrauen zu sich ins Haus nahmen, welche gleichfalls Keuschheit gelobt hatten. – Diese Jungfrauen nannte man Agapetinnen oder Liebesschwestern. Mit diesen lebten die Geistlichen »in geistiger Vertraulichkeit und platonischer Liebe«. Sie waren fortwährend mit ihnen beisammen und schliefen sogar meistens mit ihnen in einem Bette, behaupteten aber, daß sie eben nur miteinander schliefen.

Dies zu glauben, – nun dazu gehört eben Glauben. Von einigen weiß man mit Bestimmtheit, daß sie mitten in den Flammen der Wollust unverletzt blieben. Der heilige Adhelm zum Beispiel legte sich zu einem schönen Mädchen, das sich alle Mühe gab, das geistliche Fleisch rebellisch zu machen. Der Heilige benahm sich aber wie die drei Männer im feurigen Ofen und bannte den Unzuchtsteufel durch fortwährendes Psalmensingen.

Ich kannte einen zwanzigjährigen Dragonerfähnrich, dem dies Kunststück ohne Psalmensingen gelang. Wahrscheinlich ging es ihm und St. Adhelm wie jenem Abt in Baden, von dem uns Hämmerlin, Kanonikus zu Zürich und Propst zu Solothurn (starb 1860) erzählt, der sich zur Gesellschaft zwei hübsche Dirnen holen ließ, und als sie nun da waren, höchst ärgerlich ausrief: »Die verfluchten Versuchungen, gerade jetzt bleiben sie aus!« Das faule Leben, welches die Pfaffen führten, und die asketischen Übungen, welche sie mit sich vornahmen, waren der Keuschheit nichts weniger als günstig. Von den geachtetsten und würdigsten Kirchenlehrern aus den ersten Jahrhunderten, denen es mit Besiegung des Geschlechtstriebes vollkommen ernst war, wissen wir, wieviel ihnen derselbe zu schaffen machte und welche Kämpfe sie zu bestehen hatten.

Basilius hatte sich in eine reizende Einöde zurückgezogen; aber er gestand, daß er wohl dem Getümmel der Welt, aber nicht sich selbst entgehen könne. »Was ich nun in dieser Einsamkeit Tag und Nacht tue«, schreibt er an einen Freund, »schäme ich mich fast zu sagen; – indem ich die innewohnenden Leidenschaften mit mir herumtrage, bin ich überall gleicherweise im Gedränge. Deshalb bin ich durch diese Einsamkeit im ganzen nicht viel gefördert worden.«

Gregor von Nazianz behandelte seinen Körper auf härteste Weise, aber dessenungeachtet klagt er über die unaufhörlichen Neigungen zur Wollust, über die Anfälle des Teufels und seine eigene Schwäche. Er droht seinem rebellischen Fleisch, es durch Schmerzen aller Art so zu entkräften, daß es ohnmächtiger als ein Leichnam werden solle, wenn es nicht aufhören würde, seine Seele zu beunruhigen. Aber gerade seine Kasteiungen machten ihn so entzündbar, daß er einst, als ein Verwandter mit einigen Frauen in die Nähe seiner Wohnung zog, aus dieser flüchtete, um nur seine Keuschheit zu retten!

Ähnliche Beispiele haben wir schon im zweiten Kapitel kennengelernt. Alle diese heiligen Männer sind entzündbar wie Streichhölzchen und gleichen jenem würdigen Priester aus dem Gebiete von Nursia, welcher gewissenhaft und standhaft genug war, seine Frau nach seiner Ordination zu fliehen. Als er hochbetagt war, erkrankte er an einem Fieber und war im Begriff, sein Leben zu enden, als seine Frau sich liebevoll über ihn beugte, um zu lauschen, ob er noch atme. Da raffte der Sterbende seine letzten Lebenskräfte zusammen und rief: »Fort, fort, liebes Weib, tu das Stroh hinweg, noch lebt das Feuer!«

Climakus wußte ebenfalls aus Erfahrung, daß der »Fleischesteufel« der am härtesten zu besiegende ist. Er sagte: »Wer sein Fleisch überwunden hat, hat die Natur überwunden, ist über die Natur, ist ein Engel. – Ich kann mit David sagen, daß ich in mir den Gottlosen wahrgenommen, der durch seine Wut meine Seele ängstigte, – durch Fasten und Abtötung verlor er seine Hitze, und da ich ihn wieder suchte, fand ich kein Merkmal seiner Gewalt mehr in mir.« Warum er ihn aber wieder suchte, das hat der fromme Mann vergessen anzugeben.

Der heilige Bernhard war ebenfalls ehrlich genug, die Macht dieses »Gottlosen« anzuerkennen: »Diesen Feind können wir weder fliehen noch in die Flucht schlagen, wenngleich Hieronymus die Flucht vor dem Weibe anrät, als der Pforte des Teufels, der Straße des Lasters, – der Mann ist eine Stoppel, nähert er sich, so brennt er.«

Was manche Heilige für wunderliche Dinge vornahmen, um die verzehrende Liebesglut zu ersticken, haben wir schon früher gesehen. Der heilige Abt Wilhelm legte sich auf ein Bett von glühenden Kohlen und lud seine Verführerin ein, sich zu ihm zu legen! Ja, dieser Heilige ließ das Grab seiner verstorbenen Geliebten öffnen, weil das Andenken an sie nicht ausrotten konnte, und nahm ihren faulenden Körper mit in seine Zelle, um ihn sich als Stärkungsmittel unter die Nase zu halten, wenn ihn der Fleischesteufel kitzelte.

Solche Kämpfe hatten also sogar Heilige zu bestehen und gestanden ihre Schwachheit ein; aber wie wenige Heilige gibt es unter den Geistlichen! Die meisten gleichen wohl dem heiligen Augustin, Bischof von Hippo, der bekannte, daß er einst Gott gebeten habe, »er möge ihm die Gabe der Keuschheit verleihen, aber nicht sogleich, indem er wolle, daß seine wollüstigen Triebe erst gesättigt werden möchten.« Dann ist die Keuschheit freilich leicht.

So stark nun auch der Glauben in der ersten Zeit des Christentums war, so hieß es ihm doch etwas zu viel zumuten, nichts Böses zu denken, wenn ein junger Mann und ein junges Weib in einem Bette schliefen, und viele vernünftige Kirchenlehrer trachteten danach, dies anstößige und verdächtige Zusammenleben zu bekämpfen.

Dies tat unter andern schon der heilige Chrysostomus. Er schrieb: »Ich preise glücklich diejenigen, welche mit Jungfrauen zusammen wohnen und keinen Schaden nehmen, und wünschte selbst, daß ich solche Stärke hätte; auch will ich glauben, daß es möglich sei, solche zu finden. Aber ich wünsche auch, daß die, welche mich tadeln, mich überzeugen könnten, daß ein junger Mann, welcher mit einer Jungfrau zusammen wohnt, sich an ihrer Seite befindet, mit ihr an einem Tische speist, sich mit ihr den ganzen Tag unterhält, mit ihr, um ein anderes zu verschweigen, lächelt, scherzt, schmeichelnde und liebkosende Worte wechselt, von Begierde ferngehalten werden könne. – Ich habe vernommen, daß viele zu Steinen und Statuen Neigung empfunden haben. Vermag aber so viel ein Kunstwerk, was muß da erst vermögen ein zarter lebender Körper?«

Jedenfalls mußte solches Zusammenleben den Weltkindern Stoff zum Spott und zur Verdächtigung geben, und wenn man einen Pfaffen angreifen wollte, so griff man ihn immer zuerst bei seiner Liebesschwester an. Viele Jungfrauen bestanden zwar auf Untersuchung ihrer Jungfrauschaft durch Hebammen; aber der heilige Cyprian meint mit Recht: »Augen und Hände der Hebammen können auch getäuscht werden.«

Am sichersten war es freilich, wenn der Geistliche den Beweis seiner Unschuld führen konnte, wie der Patriarch Acacius, der von der Kirchenversammlung zu Seleucia (489) der Unzucht beschuldigt wurde. Er hob seine Kutte auf und bewies den ehrwürdigen Vätern durch den Augenschein, daß Unzucht bei ihm ein Ding der Unmöglichkeit sei.

Schon Tertullian spricht von der oftmals vorkommenden Schwangerschaft solcher »Jungfrauen« und von den verbrecherischen Mitteln, die sie anwendeten, dieselbe zu verheimlichen; denn damals konnten sie sich noch nicht damit entschuldigen, daß sie einen Papst gebären würden, wie es später oftmals vorkam, als die Lehre geltend gemacht wurde, daß der Vater der Päpste der – Heilige Geist sei!

Die Synode von Elvira fand es auch schon für nötig, ihr Augenmerk auf die platonischen Bündnisse zu richten, und verordnete, daß Bischöfe und Geistliche nur Schwestern oder Töchter (aus früherer Ehe erzeugte) bei sich haben sollten, welche das Gelübde der Keuschheit geleistet hatten. Aber in den Verordnungen des Erzbischofs Egbert von York (um 750) finden wir Strafen festgesetzt für Bischöfe und Diakonen, welche mit Mutter, Schwester usw., ja mit vierfüßigen Tieren Unzucht treiben! Ein Beweis, daß solche Vergehungen vorkamen.

Später suchte man dem Übel dadurch zu steuern, daß man das Alter, welches die Liebesschwestern haben mußten, sehr hoch ansetzte. Schon Theodosius II. sah sich genötigt, zu bestimmen, daß die im Dienste der Kirche stehenden Diakonissinnen über sechzig Jahre alt sein mußten, da es vorgekommen war, daß ein Diakon eine vornehme Frau in einer Kirche von Konstantinopel geschändet hatte. Dieses Alter schützte jedoch nicht gegen die Unzucht, und ein ungenannter Bischof, der dagegen eiferte, kannte die geile Natur der Pfaffenspatzen – so nannte man später die Franziskaner zum Unterschied von den Dominikanern, die Schwalben hießen –, indem er schrieb: »Auch nicht ein altes, noch häßliches Frauenzimmer sollen die Geistlichen in ihr Haus nehmen, weil man da, wo man vor Verdacht sicher ist, am schnellsten sündige; auch die Lust sich nicht an das Häßliche kehre, indem der Teufel ihr das hübsch mache, was abscheulich ist.«

Den Beweis, wie früh sich schon die verderblichen Folgen des Vorurteils gegen die Priesterehe zeigten, liefern die Beschlüsse der ersten Konzilien. Das zu Elvira sah sich schon genötigt, Strafen festzusetzen gegen unzüchtige Geistliche. »Wenn ein im Amte befindlicher Bischof, Priester oder Diakon«, heißt einer ihrer Beschlüsse, »gefunden worden ist, der Unzucht getrieben hat, so soll er auch am Ende seines Lebens nicht zur Kommunion gelassen werden.«

Das Konzil zu Neu-Cäsarea bestimmte, daß ein solcher Geistlicher abgesetzt werde und Buße tun solle. Ja, diese Beschlüsse redeten auch schon von Knabenschändungen und Sodomiterei mit Tieren.

Doch was nützen alle strengen Strafbestimmungen, wenn sie gegen eine Sache gerichtet sind, welche der Natur durchaus entgegen ist; sie können höchstens bewirken, daß sich die mit der Strafe Bedrohten mehr Mühe geben, ihre Handlungen zu verheimlichen; und schon die hier genannten Kirchenversammlungen reden von Frauen der Geistlichen, die ihre im Ehebruch erzeugten Kinder umbrachten.

Gar viele Geistliche, die sich nach ihrer Ordination nicht von ihren Frauen trennen wollten, gelobten, sich ihrer zu enthalten; aber der heilige

Bernhard sagt: »Eine Frau haben und mit dieser nicht sündigen, ist mehr als Tote erwecken.« – Wie oft wurde nicht dieses Gelübde gebrochen, und wie oft wurde es nicht eben mit dieser Absicht geleistet! War ein Geistlicher gewissenhaft, so hatte er den größten Schaden davon, denn die mit der Enthaltsamkeit ihres Mannes unzufriedene Frau suchte sich einen Stellvertreter, und zeigten sich die Folgen dieses Umganges, dann kam der unschuldige Mann in Verdacht, sein Gelübde gebrochen zu haben.

Daß die Frauen der Geistlichen sich gar häufig auf solche Weise und manchmal selbst mit der Erlaubnis oder mit Wissen ihrer Männer entschädigten, beweisen abermals die Bestimmungen des schon oft genannten Konzils von Elvira. Eine derselben lautet: »Wenn die Frau eines Geistlichen hurt und ihr Mann dies weiß und sie nicht sogleich verstößt, so soll er auch nicht am Ende des Lebens die Kommunion empfangen.«

Doch nicht allein die Ehe der Geistlichen, ja sogar die der Laien wurde von der Kirche auf das sorgfältigste überwacht. Ich finde augenblicklich dafür keinen früheren Beweis als in dem Buch von den Kirchenstrafen, welches Regino, Abt von Prüm, im Jahre 909 auf Befehl des Erzbischofs Rathbod von Trier schrieb. Dort heißt es: »Der Verehelichte, der sich 40 Tage vor Ostern und Pfingsten oder Weihnachten, an jeder Sonntagsnacht, am Mittwoch oder Freitag, von der sichtbaren Empfängnis bis zur Geburt des Kindes von der Frau nicht enthält, muß, wenn ein Sohn geboren wird, 30 Tage, wenn eine Tochter geboren wird, 40 Tage Buße tun. Wer in der Quadragesima (der vierzigtägigen Fastenzeit vor Ostern) seiner Frau beiwohnt, muß ein Jahr Buße tun oder 16 Solidos an die Kirche bezahlen oder unter die Armen verteilen. Tut er es in der Besoffenheit und zufällig, so darf er nur 40 Tage Buße tun. – Jeder muß sich vor Empfang des Abendmahls der Frau sieben, fünf oder drei Tage enthalten.«

Die Kirche verdankt das große Licht St. Iso in St. Gallen nur dem Umstande, daß er von seinen vornehmen Eltern – in der Osternacht erzeugt wurde, welche darüber Gewissensskrupel hatten und ihn der Kirche widmeten.

Schon früher bemerkte ich, daß der Eigennutz der Bischöfe großen Anteil an der Verdammung der Priesterehe hatte. Bekam ein verheirateter Priester keine Kinder – nun, dann sah man durch die Finger. Die Folge davon war, daß sie die Schwangerschaft ihrer Weiber entweder verhinderten, wie Onan, oder daß sie zu gefährlichen Mitteln ihre Zuflucht nahmen.

Ein südamerikanischer Indianerstamm soll ein ganz unschädliches Mittel besitzen, die Empfängnis der Weiber zu verhindern, was oft von solchen Frauen angewendet wird, die nicht gleich eine Familie haben wollen. Mich wundert, daß es noch niemand aufgefunden und nach Europa gebracht hat; er könnte sich große Verdienste um die römische Kirche und sonst erwerben.

Den Beweis dafür, wie es der Kirche ganz hauptsächlich darauf ankam, daß die Geistlichen keine Kinder bekommen, die sie beerben konnten, liefert ein Konzilium, welches Erzbischof Johann von Tours im Jahre 1278 in London hielt. Dort heißt es in einer der Verordnungen: »Da die Fleischeslust den Klerikalstand vielfältig entehrt, besonders wenn es zum Kinderzeugen kommt, so verordnen wir, daß die Kleriker, besonders die in den heiligen Weihen sich befindlichen, sich nicht unterstehen, ihren im geistlichen Stand erzeugten Söhnen und ihren Konkubinen etwas testamentarisch zu vermachen. Solche Vermächtnisse sollen der Kirche des Testators zufallen.«

Das Leben der Geistlichen in den ersten Jahrhunderten lernen wir sehr genau aus den Schriften der Kirchenväter kennen, welche sich bemühten, die unter denselben herrschende Verderbnis zu bekämpfen. Es erscheint oft unglaublich, daß die Religion, die Jesus lehrte, zu so abscheulichen Lastern führen konnte, wie sie uns in diesen Schriften berichtet werden. Daß die Geistlichen sich für das Verbot der Ehe auf andere Weise zu entschädigen suchten, nun, das ist menschlich und an und für sich zu entschuldigen. Bei solchen Vergehungen muß man nicht sowohl den schwachen Menschen als vielmehr das naturwidrige Verbot verdammen, welches zur Verletzung der Sittengesetze zwingt; aber anders ist es mit den von den Bischöfen begangenen Schändlichkeiten und Verbrechen, die in dem Geiz, der Herrschsucht und anderen bösen Leidenschaften ihre Ursache haben.

Basilius schreibt an Eusebius, Bischof von Samosata: »Nur an die allernichtswürdigsten Menschen ist jetzt die bischöfliche Würde gekommen«; in einem Brief, den er und zweiunddreißig andere Bischöfe an sämtliche Bischöfe Galliens und Italiens richten, wird der schmachvolle Zustand der Kirche mit großer Wehmut geschildert: »Die Schlechtigkeit der Bischöfe und Kirchenvorsteher«, heißt es darin, »ist so groß, daß die Bewohner vieler Städte keine Kirchen mehr besuchen, sondern mit Weib und Kind außerhalb der Mauern der Städte unter freiem Himmel für sich Gebete verrichteten.«

Gregor von Nazianz, Chrysostomus, Cyrill von Jerusalem usw. können nicht grell genug die Sittenverderbnis der Geistlichen schildern. Diese hatten es damit so weit gebracht, daß man die Unzucht als förmlich zum Pfaffen gehörig betrachtete und nicht mehr für ein Verbrechen hielt. – Die afrikanischen Synoden sahen sich gezwungen, zu verordnen, daß kein Geistlicher allein zu einer Jungfrau oder Witwe gehen solle!

Am lebhaftesten schildert die Geistlichen und den Sittenverfall der damaligen Zeit der schon oft genannte heilige Hieronymus. Er schreibt in einem Briefe an Eustochium: »Sieh die meisten Witwen, die doch verehelicht waren, ihr unglückliches Gewissen unter dem erlogenen Gewande verbergen. Wenn sie nicht der schwangere Bauch oder das Geschrei der Kinder verrät, so gehen sie mit emporgestrecktem Halse oder hüpfendem Gange einher. – Andere aber wissen sich unfruchtbar zu machen und morden den noch nicht geborenen Menschen. Fühlen sie sich durch ihre Ruchlosigkeit schwanger, so treiben sie die Frucht durch Gift ab. Oft sterben sie mit daran, und dreifachen Verbrechens schuldig, gelangen sie in die Unterwelt, als Selbstmörderinnen, als Ehebrecherinnen an Jesus, als Mörderinnen des noch nicht geborenen Sohnes. Ich schäme mich, es zu sagen, o der Abscheulichkeit! es ist traurig, aber doch wahr.

Woher brach die Pest der Agapetinnen in unsere Kirchen herein? Woher ein anderer Name der Eheweiber ohne Ehe? Ja, woher das neue Geschlecht der Konkubinen? Ich will mehr sagen, woher die Hure eines Mannes? Ein Haus, ein Schlafgemach, nur oft ein Bett umfaßt sie, und nennen uns argwöhnische Leute, wenn wir etwas Arges vermuten.«

Und weiter in demselben Briefe: »Es gibt andere, ich rede von Leuten meines Standes, welche sich deshalb um das Presbyteriat und Diakonat bewerben, um die Weiber desto freier sehen zu können. Ihre ganze Sorgfalt geht auf ihre Kleider, auf daß sie gut riechen und die Füße unter einer weiten Haut nicht aufschwellen. Die Haare werden rund gekräuselt, die Finger schimmern von Ringen, und damit ihre Fußsohlen kein feuchter Weg benetze, berühren sie ihn kaum mit der Spitze. Wenn du solche siehst, solltest du sie eher für Verlobte als für Geistliche halten. Einige bemühen sich ihr ganzes Leben hindurch nur darum, die Namen, Häuser und Sitten der Matronen kennenzulernen. Einen von ihnen, den vornehmsten in dieser Kunst, will ich kurz beschreiben, damit du desto leichter am Lehrer die Schüler erkennest.

Er steht eilfertig mit der Sonne auf, entwirft die Ordnung seiner Besuche, sieht sich nach einem kürzeren Wege um, und der überlästige Alte geht beinahe bis in die Kammern der Schlafenden. Wenn er ein zierliches Kissen oder Tuch oder sonst etwas vom Hausrat sieht, so lobt, bewundert und berührt er es; indem er klagt, daß es ihm fehle, preßt er es mehr ab, als daß er es verlangte, weil sich eine jede Frau fürchtet, den Stadtfuhrmann zu beleidigen. Ihm sind Fasten und Keuschheit zuwider; eine Mahlzeit billigt er nach ihrem feinen Gerüche und nach einem gemästeten jungen Kranich. Er hat ein barbarisches und freches Maul, das immer zu Schmeichelworten gewaffnet ist. Du magst dich hinwenden, wohin du willst, so fällt er dir zuerst in die Augen.« – Solcher geistlichen »Stadtfuhrleute« gibt es auch noch heutzutage, und ich könnte dem wackeren Hieronymus mehrere nennen, die zu seinem Porträt vortrefflich passen würden.

Dergleichen Schilderungen machten Hieronymus natürlich viele Feinde, die sich dadurch rächten, daß sie ihn verlästerten. Viele Not hatte er mit einem Diakon namens Sabinian. Dieser hatte eine Wallfahrt zu allen liederlichen Häusern Italiens unternommen und nebenbei eine Menge Jungfrauen genotzüchtigt und Ehefrauen verführt, von denen mehrere wegen dieser Verbrechen öffentlich hingerichtet wurden. Endlich verführte er auch die Frau eines vornehmen Goten, der diesen Schimpf entdeckte, echt gotisch darüber ergrimmte und den liederlichen Pfaffen auf Tod und Leben verfolgte. Dieser kam mit einem Empfehlungsschreiben zu St. Hieronymus nach Bethlehem, wo er in ein Kloster gesteckt wurde. Hier sah er eines Tages eine Nonne aus dem Kloster der Paula, verliebte sich in dieselbe, schrieb ihr Liebesbriefe und erhielt die Versicherung, daß alle seine Wünsche erfüllt werden sollten, – als der Handel entdeckt und die Keuschheit der Nonne gerettet wurde. – Sabinian fiel Hieronymus zu Füßen und erhielt Verzeihung unter der Bedingung, daß er die ihm auferlegte Buße tragen solle. Er versprach alles, hielt aber nichts, lebte lustig wie zuvor und verleumdete Hieronymus, wo er konnte. – Solche Galgenfrüchte trug schon damals der heilige Christbaum der Kirche!

Die Gesetzgebung des Justinian war der Priesterehe durchaus nicht günstig, denn in einer Verordnung von 528 heißt es: »Indem wir die Vorschrift der heiligen Apostel befolgen, verordnen wir, daß, sooft ein bischöflicher Stuhl in einer Stadt erledigt ist, die Bewohner derselben über drei Personen von reinem Glauben und tugendhaftem Leben sich vereinigen, um aus ihnen den Würdigsten hervorzuheben. Doch treffe die Wahl nur einen solchen, der das Geld verachtet und sein ganzes Leben Gott weiht, der keine Kinder und keine Enkel hat. – Der Bischof muß durchaus nicht durch Liebe zu den fleischlichen Kindern verhindert werden, aller Gläubigen geistlicher Vater zu werden. Aus diesen Ursachen verbieten wir, jemanden, der Kinder und Enkel hat, zum Bischof zu weihen.« In derselben Verordnung wird den Bischöfen auch verboten, in ihrem Testamente ihren Verwandten etwas von dem zu vermachen, was sie als Bischöfe erwarben. Die folgenden Bestimmungen sind noch strenger, und in einem Erlaß von 531 befiehlt Justinian, daß niemand zum Bischof geweiht werde, als wer keiner Frau ehelich beiwohne und Kinder zeuge. Statt der Frau möge ihm die heiligste Kirche dienen. – Diese ist aber, nach des heiligen Ambrosius üppiger Schilderung: eine nackte reizende Braut, deren schöne und bezaubernde Gestalt Jesum mit Begierde erfüllt und ihn bewogen habe, sie zur Gemahlin für sich zu erwählen!

Daß alle strengen Gesetze wenig fruchteten, dafür könnte man unendlich viele Beweise anführen. Alle Synoden waren bemüht, schärfere Verordnungen zu erlassen, und auf einer im Jahre 751 gehaltenen wurde bestimmt: »Der Priester, welcher Unzucht übt, soll in ein Gefängnis gesteckt werden, nachdem er vorher gegeißelt und ausgepeitscht worden ist.«

Ratherius von Verona, der zu Anfang des 10. Jahrhunderts lebte, klagt: »O! wie verworfen ist nicht die ganze Schar der Kopfgeschorenen, da unter ihnen keiner ist, der nicht ein Ehebrecher ist oder ein Sodomit.«

Unter so bewandten Umständen war es denn wohl natürlich, daß vielen Christen Bedenken kamen, ob es wohl ziemlich sei, daß sie das, was sie für das Heiligste hielten, das Abendmahl, aus so beschmutzten Händen annehmen könnten.

Auf eine deshalb an ihn gerichtete Frage antwortete Papst Nikolaus I: »Es kann niemand, so sehr er auch verunreinigt sein mag, die heiligen Sakramente verunreinigen, welche Reinigungsmittel aller Befleckungen sind. Der Sonnenstrahl, welcher durch Kloaken und Abtritte geht, kann doch dieserhalb keine Befleckung an sich ziehen. Daher mag der Priester beschaffen sein, wie er will, er kann das Heilige nicht beflecken.« Aus diesem beruhigenden Bescheid und passend gewählten Vergleich sieht man übrigens, daß die Pfaffen beim Papst in nicht besonders gutem Geruch standen!

Die Ansichten der Kirche von der Ehe übten aber nicht nur ihren demoralisierenden Einfluß auf die Pfaffen selbst aus; die Ehrwürdigkeit der Ehe im allgemeinen litt darunter, denn es war nur natürlich, daß ein

Verhältnis, welches von den so hochverehrten Lehrern verachtet wurde, auch bei den Laien nicht in besonderer Achtung stehen konnte. Die Liederlichen benutzten daher gern die Zeitansicht, um ledig zu bleiben und so ungezwungener ihren Leidenschaften zu folgen; und die Verheirateten, welche ihrer Weiber überdrüssig waren, fanden leicht einen heiligen Vorwand, sich ihrer zu enthalten und sich außer dem Hause zu entschädigen. – Das Leben der Päpste um diese Zeit, besonders im elften Jahrhundert, war wenig geeignet, auf die Sittlichkeit der Geistlichkeit vorteilhaft einzuwirken. Ich verweise in bezug hierauf auf das vorige Kapitel.

Ein großer Eiferer gegen die Priesterehe, obwohl auch gegen die Unzucht der Pfaffen, war der Kardinal Petrus Damiani, der durch seine Schriften einen ganz außerordentlich großen Einfluß ausübte; das heißt in bezug auf das Zölibat, aber nicht auf die Besserung der Geistlichen. Er war im Jahre 1002 in Ravenna von ganz armen Eltern geboren, die schon so viele Kinder hatten, daß sie nicht wußten, was sie mit dem neuen Ankömmling anfangen sollten. Die harte Mutter faßte den Entschluß, den Knaben auszusetzen, wurde aber durch die Frau eines Priesters davon abgehalten.

Petrus weihte sich der Kirche und wurde endlich im Jahre 1058 oder 59 Kardinalbischof von Ostia. Er nahm diese Stelle nur mit Widerstreben an, und empört über die Verderbtheit der Pfaffen, gab er sie bald wieder auf und zog sich in ein Kloster zurück, wo er 1069 starb.

Damiani entwirft von dem Schandleben der Pfaffen in seinem Liber Gomorrhianus ein trauriges Bild. Er beklagt und schildert darin ihre Hurerei, ihre widernatürliche Unzucht, insbesondere ihre Sodomiterei, ihre Unzucht mit Jünglingen und Knaben, ihre Unflätereien mit Tieren; die Unzucht der Pfaffen und Mönche untereinander, mit ihren Beichtkindern, und führt an, wie die gemeinschaftlichen Verbrecher, um ungestört fortsündigen zu können, sich einander in der Beichte absolvieren.

Damiani wird in seinem Eifer gegen die Weiber der Priester oft spaßhaft, und seine Anrede an dieselben ist wahrhaft originell. »Indes rede ich auch euch an, ihr Schätzchen der Kleriker, ihr Lockspeise des Satans, ihr Auswurf des Paradieses, ihr Gift der Geister, Schwert der Seelen, Wolfsmilch für die Trinkenden, Gift für die Essenden, Quelle der Sünden, Anlaß des Verderbens. Euch, sage ich, rede ich an, ihr Lusthäuser des alten Feindes, ihr Wiedehopfe, Eulen, Nachtkäuze, Wölfinnen, Blutegel, die ihr ohne Unterlaß nach Mehrerem gelüstet. Kommt also und hört mich, ihr Metzen und Buhlerinnen, Lustdirnen, ihr Mistpfützen fetter

Schweine, ihr Ruhepolster unreiner Geister, ihr Nymphen, Sirenen, Hexen, Dirnen und was es sonst für Schimpfnamen geben mag, die man euch beilegen möchte. Denn ihr seid Speise der Satane, zur Flamme des ewigen Todes bestimmt. An euch weidet sich der Teufel wie an ausgesuchten Mahlzeiten und mästet sich an der Fülle eurer Üppigkeit. Ihr seid die Gefäße des Grimmes und des Zornes Gottes, aufbewahrt auf den Tag des Gerichts. Ihr seid grimmige Tigerinnen, deren blutige Rachen nur nach Menschenblut dürsten, Harpyen, die das Opfer des Herrn umflattern und rauben, und die, welche Gott geweiht sind, grausam verschlingen.

Auch Löwinnen möchte ich euch nicht unpassend nennen, die ihr nach Art wilder Tiere eure Mähne erhebt und unvorsichtige Menschen zu ihrem Verderben in blutigen Umarmungen räuberisch umklammert. Ihr seid die Sirenen und Charybden, indem ihr, während ihr trügerisch anmutigen Gesang ertönen laßt, unvermeidlichen Schiffbruch bereitet. Ihr seid wütendes Otterngezücht, die ihr vor Wollustbrunst Jesum, der das Haupt der Kleriker ist, in euern Buhlen ermordet.«

Damiani muß ein komischer Kauz gewesen sein, und um seinen Reichtum an Schimpfwörtern könnte ihn manches Fischweib beneiden. Nicht weniger seltsam sind oft seine Vergleiche. So zum Beispiel vergleicht er, um der Markgräfin Adelheid von Turin die Nachteile der Priesterehe begreiflich zu machen, die Priester mit ihren Frauen den Füchsen, die Simson bei den Schwänzen aneinanderband, Fackeln dazwischen steckte, sie anzündete und sie dann in die Saatfelder der Philister jagte.

Damiani war es vorzüglich, welcher Papst Gregor VII. den Weg bahnte. Durch ihn und andere Eiferer kam es endlich so weit, daß die Orthodoxen die außereheliche Unzucht für weit weniger verbrecherisch hielten als die Ehe, und zur Zeit Kaiser Heinrichs IV. verstießen viele Ehemänner, sowohl Geistliche als Laien, ihre Weiber und gesellten sich zu Jungfrauen, die ebenfalls wie sie Keuschheit gelobt hatten. Kurz, es erneuerte sich wieder der Unfug mit den Liebesschwestern, der eigentlich unter den Geistlichen nie aufgehört, nur daß man die geheuchelte Keuschheit beiseite getan und in ehrlicher, offener Hurerei gelebt hatte.

Andere Ehemänner, in Verzweiflung darüber, daß sie als Verheiratete nicht selig werden könnten, verstießen gleichfalls ihre Frauen und begaben sich samt Hab und Gut unter den Schutz der Mönche und führten eine gemeinsame kanonische Lebensweise.

Trotzdem stieß aber Gregors VII. Zölibatgesetz auf den entschiedensten Widerstand. Lambert von Aschaffenburg erzählt, daß bei der Bekanntmachung desselben die ganze Schar der Geistlichen gemurrt habe. Alle wären der Meinung gewesen, »daß es besser sei, zu freien als Brunst zu leiden und daß durch das Verbot der Ehe der Hurerei Tor und Tür geöffnet würde. Wolle Gregor auf seiner Meinung bestehen, so wollten sie lieber dem Priestertum entsagen, dann möge er, den Menschen anstinken, sehen, woher er Engel zur Regierung des Volkes in den Kirchen bekomme.«

Mehrere Anhänger Gregors, welche das Zölibatgesetz mit Gewalt durchsetzen wollten, verloren beinahe das Leben darüber. Als Bischof Altmann von Passau den Befehl des Papstes von der Kanzel verkündigte, mußten ihn die anwesenden vornehmen Laien vor den wütenden Priestern schützen, die ihn in Stücke reißen wollten. – Der Bischof Heinrich von Chur geriet durch seinen Eifer für das Zölibat ebenfalls in Lebensgefahr.

Als Erzbischof Johann von Rouen auf einer Synode das Gesetz verlas, entstand ein Tumult; man bombardierte den Erzbischof mit Steinen, so daß er in großer Eile die Kirche verlassen mußte.

In England fand Gregors Gesetz ebenfalls bedeutenden Widerstand; aber einer der englischen Prälaten tröstete sich, indem er sagte: »Man kann wohl den Priestern die Weiber, aber nicht den Weibern die Priester nehmen.«

Bis zum Tode Heinrichs IV. von Deutschland wurden hier die beweib-ten Priester auf das grausamste verfolgt, und da es den Päpsten nur um Ausrottung der Priesterehe zu tun war, so wurden außereheliche Unzucht und oft daraus entstehende Verbrechen weniger hart bestraft.

Auf die Anfrage des Abts Rudolf von Saëz, was einem Mönch geschehen solle, der es versucht hatte, einen Ehemann zu vergiften, antwortete Anselm, Erzbischof von Canterbury, – man solle ihn nicht zum Diakonat oder Presbyteriat befördern!

Die englischen Geistlichen zeichneten sich ganz besonders durch ihre Liederlichkeit aus, und ehrenhalber mußte der Papst endlich offiziell da-gegen einschreiten. Auf der Synode zu London (1125) wurde also bei Strafe der Absetzung den Priestern das Zusammenleben mit Weibern verboten. Der Legat des Papstes, Kardinal Johann von Crema, hatte große Mühe gehabt, diesen Beschluß durchzukämpfen, und noch am Abend desselben Tages, wo es ihm gelungen war, ertappte man ihn mit einer feilen Dirne. Er war unverschämt genug, sich damit zu entschuldigen, »daß er nur ein Zuchtmeister der Priester sei«.

Bischof Ranulph von Durham, genannt Flambard oder Passaflaberer, war vielleicht der liederlichste Geistliche in der Welt. Er lebte wie ein türkischer Sultan. Schöne Mädchen in üppiger Entkleidung kredenzten ihm bei Tische den Wein, und damit er stets die Mittel hatte, flott zu leben, so bedrückte und plünderte er seine geistlichen Pflegekinder.

Sein Ruf war auch zu dem päpstlichen Legaten gedrungen. Dieser ließ ihn vor die Synode nach London zitieren; allein Ranulph fand es nicht für gut, diesem Rufe zu folgen, und der Kardinal Johann entschloß sich, selbst nach Durham zu gehen, um sich hier durch den Augenschein von der Wahrheit der Gerüchte zu überzeugen.

Ranulph wußte zu leben. Er empfing den Legaten Sr. Heiligkeit auf das freundlichste, veranstaltete ein großes Gastmahl, bei dem alle Leckereien der Welt und die feinsten Weine aufgetragen wurden, so daß der Kardinal ganz außer sich vor Entzücken war, besonders da eine schöne »Nichte« des Bischofs, die auf ihre Rolle einstudiert war, sich alle mögliche Mühe gab, ihn vortrefflich zu unterhalten, ja, sich endlich bewegen ließ, bei dem päpstlichen Legaten zu schlafen.

Nachdem dieser wie ein Gimpel in die ihm gestellte Falle gegangen war, versammelte der Bischof seine Kleriker und Knaben, welche Becher und Lichter trugen, und begab sich jetzt in feierlicher Prozession an das Bett. Der Chorus rief: Heil! Heil!

Der verwirrte Legat fragte erstaunt: »Soll dies eine Ehrenbezeugung für den heiligen Petrus sein?« – »Mein Herr«, antwortete der Bischof, »es ist in unserem Lande Sitte, daß, wenn ein Vornehmer heiratet, man ihm diese Ehre erzeigt. Stehet auf und trinket, was in diesem Kelche ist. Weigerst du dich, so sollst du den Kelch trinken, nach welchem du nicht mehr dürsten wirst.«

Der Legat mußte gute Miene zum bösen Spiel machen; er erhob sich, »nackt bis zur Hälfte des Leibes«, und trank den dargereichten Becher seiner Bettgenossin zu. Darauf entfernte sich der Zug mit dem Bischöfe, der nun wegen seines Bistums unbesorgt war.

Die Veranlassung zu dem Streite zwischen König Heinrich von England und Thomas Becket war auch ein liederlicher Priester zu Worcestershire, der die Tochter eines Pächters geschändet und diesen ermordet hatte und welchen der König trotz alles Protestierens des Erzbischofs vor den weltlichen Richterstuhl zog.

In Frankreich trieben es die Geistlichen ungefähr ebenso wie in England. Der Erzbischof von Besançon zum Beispiel machte sich aller möglichen Verbrechen schuldig. Um seinen Geiz zu befriedigen, verkaufte er alles, was Käufer fand, und plünderte seine Geistlichen dermaßen aus, daß sie in ärmlicher Kleidung wie Bauern umhergehen mußten. Nonnen und Geistlichen gestattete er für Geld die Ehe. Er selbst lebte mit einer Verwandten, der Äbtissin von Reaumair Mont, hatte ein Kind von einer Nonne und nebenbei die Tochter eines Priesters als Konkubine; kurz, er gestattete sich alle geschlechtlichen Ausschweifungen, und seine Geistlichen hielten sich Konkubinen.

Der Erzbischof von Bordeaux unterhielt eine Räuberbande, die er zu seinem Vorteil auf Expeditionen aussandte. Einst kam er mit einer Menge liederlicher Mädchen und Kerle in die Abtei des heiligen Eparchius, lebte hier drei Tage in Saus und Braus und zog endlich ab, nachdem er das Kloster rein ausgeplündert hatte. »*Seine übrigen Verbrechen verbietet die Schamhaftigkeit zu nennen*«, sagt Papst *Innozenz III.* in seinen Briefen. Wer die Schandtaten der Pfaffen in jener Zeit studieren will, der lese diese päpstlichen Briefe. Dem Papste wurden so viele berichtet, daß er bald allein würde haben Messen lesen müssen, wenn er sie alle nach Verdienst bestraft hätte; er hielt es daher für besser, Milde zu üben, so sehr und oft diese schlecht angebrachte Milde auch empören mußte.

Ein Mönchpriester hatte mit einem Mädchen verbotenen Umgang gehabt. Als die Dirne schwanger war, ergriff er sie, als wolle er mit ihr scherzen, am Gürtel und verletzte sie so hart, daß eine Fehlgeburt erfolgte. Der Fall kam vor Papst Innozenz III., und dieser entschied, »daß, wenn die Fehlgeburt noch kein Leben gehabt habe, der Mönch den Altardienst auch ferner verrichten könne; daß er aber, wenn diese schon Leben gehabt habe, des Altardienstes sich enthalten müsse.«

Schon im Jahre 428 hatte Papst Cölestin es für nötig gefunden, Strafe darauf zu setzen, wenn Geistliche ihre Beichtkinder zur Unzucht verführten. Dergleichen Fälle kommen unendlich oft vor, und ich werde im letzten Kapitel ausführlicher über die Beichte reden.

Einem starken Affen in einer Menagerie zu nahe zu kommen, war für eine Frau nicht so gefährlich, als mit einem Pfaffen in Berührung zu geraten. Da diese ein faules Leben hatten, so erhitzten sie Tag und Nacht ihre Phantasie mit üppigen Bildern und dachten an nichts anderes, als wie sie ihre geilen Triebe befriedigen könnten. Fälle der Notzucht kamen unendlich viele vor.

Unter Heinrich VI. baten die Geistlichen in England um Erlassung der Strafen wegen begangener Notzucht. – Zu Basel hatte im Jahre 1297 ein Geistlicher eine Jungfrau mit Gewalt geschändet. Man kastrierte ihn zur Strafe und hing das Corpus delicti zum abschreckenden Beispiel für andere Pfaffen mitten in der Stadt an einer frequenten Passage auf. – Die Venezianer ließen in späterer Zeit einen Augustiner zu Brescia, der ein elfjähriges Mädchen genotzüchtigt und dann ermordet hatte, vierteilen.

Sodomiterei und Knabenschändung waren unter den Geistlichen ganz gewöhnlich, und das schon seit den ältesten Zeiten der christlichen Kirche, wie die Konzilienbeschlüsse beweisen, von denen ich einige angeführt habe. Im Jahre 1212 wurde auf einem Konzil den Mönchen und regulierten Kanonikern verboten, zusammen in einem Bett zu liegen und Sodomiterei zu treiben.

Im Jahre 1409 wurden zu Augsburg auf Befehl des Rats vier Priester und ein Laie wegen Knabenschändung am Perlachturme mit gebundenen Händen und Füßen in einem hölzernen Käfig aufgehängt, bis sie verhungerten. – Im nächsten Kapitel von den Klöstern werde ich zeigen, daß Sodomiterei bis auf die neueste Zeit als Folge des Zölibats unter den Pfaffen gebräuchlich ist.

Aus dem, was ich bisher mitteilte, geht schon hervor, daß die Bischöfe ihren Geistlichen in der Sittenlosigkeit meistens vorangingen, wenn sie es auch nicht alle so arg trieben wie der Bischof Heinrich von Lüttich, der eine Äbtissin zur Mätresse und in seinem Garten einen förmlichen Harem hatte und der sich rühmte, in 22 Monaten vierzehn Söhne gezeugt zu haben.

Unter so bewandten Umständen waren die Laien froh, wenn es diesen Kirchenstieren erlaubt wurde, Konkubinen zu halten, damit nur ihre Weiber und Töchter vor ihnen sicher wären. Ja, die Friesen gingen so weit, daß sie gar keine Priester duldeten, die nicht Konkubinen hatten. »Se gedulden oek geene Preesteren, sonder eheliche Fruwen (d. h. Konkubinen), up dat sie ander lute bedde nicht beflecken, wente sy meinen, dat idt nicht mogelygk sy, und baven die Natur, dat sick ein mensche ontholden könne«, heißt es in der Chronik.

Ich bemerkte schon früher, daß es den Päpsten mehr um die Vernichtung der Priesterehe als um die Erhaltung der Keuschheit der Geistlichen zu tun war, denn sie wollten nicht, daß rechtmäßige Kinder das Gut erbten, was sie als Kirchengut betrachteten. Wenn nun auch die Konzilien auf Betrieb einzelner dem Konkubinenwesen ein Ende machen wollten, indem sie Verordnungen dagegen erließen, so war man eben nicht strenge auf die Befolgung derselben bedacht.

Ja, vielen Bischöfen wäre es gar nicht recht gewesen, wenn ein Papst durchgreifende Maßregeln angeordnet hätte, denn diese Konkubinen waren für sie eine Quelle der Gelderpressung. Häufig, wenn sie Geld brauchten, fiel es ihnen ein, ihren Geistlichen das Konkubinat auf das strengste zu verbieten, da es ihnen nur um die Strafgelder zu tun war.

Heinrich von Hewen, der in der Mitte des 15. Jahrhunderts Bischof von Konstanz war, führte selbst ein üppiges Leben, und die Abgaben, welche ihm seine Geistlichen von ihren Konkubinen entrichteten, verschafften ihm eine jährliche Einnahme von 2.000 Gulden.

Zur Zeit der Reformation mußten die Priester in Irland für jedes mit ihren Konkubinen erzeugte Kind ihrem Bischof acht bis zwölf Taler bezahlen.

Unter solchen Verhältnissen war es denn kein Wunder, wenn das Konkubinat trotz aller Verbote, welche bei allen Synoden wenig beachtete stehende Artikel wurden, in voller Wirksamkeit blieb, und endlich sahen die Päpste ein, daß es ein unvermeidliches Übel sei, und suchten nun selbst Vorteil daraus zu ziehen. Sie dekretierten, daß jeder Geistliche, mochte er nun eine Konkubine haben oder nicht, einen bestimmten jährlichen *Hurenzins* entrichten müsse.

Als Beleg dafür, daß das Konkubinat unter den Geistlichen im 15. Jahrhundert allgemein war, und zugleich um die Sitten des Klerus überhaupt durch den Mund eines Zeitgenossen kennenzulernen, will ich einige Stellen aus einem Werke des *Nikolaus de Clemanzis* anführen, der in den ersten Jahrzehnten des 15. Jahrhunderts lebte, eine Zeitlang päpstlicher Geheimschreiber, Schatzmeister und Kanonikus der Kirche zu Langres war und 1440 als Kantor und Archidiakonus zu Liseur starb.

Seine Schilderung der Bischöfe ist wahrhaft scheußlich. Nach ihm trieben und gestatteten sie für Geld alle Laster. Vorzüglich sind aber die Domherren und ihre Vikare verdorbene Menschen. Sie sind der Habsucht, dem Stolze, Müßiggange und der Schwelgerei ergeben. Sie halten ohne Scham ihre unehelichen Kinder und Huren gleich Eheweibern im Hause und sind ein Greuel in der Kirche.

Die Priester und Kleriker leben öffentlich im Konkubinate und entrichten ihren Bischöfen den Hurenzins. Die Laien wissen an mehreren Orten den Schändungen der Jungfrauen und Ehefrauen keinen anderen Damm entgegenzustellen, als daß sie die Priester zwingen, sich Konkubinen zu halten.

»Ist jemand«, schreibt Clemanzis, »heutzutage träge und zum üppigen Müßiggange geneigt, so eilt er sogleich, ein Priester zu werden. Alsdann besuchen sie fleißig liederliche Häuser und Schenken, wo sie ihre ganze

Zeit mit Saufen, Fressen und Spielen zubringen, betrunken schreien, fechten und lärmen, den Namen Gottes und der Heiligen mit ihren unreinen Lippen verwünschen, bis sie endlich aus den Umarmungen ihrer Dirnen zum Altar kommen.«

Clemanzis erwähnt hier auch das Saufen der Priester. Darin waren sie besonders stark und setzten einen Ruhm darein, es den Laien zuvorzutun. Schon im ersten Jahrhundert stoßen wir auf Bischöfe, die vollendete Trunkenbolde waren. Einer derselben, Droctigisilus, verfiel in Säuferwahnsinn. Die Pfaffen sagten, wenn sie guter Laune waren, von sich selbst: »Wir sind das Salz der Erde, aber man muß es anfeuchten, denn kein guter Geist wohnt im Trocknen.« Besonders gut trank man in den Klöstern. Doch davon später.

Zu einem guten Trunk gehört natürlich auch eine gute Tafel, und es ist ja noch heute jedem bekannt, daß die katholischen Geistlichen einen trefflichen Tisch führen. Bischöfe jagten unermeßliche Summen durch ihren Schlund, und um der nüchternen Gegenwart einen Begriff von ihren kostspieligen Fressereien zu geben, setze ich den Küchenzettel für das Gastmahl am Tage der Installation Georg Nevils, Erzbischof von York, hierher.

Zu diesem Feste waren erforderlich: 300 Quart Weizen, 330 Tonnen Ale, 104 Tonnen Wein, 1 Pipe Gewürzwein, 80 fette Ochsen, 6 wilde Stiere, 1.004 Hammel, 300 Schweine, 300 Kälber, 3.000 Gänse, 3.000 Kapaunen, 300 Ferkel, 100 Pfauen, 200 Kraniche, 200 Ziegenlämmer, 2.000 junge Hühner, 4.000 junge Tauben, 4.000 Kaninchen, 204 Rohrdommeln, 4.000 Enten, 200 Fasanen, 500 Rebhühner, 4.000 Schnepfen, 400 Wasserhühner, 100 große Brachvögel und 100 Wachteln, 1.000 Reiher, 200 Rehe und 400 Stück Rotwild, 1.506 Wildbretpasteten, 1.400 Schüsseln gebrochenen Gelee, 4.000 Schüssel ganzen Gelee, 4.000 kalte Custards, 2.000 warme Custards, 300 Hechte, 300 Brachsen, 8 Robben, 4 Delphine oder Taumler und 400 Torten. – 62 Köche und 515 Küchendiener besorgten die Zubereitung dieser Speisen, und bei der Tafel selbst warteten 1.000 Diener auf. Doch kehren wir wieder von der Pfaffenvöllerei zur Pfaffenhurerei zurück. – Die Basler Synode (1431-1448) gab sich die nutzlose Mühe, ernstliche Verordnungen gegen das Konkubinat zu erlassen, aber zu dem einzigen Mittel, demselben ein Ende zu machen, konnte man sich nicht entschließen, obgleich sehr angesehene Männer auf der Synode, wie der Geheimschreiber und Zeremonienmeister derselben, *Clemens Sylvius Piccolomini*, günstig für die Priesterehe gestimmt waren. Er äußerte:

»Es gab, wie ihr wißt, verheiratete Päpste, und auch Petrus, der Apostel-
fürst, hatte eine Frau. Vielleicht dürfte es gut sein, wenn den Priestern
zu heiraten gestattet wäre, weil viele verheiratet im Priestertum ihr Seelenheil befördern würden, welche jetzt ehelos zugrunde gehen.«

Große Eiferer gegen das Konkubinat in dieser Zeit waren die Bischöfe
Berthold von Straßburg und *Stephan von Brandenburg.* Der letztere klagt
bitter über die Geistlichen in seiner Diözese und sagt, daß sehr viele
Beischläferinnen hielten und durch ihr liederliches Leben »nicht nur gemeine Leute, sondern auch Fürsten und Große« ärgerten.

»Und diese Priester«, sagt er auf einer Synode zu Brandenburg, »haben
eine solche Hurenstirn, daß sie es für eine Kleinigkeit halten, Unzucht
und Ehebruch zu begehen. Denn wenn aus Schwachheit des Fleisches
ihre Köchinnen und Mädchen von ihnen oder vielleicht von den anderen
geschwängert sind, so leugnen sie die Sünde nicht ab, sondern achten es
sich zur hohen Ehre, die Väter aus so verdammlichem Beischlafe erzeugter
Kinder zu sein. – Ja, sie laden die benachbarten Geistlichen und Laien
beiderlei Geschlechtes zu Gevattern ein und stellen große Festlichkeiten
und Freudengelage über die Geburt solcher Kinder an. *Verflucht seien
die, welche durch eigenes Geständnis das kund werden lassen, was sie durch
Leugnen noch zweifelhaft machen und so einigermaßen der rechtlichen
Strafe entgehen könnten!«* – Es ist dies ein schönes Pröbchen bischöflicher
Moral.

Die Regierungen mancher Länder, welche einsahen, daß nur dadurch
größerem Ärgernis vorgebeugt werde, waren vernünftig genug, das Konkubinat der Geistlichen beinahe als rechtmäßige Ehen gelten zu lassen.
Dies taten zum Beispiel mehrere Regierungen in der Schweiz, und die
Obrigkeit schützte hier die Konkubinen der Geistlichen und deren Kinder
gegen die Habsucht der geistlichen Vorgesetzten, indem sie Testaments-
vermächtnisse für die ersteren als gültig anerkannte. Zu dem Bischof von
Tarent, der Legat des Papstes in der Schweiz war, sagte jemand, daß die
Nonnen dort tun könnten, was sie wollten, es würde nicht untersucht
usw., bekämen sie aber Kinder, dann erwartete sie ein fürchterlicher finsterer Kerker. Darauf erwiderte der Legat: »Selig sind die Unfruchtbaren!«

Doch mit den Klöstern haben wir es noch nicht zu tun, sondern vorläufig nur mit den Weltgeistlichen. – Das Konkubinat derselben, selbst
wenn es gewissermaßen vom Gesetz geschützt war, konnte doch niemals
die Ehe ersetzen und diente nur dazu, die Geistlichkeit verächtlich und
lächerlich zu machen. Es lag in der Natur dieses Verhältnisses, daß selten

Frauen von einigem Wert ein solches eingingen. Kam auch wohl hin und wieder ein Fall vor, wo sich ein Mädchen aus Liebe über die bestehenden Vorurteile hinwegsetzte, so waren es doch meistens nur gemeine Dirnen, welche nur darauf trachteten, die Geistlichen zu plündern. »Pfaffengut fließt in Fingerhut«, sagt ein altes Sprichwort.

Dieses halbgeduldete Verhältnis konnte niemals ein geachtetes werden und bleibt stets eine Entwürdigung. Es kam wohl vor, daß einzelne Geistliche ihren Konkubinen alle Achtung zollten, wie sie einer Gattin zukommt, allein meistens und besonders von den Gebildeten wurden sie als Köchinnen oder sonstige Dienstboten im Hause gehalten. Solche Personen wußten nun den erlangten Vorteil trefflich zu ihrem Vorteil zu nützen. Sie schämten sich des Verhältnisses nicht, wohl aber der gebildete Geistliche, der ihr Herr war und der sich viel gefallen, ja oft ganz und gar unter den Pantoffel bringen ließ, damit nur seine menschlichen Schwachheiten nicht unter die Leute gebracht würden; denn diese ermangelten nicht, ihre Späße über die »Pfaffenköchinnen« anzubringen, und gar mancher Geistlicher mußte sich still wegschleichen, wenn die jungen Burschen sangen:

Mädchen wenn du dienen mußt,
So diene nur den Pfaffen,
Kannst den Lohn im Bett verdienen
Und darfst nicht viel schaffen.

Viele verdorbene Geistliche waren froh, daß die Ehe sie nicht an *eine* Frau fesselte; sie konnten ihre Lüsternheit nach Abwechslung befriedigen, indem sie die Dirne, die ihnen nicht gefiel, wegjagten und eine neue nahmen. Solche Konkubinate, die leider sehr häufig vorkamen, waren gemeine Hurerei, und dadurch wurde bei den Pfaffen eine Gemeinheit und Roheit erzeugt, die sich besonders in ihrer Denkungsart über geschlechtliche Dinge äußerte, wie sie in der Ehe wohl nur selten entstehen können.

Solche Pfaffen machten aus ihrer Liederlichkeit gar kein Geheimnis; ja sie rühmten sich derselben, und gleichzeitige, sehr glaubwürdige Schriftsteller erzählen, daß bei Freß- und Saufgelagen diese »Pfarrfarren« und »Kuttenhengste«, wie sie Fischart nennt, mit den Bauern Wetten machten, deren Gegenstand so obszön war, daß ich sie gar nicht einmal näher andeuten mag, obwohl mir alle Prüderie sehr fernliegt.

Ja, diese Pfaffen scheuten sich nicht, ihre unzüchtigen Verhältnisse auf der Kanzel zu erwähnen, und oft machten sie diese Unschicklichkeit dadurch noch schlimmer, daß sie dieselbe mit irgendwelchen rohen Späßen würzten.

An den Kirchenweihen wurden von ihnen die wildesten und liederlichsten Gelage gefeiert. Alle benachbarten Pfarrer mit ihren Köchinnen besuchten den Geistlichen, der sein Kirchweihfest feierte, und dann wurde gefressen, gesoffen und andere Liederlichkeiten getrieben.

Als der Bischof von Mainz den Bischof von Merseburg einst besuchte und unterwegs bei einem Pfarrer einkehrte, wo eben das Kirchweihfest gehalten wurde, begleitete ihn sein Leibarzt, der davon folgende ergötzliche Erzählung liefert:

»Der Bischof steigt abe, und nahet zu der Pfarrhe zu, zu seinem Handwerk. Nun hatte der Pfarrher zehn ander Pfarren geladen zur kirchweyhe, und ein yeglicher hatte eine köchin mit sich gebracht. Do sie aber leutte kommen sahen, lauffen die Pfaffen mit den huren alle in einen stalle, sich zu verbergen. Indes gehet ein Grafe, der an des Bischoffs hofe war, in den Hofe, seinen gefug zu thun, und da er in den stall will, darein die hüren und büben geflohen waren, schreyt des pfarrers köchin, Nicht Junker, nicht. Es seind böse hunde darinnen, sie möchten euch beissen. Er leßt nicht nach, gehet hinein vnd findet einen großen hauffen hüren und büben im stalle.

Da der Grafe in die stuben kumpt, hatt man dem Bischoff eyn feyste Ganß fürgesetzt zu essen, hebt der Gräfe an, vnd sagt diß geschieht dem Bischoff zum Tischmerlein, gen abend kamen sie gen Merßburg, daselbs sagt der Bischoff von Mentz, dies geschieht dem Bischoff von Merßburg. Da das der heylig vatter hörete, *betrübet er sich nicht vmb das, daß die Pfaffen hüren haben, sondern darumb daß die Köchin die büben im stalle hunde geheißen hätte*, vnd spricht, Ach Herre Gott, vergebe es Gott dem weibe, das die gesalbten deß Herren hunde geheißen hat. Das hab ich darumb erzelet das man sehe, wie wir Deutschen das Sprichwort so festhalten. Es ist kein Dörflein so klein, es wird des jars einmal kirmeß darinne. Das aber geschrieben stehet, Es kumpt kein hurer im Himmel, des achten wir nit.«

»Da wir uns nun genug mit der Hurerei beschäftigt haben«, heißt es in einer Predigt, »so wollen wir zum Ehebruch übergehen.«

Das Konkubinat war noch am Ende das allerunschuldigste Ergebnis des Zölibatgesetzes. Einen weit verderblicheren Einfluß auf die Moralität des Volkes hatten die sonstigen aus demselben entstehenden Folgen.

Man kann es als Regel annehmen, daß es noch immer der bessere Teil der Geistlichen war, welcher mit ständigen Konkubinen in einem der Ehe ähnlichen Verhältnis lebte. Die echten Pfaffen betrachteten aber die Frauen und Töchter der Laien als Wild, auf das sie Jagd machten und das sie durch alle möglichen niederträchtigen Verführungskünste in ihre Netze zu locken trachteten.

Diese Künste mußten einen um so größeren Erfolg haben, als ihr Stand die Pfaffen mit den Frauen in häufige Berührung brachte und die Dummheit der Männer diesen Verkehr noch erleichterte. Trotz aller Beispiele und täglich unter ihren Augen vorgehenden Niederträchtigkeiten wurden die Männer nicht klug, denn die Pfaffen wußten sich einen solchen heiligen Schein zu geben, daß die Ehetölpel es kaum wagten, auch nur einen Verdacht zu haben.

Alle Erzählungen von ihrer Liederlichkeit erklären die Pfaffen natürlich für schamlose Lügen, und war ein Fall einmal gar zu offenkundig geworden, dann verboten sie strenge, davon zu reden, und verwiesen auf das Beispiel des Kaisers Konstantin, der einst einen Priester in flagranti ertappte, mit seinem kaiserlichen Mantel zudeckte, und prägten ihren Beichtkindern ein, was der fromme Rabanus Maurus sagt: »Wenn man einen Geistlichen sähe, die Hand auf dem Busen eines Weibes, so müsse man annehmen, daß er sie segne!« – Allerdings befanden sie sich nach solchem Segen gar häufig in »gesegneten Umständen«!

Einer derjenigen Schriftsteller früherer Zeit, welche die Schandtaten der Pfaffen mit der größten Rücksichtslosigkeit aufdeckten, war *Poggio Bracciolino*, den ich schon früher nannte. Die ganze Kuttenwelt geriet in Alarm, und sein berühmter Gönner *Cosmo de Medici* empfahl ihm größte Vorsicht. Im siebenten Kapitel, wo wir über den Mißbrauch des Beichtstuhls reden, werden einige der von ihm erzählten Fälle mitgeteilt werden.

Felix Hämmerlin, gestorben 1457, Chorherr zu Zürich und Zofingen und Propst zu Solothurn, schildert besonders die Verdorbenheit der Mönche; aber auch von den Weltgeistlichen weiß er manche Dinge zu erzählen, die man für ganz unglaublich halten müßte, wenn sie nicht auch noch von anderen geachteten, ernsten und wahrheitsliebenden Männern jener Zeit bestätigt würden. Die bestialische Roheit mancher

Pfaffen überstieg alle Begriffe. Selbst die Beschlüsse der Konzilien liefern die Beweise davon. Bald wird ihnen durch dieselben verboten, barfuß oder in zerrissenen Jacken und Hosen den Gottesdienst zu halten; bald, keine obszönen Grimassen am Altar zu machen und keine schmutzigen Lieder zu singen.

Dies mußte ich vorausschicken, um folgender Geschichte Glauben zu verschaffen, die Hämmerlin erzählt: Ein Priester lebte in einem unerlaubten Verhältnisse mit einer sehr angesehenen Frau. Die Sache wurde bekannt, und er wurde gezwungen, von seiner Pfarre zu fliehen. Als er verzweiflungsvoll im Walde umherirrte, begegnete ihm ein Mönch, der ihn fragte, weshalb er so betrübt umherlaufe. Der Priester erzählte ganz treuherzig sein Leiden. Aber der vermeintliche Mönch war der Satan – vielleicht auch ein Schalk in einer Kutte – und erwiderte: »Nicht wahr, wenn du das böse Glied nicht hättest, dann könntest du in deiner Pfarrei sicher wohnen?« – »Allerdings, mein Herr«, antwortete der Pfarrer. – »Nun, so hebe dein Gewand auf, damit ich es berühre, wie sie es ja auch berührt hat, dann kannst du dich ohne Scheu deiner Gemeinde zeigen, und es wird in dem Augenblick verschwunden sein.« Der Geistliche tat, was der Mönch wollte, und rannte dann voller Freuden in seine Pfarrei zurück, ließ die Glocken läuten, versammelte die Gemeinde und bestieg die Kanzel. Voll Zuversicht hob er seine Kleider auf – et mox membrum suum abundantius quam prius apparuit.

Sehr lesenswert sind die Schriften von *Johann Busch*, der Propst der regulierten Chorherren zu Soltau, in der Nähe von Hildesheim, und Visitator des Erzbistums Magdeburg war. Er verfolgte mit großem Eifer die Priester, welche Konkubinen hielten, und bestrafte sie nicht mit Geld, wie sie es bis dahin gewohnt gewesen, sondern mit kanonischen Strafen.

Einst lud er einen Pfarrer samt seiner Konkubine zu sich. Ersteren ließ er in das Kloster kommen, aber die Dirne mußte draußen bleiben. Auf das schärfste befragt, leugnete der Pfarrer standhaft und beteuerte mit einem heiligen Eide, daß er ganz keusch mit seiner Magd lebe. Nun ging Busch vor die Tür zu dem Mädchen und sagte: »Ich habe gehört, daß du bei deinem Herrn zu schlafen pflegst«; aber sie leugnete und meinte, daß sie nur mit Kühen, Kälbern und Schweinen zu tun habe. Als aber Busch sagte, daß ihr Herr bereits gestanden habe, da gestand sie auch, und der geistliche Herr hatte falsch geschworen.

Von den Satirendichtern jener Zeit will ich gar nicht einmal reden, denn es ist wahrscheinlich, daß sie hin und wieder etwas erfanden, um die Pfaffen lächerlich zu machen. Ihre Schriften wurden indes überall mit Beifall gelesen, denn alle Welt war über die freche Sittenlosigkeit der Pfaffen empört.

Johann Franz Piko, *Prinz von Mirandola*, der die seltsame Unterredung mit Papst Alexander VI. hatte, schilderte in einer Eingabe an Papst Leo X. (1513) den Verfall des Klerus und ist besonders darüber empört, daß solche Knaben, die den höheren Geistlichen zur Befriedigung ihrer unnatürlichen Wollust gedient, zum Kirchendienste erzogen wurden.

Geiler von Kaisersberg (starb 1510) war Lehrer der Theologie zu Freiburg und wurde dann Prediger zu Straßburg. Er erklärte einst dem Bischof, daß, wenn ein Unkeuscher keine Messe lesen dürfe, er nur die Geistlichkeit des ganzen Sprengels suspendieren möge, denn die meisten lebten in einem ärgerlichen Konkubinate.

Dieser ebenso sittenreine als gelehrte originelle Mann schilderte in seinen trefflichen Predigten die Mönche und Pfaffen nach dem Leben. In einer derselben, »Vom menschlichen Baum«, heißt es: »Soll nämlich die Frucht der ehelichen Keuschheit auf den Ästen des Baumes wachsen, so hüte dich, sieh dich vor, schäme dich. Zum *ersten* hüte dich vor den Mönchen. Diese Tengerferlin gehen nicht aus den Häusern, sie tragen etwas von der Frucht hinweg.

Ja, wie soll ich sie aber erkennen! Zu dem ersten erkenne sie, wenn einer in dein Haus kommt, so ketscht er ein kleines Novizlein mit sich, es ist kaum eine Faust groß, das bleibt in einem Winkel sitzen, dem gibt man einen Apfel, bis die Frau ihn durch das ganze Haus geführt hat.

Zum andern, so siehe seine Hände an, so bringt er Gaben, das schenkt er dir, das der Frau, das den Kindern, das der Dienerin. Das dritte Zeichen ist, wenn er dir unbescheidene Ehre antut. Wenn du ein Handwerksmann bist, nennt er dich Junker. – Wenn du ein semmelfarbenen Mönch siehst, so zeichne dich mit dem heiligen Kreuze, und ist der Mönch schwarz, so ist es der Teufel, ist er weiß, so ist es seine Mutter, ist er grau, so hat er mit beiden teil.

Zu dem andern hüte dich vor den Pfaffen, die mache dir nicht geheim, besonders die Beichtväter, Leutpriester, Helfer und Kapläne. Ja, sprichst du, meine Frau hasset Mönche und Pfaffen, sie schwört, sie habe sie nicht lieb. Es ist wahr, sie wirft es so weit weg, daß es einer in drei Tagen mit einem Pferd nicht errennen möchte. Glaub ihr nicht, denn der Teufel treibt die Frauen, daß sie der geweihten Leut begehren.«

Interessante Belege zu der Liederlichkeit der Geistlichen enthalten die Schriften der Ärzte. Aus ihnen lernt man die schrecklichen Folgen des Zölibats an den Leibern der Pfaffen selbst kennen. Es war nur ein Unglück, daß sie diese weiter mitteilten und auch die Menschen körperlich zugrunde richteten, die sie bereits geistig elend gemacht hatten. Alle Ärzte klagten, daß die Lustseuche, welche deutsche Landsknechte aus Frankreich mitgebracht haben sollten, durch die Pfaffen auf eine grauenerregende Weise verbreitet wurde.

Vergebens waren alle Ermahnungen zur Mäßigkeit. *Kaspar Torella*, erster Kardinal am Hofe Alexanders VI., Bischof von St. Justa in Sardinien und Leibarzt des Papstes, bat die Kardinäle und sämtliche Geistlichen, »doch ja nicht des Morgens bald nach der Messe Unzucht zu treiben, sondern des Nachmittags, und zwar nach geschehener Verdauung, sonst würden sie ihre Sündhaftigkeit mit Abzehrung, Speichelfluß und ähnlichen Krankheiten zu büßen haben, und die Kirche würde ja ihrer schönsten Zierden beraubt werden.«

Einige Ärzte waren sogar boshaft genug, die Besorgnis auszusprechen, daß die Geistlichen die Lustseuche auch in den Himmel verpflanzen würden; und der Arzt Wendelin Hock forderte den Herzog von Württemberg auf, der Liederlichkeit der Pfaffen Einhalt zu tun, da sonst das ganze Land verpestet werde. Diese Besorgnis war keineswegs aus der Luft gegriffen, denn die venerischen Krankheiten nahmen so überhand, daß man in den meisten größeren Städten eigene Spitäler dafür erbaute, welche man *Franzosenhäuser* nannte.

Bartholomäus Montagna, Professor der Heilkunde zu Padua, hatte an den Leiden seiner geistlichen Freunde die beste Gelegenheit, die Lustseuche zu studieren, und schrieb daher ein Buch, in welchem er einige Kardinalkrankheiten schrecklich genug schilderte. Alexander VI. selbst hatte fürchterlich zu leiden, und der Kardinalbischof von Segovia, der die Aufsicht über die Hurenhäuser zu Rom hatte, widmete ihnen so große Sorgsamkeit, daß er darüber sein Leben einbüßte.

Zur Zeit der Reformation kamen unzählige Nichtswürdigkeiten der Pfaffen an das Licht. Als Luther anfing, Lärm zu schlagen, da regte es sich von allen Seiten, und Schriften gegen die Geistlichkeit erschienen in unendlicher Zahl und überschwemmten ganz Europa.

Luther, *Melanchthon*, *Zwingli* und andere forderten laut die Erlaubnis zur Ehe für die Priester, und letzterer richtete im Namen vieler Geistlicher

Schriften an seine Vorgesetzten, die aber alle nichts fruchteten. Aus einer derselben will ich nur folgendes *anführen*.

Ein Schulmeister, der verheiratet war, hatte Lust, ein Priester zu werden, und wurde es mit Einwilligung seiner Frau. Er hatte sich aber zuviel zugetraut, indem er dachte, das Keuschheitsgelübde halten zu können. Er wehrte sich lange und hätte gern seine Frau wieder zu sich genommen; da er aber dies nicht durfte, so hing er sich an eine Dirne, verließ den Wohnort seiner Frau, um diese nicht zu kränken, und kam in das Bistum Konstanz. Die Frau, welche hörte, daß er eine Haushälterin habe, zog ihm nach. Der Mann, welcher sie lieb hatte, schickte die Haushälterin weg und nahm seine Frau wieder zu sich, da er meinte, es sei dies doch besser, da es ohne »weibliche Pflege« nun einmal nicht ginge. Der Generalvikar und die Konsistorialräte teilten aber seine Ansicht nicht; sie befahlen ihm bei Verlust seiner Pfründe, seine Frau wegzuschicken. Der arme Geistliche erbot sich, dieselbe als Konkubine jährlich zu verzinsen; allein, das war umsonst, sie mußte fort. Darauf nahm er seine fortgeschickte Konkubine wieder zu sich, und alles war in bester pfäffischer Ordnung; der Generalvikar hatte nichts dagegen zu erinnern!

Der Rat von Zürich gestattete bald nach einer Disputation, in welcher Zwingli die Ehe wacker verteidigt hatte, daß sich die Priester verheirateten. Mehrere machten sogleich von dieser Erlaubnis Gebrauch und verkündeten ihren Entschluß von der Kanzel. Das Volk bezeugte laut seinen Beifall, und bei der Trauung eines Priesters in Straßburg, wo man bald dem guten Beispiel folgte, rief man im Volke, er habe recht getan, und wünschte ihm tausend glückliche Jahre.

Erasmus von Rotterdam, der durch seine Schriften sehr viel beitrug, die Macht der Päpste zu untergraben, nannte die Reformation das »lutherische Fieber« oder ein Lustspiel, da es mit einer Heirat schließe. Als er Luthers Vermählung erfuhr, scherzte er: Es ist ein altes Märlein, daß der Antichrist von einem Mönch und einer Nonne kommen soll. Er schrieb gleichfalls gegen das Zölibat, meinte aber, daß die Päpste es schwerlich abschaffen würden, da ihnen der Hurenzins gar zu gut tue.

Auf der Trientiner Synode, wo all der alte römische Kohl wieder aufgewärmt wurde, bestätigte man auch wieder aufs neue das Zölibat und erließ die strengsten Befehle gegen das Konkubinat. Aber auch diese Beschlüsse halfen nicht viel. In Polen lebten zur Zeit der Reformation fast alle Geistlichen in heimlicher Ehe, und viele bekannten sie selbst öffentlich. Dieser Zustand änderte sich auch nach der Trientiner Synode nicht, und daß das Konkubinat fortbestand, lehren die unzähligen späteren Verordnungen dagegen.

In denjenigen Ländern, in welchen die Reformation festen Fuß gefaßt hatte, waren die Geistlichen freilich darauf bedacht, ihr Schandleben vor den Augen der Welt immer mehr zu verbergen; aber wie begreiflich wurde dadurch nichts für die Sittlichkeit gewonnen, sondern diese wurde im Gegenteil noch mehr dadurch gefährdet. Die Pfaffen blieben trotz aller Konzilienbeschlüsse *liebebedürftige Menschen*, um die Sache einmal recht zart auszudrücken, und da beim *unvorsichtigen* Genuß harte Strafen drohten, so waren sie darauf angewiesen, sich in der Kunst der Verstellung und Heuchelei zu vervollkommnen. Das Handwerk des Frauenverführens wurde nun *jesuitischer* betrieben, und das war wahrlich kein Gewinn.

In den echt katholischen Ländern genierte man sich indessen weniger, und der Kardinal *Bellarmin* zum Beispiel führte ein Leben, als hätte nie eine Reformation stattgefunden. Man erzählt von ihm, daß er 1624 Geliebte gehabt und nebenbei zur Sodomiterei noch vier schöne Ziegen gehalten habe! Mehr kann man von *einem* Kardinal billigerweise nicht verlangen.

Im siebzehnten Jahrhundert erschienen noch sehr zahlreiche, die Unzucht der Pfaffen betreffende Verordnungen, und da man einmal das Konkubinat nicht ausrotten konnte, soviel Mühe man sich auch gab, so bestimmte man nun das Alter der Köchinnen und Haushälterinnen auf fünfzig Jahre, und trotz dieses Alters, welches gegen das höchst rücksichtslose Kinderbekommen sicherte, worauf es hauptsächlich ankam, mußten die Pfaffenköchinnen sich einer strengen Prüfung unterwerfen.

Im achtzehnten und neunzehnten Jahrhundert werden die Provinzialsynoden immer seltener, und dies ist der Grund, weshalb die beständigen Erinnerungen an die Keuschheitsgesetze wegfallen, welche nur hin und wieder in den bischöflichen Hirtenbriefen eingeschärft werden.

Man hatte eingesehen, daß Pfaffenfleisch sich nicht ertöten läßt, und war weit diplomatischer geworden. Anstatt bei Keuschheitsvergehen an die große Glocke zu schlagen, vertuschte man sie und suchte den Glauben zu verbreiten, als stehe es mit der Keuschheit der Pfaffen sehr gut. Fand man eine Erinnerung nötig, so sorgte man auch dafür, daß keine Kunde davon unter die Leute kam, und in dem Ausschreiben Joseph Konrads, Bischof von Freisingen und Regensburg, an den Regensburger Klerus vom 7. Januar 1796 heißt es ausdrücklich: »übrigens wollen wir, daß von diesen Statuten keine Nachricht unter das Volk komme, damit nicht der

Klerus verachtet und verspottet werde. Wir haben uns auch deswegen der lateinischen Sprache bedient, damit für die Ehre des Klerus gesorgt und das Volk bei seiner guten Meinung erhalten werde, da einige in demselben glauben, es dürfte auch nicht der Verdacht eines schändlichen Verbrechens auf die Priester und seine Seelsorger fallen.«

Ein Umlaufschreiben des Bischofs *Ignaz Albert von Augsburg* vom 1. April 1824 ist im allgemeinen außerordentlich diplomatisch, und um so mehr wird man darin von folgender Stelle frappiert: »Ja, wir wissen es, daß es bei einigen Pfarrern schon zur Gewohnheit geworden ist, an *Kirchfesten und Jahrmärkten mit den Köchinnen zu erscheinen und im Pfarrhause oder in Wirtshäusern einzusprechen und in später Nacht voll-gefressen und vollgesoffen nach Hause zurückzukehren.*«

In Spanien stand es mit der Sittlichkeit der Geistlichen in den ersten Jahrzehnten dieses Jahrhunderts sehr schlecht, und der Großinquisitor Bertram erklärte, daß die ganze Strenge der Inquisition dazu nötig sei, um *Kleriker und Mönche von Verbrechen zurückzuhalten und zu verhindern, daß der Beichtstuhl in ein Bordell umgewandelt werde.* – Wie es mit der Moralität der Geistlichen in der Schweiz steht, werden wir im nächsten Kapitel an einigen Beispielen sehen. – In Südamerika überbieten die Pfaffen alle anderen Stände an Liederlichkeit, was dort etwas heißen will. In Peru besteht das Konkubinat in voller Blüte.

Wie es mit der Sittlichkeit der römischen Geistlichkeit in Deutschland steht, *will* ich hier nicht erörtern. Leser, die in katholischen Distrikten unseres Vaterlandes wohnen, *wissen* es. Das Zölibat besteht noch, und wenn auch die höhere Bildung unseres Zeitalters es nicht gestattet, daß die Liederlichkeit der Pfaffen mit derselben Unverschämtheit auftritt wie früher, so bleiben die Folgen dieses Zölibats doch überall dieselben. Diese Folgen waren es fast ebensosehr wie die Habsucht der Pfaffen, welche die Reformation herbeiführten; und wenn jetzt ein zusammengetretenes Konzil über die Mittel beraten sollte, die katholische Religion in den schwankenden Ländern zu rehabilitieren, so sollte es nicht vergessen, daß die Aufhebung des Zölibats das wirksamste sein würde.

Die Möncherei

Im Weltgewühle wohnt
Der Sünde freche Fülle,
In heil'gen Mauern thront
Unheiligkeit in Stille.

Wie das Mönchswesen entstand, habe ich früher angedeutet, Klöster stiegen im Mittelalter wie Pilze aus der Erde hervor. Bis zur Reformation waren allein 14.993 Bettelmönchklöster errichtet worden! Durch die Reformation und die darauffolgenden Kriege gingen in Deutschland 800 Klöster zugrunde, in Sachsen allein 130; aber dessenungeachtet fand Kaiser Joseph II. bei seinem Regierungsantritte noch 1.565 Mönchs- und 604 Nonnenklöster in seinen Staaten. Zur Zeit Luthers belief sich die Zahl der Mönche auf 2.465.000 und das stehende Heer der Bettelmönche allein auf eine Million!

Es ist fast unmöglich, alle Spielarten dieser Mönche und Nonnen aufzuzählen, und ich unterlasse es daher wie *Marnix de St. Aldegonde* in seinem berühmten »Bienenkorb deß hl. Rom. Immenschwarms usw.« und bemerke nur mit seinen Worten: »Wie etliche in Schneeweis, etliche in kohlschwarz, die andern in Eselgraw, in grasgrün, in feuerrodt, in himmelblaw, in bund oder geschecket gekleyd gehn, die eynen eyn helle, die andern ein trübe kapp antragen, die eyn Rauchfarb vom Fegfeuer geräuchert, die andern von Requiem Todenpleych. Den einen Mönch grau wie ein Spatz, den andern hellgraw wie eyn Klosterkatz: Etliche vermengt mit schwarz und weis wie Atzeln, Raupen vnd Laus, die andern Schwefelfarb und Wolffsfarb, die Dritten Eschenfarb vnd Holtzfarb, etliche in vil Röcken vber einander, die andern in eyner blosen Kutt: Etliche mitt dem hemd vbern Rock, die andern ohn ein hemd, oder mit eym pantzerhemd, oder härin hemd, oder Sanct Johannes Cameelshaut auf bloser haut: Etliche halb, etliche gantz beschoren; etliche bärtig, die andern Unbärtig und Ungeberdig: Etliche gehn barhaupt, vil Barfüßig, aber all miteynander müßig: Etliche sind ganz Wüllin, etlich Leinin, etlich Schäfin, etlich Schweinin: Etlich füren Juden Ringlein auff der Brust, die andern zwey Schwerter kreutzweis zum kreutzstreich darauff geschrenckt, die dritten ein Crucifix für die Bottenbüchs, die Vierten zwen Schlüssel. Die fünften Sternen, die sechsten kräntzlin: die siebenten Spiegel auß dem Eulenspiegel, die achten Bischofshut, die neunten fligel, die Zehenden Tuchschären, die eylfften Kelch, die zwölften Muscheln und Jacobsstäb, die Dreizehnden geysseln, die Viertzehenden schilt vnd andere sonst auff der Brust seltsam grillen, von Paternostre, Ringen vnd Prillen. Sehet da, die Feldzeychen sint schon ausgetheylet, es fälen nur die Federbusch, so ziehen sie hin inn Krig gerüst.«

Es war dies eine ungeheure Macht, besonders durch ihren Reichtum, zu welchem sie durch die Schenkungen frommer Schwachköpfe und durch – Betrügereien gelangten. Hatte eine Kirche oder ein Kloster Lust nach einem schönen Landstrich, so fand sich bald im Klosterarchiv eine vergilbte Pergamenturkunde, ausgestellt von diesem oder jenem Fürsten der Vorzeit, welcher den ersehnten Landstrich dem Kloster schenkte. Im Kloster St. Medardi zu Soissons war eine förmliche Fabrik von falschen Dokumenten. Der Mönch *Guernon* beichtete auf dem Sterbelager, daß er ganz Frankreich durchzogen habe, um für Klöster und Kirchen falsche Dokumente zu machen. Da war es denn freilich kein Wunder, daß zur Zeit der Revolution das Vermögen der Geistlichkeit in Frankreich auf 3.000 Millionen Franken angeschlagen werden konnte!

Die Pfaffen verschmähten kein Mittel, um reich zu werden, denn sie hatten längst erkannt, daß Geld Macht ist, und dann wollten sie gut leben. Ihre Gelübde wußten sie damit trefflich zu vereinigen, und was die fanatischen Stifter der Klöster eingerichtet hatten, um dem Wohlleben zu steuern, wurde von ihren Nachfolgern so gedreht und gewendet, daß es ihnen zu einer Quelle des Erwerbes und Wohllebens wurde.

Die Kartäuser zum Beispiel, denen ihre Regel den Genuß des Fleisches verbot, kultivierten die Obstbaumzucht und die Fischereien in solchem Grade, daß sich von deren Ertrage auch ohne Fleisch sehr luxuriös leben ließ. *Karthäuserobst* ist in der ganzen Welt bekannt. Die Obstbaumschule der Kartause in Paris trug jährlich 30.000 Livres ein. Dafür konnte denn auch ihr Prior während einer Krankheit für 15.000 Livres *Hechtbouillon* verzehren! Die Messe war, wie die Mönche lehrten, die einzige Erfrischung für die armen Seelen im Fegefeuer, die mächtigste Vogelscheuche für den Teufel, und war für 30 Kreuzer zu haben, ja, die Bettelmönche lasen für die Hälfte und standen sich um so besser.

Einzelne Klöster wurden außerordentlich reich durch einen Ablaß, zu welchem ihnen der Papst ein besonderes Privilegium gegeben hatte. Der *Portiunkula-Ablaß* brachte den Franziskanern Millionen. – Ein Hieronymitenkloster bei Valladolid mit achtzig Mönchen hatte das ausschließliche

Privilegium, die Kreuzbulle zu verkaufen, was ihm jährlich 12.000 Dukaten eintrug.

So gern nun auch die Mönche *nahmen*, so ungern *gaben* sie, und jeder, der es wagte, sie mit Gewalt dazu zu zwingen, wurde bis in den tiefsten Abgrund der Hölle verflucht, wie folgende Formel zeigt, die einer jeden Schenkungsurkunde angehängt war: »Sein Name sei vertilget aus dem Buche des Lebens; und alle Plagen Pharaons sollen ihn treffen – der Herr werfe ihn aus seinem Eigentum und gebe solches seinen Feinden – sein Teil sei bei dem Verräter Judas – bei Dattam und Abiram – seine Äcker werden wie Sodom, und Schwefel verderbe sein Haus wie Gomorra – die Luft schicke Legionen Teufel über ihn – er sei verflucht vom Fuße bis zum Haupte, daß ihn die Würmer mit Gestank verzehren und seine Eingeweide ausschütte wie Judas sein Leichnam werde verzehrt von den Vögeln und wilden Tieren und sein Gedächtnis von der Erde vertilgt – verflucht alle seine Werke, verflucht, wenn er aus- und eingeht, verflucht sei er im Tode wie ein Hund, wer ihn begräbt, sei vertilgt. Verflucht die Erde, wo er begraben wird, und er bleibe bei den Teufeln und seinen Engeln im höllischen Feuer!« – Dabei mußte einem Christen des Mittelalters wohl der Appetit nach Klostergut vergehen!

Wenn nun auch das Hauptgeschäft der Mönche im Handel mit geistlicher Ware bestand, so ließen sie sich doch auch zu dem mit irdischen Dingen herab, als die ersten im Kurs zu fallen begannen. Viele Klöster wußten sich das Recht zu erwerben, Wein und Bier zu verzapfen, und verdienten damit viel Geld. In Nürnberg verkaufte eins jährlich 4.500 Eimer Bier. Jeder Bettler, der in seine Bierstube kam, erhielt einen Pfennig, aber das Glas Bier wurde ihm für zehn Pfennig verkauft.

Im allgemeinen gaben sich die Mönche aber mehr mit dem Trinken als mit dem Verkaufen ab, und die Klosterkeller stehen bei allen alten Zechern im besten Andenken. Die frommen Väter hatten in ihren Kellern Fässer, die größer waren als die Zellen ihrer Vorfahren, der armen Einsiedler.

Als man in Österreich die Klöster aufhob, fand man selbst in Nonnenklöstern herrlich versehene Weinkeller. Die Kanonissinnen zu Himmelspforten in Wien hatten in dem ihrigen noch 6.800 Eimer und Raum für das Doppelte. Es gab da einen Gottvaterkeller, Gottsohn- und Heiligengeistkeller, einen Muttergottes-, Johannes-, Xaveri- und Nepomukkeller. Der allergrößte, der Gottsohnkeller, war leer bis auf ein einziges Faß. – Was mag nun erst in Mönchsklöstern für ein Vorrat gewesen sein!

Saufen galt bei den alten Rittern für eine Tugend, und es war die einzige, in welcher sie es einigermaßen weit brachten, worin sie aber dennoch im allgemeinen von den Mönchen übertroffen wurden; einzelne Ausnahmen fanden freilich statt, und es kam sogar vor, daß Mönche von einem Ritter totgesoffen wurden.

Ein sehr geachteter protestantischer Geistlicher zu Caen in Frankreich war angeklagt worden, über die Ohrenbeichte der Katholiken schlecht gesprochen zu haben. Die Sache wurde sehr strenge untersucht, aber man konnte an dem Geistlichen keine Schuld finden, und er wurde freigesprochen. Der Jubel darüber war in Caen ungeheuer, und jeder suchte seine Freude auf irgendeine Weise an den Tag zu legen. Dies tat denn auch ein Ritter, welcher in einem ziemlich schlechten Rufe stand. Er lud zwei Kapuziner ein, und »der Wein floß in Strömen«. Es begann ein Wettsaufen, welches damit endete, daß einer der Mönche maustot auf dem Platze blieb. – Seelenvergnügt ging nun der protestantische Edelmann zu dem Geistlichen und sagte, »er sei über dessen Freisprechung außerordentlich erfreut und habe gedacht, dies durch nichts besser an den Tag zu legen als daß er dieser Freude einen Mönch opferte. Eigentlich hätte es ein Jesuit sein sollen; da er aber keinen habe bekommen können, so möge der Geistliche diesmal mit einem Kapuziner vorlieb nehmen.«

Wenn die Klöster nicht selbst stark genug waren, sich zu beschützen, so rechnete es sich irgendein Fürst zur Ehre, ihr Schutzherr zu sein, wofür ihm dann von den Klosterherren diese oder jene Rechte eingeräumt wurden. Aber nicht alle Schutzherren machten davon einen so ernsthaften Gebrauch wie der Herzog *Julius von Braunschweig*. Dieser ließ die Äbtissin von *Gandersheim*, eine geborene von Warberg, die sich mit ihrem Stiftsverwalter zu tief eingelassen hatte, nach der Stauffenburg abführen und hier (1587) lebendig einmauern! Meistens brauchten die Klöster keinen Schutz; die Äbte und Prälaten waren große Herren, welche Lehnsleute hatten, die ihnen zu allerlei Diensten verbunden waren, wie auch Leibeigene. Oft war es bei diesen Lehnsleistungen übrigens nur auf einen gnädigen Spaß abgesehen, der mitunter sehr mittelalterlich derb war.

Der Lehnsmann eines Klosters zu Bologna mußte jährlich dem Abt einen Topf mit Reis und einem Huhn darin bringen und diesen Sr. Hochwürden unter die Nase halten, denn – *er war nur den Dampf davon schuldig.*

Ein Bauernhof in Soest in Westfalen hatte die Verpflichtung, dem Dominikanerkloster alljährlich *ein Ei auf einem vierspännigen Wagen zu bringen.* Im Quedlinburgischen mußten Bräute den Herren Pfaffen ihren »*Stech- oder Bunzengroschen*« zahlen und im Paderbornschen eine *Bockshaut* liefern. – Mehreren schwäbischen Klöstern mußten die Bräute einen kupfernen Kessel geben, »*so groß, daß sie darin sitzen konnten*«, und die Beweisführung war natürlich das Hauptgaudium für die frommen Herren.

Die Gräfin *Hidda von Eulenberg* ließ sich von den Witwen, die wieder heirateten, einen Beutel ohne Naht mit zwei »Schreckenbergern« darin liefern, und unfruchtbare Eheleute mußten im Hildesheimschen alljährlich, wegen des Abgangs an Taufgeld, damit man mit ihrem Unvermögen Geduld habe, einen »*Geduldshahn*« opfern.

Die Fuchsnatur der Pfaffen offenbarte sich auch in ihrer Lüsternheit nach Hühnern, und ihre Lehnsleute mußten davon herbeischaffen, soviel sie nur immer konnten. Es gab Haupt- und Leibhühner, Rauchhühner, Erbzins- und Fastnachtshühner, Pfingst-, Sommer-, Herbst-, Ernten-, Wald-, Garten-, Heu- und Ehrenhühner! Audubon hat diese Hühnerarten in seiner Naturgeschichte der Vögel vergessen; doch waren sie ja auch nur in Europa zu Hause, und Gloger, als er sein treffliches Werk schrieb, hätte sich darum bekümmern sollen.

Manche Äbte und Bischöfe unterhielten Heere, wie es Fürsten nicht vermochten. Der Bischof *Galen von Münster* hatte 42.000 Mann Infanterie, 18.000 Reiter und die schönste Artillerie, und die meisten Klöster waren verbunden, ein mehr oder minder bedeutendes Kontingent zu den Truppen des Landesbischofs stoßen zu lassen. Als die Reformation und die Revolution die Klöster gehörig angezapft hatte, wurde dies manchem schwer genug, und eine Äbtissin schrieb an die Kreisdirektion, »daß sie und ihre Kanonissinnen im letzten Krieg so von den Franzosen zugerichtet worden, daß sie nicht imstande seien, auch nur einen halben Mann aufsitzen zu lassen«.

Ehe wir nun einen Blick in die Klöster tun, wollen wir einmal prüfen, welchen *Nutzen* die Mönche der Welt brachten. Wir werden leider finden, daß dieser zu dem Übel, dessen Ursache sie waren, so wenig im Verhältnis steht, daß er fast ganz und gar verschwindet.

Die Verteidiger des Mönchswesens machen geltend, daß durch Mönche das Christentum in die fernsten Weltteile getragen wurde. Es ist das ein sehr zweifelhaftes Verdienst, denn das Mönchs-Christentum brachte mehr Fluch als Segen, wohin es auch immer kam, namentlich aber solchen Völkern, die unter dem Einfluß eines ewig milden heitern Himmels sich gebildet hatten und für die das scheußliche Mönchs-Christentum mit seinen trübseligen asketischen Ansichten eine moralische Unmöglichkeit war. Das erste Kloster wurde 1525, also 4 Jahre nach der Eroberung von Mexiko, gebaut.

Ähnlicher Art waren die Wirkungen des durch Mönche verbreiteten Christentums fast überall. Die Marianneninseln wurden früher von 150.000 glücklichen Naturkindern bewohnt, und im Laufe der Zeit wurden sie durch christliche Krankheiten, Trunksucht und das Franziskaner-Evangelium auf 1500 elende, Christen genannte Subjekte reduziert.

Um auch dem Teufel zu geben, was ihm gebührt, will ich wenigstens bemerken, daß die Jesuiten, welche sich viel mit dem Missionswerke beschäftigten, neben dem vielen Schlechten, dessen Urheber sie sind, in manchen Gegenden der Erde segensreich wirkten, so daß das Untergehen ihrer Missionen zu beklagen ist, wie zum Beispiel in Südamerika, an den Ufern des Amazonenstroms und des Orinoko.

Das Missionswesen, wie es von Katholiken und Protestanten betrieben wurde und zum Teil noch betrieben wird, ist ein an der Menschheit begangenes himmelschreiendes Unrecht, welches ich ein Verbrechen nennen würde, wenn ihm nicht, großenteils wenigstens, ehrlich-dummer Glaubenseifer zugrunde läge. Die protestantischen Missionare, besonders diejenigen, welche von dem puritanischen England auszogen, haben vor den Mönchen nur allein das voraus, daß ihr Fanatismus weniger blutig war. Die Bewohner der Freundschaftsinseln liefern die schlagendste Illustration zu dieser Behauptung, die jedem in die Augen fallen muß, der die Schilderungen der dort lebenden Indianer vor und nach Einführung des Christentums liest. – Männer wie *Dr. Livingstone* sind unter den Missionaren sehr selten. Er und die wenigen ihm gleichgesinnten Männer sind ein Segen für die Menschheit; allein ihr geläutertes Christentum würde wenig Gnade finden vor den Augen der Inquisition oder selbst vor orthodoxen englischen Christen. Ich nenne hier Dr. Livingstone und die ihm gleichgesinnten Männer, da es ein bitteres Unrecht sein würde, sie in den Tadel einzuschließen, der den größten Teil derjenigen trifft, welche sich wie sie »Missionare« nannten und nennen.

Den Mönchen verdanken wir, sagen die Klosterverteidiger weiter, die Erhaltung der Kunst und der Wissenschaften, wie auch die der meisten alten Klassiker. Daran ist allerdings etwas Wahres, und besonders erwarben sich die Benediktiner Verdienste in dieser Beziehung; aber eine andere Frage ist es, ob sich nicht ganz ohne Mönche, ja ganz ohne Christentum,

Künste und Wissenschaften weit frühzeitiger und herrlicher entfaltet haben würden.

Die alten Griechen dienen uns noch heute in manchen Zweigen der Kunst als unerreichbare Muster, und sind jemals die Wissenschaften unter der Herrschaft der römischen Kirche so ins Volk gedrungen wie bei ihnen? – Alle die herrlichen Resultate, welche sie erzielten, erreichten sie ohne Christentum, ohne Mönche, und eine Tatsache ist es, daß die Wissenschaften in Europa erst anfingen, recht aufzublühen, als das Mönchsleben anfing, abzusterben. Ja noch mehr, sind nicht noch heutzutage die Heimatländer der Pfaffen und Klöster in bezug auf Wissenschaften so gut wie Null?

In der Malerei, Bildhauerkunst und Baukunst leisteten die Mönche noch das meiste; allein, welche krasse Geschmacklosigkeit herrscht nicht in den mönchischen Erzeugnissen der erstgenannten Künste. Einige technische Fertigkeit mochten sie allenfalls erlangen; aber bei der Komposition der Gemälde wie der Skulpturen war ihnen überall ihre Unwissenheit im Wege, und sie brachten Dinge hervor, die an Abgeschmacktheit nicht ihresgleichen finden. Wer alte Gemälde gesehen hat, besonders solche, die aus Mönchshänden hervorgingen, wird mir recht geben.

Von den unendlich vielen Beispielen mönchischer Geschmacklosigkeit und Borniertheit, wie sie sich in Gemälden äußert, nur zwei. In Erfurt befand – oder befindet sich vielleicht noch – ein Gemälde, welches die Transsubstantiation verherrlichen soll. Die vier Evangelisten werfen kleine Papierchen in eine Handmühle, und auf den Zetteln liest man die Worte: »Das ist mein Leib.« Die vier großen Kirchenlehrer halten einen Kelch unter, und das Jesulein fährt geschroten aus der Mühle in den Kelch.

An einem anderen Orte befindet sich eine Darstellung von dem Opfer *Abrahams*. Isaak kniet kläglich auf dem Holzstoß, und sein Vater setzt ihm eine *Pistole* auf die Brust. Der Hahn ist gespannt, und man sieht, der Erzjude will eben abdrücken; man zittert, aber oben in den Wolken schwebt schon der Erretter, ein Engel, der so geschickt aus der Höhe herunterpißt, daß durch sein heiliges Wasser das Pulver auf der Pfanne naß und dadurch Isaak gerettet wird.

Es würde mich zu weit führen, wollte ich den Einfluß des mönchischen Christentums auf die Malerei und Kunst überhaupt weiter ausführen; ich überlasse das den unbefangenen Fachmännern und begnüge mich damit, auf die in den Museen aufgehäuften Erzeugnisse hinzuweisen, welche dieser Religionsanschauung ihr Dasein verdanken. Es ist gewiß viel relativ

Herrliches darunter; allein man vergleiche es mit den Werken, die aus einer Zeit und von Künstlern stammen, die sich von dem eigentlichen römischen Christentum emanzipiert haben.

Den Mönchen verdanken wir auch die *Schauspiele*, rufen die Klosterfreunde. – Nun, auf diesen Ruhm werden die frommen Männer, welchen die Schauspiele ein Greuel sind, eben nicht besonders stolz sein; allein die Sache hat ihre Richtigkeit. Unsere Schauspiele gingen allmählich aus den sogenannten Mysterien hervor, welche in den Klöstern aufgeführt wurden; aber Shakespeare, Lessing, Schiller, Goethe und Konsorten, welche die rein christlichen Vorbilder verließen und sich zuviel mit den Schauspielen der alten Heiden beschäftigten, haben sie vollkommen verpfuscht!

In diesen Klosterschauspielen erreicht die Mönchsdummheit ihren Gipfelpunkt, und wer einmal recht von Herzen lachen will, der suche sich dergleichen Machwerke zu verschaffen, und wer das nicht kann, der lese das vortreffliche Werk von Karl Julius *Weber, Die Möncherei*. Der treffliche Mann ist tot; aber wenn er sich noch um die Erde bekümmern sollte, würde er sich gewiß freuen, daß ich in diesem Buche mir seine fabelhafte Belesenheit zunutze machte. Ein Lieblingsthema der Mönche scheint die Schöpfung gewesen zu sein, denn sie wurde sehr oft dargestellt, und höchst erbaulich ist es, wenn Gott, der im Schlafrock mit Brille und Perücke erscheint, von Adam auf den Knien darum gebeten wird – erschaffen zu werden.

In einem dreiaktigen »Passionsspiel«, welches 1782 unter dem Titel »Die Sündflut« in Ingolstadt aufgeführt wurde, klagt Gottvater über das sündige Leben der Menschen:

> Ist das, o Mensch! das Leben dein!
> Der Henker soll Gottvater sein,
> Es tut mich bis in Tod verdrießen,
> Daß ich euch Schweng'l hab' machen müssen. –

Neptun und Äolus bieten nun Gott ihre Dienste an, das sündige Geschlecht zu vertilgen, und ersterer sagt höchst ärgerlich:

> Tut länger Ihr so barmherzig sein,
> So schlagens uns noch in d' Fressen 'nein,
> Ein Exempel müßt Ihr statuieren,
> Sonst tun's einem noch ins Haus hofieren.

Endlich ist die Arche fertig und zum Abfahren bereit. Der Engel trinkt mit Noah eine Flasche Wein; dieser geht endlich in die Arche, der Engel schiebt den Riegel vor, und nun geht das Donnerwetter, das Regnen und der Sturm los, daß die Menschen in der Luft herumfliegen.

Als endlich die Geschichte zu Ende ist und Noah opfert, spricht Gott:

> Potz Element, was riecht so süß?
> Das ist zu meiner Ehre gewiß.
> Zum Zeichen, wie ich dir gewogen,
> Nimm um den Hals den Regenbogen.

Fama posaunt dies nach allen vier Winden in einer herrlichen Arie aus:

> Das bleibt der Welt nun immer kund,
> Geschlossen ist der Gnadenbund.
> Pum, Pum, Pumpidipum, Pum!

In einer Passionskomödie, die in einem schwäbischen Kloster aufgeführt wurde, tritt Judas zu den versammelten Pharisäern:

JUDAS.
> Gelobt sei Jesus Christ, ihr lieben Herrn!
PHAR.
> In Ewigkeit! Judas, was ist dein Begehr'n?
JUDAS.
> Ich will euch verraten Jesum Christ,
> Der für uns am Kreuz gestorben ist.

Größerer Unsinn kann wohl nicht leicht in vier Zeilen gesagt werden!

Besonders stark in derartigen Schauspielen waren die Jesuiten; wenn sie sich auch von solchen plumpen Dummheiten frei hielten, so ersetzten sie dieselben reichlich durch mehr innerliche. Ein sehr schönes, originelles Stück ist des Paters Sautter »Genius der Liebe«, und ein Theaterdirektor könnte heutzutage sein Glück machen, wenn er diese brillante Oper, mit Offenbachscher Musik, auf die Bühne brächte.

Heilige Jungfrauen (aus meinem zweiten Kapitel) bringen dem Genius »Gaben der Liebe« in goldenen Schalen. Der Genius singt:

GENIUS.

Nun! was bringt mir, liebe Bräute,
Euer Galantismus heute?

ST. LUZIA.

Herr! dir zum süßen Augenschmaus
Stach ich mir selbst die Augen aus.

ST. EUPHEMIA.

Für dich, o Herr, zur Morgengab',
Schnitt ich mir Nas' und Lefzen ab.

ST. APOLLONIA.

Viel weißer als das Elfenbein
Siehst du hier Zähne, Jesus mein!

ST. MAGDALENA.

Ich bringe dir zum Opfer dar
Meine schöne blonde Haar;
Nimm auch von mir verschreiten Musch
Den roten und den weißen Tusch.

CHOR.

Pupillen,
Mamillen
Und Zähne schneeweiß!
Jungfräulich Haar',
Nasen und Lefzen und mehr solche War'
Steh'n, heilige Liebe, hier alle dir preis!

Die Prozessionen sind auch eine Erfindung der Mönche, und ihr seltsamer
Geschmack verwandelte sie in die seltsamsten, abenteuerlichsten und lächerlichsten Possenspiele. Besonders bunt und toll waren die am Karfrei-
tage und am Fronleichnamsfeste. Alle Personen aus dem Alten und
Neuen Testament erschienen in entsprechendem Kostüm – natürlich
nach mönchischer Anordnung und Angabe – im Zuge. Wie im wilden
Heere wirbelte der tollste Maskenzug Menschen und Tiere durcheinander,
die Straße entlang. Jede Gruppe sang ihr eigenes Lied, und dem Zuschauer
wurde ganz schwindlig dabei. Nahm er aber nicht andächtig den Hut ab,
oder unterstand er sich gar, über den tollen Spuk zu lachen, dann konnte
es ihm leicht sehr übel ergehen, denn die Geistlichen ermahnten selbst
von der Kanzel herab, die Spötter zu züchtigen.

Noch unter Karl Theodor von Bayern predigte der Karmeliter F. Damascenus in München: »Liebe Christen, morgen ist Prozession. Ihr werdet da an vielen Fenstern Freimaurer und Freidenker sehen, – Unchristen, die unsrer spotten. Waffnet euch mit dem Eifer des Herrn, greifet nach Steinen und werfet sie nach ihnen.« – Anstatt den Eiferer zu bestrafen, ließ ihm Karl Theodor sein Wohlgefallen an seinem Eifer zu erkennen geben!

Diese Prozessionen endeten gar häufig mit Liederlichkeiten und Saufereien, wenn sie nicht schon damit begannen. Engel, Apostel und Teufel soffen sich gemeinschaftlich voll, und der Bauernlümmel, der Jesus vorstellte und der gewöhnlich der Dümmste war, kam meistens betrunken ans Kreuz und fing an zu extemporieren. Ein solcher Jesus, den ein nicht ganz klar sehender Ritter Longinus mit der Lanze in der Seite kitzelte, anstatt die mit Blut gefüllte Schweinsblase zu treffen, schrie ganz erbost: »Hol mich der Teufel, Arm und Bein schlag ich dir entzwei, wenn ich, herunterkomme!«

Es kamen noch weit unanständigere und lächerliche Szenen bei dieser Kreuzigung vor, die ich aber weglassen muß, weil sie zu sehr an die Zote streifen. – Wäre ich ein Pfaffe oder ein Frommer, so müßte ich mit einem Seufzer meine Augen zum Himmel aufschlagen und an diesen »Mißbrauch des Heiligsten« meine salbungsvollen Redensarten knüpfen; ich mache aber nicht den geringsten Anspruch darauf, von irgend jemand für einen »frommen Christen« gehalten zu werden, und muß ehrlich gestehen, daß mich diese Sachen weit mehr amüsieren als empören.

Da wir aber nun einmal bei der spaßhaften Seite der Möncherei sind, die ich bei der Charakteristik derselben nicht unberücksichtigt lassen durfte, mögen jene Leser, die sich vielleicht daran ärgern, diesen Kelch auf einmal leeren. Ich will es übrigens kurz machen, obwohl dieses Thema ein besonderes Buch verdiente. Wer hätte nicht schon von den berühmten Predigten des Paters Abraham a Sancta Clara gehört! Sie sind in einer neuen Auflage zum Amüsement der Ketzer erschienen, und ich will mich daher nicht lange bei ihnen aufhalten, da sie jedem zugänglich sind.

Diese Predigten, welche oft die originellsten und seltsamsten Vergleiche und Wendungen enthalten, hatten seinerzeit auf das Volk eine große Wirkung. In seinem Eifer brachte er oft die seltsamsten Dinge vor, wovon der Schluß einer Predigt über den Ehebruch als Probe dienen mag: »Ja, ja! es gibt so verdorbene Männer, daß sie diesem Laster nachrennen, und wenn sie zu Hause die schönsten Frauen haben! Wie gern würden wir, was uns betrifft, die Stelle dieser Männer vertreten!«

In ähnlicher Art, aber noch derber und oft unflätig, predigte in der Mitte des 16. Jahrhunderts der Pater Cornelius Adriansen zu Brügge in Flandern, wo er in dem zu jener Zeit herrschenden großen Revolutionskrieg eine nicht unbedeutende Rolle spielte. Er sprach, was ihm gerade in den Mund kam, und das war dann häufig sehr derb niederländisch.

Einst verglich er des Himmels Süßigkeit mit – Hammelfleisch und weißen Rüben, welches Gericht er wahrscheinlich sehr gern aß. Der Rat der Stadt konnte es ihm nie recht machen, und er schimpfte über ihn ganz öffentlich von der Kanzel, so daß ihm endlich das Predigen untersagt wurde. Eine Rede gegen diesen Rat schloß er mit einer neuen Beschuldigung und bereitete auf dieselbe mit den Worten vor: »Nun noch eine Klette an seinen Hintern!« – Diesen Pater Cornelius werden wir im nächsten Kapitel genauer kennenlernen, wenn ich von dem Mißbrauch des Beichtstuhls rede.

Noch populärer als Cornelius und Abraham a Sancta Clara übte der kurz vor der Revolution in Neapel verstorbene Pater Rocco großen Einfluß aus. Dieser sagte dem König Ferdinand die derbsten Wahrheiten, und man durfte ihn nicht hindern, denn in seiner Hand lag das Schicksal Neapels. Alle Lazzaroni zitterten, wenn er den Mund auftat, und niemand wagte eine Miene zu verziehen, wenn er auch die lächerlichsten Dinge vorbrachte.

Einst jagte er einen Marktschreier von seiner Bühne herab, trat an seine Stelle, hielt das Kreuz in die Höhe und rief mit Donnerstimme: »Dies ist der wahre Policinello!« Alles zitterte, und er hielt den Ehebrecherinnen eine furchtbare Strafpredigt über den seltsamen Text: »Und Alexanders Bucephalus ließ niemand aufsitzen als seinen Herrn und übertraf die Menschen an Tugend.« »Ich will sehen«, sprach er, »ob eure Sünden euch leid sind. – Wem es mit der Buße Ernst ist, der recke die Hand in die Höhe.« – Alle Hände reckten sich in die Höhe. – »Nun, heiliger Michael, der du mit deinem Flammenschwerte am Throne des Ewigen stehst, haue alle die Hände ab, die sich in Heuchelei erheben!« – und alle Hände sanken wie mit einem Schlage herunter. Nun aber begann Rocco eine furchtbare Strafpredigt und schloß dieselbe mit Erzählung einer Vision oder eines Traumes, in welcher er durch eine Abtrittsöffnung tief, tief hinuntergesehen auf eine ungeheure Schar von Lazzaronis, die der Teufel sich alle hinten hineingesteckt habe in eine Öffnung, die so groß gewesen sei wie der See Agnano.

Die römische Kirche zählt unter ihren Mönchspredigern so viele originelle Leute, daß ich nur einige wenige anführen kann. – Ein Kapuziner hatte sich von einem anderen eine Passionspredigt machen lassen; sie schloß: »Und Christus verschied.« Dieser Schluß schien dem Pater doch gar zu dürftig, und er fügte noch schnell hinzu: »Nun, Gott sei dem armen Sünder gnädig!«

Der Liebling des Würzburger Publikums am Ende des vorigen Jahrhunderts und einer der größten Feinde der Aufklärung war der achtzigjährige Kapuziner Pater Winter. Eine Rosenkranzpredigt schloß er einst mit folgender Frage: »Wer sind die Neuerer?« – sehr lange spannende Pause – »Esel sind sie, Amen!«

Ein Franziskaner hielt 1782 bei Einkleidung einer Nonne zu Gmünd eine Predigt, die von ganz Deutschland mit vielem Lachen gelesen wurde. Besonders komisch ist der Schluß: »Nun, geistliche Braut, seien Sie ein junger Affe, der seiner Mutter, der würdigen Frau Oberin, alles nachäfft – äffen Sie nach dem alten Affen in Tugenden, Kasteiungen und Bußwerken – äffe nach, du junger Affe, ihre Keuschheit, Demut, Geduld und Auferbaulichkeit! – Und Sie, würdige Frau Oberin! gleichen Sie dem alten Bären, der ein ungelecktes Stück Fleisch so lange leckt, bis es die Gestalt eines jungen Bären hat – lecke, du alter Bär, gegenwärtiges geistliches Stück Fleisch so lange, bis es dir vollkommen ähnlich ist – lecke du auch dein ganzes Konvent samt allen Kost und Klosterfräuleins – lecke, du alter Bär, die sämtliche Familie der geistlichen Braut und alle hier in dem Herrn Versammelten – zuletzt lecke auch mich, damit wir alle wohlgeleckt und gereinigt den Gipfel der Vollkommenheit erreichen mögen. Amen!«

Eines der originellsten Predigertalente war aber wohl der sogenannte Wiesenpater zu Ismaning in Bayern, der vor hundert Jahren lebte. Seine Rosenkranzpredigt:»Der heilige Rosenkranz überg'waltigt d'Höllenschanz« und seine Schwanzpredigt sind höchst komisch. Die letztere sollte bewirken, daß die Bauernburschen sich nicht mehr, wie sie zu tun pflegten, Sauschwanz schimpften, sondern beim Namen nannten. In ihr kommt folgende Stelle vor: »Warum, meine Christen, ist gewachsen dem Hund sein Schwanzerl? Dem Hund sein Schwanzerl ist gewachsen, damit er wedle und wackle, daß ihm nicht fahren die Mucken ins Loch. – Wir Geistlichen sind aber die wahren Schwanzerl, wir müssen wedeln und wackeln, damit die Seelen der gläubigen Christen nicht fahren ins Loch des Teufels!«

Wenn nun auch einzelne Spötter über solche Mönchspredigten lachten, so waren sie doch von Wirkung auf das Volk und dem Bildungsgrade desselben angemessen. Wäre dies nicht der Fall gewesen, so hätte Luther gewiß nicht in derselben Weise gepredigt. Einst predigte er über die letzte Posaune: »So geht es in die Feldschlacht; man schlägt die Trommel und bläst die Trommete Tara-tan-ta-ra! – man macht ein Feldgeschrei Her! Her! Her! – der Hauptmann ruft Hui-Hui-Hui! Bei Sodom und Gomorrha waren die Trommete und Posaune Gottes, da ging es Pumperlepump-Plitz-Platz-Schein! – Schmier! Denn wenn Gott donnert, so lautete es schier wie eine Pauke Pumperlepump – das ist das Feldgeschrei und die *Tarantamtrara* Gottes, daß der ganze Himmel und alle Luft wird gehen Kir-Kir-Pumperlepump!« – Nun denke man sich dazu die Gebärden des heftigen Mannes und bewundere die Zuhörer, welche zitterten und bebten und nicht lachten!

Von den evangelischen, protestantischen, lutherischen und anderen nichtrömischen Predigern hört man auch zuzeiten Unsinn, welcher dem vorangeführten nicht viel nachgibt. Ich kannte einen Garnisonsprediger Ziehe in Berlin, der sehr häufig in Knittelversen predigte. Meistens reden die Herren aber langweiligen Unsinn.

Hätten die Mönche weiter nichts getan als schlechte Schauspiele aufgeführt und verrückte Predigten gehalten, dann könnte man ihnen ihr Dasein allenfalls verzeihen, allein sie übten einen unendlich unheilvollen Einfluß dadurch, daß sie sich der Erziehung des Volkes bemächtigten und über die Schule hinaus demselben Laster einimpften, die in den Klostermauern ausgebrütet wurden und in ihnen die größten Schandtaten und Niederträchtigkeiten hervorbrachten, die in der »Welt« sicher sehr selten vorkommen und dann mit den härtesten und entehrendsten Strafen, die das Gesetz vorschreibt, bestraft werden.

Wer von den Klostergeistlichen nichts weiter kennt als ihre Lächerlichkeiten, der ist gar leicht geneigt, sie für harmlose Dummköpfe zu halten; wer aber tiefer in das Klosterleben hineinsieht, der entsetzt sich vor der Bosheit und Verworfenheit dieser »frommen« Herren, die in den echt römisch-katholischen Ländern noch heute den größten Einfluß haben.

Mönche zu Lehrern des Volkes machen, ist das größte und verderblichste Unrecht, welches man an demselben begehen kann, und unbegreiflich bleibt es, daß die Erfahrungen von Jahrhunderten darüber noch nicht genügend aufgeklärt haben und daß in vielen Ländern Europas das Schulwesen mit dem Mönchswesen auf das engste verbunden und selbst in protestantischen Ländern von der Kirche abhängig gemacht worden ist.

Das pedantische Pennalwesen, welches noch heutzutage selbst in vielen – protestantischen Schulen, besonders in England, herrscht, ist die Folge der Mönchsschulen, wo die Kinder auf die schauderhafteste Weise behandelt wurden.

Man sollte es kaum für möglich halten, daß die preußische Regierung noch anfangs dieses Jahrhunderts den *Trappisten*, den allerwahnsinnigsten Mönchen, die es gab, Erlaubnis erteilte, zu *Bieren* und *Walda* im Paderbornischen *Schulen* zu errichten!

Diese fanatischen, bornierten Mönche übernahmen junge Leute, ja Kinder beiderlei Geschlechts von drei bis vier Jahren – zur *Erziehung*! Der Abt reiste überall selbst umher, leichtgläubige Eltern zu verführen, ihm ihre armen Kinderchen zu übergeben. Auf diese Weise wurden Hunderte dieser unglücklichen Opfer zusammengeschleppt. Es wäre ihnen besser gewesen, man hätte sie gleich bei der Geburt erstickt! – Die Mütter wären wahnsinnig geworden, hätten sie gesehen, wie die Trappisten mit den unschuldigen Kindern umgingen. Die Schilderung, welche ein Augenzeuge davon macht, wendet einem nicht ganz gefühllosen Menschen das Herz im Leibe herum!

Die Kinder, meistens im Alter von vier bis zehn Jahren, lebten in düsteren Zellen, deren ganzes Gerät ein Strohsack, ein Totenkopf, Spaten und Hacke war, womit sie ihre Kartoffelfelder bearbeiteten, die sie nebst Wasser und Brot nährten. Sie waren gekleidet wie die Trappisten und mußten ganz ebenso leben wie ihre Lehrer. Sie durften nicht reden, und die ganze Anstalt glich einem Taubstummen-Institute. Wenn solch ein armes Kind zur Unzeit sprach, lachte, aß oder sonst einen kleinen Fehler beging, wurde es bis aufs Blut gegeißelt. Fortwährend Prügel, gewürzt durch etwas Latein, das war die ganze Erziehung, denn alle anderen Wissenschaften wurden verachtet.

Es konnte nicht ausbleiben, daß viele der Kinder durch die Flucht sich dieser barbarischen Behandlung zu entziehen suchten; allein die armen Geschöpfe wurden leicht wieder eingefangen, und die fürchterlichsten Strafen schreckten von ferneren Fluchtversuchen ab. Klagen konnten die Ärmsten niemandem, denn die Eltern durften ihre Kinder nicht sprechen, und diese waren bis zum 21. Jahre Eigentum des Klosters!

Die Folge davon war, daß eine große Menge der Kinder krank oder wahnsinnig wurde. Es kamen Gerüchte davon unter das Volk, und der Ex-Jesuit Le Clerc schrieb öffentlich gegen diese Kindermordanstalt. Seine Stimme fand Gehör, und Friedrich Wilhelm III. von Preußen machte der Scheußlichkeit ein Ende.

Aber nicht alle Fürsten denken so vernünftig, und wir sehen in anderen Staaten Klöster und Klosterschulen in höchster Blüte. Die Mönche trachten danach, ihre Schüler zu Mönchen oder doch möglichst mönchähnlich zu machen, und in der höchsten Vollkommenheit zeigen sich diese Bestrebungen bei der Erziehung der Novizen, weshalb ich einiges darüber sagen will.

Climakus spricht: »Es ist besser gegen Gott sündigen als gegen seinen Prior.« Das erste Gesetz in einem Kloster ist unbedingter Gehorsam, und deshalb trachtet man denn auch vor allen Dingen danach, Geist und Körper in Fesseln zu legen. Ein Novize darf gar keinen Willen haben; er muß auf den Wink der frommen Väter oder des Novizenmeisters aufpassen wie ein Pudel in der Dressur. Er muß auf Befehl krank und gesund sein, sich in Wasser oder Feuer stürzen und die unsinnigsten Dinge vornehmen, wenn sie ihm geheißen werden.

Die Novizen sind die Hofnarren der Patres und müssen sich alle Ausbrüche ihrer guten oder bösen Laune gefallen lassen. Diese nehmen mit ihren Zöglingen die allerverrücktesten Dinge vor, um sie »an Gehorsam und Demut zu gewöhnen«.

Die Novizen mußten zum Beispiel manchmal, mit schweren Reitstiefeln angetan, auf einem Bein um den Tisch hüpfen oder ein Dutzend Purzelbäume schlagen, so gut sie es konnten. Dann wurde ihnen wieder befohlen, Fischeier oder Salz in die Erde zu säen, oder man spannte sie an einen Wagen und ließ sie einen Strohhalm oder eine Feder spazierenfahren.

Kapuziner haben ihren Novizen Heu und Stroh vorgesetzt oder sie aus Sautrögen essen lassen. Ein Vergnügen, welches sie sich oftmals machten, war, daß sie auf dem Fußboden einen Strich mit Kreide zogen und nun dem Novizen befahlen, diesen aufzulecken. Das war an und für sich schon arg genug; aber überdies zogen sie den Strich absichtlich über den Speichel, womit sie die Dielen zu verzieren pflegten.

Oft ließ man die armen Dulder auch exerzieren. Es wurde ihnen ein alter Kessel über den Kopf gestülpt, ein Bratspieß oder Flederwisch an die Seite gesteckt und eine Bratpfanne als Gewehr über die Schulter gelegt.

Wehe dem Unglücklichen, der es wagte, die Miene zu verziehen oder sich gar Worte des Widerspruchs zu erlauben; ihn erwarteten strenge Strafen. Wenn ein Novize vielleicht beim Gesang zu früh einfiel oder die Tür zu heftig zuwarf, etwas fallen ließ und dergleichen, so war dies eine culpa levis, und man strafte ihn damit, daß man ihn, auf den Knien liegend, mit ausgestreckten Armen ein langes Gebet sprechen ließ, oder indem er einen Finger in die Erde steckte, was man Bohnenpflanzen nannte.

Eine culpa media war es, wenn es der Novize unterließ, dem Obern die Hand oder den Gürtel zu küssen, oder vergaß, sich vor dem Allerheiligsten, wenn es vorbeigetragen wurde, zu verneigen, oder wenn er ohne Erlaubnis auslief. Für solche Vergehen mußte er hungern oder mit seinem Gürtel um den Hals an der bloßen Erde essen.

Ging er ohne »geistliche Waffen«, das heißt ohne Rock, Skapulier und Gürtel zu Bette, besaß er irgend etwas als Eigentum, schrieb er Briefe oder opponierte sich gar gegen Obere, dann beging er eine culpa gravis und wurde mit entsetzlichen Hieben, Fasten und Einsperrung bestraft.

Eine culpa gravissima aber war es, wenn er einen anderen geschlagen, verwundet oder gar getötet, oder wenn man den Novizen auf wiederholter Unkeuschheit ertappt hatte, oder wenn er den Versuch machte, aus dem Kloster zu entweichen. Diese Verbrechen wurden nach den Umständen oder nach Laune der Obern mit einjähriger Einsperrung bei Wasser und Brot oder auch mit täglicher Geißelung und ewigem Gefängnis bestraft.

Und was für Gefängnisse waren es, in welchen die Ärmsten oft wegen geringer Vergehen jahrelang sitzen mußten. Pater Franz Sebastian Ammann, der Benediktinerstudent im Kloster Fischingen und dann Guardian (Vorsteher) mehrerer Klöster in der Schweiz gewesen war und dem wir die interessantesten und abschreckendsten Aufschlüsse über das jetzige Klosterleben verdanken, beschreibt auch den im Kapuzinerkloster auf dem Wesamlin bei Luzern befindlichen Kerker (Custodie). Er liegt an einem feuchten und grauenhaften Orte, ist von dicken Balken aufgeführt, mit zwei Türen und einem kleinen stark vergitterten Fenster versehen und inwendig ungefähr 12 Fuß lang, 6 breit und ebenso hoch. Da er nicht heizbar ist, so hat hier schon mancher durch Kälte und schlechte Nahrung sein Leben eingebüßt. Wie mögen nun erst dergleichen Löcher im Mittelalter beschaffen gewesen sein.

Die gewöhnliche Beschäftigung der Novizen war sehr dazu geeignet, den Menschen in ihnen zum Vieh herabzuwürdigen. Ihre wissenschaftlichen Studien bestanden darin, daß sie aszetische Schriften oder das Brevier lesen mußten, woraus allerdings sehr viel Weisheit zu holen war! – Dann mußten sie sich im Schweigen und im Niederschlagen der Augen, kurz in der Heuchelei üben. Wer zu unrechter Zeit den Mund auftat, mußte eine Zeitlang ein Pferdegebiß im Munde tragen, und wer seine Augen zuviel umherschweifen ließ, erhielt eine Brille oder Scheuklappen.

Ferner war es das Geschäft der Novizen, zu läuten, die Treppen, Gänge, ja selbst die Abtritte zu fegen. Wer verschlief, der mußte mit der Matratze oder mit dem Nachttopfe am Halse erscheinen oder im Sarge schlafen. – Holz, Licht und Wasser herbeizuholen, gehörte ebenfalls zu ihren Verrichtungen, und außerdem mußten sie noch im Chor singen bis zur äußersten körperlichen Erschöpfung.

Dabei fehlte es nicht an allerlei Kreuzigungen des Fleisches. Sie mußten in der größten Hitze dürsten, bis sie fast verschmachteten; den Abspülicht der Geschirre als Suppe essen oder, wenn sie hungrig waren, mit jedem Löffel voll Speise eine Leiter hinaufsteigen und durften ihn dann erst in den Mund stecken, wenn sie oben angelangt und noch etwas darin war.

Zu Meran in Tirol mußte 1747 an einem Feste ein Kapuziner-Noviz – er war der Sohn eines Grafen – drei Stunden lang gebunden an einem Kreuz hängen und fortwährend rufen: »Erbarmen mir großem Sünder!« – Er hatte einen Krug zerbrochen! Fischingen, in welchem der obengenannte ehemalige Guardian Ammann von seinem siebenten bis vierzehnten Jahre war, stand in dem Rufe, eines der sittenreinsten und vorzüglichsten Klöster der Schweiz zu sein, und welche Nichtswürdigkeiten gingen hier vor!

Die liederlichen Patres lebten untereinander wie Hund und Katze, und einer suchte dem andern auf jede Weise zu schaden. Ammann wurde von einem seiner Lehrer so lange mit einem schweren Lineal auf die Fingerspitzen geschlagen, bis Blut herausspritzte und die Hände ganz dick geschwollen waren. Dann mußte er in einem offenen Gange mitten im Winter zwei Stunden lang auf dem Ziegelboden sitzen; und warum? – Weil er von einem andern Lehrer nichts Böses zu sagen wußte! – Mönche sind nur eins in ihrem Hasse gegen die Weltgeistlichen, aber diese werden von ihnen gründlich gehaßt.

Ein von dem ehemaligen Benediktiner zu Rom *Raffaeli Cocci* (1846 bei Pierer in Altenburg) veröffentlichtes Buch enthält über die Novizen und über die Klosterverhältnisse so entsetzliche Tatsachen, daß sich beim Lesen derselben die Haare sträuben. Der Unglückliche wurde durch seine von den Geistlichen ganz umgarnten Eltern gezwungen, ins Kloster zu gehen, und hatte hier Schreckliches zu leiden, bis es ihm endlich 1842 gelang, nach England zu fliehen, wo er wohl noch lebt.

Interessant ist zu beobachten, wie den Knaben schon von Jugend auf unter dem Schleier der Religion der bitterste Haß gegen die Protestanten ins Herz gepflanzt wird. Diese, lehrte man, beteten den Mammon als Gott an und glaubten nicht an Jesum; täglich kämen bei ihnen Fälle vor, wo einer den andern totschlüge; die Römisch-Katholischen, die in ihre Länder kämen, würden zum Tode verurteilt; sie hätten keine Gesetze, sondern lebten fortwährend in einem anarchischen Zustande.

Wenn ein Novize Vernunft zeigte, dann war es um ihn getan: er hatte die entsetzlichsten Qualen zu erdulden. Man wandte die äußersten Mittel an, den rebellischen Geist des Knaben durch Einwirkungen auf die Sinne zu brechen, was bei vielen zum Wahnsinn führte. Cocci fand einst nach einer schrecklichen Predigt in seiner Zelle ein grinsendes Totengerippe und ein anderes Mal ein scheußliches Gemälde des Jüngsten Gerichts, welches mit vielen Lichtern beleuchtet war. Wenn solche Mittel nicht fruchten wollten, dann folgten die grausamsten Geißelungen.

Weiter unten, wenn ich von den Folgen des Zölibats in den Klöstern rede, wird sich zeigen, welchen schändlichen Verführungen die unter Leitung der Mönche stehenden Knaben ausgesetzt sind, und ein jeder Vater wird daraus erkennen können, wie höchst gefährlich es für seine Kinder ist, wenn er diese in Klosterschulen unterrichten läßt.

Welche Vorteile kann auch diesen Gefahren für die Sittlichkeit gegenüber die Erziehung durch Geistliche gewähren! Der größte Teil derselben, mögen sie nun Katholiken, Lutheraner oder Reformierte heißen, sind beschränkt, und diejenigen, die es nicht sind, müssen so scheinen, da ihre Existenz davon abhängt. Die unter ihrer Leitung erzogenen Knaben saugen von Jugend auf eine Menge falscher Ansichten und Vorurteile ein, die sie dann ihr ganzes Leben lang wie eine Sklavenkette mit sich herumschleppen und die ihnen vielfach an ihrem Fortkommen hinderlich sind. Man nehme die Erziehung aus den Händen der Geistlichen und trenne die Kirche durchaus von der Schule; ehe das nicht geschieht, werden wir nicht Männer erziehen, welche den Anforderungen des gegenwärtigen Jahrhunderts entsprechen.

Ich erwähnte oben, daß die Novizen für geringe Vergehen grausam gegeißelt wurden, und muß einiges über das Geißeln überhaupt sagen, da es eine ganz außerordentlich große Rolle in der römischen Kirche und besonders in den Klöstern spielt. Ich habe einen ganzen Band über das Geißeln geschrieben, und andere haben es vor mir getan, aber dennoch den Gegenstand nur oberflächlich behandeln müssen, da er in der Tat zu reichhaltig ist, um in einem Bande erschöpft werden zu können. Hier muß ich mich vollends nur auf wenige und fragmentarische Angaben beschränken.

Schon unter den Christen der ersten Jahrhunderte gewann der Gedanke Raum, daß es verdienstlich und zur Erlangung der Seligkeit förderlich sei, sich Entbehrungen und körperliche Qualen freiwillig aufzuerlegen. Der Gedanke lag nahe, sich diese durch selbst erteilte Schläge zu verursachen, und wir finden daher schon frühzeitig unter den Christen Selbstgeißler, besonders unter den Mönchen. In den Statuten vieler Klöster heißt es darüber: »Wenn die Mönche die Geißelung an sich selbst ausüben, so sollen sie sich an Jesum, ihren liebenswürdigsten Herrn, erinnern, wie er an die Säule gebunden und gegeißelt ward, und sollen sich bemühen, wenigstens einige geringe von den unaussprechlichen Schmerzen und Leiden selbst zu erfahren, welche er erdulden mußte.«

Andere Gründe für die Selbstgeißelung waren, daß man dadurch sein Gewissen beruhigte, wenn man eine Sünde begangen hatte, und als durch die Pfaffen der Glaube aufkam, daß man durch diese oder jene von ihnen auferlegte Pönitenz sich entsündigen könne, so lag der Gedanke nahe, daß dies durch selbst gegebene Schläge geschehen könne. Ein weiterer Grund dafür war auch der, daß man dadurch die »Anfechtungen des Fleisches« besiegen wollte.

Allmählich wurde die freiwillige Geißelung als Bußmittel immer beliebter. Es bildeten sich besondere Gebräuche dabei, und das Verhältnis zwischen Sünde und Hiebe wurde festgestellt. Besondere Bußbücher bestimmten, durch welche Strafen gewisse Sünden gebüßt werden könnten. Geißelhiebe wurden gleichsam die Scheidemünze der Buße besonders für diejenigen, welche der römischen Kirche keine anderen Münzen zahlen konnten.

In der Mitte des 11. Jahrhunderts gab es in Italien einige Männer, welche im Selbstgeißeln Unerhörtes leisteten. Sie geißelten sich nicht nur für ihre Sünden, sondern übernahmen auch die Buße für die Sünden anderer.

Von den vielen Geißelhelden will ich nur den berühmtesten anführen. Es war dies der Mönch Dominikus der Gepanzerte, welchen Namen er erhielt, weil er beständig, außer wenn er sich geißelte, einen eisernen

Panzer auf dem bloßen Leibe trug. Petrus de Damiani, der Kardinalbischof von Ostia, war Abt des Benediktinerklosters zu Fonte-Avallana, in welchem Dominikus lebte. Er erzählt:

»Kaum vergeht ein Tag, ohne daß er mit Geißelbesen in beiden Händen zwei Psalter hindurch seinen nackten Leib schlägt, und dieses in den gewöhnlichen Zeiten, denn in den Fasten oder wenn er eine Buße zu vollbringen hat (oft hat er eine Buße von hundert Jahren übernommen), vollendet er häufig unter Geißelschlägen drei Psalter. Eine Buße von hundert Jahren wird aber, wie wir von ihm selbst gelernt haben, so erfüllt: Da dreitausend Geißelschläge nach unserer Regel ein Jahr Buße ausmachen und, wie es oft erprobt ist, bei dem Hersingen von zehn Psalmen hundert Hiebe stattfinden, so ergeben sich für die Disziplin eines Psalters fünf Jahre Buße, und wer zwanzig Psalter mit der *Disziplin*[1] absingt, kann überzeugt sein, hundert Jahre Buße vollbracht zu haben. Doch übertrifft auch darin unser Dominikus die meisten, da er als ein wahrer Schmerzenssohn, da andere mit einer Hand die Disziplin ausüben, mit beiden Händen unermüdet die Lüste des widerspenstigen Fleisches bekämpft. Jene Buße von hundert Jahren vollendete er aber, wie er mir selbst gestanden hat, ganz bequem in sechs Tagen.« – Er gab sich also nach dem angegebenen Maßstabe (3.000 für ein Jahr) während dieser sechs Tage 300.000 Hiebe. Er mußte sich also täglich sieben Stunden geißeln und in jeder Sekunde zwei Hiebe geben, was angeht, da er sich mit beiden Händen geißelte.

Welchen Anblick mag der Körper dieses Geißelhelden dargeboten haben, denn schon beim achten Psalter war das Gesicht zerschlagen, voller Striemen und blau und braun. Der Körper Dominikus', erzählt Damiani mit Stolz, habe ausgesehen wie die Kräuter, welche der Apotheker zu einer Ptisane zerstoßen habe!

Es entstand unter den Frommen Streit darüber, ob man sich beim Geißeln entkleiden solle oder nicht, und ferner, ob Schläge auf Rücken und Schultern oder auf den Hintern der Gesundheit weniger nachteilig oder dem Himmel angenehmer seien. Die ganze geißelnde Welt teilte

---

1 Ursprünglich bedeutet dieses Wort alle Strafen und Züchtigungen; als aber die Disziplin durch Geißeln über jede andere Art den Preis davontrug, wurde das Wort Disziplin der technische Ausdruck, womit man diese Art Züchtigungen bezeichnete, und endlich nannte man selbst das Instrument, welches zum Schlagen gebraucht wurde, die Disziplin.

sich in zwei Parteien; die eine zog die obere Disziplin vor (disciplina supra oder im besten Mönchslatein secundum supra), die andere die untere Disziplin (disciplina deorsum, secundum sub.).

Die Gegner der unteren Disziplinen sagten, sie verstoße gegen die Schamhaftigkeit, und der Abbé Boileau sagt in seinem berühmten Werke darüber: »Der hl. Gregorius von Nyssa lobt in seiner kanonischen Epistel den Gebrauch, die toten Körper zu vergraben, welches man seiner Meinung nach tue, damit die Schande der menschlichen Natur nicht dem Sonnenlicht ausgesetzt werde. – Aber ist es bei der verdorbenen Natur nicht weit schamloser und niederträchtiger, beim Lichte der Sonne die Lenden junger Mädchen und ihre, obwohl der Religion geweihten, nichtsdestoweniger wunderschönen Schenkel zu zeigen als einen bloßen und entstellten Leichnam?«

Trotzdem fand die untere Disziplin bei den Frauen den meisten Beifall, und die medizinischen Gründe des gelehrten Abbé Boileau, die ich hierhersetze, machten wenig Eindruck; – im Gegenteil.

»Wenn man ein Übel flieht«, sagt der Abbé, »so muß man wohl achtgeben, daß man nicht unklugerweise in das entgegengesetzte rennt und daß man, nach dem lateinischen Sprichwort, um die Szylla zu vermeiden, nicht in die Charybdis gerät. Wenigstens ist die Geißelung der Lenden um so viel gefährlicher, als die Krankheiten des Geistes mehr zu fürchten sind als die des Körpers. Die Anatomen bemerken, daß die Lenden sich bis zu den drei äußeren Muskeln der Hinterbecken erstrecken, dem *großen*, dem *mittleren* und dem *kleinen*, so daß darin drei Zwischenmuskeln enthalten sind, oder ein einzelner, welchen man den *dreiköpfigen* Muskel nennt, oder den triceps, weil er an drei Orten des os pubis beginnt, an dem oberen Teil nämlich, an dem mittleren und dem innern. Hieraus folgt nun ganz notwendig, daß, wenn die Lendenmuskeln mit Ruten- oder Peitschenhieben getroffen werden, die Lebensgeister mit Heftigkeit gegen das os pubis zurückgestoßen werden und unkeusche Bewegungen erregen. Diese Eindrücke gehen sogleich in das Gehirn über, malen hier lebhafte Bilder verbotener Freuden, bezaubern durch ihre trügerischen Reize den Verstand, und die Keuschheit liegt in den letzten Zügen.

Man kann nicht daran zweifeln, daß die Natur auf dieselbe Weise verfährt, weil es außer den Nierenblut-, Samen- und Fettadern (veines emulgentes, spermatiques et adipeuses) noch zwei andere gibt, die man Lendenadern nennt und die sich zwischen dem Rückgrat, zu beiden Seiten des Rückenmarkes, befinden und vom Gehirn einen Teil der Samenbestandteile herführen, so daß diese durch die Heftigkeit der Peitschenhiebe erhitzte Materie sich in die Teile stürzt, welche zur Fortpflanzung dienen, und durch den Kitzel und den Stoß des os pubis zur rohen fleischlichen Lust anreizen.«

Diese hier erwähnten Folgen der untern Disziplin – die wir Müttern zur Beachtung empfehlen – waren entweder ihren Anhängern nicht bekannt oder wurden von ihnen nicht gefürchtet, indem sie es, so künstlich zu fleischlicher Lust aufgeregt, vielleicht für um so verdienstlicher hielten, ihr »Fleisch« zu besiegen. Wie die Herren Jesuiten auf diese Wirkung spekulierten, werden wir im letzten Kapitel sehen.

Die Kirche wollte lange Zeit hindurch das Geißeln nicht als eine Notwendigkeit anerkennen; allein die Gegner desselben unterlagen, und das Selbstgeißeln sowohl als das Geißeln als Strafe wurde allgemein und mit einem Fanatismus betrieben, der in unserer Zeit völlig unbegreiflich ist. Der heilige *Antonius von Padua* kann die Geißelmode nicht genug loben; aber der heilige *Franziskus* nennt ihn ein »Rindvieh«, und ich will dem Heiligen um so weniger widersprechen, als dieses heilige Rindvieh der Urheber der *Geißlerprozessionen* wurde[2], aus denen die Geißlerbrüderschaften hervorgingen, die Jahrzehnte hindurch eine große Rolle in der römischen Kirche spielten.

Das Geißeln fand unter den frommen Frauen besonders viele Anhänger und wurde in den Nonnenklöstern besonders mit Leidenschaft getrieben, über den Grund will ich mir weiter keine Untersuchungen gestatten, sondern nur den Verdacht aussprechen, daß der triceps und das os pubis mehr mit dieser Leidenschaft zu tun hatten als die Religion und als die armen Frauen selbst ahnten.

Die *Karmeliter* hatten eine ziemlich vernünftige Regel, bis sie unter die Herrschaft der heiligen *Therese* kamen; dieselbe, welche den Mönchen buchstäblich die Hosen auszog und diese ihren Nonnen anzog. In den Regeln, die sie gab, spielte die Selbstgeißelung eine Hauptrolle. Während der Fasten besonders geißelten sich manche ihrer Mönche und Nonnen drei- bis viermal täglich, ja sogar während der Nacht.

Das Kloster zu Pastrana war eine freiwillige Marteranstalt. Eine Zelle war gleichsam das Geißelzeughaus. Hier waren alle nur möglichen Gei-

---

2   Wer sich über den römisch-katholischen Wahnsinn näher unterrichten will, lese den zweiten Teil des Pfaffenspiegel, »Die Geißler« von Corvin. – Berlin SW 61, A. Bock Verlag.

ßelinstrumente angehäuft, und jeder Novize hatte das Recht, sich dasjenige Folterwerkzeug auszusuchen, welches ihm für seine Buße am passendsten schien. – Eine beliebte Art der Selbstquälerei war das sogenannte Ecce homo. Sie wurde gewöhnlich in Gesellschaft vorgenommen. Die bußbedürftigen Brüder stellten sich im Refektorium auf. Einer trat nun aus der Reihe heraus. Er war nackt bis zum Gürtel und sein Gesicht mit Asche bedeckt. Unter dem linken Arm schleppte er ein schweres hölzernes Kreuz, und auf dem Kopfe trug er eine Dornenkrone, in der rechten Hand hatte er eine Geißel. So ging er mehrmals im Refektorium auf und nieder, peitschte sich fortwährend und sagte mit kläglicher Stimme einige besonders zu dieser Gelegenheit verfaßte Gebete her. – War er fertig, dann folgten die andern Brüder.

Der Karmeliterorden hat berühmte Geißelhelden und Heldinnen hervorgebracht, und ich erinnere nur an die heilige *Therese* und die heilige *Katharina von Cardone*, von denen ich schon im Kapitel von den Heiligen weitläufiger gesprochen habe. Die letztere brauchte zum Geißeln Ketten mit Häkchen oder eine gewöhnliche Geißel, in die sie Nadeln und Nägel steckte oder sie mit Dornenzweigen durchflochten hatte. Mit solchen gräßlichen Werkzeugen geißelte sie sich oft zwei bis drei Stunden lang.

Maria Magdalena von Pazzi, eine Karmeliternonne zu Florenz, erlangte durch ihre Selbstquälerei und mehr noch durch die Folgen derselben einen hohen Ruf. Sie war 1566 in Florenz geboren und die Tochter angesehener Eltern. Schon als Kind hatte sie eine Leidenschaft für das Geißeln, und als sie siebzehn Jahre alt war, nahm sie den Schleier. Es war ihre größte Freude, wenn die Priorin ihr die Hände auf den Rücken binden ließ und sie in Gegenwart sämtlicher Schwestern mit eigener Hand auf die bloßen Lenden geißelte.

Diese schon von Jugend auf vorgenommenen Geißelungen hatten ihr Nervensystem ganz und gar zerrüttet, und keine Heilige hat so häufig Entzückungen gehabt. Während derselben hatte sie es besonders mit der Liebe zu tun und schwatzte darüber das wunderlichste Zeug. Der himmlische Bräutigam erschien ihr sehr häufig, und sie sah ihn in allen möglichen Lagen. Einst blieb sie, das Kruzifix in der Hand, sechzehn Stunden lang in Betrachtungen über das Leiden Jesu versunken und sah im Geiste eine der Martern nach der andern, welche er erduldet hatte. Dieser Anblick rührte sie so sehr, daß sie Ströme von Tränen vergoß und ihr Bette davon so naß wurde, als ob es in Wasser getaucht worden wäre.

Dann fiel sie in Ohnmacht, blaß wie der Tod, und blieb eine lange Zeit ohne Bewegung liegen.

In diese Entzückungen verfiel sie gewöhnlich, nachdem sie das Abendmahl genommen hatte oder wenn sie sich in die Betrachtung eines heiligen Ausspruchs vertiefte. Besonders geschah das, wenn sie über ihren Lieblingstext nachdachte; dieser war: *Und das Wort ward Fleisch.* Einst geriet sie dabei in eine Verzückung, welche von abends fünf Uhr bis zum anderen Morgen dauerte. Während derselben rief sie plötzlich aus: »Das ewige Wort ist in dem Schoße des Vaters unermeßlich groß; aber in Mariens Schoß ist es nur ein Pünktchen. – Deine Größe ist unergründlich und Deine Weisheit unerforschlich, mein süßer, liebenswürdiger Jesus!« – Das innere Feuer drohte sie zu verzehren, und häufig schrie sie: »Es ist genug, mein Jesus! Entflamme nicht stärker diese Flamme, die mich verzehrt! – Nicht *diese* Todesart ist es, die sich die Braut des gekreuzigten Gottes wünscht; sie ist mit allzu vielen Vergnügungen und Seligkeiten verbunden!« So steigerte sich ihr Zustand von einer Stufe des Wahnsinns zur anderen, und endlich bildete sie sich ein, förmlich mit Jesus vermählt zu sein und sowohl von ihm wie von ihrem Schwiegervater und dessen Adjutanten, dem Heiligen Geiste, Visiten zu erhalten. Die Hysterie erreichte den höchsten Grad, und »der Geist der Unreinigkeit« blies ihr die wollüstigsten und üppigsten Phantasien ein, so daß sie mehrmals nahe daran war, ihre Keuschheit zu verlieren. Aber die Qualen, denen sie sich nach solchen Versuchungen unterzog, waren entsetzlich. Sie ging in den Holzstall, band einen Haufen Dorngesträuch los und wälzte sich so lange darauf, bis sie am ganzen Körper blutete und der Teufel der Unzucht sie verlassen hatte. So ging es fort, bis endlich der barmherzige Tod ihren Qualen ein Ende machte. Die arme Wahnsinnige wurde natürlich heilig gesprochen.

Die unendlich vielen Abarten des *Zisterzienserordens* haben sich im Punkte des Selbstgeißelns sehr ausgezeichnet, allein von ihnen keine so sehr als die *Trappisten.* Sogar Mönche nannten den Stifter dieses Klosters zu La Trappe den »Scharfrichter der Religiösen«. Der Orden war durch die Revolution sehr herabgekommen; aber Karl X. nahm ihn unter seinen besonderen Schutz, und von 1814-1827 zählte man in Frankreich nicht weniger als 600 Nonnenklöster dieses Ordens. Die Geißel war hier an der Tagesordnung, und Mademoiselle Adelaide de Bourbon, die Beschützerin dieser Klöster, wie auch die alternde Frau von Genslis, geißelten sich von Zeit zu Zeit mit den Nonnen in frommer Andacht.

Die Krone der Zisterzienser ist aber die hochgepriesene Mutter *Passidea von Siena*, von der ich schon früher erzählte, daß sie es für verdienstlich hielt, sich wie einen Schinken in den Rauch zu hängen. Im Geißeln leistete sie Dinge, welche selbst Dominikus den Gepanzerten mit Neid erfüllt haben würden. Die natürliche Folge des unmäßigen Geißelns war ebenfalls ein dem Wahnsinn nahekommender Zustand, in welchem ihr Jesus erschien. Das Blut floß aus seinen Wunden, er streckte ihr die Arme entgegen und rief mit zärtlicher Stimme: »Schmecke, meine Tochter, schmecke!« –

Elisabeth von Genton geriet durch das Geißeln förmlich in bacchantische Wut, was aber die Pfaffen heilige Verzückung nannten. Am meisten raste sie, wenn sie, durch ungewöhnliche Geißelung aufgeregt, *mit Gott vereinigt zu sein glaubte*, den sie sich als einen schönen, nackten Mann und in beständigem Bräutigamstaumel mit seiner irdischen Geliebten dachte. Dieser Zustand des Entzückens war so überschwenglich beglückend, daß sie häufig in den Ausruf ausbrach: »O Gott! o Liebe, o unendliche Liebe! o Liebe! o ihr Kreaturen, rufet doch alle mit mir: Liebe! Liebe!« –

Ich könnte die Zahl solcher Beispiele unendlich vermehren: allein ich halte es für überflüssig, da die Wirkungen so ziemlich überall dieselben waren.

Daß das Geißeln unter den Strafen die Hauptrolle spielte, kann man sich nach dem Gesagten wohl denken. Die Klosterregel der Heiligen Therese ist so reichlich mit Geißelverordnungen gespickt, daß manches Kloster, welches derselben folgte, ein eigenes Magazin für Ruten haben mußte.

Die *beschuhten* oder *graduierten* Karmeliter, die sich viel mit dem Studieren beschäftigten und deshalb einige Vorrechte genossen, erhielten dennoch trotz ihrer Gelehrsamkeit bei den kleinsten Vergehungen Prügel. Am allerhärtesten wurden aber die Vergehungen mit hübschen Klosterfrauen bestraft, besonders ein mit denselben begangenes Verbrechen, welches zwar nicht genannt, aber in dem Orden sehr häufig vorgekommen sein muß. Schon auf den bloßen Verdacht hin, dasselbe begangen zu haben, wurde ein Mönch, ohne Hoffnung auf Milderung oder Barmherzigkeit zu haben, mit *ewigem* Gefängnis bestraft, und zwar: *um dort erbärmlich gequält zu werden*, wie der Beisatz in den Statuten lautet. Nicht so streng scheint man indessen dergleichen Vergehungen genommen zu haben, wenn sie mit nichtgeistlichen Frauen begangen wurden, und die

Mönche trugen Sorge, daß solche in der Nähe waren. Besonders scheinen die Weiber der Klosterdiener, die in den Wirtschaftsgebäuden, der sogenannten Vorstadt wohnten, eine große Anziehungskraft für die heiligen Väter gehabt zu haben, und einen besonderen Wert hatten diejenigen Weiber, welche keine Kinder bekamen oder in der Klostersprache »steriles« (Unfruchtbare) waren. Der bekannte Schriftsteller Karl Julius Weber wohnte einst einer Unterhaltung bei, welche ein Domherr mit seiner Köchin hatte, die von ihm einen höheren Lohn forderte. Der Domherr wollte nicht einsehen, warum sie mehr verlange wie eine andere, allein sie machte ihre Vorzüge geltend und rief mit Selbstgefühl: »*Ja, ich bin aber auch eine Sterelise!*«

Der Orden von *Fontevrauld* war ein kurioser Orden. In dem Kloster lebten Mönche und Nonnen zusammen, die oft beieinander schlafen mußten, um Versuchungen gewaltsamerweise und einzig zu dem Zwecke herbeizuführen, sie desto glorreicher zu überwinden. Die Regel dieses Ordens fand so viele Liebhaberinnen, daß nicht selten zwei- bis dreitausend Nonnen im Kloster waren. Da die Schwangerschaften gar zu häufig vorkamen, mußte die Zucht etwas strenger eingerichtet werden.

Dieses Kloster zu Fontevrauld oder Eberardsbrunnen hatte fünfzig Mönchsklöster unter sich. Besonders zahlreich war aber die Zahl der Novizen im Stammhause, und meistens führten hier fürstliche oder andere vornehme Damen das Regiment, denn dieser Orden hatte das Eigentümliche, daß hier das männliche Geschlecht dem weiblichen untergeben war.

Das Geißeln an einem jungen Frater oder Novizen war für die Damen ein Hauptvergnügen und wurde höchsteigenhändig vollzogen und am liebsten der »unteren Disziplin« der Vorzug gegeben. Oft ließen sich beide Teile – Mönche und Nonnen zusammen disziplinieren; die Nonnen vom Beichtvater und die Mönche von der Äbtissin.

Die verbesserten Regeln des Zisterzienserordens waren besonders beim weiblichen Geschlecht mit dem Geißeln sehr freigebig. War eine Nonne gestorben, dann mußten die Schwestern sich noch viele Wochen lang zum Heil der Seele der Toten den Hintern zerhauen. Dies Geißeln zum Heil der armen, im Fegefeuer schwitzenden Seelen fand in vielen Nonnenklöstern statt und auch in Leyden, wie uns der gelehrte, aber etwas derbe Marnix Herr von St. Aedegonde in seinem »Bienenkorb« folgendermaßen erzählt:

»Noch vber alle dise heylsame hülffmittel, haben die liebe andächtige Schwestern zu Leyden in Holland, vnd in allen Regularissenklöstern, noch etwas gefunden, das sehr artig ist. Den zwischen Remigy und aller Heyligentag, nachdem man die Vigilien von neun Lektionen sehr andächtig hat gesungen, so geht jhre Frau Mater inn eyn finster Kellerlein, mit eyner Ruten inn der hand, vnnd da kommen die Schwesterlein, eyne vor, die ander nach, mit dem hintern bloshaupts, ja etliche auch wol gantz Mutternackend, vnnd legen sich für sie vnnd empfangen die selige Disziplin oder züchtigung für die Seelen im Fegfeuer. Dann als manchmal sie zehen streich empfangen, so manche Seelen fliegen knapp inn schnapps dem Himmel zu, wie die Küe in eyn Mäusloch. Ist das nicht köstlich Ding, mit Nonnenärssen die Seelen aufplasen? Ei der kräfftigen Nonnenfürz, welche so feine Blaßbälg inns Fegfeuer geben! Ich denk, die andern Nonnen, Beginen und Schwestern werdens jnen auch nach thun müssen, vnnd soll allein wolstandshalben geschehen; auch das es der Pater oftmals thun muß, wann kein Mater vorhanden ist; denn malet schon der Müller mit bei tag, so versiehts doch die Müllerin bei nacht.«

Sebastian *Ammann*, der Ex-Prior der Kapuziner, den ich schon früher erwähnte, gibt eine Beschreibung davon, wie die Geißelung noch in gegenwärtiger Zeit in den Kapuzinerklöstern angewandt wird. Ich führe es hier nur an, damit die Leser nicht glauben, daß was ich erzählte, nur dem »finsteren Mittelalter« angehöre.

»Die Geißel ist ein Instrument, aus Eisendraht geflochten, ungefähr vier Schuh lang; ein Teil davon, den man beim Schlagen um die Hand windet, ist einfach, derjenige aber, mit dem man auf den Leib schlägt, fünffach geflochten und an den fünf Enden gewöhnlich mit eisernen Zacken versehen. Die Geißelung geschieht bei den Kapuzinern auf zweierlei Art. Im Chore nachts bei der Mette heben sie die Kutten auf und klopfen sich auf den bloßen Steiß, bis der Obere ein Zeichen zum Aufhören gibt. Da sie keine Hosen tragen, so geht die Szene schnell auf das Kommando vor sich. In dem Speisezimmer, wo die Geißelung am hellen Tage im Angesicht aller Konventualen vor sich geht, pflegt sie auf folgende Weise zu geschehen. Derjenige, welchem die Strafe zuteil wird, muß, bevor er zu Tische geht, das wollene Hemd (Schweißblätz) und die leinene Schürze (Mutande), die unter der Kutte getragen werden, ausziehen und so mit den anderen sich zum Tischgebete einstellen. Nach diesem gehen alle übrigen zu Tische; der Sträfling aber wirft sich auf die Knie, legt die Geißel vor sich hin auf den Boden, faßt mit beiden Händen die Kapuze und zieht sich die Kutte über den Kopf aus, legt dieselbe vor seine Brust hin, so daß der vordere Leib bedeckt, der hintere aber ganz nackt ist. In dieser Lage hält er mit der linken Hand die Kutte und in der rechten die Geißel.

Auf ein Zeichen, das ihm der Obere gibt, beginnt er laut Bußpsalmen, das Miserere, De profundis und lateinische Gebete zu sprechen und schlägt sich so lange auf den nackten Rücken über die Achseln, bis der Obere zufrieden ist und das Zeichen zum Aufhören gibt. Zwickt sich der Pönitent mit der Geißel nicht heftig genug, so läßt ihn der Guardian länger beten und zuschlagen. – Wer noch nicht alles Schamgefühl verloren hat, wie ergraute Kapuziner, der unterzieht sich dieser Operation gewiß ungern. Daß diese schamlose Handlung Anlaß zu der naturwidrigsten Unzucht gegeben hat, könnte ich jedem mannigfach beweisen, der daran zweifeln sollte.« –

Die Folgen des *Zölibats* zeigten sich bei den Mönchen auf eine noch widerlichere Weise als bei den Weltgeistlichen, die durch ihren Verkehr mit den Menschen doch noch Gelegenheit fanden, den mächtigen Geschlechtstrieb auf natürliche Weise zu befriedigen. Die strenge Zucht in allen Klöstern erschwerte dies aber den Mönchen sehr, und so nahmen denn bei ihnen die unnatürlichen Laster auf eine schaudererregende Weise überhand. Die zahlreichen Verbote, keine weiblichen Tiere in Mönchsklöstern und keine Schoßhündchen in Nonnenklöstern zu leiden, sprachen laut genug dafür, welche Wege der unterdrückte Geschlechtstrieb aufsuchte.

Das asketische Leben, die schwächende Diät und der häufige Genuß der *Fische* wie auch das Geißeln trugen sehr viel dazu bei, den »Fleischesteufel« mehr gegen die Mönche als gegen andere Menschenkinder aufzureizen; und ich sehe eigentlich nicht ein, warum nicht statt des Zölibatgesetzes ein anderes gegeben wurde, welches alle Knaben, die sich dem Klosterleben widmeten, zur Kastration verurteilt. Dann würden sie Ruhe haben und nicht durch fleischliche Anfechtungen in ihren frommen Betrachtungen gestört werden und das Familienleben durch ihre Unsittlichkeit verpesten.

Übrigens ist der Gedanke kein Originalgedanke; es gab schon längst vor mir Leute, welche ihn praktisch ausführten. Der Ritter *Bressant de la Rouveraye*, empört über die skandalöse Prozession, welche zur Feier der *Bluthochzeit* in Rom veranstaltet wurde, gelobte, alle Mönche zu kombabisieren, die ihm in die Hände fielen. Wie ein Indianer die Skalpe seiner Feinde, so trug der grimmige Ritter die für die Erfüllung seines Gelübdes zeugenden Trophäen an seinem Wehrgehänge. – Iphauer Bauern, welche das Kloster Birkling in der Grafschaft Kastell zerstörten, nahmen an den erwischten Mönchen dieselbe Operation vor.

Die in den Klöstern herrschende Sittenlosigkeit übertrifft die kühnste Phantasie. Um die Folgen derselben zu verbergen, wurden sehr häufig die Mittelchen der Klosterapotheke in Anspruch genommen, und manches gefallene Mädchen blieb durch ihre Hilfe in den Augen der Welt eine reine Jungfer; aber auch mancher Ehemann verschwand durch sie. *Ammann* kennt einen Pater, der einem Mädchen in *Rapperswyl*, das von ihm schwanger gewesen sein soll, einen Trank zum Abtreiben gab. Der Vorgesetzte war genau davon unterrichtet; aber er hielt es »*zur Ehre der Geistlichkeit*« nicht für angemessen, viel Aufhebens davon zu machen.

Mönche und Nonnen lebten in der innigsten Vertraulichkeit und schienen der Ansicht, daß sie nur dazu geschaffen wären, sich einander zu ergänzen. Der Humanist *Bebel*, der im Mittelalter lebte, wollte ein Nonnenkloster kennen, in welchem nur eine keusche Nonne gewesen, – die nämlich noch kein Kind gehabt hatte.

Das Kinderbekommen war die Schattenseite des Nonnenlebens, aber die frommen Vestalinnen wußten sich zu helfen. Das Mittel war sehr einfach, »zur Ehre der Geistlichkeit« wahrscheinlich brachten sie die Kinder um. Bei Abbrechung des Klosters Mariakron fand man »in den heimlichen Gemächern und sonst – Kinderköpfe, auch ganze Körperlein versteckt und vergraben«, und der Bischof *Ulrich von Augsburg* erzählt, daß Gregor I., der auch sehr für das Zölibat eingenommen gewesen, davon zurückgekommen sei, als einst aus einem Klosterteiche sechstausend Kinderköpfe herausgefischt wurden. Das Wort des Bischofs mag für diese fast unglaublich klingende Tatsache bürgen.

Als Kaiser Joseph II. diese Wiedehopfnester ausnahm, fragte er einen Prior: »Wie stark sind sie?« – »Zweihundert, Ew. Majestät.« – »Wie?« – »Ja, Ew. Majestät, wir haben aber auch vier Nonnenklöster zu versehen.« – Der Kaiser drehte dem offenherzigen Prior den Rücken zu, um sein Lachen zu verbergen.

Die Äbtissinnen waren aber auch für ihre Freunde, die Mönche, auf das liebevollste besorgt. Kranke Nonnen wurden nicht aufgenommen, ja nicht einmal solche, welche einen übelriechenden Atem hatten. Was dieser der Heiligkeit für Hindernisse in den Weg legen soll, kann ich nicht wohl begreifen; allein für die Unheiligkeit ist er höchst unbequem und bei Eheleuten, wenn ich nicht irre, in manchen Ländern ein Grund zur Scheidung.

Nichts ist possierlicher – erzählt der Ex-Prior Ammann – als wenn sich die Nonnen die körperlichen Gebrechen ihrer geliebten Patres vorwerfen. Dies erinnert an andere, keineswegs der Keuschheit geweihte Häuser, und viele Geschichtsschreiber aus der Zeit der päpstlichen »babylonischen Gefangenschaft« sagen auch wirklich geradezu: »*Von Nonnen kann man aus Scham gar nicht sprechen; ihre Klöster sind Hurenhäuser, und ein Mädchen, das den Schleier nimmt, tut dasselbe, als ob sie sich für eine Hure erkläre.*«

Schon die Synode zu Rouen (um 650) sah sich genötigt, das Gesetz zu erlassen, daß Nonnen, die mit Geistlichen oder Laien Unzucht getrieben, durchgeprügelt und ins Gefängnis geworfen werden sollten.

Robert von Abrissel, der Stifter des obenerwähnten Klosters von *Fontevrauld*, ein sehr heiliger Mann, brachte die Nächte bei Nonnen zu, um seine Stärke zu prüfen in der Tugend der Enthaltsamkeit. Sehr vernünftig war es von ihm, daß er sich zu dieser Probe nur die *allerschönsten* Nonnen aussuchte. Siegte er, dann war sein Sieg um so verdienstlicher, und unterlag er, nun, dann lohnte es doch auch der Mühe.

Bebel, den ich schon mehrmals nannte, ist sehr reich an spaßhaften Anekdoten von Mönchen und Nonnen. Zwei mögen hier einen Platz finden.

Ein Mönch, der in einem Nonnenkloster einkehrte, wurde von den Nonnen auf das freundlichste aufgenommen und bewirtet. Er sprach so viel von Tugendsinn, Gottesfurcht und Züchtigung, daß ihn die Nonnen für ein Muster der Enthaltsamkeit hielten und ihm sogar in ihrem eigenen Schlafsaal ein Bett anwiesen.

Mitten in der Nacht fing der Mönch plötzlich an zu schreien: *Ich mag nicht! Ich mag nicht!* Man kann sich denken, wie die Nönnchen die Ohren spitzten und wie eifrig sie herbeiliefen, um sich nach der Ursache des sehr verdächtig klingenden Ausrufs zu erkundigen. Der Schalk erzählte ihnen nun, daß ihm eine Stimme vom Himmel befohlen habe, sich zu der jüngsten Nonne ins Bette zu legen, denn sie beide wären dazu ausersehen, einen Bischof hervorzubringen; er aber wolle nicht.

Die frommen Nonnen waren hocherfreut, wußten ihn zum Gehorsam gegen Gottes Stimme zu bekehren und führten ihn endlich an das Bett der glücklichen Schwester. Als diese einiges Bedenken fand, erklärten sich sogleich alle übrigen bereit, ihre Stelle zu vertreten, so daß sie sich bestimmen ließ und den Mönch zu sich nahm.

Das Resultat war aber – eine Tochter! Diese konnte freilich nicht Bischof werden; und als man den Mönch zur Rede stellte, schob er den mißratenen Bischof darauf, daß die Nonne nicht freiwillig gekommen wäre.

Einen ähnlichen Streich spielte den Nonnen der Pförtner ihres Klosters, welcher den sonderbaren Namen Omnis mundus führte. Während einer Nacht kroch er in die Feueresse und brüllte durch ein großes Rohr in den Kamin ihres Schlafsaals: »O ihr Nonnen, hört das Wort Gottes!« Die Nonnen zitterten und zagten; als sie aber in der nächsten Nacht wieder dieselbe Stimme hörten, fielen sie alle nieder, denn sie meinten, ein Engel spräche zu ihnen, und sangen: »O Engel Gottes, verkünde uns deinen Willen!«

Die Antwort ließ nicht lange auf sich warten; sie lautete: »Haec est voluntas Domini ut Omnis mundus inclinet vel supponat vos!« – Was bedeutet dieser Orakelspruch? fragten sich die Nonnen und kamen bald dahin überein, daß der Pförtner Omnis mundus bei ihnen schlafe, woraus wohl ein Bischof oder gar ein Papst entstehen sollte.

Der schlaue Pförtner wurde gerufen. Er fügte sich, und die Äbtissin, welche zuerst mit ihm allein blieb, sang beim Hinausgehen: »Wie freut mich das, was mir gesagt worden ist.« – Nun kam die Priorin an die Reihe. Diese sang: »Herr Gott, dich loben wir!« Die dritte Schwester: »Der Gerechte wird sich im Herrn freuen«, und die vierte: »Lasset uns alle fröhlich sein.«

Aber nun hatte das Latein des Pförtners ein Ende, und als er davonlief, schrien ihm die übrigen Nonnen nach: »Wann erhalten wir denn nun den Ablaß[3]!«

Aber nicht immer kam ein reisender Mönch, der angenehme Offenbarungen hatte, und nicht jedes Kloster besaß einen brauchbaren Pförtner; aber das Verlangen war da und wollte befriedigt sein. Viele *behalfen* sich so gut es ging; aber was wollte das sagen? Einige verliebten sich in Jesus und schwärmten so lange für ihn, bis sie sich wirklich einbildeten oder träumten, Besuche von ihm zu empfangen.

---

3   Die Einführung der erzwungenen Priesterehelosigkeit usw. von *Theiner*, Bd. 2, S. 108.

Die Nonne *Armelle* glaubte wirklich in der Seitenwunde Jesu zu wohnen, und *Maria de la Coque* erhielt gar von ihm die Erlaubnis, *ihr Herz in das seinige zu legen.* Dann bekam sie es wieder; aber Jesus riet ihr, wenn sie von der Operation Seitenstechen empfinde, zur Ader zu lassen.

Andere, die nicht so schwärmerisch waren, beschäftigten sich in ihren Gedanken fortwährend mit Männern, und als *Abraham a St. Clara* einst in einem Nonnenkloster die Beichte hörte, gestanden ihm fast alle Nonnen, daß sie von Hosen geträumt hätten. Der fromme Pater war nicht wenig ergrimmt. »Was! ihr wollt Bräute Jesu sein?« fuhr er sie an. »Jesus hatte keine Hosen; ist euer Bräutigam ohne Hosen, und ihr denkt und träumt von Hosen? – Gehet hin in das ewige Feuer, da werdet ihr Hosen sehen, glühende, feurige Hosen, die ihr werdet angreifen und damit spielen müssen« usw.

Neben ihren Träumereien von Männern, Hosen und dergleichen phantastischen Dingen verliebten sich die armen Nönnchen in Ermangelung anderer Liebesgegenstände ineinander. Grecourt erzählt ein Geschichtchen von zwei Nonnen, die ihre Reize bewundern und in ihrer Unschuld mit dem Rosenkranz messen:

– Eh bon Dieu! dit Sophie,
Qui l'aurait cru? Vous l'avez, chere amie,
Plus grand que moi d'un Ave Marie!

Die Nonnen waren überhaupt ein seltsames Völkchen, und der Mangel an Männern brachte bei ihnen neben den beklagenswerten auch oft höchst komische Wirkungen hervor.

In einem flandrischen Kloster fing plötzlich eine Nonne an, in ihrem Bette höchst befremdliche Bewegungen zu machen. Das hätte am Ende nichts zu bedeuten gehabt; aber die Sache wurde ansteckend, und bald arbeiteten die Nonnen sämtlich des Nachts so heftig, daß die Bettstellen knackten. Das sonderbare Übel pflanzte sich in andere Klöster fort und machte so großes Aufsehen, daß die Geistlichkeit amtlich einschritt und mit Weihkessel und Wedel in die Klöster einrückte, *um die Teufel aus den Nonnen* auszutreiben. Ob sie »die Teufel – à la Boccaccio – in die Hölle schickten«, davon meldet die Chronik nichts.

Im 15. Jahrhundert bekam eine deutsche Nonne den Einfall, eine andere zu *beißen.* Dieser gefiel der Spaß, und sie biß wieder eine andere, bis das Beißen förmlich epidemisch wurde und sich mit rasender

Schnelligkeit von einem Nonnenkloster zum anderen verbreitete. Bald bissen sich alle Klosterkätzchen von der Ostsee bis nach Rom!

In einem französischen Kloster wurde es unter den Nonnen Mode, wie die Katzen zu *miauen*, und die Sache nahm so überhand, daß es viel Skandal gab. Alle Verbote fruchteten nichts, und das Miauen wurde immer ärger. Endlich erhielt eine Kompanie Soldaten den Befehl, diesen Katzenteufel zu bannen, in ein Kloster zu rücken und eine der Klosterkätzchen nach der anderen über das Knie zu legen und mit Ruten zu bearbeiten, bis ihnen das Miauen verginge. Es verging ihnen aber schon von der bloßen Furcht, und die Exekution wurde überflüssig.

Diese Nonnen, besonders wenn sie alt und garstig wurden, konnten aber wahre Teufel sein, und ihr ganzer Haß traf die jungen und hübschen Schwestern. Diese wurden mit Argusaugen bewacht, und wehe ihnen, wenn sie auf dem Umgange mit einem Manne ertappt wurden. Dann vergaßen jene ihre eigene Jugend und begingen die empörendsten Grausamkeiten. Von den unzähligen Beispielen will ich nur einige anführen.

Im Kloster *Wattum* verliebte sich eine Nonne in einen Mönch. Solche Liebe war selten platonisch, und diese war es auch nicht, denn die Nonne fühlte sich schwanger. Sie verbarg ihre Lage, solange es irgend angehen wollte, dann aber entdeckte sie sich ihren Mitschwestern. Das hatte ihr ein böser Geist geraten, denn diese stürzten über sie her und überhäuften sie mit Schmähungen und Schimpfworten. Einige rieten, die Verbrecherin zu schinden oder zu verbrennen; andere wollten, daß sie auf glühende Kohlen gelegt werde!

Nachdem sich der erste Sturm gelegt hatte, ließen die erfahreneren Nonnen sie in ein Gefängnis werfen und fesseln. Hier mußte sie bei Brot und Wasser unter fortwährenden Mißhandlungen liegen. Dem Mönche war es gelungen, zu entfliehen.

Als die Stunde der Niederkunft heranrückte, bat das arme Geschöpf flehentlich, man möge sie aus dem Kloster entlassen, denn ihr Geliebter habe ihr versprochen, sie mitzunehmen. Die Nonnen lockten ihr nun nach und nach heraus, daß der Mönch sie auf erhaltene Nachricht an einer bestimmten Stelle in der Nacht und in weltlichen Kleidern erwarten würde.

Diese Entdeckung war den Megären willkommen! Ein handfester Pater, begleitet von einigen andern, begab sich, gehörig verschleiert und mit einem Knittel versehen, an den bezeichneten Ort. Der Mönch wurde ergriffen und im Triumph ins Kloster geschleppt. Hier erwartete ihn seine

Geliebte und ein gräßliches Schicksal! Das arme Weib wurde von den Nonnen gezwungen, ihren Geliebten zu *entmannen!* Dann wurde die Unglückliche wieder in das Gefängnis geschleppt.

Das arme gequälte Geschöpf schlief hier einst vom Fasten und Weinen ermattet ein und träumte, oder glaubte zu träumen, daß ein Bischof mit zwei Weibern zu ihr komme und daß die letzteren bald darauf mit ihrem in glänzende Windeln gehüllten Kinde davongingen. Als sie wieder zu sich kam, fühlte sie sich ihrer Bürde entledigt. Die Nonnen untersuchten hierauf ihre Brüste, ihren ganzen Leib, berührten und drückten alle Teile desselben und fanden ihn weder irgendwo verletzt, noch eine Spur von Ermordung des Kindes. Die Geschichte wurde nun für ein Wunder erklärt und als solches im Kloster bis auf späte Zeiten für den Neugierigen erzählt. Dies trug sich in der Mitte des 12. Jahrhunderts in England zu.

Doch wir brauchen nicht so weit zurückzugehen, denn noch weit ärgere Schändlichkeiten wurden von den Nonnen in neuerer Zeit begangen.

Am Ende des vorigen Jahrhunderts wurden in einem deutschen Staate die Klöster aufgehoben. Der mit der Regulierung dieser Angelegenheit beauftragte Kommissarius hatte die Nonnen eines Karmeliterklosters aufgefordert, dasselbe zu verlassen. Da seinem Befehle nicht Folge geleistet wurde, so begab er sich selbst in das Kloster und wiederholte der Äbtissin und ihren geistlichen Töchtern den fürstlichen Befehl. Zugleich ließ er sich, die nötigen Nachweisungen und auch das Personenverzeichnis geben. In diesem waren einundzwanzig Nonnen angegeben; als er aber die Versammelten mit den Augen zählend überlief, konnte er immer nur zwanzig herausbekommen. Er zählte noch einmal – dasselbe Resultat.

Um sich unnütze Mühe zu ersparen, rief er die Personen namentlich auf; die Nonne *Alberta* fehlte. Auf die Frage des Kommissars, warum diese nicht anwesend sei, konnte er deutlich bemerken, daß sämtliche Nonnen in große Verlegenheit gerieten und die Äbtissin mit dem Beichtvater sehr seltsame Blicke wechselte. Dies veranlaßte ihn, ernstlich auf das persönliche Erscheinen der Nonne zu dringen.

Die Äbtissin hatte sich unterdessen gefaßt. Sie sagte, daß der gegenwärtige Zustand der Nonne Alberta ihr persönliches Erscheinen unmöglich mache, da sie gefährlich krank sei. Der Kommissar, der nun einmal mißtrauisch gemacht war und irgendeine Nichtswürdigkeit vermutete, drang darauf, zur Kranken geführt zu werden, denn er wollte sie sehen. Nach vielen Ausflüchten rückte die Äbtissin endlich mit dem Geständnis heraus, daß die Abwesende in so hohem Grade wahnsinnig sei, daß sie gewiß niemanden erkennen und ein Besuch ganz nutzlos sein würde.

Das ganz eigentümliche und befremdende Benehmen der Nonnen, die blaß waren wie ein Tuch und so zitterten, daß sie sich kaum auf den Füßen halten konnten, veranlaßte den Regierungsbeamten, nach den näheren Umständen der Krankheit zu forschen, und so erfuhr er denn, daß der gegenwärtige Klosterarzt gar nichts von dem Wahnsinn der Nonne wisse. Sein Vorgänger habe die Krankheit für unheilbar erklärt, und zur Wahrung der Ehre des Klosters habe man die Sache geheimgehalten. Seit *acht Jahren* befinde sich die Nonne Alberta in einem beklagenswerten Zustande. Näheren Aufschluß wollte ihm niemand geben. Der Regierungsbeamte hielt es jedoch für seine Pflicht, der Sache auf den Grund zu gehen, und nach ernstlichen Drohungen ließen sich endlich zwei Nonnen dazu bewegen, ihn zu Alberta zu führen.

Sie leiteten ihn treppauf treppab durch eine Menge schmaler Gänge in eine Art von Hintergebäude, bis sie endlich wieder vor einer Treppe stehenblieben. Der Kommissar wollte hinaufsteigen, aber die Nonnen sagten ihm, daß hier die Wohnung der Nonne Alberta sei. Er entdeckte jedoch nichts, was nur entfernt einem Aufenthaltsort für Menschen ähnlich sah, und war starr vor Erstaunen, als die Nonnen auf einen Bretterverschlag unter der Treppe wiesen, in welchem sich selbst ein Hund elend gefühlt haben würde.

Aus diesem Verschlage trat ein großes, bleichgelbes Mädchen von etwa fünfunddreißig Jahren hervor, mit bloßen Füßen und mit halbverfaulten Lumpen nur notdürftig bekleidet. Die langen schwarzen Haare flatterten unordentlich um ihren Kopf, und aus ihren tiefen Augenhöhlen blitzte in unheimlicher Glut ein dunkles Augenpaar, dessen Feuer weder Leiden noch Tränen hatten erlöschen können.

Die ganze Erscheinung erweckte das tiefste Mitleid. Mit herzzerreißendem Gewimmer warf sich das arme Geschöpf dem Kommissar zu Füßen, umklammerte seine Knie und bat, sie doch nicht wieder so entsetzlich zu geißeln. Als sie aber die teilnehmende Miene des tief erschütterten Mannes sah, bat sie um Rettung und Befreiung.

Ihre Reden waren abgerissen und verwirrt, und man sah, daß die langen Leiden den Geist dieses kräftigen Mädchens gestört hatten. Sie wurde sogleich in das Refektorium gebracht, wohin sie nur ungern folgte, denn der Anblick ihrer weiblichen Henker konnte sie nicht ermutigen. – Der Kommissar befahl sogleich, daß ihr reinliche Kleidung und ein gutes Bett gegeben würde, und verließ am anderen Tage in der heftigsten Entrüstung das Kloster, nachdem er die Nonnen mit den schwersten Strafen für die geringste Mißhandlung der Alberta bedroht hatte. Bald darauf begab sich der Vizepräsident des damaligen Landeskollegiums, Graf Th..., mit dem Kommissar in das Kloster. Die Lage des armen Mädchens hatte sich aber leider wieder verändert und der Wahnsinn die Oberhand gewonnen. Sie sprach ohne Zusammenhang und gebrauchte eine Menge unflätiger Worte. Die Oberin und die Nonnen konnten ihre hämische Schadenfreude nicht unterdrücken. Der Präsident, der dies bemerkte, hielt den entarteten Weibsbildern eine Predigt, wie sie dieselbe wohl noch niemals von einem ihrer gefälligen Patres gehört haben mochten und die deshalb auch einen tiefen Eindruck machte. Dann stieg er mit Alberta in einen bereitgehaltenen Mietwagen und brachte sie in zweckmäßige Pflege.

Diese hatte auch einen guten Erfolg. Die körperliche Gesundheit kam wieder; aber nun zeigte sich an ihr die Hysterie, welche wohl der Hauptgrund ihres Wahnsinns gewesen sein mochte, in einem furchtbaren Grade; ja, ihre Begierde nach Befriedigung des Geschlechtstriebes ging so weit, daß sie die sich ihr nähernden Männer mit Gewalt anpackte.

In den lichten Zwischenräumen gab sie Aufschluß über ihre Geschichte. Sie war aus Würzburg, mitten im schönen Franken, wo ihr Vater ein ziemlich bedeutender Weinhändler war. In seinem Hause waren die Pfaffen willkommene Gäste, und besonders hatten sich die barfüßigen Karmeliter, die in der Stadt ein Kloster besaßen, darin eingenistet.

Alberta wurde eine auffallende Schönheit. Wie es aber besonders schönen Mädchen oft zu gehen pflegt, hatte sie keine Neigung zur Häuslichkeit und ließ sich lieber von den Herren den Hof machen. Bald spann sich ein Liebesverhältnis an, welches durch den Reiz des Geheimnisses noch anziehender wurde und damit endete, daß sie ihre Jungfräulichkeit einbüßte.

Ihre Eltern, welche noch mehrere Kinder hatten, waren mit ihr sehr unzufrieden und wären sie gern aus dem Hause los gewesen. Unter solchen Verhältnissen fand der Vorschlag der Karmeliter, Alberta in ein Kloster zu schicken, bei ihnen bald Anklang. Alberta, leichtsinnig und bigott dabei, ließ sich durch Schmeicheleien und Drohungen bewegen, ihre Einwilligung zu geben, und wurde in ein Kloster nach N-brg gebracht. Man empfing sie dort freundlich und behandelte sie auch während des Probejahrs recht gut, denn ihr Vater hatte versprochen, das seiner Tochter zukommende Vermögen an das Kloster zu zahlen.

Als sie aber das Gelübde abgelegt hatte und sich die Auszahlung des versprochenen Geldes verzögerte, ja sogar die Aussicht bevorstand, daß dieselbe niemals geschehen werde, da mußte es Alberta büßen, welche von den Nonnen schon wegen ihrer Schönheit und ihrer Abneigung gegen alle weiblichen Beschäftigungen gehaßt wurde.

Mit dem Zustand dieses Mädchens ging unterdessen eine traurige Veränderung vor. Das einsame Leben in der Zelle und der Mangel an teilnehmenden Umgebungen waren Veranlassung, daß sie fortwährend an ihren Geliebten dachte, von welchem sie durch Mönchskniffe getrennt worden war. Die Phantasie verweilt so gern bei vergangenen Freuden, besonders in trauriger Einsamkeit. Die Phantasien nahmen aber bald eine für ihre Gesundheit bedenkliche Richtung. Sie hatte vom Baume der Erkenntnis gegessen, und die veränderte Lebensweise trug sehr viel dazu bei, ihre Sinnlichkeit aufzuregen.

Die Karmeliternonnen dürfen kein Fleisch essen, und ihre Nahrung besteht größtenteils aus stark gewürzten Mehlspeisen und Fischen, welche das Blut erhitzen und der Keuschheit nichts weniger als zuträglich sind. Alberta suchte ihre rebellischen Sinne durch Mittel zu besänftigen, welche gerade das Gegenteil bewirkten, und wurde dadurch in einen solchen Zustand versetzt, daß sie sich endlich genötigt sah, sich dem Klosterarzt zu entdecken. Es war dazu fast zu spät, denn die Hysterie hatte sich beinahe zur Mannestollheit (Nymphomanie) ausgebildet.

Aber das hieß Öl ins Feuer gießen. Die arme Nonne ging bei diesem Kampf mit ihren Sinnen fast unter, und die Oberin, anstatt aufs neue ärztliche Hilfe herbeizurufen, beschloß, sie von allen lebenden Wesen zu entfernen, damit der Ruf des Klosters nicht leide. Man brachte sie in den abscheulichen Verschlag unter der Treppe, gab ihr nicht einmal notdürftige Nahrung und Kleidung und ließ sie täglich von boshaften Nonnen geißeln, so daß durch die schlechte Behandlung, die sie *acht* Jahre zu erdulden hatte, ihre Krankheit in Wahnsinn überging. – Alberta wurde nicht wieder geheilt; sie endete ihr Leben in einem Irrenhause.

Vielleicht wurden die Andeutungen des höchst achtbaren Arztes mißverstanden; vielleicht reizte auch das Pikante der Sache den Vorstand des männlichen Karmeliterhospiziums, kurz, er und die Oberin kamen dahin überein, daß er versuchen solle, die Nonne zu kurieren. Er mußte der Oberin aber bald gestehen, *daß er dieser Kur nicht gewachsen sei*, und riet nun, es mit der Geißel und häufigem Fasten zu versuchen.

Es ist eine ziemlich bekannte Erfahrung, daß die Weiber im allgemeinen weit grausamer sind als Männer. Von der Grausamkeit der Nonnen will ich noch ein anderes, ebenfalls der neueren Zeit angehöriges Beispiel anführen.

Der Wundarzt Friedrich Baumann, der in dem Dörfchen *Hornstein* in der Nähe einer Prämonstratenserabtei wohnte, hatte eine große Vorliebe für die Klöster, und dieselbe wurde von seiner Frau geteilt. Aus diesem Grunde beschlossen beide, ihre jüngste Tochter *Magdalena* »dem Himmel« zu weihen, da die älteste große Geschicklichkeit und Neigung für die Landwirtschaft zeigte.

Der Hausfreund Baumanns war der Abt der benachbarten Abtei, und er bestärkte die Eltern noch in ihrem Entschlusse, ja verwendete sich selbst bei den Klarissinnen in der Hauptstadt für die künftige Aufnahme des Mädchens und bewirkte, daß man von ihr nur eine mäßige Aussteuer verlangte. Magdalena wurde nun in allen einer Nonne dienlichen Geschicklichkeiten und auch in der Wundarzneikunst unterrichtet und meldete sich nach vollendetem sechzehnten Jahre zur Aufnahme.

Sie war ein wunderschönes Mädchen geworden und bezauberte alle Herzen durch ihr anmutiges Wesen. Es fehlte ihr daher auch nicht an Freiern, unter denen der junge Rehling die redlichsten Absichten hatte und in keiner Hinsicht zu verwerfen war. Magdalena blieb aber fest bei ihrem Entschluß, ins Kloster zu gehen, in welchem sie durch ihre bigotte Mutter nur noch mehr bestärkt wurde.

Der Vater war wankend geworden, denn die seltsamen, schmunzelnden Mienen und die höchst besonderen Redensarten des Beichtvaters des Klosters, wie auch das habgierige Benehmen der Nonnen erfüllten ihn mit bangen Besorgnissen, aber er hatte nicht Energie genug, der Mutter und den Pfaffen gegenüber fest aufzutreten.

Magdalena wurde eingekleidet und vor allen Dingen in die Mysterie des Geißelns eingeweiht, für welches das arme Mädchen bald anfing zu schwärmen. Die kleine Disziplin bestand aus 36, die große aus 300 Hieben auf Rücken und Hintern. – Das Noviziat ging zur Zufriedenheit vorüber, und Magdalena tat Profeß zur Verzweiflung des jungen Rehling.

Sie sah aber bald allerlei Dinge, die ihr teils gar nicht gefielen, teils sehr befremdlich vorkamen; allein sie durfte ihre Bemerkungen nicht laut werden lassen. – Endlich kam das Fest der Himmelfahrt Mariä und mit ihm die große Disziplin, die sie nur der Theorie nach und im allgemeinen kennengelernt hatte. – Das Zimmer, in welchem die Geißelung vorgenommen wurde, war zwar verdunkelt; allein durch die Ritzen der Fensterläden fiel Licht genug herein, um alles, was vorging, ziemlich genau erkennen zu lassen. Nur mit großem Widerwillen löste die schamhafte Jungfrau den Gürtel und entblößte den untadelhaften, wunderschönen Körper, an welchem sich die lüsternen Blicke der alten Klosterkatzen und der Äbtissin weideten.

Magdalena geißelte sich mit allem Eifer, bemerkte aber, daß es die andern Nonnen mehr wie eine Spielerei betrieben. Nur eine Nonne, namens *Griselda*, übertrieb die Sache so sehr, daß das Blut über ihren Körper herabströmte und die Spitzen der Geißel an manchen Orten wohl ein Zoll tief in das Fleisch eingeschnitten hatten.

Magdalena, welche zur Klosterapothekerin ernannt worden war, eilte ihr zu Hilfe und stellte sie in kurzer Zeit gänzlich wieder her. Sie hatte es aber nicht unterlassen können, Griselda aufzufordern, sich in der Folge nicht wieder zu hart zu geißeln, und dies kam der Äbtissin zu Ohren, welche darüber sehr ungehalten wurde. Als sich Magdalena entschuldigen wollte, schrie sie dieselbe herrisch an und gebot ihr zu schweigen. Die Folge davon war ein erhöhter Bußeifer der Griselda. Diese fuhr nicht allein fort, sich so hart wie früher zu geißeln, sondern quälte sich auch dermaßen mit dem Zilizium – ein stachliger Drahtgürtel, der auf der bloßen Haut getragen wird –, daß die Stacheln tief in das Fleisch eingedrungen waren. Der herbeigerufene Wundarzt erklärte, daß nur die sorgfältigste Operation der Nonne das Leben retten könne, und nun erst verbot die Äbtissin mit Gutbefinden des Beichtvaters der Griselda auf das strengste, sich ferner so heftig zu geißeln.

Magdalena, der nun auch das Aderlassen und Schröpfen überlassen wurde, bemerkte bald, daß die erstere Operation mit der zweiundzwanzigjährigen Schwester *Theodora* fast jeden Monat vorgenommen werden mußte. Sie bemerkte dem Mädchen, daß ein so großer Blutverlust notwendig die Wassersucht zur Folge habe, und die arme Nonne gestand ihr weinend, daß sie dies auf Befehl der Äbtissin tun müsse, um die Wallungen des Blutes und die damit verbundenen wollüstigen Träume und verbotenen Gelüste, welche Folge des häufigen Geißelns wären, zu unterdrücken, was auch immer für kurze Zeit durch das Aderlassen gelinge. Die Unterhaltung Magdalenas mit Theodora und andere ähnliche Dinge kamen der Äbtissin zu Ohren und erbitterten sowohl diese als die älteren Nonnen.

Der Pater Beichtvater hatte seine Pläne auf das schöne Mädchen nicht aufgegeben, sondern ging recht systematisch zu Werke, zum Ziele zu gelangen. Auf seine Veranlassung wurde sie zur Oberkrankenpflegerin des Klosters ernannt, welcher Posten sie in häufigere Berührung mit dem Pater *Olympius* brachte, vor dem sie indessen von einer wohlmeinenden Schwester gewarnt wurde. Dieser scheinheilige Schurke machte ihr allerlei geistliche Geschenke und erwies ihr überhaupt so viel Aufmerksamkeiten, daß die andern Nonnen neidisch wurden. Magdalena suchte sich von dem ihr übertragenen Amte loszumachen, nur um die Berührungen mit dem Pater Olympius zu vermeiden. Dieser erkannte sehr gut ihre Absicht und machte ihr im Beichtstuhl darüber heftige Vorwürfe, so daß sie genötigt war, denselben zu verlassen.

Magdalena war nun bereits drei Jahre im Kloster, und die Augen waren ihr vollständig geöffnet. Mit Schaudern erkannte sie nun zu spät, daß der Weg zur Rückkehr in die Welt für sie verschlossen sei, und verfiel in tiefe Schwermut. Häufig fand man sie seufzend und in Tränen. Es fing ihr an alles gleichgültig zu werden, und in ihrer Betrübnis achtete sie nicht immer auf die vorgeschriebenen Formen und beging allerlei Fehler, die mit leichten Bußen bestraft wurden, welche sie bei ihrer gereizten Stimmung sehr erbitterten.

Zu dieser Zeit war die Tochter eines anderen Wundarztes Nonne geworden, und da sie einige Proben von Geschicklichkeit abgelegt hatte, so nahm man Magdalena ihre bisherige Stelle und fing an, sie mit großer Geringschätzung zu behandeln. Man warf ihr die Geringfügigkeit des von ihr ins Kloster gebrachten Geldes vor und nannte sie ein lästiges, durchaus unnützes Geschöpf.

Nun ging dem armen Mädchen die Geduld aus. Anstatt die Vorwürfe ruhig hinzunehmen, antwortete sie heftig und mit Spott und wollte nicht schweigen, wenn die parteiische Priorin ihr den Mund verbot. Alsbald wurde der Äbtissin dies widersetzliche Benehmen hinterbracht und ihr Magdalena als ein durchaus boshaftes, zänkisches und ungehorsames Geschöpf geschildert. Die Äbtissin fuhr zornig auf und schrie: »Ein solches Benehmen soll dieser Bauerndirne nicht ungestraft hingehen; man muß ihr den Nacken beugen und sie durch Zwang in die Schranken der Ordnung bringen.« Damit ließ sie Magdalena zu sich bescheiden.

Diese erschien und sah, daß bereits zwei stämmige Laienschwestern bei der Äbtissin waren; eine der Mägde hatte eine große Kinderrute in der Hand. Die Äbtissin las Magdalena ordentlich den Text und kündigte ihr an, daß sie bestraft werden solle. Die Arme weinte und bat; alles vergeblich. Endlich äußerte sie in ihrem Eifer, daß sie kein Kind und der Rute längst entwachsen, eine solche Züchtigung auch für eine Nonne unschicklich sei. Die Äbtissin wurde immer zorniger und gebot Magdalena, die Erde zu küssen.

Diese war sehr bereit, dem Befehl Folge zu leisten, denn sie hoffte, daß es mit dieser Strafe für diesmal abgetan sein werde. Kaum lag sie auf der Erde, als sogleich eine der Laienschwestern über sie herfiel und sich auf ihren Rücken setzte, während die andere ihr das Gewand aufhob und die Rute tüchtig gebrauchte. Als dies vorüber war, mußte Magdalena der Äbtissin die Hände küssen und sich für die gnädige Strafe bedanken. Die Nonnen standen auf der Lauer und begleiteten sie mit Hohngelächter, als Magdalena wieder in ihre Zelle ging.

Von nun an hatte die Unglückliche fortwährend von den Verfolgungen zu leiden, deren Ziel sie durch Feindschaft der Äbtissin, der Priorin und des Beichtvaters geworden war.

Als sie eines Abends nicht in ihrer Zelle war und in der ihrer einzigen Freundin Crescentia gefunden wurde, schleppte man sie am folgenden Tage durch förmlichen Kapitelbeschluß zur großen Disziplin. Doch damit war es noch nicht genug, es trafen sie noch eine Menge anderer Strafen, darunter auch die Degradation von dem Nonnenrang zu dem einer Laienschwester.

Sie beging die Unvorsichtigkeit, einen Brief an ihre Eltern zu schreiben, in welchem sie ihnen ihre grauenvolle Lage schilderte und auf rührendste Weise um Hilfe bat. Der Brief wurde aufgefangen und sie gezwungen, einen andern lügenhaften abzuschicken, den ihr der Pater Olympius in die Feder diktiert hatte. Für das Verraten von Klostergeheimnissen an Laien erhielt sie abermals eine derbe Geißelung und wurde vier Wochen lang in den Turm gesperrt, wo sie einen Tag um den andern Wasser und Brot erhielt.

Ihre Lage verschlimmerte sich noch, als die Äbtissin starb und ihre Hauptfeindin, die Priorin, an deren Stelle kam. Vergeblich bat Magdalena um Rückgabe des schwarzen Nonnenschleiers; sie mußte nach wie vor als Laienmagd Dienste in der Küche verrichten. Für jedes kleine Versehen erhielt sie hier die Rute, und als sie einstmals bei der Feier des Palmenfestes einen aus Blei gegossenen und fünfzig Pfund wiegenden »heiligen Geist«, weil derselbe ihr zu schwer war, fallen ließ, so daß derselbe zerbrach, erklärte dies Olympius für absichtliche Bosheit, für ein Religionsverbrechen! Die Ärmste empfing in dem neben dem Refektorium gelegenen Gefängnisse eine starke Diszplin.

Um diese Zeit erhielt sie Besuch von einigen Verwandten, welche sie jedoch nur hinter der Klausur sprechen durfte. Was sie gesprochen hatte, wurde untersucht, und man erklärte sie für ein gänzlich verworfenes Geschöpf.

Die Sehnsucht nach »der Welt« wurde nun in Magdalena immer mächtiger, und sie sann auf Flucht. Sie war auch so glücklich, das Freie zu gewinnen, aber später wurde sie ertappt und mußte wieder in das Kloster zurückkehren, obwohl ein hoher Geistlicher, den sie um Hilfe angerufen hatte, sich für sie verwendete.

Pater Olympius reizte die Äbtissin zu stets neuen Verfolgungen an, und Magdalena wurde endlich zum Gefängnis auf unbestimmte Zeit verurteilt. Als man sie dorthin bringen wollte, wehrte sie sich mit der Kraft der Verzweiflung, und man mußte einen Franziskanerlaienbruder zur Hilfe rufen. – Durch diesen Widerstand erbittert, ließ ihr die Äbtissin in Gegenwart der Priorin in dem Gefängnis auf einem Bunde Stroh abermals sehr derb die Rute geben.

Als einst Magdalenas Gefängnis ausgebessert werden mußte, wurde sie in ein benachbartes gebracht, in welchem die Schwester *Christine* nun schon *dreizehn Jahre* saß. Sie war zum Gerippe abgezehrt, vom Geißeln lahm und dem Wahnsinn nahe.

An Festtagen wurde Magdalena zum Abendmahl in die Kirche gelassen und mußte monatlich einmal bei Pater Olympius beichten. Dieser Schurke hatte seinen Verführungsplan noch immer nicht aufgegeben und drang mit unzüchtigen Anträgen in sie; allein sie schrie um Hilfe, und der Pater stellte sich, als habe er ihr nur die Disziplin geben wollen. Um wenigstens in etwas seinem Sinnen zu genügen, befahl ihr der heilige Mann, sich zu entblößen; allein es kamen einige Schwestern herbei, bei denen er sein Betragen schlecht genug entschuldigte.

Die Einkerkerung des unglücklichen Geschöpfes hatte nun unter fortwährenden Mißhandlungen drei Jahre und acht Monate gedauert, als endlich ein *Schornsteinfeger*, der in der Nähe ihres Gefängnisses arbeitete und ihr Gewimmer hörte, die Sache der Obrigkeit anzeigte. Es wurde vom betreffenden Ministerium sogleich eine Kommission ernannt, welche in dem St. Klarenkloster eine Untersuchung anstellte.

Als man Magdalena ihre Freiheit ankündigte, weinte sie laut vor Freuden; allein die Ärmste war so elend, daß sie sich kaum bewegen konnte. Man übergab sie sogleich dem Leibarzt des Kurfürsten und dem Hofwundarzt zur sorgfältigsten Pflege.

Das von beiden über den Zustand des armen Mädchens abgegebene Gutachten sprach sich dahin aus, daß die unaufhörlichen Geißelungen ihr die heftigsten Schmerzen zugezogen hätten, an denen sie fortwährend leide, besonders bei verhärtetem Stuhlgange, ohne daß man dies als eine Wirkung der goldenen Ader betrachten könne. Durch die lange Einsperrung ohne alle Bewegung und durch die heftigen Schläge auf die muskulösen und tendinösen Teile der Schenkel und Füße seien diese so entzündet, und da man bei ihr keine verteilenden Mittel angewendet habe, so hätten sich diese Teile dermaßen verhärtet und zusammengezogen, daß sie gänzlich exstorpiert und schwerlich Hoffnung vorhanden sei, sie wieder so weit zu heilen, daß sie ihre geraden Glieder wieder würde gebrauchen können.

Während ihrer ärztlichen Behandlung wurde Magdalena viermal verhört, und es kamen alle im Kloster verübten Schändlichkeiten an den Tag, so sehr sich auch das Pfaffengezücht schlangengleich drehte und wand.

Eine Nonne namens *Paschalia*, die ebenso wie Magdalena gequält worden war, sollte wahnsinnig geworden und an einem Nervenschlage gestorben sein; aber einige von den fünf Nonnen, die den Mut hatten, die Wahrheit zu gestehen, behaupteten, sie habe sich in der Verzweiflung im Gefängnis an ihrem Busenschleier erhängt. Daß man auf einen solchen Selbstmord von seiten Magdalenas ebenfalls gefaßt war, ergab sich aus den Papieren der Abtei.

Obgleich alle Umstände gegen die Äbtissin und ihr Gelichter sprachen, obgleich sich über Magdalenas Bestrafung kein einziges *Protokoll* vorfand –, die Schuldigen wußten sich doch so durchzulügen, daß sie ohne Strafe davonkamen, und die einzige Folge dieser Entdeckungen war eine Einschränkung der Macht der Äbtissin und genauere Beaufsichtigung des Klosters. Magdalena sollte zeitlebens im kurfürstlichen Hospital bleiben und, wenn sie genesen würde, Freiheit haben, auszugehen, anständige Gesellschaften zu besuchen und zu empfangen. Das Klarenkloster mußte ihr die nötige Ausstattung und außerdem jährlich zweihundert Gulden geben.

Erst nach fünf bis sechs Jahren konnte Magdalena wieder gehen, und ihr geknickter Körper erholte sich allmählich. Im Klostergefängnis hatte sie im Fall der Befreiung eine Wallfahrt nach Loretto gelobt. Diese unternahm sie nun mit Erlaubnis der Behörde; allein sie kehrte nicht mehr in die Heimat zurück. Im August 1778 starb sie, fünfundvierzig Jahre alt, in einem Krankenspital zu Narni in Italien.

Trotz solcher Erfahrungen gibt es doch noch heute Klöster! Und daß in denselben noch ähnliche Schandtaten verübt werden, beweisen die Schriften von Sebastian Ammann, Rafaelo Ciocci und andern.

Von der Lieblosigkeit, mit welcher Kranke in den Klöstern behandelt werden, hat uns ebenfalls *Ammann* folgendes Beispiel erzählt: »Im Kloster Solothurn litt P. *Theophil* an einem ungeheuren Leistenbruch so schmerzhaft, daß er verzweifelte. Man legte ihn in einem Zimmer neben der Küche auf einen Strohsack und ließ ihn da zappeln. Niemand besuchte ihn als der Klosterknecht, der ihm dreimal des Tages Essen zutrug. Ich habe in den letzten Tagen seines Lebens nie einen Arzt bei ihm gesehen. Seine Unterleibsbeschwerden, das erschreckliche Elend und die gänzliche Verlassenheit mögen ihm sein martervolles Leben unerträglich gemacht haben. – An einem Tage vor dem Mittagessen, um halb elf Uhr, war ich noch bei ihm und fand ihn äußerst schwermütig; es ist aber gewiß, daß er um elf Uhr noch lebte. Um halb zwölf Uhr wollte der Klosterknabe die Speisegeschirre bei P. Theophil abholen und fand ihn an der Zimmerdecke aufgeknüpft leblos. Als wir die Anzeige von diesem Unglück hörten, sprangen wir alle vom Tische auf; ich war der erste bei ihm und wollte mit einem Messer das Handtuch zerschneiden, an dem er hing; aber P. Guardian Raimund untersagte mir dies, *weil es schade um das Handtuch sei*. Man ging lieber langsam zu Werke, weil man keine Rettung versuchen wollte. Seine Hände und Füße waren noch ganz warm, und ich verlangte, daß man auf der Stelle einen Arzt herhole, damit man die möglichsten Anstalten zum Wiedererwecken des vielleicht noch nicht Entseelten treffe. Allein P. Raimund tobte und *verbot* die Herbeirufung eines Arztes auf das strengste, weil es ein erschreckliches Ärgernis absetze, wenn es unter die Weltlichen käme, es habe sich ein Kapuziner erhängt. Keine Bürste wurde zum Reiben seines Leibes angewandt, sondern man legte den Leichnam ohne weiteres auf einen Totensarg und machte bekannt, P. Theophil sei an einem Schlagfluß (Apoplexie) gestorben.«

Ein anderes Beispiel, wie schnell die Pfaffen diejenigen zu expedieren wissen, die ihnen unbequem oder gefährlich werden, erzählt *Rafaelo Ciocci.*

Don Alberico Amatori, Bibliothekar im Kloster Sancta Croce di Gerusalemme zu Rom, war durch das Lesen der Bibel von vielen Irrtümern und Mißbräuchen der römischen Kirche überzeugt worden. Er und fünfzehn ihm gleichgesinnte Mönche, darunter Rafaelo Ciocci, unterschrieben eine Eingabe an den Ordensgeneral *Nivardi Tassini*, in der sie um Einräumung eines bequemen Klosters baten, wo sie nach ihrer Überzeugung leben konnten.

Alle diese Mönche schienen mit dem Charakter ihrer Mutter Kirche sehr schlecht bekannt zu sein, da sie einfältig genug waren zu glauben, daß dieselbe auch nur im entferntesten daran denken könne, ihre Wünsche zu erfüllen. Der unerhörte Vorschlag erregte allgemeines Entsetzen! *Amatori* wurde vor ein Tribunal gefordert, und mit Entrüstung vernahmen die geistlichen Herren, daß er à la Luther die Bibel zur Grundlage des ganzen Kirchenwesens machen wolle. Man gebot ihm Schweigen, um die Sache nicht öffentlich werden zu lassen, und faßte im geheimen einen Entschluß über das Schicksal der ketzerischen Mönche.

Der Mönch *Stramucci* wurde ins Kloster San Severin in den Sümpfen geschickt, wo er infolge »der ungesunden Luft« oder durch anderes Zutun nach Verlauf weniger Monate von einem starken Mann in ein Gerippe verwandelt war. *Don Andrea Gigli* wurde nach Rom berufen. Er war damals sehr gesund; allein er nahm täglich mehr ab, und nach zwei Monaten wurde er eines Morgens tot im Bett gefunden. – *Don Eugenio Ghioni* blieb in Rom; aber nach vier Monaten starb auch er, erst 31 Jahre alt. – *Don Marian Gabrielli*, ein blühender Jüngling, starb ebenfalls. Alle diese Krankheiten nannte man »Auszehrung«! – Der Abt *Bucciarelli*, ein Mann von herkulischer Gestalt, starb nach kurzer Krankheit von nur drei Tagen. Der Abt *Berti* hatte nach zwei Monaten einen »Fieberanfall« und starb nach einer Krankheit von zehn Tagen. – *Don Antonio Baldini* bekam nach Verlauf von 34 Tagen furchtbare Krämpfe und starb. – Die übrigen sechs kämpften monatelang zwischen Leben und Tod. Nur *Don Alberico* und *Ciocci* blieben lange Zeit von dem geheimnisvollen Todesengel unberührt.

Aber die Rache zögerte nur, sie schlief nicht. Eines Abends nach dem Essen bekam *Ciocci* schreckliche Krämpfe im Magen und ein furchtbares Brennen in Brust und Gurgel. In wenigen Minuten war er schwarzgelb im Gesicht, und vor den Mund trat ihm Schaum. – Die herbeilaufenden Mönche schrien, daß er besessen sei, und versuchten nun ihren abgeschmackten Hokuspokus mit Weihwasser und Reliquien, wodurch der Kranke, der diesen Unsinn verabscheute, nur geärgert wurde. Endlich kam ein Arzt, aber nicht der gewöhnliche, sondern, wie man sagte, der nächste, den man habe finden können. Er gab Ciocci eine Arznei, wodurch aber die Schmerzen sogleich noch bedeutend vermehrt wurden.

Ciocci bestand nun darauf, daß man den gewöhnlichen Klosterarzt holen solle, der sein Freund war, und da man wahrscheinlich hoffte, daß er zu spät kommen werde, schaffte man ihn auch herbei. Nachdem derselbe sich etwas orientiert hatte, betrachtete er die vom ersten Arzt gegebene Arznei, von der noch einige Tropfen im Glase waren, und voll Zorn und Entsetzen warf er sie nach der Untersuchung und einem bedeutungsvollen »Aha« zum Fenster hinaus. – Durch die zweckmäßigen Mittel, welche der wackere Mann anwendete, wurde Ciocci gerettet.

In demselben Kloster wurde eines Tages der Novizenlehrer *Pacifico Bartoci*, der sich durch seine Strenge verhaßt gemacht hatte, im innern, offenen Hof des Klosters von unbekannter Hand mit einem Steine auf den linken Schlaf getroffen, daß er infolge der erhaltenen Verletzung zehn Tage darauf starb[4].

Man bemerke wohl, daß hier nicht vom Mittelalter, sondern von der Zeit zwischen 1835 und 1845 die Rede ist, und daß diese oder ähnliche Nichtswürdigkeiten noch ebenso wahrscheinlich heutigentags stattfinden.

Ich würde die mir gesteckten Grenzen zu sehr überschreiten, wenn ich auch nur einen kleinen Teil der mir noch bekannten, im Kloster begangenen Schandtaten anführen wollte, deshalb übergehe ich auch die *sehr* interessante Geschichte des *Urban Grandier*, der durch die nichtswürdigsten Schikanen auf den Scheiterhaufen gebracht wurde, weil er die Begierden einer Äbtissin und ihrer Nonnen zu Loudun nicht befriedigen wollte. Einer unserer besten Romanschriftsteller, *Willibald Alexis*, hat diesen Stoff zu einem Roman bearbeitet.

Ein in den Klöstern gebräuchliches Sprichwort sagt: »Man kommt zusammen, ohne sich zu kennen, man lebt miteinander, ohne sich zu lieben, und stirbt, ohne beweint zu werden.« Ein unter solchen Verhältnissen bestehendes Zusammenleben mußte den bessern unter den Mönchen zur Hölle werden, und mancher arme Pater, den seine bigotten Eltern dem Klosterleben in früher Jugend geopfert hatten, sprach mit heißen Tränen den Wunsch aus, daß ihn die Mutter bei der Geburt doch lieber ersäuft als in ein Kloster geschickt haben möchte.

---

4   Ungerechtigkeiten und Grausamkeit der römischen Kirche im neunzehnten Jahrhundert. Erzählung von *Rafaelo Ciocci. Altenburg bei Pierer.*

Zur Zeit, als das Klosterleben in seiner höchsten Blüte war, etwa im elften Jahrhundert, herrschte unter den Menschen eine wahre Wut, ins Kloster zu gehen; nur als Mönch glaubte man der Seligkeit gewiß zu sein. *Hermann, Herzog von Zähringen*, schlich sich in Bauernkleidung vom Fürstenstuhl ins Kloster zu *Clugny* und diente demselben als Schweinehirt bis an seinen Tod, wo erst sein Stand bekannt wurde. Der Mann eignete sich ganz gewiß besser zum Schweinehirten als zum regierenden Fürsten, und es war schön von ihm, daß er seinen Beruf erkannte.

Doch nicht alle trieb Andacht oder Demut ins Kloster; viele suchten in demselben weiter nichts als ein faules, liederliches Leben, was sie auch meist in reichem Maße fanden. Das Gelübde der Keuschheit, welches den Laien immer als das schrecklichste erschien, betrachtete man in sehr vielen Klöstern als eine leere Form, und *Saul*, der Abt des Klosters *zur heiligen Maria* im Bistum Mondennadi in Spanien, *verwandelte dasselbe geradezu in ein Bordell.*

Sogar das Konkubinat, ja selbst die Ehe waren unter den Mönchen nicht selten. Im zehnten Jahrhundert lebten in manchen Klöstern die Äbte und sämtliche Mönche im Konkubinat oder in förmlicher Ehe und statteten ihre Söhne und Töchter mit Klostergütern aus. Unter Abt *Hadamar von Fulda* waren die meisten Mönche verheiratet.

Doch wir brauchen nicht so weit ins graue Mittelalter hinaufzusteigen; dergleichen Fälle kamen noch in neuerer Zeit vor. Im Jahre 1563 fand man in vielen Klöstern Niederösterreichs Eheweiber, Konkubinen und Kinder der Mönche, und noch vor einigen zwanzig Jahren hielt der Prälat *Augustin Bloch* in der Schweiz ein allerliebstes Kammermädchen, welches als Student verkleidet war.

Doch ich wollte es diesen Klosterherren gern verzeihen, wenn sie ihre Schätzchen hinter den heiligen Mauern sittsam verbergen; davon hat die Welt eben keinen Schaden; aber mehr Unheil richten sie an, wenn sie ihre Verführungskünste außerhalb derselben wirken lassen. Um dies tun zu können, müssen sie die Grundsätze lockern, kurz die sinnlichen Ausschweifungen als höchst unbedeutende, kleine Verirrungen hinstellen, besonders wenn sie mit einem kleinen Pater begangen werden.

Wo die Mönche zu Hause sind, da gibt es fast kein Bürger- oder Bauernhaus, wo nicht ein Pater der Hausfreund ist. Kommt der heilige Mann, dann lecken ihm die Alten die schmutzigen Hände, und die Kinder liegen auf den Knien, bis er seinen Segen erteilt hat. Das Beste wird nun dem geehrten Gaste vorgesetzt, und wenn die Leute auch zu arm sind, sich selbst ein Glas Wein zu gönnen, so ist doch gewiß eins für den heiligen Mann bereit. Er läßt es sich gut schmecken, denn die armen Leute würden es ja für Verachtung auslegen, wenn er ihre Gaben verschmähte! Welch Gesicht schneidet er aber, wenn das gewöhnliche Glas Wein oder seine Leibspeise fehlen!

»Was die Töchter der Lust den Wüstlingen der Welt, das sind die Mönche den Betschwestern und den Stillen im Lande«, denn diese Herren haben Tugenden, welche Frauen zu schätzen wissen, und sind – *verschwiegen*. Vor einem *solchen* heiligen Manne brauchen sie sich ihrer Sündhaftigkeit nicht zu *schämen*, denn die *Beichte* zwingt sie ja, die geheimsten Sünden zu sagen. Diese Beichte wird daher von den Mönchen sehr heilig gehalten. Denjenigen, der das Beichtgeheimnis verletzt, treffen die schrecklichsten Strafen und selbst vor den weltlichen Gerichten, – was auch ganz in der Ordnung ist. Das Gericht zu *Toulouse* ließ 1579 einen Priester *enthaupten*, welcher einen ihm in der Beichte anvertrauten Mord der Behörde anzeigte. Der Mörder blieb unbestraft. Man gerät in Verlegenheit zu entscheiden, wie man über dieses Urteil urteilen soll.

Mönche sind nicht allein sehr *liebevolle*, sondern auch sehr *bequeme* Hausfreunde. Mag ein junger Bursch ein Mädchen gern, dann braucht er sich nur an seinen Herrn Pater zu wenden, *dann wird sich die Sache schon machen*. Mit der kleinen Sünde wird es sich schon finden; denn der fromme Herr hat einen Überfluß an Absolution, und wenn man noch so oft sündigte, eine Beichte – und man ist wieder rein wie ein neugeborenes Kind! Man glaube daher ja nicht, daß die Beichte dazu beiträgt, die Sittlichkeit zu befördern; wozu sie benutzt wird, davon werden wir im nächsten Kapitel einige Beispiele sehen.

So leicht nun die Mönche geschlechtliche Verirrungen nehmen, so strenge sind sie, wenn jemand das Fasten gebrochen hat, und es ist empörend, wenn wir lesen, daß die reiche Abtei St. Claude in Burgund im Jahre 1629 einem gewissen Guillon den Kopf abschlagen ließ – weil der arme Mann während einer Hungersnot zur Fastenzeit sich ein Stück Pferdefleisch vom Schindanger geholt hatte!

Starb ein Abt, so waren die liederlichen Mönche darauf bedacht, einen solchen an die erledigte Stelle zu setzen, von dem sie nicht besorgen durften, daß er sie in ihrer Lebensweise störe. Die Wahl traf daher nicht selten das liederlichste Subjekt des ganzen Klosters.

Johann Busch erzählt, daß die Mönche eines Klosters nach dem Tode des Abtes zur Wahl eines anderen schritten, der dem Verstorbenen an

Tugenden gleiche. Die meisten Stimmen hatte ein Pater, der nicht anwesend war, sondern während der Wahl in der Schenke saß und soff. Da man ihn von diesen angenehmen Orte nicht weglocken konnte, so ging eine Deputation der Mönche dorthin, ihm das Ergebnis der Wahl zu verkünden. Erst nach langen Bitten ließ er sich bewegen, die neue Würde anzunehmen. Als es geschehen war, wurde ein großes Gastmahl gehalten, bei dem alle Mönche mit ihren Konkubinen sich volltranken. Während sie so betrunken waren, daß sie nichts sahen und hörten, kam Feuer aus, und die ganze feiste, liederliche Gesellschaft verbrannte lebendigen Leibes.

Obwohl nun die Mönche unzählige gefällige Nonnen hatten – in Deutschland gab es allein 200.000 –, so sind sie doch besonders lüstern nach Kindern der Welt. Oft geraten sie dadurch freilich in arge Verlegenheiten, welche Spott und Hohn oder unendliche Prügel zur Folge haben.

Der Abt des Klosters zu *Guldholm* bei *Schleswig* hatte ein Liebchen in der Stadt, bei welchem er oftmals die Nacht zuzubringen pflegte. Gewöhnlich nahm er des besseren Scheins wegen einen vertrauten Pater mit. Dieser wurde ihm endlich unbequem, und er ließ den Begleiter zu Hause. Dies verdroß denselben, und echt mönchisch dachte er sogleich auf Rache.

Als nun der Abt wieder einmal die Nacht bei seiner Geliebten zubrachte, weckte der boshafte Mönch das ganze Kloster und rief: Dominus noster Abbas mortuus est in anima. Die Mönche deuteten das auf den leiblichen Tod des Abts, und das war es eben, was der Pater wollte. Alsbald zog man mitten in der Nacht mit Fackeln, Kreuz und Fahne an den bezeichneten Ort, um die Leiche des Abts einzuholen, und war nicht wenig überrascht, den frommen Herrn anstatt auf der Totenbahre bei seiner Buhlerin zu finden.

Doch ich brauche abermals nicht so weit zurückzugehen; die neuere Zeit liefert Beweise dieser Art in Menge, und *Ammann*, der dreißig Jahre im Kloster war, führt deren eine Menge an.

Im Jahre 1832 pflegte ein Pater namens *Amandäus* jedesmal, wenn er sich unter einem frommen Vorwand entfernen konnte, die Nacht bei einem berüchtigten Frauenzimmer in *Mels* zuzubringen. Um den frommen Heuchler auf der Tat zu ertappen, lauerten ihm einst einige junge Burschen auf und erwischten ihn richtig in den Armen der Buhlerin. Im Triumph schleppten sie ihn nach dem Kloster, und die Versetzung nach Schwyz war seine ganze Strafe.

Zwei andere Klostergeistliche, Pater *Augustin*, Pfarrer in *Tußnang*, und P. *Benedikt*, Pfarrer in *Bettwiesen*, verführten viele Frauen und gingen ganz ungescheut in ihre Häuser unter dem Vorwande, daß sie die Sterbesakramente dorthin zu bringen hätten.

In mehreren Orten der Schweiz, wo Klöster waren, wagte sich kein Frauenzimmer am Abend auf die Straße, denn die brünstigen Pfaffen fielen sie förmlich an, und ihre viehische Geilheit schonte selbst nicht unreife Kinder.

Pater *Friedrich* aus dem Kapuzinerkloster in *Appenzell* hatte sich, solange er noch bloßer Frater war und nicht das Kloster verlassen durfte, mit *unnatürlichen* Ausschweifungen beholfen; als er aber Pater wurde und mehr Freiheit hatte, verlangte er nach *natürlichen*. – Eines Tages zog er von Appenzell nach dem Flecken *Teufen* in das St. Galler Land, um in einigen katholischen Gemeinden zu predigen und Beichte zu hören. Als er nicht weit von Teufen sich einem Walde näherte, lief ihm ein Mädchen nach und bat ihn um ein Heiligenbildchen, wie die Kinder überall, wenn sie einen Kapuziner sehen, zu tun pflegen. – Pater Friedrich zog ein gemaltes Bildchen aus seiner Kapuze, zeigte es dem Mädchen und versprach es ihm zu schenken, wenn es weiter mit ihm kommen wollte. Auf diese Weise lockte er das unschuldige Kind in den Wald. Sobald er dasselbe in ein Gebüsch gebracht hatte, verübte er an ihm die brutalste Notzucht. Das kleine Mädchen schrie um Hilfe, und der Vater, der ihre Stimme hörte und erkannte, eilte auf das schnellste herbei und ertappte den geilen Pfaffen auf der Tat. Er behielt Mäßigung genug, dem Mönche nicht auf der Stelle den verdienten Lohn zu geben, machte aber sogleich Anzeige von den schändlichen Handlungen des Paters. Dieser wurde festgenommen und nach *Troegen* gebracht, wo man die Sache gerichtlich untersuchte. Es ergab sich, daß das arme Kind geschändet und bedeutend verletzt war.

Höchst merkwürdig sind die Ansichten, welche den Pater zu diesem Verbrechen leiteten, die aber fast von allen Mönchen in den Klöstern geteilt werden. *Er glaubte, die Reformierten wären alle so schlecht, daß sie nichts für Sünde hielten, und daß bei ihnen alles erlaubt sei, weil sie nicht beichten müssen! Daher meinte er denn, in den Augen derselben kein Verbrechen zu begehen, wenn er ein reformiertes Kind notzüchtige!*

Der Pater wäre zur öffentlichen Ausstellung an den Pranger und zum Staupenschlag oder zu einer großen Geldbuße verurteilt worden, wenn sich der damalige Landammann *Joseph Anton Bischofsberger* des Schurken nicht auf das angelegentlichste angenommen hätte. Er kam also ohne die verdiente Strafe davon[5].

Diese Pfaffenliederlichkeit ekelt mich an und wahrscheinlich auch die Leser; allein der Vollständigkeit wegen muß ich doch noch einige Worte über die in den Klöstern herrschenden *unnatürlichen* Laster sagen, welche traurige Folgen des schändlichen Zölibats sind.

Ammann behauptet, daß unter 200 Kapuzinern wenigstens 150 Onanisten sind. Er ist darüber ein kompetenter Richter, denn nur ein Kapuziner konnte diese so genau kennen, als es bei ihm der Fall ist.

Im Kloster *Fischingen* trieb ein gewisser Pater *Berchthold* sein Wesen, dessen hauptsächliches Geschäft es zu sein schien, Klosterschüler und junge Mönche zu verführen. Absichtlich hörte er die Beichte nicht in einem öffentlichen Beichtstuhl, sondern in einem dunklen Winkel, und viele Knaben, die ihm hier beichteten, klagten, er habe sie verführen wollen; allein der Guardian nahm davon nicht die mindeste Notiz. Berchthold wurde natürlich immer dreister und trieb sein abscheuliches Laster so ungescheut, daß man doch endlich gezwungen war, ihn auf seine Zelle zu beschränken und zu versetzen.

Als Ammann eben die Gelübde abgelegt hatte, schlich dieser Knabenschänder auch in der Nacht zu ihm, setzte sich auf sein Bett, holte eine Flasche Schnaps und einiges Gebäck hervor und begann, ihm von seinen Siegen über die Frauen zu erzählen. Als Ammann ihn bat, von etwas anderem zu reden oder seine Zelle zu verlassen, sagte er: »Ja, es ist eitel, von solchen guten Bissen zu reden, die wir einmal nicht haben können. *Doch können wir einander auch Freude machen.*« – Ammann wurde endlich genötigt, durch Klopfen an der dünnen Seitenwand der Zelle Hilfe herbeizurufen, worauf ihn der Verführer verließ.

An die Stelle dieses sauberen P. *Berchthold* kam P. *Joseph* aus Freiburg. Dieser war noch ärger als sein Vorgänger, indem er sich nicht allein durch das oben bezeichnete Laster, sondern auch noch durch seine verschmitzte Heuchelei und raffinierte Bosheit auszeichnete.

Dieser Schandbube wurde niemals bestraft, sondern nur versetzt, wodurch nur Veranlassung gegeben wurde, daß sich seine abscheuliche Wirksamkeit immer mehr verbreitete.

5   Wer die tolle Wirtschaft, welche die Pfaffen in der Schweiz mit den Bürgerfrauen und Mädchen treiben, genau kennenlernen will, der lese das Büchelchen von *Ammann*, welches ich weiter oben anführe.

In Sursen hatte dieser P. *Joseph* einen bildschönen Jüngling so sehr entkräftet, daß derselbe unter den schrecklichsten Schmerzen starb und noch auf dem Sterbebette seinen Verführer und Mörder verfluchte.

Dieses unnatürliche Laster ist bei Mönchen und selbst bei weltlichen katholischen Geistlichen in der Schweiz sehr gewöhnlich, und im Jahre 1835 wurden zwei derselben, Professor *Schär* und Kaplan *Eisenring*, im Städtchen Wyl wegen Sodomiterei zur Untersuchung gezogen und später zum Zuchthause verurteilt. Es gelang ihnen aber, ins Ausland zu entfliehen.

Das Verhör ergab die abscheulichsten Tatsachen, und das Publikum wollte anfangs gar nicht glauben, daß diese Männer, *welche Stifter und Bezirkspräsidenten des katholischen Vereins* waren, solche Schandtaten begangen haben konnten. Sie wurden durch Ammann selbst angeklagt, der sich dadurch viel Feinde machte.

Diese Untersuchung hatte noch eine andere Entdeckung zur Folge. Ein sechzehnjähriger Knabe kam zu Ammann und entdeckte ihm, daß der *Prior* der Kartause zu *Ittlingen* im *Thurgau* mit ihm noch weit schändlichere Dinge getrieben als sie *Schär* und *Eisenring* zur Last gelegt wurden. Er habe, durch den Prior beschwichtigt, nicht geglaubt, eine so große Sünde zu begehen, aber jetzt sei ihm die Sache klar, da jene beiden dafür zum Zuchthaus verurteilt wären.

Ähnliche Tatsachen würden ans Tageslicht kommen, wenn wir einmal von den Klöstern anderer Länder so genaue und offenherzige Schilderungen erhielten, wie sie uns Ammann und Rafaelo Ciocci von der Schweiz und von Rom geliefert haben. Es ist durchaus kein Grund vorhanden, anzunehmen, daß die Mönche in anderen Gegenden sittenreiner sind, denn dieselben Ursachen erzeugen gewöhnlich auch dieselben Wirkungen, höchstens mit einigen, in der Hauptsache nichts ändernden Variationen.

Und solchen Männern sollen wir unsere Kinder zur Erziehung anvertrauen!? Haben die Regierungen nicht den Mut und den Willen, das Volk zu befreien, so muß sich jeder Familienvater selbst helfen. Die Zeiten haben sich wesentlich geändert, und keine Regierung wagt es mehr, die Untertanen in die Kirche zu treiben oder sie zu zwingen, zur Beichte zu gehen. Übt sie auch noch einen Zwang aus auf solche Bürger, die Staatsdienste suchen, so sollten doch wenigstens diejenigen, die ihre eigenen Herren sind, ihr Haus gegen den Einfluß liederlicher, scheinheiliger Pfaffen bewahren und durch vernünftige Lehren im Hause den in der Schule erhaltenen Unterricht unschädlich machen, wenn die Regierung nämlich darauf besteht, den Besuch sogenannter konfessioneller Schulen zu erzwingen. Wenn das Volk es ernstlich verlangt, wird nicht nur die Schule von dem Einfluß der Kirche befreit werden, sondern der Staat wird auch aufhören, sich um die Religion seiner Untertanen weiter zu bekümmern als es zum Schutz der kein Gesetz verletzenden Ausübung der verschiedenen Religionen nötig ist.

Werft zunächst die Pfaffen aus den Häusern und aus den Schulen und den unvernünftigen Glauben aus dem Herzen, – das weitere findet sich von selbst.

Der Beichtstuhl

> Mensch bleibt Mensch,
> und ein Pfaffe vorzüglich.
>
> *La Fontaine*

Einer der sinnreichsten und verderblichsten Erfindungen der römischen Kirche ist die *Ohrenbeichte*. Mit Hilfe derselben hat sie lange die Welt regiert ohne große Kosten und Beschwerden, über den hohen Wert derselben herrscht nur eine Stimme, und selbst der Ketzer *Marnix* von *St. Aldegonde* meinte schon vor dreihundert Jahren, daß dieselbe der Kirche nehmen, ihr die Augen ausstechen heiße. Er sagte nämlich: »– denn diese Ohrenbeichte ist ihr unzweifelhaft ein Paar Augen wert: nämlich das eine braucht sie, um alle Heimlichkeiten und verborgenen Anschläge aller Könige und Fürsten dieser Welt zu erfahren, wodurch sie in den friedlichen Besitz aller Regierungen und Herrschaften gekommen ist. Das andere gebraucht sie, um damit in die Busen der jungen Mädchen und getrübten Frauen zu sehen und zu tasten und dadurch ihre Heimlichkeiten zu ergründen und zu erfahren und ihnen darnach solche liebe Buße aufzuerlegen, daß ihre geängstigten Gewissen getröstet und ihre Herzen merklich erleichtert werden. O wie manchmal haben die heiligen Pfaffen und Mönche den betrübten und unfruchtbaren Weibchen in ihrer Ohrenbeichte so guten Rat gegeben, daß sie dadurch bald fröhliche Mütter geworden sind und von derselben Zeit an zu ihren heiligen Beichtvätern solche innige Liebe wie zu ihren eigenen Männern selbst bekommen haben.«

Ich habe schon in den vorhergehenden Kapiteln hin und wieder von der Beichte geredet. Ich will mir nicht die unnütze Mühe geben, zu beweisen, daß die Ohrenbeichte ihre Rechtfertigung nicht in den Evangelien findet, denn die zu ihren Gunsten angeführten Stellen begründen sie ungefähr in derselben Weise wie mit der Stelle des Psalms »Lobet den Herrn mit Pauken« das Geißeln. Die Ohrenbeichte war eben, wie das Fegefeuer und andere sinnreiche Erfindungen ähnlicher Art, eines der vielen Mittel, durch welche sich die römische Kirche die Herrschaft über die Menschen erwarb.

Das Beichtgeheimnis sollte heilig gehalten werden; allein die Jesuiten hatten darüber ihre besondere Ansicht, und es ist bewiesen, daß sie den Inhalt der Beichte ihren Vorgesetzten mitteilten, besonders wenn sie für die Erhaltung und das Beste ihres Ordens zweckmäßig erschien. Um überall zu herrschen und die Fäden der Regierung in der Hand zu haben, waren sie stets auf das eifrigste bestrebt, zu bewirken, daß Jesuiten als Beichtväter regierender Fürsten oder sonstiger sehr einflußreicher Personen angestellt wurden. Da sie in bezug auf Sünden sehr spitzfindig und tolerant waren, so nahm man sie auch gerne als Beichtväter an.

Jesuiten durften nichts schreiben und veröffentlichen ohne Zustimmung ihrer Vorgesetzten; was also von irgendeinem dem Orden Angehörigen veröffentlicht wurde, kann als ein Ausdruck der in demselben gutgeheißenen Ansicht betrachtet werden. Obwohl ich aus den Werken der Jesuiten eine sehr reichhaltige, interessante Auswahl von Stellen treffen könnte, über deren Moral sich jeder rechtliche Mensch entsetzen würde, so begnüge ich mich doch damit, nur einige wenige anzuführen, die hinreichend begründen, weshalb die Jesuiten als Beichtväter gern gewählt wurden.

»Die erste Regel sei: Sooft Worte ihrer Bedeutung nach zweideutig sind oder verschiedene Sinne zulassen, ist es keine Lüge, selbige in dem Sinne zu gebrauchen, den der Sprechende mit ihnen verbinden will; obschon die Zuhörenden und der, dem man schwört, selbige in einem anderen Sinne nehmen – ja, ob auch der Sprechende von keiner gerechten Sache geleitet werde.« (*Sanchez* opus mor. Lib. I. cap. 9 n. 13 pag. 26.)

Zwei Seiten später, nachdem der gelehrte Jesuit verschiedene Arten erlaubter Lügen ausgeführt hat, sagt er: »Ja, es ist dies von großem Nutzen, um vieles verdecken zu können, was verdeckt werden muß, aber ohne Lüge nicht verdeckt werden könnte, wenn nicht diese Art und Weise gestattet wäre. Man hat aber gerechte Ursache, sich solcher Zweideutigkeiten zu bedienen, sooft dies notwendig und nützlich ist, um das Heil des Körpers, die Ehre und das Vermögen zu schützen, *oder zur Übung irgendeiner anderen Tugend.*«

»Es ist erlaubt, denjenigen zu töten, von dem man gewiß weiß, daß er sofort einem nach dem Leben stellt, so daß eine Frau z. B., wenn sie weiß, daß sie in der Nacht von ihrem Manne getötet wird und nicht entfliehen kann, jenem zuvorkommen darf.«

Und weiterhin:

»Sooft jemand zufolge des oben Gesagten ein Recht hat, einen anderen zu töten, *dann kann dies auch ein anderer für ihn tun,* wenn dies die christliche Liebe anrät.« (*Busenbaum*: Med. Theolog. mor. L. III. Tract. IV. D. V. et VIII. Praec. n. X. ibid.)

»Ist einem Beichtvater, der eine Frau oder einen Mann zu verzeihlichen bösen Handlungen verlockt, das Begehen einer schweren Schuld beizumessen? – Die Hände oder die Brüste einer Frau zu berühren, mit den Fingern zu kneifen und zu zwacken, das sind in betreff der Keuschheit läßliche Sünden, wenn es zur bloßen Ergötzlichkeit ohne weitere Absicht oder Gefahr der Befleckung vorgenommen wird.« (*Escobar*: Theol. mor. Tract. V. Exam II. Cap. V. n. 110 pag. 608.)

»Wie verhält es sich rücksichtlich des Beischlafes mit der Verlobten eines anderen?« – »Er überschreitet nicht die gewöhnliche Hurerei, weil sie noch nicht die Frau jenes Mannes ist.« (ibid. Tract. I. pag. 141.)

»An mortiferum, virile membrum in os uxoris immittere? Negat *Sanchez* tom. 3 de Matr. tom 3 lib. 9 d. 17. n. 15. At cum aliis auderem objicere tanto Doctori, id non esse simpliciter osculum pudendorum, sed quendam ad peccatum diversae speciei, id est, praeposteram venerem ausum.« (*Escobar*: Theol. mor. Tract. I. Exam VIII. Cap. III. n. 69. pag. 148.)

»Wer nur *äußerlich* geschworen hat, ohne den Vorsatz ›zu schwören‹, ist nicht gebunden (es sei denn des etwaigen Skandales wegen), da er nicht geschworen hat, sondern (mit dem Eide) *gespielt* hat.« (*Busenbaum*: Medull. Theol. lib. III. Tract. II. De II. Dec. Praec. dubium IV. – An in juramento liceat uti aequivocatione n. V. pag. 143.)

»Ist derjenige, der zum ersten Male Hurerei treibt, verbunden, diesen Umstand in der Beichte zu entdecken? – Jungfrauen sind hierzu wegen der Defloration verbunden; aber Jünglinge nicht.« So meint Suarez. Jedoch halte ich es mit Vasquez für wahrscheinlicher, daß auch eine Jungfrau nicht dazu verbunden ist, sei es selbst, daß sie noch unter elterlicher

Gewalt stehe, da, wenn die Jungfrau freiwillig einwilliget, ihre Hurerei keine Schändung ist; sie begeht kein Unrecht, weder gegen sich selbst, noch gegen ihre Eltern, da sie die Herrin ihrer Jungfrauschaft ist. (*Escobar*: Theol. mor. Exam. II. Cap. VI. n. 41. pag. 13.)

»Die Fehler eines Fürsten können, vornehmlich im zarten Alter, durch gute Erziehung gebessert werden (wodurch oft verdorbene Naturen gezügelt und umgewandelt worden sind). Aber wenn dies nicht gehen sollte und Bitten und Mühen erfolglos bleiben, so halte ich dafür, daß man sie übersehe, soweit dies das öffentliche Wohl gestattet und die verderbten Sitten des Fürsten nur Privatsachen berühren; dagegen wenn er den Staat in Gefahr bringt, wenn er sich *als Verächter der väterlichen Religion zeigt* und sich nicht bessern will, so halte ich dafür, daß man ihn ab- und einen anderen einsetze, was, wie wir wissen, in Spanien nicht bloß einmal geschehen ist. Wie ein gereiztes Tier muß er durch alle Geschosse angegriffen werden, weil er die Menschlichkeit verleugnet und zum Tyrannen geworden ist.« (*Mariani*: de rege et regis institutione lib. I. Cap. III.)

»Ob es erlaubt ist, einen Tyrannen mit Gift zu töten? – Es ist rühmlich, dieses ganze pestartige und verderbliche Geschlecht aus der Gesellschaft der Menschen zu vertilgen. – – Und Beispiele solcher Morde gibt es viele, sowohl in alter als neuer Zeit. Es ist zwar schwer, einem Fürsten Gift zu mischen, indem er von seinem Hofe umgeben ist und zudem die Speisen vorher kosten läßt. Wenn sich aber dazu eine günstige Gelegenheit darbietet, wer sollte da so spitzfindig und subtil sein, daß er unter beiden Todesarten einen Unterschied zu machen suchte?« (*Mariani* ibid.[1])

Diese Proben der Jesuitenmoral, die ich bedeutend vermehren könnte, auf den Beichtstuhl angewandt, erklären es hinlänglich, warum Jesuiten als Beichtväter Glück machten. Der Beichtstuhl wurde zur Erreichung politischer und kirchlicher Zwecke benutzt, aber hauptsächlich diente er den Pfaffen dazu, ihre Lüsternheit zu befriedigen.

---

1 Die Erlaubnis, dies Buch zu drucken, lautet: Stephanus Hojeda Visitator Societatis in provincia Toletana, potestate facta a nostro patre Generali Claudio Aquaviva, do facultatem, ut imprimantur libri tres, quos de Rege et Regis institutione composuit P. Johannes Mariana, eiusdem Societatis, quippe approbatos prius a viris doctis et gravibus ex eodom nostro ordine. In cuius rei fidem has literas dedi meo nomine subscriptas, et mei officii sigillo munitas. Madriti in collegio nostro quarto Nonos Decembris MDLXXXXVIII. Stephanus Hojeda, Visitator.

Schon im Jahre 428 hatte Papst Cölestin es für nötig gefunden, Strafe darauf zu setzen, wenn Geistliche ihre Beichtkinder zur Unzucht verführten. Dergleichen Fälle kamen unendlich oft vor, und mit diesen Beichtstuhlgeschichten könnte man Folianten füllen.

Poggio Braccolini, von dem ich schon früher redete, erzählt, daß die Beichtstühle dazu benutzt wurden, die Mädchen und verheirateten Frauen zu verführen. Beichtete eine derselben, daß sie sich eine fleischliche Schwachheit habe zuschulden kommen lassen, so kam es sehr häufig vor, daß ihr der fromme Beichtvater die unzüchtigsten Anträge machte. Um sich das Verführungswerk zu erleichtern, verfehlten sie denn nicht, den lüsternen Kindern recht überzeugend vorzureden, daß ein bißchen Unzucht mit einem frommen Geistlichen so gut wie nichts zu bedeuten habe und daß die Sünde hundertmal kleiner sei, als wenn sie mit einem fremden Ehemanne begangen würde.

Ansiniro, ein Augustinereremit zu Padua, hatte alle seine Beichttöchter verführt. Die Sache wurde ruchbar und er deshalb angeklagt. Vor Gericht drang man sehr ernstlich in ihn, alle diejenigen anzugeben, welche ihm den Willen getan. Er nannte eine große Menge von Mädchen und Frauen aus den angesehensten Familien, stockte dann aber plötzlich und wollte nicht weiterreden. Der Sekretär, der ihn vernahm, bedrohte ihn mit den härtesten Strafen, wenn er nicht die Wahrheit reden und in seinem Bekenntnis fortfahren werde. So gedrängt, nannte der Pater auch den Namen, welchen er verschweigen wollte, und man kann sich die Überraschung des Sekretärs denken, als er den seiner eigenen, für so tugendhaft gehaltenen Frau hörte!

Hin und wieder kamen die Pfaffen auch schlimm an. Ein Priester, dem eine hübsche Frau beichtete, fand den Platz hinter dem Altar sehr bequem und wollte sie bewegen, hier seinem unzüchtigen Gelüste zu genügen. Die Frau äußerte, daß sie den Platz nicht anständig finde, versprach aber, an einem anderen Orte seine Wünsche zu erfüllen, und schickte ihm als Liebespfand eine sehr schöne Torte und eine Flasche guten Wein. Der erfreute Pfaffe dachte, zwei Fliegen mit einer Klappe zu treffen, und überreichte die herrliche Torte seinem Bischof, der damit bei einem Gastmahl seine Tafel zierte. Als man sie aufschnitt, fand man darin, was man gewöhnlich nicht dem Beichtstuhl, sondern dem Nachtstuhl anvertraut.

Man forschte natürlich nach dem Ursprung dieser schmutzigen Überraschung, und dieser ergab sich bald aus der Untersuchung. Kein Ort war den geilen Pfaffen zu heilig, und die Regierungen mußten dieselben oft strafen, weil sie einen Altar oder einen andern für heilig geltenden Ort als Sofa betrachtet hatten. Ein Kaplan zu Solothurn beging selbst die schreiende Sünde, die Orgel zum Schauplatz seiner unerlaubten Freuden zu wählen!

Wäre die Kirche nicht stets darauf bedacht gewesen, das Nützliche mit dem Angenehmen zu verbinden und ihre frommen Diener soviel als tunlich für die mancherlei mit ihrem Amte verbundenen Entbehrungen zu entschädigen, dann hätte sie dem Skandal schnell ein Ende machen können. Sie hätte nur zu verordnen brauchen, daß die Weiber bei Weibern statt bei Männern beichteten; aber wahrscheinlich fürchteten sie, daß die Weiber nicht schweigen könnten.

»Mensch bleibt Mensch und ein Pfaffe vorzüglich.« Ich würde auch lieber das Sündenregister eines schönen Mädchens mit anhören als das eines alten Mannes, und hin und wieder würde ich wahrscheinlich auch schwach genug sein, die gemachten Entdeckungen zu meinem Privatvorteil zu benutzen; allein ich bin auch kein Priester. Wüßte ich es nicht aus anderen Quellen, so würde mich schon die Ermahnung des heiligen Borromäus an die Pfaffen lehren, daß sehr viele von diesen die Beichte der Weiber lieber hörten als die der Männer. Der Heilige, der stets des oben angeführten Mottos eingedenk ist, schreibt den Beichtvätern vor, alle Türen zu öffnen, wenn sie die Beichte irgendeiner Weibsperson anzuhören hätten; er schlägt ihnen vor, irgendeinen Vers aus den Psalmen, zum Beispiel cor mundum crea in me Domine, an einem freien Ort anzuschreiben, wo er ihnen beständig vor Augen wäre und sie ihn bei vorkommenden Versuchungen gleichsam als Zauberformel oder als Retro Satanas gebrauchen könnten. –

Von dem Geißeln habe ich schon geredet. Da dieses nicht ohne Entblößung stattfinden konnte, so ist es begreiflich, daß es die lüsternen Pfaffen sehr bald bei der Beichte einführten. Anfänglich begnügten sie sich damit, die Geißelung als Buße *vorzuschreiben*; allein gar bald maßten sie sich das Recht an, dieselbe *eigenhändig* zu erteilen. Dies wurde von der Kirche selbst als ein Mißbrauch angesehen, und Papst Hadrian I., der im Jahre 772 Papst wurde, verordnet: »Der Bischof, Priester und der Diakon sollen diejenigen, welche gesündigt haben, nicht geißeln.«

Die Verordnung fruchtete jedoch nichts. Die Geistlichen ließen sich das angenehme Recht nicht nehmen, besonders da sie darin durch hochstehende Prälaten unterstützt wurden und der schon früher genannte

Kanzler der römischen Kirche, Kardinal *Pullus*, nicht das geringste Bedenken trug, nicht allein das Geißeln zu empfehlen, sondern auch sogar öffentlich bekanntzumachen, daß die völlige Entkleidung der Büßenden und ihr Niederwerfen zu den Füßen des Beichtvaters selbst in den Augen Gottes das Verdienst des Sünders vermehre, da es noch Kennzeichen äußerster Demut und Erniedrigung wären.

Solche Lehren trugen den Pfaffen gute Früchte. Das Hinterteil eines Mannes zu zerbläuen, konnte, wenn derselbe eine hohe Stellung in der Welt hatte, allenfalls ihrem Stolze und ihrer Eitelkeit schmeicheln; allein diese Strafe bei Frauen anzuwenden, hatte für den Schönheitssinn der Pfaffen einen weit höheren Reiz, und alle Mittel, welche der Kirche zu Gebote standen, wurden angewandt, die natürliche Schamhaftigkeit der Weiber und Mädchen zu besiegen.

Bei der Schamhaftigkeit fällt mir eine Anekdote ein, die zu spaßhaft ist, als daß ich sie den Lesern vorenthalten sollte. In den vierziger Jahren kam ein junges Mädchen zu dem katholischen Pfarrer eines Ortes, um bei ihm zu beichten. Nachdem sie allerlei unbedeutende Sünden gestanden hatte, stockte sie und wurde feuerrot. Der Pfarrer ermahnte väterlich, fortzufahren, aber das verschämte Mädchen sagte, daß es ihr unmöglich sei, ihm *hier* ihre Sünden zu bekennen. Der gute Geistliche, dem dergleichen wohl schon oft vorgekommen sein mochte, fragte, ob sie ihm lieber zu Hause beichten wolle, wo sie weniger beobachtet wäre, und das Mädchen erklärte sich seufzend bereit dazu.

Zur bestimmten Stunde erschien sie auf dem Zimmer des Herrn Pfarrers, der sie mit einiger Unruhe und Neugierde erwartet hatte. »Nun, mein Kind, wir sind allein, was ist's, das dich drückt? – Die Mutter Kirche hat Trost; habe Zutrauen usw.« – »Ach, Herr Pfarrer, ich kann's nicht sagen«, erwidert die kleine Unschuld und hält den Schürzenzipfel vor das Gesicht. – »Nun, mein Gott, es wird doch keine Todsünde sein!« – »Ach nein, aber .»– – »Nun offen heraus, was ist's?« – »Ach, ich habe mit meinem Liebsten etwas – etwas gemacht!« – »Nun, was denn, mein Kind?« – »Ach, ich kann's wahrhaftig nicht sagen.« – »Nun, hat er vielleicht das getan?« fragt der Pfarrer, indem er ihr in die Backen kneipt, um ihr das Geständnis zu erleichtern. – »Ach nein!« – »Oder vielleicht das?« – wobei er den Arm um ihre Taille legt und ihr einen Kuß auf den Mund drückt. Das Mädchen schüttelte beständig mit dem Kopf, und der Pfarrer, ein noch junger Mann, glühte im Gesicht beinahe ebenso sehr wie seine verschämte Beichttochter. – Er wird in seinem heiligen Eifer immer hitziger und versucht alles mögliche, was der Geliebte nur mit ihr getan haben konnte, und da sie fortwährend beharrlich schüttelt, so schreitet er sogar zum alleräußersten, in der vollen Überzeugung, daß er nun das Richtige getroffen habe. Aber wie groß ist sein Erstaunen, als er auf seine Fragen ein abermaliges Kopfschütteln als Antwort erhielt. – »Nun, in Satans Namen«, bricht er los, »was hast du denn mit ihm gemacht?« – »Ach, Herr Pfarrer, – ich habe – ihn krank gemacht!« – Ich überlasse es den Lesern, sich das Gesicht des guten Pfaffen auszumalen. –

Auf solche Weise verfuhren nun wohl nicht alle römisch-katholischen Geistlichen, um die Schamhaftigkeit ihrer Beichtkinder zu besiegen; bei den meisten gelang es ihnen durch biblische Spitzfindigkeiten, und wo dieselben nicht helfen wollten, mit Verweigerung der Absolution und Androhung der ganzen Teufelsküche. Zu solchen äußersten Mitteln brauchten die heiligen Väter indessen nur selten zu schreiten, denn die Beichte ist schon an und für sich ein höchst wirksames Mittel zur Ertötung der Scham.

Dem Mädchen oder der Frau, welche einem fremden Manne die geheimsten Regungen ihrer Sinnlichkeit und die dadurch hervorgebrachten Wirkungen mit allen Details – so verlangen es häufig die lüsternen Beichtväter – schildern kann, kostet es auch keine große Überwindung, sich vor demselben zu entblößen; wer die nackte Seele gesehen hat, mag auch den nackten Körper sehen!

Weigerte sich indessen dennoch eine Beichttochter und wollte nicht daran glauben, daß die Pfaffen ein Recht dazu hätten, die Entblößung zu verlangen, dann entgegneten diese ihnen, daß Jesus gesagt habe: Gehet hin und zeiget euch den Priestern; wollte es eine andere unschicklich und anstößig finden, dann antwortete man ihr: »Ach Larifari! Adam und Eva waren im Paradiese nackt, und am Auferstehungstage werden wir keine Hosen tragen.« So kam es allmählich so weit, daß man gar nichts mehr darin fand, wenn ein Beichtvater einem Mädchen oder einer Frau mit eigener Hand die Rute gab.

Die Pfaffen standen schon seit den ältesten Zeiten mit vollem Recht in schlechtem Ruf, und es ist daher wohl begreiflich, daß die Ehemänner ziemlich unruhig waren, wenn ihre Frauen zur Beichte gingen. Selbst sehr fromme und heilige Bücher enthalten darüber höchst ergötzliche Geschichten, wenn sie auch meistens ernsthaft langweilig und im schrecklichsten Mönchslatein erzählt sind.

In einem Buche von Scotus, betitelt Mensa philosophica, findet sich zum Beispiel die folgende:

Einem Weibe, welches eben in den Beichtstuhl ging, um ihre Sünden zu bekennen, folgte im geheimen ihr Ehemann nach, da ihn die Eifersucht plagte, zu welcher er auch wohl gute Gründe haben mochte. Er verbarg sich in der Kirche so, daß er seine Frau genau beobachten konnte; aber kaum sah er sie von dem Beichtvater hinter den Altar führen, als er sehr eifrig hervorstürzte und demselben vorstellte, daß seine Frau viel zu zart sei, die Geißelung auszuhalten; solle aber einmal gegeißelt werden, nun, dann erbiete er sich, die Strafe auf sich zu nehmen. Die Frau war sehr vergnügt über diesen Vorschlag, und der Beichtvater willigte ein. Kaum hatte sich der Mann vor diesem niedergeworfen und in die gehörige Geißelpositur gesetzt, so rief seine Frau: »Nun, ehrwürdiger Vater, haut nur recht tüchtig zu, denn ich bin eine sehr große Sünderin!«

Nach den Beispielen von den Wirkungen des Zölibats auf die Geistlichen, welche ich in den vorigen Kapiteln gegeben habe, werden es die Leser sehr natürlich finden, daß diese Art und Weise der beichtväterlichen Absolution zu unendlich vielen Mißbräuchen Veranlassung gab. Die Zahl der davon bekannten Beispiele ist unendlich groß, obgleich die Pfaffen stets bemüht waren, dergleichen Erzählungen als Verleumdungen hinzustellen. Ich könnte eine ganze Galerie davon aufführen, begnüge mich aber damit, nur einige Geschichten dieser Art zu erzählen, deren Wahrheit bis in die kleinsten Details *durch gerichtliche Untersuchungen* ans Tageslicht gekommen ist, und weil sie mir ganz vorzüglich geeignet scheinen, die römisch-katholischen Geistlichen und ihre Beichte zu illustrieren.

Die erste davon ist die von dem Bruder *Cornelius Adriansen* zu Brügge. Derselbe war zu Dortrecht geboren. Seine Eltern bestimmten ihn zum geistlichen Stande, und nachdem er seine Studien vollendet hatte, kam er im Jahre 1548 nach Brügge in das dortige Franziskanerkloster. Bald entdeckte man in ihm eine Menge theologischer Kenntnisse und eine ganz besondere Gabe, »populär« zu predigen, wodurch seine Oberen bewogen wurden, ihm das Predigeramt anzuvertrauen. Seine Predigten waren ganz eigentümlicher Art, und man wird sie am besten beurteilen können, wenn ich ein Bruchstück aus einer derselben mitteile. Seine Reden wurden übrigens schon bei seinen Lebzeiten gesammelt und zum Ergötzen der Ketzer in den Niederlanden im Druck herausgegeben.

Am 15. Dezember 1560 ereiferte er sich sehr, weil einige angesehene deutsch-protestantische Prediger und Anhänger der Augsburgischen

Konfession nach Antwerpen gekommen waren. Nachdem er einen Teil des Textes ausgelegt hatte, ergriff er die Gelegenheit, seinem Grimm über die Ketzer Luft zu machen. Er brüllte wie verrückt: »Bah! ich möchte beinah vor Zorn und Tollheit aus der Haut fahren! Ah bah! da sind nun zu Antwerpen, dem höllischen Pfuhl, dem teuflischen Abgrund, wo alles verfluchte Gift und stinkender Unflat zusammenkommt, wiederum neue Verräter, Verführer, Betrüger, neue Schelme und Bösewichter aus dem verdammten und verfluchten Deutschland angekommen und vermeinen, in diesen edlen Niederlanden – die sich jederzeit so standhaft im christlichen Glauben gehalten, bis die mageren, dürren, ledernen deutschen Arschkerben ihre beschissene Supplikation übergeben – ihre Augsburgische Konfession einzuführen und fortzupflanzen. Bah, seht doch, wie schnell sie mit ihrer teuflischen Augsburger Konfession gelaufen kommen, sobald sie gehört, daß diese verfluchten Geusen die Religion verändern wollen! Ei ja, eben recht! wie? wir sitzen da und warten darauf, bis ihr kommt? Bah, alles bereit? Ah bah, es ist zu verwundern, wie ihr so lange geblieben seid mit eurer schönen Konfession von Augsburg, welche erstlich so süß, lieb und betrüglich von dem falschen, verdammten, höllischen Ketzer, dem unbeständigen Zweifalter und Wetterhahn Philipp Melanchthon verfaßt und zusammengestellt, dann aber mit seinem teuflischen, höllischen Gift so verdorben und nach seinem ketzerischen Sinn verfälscht worden, daß auch die Zwinglianer, Calvinisten und Sakramentierer sich damit behelfen und verteidigen können und wollen. Darum scheiß ich in die Augsburgische Konfession. Bah! die Zeit soll noch kommen, daß diese Konfession an den Galgen gehängt und mit Kot und Dreck soll beworfen werden, ja, daß alle Katholischen den Arsch daran wischen werden; bah, so sehet! – Ah bah! die Wiedertäuferei ist tausendmal besser als die Konfession von Augsburg. Bah! Gott schände die Augsburgische Konfession, bah! der Teufel hole die Augsburgische Konfession! Wie, was meint ihr, daß wir toll und töricht sein und daß wir uns so von diesen ledernen Arschkerben sollen überteufeln und äffen lassen, von diesen deutschen Verrätern, den ersten Abtrünnigen und Ausgebannten von der römisch-katholischen Kirche?« usw.

Seine Predigten wimmelten von Unflätereien, von denen die obigen nur eine bescheidene Probe sind, und hörte er, daß man sich darüber aufgehalten habe, dann schrie er von der Kanzel wie besessen: »Bah, darum haltet das Maul und laßt mich predigen, was mir der Heilige Geist eingibt.« Er übte indessen einen bedeutenden Einfluß auf den großen

Haufen aus, und seine Predigten waren besonders geschickt dazu, den Haß gegen die Protestanten zum Fanatismus anzufachen. Einstmals predigte er gar, »daß man den schwangeren Weibern der Ketzer den Leib aufschneiden solle, um die Kinder, ehe sie geboren wären, zu verbrennen«.

Diese Predigten fallen indessen schon in eine spätere Zeit. Bald nach Antritt seines Predigeramtes hatte er sein Augenmerk auf einen anderen Gegenstand gerichtet – nämlich auf die schönen Mädchen und Frauen von Brügge. Er fing an, gegen das eheliche Leben zu predigen, und setzte es mit allen ihm zu Gebote stehenden Mitteln herab; denn es sei fast nicht möglich, als Verheirateter selig zu werden. Dagegen konnte er die Jungfräulichkeit nicht hoch genug preisen und verhieß den Mädchen, welche darin beharren würden, ganz gewiß die Seligkeit.

Heutzutage würde man darüber selbst in streng «katholischen Ländern lachen, und höchstens einige verhimmelnde Ebelianische *Seelenbräute* würden vielleicht in dem guten Pater den sehr fleischgewordenen Paraklet sehen; aber damals, als die meisten Leute noch eine ungeheure Sorge um ihr »Seelenheil« hatten, verursachten seine Predigten einen solchen Aufruhr unter den Weibern in Brügge, daß alle Männer die Geduld verloren, denn ihre Frauen flohen sie förmlich, und die Mädchen beschlossen, in ihrem Leben nicht zu heiraten. – Doch »der Geist ist willig, aber das Fleisch ist schwach«. Die armen Frauen gerieten in Verzweiflung und liefen zu Bruder Cornelius, um sich Trost und Rat zu holen. Dieser hörte sie freundlich an und belehrte sie über die Mittel, durch welche es möglich sei, im ehelichen Stande fortzuleben, ohne vom Teufel geholt zu werden. Zunächst, sagte er, sei es nötig, »*der Begierde und dem Gefallen* an dem fleischlichen Werke der Ehe« zu widerstehen, wenn auch dem Werk oder der Ausübung selbst nicht. »Denn«, argumentierte er, »das Werk an und für sich ist von Gott angeordnet, aber die verdorbene, ausgeartete Natur hat es verunreinigt, befleckt, beschmutzt und verunehrt mit ihren schlechten, faulen, fleischlichen Affekten und Neigungen.« Darum sollten sie denselben durchaus widerstehen und das eheliche Werk ausüben, als übten sie es nicht aus. Dies war nun freilich für die meisten ein unmögliches und übermenschliches Ding, besonders wenn sie ihre Männer lieb hatten, und täglich kamen sie zu ihm mit weinenden Augen und beklommenen Herzen.

Zu denen, die weder jung, noch sonderlich hübsch waren, sagte er, daß sie ihre Anfechtungen und Übertretungen ihrem Pastor oder Beichtvater sehr genau und ausführlich berichten müßten, damit sie ihnen vergeben würden und die Absolution bekämen; aber zu denen, die er für seine Betgenossenschaft (deuotarship) wünschte, sagte er: weil sie nun solchen innerlichen Sünden und Gebrechen ihres Körpers nicht widerstehen könnten, so wäre es nötig, daß derselbe gekasteiet werde mit einer äußerlichen Strafe oder Pönitenz. Die betrübten Frauen willigten sehr gern darein, sich derselben zu unterziehen.

Hierauf sagte er ihnen, daß sie sich ganz und gar unter seine Aufsicht und seinen Gehorsam begeben müßten, und als sie auch damit einverstanden waren, gab er ihnen eine Regel, nach welcher sie alle Monate auf einen bestimmten Tag bei ihm mit Bewilligung ihrer Männer zur Beichte erscheinen und in welcher sie ihm ihre Übertretungen mitteilen mußten.

Als sie nun die Regel angenommen hatten und bei ihm zur Beichte erschienen, gebot er ihnen bei dem Gelübde ihres Gehorsams, alle unkeuschen Gedanken, Begierden und Handlungen, die sie hatten und begingen, ungeschmückt, frei heraus, ohne Scham zu gestehen; je glatter, unverhohlener, gröber und genauer, je besser; damit er imstande sei, sie davon zu säubern, reinigen, purgieren, absolvieren und deshalb zu kasteien und strafen. Dies taten denn die Frauen ebenfalls. »Nun, wohlan, meine Töchter«, sagte Cornelius darauf, »für diese heimlichen und unkeuschen fleischlichen Sünden des Körpers gehört sich auch eine heimliche Säuberung, Purgierung, Reinigung (er liebte es sehr, wohl fünf bis sechs Synonyme hintereinander zu gebrauchen) und heilige Disziplin oder sekrete Pönitenz, welche, vor den Augen der Menschen verborgen gehalten werden muß, weil sie nicht verstehen und begreifen, was geistlich ist; ja, sie würden sich darüber aufhalten und Ärgernis nehmen, wenn sie es wüßten; so sind sie durch die Verderbtheit des Fleisches in ihren Ansichten und Begriffen verwirrt, geblendet und geschändet. Darum, meine Töchter, legt die Hand auf eure Brust und schwört bei Gott und allen Heiligen, daß ihr diese heimliche Disziplin oder heilige, sekrete Pönitenz weder euern Männern, noch euern Eltern, noch irgendeinem Geistlichen, sei es in der Beichte oder anders, nicht zu erkennen geben und offenbaren wollt.«

Nachdem nun die Frauen diesen Eid geleistet hatten, nahm er sie als Büßerinnen und Disziplintöchter an und hieß sie in das Haus der Nähterin Calle de Naighe, seiner Vertrauten, stets durch die Vordertür zu gehen; denn dieses Haus hatte von der Seite des Klosters her ebenfalls einen Eingang, so daß diejenigen, welche Bruder Cornelius durch denselben hineingehen sahen, die Frauen nicht sahen und umgekehrt.

Als nun die frommen Frauen das erstemal zu der Nähterin kamen, gab sie jeder derselben eine Rute und hieß sie dieselbe in das Disziplinzimmer tragen, das nächste Mal aber selbst Besen zu kaufen und davon eine Rute mitzubringen.

Als Cornelius in das Disziplinzimmer zu seinen Beichttöchtern eintrat, sagte er: »Nun, wohlan, meine Töchter, damit ihr diese heilige Disziplin oder sekrete Pönitenz bequem empfangen könnt, ist es nötig, daß ihr euern Körper entblößt; darum befehle ich euch bei dem Gelübde eures Gehorsams, daß ihr euch entkleidet.«

Als die Frauen seinen Willen erfüllt hatten, mußten sie ihm selbst die Rute in die Hand geben und ihn demütig bitten, daß er ihren sündigen Körper diszipliniere und kasteie, was er denn sehr bedächtig mit einer Anzahl Schläge tat, die eben nicht wehe tun konnten. Diese Handlung begleitete er mit allerlei vom Geißeln handelnden Reden aus alten Büchern und sagte unter anderem, daß Gott die Demut der Büßenden, die sich nackt auszögen, lieber habe als die Heftigkeit der Schläge.

Im Winter, wenn es zu kalt war, um sich nackt auszuziehen, mußten seine Disziplinkinder sich auf einem großen Kissen niederlegen; Bruder Cornelius hob ihnen den Rock auf und disziplinierte sie auf die Weise. Ebenso machte er es auch im Sommer mit denjenigen Frauen, die nicht lange vom Hause wegbleiben konnten, oder mit Witwen, die lange unter seiner Disziplin gestanden hatten und an deren Bußwerkzeugen er sich bereits satt gesehen hatte; ja, zuletzt ließ er wohl zu, daß diese die Disziplin von seiner Vertrauten, der Nähterin, empfingen. Daß die Witwen, die bereits vom Baum der Erkenntnis gegessen, Anfechtungen hatten, nahm er als selbstverständlich an und interessierte sich vor allen Dingen für ihre Träume, die sie ihm stets ganz genau erzählen mußten.

Ehe er aber die verheirateten Frauen und Witwen zu seiner Bußanstalt heranzog, hatte er schon längst eine Disziplinschule von jungen Mädchen errichtet, bei der ich mich etwas länger aufhalten muß, da sich dabei die ganze Schändlichkeit des nichtswürdigen Pfaffen offenbart und weil es Jungfrauen waren, die den alten lüsternen Sünder zuschanden machten und sein Treiben zur Untersuchung brachten.

Abbé *Parny* in seiner köstlichen Satire »La guerre des Dieux«, in welcher die Heidengötter von der heiligen Dreieinigkeit mit den himmlischen Heerscharen besiegt werden, hat den köstlichen Einfall, alle Satyrn und Faune der alten Heidenzeit die Stammväter der Mönche werden zu lassen.

Der witzige Abbé kannte gewiß viele Mönche von der Art des Bruders Cornelius.

Im Jahre 1553 befand sich unter den Frauen, welche täglich die Predigten des Bruders Cornelius besuchten, eine fromme und geachtete Witwe mit ihrem schönen und gescheiten Töchterchen. Diese machte die Bekanntschaft einiger junger Mädchen, die schon lange zu der Betgesellschaft des Pastors gehörten und stets bemüht waren, für dieselbe Rekruten zu erwerben. Das reizende sechzehnjährige *Calleken Peters* schien ihnen besonders der Mühe wert. Die Mutter sah mit Vergnügen, wie ihr Töchterchen durch die Unterhaltung mit den frommen Mädchen so schön über geistliche Dinge reden lernte, und ließ Calleken die Gesellschaft derselben besuchen, sooft sie nur wollte.

Hier hörte sie von der geheimen Pönitenz reden und fragte, was dieselbe denn eigentlich zu bedeuten habe? Bisher waren die Mädchen sehr bereit gewesen, ihre Rede und Antwort zu geben, allein nun meinten sie, daß Calleken darüber nur von Pater Cornelius selbst belehrt werden könne, und rieten ihr, sich an den heiligen Mann zu wenden, was sie denn auch beschloß.

Cornelius, der benachrichtigt wurde, daß sich ein so frisches Fischchen fangen wolle, setzte einen Tag fest, an welchem sie bei ihm erscheinen solle, und außer ihr fanden sich an demselben noch zwei ausgezeichnet schöne Mädchen ein, die ebenfalls in der Disziplin unterrichtet werden sollten; sie hießen Aelken van den B. und Betken P.

Der Pater fragte Calleken, ob es ihr Ernst damit sei, ihre jungfräuliche Reinheit und Sauberkeit zu bewahren und zu dem Ende unter seine Obedienz, Untertänigkeit und Gehorsam sich verdemütigen wolle? Als sie bejahte, lobte er sie sehr und ersuchte sie, ihn mit Einwilligung ihrer Mutter an einem bestimmten Tage der Woche zu besuchen.

Nach einer mehrwöchentlichen Vorbereitung nahm er sie feierlich als Beichtkind an und ließ sie den schon oben angeführten Eid schwören. Darauf wies er sie an, gleich den anderen Mädchen in seine Disziplinkammer zu kommen und sich dort zur Pönitenz vorzubereiten. Diese Kammer hatte er damals in einem Hause auf dem Steinhauersdyk in Brügge bei einer Witwe, Frau Pr., bei der die obengenannte Betken und einige andere Mädchen in Kost waren, um die Kochkunst zu erlernen. Die Nähterin wurde erst des Paters Vertraute nach dem Tode der Witwe.

Als Calleken zum erstenmal in die Kammer trat, forderte sie Cornelius auf, bei dem Gelübde ihres Gehorsams ihm alle Anfechtungen und Versuchungen, welche der menschlichen Natur so eigen, zu beichten und namentlich unkeusche Träume, Gedanken und Begierden, welche der jungfräulichen Reinigkeit so sehr zusetzten, ungescheut ihm mitzuteilen, indem er nur auf diese Weise Mittel finden könne, letztere zu beschützen.

Das arme, unschuldige Kind, welches von dergleichen Anfechtungen noch durchaus nichts wußte, stotterte etwas her, aber Cornelius erwiderte: »Bah, ich weiß recht gut, daß Euch alle die Unkeuschheiten und Unreinigkeiten, welche zwischen Verheirateten und Weltmenschen vorzufallen pflegen, bekannt sind; denn die Welt ist so im argen und verdorben, daß junge Mädchen von acht bis neun Jahren recht gut wissen, auf welche Weise sie in die Welt gekommen sind. Bah! ein Mädchen von sechzehn bis siebzehn Jahren wie Ihr sollte nichts von solchen Versuchungen, Begierden, Quälungen wissen? Bah, Ihr hättet in der Welt bleiben sollen, Ihr wäret bald Mutter von drei bis vier Kindern.«

Calleken, vor Scham ganz rot, sah zur Erde nieder und wußte nichts weiter zu sagen, als daß ihre Mutter sie auf das sorgfältigste vor allen eiteln, leichtfertigen und unehrbaren Äußerungen bewahrt hätte. – »O bah!« fuhr der Pfaffe fort, »darauf achte ich noch nicht. Die angeborene und gebrechliche Natur muß Euch in dem Alter, welches Ihr nun habt, darüber belehren; darum ist es nicht möglich, daß Ihr nicht bisweilen mit fleischlichem Streit angefochten werdet, den Ihr allein aus Verschämtheit mir verschweigt. Aber ich kann Euch durchaus nicht absolvieren, denn meine Seligkeit hängt daran, und darum bereitet Euch das nächste Mal besser darauf vor, alle Eure natürlichen Anfechtungen zu erkennen zu geben.« – Hiermit entließ er Calleken und befahl ihr, auf einen bestimmten Tag wiederzukommen, was sie in Gottes Namen zu tun gelobte.

Als sie wieder zu ihm kam, nahm er sie in seine Disziplinkammer und ermahnte sie, alle Verschämtheit, welche er ein falsches, böses Tier nannte, draußen zu lassen. Auf seine abermaligen Fragen nach fleischlichen Regungen antwortete das unschuldige Mädchen, daß sie täglich Gott bitte, sie vor derlei Anfechtungen zu bewahren. Das lobte der Pater zwar, meinte aber doch, sie müsse Gott eigentlich um Versuchungen und Anfechtungen bitten, denn ein Zustand, in welchem diese ausbleiben, sei keine Heiligkeit zu nennen. »Bah!« fuhr er fort, »es ist eine Ehre, eine quälende Natur zu haben und daß man zu ungleichen Personen, nämlich Frauen zu Männern und Männer zu Frauen, mit natürlich brennender Hitze geneigt ist, allein was ist das für ein Verdienst, wenn man kein Gefühl dafür hat? Bah, mein Kind, schämt Euch nicht zu gestehen, daß

Ihr auch Fleisch und Blut gleich allen Menschen habt, oder ich muß Euch für heuchlerisch und ganz und gar für durchtrieben halten, weil Ihr nicht gestehen wollt, bisweilen fleischliche Gedanken oder unreine Begierden zu haben.« Nun fuhr er fort, sie zu ermahnen, ihm rund heraus, je unumwundener je besser, alle ihre unkeuschen Gedanken und dergleichen zu sagen.

Calleken wurde immer verschämter, je länger sie den Satyr in Priestertracht anhörte. Dieser glaubte daher vor allen Dingen darauf hinarbeiten zu müssen, diese ihm so hinderliche Scham zu vernichten. Nachdem er sie durch väterliche, gleisnerische Worte zutraulich gemacht hatte, fragte er feierlich: »Nun, Calleken, mein Kind, sagt mir, ob Ihr mir die Seligkeit Eurer Seele auch mit ganzem Herzen anvertraut?« Sie antwortete: »Ja, ehrwürdiger Vater.« – »Nun wohl«, fuhr er fort, »wenn Ihr mir Euer Seelenheil anvertraut, so könnt Ihr mir mit noch minderer Gefahr Euren irdischen vergänglichen Körper anvertrauen; denn wenn ich Eure Seele selig machen soll, so muß ich vor allem Euren Körper geeignet, rein, sauber und fähig machen zu allen Tugenden, Andachten und Pönitenzien. Ist's nicht so, mein Kind?« – Sie antwortete: »Ja, ehrwürdiger Vater.« – »Nun wohlan, mein Kind, so ist es nötig, daß Ihr meiner heiligen Obedienz untertänig seid und tut, was ich Euch befehlen werde.« Hierauf setzte er sich auf eine Bettstelle, die in dem Zimmer stand, und sie mußte sich zwei Schritte von ihm hinstellen. Darauf sagte er, daß es zur Überwindung der Verschämtheit, welche der Disziplin und Pönitenz so durchaus zuwider, durchaus nötig sei, daß sie sich seinem Willen füge, und er gebiete ihr daher bei ihrem Gelübde des Gehorsams, sich sogleich vor ihm nackt auszuziehen.

Calleken antwortete heftig erschrocken: »Ach, ehrwürdiger Vater, wie könnte ich das tun, ich müßte mich gar zu sehr schämen!« – »Mein Kind«, rief er, »das muß so sein, unser beider Seligkeit hängt daran, darum weg mit der Scham und tut gehorsamlich, was ich befohlen habe.« – »Ach, ehrwürdiger Vater«, stammelte das geängstigte Mädchen, »ich will Euch lieber künftig alle meine Anfechtungen und fleischlichen Gedanken offenbaren (das arme Kind hätte sie gewiß erfinden müssen), als dies tun, denn ach – mir ist, als würde ich lieber sterben! Darum bitte ich demütig, ehrwürdiger Vater, erlaßt es mir!« – Cornelius bestand aber fest darauf, denn ohne dasselbe sei es gar nicht möglich, eine vollkommene Andächtige zu werden; es sei das erste Mittel zum Empfang der heiligen, heimlichen Disziplin. Er verlange unbedingten Gehorsam, wie ihn alle übrigen Disziplinschüler leisteten.

Seine Worte hatten endlich die gewünschte Wirkung. Das schöne Mädchen hakte ihr Mieder auf und zog es aus; als sie aber ihr Leibchen aufschnürte, stürzten ihr die hellen Tränen aus den Augen, und Cornelius sagte: »Bah, mein Kind, faßt Mut und kämpft tapfer und klug gegen die Verschämtheit und Heuchelei, dann sollt Ihr einen Sieg feiern, dann soll alles Triumph, Friede und Glorie sein.«

Als sie nun bis aufs Hemd entkleidet war und auch dieses fallenlassen sollte, verwandelte sich die Glut ihres Gesichts in tödliche Blässe. Als Cornelius dies sah, stand er eiligst auf und holte aus einem Schrank einige stark riechende Essenzen, mit deren Hilfe sie bald wieder aus der Ohnmacht erwachte.

»Für diesmal ist es genug, mein Kind«, redete er ihr freundlich zu, »das nächste Mal sollt Ihr nicht allein bei mir sein, sondern in Gesellschaft einiger Mädchen, die Ihr kennt und die Euch mit gutem Beispiel vorangehen werden.« Als sie sich wieder angekleidet hatte, ermahnte er sie, keinem Menschen etwas zu sagen und ihm zu geloben, am bestimmten Tage sich auch wirklich wieder in seinem Disziplinzimmer einzustellen. Sie hielt Wort und fand dort die obenerwähnten beiden schönen Mädchen, die gar keine Umstände machten, sich sogleich auskleideten und ganz dreist nackt vor den Pater hinstellten. Calleken folgte dem Beispiel, und Cornelius lobte sehr das Glorreiche eines solchen Sieges über die verfluchte Scham, die allem frommen Werk im Wege sei. Damit hatte es für dieses Mal sein Bewenden, denn Cornelius pflegte seine frommen Töchter mehrere Monate lang im Entkleiden zu üben, denn sein Grundsatz war, sie mußten freiwillig die Scham aufgeben und selbst die Disziplin begehren.

Während dieser mit Calleken vorgenommenen seltsamen Exerzitien wurde sie von einem der Mädchen, die schon seit langem zu des Paters schamlosen Freikorps gehörte, gefragt, ob sie denn nun wisse, was die Disziplin oder heilige sekrete Pönitenz sei? Calleken antwortete, daß sie es wohl beinahe ahne, aber noch nicht sicher wisse. »Ei«, sagte das Mädchen, »wenn du diese noch nicht verdient hast, dann mußt du wohl ein ganz anderes reineres Mädchen sein als alle andern; allein ich denke, daß du deine Anfechtungen nicht recht bekannt und gestanden hast.« Nun wurde sie zum unbedingten Gehorsam gegen Bruder Cornelius ermahnt; sie müsse, hieß es, ihre Seele ihm ganz und gar übergeben, denn sonst könne es unmöglich etwas werden. Calleken versprach ganz zu tun, wie die Mädchen ihr rieten.

Die vielen Reden von fleischlichen Anfechtungen, von natürlichen, unsauberen Begierden, unkeuschen Träumen usw. hatten das unschuldige Mädchen ganz verwirrt gemacht, so daß sie Tag und Nacht an nichts anderes dachte, was denn auch mit wirklichen Anfechtungen endete, so daß sie dem erfreuten Pater etwas zu beichten hatte. Sie wurde nun der Disziplin für würdig erachtet und wurde eine Devote wie die andern.

Diese Bußgenossenschaft, zu welcher die schönsten Frauen und Mädchen von Brügge gehörten, bestand eine ganze Reihe von Jahren, ohne daß außerhalb des Kreises derselben das geringste verlautete. Aber der Krug geht so lange zu Wasser, bis er bricht, und auch den frommen Beschäftigungen des faunischen Paters sollte ein Ende gemacht werden.

Bei einer kleinen Festlichkeit einiger Mitglieder dieser Genossenschaft, der auch Pater Cornelius beiwohnte, ging es sehr lustig zu. Der Pater tanzte mit einer hübschen Beichttochter und küßte sie in seiner frommen Weinlaune auf den Mund. – Calleken Peters hörte davon durch eine der Anwesenden und war sehr betreten, dann sagte sie: »Man steht doch mutternackt vor ihm, und wie kann man wissen, ob ihn nicht etwas Menschliches anwandelt.« Die andere erklärte ihn für einen Engel in Menschengestalt, der nicht sündigen könne; allein Calleken antwortete: »Ich behaupte nicht gerade, daß er sündigt, aber wie nun, wenn ihn eine menschliche Schwachheit ergreifen sollte, wie wolltest du dich benehmen, um nicht mit zu sündigen?« – »Ich würde es in Demut geschehen lassen«, antwortete die andere, »denn ich bin überzeugt, unser Herrgott würde mir solches nicht zur Sünde rechnen um des heiligen Mannes willen, indem dieser die Handlung ohne eigentlich fleischliches Gelüste vollbrächte.«

Calleken wollte diese Religion nicht einsehen, allein der Pater, der Nachricht von dieser Unterredung erhielt, bekam einen großen Schrecken, und nach mehreren Unterredungen mit Calleken ließ er sich von ihr in Gegenwart eines andern Paters eine Erklärung unterschreiben, daß sie an ihm nie etwas bemerkt, was ihr Ärgernis gegeben habe, und daß sie nichts von einer heimlichen Disziplin wisse. Der Pater stellte ebenfalls ein Zeugnis aus, daß er Ohrenzeuge einer solchen Erklärung gewesen, und Cornelius wurde wieder ruhig, besonders da er sah, daß Calleken Peters das Geheimnis bewahrte und auch nicht aus seiner Beichtgenossenschaft austrat.

Nach zwei Jahren kamen ihr aber Skrupel, und sie wollte von dem Pater aus der Bibel bewiesen haben, daß die *heimliche* Disziplin zur Seligkeit *absolut notwendig* sei. Sie warf ihm vor, daß er auf der Kanzel die Bibelstellen ganz anders auslege als ihr, und er rief sehr verlegen: »Ah bah! wenn ich auf der Kanzel stehe, rede ich für die Weltkinder.«

Bei einem abermaligen Disput über diesen Gegenstand riß dem Pater die Geduld, und er befahl ihr, sich auf der Stelle zu entkleiden und die Pönitenz zu empfangen; allein Calleken weigerte sich durchaus und erklärte, daß nur Beweise aus der Bibel sie vermögen könnten, zum alten Glauben an die Notwendigkeit der heimlichen Disziplin zurückzukehren. Er tobte und gab ihr drei Wochen Zeit, sich zu bedenken.

Sie war bei ihrem Entschluß geblieben und ging nach, drei Wochen ins Kloster. Cornelius war nicht zu Hause, und sie kam auf den Gedanken, eine Unterredung mit dem Guardian zu haben. Im Laufe derselben fragte sie denselben, ob er Kenntnis habe von der Art und Weise, wie Pater Cornelius diszipliniere?

Nachdem der Guardian sich überzeugt hatte, daß nur Gewissensangst das Mädchen zu ihm trieb, so erklärte er ihr endlich, daß Cornelius zu den Menschen gehöre, von denen Jesus gesagt: »Wehe denen, die einen von diesen kleinsten ärgern; es wäre ihm besser, daß ihm ein Mühlstein an seinen Hals gehängt und er in die Tiefe des Meeres versenkt würde.«

Sie ging nun nicht mehr zu Cornelius, allein dieser belästigte sie fortwährend, und sie beschloß daher, gegen alle fernere Teilnahme an der Bußsodalität zu protestieren. Cornelius war wütend, behandelte sie wie einen bösen Geist und übergab sie feierlich dem Teufel.

Bis jetzt hatte das Mädchen geschwiegen, aber nun erhob sie sich mit dem Stolz und Mut der gekränkten und mißhandelten Unschuld und rief: »Wehe Euch, Ihr fleischlich gesinnter Mensch, der Ihr mit all diesem Nacktauskleiden und Disziplinieren nichts anderes gesucht habt, als Eure unkeuschen Augen und niederträchtigen Begierden zu befriedigen, zum großen Ärgernis und Skandal von so viel unschuldigen Mädchen. Wehe Euch, es wäre Euch besser, daß Euch ein Mühlstein an den Hals gehängt und Ihr in die Tiefe des Meeres versenkt würdet!«

Die Wut des Paters war unbeschreiblich. Die Szene endete damit, daß er sie am Arm ergriff und zur Tür hinausschob, wobei er wie wahnsinnig schrie: »Weg von hier, Ihr Paulianerin! ich sehe nun, daß Ihr eine Paulianerin geworden seid wie *Betken Maes*; weg, weg, ich übergebe Euch dem Teufel!«

Calleken Peters ging ruhig nach Hause und lebte still und sittsam, ohne – aus Rücksicht für den Guardian und andere Frauen – von der seltsamen Bußanstalt des Paters zu reden, die immer fortblühte. Sie heiratete und kümmerte sich nicht darum; aber drei Jahre nach der oben erzählten Szene kam die ganze Geschichte durch die oben erwähnte Betken Maes an den Tag.

Es war dies ein ausgezeichnet braves Mädchen. Sie hatte sich ganz und gar der Krankenpflege gewidmet, und wohin sie immer kam, erschien sie wie ein Engel des Trostes. Sie hatte auch zur Bußgesellschaft von Cornelius gehört, allein gab ihn als Beichtvater auf und beichtete einem trefflichen Augustinermönch. Cornelius war wütend und verketzerte sie überall, allein Betken schwieg.

Als sie einst bei einer Kranken war, die zu sterben meinte, verlangte dieselbe in einer Kapuze zu sterben, die sie von Cornelius erhalten, der ihr gesagt hatte, daß sie, wenn sie in derselben sterbe, gar nicht einmal in das Fegefeuer kommen werde. Betken suchte ihr den Unsinn auszureden, die Frau wurde böse, genas aber und erzählte die Sache Cornelius.

Dieser verleumdete sie nun in allen Klöstern und Privathäusern, welche ihr die Kundschaft aufkündigten. Er wußte es sogar so weit zu bringen, daß ihr Beichtvater, weil er seine vereidigten Beichttöchter verleite, in den Bann getan wurde. Betken selbst wurde als Ketzerin sogar auf der Straße verfolgt und verspottet.

In dieser Not beichtete sie dem Provinzial der Augustiner das Geheimnis der Bußanstalt. Der Provinzial beschloß den Vermittler zu machen und bewog Cornelius, gegen ihr Versprechen zu schweigen, von der Kanzel seine Reden gegen sie zu widerrufen. Er tat dies in verblümter, nur wenigen verständlicher Weise und erklärte überall, daß er den Schritt nur auf Andringen angesehener, dem Erasmianismus anhängender Häuser getan habe. Seine Meinung aber über das Mädchen sei dieselbe.

Betken Maes war völlig wie vogelfrei; sie traute sich aus Furcht vor dem Pöbel nicht auf die Straße, und die Nächte durchwachte sie in Angst, da sie jeden Augenblick eine Gewalttat der Fanatiker oder einen Besuch der schrecklichsten Inquisition erwartete. Der Trieb der Selbsterhaltung bewog sie zum letzten Mittel. In mehreren Häusern, wo man sie noch duldete, erzählte sie die Betrügereien des Paters Cornelius und gab detaillierte Schilderungen von seiner Pönitenzanstalt. Anfangs glaubte man, sie erzähle ein von der Rachsucht eingegebenes Märchen; aber die Sache verbreitete sich und kam dem Magistrat zu Ohren, der diese Gelegenheit nicht ungern ergriff, um dem verhaßten Mönch an den Kragen zu kommen.

Cornelius opponierte und drohte sogar mit der Inquisition. Das zwang den Rat vollends, alle Rücksichten fallen zu lassen, und Calleken Peters und alle Sodalinnen des Paters mußten zu ihrer großen Beschämung persönlich vor Gericht erscheinen. Unter ihnen befanden sich sehr viele angesehene Frauen und Fräuleins. Ihre Unschuld erkannte man wohl im allgemeinen an, aber es erging ihnen wie den vornehmen »Seelenbräuten« des Königsberger Muckers Ebel, der Makel des Lächerlichen blieb zeitlebens an ihnen kleben.

Das Urteil gegen Cornelius fiel sehr milde aus, denn die Pfaffen hatten damals noch die Oberhand. Er wurde von Brügge nach Ypern versetzt, da ihm kein förmlicher Angriff auf die Tugend der Frauen bewiesen werden konnte. Mehr als das Gericht bestrafte ihn die Satire des Volkes, die ihn auf alle mögliche Weise verfolgte. Er starb im Jahre 1581, aber sein Name hat sich noch in der Tradition erhalten, und manches Mädchen wird rot und kichert heimlich, wenn »Broer Cornelius« genannt wird.

Doch was wollen alle Künste des plumpen flämischen Paters sagen gegen die feine Niederträchtigkeit der Jesuiten in dergleichen Dingen! Sobald sie ihre Wirksamkeit begonnen, bemühten sie sich, Mädchen und Frauen für ihre Geißelsodalitäten zu gewinnen. Sie hatten sich nicht für die Geißelung auf den Rücken, sondern für die unterhalb desselben gelegene Gegend entschieden. Diese Art der Disziplin wurde von den Jesuiten in Löwen die *spanische* genannt und angewandt, weil sie der Gesundheit zuträglicher sei als die obere, oder aus andern Gründen.

Während die roheren Mönche des Mittelalters wirklich hin und wieder aus dummen Religionseifer die Geißel anwendeten, taten es die Jesuiten meistens, um unter dem Deckmantel der Religion ihre raffinierte Wollust zu befriedigen. Wie sie dabei zu verfahren pflegten, will ich in der berüchtigten Geschichte von dem Jesuiten *Girard* und *Fräulein Cadière* zeigen, soweit es der Umfang dieser Blätter gestattet. Der Prozeß, den das Fräulein gegen ihren Beichtvater einleitete, machte im Anfang des 18. Jahrhunderts ein ungeheures Aufsehen; ganz Europa nahm daran teil. – Das Hauptwerk über diesen wichtigen Rechtshandel umfaßt *acht* Bände, und man wird es begreiflich finden, daß meine Darstellung nur eine sehr skizzenhafte sein kann.

Katharine Cadière war die Tochter eines wohlhabenden Kaufmanns zu Toulon und am 12. November 1702 geboren. Sie hatte drei Brüder;

der älteste verheiratete sich, der zweite trat in den Dominikanerorden, und der dritte wurde Laienpriester. Der Vater war schon während der Minderjährigkeit Katharinens gestorben, die nun bei ihrer borniert bigotten Mutter als deren Liebling blieb. Sie entwickelte sich sowohl körperlich als geistig auf die vorteilhafteste Weise. Das heißt, sie wurde sehr schön, und ihrer trefflichen Gemüts- und Geistesanlagen wegen wurde sie von allen, die sie kannten, sehr wohl gelitten. Allein die Erziehung ihrer bigotten Mutter, die darin von Geistlichen unterstützt wurde, die abgeschmackten Heiligenlegenden und mystischen Bücher, die man ihr schon frühzeitig zu lesen verstattete, gaben ihrem Geiste eine ganz eigentümliche schwärmerische, mystische Richtung. Das Beispiel der heiligen Frauen der römischen Kirche und die heiligen Offenbarungen und Visionen, deren diese gewürdigt wurden, lagen ihr beständig im Sinn, und ihr höchster Wunsch war es, diesen halbtollen Närrinnen ähnlich zu werden. Dies war denn auch der Grund, weshalb sie mehrere vorteilhafte Heiratsanträge ausschlug.

So erreichte sie das Alter von fünfundzwanzig Jahren, und man darf voraussetzen, daß in einem körperlich so üppigen und dabei so phantasiereichen Mädchen die gewaltsam unterdrückte Natur längst angefangen hatte, ihre Rechte geltend zu machen, und daß es nur eines leichten Reizes bedurfte, um ihre sinnlichen Begierden zu hellen Flammen anzublasen.

Zu dieser Zeit, im Jahre 1728, kam der Jesuit Pater *Johann Baptist Girard* als Rektor des Königlichen Seminars der Schiffsprediger zu Toulon an. Früher hatte er in Aix gelebt. Ihm ging ein großer Ruf als ausgezeichneter Kanzelredner und als durchaus streng sittlicher Mann voraus, und er erlangte denn auch gar bald in seinem neuen Wirkungskreise eine ganz außerordentliche Geltung und Verehrung. Besonders strömten die Frauen zu seinen Predigten und in seinen Beichtstuhl. Eine große Menge junger Mädchen trat in eine Art von Orden, in welchem unter Girards Leitung fromme Übungen vorgenommen wurden. Diese fromme Schar machte ihm viel Freude, denn es waren schöne Mädchen darunter, und die Frömmigkeit und Ehrbarkeit des Jesuiten waren nur das Schafsfell, mit welchem der reißende Wolf der rohesten Sinnlichkeit bedeckt wurde.

Vor allen Dingen trachtete Girard zunächst danach, durch seine Lehren die Herzen und die Phantasie der jungen Mädchen zu vergiften. Wie eine Spinne ihr Opfer mit unendlich vielen feinen Fäden umzieht, ehe sie ihm das Blut aussaugt, so war auch der Jesuit bemüht, seine Opfer im Netze der raffiniertesten Sinnlichkeit zu fangen. Er durfte nicht zu schnell vorwärtsgehen, denn Übereilung konnte alles verderben. Auch hatte er dazu keine Ursache, da er über den sicheren Erfolg seiner Verderbungstheorie vollkommen beruhigt war.

Als er bemerkte, daß die Mädchen bereits mit schwärmerischer Innigkeit und felsenfestem Vertrauen an ihm hingen, fing er allmählich an, ihnen andere Strafen, als es bisher geschehen war, für ihre Sünden aufzuerlegen und kam nach und nach auf die *Disziplin*.

Die meisten Mädchen ahnten aus Dummheit auch nicht das allergeringste Böse, und andere, durch das Geißeln angenehm sinnlich aufgeregt, fanden ein geheimes Vergnügen daran, wenn sie sich dessen vielleicht auch nicht klar bewußt waren. Noch andere mochten wohl den Pater und seine Absichten durchschauen, allein sie waren weit entfernt, denselben entgegenzuwirken, weil sie es nicht ungerne gesehen haben würden, wenn sie heimlich und ungestraft von der verbotenen Frucht hätten naschen können. Diese und vielleicht auch finanzielle Gründe machten eine der Beichttöchter, Fräulein *Guiol*, dem Jesuiten ganz und gar ergeben, und sie ließ sich zu all seinen Plänen gern gebrauchen.

Diese Guiol war ein gescheites, durchtriebenes Geschöpf und dem Pater von unendlichem Nutzen. Er durfte bei seinen Beichttöchtern bald weiter gehen und bei der Disziplin seine Lüsternheit noch auf andere Weise als mit den Augen befriedigen, wenn er sich auch wohl hütete, zum Äußersten zu schreiten, wo er seiner Sache nicht ganz gewiß war wie etwa bei der Guiol.

Zur Zahl seiner Pönitentinnen gehörte auch *Katharina Cadière*. Das in seiner vollsten Blüte prangende geistvolle Mädchen erregte nicht nur seine Sinnlichkeit, sondern flößte ihm auch ein Gefühl ein, welches ich Liebe nennen würde, wenn ich es für möglich hielte, daß eine solche hohe Leidenschaft in der Brust eines derartigen Menschen Raum gewinnen könnte. Ihr verständiges und tugendhaftes Wesen erforderte aber ganz besondere Behandlung und Rücksicht, und er beschloß, hier mit ungewöhnlicher Umsicht zu Werke zu gehen. Er machte die Guiol zu seiner Vertrauten, und diese verhieß ihm ihren Beistand.

Als er das Innere des Mädchens sondierte, erkannte er bald ihre schwärmerische Richtung und war bemüht, den Funken zur Flamme anzublasen. Er rühmte ihre ganz besonderen Anlagen, prophezeite, daß Gott mit ihr ganz besondere Absichten hege, und wußte sie zu dem

Versprechen zu bewegen, sich zur schnelleren Erreichung derselben gänzlich seiner Leitung und seinem Willen zu überlassen.

So wurde das Mädchen innerlich vergiftet, ohne nur eine Ahnung davon zu haben. In ihrem Busen wogte ein Meer von unbestimmten, aber unbeschreiblich süßen Gefühlen. Kurz, »das Püppchen wurde geknetet und zugericht', wie's lehren tut manch welsche Geschicht'«. Dahin war Girard im Lauf eines Jahres gelangt; nun galt es, den zündenden Funken in das Brennmaterial zu werfen, welches er in ihr angehäuft hatte.

Katharina war längere Zeit krank gewesen und besuchte Girard im Refektorium der Jesuiten. Er machte ihr zärtliche Vorwürfe, daß sie ihn während ihrer Krankheit nicht habe rufen lassen, und gab ihr *einen glühenden Kuß*. – Dem erfahrenen Mädchenkenner konnte es nicht entgehen, welche außerordentliche Wirkung dieser Kuß hervorbrachte. Katharina mußte ihm in den Beichtstuhl folgen, und hier forschte er genau nach ihren Ideen und Stimmungen, befahl ihr täglich zum Abendmahl zu gehen und fleißig die Kirche zu besuchen; auch weissagte er ihr baldige Visionen und ermahnte sie, ihm über diese wie überhaupt über ihre psychischen und physischen Zustände den gewissenhaftesten Bericht abzustatten.

Diese Visionen stellten sich denn auch wirklich ein und erhitzten ihr Blut und ihre Phantasie immer mehr. Ob sie allein durch den aufgeregten Gemütszustand des Mädchens und durch das geistige Gift des Pfaffen oder durch materielle Mittel hervorgerufen wurden, weiß ich nicht anzugeben. Es kam aber endlich so weit, daß sie ihm klagte, wie sie nicht mehr imstande sei, laut zu beten und ihm die heftige Liebe zu verbergen, die sie für ihn empfinde, über den ersten Punkt beruhigte er sie bald, und »die Liebe«, fuhr er fort, »die Ihr zu mir tragt, soll Euch keinen Kummer machen; der liebe Gott will, daß wir beide miteinander vereinigt werden sollen. Ich trage Euch in meinem Schoße und in meinem Herzen; von nun an seid Ihr nichts mehr als eine Seele in mir, ja die Seele meiner Seele. So lasset uns denn in dem heiligen Herzen Jesu einander recht brünstig lieben.«

Anstatt nun der Natur freien Lauf zu lassen und der aufs höchste aufgeregten Sinnlichkeit Genüge zu leisten, verfuhr er weit teuflischer. Sein Bemühen war nur darauf gerichtet, den durch ihn hervorgerufenen hysterischen Zustand zur äußersten Stufe heranzubilden. Dies gelang ihm auch. Fräulein Cadière verfiel in hysterische Krämpfe, während welcher sie wunderbare Visionen heiliger und unheiliger Art hatte, die sich aber meistens um Pater Girard bewegten.

Schon zur Fastenzeit des Jahres 1729 hatte sie eine wunderbare Vision. Sie hörte eine Stimme, welche ihr zurief: »Ich will dich mit mir in die Wüste führen, wo du nicht mehr mit Menschenkost, sondern mit Engelspeise genährt werden sollst.« – Von nun an widerstand ihr jede Speise, und überwand sie ihren Ekel dagegen mit Gewalt, so folgte darauf heftiges Erbrechen. Dann bekam sie einen Blutsturz. Pater Girard und seine Vertrauten erklärten diese Zufälle als ein Zeichen der ihr nun bald zuteil werdenden Wundergabe.

Katharina verfiel nun aus einer Verzückung in die andere. Auf ihrem Gesicht standen Blutstropfen, und an ihrer linken Seite und an den Händen und Füßen wurden blutige Stigmen oder Wundenmale sichtbar, mit denen nach dem römischen Aberglauben besonders heilige, von Gott auserlesene Personen begnadet werden. – Ja, hiermit endeten die Wunder nicht. Als der Pater dem Fräulein die Haare abgeschnitten hatte, bildete sich um ihr Haupt eine Art Heiligenschein, und das Tuch, mit welchem sie ihr Gesicht abgetrocknet hatte, erhielt davon das Bild eines leidenden Christus mit der Dornenkrone!

Wie weit diese wunderbaren Zustände der geistigen und körperlichen Krankheit des Fräuleins und wie weit sie jesuitischem Betruge zugeschrieben werden müssen, weiß ich nicht zu beurteilen. Daß Girard jedoch die Entdeckung des letzteren sehr fürchtete, geht schon aus der Sorgfalt hervor, mit welcher er darüber wachte, daß von dem Zustand des Fräuleins außerhalb des eingeweihten und gläubigen Kreises nichts bekannt wurde. Der Mutter hatte er gesagt, daß Katharina in vierundzwanzig Stunden sterben würde, wenn man nur ein Wort über die wunderbaren Vorgänge fallen ließe.

Girard hatte nun selbstverständlich freien Zutritt im Hause der Madame Cadière, denn er mußte ja für die Seele ihrer Tochter sorgen und – die Stigmen untersuchen! Bei diesen Visiten war er stets so vorsichtig, den jüngeren Bruder Katharinas, der damals gerade im Jesuitenkollegium Theologie studierte, bis an die Haustür mitzunehmen und sich auch von ihm wieder abholen zu lassen. Er schloß sich stets mit seiner Beichttochter in deren Zimmer ein und konnte sich an den wunderbaren Stigmen, besonders dem in der Seite, gar nicht satt sehen. Verfiel Katharina in hysterische Krämpfe und Ohnmacht, was für Besessenheit galt, dann wandte der Jesuit die ihm dadurch vergönnte Zeit dazu an, seine Lüsternheit auf brutale Weise zu befriedigen, soweit es anging. Wenn das Fräulein erwachte, fand sie sich unanständig entblößt, und hinter ihr stand mit hämischem Gesicht der fromme Jünger Jesu.

Fräulein Cadière beklagte sich hierüber mehrmals bei der Guiol, aber diese leichtfertige Person lachte sie aus, daß sie dabei nur etwas Unanständiges finden könne, und ebenso erzählten ihr die anderen Mitglieder der Schwesternschaft, daß Pater Girard sich mit ihnen noch ganz andere Freiheiten herausnehme, worüber sie indessen durchaus nicht ungehalten wären.

Der galante Jesuit war aber auch stets bemüht, sich immer fester in die Gunst seiner Schülerinnen zu setzen. Er wußte ihnen die Andacht sehr zu erleichtern und sorgte dafür, daß sowohl ihre Sinnlichkeit als ihr weltlicher Sinn fortwährend Nahrung erhielten. Er sorgte stets für gute Bedienung, für eine vortreffliche Küche, Landpartien und Blumensträuße. Die Königin all seiner Gedanken aber blieb Katharina.

Bei dieser rückte er nun seinem Ziele immer näher. Er führte eine Gelegenheit herbei, um sich scheinbar mit Recht über ihren Ungehorsam beklagen zu können, und nachdem Katharina von der Guiol gehörig vorbereitet war, erschien sie demütig bei Girard zur Beichte, bereit, jede Strafe auf sich zu nehmen, die er ihr auferlegen werde. Der Pater kündigte ihr nach einer scharfen Ermahnung denn auch an, daß sie Pönitenz für den Ungehorsam leisten müsse.

Am anderen Morgen erschien er mit einer Disziplin in ihrem Zimmer und sagte: »Die Gerechtigkeit Gottes verlangt, daß, weil ihr Euch geweigert habt, mit seinen Gaben Euch bekleiden zu lassen, Ihr Euch jetzt nackt ausziehen sollt. Zwar hättet Ihr verdient, daß die ganze Erde Zeuge davon wäre, doch gestattet der gnädige Gott, daß nur ich und diese Mauer, die nicht reden kann, Zeugen bleiben. Vorher aber schwört mir den Eid der Treue, daß Ihr das Geheimnis bewahren wollt, denn die Entdeckung könnte mich und Euch ins Verderben stürzen.«

Das Fräulein tat, wie er befohlen hatte, und als sie sich bis aufs Hemd entkleidet hatte, gebot er ihr, sich auf das Bette zu legen. Nachdem es auch dies getan, wobei er sie mit einem Kissen unterstützt hatte, gab er ihr einige sanfte Hiebe auf die Hüften, die er dann küßte. Nun zwang er sie, auch die letzte Hülle zu entfernen und sich demütig vor ihn hinzustellen. Das Fräulein wurde ohnmächtig, aber als sie wieder zu sich kam, erklärte sie, gehorchen zu wollen, und kniete ganz nackt vor ihm nieder. Darauf gab er ihr noch einige Streiche und ließ nun seiner Begierde freien Lauf. Katharina setzte ihm keinen Widerstand entgegen, und der satanische Jesuit erreichte das Ziel seiner Wünsche.

Von nun an betrachtete er das Fräulein ganz und gar als sein Eigentum und verführte sie zu Handlungen der raffiniertesten Sinnlichkeit, wobei er sich jedoch stets sehr geschickt in ein heiliges Gewand zu kleiden wußte. Was er alles vornahm hier zu erzählen, ist nicht tunlich.

Wollte die Mutter oder der Bruder des Fräuleins ihn manchmal in seinen andächtigen Beschäftigungen stören, dann warf er ihnen die Tür vor der Nase zu, und als sich einmal der Dominikaner darüber bei der Mutter beklagte, hieß sie ihn schweigen und wies ihn sogar zum Hause hinaus. So sehr war die blödsinnig bigotte Frau von der Heiligkeit des Jesuiten und der Tugend ihrer Tochter überzeugt.

Girard merkte sehr bald, daß Fräulein Cadière schwanger war, und unter einem Vorwand bewog er sie, einen Trank, den er bereitet hatte, einzunehmen. Es war dies ein abtreibendes Mittel, welches auch seine Wirkung tat. Katharina fühlte sich durch den erfolgten Blutverlust sehr geschwächt, so daß ihre Mutter, welche weit entfernt war, die Wahrheit auch nur zu ahnen, ihr sehr dringend riet, einen Arzt zu Rate zu ziehen, was aber Girard durch allerlei Gründe zu verhindern wußte.

Durch die Unvorsichtigkeit einer Magd wäre das Geheimnis fast entdeckt worden, und um sich dagegen und zugleich auch seine Beute zu sichern, beschloß Girard, Katharina als Nonne im St.-Clara-Kloster zu Ollioulles unterzubringen. Er schrieb an die Äbtissin und machte ihr die hinreißendste Schilderung von der Tugend, Frömmigkeit und Gottseligkeit seiner Pönitentin, so daß sie mit Freuden bereit war, Katharina aufzunehmen, wenn ihre Familie dazu die Einwilligung geben würde. Diese wurde sehr leicht erlangt, das Fräulein reiste, mit den besten Empfehlungsbriefen versehen, nach Ollioulles ab, wo sie sehr gut aufgenommen wurde.

Der Jesuit wußte von der Äbtissin die Erlaubnis zu erhalten, seine Beichttochter besuchen und ihr schreiben zu dürfen. So schlau Girard aber sonst war, so beging er doch einige Unvorsichtigkeiten, welche die Nonnen und die Äbtissin mißtrauisch machten und die letztere veranlaßten, seine Besuche zuerst einzuschränken und dann gänzlich zu untersagen. Durch Vermittlung eines ihm befreundeten Geistlichen wurde dieses Verbot jedoch bald wieder aufgehoben, und Girard genierte sich noch weniger wie früher. Er beobachtete Visionen, untersuchte die Stigmen und gab seiner Beichttochter die Disziplin auf die alte Weise.

Dies hätte alles noch hingehen mögen, allein er schloß sich oft stundenlang mit Katharina ein, und da diese, auf ihre besondere Heiligkeit stolz, hin und wieder mit ihren geistlichen Genüssen gegen andere Nonnen großtat, so kam man immer mehr und mehr auf den Gedanken, daß das Verhältnis zwischen Girard und seiner Beichttochter nicht ganz rein sein möchte. Die Äbtissin verordnete daher, daß beide in ihren Unterredungen durch Klausur voneinander getrennt bleiben sollten.

Girard achtete das jedoch wenig. Er schnitt mit einem Taschenmesser in die ihn von seiner Geliebten trennende Leinwand ein Loch und unterhielt sich durch dasselbe stundenlang mit ihr. Hatte er sich müde geküßt und wandelten ihn andere Gedanken an, dann befriedigte er seine Lüste auf eine Weise, deren nähere Andeutung widerlich sein würde. Dergleichen erlaubte er sich sogar im Sanktuarium, und wollte man ihn in gebührender Entfernung halten, dann wurde er sehr unwillig und schrie: »Was! ihr wollt mich von meiner Beichttochter trennen?« Der Jesuit ließ sich sogar das Essen vor die Klausur bringen; beide aßen Hand in Hand, und es kam nicht selten vor, daß ihn Laienschwestern dabei überraschten, wenn er seinen Arm um den Leib des Fräuleins geschlungen hatte.

Der jesuitische Wollüstling fing aber bereits an, seines Opfers überdrüssig zu werden. Er erklärte sie daher für hinreichend heilig und beschloß, sie in ein entferntes Karthäuser-Nonnenkloster zu schicken. Die Nonnen setzten von diesem Vorhaben sogleich den Bischof von Toulon in Kenntnis, der es nicht dulden wollte, daß ein Mädchen, welches in der Welt für eine Heilige gehalten wurde, seine Diözese verließ. Er schrieb daher an Katharina und verbot ihr, in Zukunft dem Pater Girard zu beichten oder sich an einen Ort zu begeben, wohin sie derselbe weisen würde, und stellte ihr zugleich frei, zu ihrer Familie zurückzukehren. Er sandte ihr darauf einen Wagen, und der Aumonier des Bischofs und Pater Cadière, ihr Bruder, brachten sie in ein Landhaus unweit Toulon.

Als Girard diese Nachricht erhielt, erschrak er nicht wenig, und es war sein erster Gedanke, sich die Schriften und Briefe zu verschaffen, welche die Cadière von ihm hatte. Dies gelang ihm auch durch Vermittlung einer anderen Beichttochter, die er früher besonders geliebt hatte; nur ein einziger Brief blieb durch Zufall in Katharinens Händen zurück.

Diese wurde nun als eine Heilige der besonderen Obhut des neuen Priors der Karmeliter zu Toulon übergeben. In der Beichte hörte dieser nun manche befremdende Dinge, die ihn, nebst einigen auf Girard bezüglichen schwärmerischen Äußerungen, veranlaßten, tiefer nachzuforschen, und so entdeckte er denn ohne besondere Schwierigkeit den niederträchtigen Betrug, mit welchem man dies schwärmerische, unschuldige Mädchen und die Welt betrogen hatte. Er machte sogleich Anzeige bei dem Bischof, der selbst auf das Landhaus kam und Katharina über alle näheren Umstände befragte. Das arme Mädchen, dem nun die Augen so furchtbar geöffnet wurden, bat fußfällig und mit Tränen, die Ehre ihrer Familie zu berücksichtigen und die Sache zu unterdrücken.

Der Bischof versprach dies zwar, wurde aber bald durch andere Rücksichten umgestimmt und der Prozeß nach einigen Präliminarien bei dem für geistliche Sachen verordneten Kriminalgericht zu Toulon anhängig gemacht. Doch was wollte ein armes Mädchen ausrichten gegen die mächtigen Jesuiten, die selbst auf den Gerichtsbänken ihre Angehörigen sitzen hatten! Die Sache des Paters Girard wurde zu der des Ordens gemacht, welcher für diesen Prozeß über eine Million Francs opferte.

Es begann nun eine Reihe der nichtswürdigsten Ränke, um Fräulein Cadière als eine Lügnerin und Betrügerin und von den Feinden des Jesuitenordens bestochene Person hinzustellen, ja sie der Ketzerei und Zauberei zu beschuldigen, vermittels welcher sie sich auf allerlei verbotenen Wegen den Heiligenschein habe verschaffen wollen. Fräulein Cadière bereute nun, leider zu spät, daß sie dem Pater ganz arglos die Briefe und Schriften ausgeliefert hatte, mit denen sie ihre besten Verteidigungswaffen aus den Händen gab.

Der Prozeß nahm bald für sie eine recht schlimme Wendung. Der König hatte Kenntnis davon erhalten und durch ein Dekret des Staatsrats die allerstrengste Untersuchung anbefohlen. Die Sache kam nun vor den Hohen Gerichtshof zu Aix. Der Karmeliterprior und der Dominikaner Cadière wurden als Mitschuldige und Mitbetrüger in den Prozeß verwickelt; die Nonnen zu Ollioulles wurden zu ungünstigen Aussagen gegen Fräulein Cadière durch die Jesuiten veranlaßt, und die Ärmste selbst duldete bei den den Jesuiten befreundeten Ursulinerinnen in diesem Ort ein hartes Schicksal. Sie war in eine Kammer eingesperrt worden, die früher einer Wahnsinnigen als Wohnung gedient hatte und die mit Moder und Gestank erfüllt war.

Man folterte sie physisch und moralisch auf alle nur erdenkliche Weise, gebrauchte List und Gewalt und erreichte endlich damit den beabsichtigten Zweck, sie zum *Widerrufe* zu bewegen.

Nun aber drangen die Jesuiten erst recht auf scharfe Untersuchung, denn nun schien ihr Sieg gewiß, und der Erste Gerichtshof zu Aix fällte auch wirklich ein Urteil, welches Fräulein Cadière sehr ungünstig war. Man brachte sie einstweilen als Gefangene in ein Kloster zu Aix; aber sie appellierte wegen Mißbrauch geistlicher Gewalt in dem eingeleiteten Verfahren, und die Sache kam vor das Parlament.

Jetzt begannen die Intrigen der Jesuiten aufs neue. Katharina behauptete, daß sie unschuldig von P. Girard auf die angegebene Weise mißhandelt und nur durch Drohungen und Quälereien während des Kriminalverfahrens zum Widerruf gezwungen worden sei.

Der königliche Prokurator zeigte sich bei dem ganzen Verfahren durchweg parteiisch für die Jesuiten und trug endlich an auf »*Lossprechung des P. Girard und auf die ordentliche und außerordentliche Folter, sodann aber auf Hinrichtung durch den Strick für Katharina Cadière.*«

Die vierundzwanzig Richter waren aber nicht dieser Meinung; jedoch waren ihre Ansichten geteilt. Zwölf davon sprachen sich dahin aus: Johann Baptist Girard, *in Anbetracht der an ihm sichtbar gewordenen Geistesschwäche*, die ihn zum Gegenstand des Spottes seiner Beichtkinder gemacht, mit seiner Klage gegen dieselbe abzuweisen. Das Urteil der anderen, besseren Hälfte des Parlaments lautete aber sehr verschieden: *Johann Baptist Girard ist zum Tode durch Feuer zu verurteilen wegen vollkommen erwiesener geistlicher Blutschande, Fruchtabtreibung und Erniedrigung seiner geistlichen Würde durch schändliche Leidenschaften und Verbrechen* usw.

Bei dieser Gleichheit der Stimmen entschied der Präsident, *daß man beide Parteien ohne Strafe freilassen solle.* Einige Richter wollten sich nicht damit begnügen, sondern trugen darauf an, daß man der Cadière wenigstens eine kleine Züchtigung möchte angedeihen lassen. Dagegen erhob sich aber ein edler Mann unter ihnen und rief: »Wir haben soeben vielleicht eines der größten Verbrechen freigesprochen und sollten diesem Mädchen auch nur die geringste Strafe auferlegen? Nein, eher sollte man diesen Palast in Flammen aufgehen lassen!« – Diese Worte machten Eindruck. Es wurde bestimmt, das Fräulein zu ihrer Mutter nach Hause zu entlassen und der Sorgfalt derselben zu empfehlen.

Das königliche Parlament hatte den Schurken zwar freigesprochen; aber in der öffentlichen Meinung war Girard gerichtet. Eine unzählbare Menschenmasse erwartete in den Straßen die Entscheidung des Gerichtshofes. Die Richter, welche gegen die Cadière gesprochen hatten, wurden mit Schimpf und Hohn empfangen; die Gegner Girards mit Beifall. Diesen selbst bewillkommnete man mit Schimpfreden und Steinwürfen, so daß man ihn nur mit Schwierigkeit unverletzt durch die tobende Menge bringen konnte. Diese Wut des Volkes erstreckte sich sogar auf den Küchenjungen, der ihm das Essen gebracht hatte, und man zertrümmerte dessen Schüsseln, Teller und Flaschen.

Andererseits war man eifrig bemüht, Fräulein Cadière Teilnahme zu zeigen. Man wetteiferte darin, ihr die erlittenen Kränkungen und Mißhandlungen durch freundliche Bewirtung und Trost vergessen zu machen. Man pries ihre noch immer große Schönheit; – kurz, sie wurde Mode, wie das ja aber auch mit interessanten *Verbrecherinnen* in Frankreich und anderswo noch heutzutage der Fall ist.

Die Teilnahme, welche sie erregte, brachte ihr jedoch Gefahr. Man gab ihr den wohlgemeinten Rat, Aix schleunigst zu verlassen und sich verborgen zu halten. Sie reiste ab, – *aber von da an verlor sich ihre Spur für ewig.* Man hat nie erfahren, was aus ihr geworden ist; aber die allgemeine Meinung ging zu jener Zeit dahin, daß sie von den Jesuiten heimlich aus dem Wege geschafft worden wäre.

Girard starb ebenfalls nach Verlauf eines Jahres. Die Jesuiten gingen ernstlich damit um, ihn zum *Heiligen* erheben zu lassen, und verglichen ihn hinsichtlich seines Schicksals mit – *Jesus!*

Eine ganz ähnliche Geschichte wie mit Fräulein Cadière trug sich kurz vor der Aufhebung des Jesuitenordens in Frankreich zwischen einem seiner Angehörigen und der Tochter eines Parlaments-Präsidenten zu, welche auch mit Hilfe des Geißelns verführt wurde. Um die Ehre des Ordens zu retten und die Unmöglichkeit der Anklage beweisen zu können, hatte man einen Wundarzt erkauft und vereidigt, welcher den Schuldigen *kastrierte.* Das Geheimnis wurde indessen später entdeckt.

Trotz dieser und anderer an den Tag gekommenen Niederträchtigkeiten – und unter Tausenden wird vielleicht nur eine bekannt! – wurde den Jesuiten nicht das Handwerk gelegt; überall wurden sie als Beichtväter gerne gesehen, und besonders die Frauen ließen sich nach wie vor die angenehme Geißelung gefallen. Einer besonderen Blüte hatten sich die Beichtinstitute mit Geißelung fortwährend in Spanien und noch mehr in Portugal zu erfreuen. König Joseph Emmanuel (1750-77) ließ sich häufig disziplinieren, und nur mit Mühe brachte ihn sein Minister, der Marquis von Pombal, davon ab. Die Damen, an ihrer Spitze die Marquise Leonore de Tavora, waren nicht weniger närrisch wie der König.

Die Jesuiten wurden bekanntlich durch *Pombal* vertrieben, allein seine Feindin, die Königin *Donna Maria* (1777-99) rief sie wieder zu sich, und die angenehmen Beichtzerstreuungen mit obligater Geißelung begannen ärger als zuvor. Der interessante und verschmitzte Pater *Malagrida* errichtete eine förmliche Bußanstalt unter den jungen Hofdamen. Man geißelte sich selbst in den Vorzimmern der Königin, und diese soll an den frommen Übungen selbst teilgenommen haben. – Manche Geschichte à la Girard mag hier im Verborgenen vorgegangen sein, denn die Hofdamen waren nach dem Zeugnis von Jesuiten auf das Geißeln so versessen, daß sie mit einer ordentlichen Wut darnach verlangten, die kaum zu befriedigen und in Schranken zu halten war. Ja, sogar fremde Prinzessinnen und die Damen der Gesandten wurden zu diesem wollüstig-unterhaltend-frommen Jesuitenspiel förmlich eingeladen.

Die Zahl der Beispiele von dem Mißbrauche des Beichtstuhls ist unendlich groß, und es ließe sich ein umfassendes Werk damit füllen; da aber dieses Kapitel ein Ende haben muß, so beschließe ich es mit dem Bericht über eine seltsame Beicht- und Bußanstalt, welche ein Kapuziner zur Zeit Napoleons I. errichtete. Über die zur Zeit Napoleons III. und seiner Kaiserin werde ich vielleicht einmal später zu berichten haben.

Der erwähnte Kapuziner hieß *P. Achazius* und lebte in einem Kloster zu *Düren* im jetzigen preußischen Regierungsbezirk Aachen. Der Kapuziner war abscheulich häßlich, aber predigte vortrefflich, stand in dem Rufe ganz ausgezeichneter Frömmigkeit und erfreute sich trotz seiner faunischen Manieren des Zutrauens der Damen in so hohem Grade, daß sie ihn zum Direktor ihrer geistlichen Übungen wählten. Am liebsten aber hatte es Pater Achazius mit Witwen und Jungfrauen von reiferen Jahren zu tun.

Eine dieser letzteren hatte er sich zu seinem Privatvergnügen erkoren. Er brachte ihr folgende höchst seltsame Lehre bei: Der Mensch sei unfähig, die Begierden des Herzens völlig zu zähmen; aber der Geist könne doch tugendhaft bleiben, während der Körper nach gewöhnlichen Begriffen zu sündigen scheine. Der Geist gehöre Gott; der Körper der Welt; von diesem letztern selbst mache der Himmel auf die obere Hälfte, die Welt auf die untere Anspruch. Die Seele sei daher rein zu bewahren, während man den Körper ruhig fortsündigen lasse.

Die noch immer hübsche alte Jungfer, welche diesen angenehmen Lehren ein sehr lernbegieriges Ohr lieh, ging bald in des Paters Ideen ein. Nach vollendeter Beichte mußte sie vor dem Kapuziner niederknien, Vergebung für ihre Sünden erflehen und ihm »des Teufels Anteil zeigen«, das heißt, sich bis zum jungfräulichen Zentrum ihres Körpers von unten herauf zu entblößen. Als dies geschehen war, schritt er zum letzten Teil der Andacht und weihte die Dame feierlichst zum ersten Mitglied des Ordens ein, den er zu stiften gedachte.

Diese fromme Jungfrau war nun bemüht, sowohl unter Personen ihres Alters wie auch unter jungen Frauen und Mädchen Proselyten zu machen; – kurz, sie diente dem Pater als Kupplerin. Die Zahl dieser adamitischen Ordensschwestern wurde bald ziemlich zahlreich, und Achazius, unfähig, einer so großen Menge frommer Damen zu genügen, zog rüstigere Kämpfer des Glaubens unter seinen geistlichen Brüdern mit in seine Bußanstalt, welche fröhlich gedieh und vielleicht heute noch bestehen würde, wenn das Geheimnis derselben nicht durch ein junges Mädchen aus Achazius' Schule entdeckt worden wäre, welche Nonne wurde, als solche die Bekanntschaft eines französischen Offiziers machte und diesem die Sache mitteilte.

Es wurde nun eine genaue gerichtliche Untersuchung angestellt, welche die merkwürdigsten Resultate ergab. Es kamen da Dinge ans Tageslicht, welche sich nicht wohl niederschreiben lassen. Eine liebenswürdige und anständige Dame, Gattin eines Papierfabrikanten, sagte in dem Verhöre aus, daß sie wie verhext gewesen und wie durch einen Trank verzaubert zu dem häßlichen Kapuzineraffen hingezogen worden sei, der sich Dinge mit ihr erlaubt hatte, deren Aufzählung dem abgehärtetsten Kriminalmenschen das Blut in die Wangen trieb. Die Geißelung spielte eine Hauptrolle. Achazius ließ die Ruten oft in Essig legen und hieb die hier erwähnte Dame manchmal so stark damit, daß sie unter irgendeinem Vorwande über drei Wochen lang das Bett hüten mußte.

Im Laufe der Untersuchung ergab sich, daß so viele Kapitel, Klöster und Familien dadurch kompromittiert wurden, daß Napoleon dem Generalprokurator aus politischen Gründen befahl, den Prozeß niederzuschlagen. P. Achazius nebst einigen seiner Mitarbeiter wurden eingesperrt. Die Akten über diesen skandalösen Prozeß lagen später noch längere Zeit in Lüttich, wurden dann aber an die preußische Regierung nach Aachen abgeliefert. Es fehlen indessen schon manche wichtigen Stücke, und andere verloren sich später, weil die beteiligten Familien alles nur mögliche taten, die Denkmäler ihrer Schande zu vernichten. (Münchs Aletheia, 3. Buch, S. 323 usw. Die berichteten Tatsachen hat Münch aus dem Munde des Staatsrates *Leclerq* und des Professors *Gall* zu Lüttich, welche die Untersuchung geführt und die Anklageakte verfaßt hatten.)

Wir würden uns sehr täuschen, wenn wir der Meinung wären, daß sich in so kurzer Zeit die Zustände der römisch-katholischen Geistlichkeit geändert hätten. Es ist durchaus kein Grund vorhanden, das anzunehmen; sie sind heutzutage mit geringen Modifikationen wahrscheinlich noch dieselben, welche sie vor Jahrhunderten waren, und werden sich nicht ändern, bis einst dem fluchwürdigen Zölibat und der Ohrenbeichte ein Ende gemacht wird.